毛 姆 文 集
W. Somerset Maugham

毛姆剧作全集 卷一

The Collected Plays of W. Somerset Maugham　Volume I

〔英〕毛姆 著　宋佥 吴洁静 宋怡秋 章诗沁 金熠 译

上海译文出版社

图书在版编目(CIP)数据

毛姆剧作全集 /（英）毛姆（W. Somerset Maugham）
著；黄雅琴等译.—上海：上海译文出版社，2024.6
（毛姆文集）
书名原文：The Collected Plays of W. Somerset Maugham
ISBN 978 - 7 - 5327 - 9486 - 7

Ⅰ.①毛… Ⅱ.①毛… ②黄… Ⅲ.①戏剧文学一剧
本一作品集-英国-现代 Ⅳ.① I561.35

中国国家版本馆 CIP 数据核字（2024）第 084829 号

毛姆剧作全集

〔英〕毛　姆/著　黄雅琴　马　丹　黄梦园　吴洁静等/译
责任编辑/顾　真　宋　玲　宋　金　杨懿晶　装帧设计/张志全工作室

上海译文出版社有限公司出版、发行
网址：www.yiwen.com.cn
201101　上海市闵行区号景路 159 弄 B 座
浙江新华数码印务有限公司印刷

开本 850×1168　1/32　印张 72.75　插页 24　字数 1,167,000
2024 年 6 月第 1 版　2024 年 6 月第 1 次印刷
印数：0,001—5,000 册

ISBN 978 - 7 - 5327 - 9486 - 7/I・5935
定价：358.00 元（全四册）

总　目

目 录

正人君子
A MAN OF HONOUR
四幕悲剧

宋佥　译

献给杰拉尔德·凯利

人物表

巴兹尔·肯特

詹妮·布什

詹姆斯·布什

约翰·哈利韦尔

梅布尔

希尔达·默里

罗伯特·布拉克利

格里格斯太太

范妮

管家

时间：当下 ①

第一幕——巴兹尔在布卢姆斯伯里 ② 的寓所

第二幕与第四幕——位于帕特尼的巴兹尔家宅客厅

第三幕——查尔斯街上的默里太太家宅

第一幕

巴兹尔在布卢姆斯伯里的寓所客厅。

面向观众席的一面墙上开着两扇窗户，窗外有小小的铁阳台，透过窗户能够看见伦敦城里鳞次栉比的建筑屋顶。两扇窗户中间，紧挨着墙，摆放着一张写字台，台面上堆满了各种纸张与书籍。书桌右侧有一扇门，开向走廊；左侧是一处壁炉，两边各有一把扶手椅；壁炉台上摆着各式各样的烟具。房间里有许多排书架，里面全都是书；墙上则挂了一两面代尔夫特精陶瓷盘、几幅仿罗塞蒂风格的蚀刻画，还有弗拉·安吉利科与波堤切利画作的摹真本。屋里的家具简朴廉价，但没有一样丑陋的东西。这样的一处居所，是属于一位饱读诗书、从美丽的事物中发掘乐趣之人的。

巴兹尔·肯特背靠着椅子，脚架在写字台上，边抽烟斗，边给一册毛边书裁页。他是一位非常英俊的年轻人，二十六岁，胡子刮得干干净净，一张面容清秀的脸上，五官轮廓分明。他穿着一身休闲套装。

[有人敲门。

巴兹尔：进来。

格里格斯太太：您刚才摇铃了吗，先生？

巴兹尔：是的。我在等一位女士来用茶。之前我回来的时候顺路买了一块蛋糕。

格里格斯太太：好的，先生。

[她出去了，旋即又端着一个托盘回到屋里，托盘上摆着两只茶杯，还有糖、奶等一干物什。

巴兹尔：哦，对了，格里格斯太太。下周的今天，我就打算让出这几个房间了。我要结婚了。要离开你了，我很遗憾。你真是把我照顾得舒舒服服的。

格里格斯太太：[无奈地叹了口气]哎，好吧，先生。房客就是这个样子的。绅士们全都要结婚了，女士们又全都不检点。

[门外一声铃响。

巴兹尔：门铃响了，格里格斯太太。我敢说来的就是我正等着的那位女士。要是来者是别人，就说我不在家。

格里格斯太太：好的，先生。

[她出去了，巴兹尔抓紧这一小会儿工夫，忙不迭地把东西归放整齐。格里格斯太太打开房门，将新到的客人们引进屋来。

格里格斯太太：失陪了，先生。

[她又出去了，在接下来的几番对白中，又端来了两只茶杯和一壶茶。

[梅布尔和希尔达走了进来，身后跟着约翰·哈利韦尔。巴兹尔热情满满地走向他们，可当他认出了来者是谁之后，脚步却迟疑了起来；一丝略微尴尬的神情从他的脸上闪过。但他很快就恢复了镇定，表现得格外殷勤。希尔达·默里是一个端庄健美的高个子女人，沉着镇定，衣品不凡。梅布尔·哈利韦尔个头较小，俊俏但并不美丽，是两姐妹中的妹妹，性格活泼，很爱说话，有点不太稳重。约翰和巴兹尔同龄，脾气很好，既不帅也不丑，讲话直率，开门见山。

巴兹尔：[一面握手]你们好呀？

梅布尔：你看上去很乐意见到我们呀，肯特先生。

巴兹尔：喜不自胜。

希尔达：你确实请过我们上门来陪你一起喝茶的，对吧？

巴兹尔：我请过你五十回了。嘿呀，约翰！我刚才没看见你呢。

约翰：我就是谨言慎行的丈夫。我默默地躲在幕后。

梅布尔：你为什么不先赞美我，反倒赞美起自己来了呢？旁人肯定
　　　会觉得前一种做法要好得多啊。

约翰：恰恰相反，那样做只会让他们认定，等到屋里只剩下咱俩的
　　　时候，我就要动手打你了。再者说，我真心不敢讲你是那种躲
　　　在幕后的人。

希尔达：[面向巴兹尔] 真是不好意思，打了你个措手不及。

巴兹尔：我只是在偷一阵懒。我在给一本书裁页。

梅布尔：那比读书可是要有趣得多啦，不是吗？[她瞥见了茶具]
　　　哦，多漂亮的一块蛋糕啊——还有两只茶杯！[她用疑惑的眼光
　　　望着他]

巴兹尔：[略微尴尬] 哦——我喜欢总是多备着一只茶杯，以防有人
　　　突然出现，你懂的。

梅布尔：真是无私啊！你还喜欢总是备着这么昂贵的一块蛋糕吗？

希尔达：[面带微笑，用斥责的口吻] 梅布尔！

梅布尔：噢，可是这种蛋糕我十分了解，而且满心喜欢啊。它们在
　　　陆海军商店有卖，两先令一个，我自己可买不起呢。

约翰：我希望你能来解释一下我们为什么会来这里，否则巴兹尔要
　　　觉得这都是我的错了。

梅布尔：[语气轻快] 从我们进门的那一刻起，我就一直在努力回想
　　　了。你来说吧，希尔达。是你想出来的。

希尔达：[哈哈一笑] 梅布尔，我再也不带你出来了。他俩真正是无
　　　可救药，肯特先生。

巴兹尔：[面向约翰和梅布尔，带着微笑] 我不知道你俩为什么来。
　　　默里太太是一早就答应过我要来喝茶的。

梅布尔：[假装很受伤] 唷，我们这才刚进门，你就非得把我往外面撵啊。再说了，在我尝上一口那块蛋糕之前，我是不会出去的。

巴兹尔：哟，茶来了！[他说话的工夫，格里格斯太太就把茶端了上来。他转向希尔达] 我想请你来倒茶。我太笨手笨脚了。

希尔达：[温柔地对他微笑] 我很乐意。

[她动手倒茶；就在巴兹尔将茶和蛋糕递给梅布尔的过程中，谈话还在继续着。

约翰：我跟她俩说过了，巴兹尔，两个或两个以上的女人不应该同时拜访一个单身汉的房间，这样做不得体。

巴兹尔：你要是能预先跟我打声招呼，我就稍稍把舞台收拾得齐整一些了。

梅布尔：噢，可我们偏偏不想要那样。我就想要看看名流居家的样子，关掉聚光灯。

巴兹尔：[冷嘲的口吻] 愧不敢当。

梅布尔：顺便问一句，书写得怎么样了？

巴兹尔：很顺利，谢谢。

梅布尔：我老是忘记问问你的写作进展。

巴兹尔：恰恰相反，你从不会放过任何一个机会来向我发出善意的探询。

梅布尔：我看你是一个字都没写。

希尔达：胡说，梅布尔。我读过了。

梅布尔：噢，可你实在是谨慎低调得不像话啊……现在我要看看你的勋章，肯特先生。

巴兹尔：[面带微笑] 什么勋章？

梅布尔：别忸忸怩怩啦！你知道我说的是什么，就是他们表彰你去过好望角的那些个勋章。

巴兹尔：[从一个抽屉里取出勋章，微笑着递给梅布尔] 你要是真的想看，那就拿去看吧。

梅布尔：[接过一枚] 这是什么？

巴兹尔：哦，这就是普通的，或者说是最大路货的南非勋章。

梅布尔：那另外一枚呢？

巴兹尔：那是优异战功勋章。

梅布尔：他们为什么没颁给你优异服务勋章？

巴兹尔：哦，我只是个大头兵，你懂的。优异服务勋章只颁发给军官。

梅贝尔：那你做了什么当得起这份荣誉的事情呢？

巴兹尔：[面带微笑] 我真的忘记了。

希尔达：这勋章是用来表彰战场上的杰出功绩的，梅布尔。

梅布尔：我知道。我只想看看肯特先生究竟是谦逊还是自负。

巴兹尔：[微微一笑，从她手中拿走勋章，重新收好] 你嘴可真毒啊！

梅布尔：约翰，你为什么没有去好望角，做出点英雄事迹来呢？

约翰：我的英雄情怀仅限于英伦三岛。我娶了你，我的天使。

梅布尔：这话是幽默还是粗俗？

巴兹尔：[哈哈大笑] 你没有问题要问我了吗，哈利韦尔太太？

梅布尔：有。我想知道你为什么要住在六段楼梯之上。

巴兹尔：[被逗乐了] 为了看风景，简单又纯粹。

梅布尔：可是，老天啊，这里根本就没有风景。只有一个个烟囱帽。

巴兹尔：可那些都是非常具有审美情趣的烟囱帽啊。快来瞧一瞧吧，默里太太。[巴兹尔和希尔达走近一扇窗户，他伸手将它推开] 到了晚上，它们竟是那么的神秘莫测，看上去就好像是奇怪的小妖精在房顶玩耍。你肯定也想象不到日落时分有多么的绚烂：有时候，一场雨过后，石板瓦屋顶闪闪发亮，就像抛光的金器。

[转向希尔达] 我时常想，没有这样的风景，我肯定活不下去。它向我诉说着如此美妙的故事。[快活地转向梅布尔] 尽情嘲笑吧，哈利韦尔太太。我眼看又要多愁善感起来了。

梅布尔：我在想啊，这番话究竟是你一拍脑袋临时编出来的呢，还是你从哪本旧笔记簿里面挖出来的呢。

希尔达：[看向巴兹尔] 我能站出去吗？

巴兹尔：当然，请吧。

[希尔达和巴兹尔跨出窗外，站上阳台；约翰见状走向梅布尔，想要偷吻她。

梅布尔：[跳了起来] 走开，你这讨厌鬼！

约翰：别傻啦。我想亲你就亲你。

[她哈哈笑着，绕过沙发，他则在她身后追着。

梅布尔：我希望你对待生活能严肃一点。

约翰：我希望你不要戴这么夸张的帽子。

梅布尔：[就在他伸手揽住她的腰肢时] 约翰，人家会看见的。

约翰：梅布尔，我命令你放开手脚，接受一吻。

梅布尔：你给我多少钱？

约翰：六便士。

梅布尔：[从他身边溜开] 少于半克朗的话，我可不干。

约翰：[哈哈大笑] 那我给你两先令。

梅布尔：[循循善诱] 就两先令三便士好啦。

[他吻了她。

约翰：现在，上这儿来安安静静地坐下吧。

梅布尔：[挨着他坐下] 约翰，你真不能跟我调情。万一他们进来，可就真不好看了。

约翰：毕竟，我是你丈夫。

梅布尔：问题就在这里。你要是真想和我调情，就应该娶别人的。

[他搂住她的腰] 约翰,不要。我很肯定他们要进来了。

约翰:进来我也不在乎。

梅布尔:[叹了口气] 约翰,你真的爱我吗?

约翰:是的。

梅布尔:你永远也不会喜欢上别人?

约翰:不会。

梅布尔:[用同样的语调] 你会给我那两先令三便士,对吗?

约翰:梅布尔,应该只有两先令啊。

梅布尔:噢,你这个骗子!

约翰:[起身] 我要到外面的阳台上去。我对烟囱帽的热爱那叫一个
　　深沉。

梅布尔:不,约翰。我要你。

约翰:为什么?

梅布尔:我都说了我要你了,这都不足以让你立刻拜倒在我脚
　　下吗?

约翰:噢,你这可怜的小东西。你连两分钟都离不了我吗?

梅布尔:你这便宜占得可就不地道了。我就要你现在这两分钟。快
　　来我身边坐下,做个乖乖的好孩子。

约翰:你这是做了什么不该做的事情吗?

梅布尔:[哈哈大笑] 没什么。但我要你为我做一件事。

约翰:哈哈!我就知道。

梅布尔:我就要你帮我系鞋带。[她伸出一只脚]

约翰:就这个吗——以你的名誉担保?

梅布尔:[哈哈大笑] 是的。[约翰跪了下来]

约翰:可是,我的好姑娘,鞋带没松啊。

梅布尔:那么,我的好孩子,你就解开鞋带再系上吧。

约翰:[噌地站起来] 梅布尔,我俩这是在当守护少女名节的老嬷

嬷，横插进一对恋人中间吗？——可我们还年轻呐。

梅布尔：[讥讽的口吻] 哦，你可真聪明啊！你以为希尔达会情愿爬上六段楼梯吗，若不是爱情借给她一双翅膀？

约翰：我希望爱情也能借给老嬷嬷们一双翅膀。

梅布尔：别耍贫嘴。这件事情很严肃。

约翰：我亲爱的姑娘，我俩新婚才六个月呐，你真不能指望我来扮演庄重的父亲大人。那样做甚至可以说是失礼的。

梅布尔：别讨嫌，约翰。

约翰：这不是讨嫌，这只是博物学现象。

梅布尔：[一本正经地] 我从来没有学过。体面的姑娘家好像不应该知道这些。

约翰：你之前为什么不告诉我希尔达喜欢巴兹尔！那他喜欢她吗？

梅布尔：我不知道。我猜那正是她此刻在问他的问题。

约翰：梅布尔，你是不是想说，你把我——一个温良谦和、人畜无害的人儿带到这里来，就为了让你的姐姐好向我的一个哥们儿求婚？这真是岂有此理。

梅布尔：她才没有呢。

约翰：你用不着一脸义愤填膺的模样。你不能否认是你向我求的婚。

梅布尔：我当然可以否认了。要是我真的这么做了，我在这件事情上是绝对不会等那么久的，简直不像话。

约翰：真不知道希尔达为什么想要嫁给可怜的巴兹尔！

梅布尔：唔，默里上尉留给了她一年五千英镑，而她又认为巴兹尔·肯特是个天才。

约翰：摄政公园和贝斯沃特的每一间起居室里面，都藏着一个不声不响的天才。我不知道巴兹尔会不会不过就是一个聪明人。

梅布尔：不管怎么说，我确信嫁给天才是一个错误。他们的脾气都差得要命，而且他们还都喜欢追求别人的老婆，无一例外。

约翰：希尔达向来喜欢文学青年。嫁给骑兵军官这一点最不好了。你会因此而过分看重头脑。

梅布尔：是啊，可她也不必嫁给他们嘛。她要是真想鼓励支持巴兹尔，就应该小心地保持好距离呀。最有利于天才茁壮成长的滋养，恰恰就是水和面包，还有柏拉图式的爱情。若是希尔达嫁给了他，他只会变得又肥又丑，又秃又蠢。

约翰：哈，那他就能成为一个完美的议员了。

　　[巴兹尔和希尔达回到了屋里。]

梅布尔：[不怀好意地] 嗯，你们聊了些啥？

希尔达：[尖酸的口吻] 天气和收成，莎士比亚和玻璃碗琴。

梅布尔：[抬了抬眉毛] 噢！

希尔达：时间有点晚了，梅布尔。我们真的该走了。

梅布尔：[起身] 而我还有十二户人家要拜访呢。我真希望所有人都不在家。

希尔达：现在的人都太蠢了，你只要一登门，他们保准在家。

梅布尔：[向巴兹尔伸出手] 再见了。

希尔达：[语气冷淡] 非常感谢，肯特先生。我们怕是给你添了许多麻烦。

巴兹尔：[同她握手] 见到你们我喜不自禁。再见。

梅布尔：[轻快的口吻] 你动身去意大利前，我们还会再见到你的，对吗？

巴兹尔：哦，我现在不打算去意大利了。我的计划全变了。

梅布尔：[朝约翰使了个眼色] 噢！好吧，再见了。你不走吗，约翰？

约翰：不，在你恪尽职守的时候，我想我要留下来，和巴兹尔稍微聊上几句。

梅布尔：哦，记得要早点回家。还有一大帮讨厌鬼等着来我们家吃晚饭呢。

希尔达：[微微一笑] 一对小可怜！那都是些什么人呀？

梅布尔：我已经忘了。但我知道他们都面目可憎。所以我才邀请的
他们。

　　　　[巴兹尔拉开门，两个女人出去了。]

约翰：[坐了下来，摊开手脚] 现在咱们摆脱女眷了，总算是可以自
在点了。[从口袋里掏出烟斗] 我想我可以品鉴一下你的烟草，
如果你愿意递过来的话。

巴兹尔：[递给他烟罐] 我很高兴你能留下来，约翰。我也有话要跟
你说的。

约翰：哈哈！

　　　　[巴兹尔打住了话头，约翰则看着他，一副乐不可支的模
样。他装好烟斗。]

约翰：[点上烟斗] 好姑娘啊，那个希尔达——不是吗？

巴兹尔：[热情洋溢] 噢，我觉得她简直太迷人了……可你为什么会
这么说？

约翰：[一脸无辜] 哦，我不知道。只是脑子里突然闪过这个念头。

巴兹尔：我说啊，我有件事要告诉你，约翰。

约翰：哦，别这么一脸严肃呀。

巴兹尔：[带着微笑] 这就是一件严肃的事。

约翰：不，不是的。我自己也经历过。那就像是高台跳水。你低头
望着水面的时候，会紧张得连大气都不敢出，可等到你真的跳
下去了——事情也并没有你想的那么吓人嘛。你是要结婚啦，
老弟。

巴兹尔：[面带微笑] 你究竟是怎么知道的呀？

约翰：[喜气洋洋] 我亲眼看见啦。我恭喜你，我也祝福你。我得去
做一件新礼服大衣了，到时候好把新娘子交到你手上。

巴兹尔：你? …… [恍然大悟] 你搞错了，老伙计。我要娶的人不
　　　是你的妻姐。

约翰：那你刚才干吗要说是呢?

巴兹尔：我根本没提她的名字呀。

约翰：哈! 我这个丑出得可不是一般的大，是不是?

巴兹尔：可你究竟为什么会以为……?

约翰：[打断了他] 哦，那只是我老婆的一个傻念头。女人都是大傻
　　　瓜，你懂的。可她们还自以为聪明得不得了。

巴兹尔：[一脸尴尬——望着他] 默里太太有没有……?

约翰：没有，当然没有! 嗨，你要娶的到底是谁呀?

巴兹尔：[脸一红] 我要娶的是詹妮·布什小姐。

约翰：从来没有听说过。我认识吗?

巴兹尔：是的，你认识她。

约翰：[努力回想] 布什……布什…… [露出微笑] 我听说过的唯
　　　一一位詹妮·布什是舰队街上一个漂亮的小吧女。你要娶的应
　　　该不是她。

　　　　　[约翰这话说得颇漫不经心，他一刻都不曾想到这跟巴兹尔
　　　要娶的那个人有半点关系。可巴兹尔并没有接他的话头，于是
　　　约翰看他的眼光凌厉了起来：两个男人你瞪着我，我瞪着你，
　　　房间里一阵沉默。

约翰：巴兹尔，该不是你去好望角之前我俩认识的那个女人吧?

巴兹尔：[面色苍白，神情紧张，但非常坚定] 我方才跟你说了，你
　　　以前认识詹妮的。

约翰：我说，你该不是要娶"金王冠"的吧女吧?

巴兹尔：[用沉稳的目光看着他] 詹妮曾经是"金王冠"的吧女。

约翰：可是，老天爷啊，巴兹尔，你到底是什么意思? 你该不是认
　　　真的吧?

巴兹尔：百分百认真！我们下周的今天就要结婚了。

约翰：你完完全全、彻头彻尾地发疯了吗？你究竟为什么要娶詹妮·布什呢？

巴兹尔：这个问题挺微妙的，不是吗？［微微一笑］应该是因为我爱上了她吧。

约翰：嗨，这个回答真是傻透了。

巴兹尔：却恰恰也是最显而易见的。

约翰：胡说八道！嘿，我爱上过不下二十个姑娘，我也没有把她们全娶了呀。这可是一个会因为重婚罪把你送进去蹲七年的国家啊，你怎么能干那种事呢。泰晤士河两岸，从巴恩斯到塔普罗的每一间酒馆都是一座墓碑，下面葬着我青葱岁月里的一段无果的恋情。我真的好爱她们，可我从来没有求过她们嫁给我。

巴兹尔：［咬紧嘴唇］我希望你不要拿这件事开玩笑，约翰。

约翰：你确定自己没有在犯傻？如果你是摊上了麻烦事，那我们总归有办法把你捞出来的。婚姻，就像绞刑，是一种孤注一掷的补救措施。

　　　［巴兹尔坐在那里，没好气地耸了耸肩。约翰走上前去，双手搭上好友的肩膀，直视着他的眼睛。

约翰：你为什么要娶她，巴兹尔？

巴兹尔：［不耐烦地跳了起来］该死，你干吗不去管好你自己的事情呢？

约翰：别傻了，巴兹尔。

巴兹尔：我怎么就不能娶任何一个我自己选择的女人呢？这不干你的事，对不对？你以为我在乎她是吧女吗？

　　　［他激动地来回踱步，约翰则用一双沉稳的眼睛观察着他。

约翰：巴兹尔，老弟，我们已经认识彼此许多年了。你不觉得你最好还是信任我吗?

巴兹尔：[咬紧牙关] 你想知道什么?

约翰：你为什么要娶她?

巴兹尔：[突兀地、恶狠狠地] 因为我必须娶她。

约翰：[无声地点点头] 我明白了。

　　[一阵沉默。接着巴兹尔转向约翰，神情平静了一些]

巴兹尔：你还得记得詹妮吗?

约翰：是的，当然。嘿，以前我们总在那里吃午饭的呀。

巴兹尔：嗯，我从好望角回来以后，就又开始光顾那里。我那会
　　儿在国外的时候，她心血来潮地给我写了封信，里面好多拼写
　　错误，洋相百出——可她竟然还想着我，对此我很感动。她还
　　寄了点烟草和香烟来。

约翰：我的老处女姑妈也寄给过你一条羊毛围巾，可我也没有听说
　　过你投桃报李，向她求婚呀。

巴兹尔：就这样，一来二去的，我渐渐和詹妮熟稔起来了。她似乎
　　挺喜欢我的——不由得我不看在眼里。

约翰：可当初她一直声称和那个一口假牙的小萝卜头订婚了呀，那
　　小子以前老喜欢在酒吧里晃悠，在灌下了无数杯威士忌兑苏打
　　后含情脉脉地望着她。

巴兹尔：有一天晚上她不上班，我带她出去玩，他为此大吵大闹了
　　一回，她就和他掰了。我不能不觉得这都是我的错。

约翰：哦，然后呢?

巴兹尔：然后我就开始频繁地带她去看戏，去做诸如此类的事情。
　　而最终……!

约翰：这个过程持续了多久?

巴兹尔：几个月。

约翰：然后呢?

巴兹尔：嗯，前两天她给我发电报了。我才发现她的境况很糟糕。她简直要把眼睛都哭瞎了。可怜的小东西。她感觉不太舒服，就去看了医生。医生告诉她……

约翰：告诉她一件其实你或许已经预料到了的事情。

巴兹尔：是的……她真的歇斯底里了。她说她不知道该怎么办，也不知道该上哪儿去。她还非常害怕面对家人。她说她要自杀。

约翰：[冷冰冰地] 她自然是非常焦虑喽。

巴兹尔：我觉得自己唯一能做的事情就是向她求婚。而当我看到她那张满是泪痕、可怜巴巴的小脸上油然而生的喜悦之情时，我知道自己做了正确的事情。

　　[一阵短暂的沉默，约翰来回踱步，然后突然停住，转向巴兹尔。

约翰：你有没有想过一件事：你，一个从不需要节衣缩食的人，将来就得精打细算每一个先令了？你对金钱向来不怎么上心，花起钱来大手大脚的。

巴兹尔：[耸耸肩] 如果说摒弃一大堆无用的奢侈享受就是我将要面对的最大磨难，那我想我真的没有什么可抱怨的。

约翰：可你真的养不起一个老婆和一个不断添丁的家庭啊。

巴兹尔：我想我可以和别的男人一样出去挣钱。

约翰：靠写书？

巴兹尔：我这就要打起精神，去律师行从业谋生。直到今天为止，我还从没有费过神，劳过力。

约翰：我不知道还有谁比你更不适应律师行那无聊的等待和乏味的苦活了。

巴兹尔：我们走着瞧。

约翰：还有，你觉得你的朋友们对于你娶了一个——吧女，会有怎样的说法？

巴兹尔：[不屑一顾] 我半点都不在乎我的朋友们。

约翰：他们听说了会很高兴的。你知道，古往今来无数的男男女女对着社会打过响指，嘲笑社会，一度还以为自己占了社会的上风。可自始至终，社会只是一言不发地暗自窃笑，然后突然之间，它亮出了铁手——嘎吱一声将他们碾得粉碎。

巴兹尔：[耸耸肩] 不过是有几个势利眼会不理我罢了，仅此而已。

约翰：不是你——是你的太太。

巴兹尔：我是绝不会踏进一户不接受我太太的人家里面做客的，我可不是那种人渣。

约翰：可这世上再没有谁比你更难舍弃这些的了。你最最喜欢的就是四处去赴晚宴，在乡间别墅里面小住一阵。女人的微笑就是你鼻孔间的气息。

巴兹尔：你把我说得好像一只温顺的小猫咪一样。我不想吹牛，约翰，但毕竟，我已经证明了我还是能在这个世上做点事的。我去了好望角，因为我觉得那是我的职责所在。我决意迎娶詹妮，也是出于同样的理由。

约翰：[一脸严肃] 你愿不愿意回答我一个问题——以你的荣誉担保？

巴兹尔：愿意。

约翰：你爱上她了吗？

巴兹尔：[迟疑了一下] 没有。

约翰：[非常激动] 那么，苍天在上，你就无权娶她。一个男人无权出于怜悯去娶一个女人。这是一件残忍的事情。到头来，你只会让你自己和她堕入彻头彻尾的不幸之中。

巴兹尔：我不能让那个可怜的姑娘心碎。

约翰：你不知道婚姻是什么。哪怕是两个全心全意对待彼此的人，利益一致，出自同一个阶层，有时候他们的婚姻都几乎是忍无可忍的。婚姻是这世上最可怕的东西，除非是激情催使它绝对无可避免地到来。

巴兹尔：我的婚姻就是绝对无可避免的——出于另一个理由。

约翰：你这话说得好像这种事情从来没有发生过似的。

巴兹尔：哦，我知道。这种事情每天都在发生。对那个男人来说，这事与他无关。至于那个姑娘呢，让她投河去吧。让她下地狱，上吊去吧。

约翰：胡说。生计还是可以给她安排的嘛。只是手法上需要小心一点——没人会听到半点风声，她的日子也半点都不会比之前的赖。

巴兹尔：这不是别人知不知道的问题。这是荣誉的问题。

约翰：[睁开眼睛] 那你在做……那件事的时候，荣誉又在哪里呢？

巴兹尔：老天爷啊。我就是个普通的男人。我和别的男人一样也有激情。

约翰：[神色凝重] 我亲爱的巴兹尔，我不想审判你。但我以为，现在再来摆出道德家的架子怕是晚了。

巴兹尔：你以为我没有后悔过我做的那些事情吗？事后再来说我当时应该抵抗诱惑自然是轻巧。要是我们每天夜里都像第二天清晨一样头脑清醒，这个世界早就圣洁得好像主日学校了。

约翰：[摇着头] 说到底，这不过是一起令人遗憾的事件，既是因为你血气方刚，也是因为你——童真不再了。

巴兹尔：[极度严肃] 我的行为也许就像个混账。我不知道。我想我做了每一个男人都会做的事情。但是现在，我的面前清清楚楚地摆着一项职责；上帝在上，我打算履行职责。

约翰：你难道不知道，你只能活上一回，每一个错误都是无可挽回的吗？许多人拿生活开玩笑，好像那只是一盘棋局，他们可以先试着走一步，回头发现自己陷入泥潭了，就推倒重来，再开一局便是。

巴兹尔：可生活就是一盘棋局，每个人到最后都会被打败。死亡坐在棋盘的另一头，不论你走哪一步棋，他总有一招克制你的反手。也无论你潜心策划出怎样的谋略，他总能一一化解。

约翰：可如果最终死亡总要把你将死，那么这场仗就更值得好好去打了。不要一开始就用傻乎乎的堂吉诃德式情怀来给自己找麻烦。生活是那么的充实。它将那么多的东西摆在你的面前，你却白白丢掉了几乎是一切值得你为之劳心费力的内容。

巴兹尔：[神色凝重] 要是我不娶詹妮，她会自杀的。

约翰：你不会真以为她会这么做吧。要自杀可不是一件容易事，你知道的。

巴兹尔：你想得很多，约翰——可你没有想到孩子。我不能让那个孩子像个小偷一样鬼鬼祟祟地来到这个世上。让他光明正大、合乎礼法地来吧。让他带着一个堂堂正正的名字来吧。老天爷啊，活在这个世上已经够艰难的了，就不要再让他用一生来背负一个可耻至极的污名了吧。

约翰：噢，我亲爱的巴兹尔啊……

巴兹尔：[打断他] 你尽可以提出一千个反对的理由，但什么都无法改变一个事实：此时此刻，摆在一个正人君子面前的只有一条路。

约翰：[冷冰冰地] 哎，这条路也许能够彰显你的心地，却很难彰显你的头脑啊。

巴兹尔：我本以为你立刻就能明白我只能如此，别无他途的。

约翰：我亲爱的巴兹尔，你满口左一个怜悯，又一个职责，可你真的敢说这里头不仅仅是虚荣心在作祟吗？你把自己放了某种道德的制高点之上。你真的敢说你一丁点都没有沾沾自喜于你自己的英雄气概吗？

巴兹尔：[带着和蔼的微笑] 这一切在你眼中就那么的小题大做吗？毕竟，这只是起码的伦理道德。

约翰：[不耐烦地] 可是，我亲爱的老伙计，在一个满足于二流的世界上，以一种无法实现的理想作为行动的指南是非常荒唐的。你这是在开支票给非洲野人，可人家还在拿宝贝贝壳当通行货币哪。

巴兹尔：[面带微笑] 我不知道你这话是什么意思。

约翰：社会定下了自己的十诫，这套守则刚好适合既不太好也不太坏的平庸之人。而无论你的行为是超标了还是不及格，社会都会一视同仁地惩罚你。

巴兹尔：有时候，等你死后，它会给你封神。

约翰：但在你还活着的时候，它依然会一丝不苟地把你钉上十字架。

　　[有人敲门，进来的是格里格斯太太。]

格里格斯太太：又有几位访客，先生。

巴兹尔：带他们进来。[面向约翰] 是詹妮。她说过要来喝茶的。

约翰：[微微一笑] 哦，这蛋糕是为她准备的，是吧？你想要我走吗？

巴兹尔：除非你自己要走。你以为我会不好意思吗？

约翰：在听过了你方才的那些高论之后，我猜你大概是不太乐意我见到她的。

　　[詹妮·布什和她的哥哥詹姆斯一同走了进来。她很漂亮，五官精致，面色姣好，一头浓密的金发精心打理，梳扮工巧。她身上的衣着时髦又招摇。这就是一个典型的吧女，或是女招待，或许比一般的同类要稍许精致一点点。她的举止并不让人反感，但也算不上淑女。詹姆斯是一个一脸精明的小伙子，胡子刮得干干净净，一身骑手装扮，也许扮得有点过了火，举止明显比他的妹妹更粗俗。他的英语带有伦敦土腔，但也不是逢

H 必吃 ①，而是时吃时不吃。他的腔调过度热诚，过度友好了。

詹妮：［走到巴兹尔跟前］我迟到好久啦，刚才实在是脱不开身呐。

詹姆斯：［逗笑的口吻］别管我啦。给他一个吻吧，老荡妇。

詹妮：哦，我带我哥吉米来见你了。

巴兹尔：［同他握手］你好啊？

詹姆斯：挺好，多谢。很高兴认识你。

詹妮：［看着约翰，突然认出了他］哎哟，天啊！这不是老约翰·哈
　　利韦尔嘛。没想到会碰见你啊。真是让人乐开怀呀。

约翰：你好啊？

詹妮：你在这里做什么？

约翰：我在跟巴兹尔喝茶呢。

詹妮：［看着茶具］你一个人总是要同时喝三杯茶吗？

约翰：我太太刚才也来了——还有她姐姐。

詹妮：哦，明白了。没想到你居然结婚了。感觉怎么样？

约翰：还行吧，谢谢。

　　　　［巴兹尔倒了一杯茶，在接下来的对话过程中，将奶、糖还
　　有蛋糕一样样递给詹妮。

詹姆斯：人们都说婚姻需要一点适应过程。

约翰：布什先生，你真是个哲学家。

詹姆斯：嗨，不谦虚地说一句，我这人头脑向来清楚，要想抓我的
　　小辫子可不那么容易。我还不知道你叫啥呢。

约翰：哈利韦尔。

詹姆斯：阿利韦尔？

约翰：［重读 H 音］哈利韦尔。

詹姆斯：我就是这么说的——阿利韦尔。我认识一个做肉品生意的

----

① 伦敦土腔（Cockney English）的一个典型标志就是不发 H 音。

伙计叫阿利韦尔。是你亲戚?

约翰:应该不是。

詹姆斯:他那生意也挺嗷(好)。做肉品生意可赚钱哩。

约翰:肯定的。

詹妮:[面向约翰]我可是有好一阵子没见到你啦。如今你也是个有家室的男人了,我猜是消停下来了吧。想当初你还是个单身汉的时候,可是够抢手的啊。

詹姆斯:[插科打诨]别害人家脸红嘛,詹妮。哪怕是管教最严的家庭里面,也总哎(还)是有意外发生的。男孩子总归是男孩子,就像《圣经》里头说的。

约翰:我想我得走了,巴兹尔。

詹姆斯:哦,那我也撤吧。我就是过来跟我未来的妹夫说声你嗷(好)的。我这人就是喜欢实诚。我可是一点架子都不摆的。

巴兹尔:[礼貌,但不热情]哦,你不留下来喝杯茶吗?

詹姆斯:不了,谢谢。我对茶不怎么在昂(行);我把那玩意儿留给女人们。我自己喜欢来点更有劲儿的东西。

詹妮:[嗔怪的口吻]吉米!

巴兹尔:我有点威士忌,布什先生。

詹姆斯:唉,快别左一口先生,右一口布什的。管我叫吉米。我受不了客套的。这事儿我是这么看的。我俩都是绅士。嘿,提醒你一句。我可不是个喜欢自吹自擂的家伙。但有一说一:我是个绅士。这不是自夸,好吧?

约翰:哎哟,当然不是了。只是在陈述事实。

詹姆斯:嗯,我刚才也说了,我知道我是个绅士。这事儿又不是你自己改变得了的,所以有啥嗷(好)整天炫耀的呢?要是我在酒馆里遇见一个伙计,他请我一起喝一杯,我是不会问他是不是勋爵的。

巴兹尔：你只会默默接受。

詹姆斯：嗯，你自己也会那么做的，不是吗？

巴兹尔：也许吧。可你现在到底要不要喝一杯呢？

詹姆斯：哎呀，你真是个大好人，我知道订婚是什么感觉。我可不想打扰你们这对儿小鸳鸯。我跟阿利韦尔这就去街角那头喝上一杯。我看到你们那儿有家很不错的小酒馆子。[转向约翰]我猜你自己也忍不住会时不时地过去一趟，是不是啊？

詹妮：[哈哈大笑]他以前天天都要来"金王冠"的，胆儿可大了！

约翰：我怕是真的有急事。

詹姆斯：得了吧，人这一辈子啊，总有时间往肚里再灌一滴威士忌的！

巴兹尔：[面向詹姆斯，递给他烟盒]我说，你不如随手拿上一支雪茄吧。

詹姆斯：[拿起一支，仔细端详]你瞧你，非得这么客气。Villar y Villar①……一百支要卖多少钱啊？

巴兹尔：别人给我的。我真的不知道价格。[他划了一根火柴]你不把标签撕掉吗？

詹姆斯：我偏不。我可不是天天都能抽 Villar y Villar 的。不过在我碰巧能抽上的时候，我就要连着标签一起抽。

詹妮：[大笑]吉米，你真搞笑！

约翰：[同詹妮握手]再见了，还有——送上我最美好的祝愿！

詹妮：谢谢。当年我在"金王冠"里给你调鸡尾酒的时候，你可没想着我有一天会嫁给巴兹尔，对吧？

詹姆斯：来吧，阿利韦尔。别站在那儿聊闲话了。你只会打扰这对儿小鸳鸯。拜拜了，老荡妇。回头见。我走啦，巴兹尔老伙计。

————————————

① 一种古巴雪茄品牌。

巴兹尔：再见——吉米。

      [约翰·哈利韦尔和詹姆斯下，詹妮冲动地走到巴兹尔跟前。

詹妮：吻我。[他吻了她，面带微笑] 这还差不多！现在我可以安安静静地坐下说话了。你觉得我哥怎么样？

巴兹尔：哦——我还几乎不认识他呢。他看上去挺友好的。

詹妮：等你认识他了，你会发现他不算太坏的。他就像我妈。

巴兹尔：[抬了抬眉毛] 是吗？那——你爸也像这样吗？

詹妮：哎，你知道的。爸不像吉米那样受过教育。吉米在马盖特上过寄宿学校的。

巴兹尔：是吗？

詹妮：你自己也上过寄宿学校，对不？

巴兹尔：[面带微笑] 是的，我上过哈罗。

詹妮：哈，你们哈罗的空气可不如马盖特的好。

巴兹尔：我帮你把茶杯放下如何？

詹妮：[在桌上放下杯子] 哦，谢谢，不用了。来我身边坐下，巴兹尔。

巴兹尔：[在她的椅子扶手上坐下] 好啦。

詹妮：[握住他的手] 真开心，屋里现在只剩咱俩啦。我好想一辈子都只有咱俩在一起。你真的爱我，对吗，巴兹尔？

巴兹尔：是的。

詹妮：很爱吗？

巴兹尔：[微笑] 是的。

詹妮：我好开心。噢，要是你不爱我，我真不知道该怎么办才好。你那会儿要是对我不好，我肯定就投河自尽了。

巴兹尔：你尽胡说八道。

詹妮：我是认真的。

[他的手温柔地抚过她的秀发。

詹妮：噢，你真好，巴兹尔。我真为你骄傲。我会骄傲地成为你的妻子。

巴兹尔：[神色凝重] 别把我想得太好，詹妮。

詹妮：[哈哈一笑] 我一点也不担心这个。你勇敢，你聪明，你是个专业人士，你就是一切。

巴兹尔：你这个傻孩子。

詹妮：[热切地] 我没法儿跟你说清楚我到底有多爱你。

巴兹尔：我会拼尽全力，做你的好丈夫，詹妮。

[她伸开双臂，一把搂住他的脖子，两人拥吻在了一起。

第一幕终

第二幕

自第一幕终到第二幕始，一年的时间过去了。

帕特尼，巴兹尔家的客厅。面对观众席的一面墙上开了一扇连通走廊的房门。右侧另有两扇房门通向两间卧室，与之相对的位置上开了一扇凸窗。出现在前一幕中的那些画和瓷盘同样装点着这里的墙壁；写字台位于两扇侧门中间。詹妮的影响在几个细节中清晰可见：首先是柳条扶手椅上面的软垫，其次是装潢哔叽面料的窗帘与门帷，最后是印在墙纸上面的一朵朵硕大的菊花。

[詹妮在做针线活，詹姆斯·布什懒洋洋地坐在一把扶手椅里。

詹姆斯：大老爷今天下午上哪儿去了？

詹妮：他出去散步了。

詹姆斯：[不怀好意地一笑] 他只是这么跟你一说，亲爱的。

詹妮：[抬眼一瞥] 你在哪儿见着他了？

詹姆斯：没，我不敢说我见着他了。可就算我见着了，我也不会逢人就吹这事儿的。

詹妮：[紧咬不放] 那你这话是什么意思？

詹姆斯：哦，每次我过来的时候，他都出去散步了……我说啊，老荡妇，你能不能帮我个忙，借我几镑钱？下周六还你。

詹妮：[勉力拒绝] 噢，不，吉米，我办不到。巴兹尔让我保证过我不会再给你钱了。

詹姆斯：什么！他让你保证过？——呵，那个刻薄的吝啬鬼。

詹妮：我们已经借给你那么多钱了，吉米。况且妈也借了好多。

詹姆斯：嘿，我说，一镑钱你总归拿得出的，对不？你可以一个字也不用提嘛。

詹妮：真的不行，吉米。要是我办得到，我就给你了。可我们眼下有一大堆的债务要操心，而且房租下礼拜就到期了。

詹姆斯：[闷闷不乐] 你不借给我，是因为你不肯。我真的很想知道巴兹尔把他的钱都花在了哪里。

詹妮：他今年的年景不好——不是他的错。宝宝夭折以后，我又大病一场，我们付给医生的钱就有差不多五十英镑。

詹姆斯：[冷笑一声] 哼，你嫁给他那件事情干得真是漂亮，詹妮。你以为自己的人生也就此飞黄腾达了。

詹妮：吉米，不要！

詹姆斯：我反正是怎么也看不惯他，我也不在乎让谁知道。

詹妮：[口气很冲] 我不许你说他一句坏话。

詹姆斯：好吧——你用不着急眼。我是横竖搞不明白，你到底有啥好替他说话的。他又不怎么在乎你。

詹妮：[忙不迭地] 你怎么知道？

詹姆斯：你以为我瞎吗！

詹妮：你说得不对。你说得不对。

詹姆斯：你瞒不了我的，詹妮。我猜你今儿个该不是哭了一整天吧？

詹妮：[脸一红] 我头痛。

詹姆斯：我了解这种头痛是怎么回事。

詹妮：我俩今早拌了两句嘴。所以他才出去了……噢，别说他不在乎我。我会活不下去的。

詹姆斯：[哈哈一笑] 得了吧你。沙滩上又不是只有巴兹尔·肯特这一粒石子儿。

詹妮: [情绪激动] 噢,吉米,吉米,有时候我不知道该何去何从,我真的很不幸福。要是宝宝能活下来,也许我就能留住我的丈夫——也许我就能让他爱我了。[外面传来房门关上的声音] 是巴兹尔。

詹姆斯: 祝他好运。

詹妮: 噢,吉米,千万别说什么会惹恼他的话。

詹姆斯: 我只不过是想要跟他说两句我的看法。

詹妮: 噢,吉米,不要。今早我俩吵架,那是我的错。我想要惹他生气,我故意对他唠叨的。别让他看出我跟你讲过什么。我来看看——我来看看我明天能不能借你一英镑,吉米。

詹姆斯: [桀骜不驯地] 他最好是不要对我摆出一副屈尊俯就的架子来,因为我是不会白白受着的。我是一名绅士,我一丁点儿也不比他赖——说不定还比他强些。

> [巴兹尔走了进来,注意到了詹姆斯,但没有开口。

詹姆斯: 下午好,巴兹尔。

巴兹尔: [态度冷淡] 你又来了?

詹姆斯: 好像是这么回事,不是吗。

巴兹尔: [轻声答道] 恐怕确实如此。

詹姆斯: [随着谈话的进行,变得越来越咄咄逼人] 恐怕?我猜我总还能过来看看我妹吧?

巴兹尔: 我猜这是不可避免的。

詹姆斯: 然后呢?

巴兹尔: [微笑] 只不过,假使你每次过来能够凑准我出门的时间,那我会感激不尽的。反之亦然。

詹姆斯: 也就是说,你想要我出去,我猜。

巴兹尔: 你展现出了难得的洞见力,亲爱的詹姆斯。

詹姆斯：那你这个满嘴大话的家伙又算是哪根葱呢，我很想知道。

巴兹尔：[不动声色] 我？不过是一个无足轻重的人。

詹姆斯：[愤怒地] 嘿，我要是你，就不会摆出这么大的架子来。

巴兹尔：我发现，你还没有掌握既桀骜不驯又不显粗鲁的有益技巧。

詹姆斯：我说，我是不会白白受着你这副嘴脸的。我怎么着都不比你赖。

巴兹尔：这是一个我做梦都不敢反驳的事实。

詹姆斯：[义愤填膺] 那你鼻子干吗翘到天上去呢，嗯？我每次过来的时候，你对我左一声冷笑右一声吼的，又是什么意思呢？

詹妮：[很紧张] 吉米，不要！

巴兹尔：[微微一笑] 你真雄辩，詹姆斯。你应该加入辩论社的。

詹姆斯：没错，继续。真棒。你好像觉得我是个小人物。我很想知道你凭啥一直这副样子，好像我啥都不是一样。

巴兹尔：[生硬地] 因为我选择如此。

詹姆斯：你可以放一百个心，我过来不是为了看你。

巴兹尔：[冷冷一笑] 那我至少有了一件可以庆幸的事情。

詹姆斯：我有权利来这里，别人来得，凭啥我来不得。我是来看我妹的。

巴兹尔：的确，你真是太体贴了。我还以为你通常都是来借钱的呢。

詹姆斯：你可算是当面跟我摊牌了。我失业了，实在是没办法。

巴兹尔：哦，我完全不反对你失业。我所抗议的——而且是非常温和的抗议——仅仅是你指望着我来养活你。你今天又要多少钱？

詹姆斯：我不要你的脏钱。

巴兹尔：[哈哈一笑] 你已经试着跟詹妮借过钱了？

詹姆斯：不，我没有。

巴兹尔：而她拒绝了，我猜。

詹姆斯：[暴跳如雷] 我告诉过你了，我不要你的脏钱。

巴兹尔：哦，好吧，这下我俩就都满意了。你先前似乎是以为，因为我娶了詹妮，所以我就有义务养你们一大家子一辈子。很抱歉我养不起。也烦请你代为转告家里的其他人，就说我受够了，再也掏不动钱了。

詹姆斯：既然你话都说到这份儿上了，我很奇怪你怎么还没有禁止我进你家的门呢。

巴兹尔：[冷冷地] 我不在家的时候，你可以来——只要你守规矩。

詹姆斯：我配不上你咯，是吧？

巴兹尔：是的，你配不上。

詹姆斯：[愤怒地] 哈，你可真是个漂亮人儿啊，是吧。你这刻薄的吝啬鬼！

巴兹尔：别骂人，詹姆斯。这很粗鲁。

詹姆斯：我想说什么就说什么。

巴兹尔：还有，说话请不要那么大声。这很让我心烦。

詹姆斯：[恶狠狠地] 我敢说你是巴不得我别碍着你的事儿。可我的眼睛是会一直盯住你的。

巴兹尔：[警觉地] 这话是什么意思？

詹姆斯：你知道我是什么意思。詹妮这日子过得憋屈，我敢打赌。

巴兹尔：[强压怒火] 我给你划一条底线：不要插手詹妮和我之间的关系——听清楚了吗？

詹姆斯：哈，这下你跳脚了，是吧？你以为我不知道你是哪种人吗？我一眼就能看穿你俩。我对你的了解远比你以为的要多。

巴兹尔：[鄙夷地] 别犯傻，詹姆斯。

詹姆斯：[冷嘲热讽] 詹妮嫁你那事儿干得真漂亮。

巴兹尔：[恢复镇定，露出微笑] 她一直在跟你诉说我的种种缺点吗？[转向詹妮] 你一定有许许多多的话要说，亲爱的。

詹妮：[方才一直在低头做针线活，这时抬起头来，心神不宁] 我没有说过你的一句坏话，巴兹尔。

巴兹尔：[背对着詹姆斯] 哦，我亲爱的詹妮，如果这么做能让你开心，你尽可以同你的哥哥弟弟、姐姐妹妹、爸爸妈妈，连同你的全家老小一道讨论我……要是我没有缺点的话，那我该是多么无趣啊。

詹妮：[不安地] 告诉他我没有说过他的坏话，吉米。

詹姆斯：肯定不是因为没话可说，我敢打赌。

巴兹尔：[扭过头去] 我很累了，詹姆斯兄弟。我要是你的话，我现在就走了。

詹姆斯：[气势汹汹] 我自己想走了才会走。

巴兹尔：[转过身来，挂着淡淡的微笑] 当然，我们都是基督徒，亲爱的詹姆斯；文明正在当今世上大行其道。然而，尽管如此，最终一锤定音的人依然是最强者。

詹姆斯：你这话什么意思？

巴兹尔：[乐呵呵地] 我只是想说，小心驶得万年船，莫逞一时之勇。人们说，谚语的财富可敌国啊。

詹姆斯：[义愤填膺] 这种事情确实像是你能干得出来的——动手打一个比你矮小的伙计。

巴兹尔：哦，我是绝对不会动手打你的，詹姆斯兄弟。我只会把你扔下楼梯。

詹姆斯：[拔腿就朝门口走去] 我倒要看看你打算怎么动真格的。

巴兹尔：别犯傻，詹姆斯。你知道你不会喜欢的。

詹姆斯：我不怕你。

巴兹尔：你当然不怕。不过话说回来——你也没有多少肌肉，对吧？

詹姆斯：你这胆小鬼！

巴兹尔：［面带微笑］你的反驳并不精妙，詹姆斯。

詹姆斯：［站在门口，为保险起见］这笔账我肯定要跟你算，这事儿没完！

巴兹尔：［抬了抬眉毛］詹姆斯，我五分钟前就叫你出去了。

詹姆斯：我这就走。你以为我想待在这儿吗？再见，詹妮，我可不想站在这里受人侮辱。［他砰的一声甩门出去了］

　　　　　　［巴兹尔不动声色地笑笑，走到写字台前，翻弄几页信纸。

巴兹尔：詹姆斯兄弟唯一的可取之处就在于，有时候他能给人带来些许小小的欢乐。

詹妮：你至少可以对他礼貌一点的，巴兹尔。

巴兹尔：我六个月前就用光了我全部的礼貌。

詹妮：毕竟，他是我哥呀。

巴兹尔：对于这个事实，我发自内心地深表遗憾，我可以向你保证。

詹妮：我不明白他有什么问题。

巴兹尔：你不明白？那也没关系。

詹妮：我知道他不擅长社交。

巴兹尔：［哈哈一笑］是的，他没法儿在勋爵夫人的茶会上大放异彩。

詹妮：嗯，可这样也没啥不好的，不是吗？

巴兹尔：那是当然。

詹妮：那你干吗还要当他是条狗呢？

巴兹尔：我亲爱的詹妮，我没有……我非常喜欢狗狗。

詹妮：噢，你老是在冷嘲热讽的。他也不比我赖多少吧？而你还屈尊娶了我呢。

巴兹尔：［冷冷地］我实在是看不明白，为什么就因为我娶了你，我就得把你的整个家族都揽入怀中。

詹妮：你不喜欢他们吗？他们都是诚实又正派的人呐。

巴兹尔：[发出一声厌倦的轻叹] 我亲爱的詹妮，诚实又正派不是我们选择朋友的理由，正如他们天天换内衣不是我们选择他们的理由一样。

詹妮：他们就是穷，他们也没办法呀。

巴兹尔：亲爱的，我愿意承认他们具有一切优点与美德，但他们确实让我厌倦。

詹妮：如果他们是有头有脸的人物，你就不厌倦了。

　　　[巴兹尔嗤嗤一笑，但没有回答；詹妮恼火起来，继续发难，越说越生气。

詹妮：再说了，我们的家境毕竟也没有那么差。我外公就是一位绅士。

巴兹尔：我真希望你的哥哥也是。

詹妮：你知道吉米怎么说你的吗？

巴兹尔：我不是特别在意。但如果你真乐意的话，不妨说给我听听。

詹妮：[气红了脸] 他说你是个该死的势利鬼。

巴兹尔：就这个？我都可以想出比这难听许多的话来说我自己呢…… [话锋一转] 知道吗，詹妮，我们真的没必要为了这样的鸡毛蒜皮而自寻烦恼。一个人没办法强迫自己喜欢别人。很抱歉我受不了你们家的人。你为什么就不能接受现实，随遇而安呢？

詹妮：[恨恨地] 你觉得他们不配结交你，因为他们不够有头有脸。

巴兹尔：我亲爱的詹妮，我一点儿也不介意他们是开杂货店的或是卖纽扣针线的。我只是希望他们卖东西给我们的时候，价钱能公道。

詹妮：吉米不是开杂货店的，也不是卖纽扣针线的。他给拍卖师做文员。

巴兹尔：[讽刺的口吻] 恕罪恕罪。我还以为他是开杂货店的呢，因为上回他大驾光临寒舍的时候，他问了我们的茶是多少钱一磅买的，然后提议用同样的价钱卖我们一批……接着他又提议给我们的房子上火险，再卖我一座澳大利亚的金矿。

詹妮：哼，能赚一分是一分嘛，总好过……［她打住了］

巴兹尔：［微笑着］说呀。可别有话不说哦，用不着害怕伤害我的感情。

詹妮：［桀骜不驯地］好，那我说啦，总好过像你这样游手好闲吧。

巴兹尔：［耸耸肩］说真的，我就是再想讨你的欢心，怕是也没办法兜里揣上几包茶叶，趁着去朋友家串门的机会卖给他们一两磅吧。再者说，我也不相信他们会付我钱。

詹妮：［鄙夷地］噢，你没办法，你是一位绅士，一位律师，一位作家，说什么也不能污了你那双精心保养的白嫩小手，对不对呀？

巴兹尔：［看了看自己的手，然后抬头看着詹妮］那你究竟想要我做什么？

詹妮：我说，你也在律师界待过五年的。这么长的时间，我以为你总归能混出点名堂的。

巴兹尔：我没法儿逼那个狡猾的诉状律师给我下聘书。

詹妮：那别人是怎么办到的呢？

巴兹尔：［哈哈一笑］最简单的办法，我想，就是娶了那个狡猾的诉状律师的女儿。

詹妮：而不是娶一个吧女？

巴兹尔：［严肃地］这话我可没有说，詹妮。

詹妮：［激动地］噢，没错。你没说，可你暗示了。你从不说什么，可是你总是在暗示，总是在拐弯抹角——不把我逼疯不罢休。

巴兹尔：［顿了片刻，神色凝重］如果我伤害了你的感情，那我深感抱歉。我向你保证，我不是有意的。我从来都是尽量好好待你的。

[他看着詹妮，等着她说一句表示原谅或是歉意的话。可她只是耸耸肩，气呼呼地低头盯着手头的活计，一言不发，接着便又动起了针线。巴兹尔双唇紧绷，拿起几页稿纸，朝门口走去。

詹妮：[抬头一瞥] 你上哪儿去?

巴兹尔：[停下脚步] 我有几封信要写。

詹妮：你就不能在这儿写吗?

巴兹尔：当然可以——如果你乐意这样的话。

詹妮：你不想要我看到你在给谁写信吗?

巴兹尔：我完全不介意你了解我所有的往来信函……也幸亏如此，因为反正你最后总归是要一窥究竟的。

詹妮：这下你又来指责我偷看你的信了。

巴兹尔：[微微一笑] 每次你来过我的写字台以后，都把我的稿纸翻得乱七八糟。

詹妮：你没有权利这么说。

[巴兹尔顿了顿，定睛望着她。

巴兹尔：那你愿意发誓说，我不在的时候，你从来没有来过我的写字台偷看我的信件吗? 来呀，詹妮，回答这个问题。

詹妮：[乱了心神，但为他的目光所迫，还是作了答] 唔，我是你的妻子，我有权知道。

巴兹尔：[愤愤地] 关于妻子的职责你有些很奇怪的观念，詹妮。偷看我的信、上街跟踪我都被你装入了这个箩筐。而宽容、仁爱与克制却似乎从未进入过你的考量范围。

詹妮：[气呼呼地] 你为啥要到别处去写信?

巴兹尔：[耸耸肩] 我想我还是少说两句为好。

詹妮：我想是我打扰你了?

巴兹尔：要在你说话的时候写信确实有点困难。

詹妮：为啥我不能说话？你觉得我不配，是吧？我还以为我总归比你的信重要一点呢。

　　[巴兹尔不吭声。

詹妮：[愤怒地]我究竟是不是你妻子？

巴兹尔：[讥讽的口吻]你有你的结婚证书来证明这一点，那张证早被你小心翼翼地藏好上锁了。

詹妮：那你为什么不把我当妻子对待？你好像觉得我只配照看房子，吩咐备饭，替你缝衣服。忙完了这些，我就可以钻进厨房，和用人坐在一起了。

巴兹尔：[再度朝门口走去]你觉得这样子大吵大闹值得吗？同样的话我们似乎已经从头到尾说过很多遍了。

詹妮：[打断了他]我想要把话说个明白。

巴兹尔：[厌倦地]过去的六个月里，我们每两周就要把话说明白一回——而到目前为止这样的对话还没有带来任何收获。

詹妮：我可不想一直这样受欺负——我是你妻子，我和你是平等的。

巴兹尔：[淡然一笑]噢，亲爱的，你要是想争取女性投票权，我百分百举手赞成。只要你愿意，你可以同时给所有的候选人投票。

詹妮：你好像觉得这件事情是个玩笑。

巴兹尔：[愤愤地]哦，不，我向你保证我不这么觉得。这件事情已经持续得够久了。天知道什么时候才是个头……人们说，婚姻的头一年是最难熬的；我俩的这头一年的的确确是够糟糕的了。

詹妮：[咄咄逼人地]我猜你肯定觉得这是我的错喽？

巴兹尔：你不认为我俩或多或少都有过错吗？

詹妮：[哈哈一笑]哦，很高兴你终于承认你也有份了。

巴兹尔：我只想让你开心。

詹妮：哦，那你做得可不怎么成功。你觉得，你整天去会你那些有头有脸的朋友，把我一个人撇下，因为我配不上他们，一走就是一个白天加半个晚上——这样子能让我快乐吗？

巴兹尔：不是这样的。我现在几乎都不见我那些老朋友了。

詹妮：除了默里太太，对吧？

巴兹尔：我过去一年里也就见了她大概十来回吧。

詹妮：哦，你不用告诉我这个的。她是一位淑女，对吗？

巴兹尔：[无视她的责难] 另外，我的工作也让我不得不离开你。我不能总是待在楼下。想想看，那样的话你该有多无聊。

詹妮：你的工作还真是收获多多啊。你挣的钱还不够我们还债的。

巴兹尔：[乐呵呵地] 我们欠债了。可这个王国里半数的贵族士绅也都有着和我们一样的境遇，这一点儿也不损体面。我俩都不善打理钱财，今年我们这日子过得有点入不敷出了。但未来我们会更加精打细算的。

詹妮：[气呼呼地] 所有的邻居都知道了我们欠店家的账。

巴兹尔：[尖酸刻薄地] 很抱歉，这笔买卖可能并不如你当初嫁我的时候所想的那般划算。

詹妮：我在想啊，你到底做成了什么呢？你的那本书很成功吗？你以为你这就要火遍泰晤士河两岸了，结果你的书只是在架子上吃灰，吃灰，吃灰。

巴兹尔：[恢复了好心情] 许多比我这本书更好的作品也都遭遇了同样的命运。

詹妮：你完全是活该。

巴兹尔：哦，我没指望你会欣赏这本书。不是所有人都立志要写邪恶的伯爵和美丽的勋爵夫人的。

詹妮：哼，又不是只有我一个。那些报纸全都赞美你的书了吗？

巴兹尔：他们众口一词的批评是我唯一的慰藉。

詹妮：有一家报纸还建议你去学一学英文语法。而你这位了不起的绅士却还看不起我们这些可怜虫!

巴兹尔:我时常想,不知那位爱揪住你的一个排印错误口诛笔伐的书评人是否知道,他会给你怀中的爱妻带来怎样的快乐。

詹妮:哦,过去的这六个月里——自打宝宝夭折以来——我已经非常了解你了。你没有理由把自己供上神坛。

巴兹尔:[哈哈一笑] 我亲爱的詹妮,我从不假装自己是一尊金灿灿的神像。

詹妮:现在我知道你的斤两了。我以前真是个傻瓜,居然以为你是个英雄。可你只不过是个失败者。你尝试的每一件事情最后都会惨遭失败。

巴兹尔:[轻叹一声] 也许你说得对,詹妮。

　　[巴兹尔来回踱步;接着,他停下脚步,看了她片刻,像是在沉思。

巴兹尔:我有时候在想啊,换一种活法,我俩会不会更开心一些——如果我们分开生活的话。

詹妮:[打了个激灵] 你这是什么意思?

巴兹尔:我俩似乎没法很好地相处。我也看不出事情能有任何转机。

詹妮:[两眼大睁] 你是说,你想要分居?

巴兹尔:我想,这样或许对我俩都好——至少暂时如此。也许过一阵子,我们可以回头再试试看。

詹妮:那你打算怎么着?

巴兹尔:我想出国待一阵子。

詹妮:和默里太太一起。对不对?你想和她一起走。

巴兹尔:[不耐烦地] 不。当然不是了。

詹妮:我不信。你爱上她了。

巴兹尔:你没有权利这么说。

詹妮:我没有?我猜我是应该闭上眼睛,一声不吭喽。你爱上她了。

你以为这几个月里我没看出来吗？这就是为什么你想要离开我。

巴兹尔：我俩不可能再一起生活了。我们永远也没法儿达成一致，永远也没法儿快乐。看在上帝的分上，让我们两地分居，就此别过吧。

詹妮：你厌倦我了。你已经从我身上得到了你想要的一切，现在我可以走了。那位窈窕淑女来了，你就要像打发女佣一样把我给打发走。你以为我看不出你爱上她了吗？你可以不假思索地把我牺牲掉，只为了替她免去片刻的烦恼。又因为你爱她，所以你恨我。

巴兹尔：不是这样的。

詹妮：你敢否认你爱她吗？

巴兹尔：你疯了，简单明了。老天爷啊。我没做过一件亏心事，你没有半点吃醋的理由。

詹妮：[激动地] 你肯发誓说你没有爱上她吗？以你的荣誉起誓？

巴兹尔：你疯了。

詹妮：[愈发激动] 发誓呀。你不肯。你就是疯狂地爱上她了。

巴兹尔：胡说。

詹妮：发誓呀。以你的荣誉发誓。发誓说你不在乎她。

巴兹尔：[耸耸肩] 我发誓……以我的荣誉担保。

詹妮：[鄙夷地] 你撒谎！……而她也爱上了你，就像你爱上了她一样。

巴兹尔：[抓住她的手腕] 你什么意思？

詹妮：你以为我不长眼睛吗？她来家里的那天我就看出来了。你以为她是来看我的？她鄙视我。我不是淑女。她过来做客，是为了让你开心。她对我礼貌，是为了让你开心。她请我过去看她，是为了让你开心。

巴兹尔：[试图镇定下来] 荒唐。她是我的一位老朋友。她当然会来家里做客。

詹妮：我知道那种朋友。你以为我没看见她望你的眼神吗？没看见你走到哪儿，她那双眼睛就跟到哪儿吗？她简直是要把你说的每个字都捧在手心儿里。你微笑的时候，她也微笑。你大笑的时候，她也大笑。噢，我想她怕是爱上你了吧；我知道爱是怎样的，我感觉到了。而当她看着我的时候，我知道她恨我，因为我把你从她身边夺走了。

巴兹尔：[再也控制不住自己了] 噢，我们这日子真的不是人过的！我俩真是可悲透了。不能再这样下去了——而我只看得到一条出路。

詹妮：这就是你过去这一个礼拜一直在闷声琢磨的事情，对不对？分居！我就知道你有心事，但我一直没搞明白是怎样的心事。

巴兹尔：我尽我所能地克制自己，但有时候我感觉我再也克制不住了。我终究会不由自主地说出让我俩都后悔的话来。苍天在上，就让我们分开吧。

詹妮：不。

巴兹尔：我们不能再像这样泼妇骂街似的吵嘴了。这太丢脸了。我俩结婚就是一个可怕的错误。

詹妮：[惊恐万状] 巴兹尔！

巴兹尔：噢，你一定看得和我一样清楚。我俩完全不适合彼此。而宝宝的死使得捆绑着我俩的那唯一的实际需要也消失了。

詹妮：你说得好像我俩在一起仅仅是权宜之计似的。

巴兹尔：[激动地] 放我走吧，詹妮。我再也忍受不了了。我感觉自己好像就要发疯了。

詹妮：[满腔痛苦与悲愤] 你一丁点都不在乎。

巴兹尔：詹妮，一年前我为你尽了我的全力。我给了你我所能给予的一切。平心而论，那点东西着实不多。现在，我请你把我的自由还给我。

詹妮：[精神恍惚] 你只想着你自己。那我怎么办？

巴兹尔：你会比现在幸福得多。这对于我俩都是最好的办法。我会
　　　为你做我能做的一切，你还可以把你母亲和你妹妹接来一起住。

詹妮：[发出一声悲痛欲绝的呼喊] 可是我爱你，巴兹尔。

巴兹尔：你! 哈，你折磨了我六个月，直到我忍无可忍。你把我生
　　　活中的每天都变成了压在我肩上的重担。你让我的人生成为了
　　　彻头彻尾的地狱。

詹妮：[一声长长的、惊恐又错愕的呻吟] 噢!

　　　[两人站在那里，面对彼此，就在这时女仆范妮走了进来。

范妮：是哈利韦尔先生。

　　　[约翰走了进来。詹妮抓住他的手，重重地坐进一把椅子，
　　　对于接下来的谈话全都心不在焉；她两眼瞪视着前方，心乱神
　　　迷。巴兹尔则竭尽全力地想要表现得平静又自然。

巴兹尔：哈罗，哪阵风把你吹到这片地界来了？

约翰：你好啊，肯特太太? 我刚刚在里士满吃早午餐来着，就想着
　　　不如趁回去的时候顺路过来坐一坐。这会儿正好是周六下午嘛，
　　　我想我应该能抓到你们的。

巴兹尔：我们肯定是非常乐意见到你咯。[约翰瞟了詹妮一眼，微微
　　　抬了抬眉毛] 可你只差一点点就抓不到我了，因为我正好得进
　　　一趟城。也许我们可以一起走。

约翰：没问题。

詹妮：你要去哪儿，巴兹尔?

巴兹尔：去大法官巷，去见我的业务代理。

詹妮：[狐疑地] 选在周六下午? 哈，他肯定不在。

巴兹尔：我和他约好了的。

　　　[詹妮没有回应，但显然不信他的话。约翰有点尴尬，拼了

命地想找话题。

约翰：我过来的这一路上就在想啊，住在郊区该是一种多么田园牧歌的生活方式——小河流水，还有你自己的小花园。

巴兹尔：[讽刺的口吻] 还有河对岸那五十栋一模一样的小木屋组成的美丽风景。

约翰：还有这里的静谧安宁也真是让人心醉。

巴兹尔：啊，是的。只有牛奶车和手摇风琴来打破这片世外桃源的平和。果真是一派田园牧歌。

詹妮：我觉得这是一片非常好的社区。这里的街坊邻居层次也都非常的高。

巴兹尔：我这就去换衣服。[看了眼手表] 四点十五分有班列车。

约翰：好嘞，赶紧的。

　　　　[巴兹尔出了房间。詹妮立刻跳了起来，走向约翰。她完全乱了心思，几乎不知道自己在说什么。

詹妮：我能信任你吗?

约翰：你什么意思?

　　　　[她直视他的眼睛，心里在打鼓，想要看清他究竟愿不愿意帮她。

詹妮：你以前人挺好的。你从不会因为我是个吧女就瞧不起我。对我说我能信任你吧。约翰，我找不到一个可以说话的人，我感觉我再不说话，就要憋疯了。

约翰：这是怎么啦?

詹妮：我要是问你事情，你会告诉我实话吗?

约翰：当然。

詹妮：你发誓?

约翰：我发誓。

詹妮：[顿了一顿] 巴兹尔和默里太太之间是不是有什么猫腻?

约翰：[大吃一惊] 没有。当然没有。

詹妮：你怎么知道？你确定吗？就算有，你也不肯告诉我的。你们都和我作对，因为我不是淑女……噢，我太可怜了。

　　　　[她试图忍住泪水，几乎要歇斯底里起来。约翰惊讶地瞪着她，不知该说什么好。

詹妮：你真是不知道我俩过的是什么日子！他说这日子根本不是人过的，他说得对。

约翰：我还以为你们琴瑟和谐呢。

詹妮：噢，在你面前我们一直装样子的。他怕丢脸，不愿意让你知道他后悔娶了我。他想要分居。

约翰：什么！

詹妮：[不耐烦地] 噢，别一副大惊失色的模样。你也不是大傻瓜，对不对？就在今天，就在你进门前，他刚刚摊牌的。我俩又吵嘴了。

约翰：可这一切到底是为了什么？

詹妮：天知道！

约翰：这纯属瞎说。不过是一次小小的争吵，转眼就过去了。这种事情你总会遇到的。

詹妮：不，不。不是的，不是的。他不爱我。他爱上了你的妻姐。

约翰：不可能。

詹妮：他一直去她那里。上周他就去了两回，上上周也去了两回。

约翰：你怎么知道的？

詹妮：我跟踪他了。

约翰：你在大街上跟踪他，詹妮？

詹妮：[桀骜不驯地] 是的。要是他觉得我不够淑女，那我也就用不着在这件事情上装淑女了。这下你震惊了，对吧？

约翰：我不想对你妄加评判，詹妮。

詹妮：我还偷看了他的信——因为我想知道他在干啥。我用蒸汽熏开了一封，被他看到了，他一声都没吭。

约翰：老天爷啊，你为什么要这么做？

詹妮：因为我要是不能找出真相，我就活不下去了。我觉得那是默里太太的笔迹。

约翰：那封信是她的吗？

詹妮：不是。那是一份煤商寄来的账单。他瞅着那信封的时候，我看得出来他有多么地瞧不上我——我没把封口再利落地粘好。我还看到他露出了微笑，因为这时他也发现了那只是一份账单。

约翰：说真的，我认为你没有什么理由要这样子吃醋。

詹妮：噢，你不知道。上周二他在她那儿吃的饭，你真该看看他当时的模样。他心神不宁得简直一刻都坐不住。他每分钟都要看一眼手表。他真的是激动得两眼放光，我几乎都能听见他的心跳。

约翰：这不可能。

詹妮：他根本就没有爱过我。他娶我，只是因为他自认为这是他的职责。再后来，宝宝死了——他又觉得是我让他掉进了陷阱。

约翰：他没有这么说过。

詹妮：没错。他什么都不说——但我从他的眼睛里看到了。[激动地两手交握] 噢，你不知道我们过的是什么日子。他会一连几天一个字都不说，只要我不问他话。那样的沉默简直要把我逼疯了。要是他骂我，我反倒不介意了。我宁可他动手打我，也好过这样你瞪着我，我瞪着你。

约翰：[打出一个无助的手势] 我深感遗憾。

詹妮：哦，别怜悯我，你可别来凑这个热闹。我得到的怜悯已经够多的了。我不需要。巴兹尔就是出于怜悯才娶我。哦，真希望他当初没有这么做。我消受不起这样的不幸。

约翰：[凝重地] 你知道的，詹妮，他是个正人君子。

詹妮：哦，我知道他是个正人君子。我只希望他能少一丁点正气。在婚姻生活中，你不需要太多的高尚情操。情操没有用……噢，为什么我就不能爱上一个和我同阶层的男人呢？那样我会幸福得多。以前我还挺骄傲的，因为巴兹尔不是小职员，不在伦敦城里讨生计。他说得对，我俩永远都不会幸福的。

约翰：[试图安抚她] 噢，会的，你们会的。你千万不要把这些事情太当真。

詹妮：这不只是昨天的事情，或是今天的事情，或是明天的事情。我是改变不了自己的。他娶我的时候，就知道我不是什么淑女。我爸爸当年一星期只挣两先令十便士，却要拉扯大五个孩子。你没法儿指望一个男人靠着这么点收入就把女儿送进布赖顿的寄宿学校，最后再送到巴黎去镀金……每当我的言行举止不淑女的时候，他总是一声不吭——但嘴噘得老高，眼睛看着我……后来我实在是气疯了，就会故意做出些举动来刺激他。有时候我会怎么庸俗怎么来。伦敦城里的酒吧可是学这种东西的好地方，我也再清楚不过什么样的话能让巴兹尔噘嘴了。我有时候就是想报复他一下，我也非常清楚他的弱点在哪里，哪里打他最痛。[发出一声轻蔑的大笑] 每当我吃相难看，或是管一个男人叫阿强的时候，你真该看看他那副表情！

约翰：[冷冷地] 这便打开了无数扇通向婚姻不幸的大门。

詹妮：哦，我知道这样做对他不公平，可我真是气糊涂了。我没法儿永远保持端庄。有时候我控制不住地要爆发出来。我感觉我必须要放飞自我。

约翰：那么，你们为什么不分居呢？

詹妮：因为我爱他。哦，约翰，你不知道我有多爱他。我什么都愿意做，只要能让他开心。我愿献出生命，如果他想要。噢，这种感觉我说不出来，但我一想到他，我的心就像着了火一样，有时候我都喘不上气来。我永远也没法儿让他明白，他就是我的整个世界；我试图让他爱我，结果却让他恨我。我该怎么做才能让他明白呢？哎，要是他明白，那该有多好，那样他肯定就不会后悔娶了我。我感觉——我感觉我的心里面装满了音乐，却不知被什么东西堵着，怎么也倒不出来。

约翰：他说分居的时候，你觉得他是认真的吗？

詹妮：他一直闷不作声地在想这件事。我太了解他了。我知道他在想心事。噢，约翰，没有他我活不下去。我宁可去死。要是他离开我，我发誓我会自杀的。

约翰：[来回踱步] 真希望我能帮上你。可我看不出我能为你做什么。

詹妮：噢，你能的，有一件事你能做。找你的妻姐谈一谈。请她对我开恩吧。也许她还不清楚自己究竟在做什么。告诉她，我爱他……不过你得当心点。当心巴兹尔。要是他知道了我刚才说的那些话，他就再也不会跟我说话了。

　　[巴兹尔走了进来，穿着一件礼服大衣，手里拿了一顶大礼帽。

巴兹尔：我准备好了。我们应该刚好能赶上这趟火车。

约翰：好吧。再见了，肯特太太。

詹妮：[两眼紧盯着巴兹尔] 再见。

　　[两个男人出去了。詹妮冲向门口，冲着门外呼喊。

詹妮：巴兹尔，稍等一下，巴兹尔！

　　[巴兹尔出现在门口。

詹妮：你真的是要去大法官巷？

　　[巴兹尔做了个不耐烦的动作，也不答话，顾自又出去了。

詹妮：[孤身一人] 哦，好吧，那我就要亲眼一见了。[呼唤女仆]

范妮！……把我的帽子和夹克拿来。赶快！[她奔到窗前，望着窗外的巴兹尔和约翰渐行渐远。范妮拿着衣物现身了，詹妮匆匆忙忙地穿戴上身]

詹妮：[一面在范妮的帮助下穿戴] 现在几点？

范妮：[抬头看了眼挂钟] 四点零五。

詹妮：我想我能赶上的。他说过是四点十五的车。

范妮：你还回来喝茶吗，太太？

詹妮：我不知道。[她奔向门口，冲了出去]

第二幕终

第三幕

同日下午

梅费尔区的查尔斯街，默里太太府上一间装潢奢华的起居室。房间里的一切都很美，但彰显的是主人的良好品味而非原创性。

[希尔达坐在一张茶桌边上，一身华美的长裙，坐在她边上的是梅布尔。罗伯特·布拉克利正要入座。这是一个身材敦实的圆脸男人，胡子刮得干干净净，脑袋上的头发也不剩几根了；他年纪在四十岁上下，一身装扮乃是当下最时兴的穿搭：双排扣礼服，黑漆革皮靴，外加一柄单片眼镜。他的语速很快，随口说着轻薄的废话，而且总是能被自己的话逗得乐不可支。

梅布尔：几点了，布拉克利先生？

布拉克利：我不会再告诉你了。

梅布尔：你真残忍！

布拉克利：你对信息的狂热探求真的是有点病态。我已经告诉你五遍了。

希尔达：对于我们这些但尽绵力，只求博君一笑的人儿来说，你这个样子未免太不给人面子了吧。

梅布尔：我真想不出来约翰这是怎么了。他答应过要来这里接我的。

希尔达：他肯定会来的，你只需耐心等待。

梅布尔：可我讨厌耐心等待。

希尔达：那你一开始就不该让他走出你的视线。

梅布尔：午餐过后他去了帕特尼，去见你的朋友肯特先生。你最近
　　见到他了吗？

希尔达：约翰？我昨天在马丁家里见到他了。

梅布尔：[狡黠地] 我说的是肯特先生。

希尔达：[无动于衷地] 是的。他前两天过来做客的。[改变话题]
　　你安静得一反常态，布拉克利先生。

布拉克利：[面带微笑] 我真的没有什么可说的。

梅布尔：聪明人在这种时候，往往话最多了。

希尔达：你眼下有事做吗？

布拉克利：哦，有的，我在写一出无韵诗体的剧本。

希尔达：君乃勇士也。写什么的？

布拉克利：克娄巴特拉。

希尔达：天啊！莎士比亚也写过一出克娄巴特拉的戏，不是吗？

布拉克利：也许吧。我没读过。莎士比亚让我厌倦。他都死了好多
　　年啦。

梅布尔：可他肯定还是有读者的。

布拉克利：有吗？他们长什么样？

希尔达：[微笑] 这些怪人的头上也并没有长角。

布拉克利：英国人可真是有创新力啊。

梅布尔：我想我还是去给家里打个电话吧。不知道约翰会不会直接
　　回家了。

布拉克利：去吧。我越来越替他提心吊胆了。

梅尔：[哈哈大笑] 你这家伙净说傻话。

　　　[她出去了。

希尔达：我还没有见过谁像你这样满嘴胡说八道的。

布拉克利：这正是我的安身立命之本啊。万一让人知道了其实我是

一个冷静、勤勉又节俭的人，你该不会以为还有人会读我的诗吧。事实上，我过着牧师的女儿一般道德的生活，可这要是让书评家知道了，他们谁都不会搭理我了。

希尔达：至于那些轻佻之徒在报上读到的小花边……

布拉克利：不过是我全情投入、履行职责的又一明证罢了。英国公众想要他们的诗人过上浪漫的生活。

希尔达：你就没有严肃的时候吗？

布拉克利：周四我能过来和你共进午餐吗？

希尔达：[有点吃惊] 当然可以。可为什么要周四？

布拉克利：因为我打算在那一日向你求婚。

希尔达：[微微一笑] 对不起，我刚刚想起来那天我要在外面用午餐。

布拉克利：你让我心碎。

希尔达：恰恰相反，我给了你创作一首十四行诗的素材。

布拉克利：你不愿意嫁给我吗？

希尔达：不愿意。

布拉克利：为什么？

希尔达：[被逗乐了] 我一丁点都不爱你呀。

布拉克利：有意步入婚姻殿堂的人们应该问自己这样一个问题：他们能否心如止水地坦然接受在未来的许多年里，和对面那个人每天共进早餐。

希尔达：你真的是太不浪漫了。

布拉克利：我亲爱的女士，如果你想要浪漫，我可以送你一套我的作品全集，上等犊皮纸精装本。我已经拼了老命生产出十卷本浪漫诗篇了，全是献给牧羊女菲莉斯、美少女克洛伊还有天知道什么人的。上帝保佑，我不想再找一个浪漫的妻子了。

希尔达：可我恐怕是浪漫得无可救药了。

布拉克利：哈，嫁给一位诗人六个月，保管治好你的病。

希尔达：可我不想治病。

布拉克利：周四你真不打算在家用午餐吗？

希尔达：不愿意。

  [管家走了进来。

管家：哈利韦尔先生到，肯特先生到。

  [巴兹尔和约翰登场，与此同时梅布尔也从她刚刚一直在打
电话的隔壁房间里现身了。

梅布尔：[面向约翰] 小可怜！我一直在打电话找你呢。

约翰：我让你久等了吗？我跟巴兹尔去了趟大法官巷。

  [约翰转身同希尔达和布拉克利握手，巴兹尔则是和希尔达
道了声你好，然后走过来找梅布尔说话。梅布尔和巴兹尔两个
人交谈时都压低了声音。

巴兹尔：你好啊。我耽误了约翰那么长时间，你肯定要骂我了。

梅布尔：我其实不怎么想他，你懂的。

巴兹尔：[脑袋冲布拉克利一指] 我说，那个人是谁呀？

梅布尔：罗伯特·布拉克利。你不认识他？

巴兹尔：那位诗人？

梅布尔：当然啰。大家都说，要不是因为桂冠诗人的头衔在丁尼生
去世的时候被取消了，那顶桂冠如今就该戴在他头上了。

巴兹尔：[双唇紧绷] 他是个挺下作的流氓，难道不是吗？

梅布尔：天啊，他这是犯了什么病啊，那可怜虫？他是希尔达府上
最新的名流。他假装为她所倾倒。

巴兹尔：你不记得他当年卷进的那桩格兰其案了吗？

梅布尔：[吃惊的口吻] 可是，我亲爱的肯特先生啊，那件事都过去
两年啦。

希尔达：肯特先生，我想介绍你和布拉克利先生认识一下。

巴兹尔：[走上前去] 你好。

　　　　[约翰来到妻子身边。]

梅布尔：小可怜！

约翰：我说，梅布尔，巴兹尔来这里来得很勤吗？

梅布尔：我不知道。上周我在这里碰见他的。

约翰：他来这里究竟是做什么的？他没理由来。

梅布尔：你今天还亲自把他带上门来了呢。

约翰：我没有。他坚持要来的——趁着我说要来接你的当儿。

梅布尔：也许他是来看我的。

约翰：胡扯！我看你应该跟希尔达说说这事儿。

梅布尔：我亲爱的约翰，你这是疯了吗？我会被她反呛死的。

约翰：她为什么要让他在自己身边晃荡？她肯定知道自己把他那颗
　　　傻脑瓜迷得七荤八素的。

梅布尔：我敢说，她是想要向他证明，一年前他的品位实在是差得
　　　离谱。就在你对一个小伙子动了感情的时候，他却偏偏要去迎
　　　娶另一个女人，这种事情真真是让人恼火啊。

约翰：哈，我觉得她这样做太不地道，这话我要当面告诉她。

梅布尔：她会让你碰个大钉子的。

约翰：我不在乎……听着，你替我来转移一下大家的视线，我这就
　　　去抓她。

梅布尔：怎么转移？

约翰：[冷冷地] 我不知道。发挥一下你的创造力吧。

梅布尔：[走向众人] 希尔达，约翰吵着嚷着要喝茶。

希尔达：[走了过来] 他凭什么不能自己动手呢？

约翰：我天性羞怯，赧于伸手。

希尔达：我还是头一回听说你有这样的天性呢。

　　　　[希尔达坐了下来，替约翰倒茶。他默默地看着她。]

希尔达：你在里士满用的午餐？

约翰：是的……然后我去了趟帕特尼。

希尔达：你这一天可真够忙的啊。

约翰：[端起茶杯] 我说，老姐啊——你是不会干傻事、出大丑的，对不？

希尔达：[睁大眼睛] 哦，希望不会。怎么啦？

约翰：我想你也许是一时间忘记了一件事情：巴兹尔一年前就结婚啦。

希尔达：[为之一怔] 你这话究竟是什么意思？[呼喊道] 梅布尔。

约翰：等一等……你总能跟我聊上几句吧，是不？

希尔达：你怕是就快让我心生厌倦了。

约翰：[好声好气地] 我向你保证，我不会的……巴兹尔是不是来这里来得挺勤？

希尔达：真没想到啊，约翰，你居然不懂得少管闲事的道理。

约翰：难道你就没有想过，那个住在帕特尼的小妇人日子会非常难过吗？

希尔达：[带着一丝鄙夷] 我去看过她了。我觉得她庸俗又自负。我恐怕是无力对她产生一丁点的兴趣。

约翰：[语气温和] 她也许庸俗，但她对我说过，她的爱就像是心中的音乐。难道你不觉得，她一定是遭了天大的罪，才会萌生出那样的念头吗？

希尔达：[顿了一下，声音和姿态与方才判若两人] 那你是觉得我就没有遭罪咯，约翰？我一丁点也不幸福啊。

约翰：你真的喜欢他吗？

希尔达：[低沉的嗓音因为激动而变得嘶哑] 不，我不喜欢他。我热爱他行走过的每一寸土地。

约翰：[非常严肃] 那你就只能好自为之了……你在玩一个世上最危

险的游戏。你在玩弄人心……再见了。

希尔达：[握住他的手] 再见了，约翰。我刚才那副嘴脸，你竟然没有生我的气……我很高兴你和我说起了他的妻子。现在我知道该怎么做了。

约翰：梅布尔。

梅布尔：[走上前来] 是的，我们真的该走了。我有足足两个钟头没见着我那宝贝疙瘩了。

希尔达：[拉住她的双手] 再见，你这快乐的孩子。你有一个小宝贝，还有一个你爱的丈夫，夫复何求啊？

梅布尔：[轻佻地] 我还想要一辆汽车。

希尔达：[吻了她] 再见了，亲爱的。

　　　　[梅布尔与约翰下。

布拉克利：我喜欢这间屋子，默里太太。它好像从来都不会对你说：这下你真的该走了哦——不像是有些客厅。

希尔达：[恢复了平静] 我想这都是家具的缘故吧。我正想着要换一套呢。

布拉克利：[微微一笑] 哎哟喂，这话几乎就是在暗示我好不识趣，竟还赖着不走呢。

希尔达：[满面春风] 这话我本也不想说出口，可我知道你这个人呢，不待到心满意足是绝不肯移驾别处的。

布拉克利：[起身要走] 你对我果然了若指掌。不过这会儿真的是晚得不像话了。

希尔达：且慢，你走之前，先告诉我，昨天晚上被我撞见的那位和你一同看戏的美人是谁。

布拉克利：啊，那个绿瞳妖怪！

希尔达：[哈哈大笑] 别说傻话，但我猜你或许想要知道一件事：她的金发是染的。

[巴兹尔翻着眼前的一本书，颇有些怨气，因为希尔达竟没有理会他。

布拉克利：当然是染的。这正是其魅力所在。任何一个女人都可以天生一头金发：那没有什么了不起的，不比蓝发和绿发更了不起。

希尔达：我一直想要把我的头发染成紫的。

布拉克利：你不觉得女人就应该不天然不自然吗？她们有义务给面颊涂脂，给鼻子抹粉，就像她们有义务穿上漂亮裙子一样。

希尔达：可我认识许多女人，偏要穿丑得吓人的裙子。

布拉克利：哦，那些属于另类。在我眼中她们就像不存在的一样。

希尔达：这话怎讲？

布拉克利：世上只有两类女人——给鼻子抹粉的女人和另类女人。

希尔达：这些另类女人又是何人呢，敢问阁下？

布拉克利：此事我尚未认真细察，但就我所知，她们的职业是牧师的女儿。

[他同她握手告别。

希尔达：你能来真好。

布拉克利：[冲巴兹尔点点头] 再见……过两日我能再来府上做客吗？

希尔达：[瞥了他一眼] 你刚才那话是认真的，还是在拿我寻开心？

布拉克利：我这辈子还从来没有这么认真过。

希尔达：这么说，或许周四我到底还是要在家里用午餐的。

布拉克利：千恩万谢。再见。

[他又冲巴兹尔点头，接着便出去了。希尔达看向巴兹尔，面带着微笑。

希尔达：那本书很有趣吗？

巴兹尔：[把书放下] 我还以为那人住在这里不走了呢。

希尔达：[哈哈大笑] 我猜他心里面也是这么看你的。

巴兹尔：[没好气地] 他可真是头大蠢驴！你怎么受得了他？

希尔达：我还挺喜欢他的呢。我当然不会把他说的每一句话都当真。年轻人嘛，说傻话也是应该的。

巴兹尔：我没觉得他真有那么的年少青涩。

希尔达：他才四十哪，那小可怜——来我家做客的小伙子，没有一个不过四十的。

巴兹尔：这位小伙子谢顶谢得有点厉害。

希尔达：[被逗乐了] 真不知道你干吗这么讨厌他！

巴兹尔：[嫉妒的一瞥，冷冷地] 我还以为讲究体面的正经人家都是对他关上大门的呢。

希尔达：[睁大眼睛] 他进了我家的门，肯特先生。

巴兹尔：[再也控制不住自己的坏脾气了] 你不知道过去二十年里的每一场丑闻中都有他的身影吗？

希尔达：[看出了巴兹尔只是在吃醋，好声好气地答道] 这世上总得有人来给邻居们提供八卦素材吧。

巴兹尔：这不干我的事。我无权用这样的态度和你说话。

希尔达：我多问一句，那你为什么要这样说话呢？

巴兹尔：[近乎粗暴的口吻] 因为我爱你。

[一阵短暂的沉默。

希尔达：[挂着微笑，语带讥讽] 您不想再来杯茶吗，肯特先生？

巴兹尔：[走到她面前，用一种饱含激情的郑重口吻说道] 你不知道我遭了怎样的罪。你不知道我的生活是一种怎样的折磨……我曾竭尽全力，想要阻止自己来你这里。我结婚时，曾发誓要和我所有的老友斩断联系……我结婚时，才发现我爱你。

希尔达：你要是再这样说话，我可就不爱听了。

巴兹尔：你要我走吗？

[有那么片刻工夫，她没有答话，却在急躁地来回踱步。终于，她停下脚步，面对着他。

希尔达：你听到我对布拉克利先生说，让他周四过来吗？

巴兹尔：是的。

希尔达：他已经向我求婚了。这周四，我会给他一个答复。

巴兹尔：希尔达！

希尔达：[郑重其事地] 是你把我逼到了这一步。

巴兹尔：希尔达，你打算对他说什么？

希尔达：我不知道——也许，说我愿意？

巴兹尔：噢，希尔达，希尔达，你不会真喜欢他吧？

希尔达：[耸耸肩] 他能逗我开心。我敢说，我和他会相处得相当愉快的。

巴兹尔：[激动地] 噢，你不能这样。你不知道你在做什么。我以为——我以为你爱我。

希尔达：正是因为我爱你，所以我才要嫁给布拉克利先生。

巴兹尔：噢，这太荒唐。我不许你这样。你这是在把你我都推入彻头彻尾的不幸之中。我不许你牺牲我们的幸福。噢，希尔达，我爱你。没有你我活不下去。起初我想要抗拒过来看你的念头。我那时常常从你门前经过，抬头望着你的窗户；而你的房门仿佛就在那里等着我。走到街道尽头，我会回头追望。噢，我那时多么想推门进来，再见你一回哟！我以为只要我再见你一回，我就能翻过这一页了。最终，我再也无法自已了。我太软弱了。你鄙视我吗？

希尔达：[近乎耳语] 我不知道。

巴兹尔：而你对我是那么的好，我忍不住又来了一回。我以为这样做也无妨。

希尔达：我看出了你并不幸福。

巴兹尔：我恐怕的确是不幸福呵。一连几个月，我都害怕回家。我走在路上，一看到自己的家，几乎就要犯恶心了。你不知道我多么热切地希望自己当年要是战死沙场就好了。我不能再这样下去了。

希尔达：可你必须坚持下去。这是你的职责。

巴兹尔：噢，我想我已经受够了职责与正义了。过去一年里，我已经用光了我全部的信念准则。

希尔达：别这么说，巴兹尔。

巴兹尔：归根究底，这是我的错。这都是我自找的，所以我必须承受苦果……可是我力不从心，我不爱她。

希尔达：那就永远也不要让她发现。要对她和蔼，对她温柔，对她包容。

巴兹尔：我没法儿日复一日、周复一周、月复一月、年复一年地和蔼，温柔又包容。

希尔达：我还以为你是个勇敢的男人呢。你要是个懦夫，他们是不会把那奖章颁给你的。

巴兹尔：哦，我的至爱，酣战之中豁出性命并非难事。那一点我做得到——可这件事对人的要求却远非我力所能及的。我和你直说吧，我忍不了了。

希尔达：[温柔地] 可忍忍就好了呀。你俩会习惯彼此的，也会渐渐理解彼此的。

巴兹尔：我俩的分歧太大了。事情绝无半点转机。我们就连维持既往的关系都办不到。一切就要结束了，我感觉到了。

希尔达：可你得继续努力——为了我而努力。

巴兹尔：你不知道那是怎样一种情形。她所说的一切，她所做的一切，对我都是一种可怕的折磨。我努力克制自己。我咬紧牙关，不让自己冲她发作出来。有时候我着实忍不住了，说出了一些令我追悔莫及的话来。她在使我沉沦堕落。我正变得和她一样粗鲁又庸俗。

希尔达：你怎么能这样说自己的妻子呢？

巴兹尔：难道你就没有想过，我一定是经历了许许多多，才终于敢对自己承认她是怎样的人吗？我这一生都要和她捆绑在一起了。而当我展望未来时——我看到的她是一个庸俗、邋遢的泼妇，和她母亲一个样，而我自己则可怜、落魄又可鄙。女人在同男人的争斗中永不知倦，而最终他总是认输的那一个。一个男人，在娶了那样一个女人的时候，总是以为他能把她提升到自己的高度上来。傻瓜一个！是她会拖着他沉沦到自己的谷底里去。

希尔达：[非常不安，从座位上起身] 我真的好想要你幸福的。

巴兹尔：[朝她走去] 希尔达！

希尔达：不——不要……拜托！

巴兹尔：要不是因为你，我根本活不下去。只是因为见到了你，我才能鼓起勇气继续苦熬下去。而我每来这里一回，我对你的爱就愈发的炽烈。

希尔达：噢，你为什么要来？

巴兹尔：我忍不住啊。我知道这是毒药，可我爱这毒药。我宁肯拿我的整个灵魂来换取再看一眼你的双眸。

希尔达：你要是真的在乎我，就像一个勇敢的男人那样尽你的职责——让我敬重你。

巴兹尔：说你爱我，希尔达。

希尔达：[意乱神迷] 你这是在把我俩的友谊逼上绝路啊。难道你不明白，你这样做，今后我就再也没法儿请你过来了吗？

巴兹尔：我忍不住啊。

希尔达：千不该万不该，我不该再见你。我本以为你来来也无妨，况且我——我也不忍彻彻底底地失去你。

巴兹尔：哪怕我此生与你再不相见，此时此刻我也必须对你说：我
　　　爱你。我让你受苦了，我当初真是瞎了眼。可我全心全意地爱
　　　你，希尔达。整日我想着你，整夜我梦见你。我渴望拥你入怀，
　　　然后吻你，吻你的唇，吻你的秀发，吻你的纤手。我的整个灵
　　　魂都是你的，希尔达。

　　　[他再度朝她走去，将她拥入怀中。

希尔达：噢，不，走开。看在上帝的分上，快走。我受不了了。

巴兹尔：希尔达，没有你我活不成啊。

希尔达：可怜可怜我吧。难道你看不出我有多脆弱吗？噢，上帝
　　　救我！

巴兹尔：你不爱我吗？

希尔达：[激动起来] 你知道我爱你。可正是出于我的大爱，我才要
　　　恳求你尽你的职责。

巴兹尔：我的职责就是要追求幸福。让我们去一个我俩能彼此相爱
　　　的地方——远离英格兰，去往一片既不认为爱情罪恶，也不认
　　　为爱情丑陋的土地。

希尔达：噢，巴兹尔，我们要努力走正道呀。想想你的妻子，她也
　　　爱你——不比我对你的爱少半分。于她而言你就是整个世界。
　　　你不能这么可耻地对待她。

　　　[她举起手帕捂住眼睛，巴兹尔轻轻地拉开她的手。

巴兹尔：别哭，希尔达。我受不了。

希尔达：[泣不成声] 难道你不明白，假使我们对那个可怜的人儿犯
　　　下这样一桩大罪，我们就再也没法儿自尊自重了吗？她会永远
　　　带着她满脸的泪水和一肚子的哀怨，横插在我俩中间。我告诉
　　　你，我受不了了。可怜可怜我吧——如果你真的爱我。

巴兹尔：[动摇了] 希尔达，这太难了。我离不开你。

希尔达：你必须离开我。我知道我们最好还是尽我们的职责。为了

我，我的至爱，回到你的妻子身边，永远也不要让她得知你爱我。正是因为我们比她更坚强，我们才必须牺牲自己。

[他双手托着头，深深地叹了一口气。有那么一会儿工夫，两人谁都不说话。终于，他又叹了一口气，然后站了起来。

巴兹尔：我已经不知道究竟什么是对，什么是错了。一切都似乎乱了套。这太难了。

希尔达：[嗓音沙哑] 这对我同样很难，巴兹尔。

巴兹尔：[伤心欲绝] 那么，再见了。我想你恐怕是对的。再者说，也许我只会让你非常的不幸。

希尔达：再见了，我的至爱。

[他弯下身去，吻了她的手。她止住一声啜泣。他缓缓地走向门口，背对着她；就在这时，希尔达再也忍受不了了，发出一声呻吟。

希尔达：巴兹尔。不要走。

巴兹尔：[欢喜地呼喊出声] 啊！希尔达。

[他激动地伸开双臂，紧紧地抱住她。

希尔达：噢，我受不了了。我不要失去你。巴兹尔，说你爱我。

巴兹尔：[欣喜若狂] 是的。我全心全意地爱着你。

希尔达：要是你真的幸福，我本可以承受这一切的。

巴兹尔：现在没有什么能够分开我俩了，希尔达。你永远属于我了。

希尔达：上帝救我！我干了什么？

巴兹尔：就算我们失去灵魂，那又如何？我们获得了整个世界。

希尔达：噢，巴兹尔，我要你的爱。我是那么地想要你的爱。

巴兹尔：你愿意跟我走吗，希尔达？我可以带你去一片热土，那里的整个大地都只诉说着一样东西——爱情；在那里，只要有爱情、青春与美貌，其余一切皆不重要。

希尔达：让我们就去那个我俩可以永远在一起的地方吧。人生苦短；

让我们得尽欢时且尽欢。

巴兹尔：[再度吻她] 我的爱人。

希尔达：噢，巴兹尔，巴兹尔……[她猛地一惊，抽开身去]
当心！

　　　　[管家进来。

管家：肯特太太到。

　　　　[就在他报上詹妮大名的同时，她已经脚步飞快地冲了
进来。管家立刻就出去了。

巴兹尔：詹妮！

詹妮：我抓住你们了。

巴兹尔：[还想表现得彬彬有礼——对着希尔达] 我想你是认识我太
太的。

詹妮：[愤怒地大声嚷道] 哦，是的，我认识她。你不需要介绍我。
我是来找我丈夫的。

巴兹尔：詹妮，你在说什么呢？

詹妮：噢，我可不吃你们上流社会那套骗人的把戏。我来这里就是
把事情给说个明白。

巴兹尔：[对着希尔达] 你不介意先出去一会儿，留我俩单独谈
谈吧？

詹妮：[同样对着希尔达，情绪激动] 不，我就要和你说。你想要把
我丈夫从我身边夺走。他是我的丈夫。

巴兹尔：安静，詹妮。你疯了吗？默里太太，看在上帝的分上，你
先出去吧。她会侮辱你的。

詹妮：你只想到她，你从不想到我。你不在乎我遭了多少罪。

巴兹尔：[抓住她的胳膊] 我们走吧，詹妮。

詹妮：[甩开他的手] 我不走。你害怕让我见她。

希尔达：[面色苍白，浑身颤抖，良心遭受着谴责] 让她说话。

詹妮: [咄咄逼人地走到希尔达面前] 你在把我丈夫从我手里偷走。
噢，你…… [她一时间找不到一个足够有力的词语来]

希尔达: 我不想给你带来不幸，肯特太太。

詹妮: 你只说两句客套话可骗不过我。我受够这一切了。我要直话直说。

巴兹尔: [对着希尔达] 走吧，拜托了。你留在这里没好处。

詹妮: [愈发激动起来] 你在把我丈夫从我手里偷走。你这个坏女人。

希尔达: [声音小得近乎耳语] 如果你愿意，我可以向你保证从此再不见你的丈夫。

詹妮: [愤怒又鄙夷] 你的保证可真值钱啊。你嘴里的话我一个字都不信。我知道上流社会的太太小姐们是什么德行。我们伦敦城里人对她们可都太了解了。

巴兹尔: [对着希尔达] 你必须出去。

[他拉开门，她出去了，目光避开他。]

詹妮: [恶狠狠地] 她怕我。她都不敢直面我。

巴兹尔: [就在希尔达出去的时候] 我很难过。

詹妮: 你是替她难过。

巴兹尔: [突然冲她发作起来] 没错，我就是。你冲到这里来，摆出这样一副嘴脸，算什么意思？

詹妮: 我终于逮到你了……你这个骗子！你这个不要脸的骗子！你跟我说你要去大法官巷的。

巴兹尔: 我去过大法官巷了。

詹妮: 哦，我知道你去过了——去了五分钟。那只是个借口。你倒还不如直接就来这里呢。

巴兹尔: [愤怒地] 你竟敢跟踪我？

詹妮: 我有权跟踪你。

巴兹尔：[再也控制不住自己了] 你究竟要怎么样？

詹妮：我要你。你以为我猜不到这是怎么一回事吗？我看到你跟哈利韦尔一起进来的。然后我看见他带着他老婆一起走了。然后又有一个男人走了，我就知道屋里只剩下你和她了。

巴兹尔：[气急败坏地] 你怎么知道的？

詹妮：我给了那管家一镑钱，他告诉我的。

巴兹尔：[搜肠刮肚地想要找一个词来表达他的鄙夷] 噢，你这……你这无赖！我早该料到你干得出这种事情来。

詹妮：然后我就继续等着你，可你没有出来。最后，我再也等不下去了。

巴兹尔：哈，这下你等到头了。

　　　　[詹妮瞥见巴兹尔的一幅相片，就摆在台子上。

詹妮：[一指相片] 她怎么会在家里摆一张你的照片？

巴兹尔：是我结婚前送给默里太太的。

詹妮：她没有道理把它摆在这里。

　　　　[她拿起相片，狠狠地往地上一摔。

巴兹尔：詹妮，你在干什么？

　　　　[詹妮凶巴巴、恶狠狠地一脚踩了上去。

詹妮：[咬牙切齿地吐出这几个字] 噢，我恨她。我恨她。

巴兹尔：[勉力控制自己] 你彻彻底底把我逼疯了。你在逼我说出一些我会后悔一辈子的话来。看在老天爷的分上，走吧。

詹妮：你不跟我回去，我就不走。

巴兹尔：[终难自己] 我选择留下。

詹妮：你什么意思？

巴兹尔：听着，我在上帝面前向你发誓，直到今天为止，我都没有做过一件你真不知道的事，没有说过一句你真不知道的话。你相信我吗？

詹妮：我不相信你没有爱上那个女人。

巴兹尔：我没有求你相信。

詹妮：什么!

巴兹尔：我要说的是，直到今天为止，我都对你保持了绝对的忠诚。苍天在上，我一直努力地在尽我的职责。我做了我所能做的一切来让你幸福。我也曾竭尽全力地试图爱你。

詹妮：你有话就尽管直说吧，我是吓不倒的。

巴兹尔：我不想欺骗你。你应该知道究竟发生了，也理当如此。

詹妮：[鄙夷地] 你又要开始扯大谎了。

巴兹尔：今天下午，我对希尔达说了我爱她……而她也爱我。

詹妮：[发出一声狂怒的呼喊] 噢!

　　[她举伞去抽他的脸，但他挡下了这一击，将伞从她手中夺下，扔在了一边。

巴兹尔：这都是你自找的。你让我活得太不幸了。

　　[詹妮喘着粗气，不知所措，无助地站在那里，试图控制住自己。

巴兹尔：而现在，一切都到头了。我们所过的那种生活是走不下去的。我一直在试图做一件非我力所能及的事情。我要走了。我不能，也不愿再和你共同生活了。

詹妮：[被她自己，也被他方才的话吓住了] 巴兹尔，你这话不是当真的吧?

巴兹尔：我和这个想法搏斗了好几个月。而现在，我被打败了。

詹妮：你把我给忘了。我是不会放你走的。

巴兹尔：[忿忿地] 你还想要什么? 你毁了我的整个人生，这还不够吗?

詹妮：[声嘶力竭] 你不爱我吗?

巴兹尔：我从来没有爱过你。

詹妮：那你为什么娶我?

巴兹尔：因为你逼我的。

詹妮：[窃窃低语] 你从来没有爱过我——哪怕是在一开始?

巴兹尔：从来没有。

詹妮：巴兹尔!

巴兹尔：事已至此，覆水难收。我只能把一切都告诉你，然后一了百了。这几个月来，你一直要把事情给说个明白——这下轮到我了。

詹妮：[走到他跟前，伸出胳膊想要搂住他的脖子] 可是我爱你呀，巴兹尔。我也会让你爱我的。

巴兹尔：[向后一缩] 别碰我!

詹妮：[做出一个绝望的动作] 我想你是真的讨厌我了。

巴兹尔：看在老天爷的分上，詹妮，就让我们做个了断吧。我真的很抱歉。我不想冷酷地对待你。可你一定也看出来了——我不喜欢你。继续再这样自欺欺人、装模作样下去，把我们俩都折磨得痛不欲生——这样子又有什么好处呢?

詹妮：是的，我看出来了。可我就是不愿意相信。每当我把手放在你肩头的时候，我看出了你几乎忍不住要发抖。还有些时候，我吻你，却发现你在用尽全力克制自己，才能不把我推开。

巴兹尔：詹妮，要是我不爱你，我也没办法啊。要是我——要是我爱的是别人，我也没办法啊。

詹妮：[天旋地转，又惊又怕] 你想怎么办?

巴兹尔：我要走。

詹妮：去哪里?

巴兹尔：天知道。

　　　　[有人敲门。

巴兹尔：进来。

[管家拿着一张字条走了进来，他把字条递给巴兹尔。

管家：默里太太叫我把这字条捎给您，先生。

巴兹尔：[接过字条] 谢谢。

[就在仆人走出房间的同时，他展开字条，读了一遍，然后抬眼看向詹妮，后者也满心焦虑地在望着他。

[读出声来] "你可以转告你的妻子，我已下定决心嫁给布拉克利先生。我再也不会见你了。"

詹妮：她这是什么意思？

巴兹尔：[悠悠地] 这还不够明白吗？有人向她求婚了，而她也打算接受。

詹妮：可你刚才说她爱你。

[他耸耸肩，没有答话。詹妮用哀求的姿态走到他面前。

詹妮：噢，巴兹尔，如果她说的是真话，那就再给我一次机会吧。她对你的爱比不上我对你的爱。之前我自私、苛刻，还爱吵架，可我一直爱着你啊。噢，别离开我，巴兹尔。让我们再试一次，看看我能不能让你喜欢上我。

巴兹尔：[居高临下地看着她，嗓音嘶哑] 我很抱歉。已经太迟了。

詹妮：[绝望地] 噢，上帝啊，我该怎么办？哪怕她要嫁给别人了，你还是爱她，胜过这世上除她之外的任何一人？

巴兹尔：[一声低语] 是的。

詹妮：而她，哪怕是嫁给了另一个男人，她也还是爱你。你俩之间没有位置留给我。我可以自行离去，就像一个被打发走的仆人……噢，上帝啊！哦，上帝啊！我这是造了什么孽啊？

巴兹尔：[面对她的痛不欲生也有所触动] 我很抱歉给你带来如此不幸。

詹妮：噢，别怜悯我。你以为我现在会要你的怜悯吗？

巴兹尔：你最好还是乖乖走吧，詹妮。

詹妮：不。你已经对我说过，你再也不要我了。我要走我自己的
　　　路了。

巴兹尔：[看了她片刻，踌躇着；然后耸了耸肩] 那就再见了。

　　　　[他出去了，詹妮的目光追随着他，一只手疲惫地抚过
　　　额头。

詹妮：[叹了口气] 他走得是那么高兴…… [她轻轻地啜泣了一声]
　　　他们没有给我留位置。

　　　　[她从地上拾起她刚才践踏过的那张相片，两眼望着它；接
　　　着她身子一瘫，把脸埋进掌心，撕心裂肺地放声痛哭起来。

第三幕终

第四幕

布景同第二幕——位于帕特尼的巴兹尔家宅客厅。巴兹尔坐在桌前，两手托着头。他看上去精疲力竭；他的面色惨白，眼睛下面布满了粗粗的黑线。他的头发凌乱。桌上放着一把左轮枪。

[有人敲门。

巴兹尔：[头都不抬] 进来。

[范妮走了进来。

范妮：[顺从又苍白] 我就是来看看您有什么需要的，先生。

巴兹尔：[缓缓地抬头看向她，嗓音沉闷又沙哑] 没有。

范妮：我把窗户打开好吗，先生？这是个美丽的早晨。

巴兹尔：不，我冷。快生火。

范妮：您要不要来杯茶？您一整夜都没睡，总该吃点饿（喝）点吧。

巴兹尔：我什么都不要……别担心，好姑娘听话。

[范妮往壁炉里添煤，巴兹尔则在一旁无精打采地看着她。

巴兹尔：你的电报发过去多久了？

范妮：邮局一开门我就递进去了。

巴兹尔：几点了？

范妮：嗯，先生，这会儿肯定是过了九点半了。

巴兹尔：天啊，时间过得真是慢呀。我还以为这黑夜永远也到不了头呢……噢，上帝啊，我该怎么办？

范妮：我来给您泡一杯浓茶吧。您要是不饿（喝）点东西来打起精神——我真不知道您会出什么事。

巴兹尔：好吧，那就快点。我渴了……而且我好冷。

　　　[正门那里传来一声铃响。

巴兹尔：[跳了起来]门口有人，范妮。赶快。

　　　[她出去了，他跟着她走到房门前。

巴兹尔：范妮，除了哈利韦尔先生，别放任何人上楼。就说我不见
　　客。[他等待了片刻，心急如焚]是你吗，约翰？

约翰：[在门外]是的。

巴兹尔：[自言自语]谢天谢地！

　　　[约翰入。

巴兹尔：我还以为你永远也不来了呢。我求你立马赶过来的。

约翰：我一接到你的电报就立刻动身了。

巴兹尔：那姑娘去邮局好像都是几个小时前的事了。

约翰：出什么事啦？

巴兹尔：[嗓音沙哑]你不知道吗？我以为我在电报里说过了。

约翰：你只是发电报说，你遇到大麻烦了。

巴兹尔：我以为你会从报纸上读到的，我猜。

约翰：你到底是什么意思？我还没读报纸呢。你老婆在哪里？

巴兹尔：[顿了一下，声音小得近乎耳语]她死了。

约翰：[大惊失色]我的老天爷啊！

巴兹尔：[不耐烦地]别这么看着我。事情还不够清楚吗？你真不
　　明白？

约翰：可她昨天还好好的。

巴兹尔：[闷声闷气地]是啊。她昨天还好好的。

约翰：你就行行好，把话给我说个明白吧，巴兹尔。

巴兹尔：她死了……昨天她还好好的呢。

　　　[约翰听不明白。他心如刀绞，一时间不知说什么好。

巴兹尔：是我杀了她——毫无疑问，就像是我亲手扼死了她一样。

约翰：你什么意思？她不会真死了吧！

巴兹尔：[痛不欲生] 她昨晚投河自尽了。

约翰：太可怕了！

巴兹尔：除了太可怕了，难道你就没有别的话可说了吗？我感觉自己像是就要发疯了。

约翰：可我不明白！她为什么要这样？

巴兹尔：哦——昨天我俩大吵了一架……就在你过来前。

约翰：我懂了。

巴兹尔：然后她跟踪我去了……去了你妻姐家。接着她就跑上来了，又是大闹一场。然后我就昏了头。我真是怒不可遏。我都不知道我说了些什么。我气疯了。我对她说，我俩从此一刀两断……噢，我受不了了，我受不了了。

[他情绪崩溃了，双手捂住脸，不住地啜泣。]

约翰：行啦，巴兹尔——你给我镇定一点。

巴兹尔：[绝望地抬起头来] 我现在还能听见她的声音。还能看见她的眼神。她请我再给她一次机会，我拒绝了。她求我时说的那些话，谁听见了都会觉得可怜，只是我当时气疯了，我不觉得。

[范妮端着一杯茶进来了，巴兹尔默默地接过茶，喝了起来。]

范妮：[对着约翰] 他整晚都没合过眼，先生……我也没有，真要说起来的话。

[约翰点点头，但没有答话；范妮掀起围裙擦擦眼睛，走出了房间。]

巴兹尔：噢，我真是悔不该说出那些话呀。之前我一直都能控制住自己，可是昨天——我再也控制不住了。

约翰：然后呢？

巴兹尔：我直到差不多十点钟才回到家，女仆告诉我说詹妮刚刚出去了。我以为她回她妈家去了。

约翰：后来呢？

巴兹尔：没过多久，警察就上门来了，请我去河边一趟。他说，出了场意外……她死了。一个男人看到她走在纤道上面，走着走着就投河了。

约翰：她这会儿在哪里？

巴兹尔：[指着一扇门] 就在那里面。

约翰：你能带我进去吗？

巴兹尔：你自己进去吧，约翰。我不敢。我害怕看到她。我不忍去看她的脸……我杀了她，毫无疑问——就像是我亲手掐死了她一样。我整夜都在望着那扇门，一度我以为自己听到了一声动静。我以为她就要推门进来了，痛斥我害死了她。

　　[约翰走到门口，就在他推门的同时，巴兹尔把脸扭开。约翰把门在身后带上了，巴兹尔瞪着一双恐惧的眼睛望向门口，被痛苦折磨得近乎发狂。他努力控制自己。过了一会儿，约翰回来了，一声不吭。

巴兹尔：[低语道] 她看上去如何？

约翰：没什么可怕的，巴兹尔。她就像是睡着了一样。

巴兹尔：[双手紧握] 但是那可怖的惨白面色……

约翰：[凝重地] 如果她还活着，那她是无论如何都不会比现在更幸福的。

　　[巴兹尔深深地叹了口气。

约翰：[看到了左轮枪] 你这是干什么？

巴兹尔：[发出一声自卑的呻吟] 我昨晚想要自杀的。

约翰：呵！

　　[他卸了子弹，把左轮枪放进自己的口袋。

巴兹尔：[念念地] 哦，别害怕。我没那胆子……我害怕再继续活下去。我以为，如果我能自杀，那对于她的死会是一种补偿。我去到河边，我沿着纤道走到同一个地方——可我就是办不到。河水看上去是那么的漆黑、冰冷又无情。可她却轻而易举地办到了。她就那么走了过去，然后投入河中。[顿了一下]接着我就回来了，我想着我还是开枪自尽吧。

约翰：你以为那样做能给任何人带来任何益处吗？

巴兹尔：我鄙视自己。我感觉自己无权再活下去，我以为扣扳机应该是更容易办到的吧……人们说，自我毁灭是懦夫的举动，他们真不知道那样做需要怎样的勇气。我无法面对那痛苦——还有，我也不知道会有什么在另一头等着我。毕竟，说不定真有一个残忍又好报复的上帝，只要我们胆敢打破衪那无人知晓的律法，衪就要惩罚我们直到地老天荒。

约翰：我很高兴你想到了差人来叫我。你最好还是回伦敦，暂时和我待在一起吧。

巴兹尔：你知道昨晚发生了什么吗？我无法入睡，我感觉我这辈子都不会再合眼了——可紧接着，眨眼的工夫，我就不声不响地在我的椅子上睡着了。我还睡得挺香——就好像詹妮没有浑身冰冷、了无生气地躺在那里似的。女仆可怜我，因为她以为我和她一样彻夜无眠呢。

> [门外传来人声，有人在争吵。范妮进来了。

范妮：对不起，老爷，是詹姆斯先生。

巴兹尔：[愤怒地]我不见他。

范妮：他不肯走，我跟他说了你不舒服，谁都不见。

巴兹尔：我不见他。我就知道他要来，该死的！

约翰：我想，他毕竟还是有一定的权利上这儿来的——考虑到眼下的情境。你不觉得你最好还是听听他想要什么吗？

巴兹尔：噢，他会大吵大闹的。我一定会把他打翻在地。我已经吃过他太多苦头了。

约翰：让我见他。你肯定不想要他在死因讯问会上惹是生非。

巴兹尔：这一点我也想到了。我知道他和他那家人会编出怎样的故事来。报纸也会抓住这件事不放，所有人都会骂我是混蛋。他们会说，这都是我的错。

约翰：你不介意我和他谈一谈吧？我想我可以让你免遭那样的厄运。

巴兹尔：[不耐烦地耸耸肩] 你想怎样就怎样吧。

约翰：[面对范妮] 领他上来，范妮。

范妮：是，先生。

　　　[她出去了。

巴兹尔：那我就走了。

　　　[约翰点点头，巴兹尔推门出去了，而这扇门就紧挨着詹妮停尸的那间房的房门。詹姆斯·布什入。

约翰：[严肃地、冷冷地] 早上好，布什先生。

詹姆斯：[咄咄逼人地] 那个人在哪儿？

约翰：[抬了抬眉毛] 进别人家的时候，我们照道理是该摘帽的。

詹姆斯：我是一个有原则的人，我真的是；为了证明这一点，我偏就不摘帽。

约翰：哎，好吧，我们就不讨论这一点了。

詹姆斯：我要见那人。

约翰：我能否问一句，你所指的究竟是何人？这个世界上有那么多的人。甚至可以说，多得都快装不下了。

詹姆斯：你是谁，我很想知道。

约翰：[礼貌地] 我名叫哈利韦尔。我有幸在巴兹尔位于布卢姆斯伯里的寓所里与您会过面。

詹姆斯：[咄咄逼人地] 这我知道。

约翰：不好意思。我还以为你在问我呢。

詹姆斯：我跟你说了，我要见我妹夫。

约翰：恐怕你见不成。

詹姆斯：我跟你说了，我要见他。他谋害了我妹。他是个恶棍，是个杀人犯，这话我就要当着他的面说给他听。

约翰：[讥讽的口吻] 当心别让他听见你。

詹姆斯：我就要他听见我。我不怕他。我倒想看看他还敢不敢再碰我一下。[他恶狠狠地摸到约翰跟前] 哼，你是想把我挡在外头，是吧？跟我说我不能来我妹家——让我在门厅那里等着，嗷（好）像我是个上门的小工似的。噢，我会让你们一个个全都为此付出代价的。这下我要报这一箭之仇了。一帮子卑鄙无耻的西伦敦狗杂种——你们不过如此。

约翰：布什先生，你既然还在这间屋里，就最好还是嘴巴放干净点——另外请你说话不要那么大声。

詹姆斯：[鄙夷地] 谁说的?

约翰：[平静地看着他] 我说的。

詹姆斯：[没有那么横了] 你可别想欺负我。

约翰：[指着一把椅子] 你不坐下吗?

詹姆斯：不，我不坐。一位绅士是不会在这样一间屋子里落座的。这笔账我终归要和他算的。我会在验尸陪审团面前讲一个好故事的。他活该被活活吊死，真的活该。

约翰：对于刚刚发生的一切，我的极度遗憾之情无以言表。

詹姆斯：噢，别想着拿两句好话来哄我。

约翰：真的，布什先生，你没有理由对我作愤愤状。

詹姆斯：哼，反正，我也不怎么高看你。

约翰：我很遗憾。上回我们见面的时候，我以为你是个非常随和的人。你不记得了吗? 那回我两同去酒吧喝了几杯呢。

詹姆斯：我没说你不是个绅士。

约翰：[掏出雪茄盒] 你不想来支雪茄吗？

詹姆斯：[狐疑地] 我说，你该不是想要诳我吧？

约翰：当然不是。那种事我做梦都不敢想。

詹姆斯：[抽出一支雪茄] 拉蜡尼亚加雪茄。

约翰：[尖酸地一笑] 一百支要九英镑。

詹姆斯：那就是一先令九便士一支，对吧？

约翰：你算得可真快！

詹姆斯：你肯定是挺有钱的，居然抽得起这玩意儿。

约翰：[冷冷地] 这玩意儿确实能引发旁人的敬意，对吧？

詹姆斯：我不知道你这话是什么意思。不过我自诩对好雪茄是识
　　　货的。

　　　　　[约翰坐了下来，詹姆斯·布什这回不假思索地有样学样了。]

约翰：你以为你在死因讯问庭上大吵大闹能得着什么好处吗？当然
　　　咯，死因讯问是肯定会有的。

詹姆斯：是的，我知道会有。我就盼着它了，我可以告诉你。

约翰：我要是你的话，就不会说这话了。

詹姆斯：[完全没意识到他方才那句话可以作何解读——满脑子都沉
　　　浸在他自己的愤懑之情中] 我可是受了一肚子气啊，真的。

约翰：当真？

詹姆斯：噢，他待我真是太不像话了！他简直是视我如尘土。要不
　　　是为了詹妮，这种气我是一分钟都受不住的。我配不上他，我
　　　的天啊。还有他看我的那副样子，眼睛直直地穿我而过，就好
　　　像我根本不存在似的——噢，这下我要跟他算算账了。

约翰：你打算怎么办？

詹姆斯：不劳你操心。我会把他架上火坑的。

约翰：你以为你那么干能捞着什么好处吗？

詹姆斯：[跳了起来] 是的。我还打算……

约翰：[打断他] 给我坐下，好孩子听话，让我们就这个问题稍微聊上几句。

詹姆斯：[愤怒地] 你是想要糊弄我。

约翰：胡说。

詹姆斯：哦，没错，你就是。别想否认。我一眼就能把你看穿，就像看穿一块窗玻璃。你们这帮子西伦敦人——你们以为你们什么都知道。

约翰：我向你保证……

詹姆斯：[打断他] 可我是在伦敦城里受过培训的，我可以向你打包票，你是绝对骗不了我的。

约翰：我俩都是见过世面的人，布什先生。你能不能以一位——朋友的身份，帮我一个大忙？

詹姆斯：[狐疑地] 那得看是什么忙了。

约翰：我只需要你安安静静地听我说两三分钟的话。

詹姆斯：这我不介意。

约翰：嗯，事实上——巴兹尔要走了，他想把家具和房子全处理掉。你，作为一名拍卖商，觉得这些东西值多少钱？

詹姆斯：[环顾四周] 一样东西值多少钱跟这样东西能卖多少钱完全是两码事。

约翰：那是当然，可像你这样的聪明人……

詹姆斯：喂喂喂，别想诳我。我告诉过你的，我不吃这一套……瓷盘和纺织日用品也打包卖吗？

约翰：一样不留。

詹姆斯：嗯，要是能卖个好价钱的话——让一个懂行的人来操刀……

约翰：要是你来的话，比如说？

詹姆斯：那说不定能卖上一百英镑——说不定都能卖上一百五。

约翰：这样一份大礼送给谁都不寒碜，对吧？

詹姆斯: 没错。这一点我应该和你看法一致。

约翰: 嗯,巴兹尔想着要把房子里的整套家什都送给你妈和你妹。

詹姆斯: 我跟你实话实说,他这么做真的是太应该了。

约翰: 当然咯,条件是,死因讯问庭上不许有人说闲话。

詹姆斯: [冷笑一声] 你把我给逗乐了。你以为你送我妈一屋子的家具,就能把我的嘴给堵上?

约翰: 我不敢奢望你能如此超然事外,布什先生。现在我们来讲讲你吧。

詹姆斯: [没好气地] 你这话是什么意思?

约翰: 你似乎欠了巴兹尔一大笔钱。你还得清吗?

詹姆斯: 还不清。

约翰: 还有,你上一份工作的账目似乎有点对不上。

詹姆斯: 纯属谎言。

约翰: 也许吧。但总而言之,我想我们是可以让你的日子非常难过的,如果你要惹是生非的话。如果大家非要当众起底揭丑——那么一般说来,谁的屁股都干净不了。

詹姆斯: 我不在乎。我就要报这一箭之仇。只要我能把刀子捅进那个人的身体——我宁愿承担后果。

约翰: 而另一方面——只要你不在死因讯问庭上惹是生非,我就给你五十英镑。

詹姆斯: [义愤填膺地跳将起来] 你是想收买我吗?

约翰: [平静地] 是的。

詹姆斯: 你最嗷(好)脑子放放清楚:我是个绅士;况且,我还是个英国人。对此我十分自豪。你可真是不害臊啊。我以前从未碰到过有谁想要收买我的。

约翰: [冷冷地] 否则的话,毫无疑问,你就当场接受了。

詹姆斯: 我真的很想一拳把你放倒。

约翰：[淡然一笑] 喂，喂，布什先生，别犯傻啦。你最好是声音小
　　　点，你懂的。

詹姆斯：[轻蔑地] 你以为五十英镑在我眼里算得了什么？

约翰：[狡诈的神色] 谁说五十英镑啦？

詹姆斯：你说的。

约翰：你肯定是误会我了。一百五。

詹姆斯：哦！[起初他吃了一惊；接着，随着他的头脑渐渐对这个数
　　　目有了概念，他开始犹豫动摇了] 那就完全是另一码事了。

约翰：我没有要你说任何不实的言论。毕竟，一个像你这般见过世
　　　面的男人——一个生意人——不值得那样子小鸡肚肠。我们也
　　　不想出什么丑闻。那种事情不单我们讨厌，对你也一样烦心。

詹姆斯：[犹豫不决] 她确实挺歇斯底里的，这一点没的说。但凡他
　　　之前拿我当个绅士待，我也就没什么好说的了。

约翰：所以呢？

詹姆斯：[朝约翰投去狡黠、机敏的一瞥] 你出两百，我们就成交。

约翰：[坚决地] 没门。你要么收下这一百五，要么就见鬼去吧。

詹姆斯：哎，行吧，那就交出来。

约翰：[从口袋里掏出一张支票] 我先给你五十，剩下的等问讯结束
　　　后再给你。

詹姆斯：[带着点钦佩] 你可真够精的，你这小子。

　　　　[约翰填好支票，递给詹姆斯·布什。

詹姆斯：要我给你开张收据吗？我是个生意人，你知道的。

约翰：是的，我知道；不过这次就不必了。你会告诉你妈和你妹
　　　的吧？

詹姆斯：你就别操心啦。我是个绅士，我是不会出卖我朋友的。

约翰：那么现在，我想我可以跟你道声早安了。你一定能够理解巴
　　　兹尔身体不适，谁都不见。

詹姆斯：我理解。拜拜啦。

[他伸出手来，约翰郑重地同他握手。

约翰：早安。

[范妮从一扇门里进了屋，与此同时詹姆斯·布什从另一扇
门里出去了。

范妮：垃圾人渣，慢走不送。

约翰：哎，范妮啊，要是这世上真没了流氓无赖，那正派人的日子
可就太难过了。

[范妮出去了，约翰走到门口，高声唤道。

约翰：巴兹尔——他走了……你在哪儿呀？

[巴兹尔从詹妮停尸的那间房里现身了。

约翰：没想到你在那里。

巴兹尔：不知道她有没有原谅我？

约翰：我要是你的话，就不会操那么多的心了，巴兹尔老兄。

巴兹尔：你要是能理解我有多么地鄙视自己，该有多好！

约翰：得啦，得啦，巴兹尔，你得尽量……

巴兹尔：我还没有告诉你那件顶顶龌龊的事情。我觉得自己真是个
混账。一整个晚上，那个念头都一直缠着我。我怎么都赶不走
它。这才是最最糟糕的。这念头实在太可耻了。

约翰：你什么意思？

巴兹尔：哦，这想法真是可鄙啊。可它又是那么地让我难以抗
拒……我会不由自主地去想，我——我自由了。

约翰：自由了？

巴兹尔：这样想真是对亡者的大不敬。可你不知道，当你面前的牢
门突然打开的时候，那是一种怎样的感觉。[他一边说着，一边
激动起来] 我不想死。我想活着，我想要用两只手牢牢把住生
活，享受生活。我是那么地渴望幸福。让我们打开窗户，把阳

光放进来吧。[他走到窗前，将窗户一把推开] 能活着真是好啊。我又如何忍得住不去想我如今可以重新开始了呢？过去的都已经过去了，我可以从头再来了。我会幸福的。上帝宽恕我，我真的止不住这样的念头。我自由了。我犯了一个可怕的错误，我也为此受过苦了。上帝知道我受了怎样的苦，知道我曾经多么努力地想要勉为其难。这不全是我的错。在这个世界上，有些事情我们不得不那样去做，那样去想，因为别人觉得那样是好的。我们从来就没有机会走我们自己的路。我们被他人的偏见和道德观所束缚。看在上帝的分儿上，让我们自由吧。让我们如此这般或是如此那般，因为我们想要如此，因为我们必须如此，而非因为别人认为我们应当如此。[他突然在约翰面前站定] 你为什么不说话？你这样子瞪着我，就好像你心里面当我是个满嘴胡言乱语的疯子！

约翰：我不知道该说什么。

巴兹尔：哦，我猜你是震惊又愤慨吧。我应该继续装腔作势下去。我应该端庄得体地把我的角色演到底。你永远也不会有那勇气去做我所做的那一切；然而，就因为我失败了，你以为你就可以从你的道德高地上轻蔑地俯视我了。

约翰：[凝重地] 我是在想，一个男人，试图攀登天上的星辰，一旦失败，该会跌得有多惨。

巴兹尔：我给这个世界的是精金，可他们的通货却是宝贝贝壳。我坚持了理想，可他们却嗤笑我。在这个世界上，你只能和其他人一道，在阴沟里打滚……我从中只能得出一条教训：如果我当初像个流氓那样行事——像一百个男人当中的九十九个那样——任由詹妮自生自灭，我就能一直活得开开心心、心满意足、兴旺发达。而她呢，我敢说，也不会死了……正是因为我努力要尽我的职责，像个绅士、像个正人君子那样行事，才会招来这一切的不幸。

约翰：[静静地看着他] 我想我还是换一种说法吧。一个人，若是要同普罗大众的观念背道而驰，那他必须非常强大，非常自信。如果他没有这样的品质，那么也许最好还是不要去冒险，不如就还是随大流，走那安全的老路吧。这么做一点都不激动人心，一点都不勇敢，而且相当的乏味，但是绝无风险。

　　　　[最后几个字巴兹尔几乎没有听进去，因为他正聚精会神地听着窗外的动静。

巴兹尔：那是什么？我好像听见了马车的声音。

约翰：[有点吃惊] 你在等人吗？

巴兹尔：我在给你拍电报的同时，也拍了电报给——给希尔达。

约翰：这么等不及？

巴兹尔：[激动地] 你说她会来吗？

约翰：我不知道。

　　　　[正门那里响起了门铃声。

巴兹尔：[奔向窗口] 有人敲门。

约翰：也许她也意识到了这件事：你自由了。

巴兹尔：[激动万分] 噢，她爱我，而我——我也爱慕她。上帝宽恕我，但我真是情难自已。

　　　　[范妮走了进来。

范妮：不好意思，老爷，验尸官到了。

　　　　　　　　　　　　　　　　　　　　　全剧终

弗雷德里克夫人
LADY FREDERICK

三幕喜剧

吴洁静　译

人物表

弗雷德里克·贝洛尔丝夫人

帕拉丁·福尔德斯先生

米尔斯通侯爵夫人

米尔斯通侯爵

卡里索海军上将

罗茜

弗雷德里克夫人的裁缝

弗雷德里克夫人的仆人

弗雷德里克夫人的女仆

汤姆森

侍者

时间：1890 年

第一幕

场景：蒙特卡洛富丽酒店的一间会客厅。房间宽敞，摆放着豪华家具，左右两侧各有一扇门，后方墙上有一扇巨大的落地窗，朝向露台。透过这扇窗，可以望见繁星密布的南方夜空。房间一边摆着一架钢琴，另一边则有一张桌子，上面整整齐齐地摞着一沓报纸。房间里还有一个燃烧着的火炉。

米尔斯通夫人身穿晚礼服，打扮得相当华丽。她是一个漂亮的四十岁女人，正在看报纸。她不耐烦地放下报纸，伸手打铃。应声来了一位侍者，说话带着法国口音。

米尔斯通夫人：帕拉丁·福尔德斯先生今晚到了吗？

侍者：到了，夫人。

米尔斯通夫人：他正在酒店里吗？

侍者：是的，夫人。

米尔斯通夫人：你能派人去他的房间告诉他，我正等着见他吗？

侍者：对不起，夫人，那位先生吩咐过，谁都不能以任何理由打扰他。

米尔斯通夫人：胡说八道什么呢。福尔德斯先生是我哥哥。你得现在就去找他。

侍者：福尔德斯先生的贴身仆人现在就在大堂里。夫人您是否愿意跟他说话？

米尔斯通夫人：见福尔德斯先生简直比见内阁大臣还难。把他的仆人叫来。

侍者：遵命，夫人。

> [侍者退下，紧接着，福尔德斯先生的仆人汤姆森进屋。

汤姆森：夫人，您想见我？

米尔斯通夫人：晚上好，汤姆森。但愿你这趟旅途还算舒适。

汤姆森：是的，夫人，福尔德斯先生的旅途一向舒适。

米尔斯通夫人：坐船期间，海上风平浪静？

汤姆森：是的，夫人。海面若是敢掀起风浪，福尔德斯先生会将其
视作胆大妄为之举。

米尔斯通夫人：你能否去禀报福尔德斯先生我此刻就想见他？

汤姆森：[看了看手表] 抱歉，夫人，福尔德斯先生吩咐过，十点前
谁都不准打扰他。眼下还差五分钟，小人不敢前去打扰。

米尔斯通夫人：可他到底在干什么？

汤姆森：我一无所知，夫人。

米尔斯通夫人：你跟着福尔德斯先生有多久了？

汤姆森：二十五年了，夫人。

米尔斯通夫人：那我理所当然地认为你了解他的一举一动。

> [帕拉丁进屋。他是一个四十出头、衣冠楚楚的男人，看起
> 来神情自若，通晓世故，彬彬有礼。他从来没有茫然无措或者
> 局促不安的时候。他刚巧听到了米尔斯通夫人说的最后那句话。

福尔德斯：我当年雇用汤姆森的时候曾经告诉过他，他首先要掌握
的一项高深技能，就是睁一只眼闭一只眼。

米尔斯通夫人：亲爱的帕拉丁，为了见你，我已经等了两个小时了。
你真是让人心力交瘁。

福尔德斯：你可以吻我一下，茉德，但别太粗暴了。

米尔斯通夫人：[亲吻他的脸颊] 你这个荒唐家伙。你应该马上就来
看我。

福尔德斯：亲爱的，你这可一点也怪不了我。我经历一段漫长而又乏味的旅程，坐了二十七个小时的火车。这番蹂躏过后，我得好好整修一下自己。

米尔斯通夫人：胡说八道。我敢肯定，你这人从没有过什么柔情。

福尔德斯：蹂躏，亲爱的，是蹂躏。[1] 像我这种年纪的人，如果对于从伦敦赶到蒙特卡洛的旅程都没有丝毫担忧，那也未免太装腔作势了些。

米尔斯通夫人：我敢说你的晚餐一定相当丰盛。

福尔德斯：汤姆森，我有没有吃过晚餐？

汤姆森：[一本正经地]喝过汤，先生。

福尔德斯：我记得我只是看了看。

汤姆森：还有鱼，先生。

福尔德斯：一块炸龙利鱼排，我就翻弄了两下。

汤姆森：鳕鱼皇后酥，先生。

福尔德斯：完全不记得了。

汤姆森：小圆菲力牛排。

福尔德斯：不是一般的硬，汤姆森，你得跟有关部门投诉。

汤姆森：烤山鸡，先生。

福尔德斯：没错没错，你提了我才想起来，确实有山鸡。

汤姆森：巧克力冰激凌。

福尔德斯：太冰了，汤姆森，冰过头了。

米尔斯通夫人：亲爱的帕拉丁，我认为你的晚餐不是一般的丰盛。

福尔德斯：到我这个年纪，爱、野心和财富都已经开始褪色了，我想要的只有一块烤得真正上乘的牛排。没你什么事了，汤姆森。

汤姆森：遵命，先生。

---

① 英语 ravished 和 ravaged 发音接近。

[*汤姆森退下。*

米尔斯通夫人： 帕拉丁，你真是太可恶了。就在你大快朵颐的同时，
我却在焦虑地啃食自己的内心。

福尔德斯： 看来你很适合这样。我已经很多年没见你有过这么好的
气色了。

米尔斯通夫人： 看在上帝的分上，严肃点，听我说。

福尔德斯： 我一接到你的电报，就立刻动身赶来了。求你告诉我，
我到底能为你做什么。

米尔斯通夫人： 亲爱的帕拉丁，查理为恋爱冲昏了头。

福尔德斯： 就一位二十二岁的年轻人而言，这没什么可大惊小怪的。
如果那位女士端庄体面，那就让他结婚，你自己退为侯爵遗孀。
如果并非如此，那就给她个五百英镑，打发她去巴黎、伦敦，
或者其他任何她能够自然而然地施展技艺与魅力的地方。

米尔斯通夫人： 我倒希望能这样，但你猜她是谁？

福尔德斯： 亲爱的，天底下我最讨厌的就是猜谜。瞧着一位年收入
五千英镑的年轻侯爵而不流露出鄙夷之情，这样的淑女还是有
的，我能想象出一大堆。

米尔斯通夫人： 是弗雷德里克·贝洛尔丝夫人。

福尔德斯： 乱点鸳鸯谱！

米尔斯通夫人： 她大他十五岁。

福尔德斯： 这年纪还不够当他妈，确实是个明显的优势。

米尔斯通夫人： 她的头发是染的。

福尔德斯： 那真是染得太绝了。

米尔斯通夫人： 她还涂脂抹粉。

福尔德斯： 那她的手艺比皇家美术学院那些人强太多了。

米尔斯通夫人： 可怜的查理只是一时冲昏了头。他每天上午都与她
骑马，下午带她开车兜风，晚上又有一半时间在陪她打牌。我

一直都见不到他人影。

福尔德斯：可你凭什么认为弗雷德里克夫人会在乎他一星半点？

米尔斯通夫人：别傻了，帕拉丁。谁都知道她身无分文，欠了一屁股债。

福尔德斯：人生在世，必须保持外表光鲜。如今的生活，对赶时髦的女人而言，真是进退维谷：一边是破产法庭，而另一边则是——亲爱的弗朗西斯·朱恩爵士。①

米尔斯通夫人：我真想知道她是怎么把自己打扮得这么漂亮的。命运的不公之处在于，衣服只有穿在那些放浪形骸的女人身上，才会显得好看。

福尔德斯：亲爱的，她死后可能会被烤得咯嘣脆——你要这样想，才能安慰自己。

米尔斯通夫人：我无意亵渎，但在死后的世界里，即使穿着褶裙，装上翅膀，也不能弥补我在这个世界里穿着帕奎因的高级晚礼服却依然黯淡无光所带来的失望。

福尔德斯：当我听说她买了一辆新车时，就猜她快要破产了。你真的认为查理想娶她？

米尔斯通夫人：我很肯定。

福尔德斯：你想让我怎么做？

米尔斯通夫人：天哪，我想让你阻止他。毕竟查理地位显赫：他有一切机会出人头地。他没道理当不上首相——让这个男孩去娶那样的女人，真是没天理。

福尔德斯：你肯定是认识弗雷德里克夫人的，对吗？

米尔斯通夫人：亲爱的帕拉丁，我们是最好的朋友，你别以为我会

---

① 弗朗西斯·亨利·朱恩（1843—1905），亦称作圣赫利尔男爵，英国法官。他曾担任高等法院遗嘱认证、离婚和海军部庭长（1892—1905）。

给她机会跟我吵架。我想我应该邀请她来吃午餐，来见见你。

福尔德斯：在这种事情上，女人可比男人更有优势。她们不会顾忌道德，而且会毫不犹豫地说谎，就跟乔治·华盛顿一样。

米尔斯通夫人：在我眼里，她是个荡妇。我老实告诉你，没有什么可以阻止我将儿子从她的魔爪中拯救出来。

福尔德斯：只有百分百的好女人才会如此冷静地宣布她要用最不正当的手段达到目的。

米尔斯通夫人：[看着他] 她这辈子肯定有一些不想被揭开的老底，只要我们能抓住那些把柄……

福尔德斯：[不动声色地] 你觉得我能怎么帮你？

米尔斯通夫人：改过自新的贼是最好的侦探。

福尔德斯：亲爱的，我希望你有话直说，别给我用格言。

米尔斯通夫人：你已经挥霍掉了两大笔财产，如果这世上真有因果报应，那你就应该快饿死了，而不是像现在这样，反倒比以往更富有。

福尔德斯：我的那些表亲都有个长处，那就是死得恰逢其时。

米尔斯通夫人：你当了一辈子浪荡不羁的无耻之徒，上帝知道你交的都是些狐朋狗友。

福尔德斯：根据我对这个世界的了解，再加上你的肆无忌惮，我们目前完全能够与一个手无寸铁的女人相抗衡。

米尔斯通夫人：[尖刻地看着他] 坊间传说，你曾经非常爱她。

福尔德斯：坊间就是头蠢驴，伸得长长的耳朵里只听得见它自己叫唤。

米尔斯通夫人：我想知道你们到了什么程度。如果你能把这段关系告诉查理……

福尔德斯：我的好茉德，真不幸，我和她之间不存在任何关系。

米尔斯通夫人：那时候，可怜的乔治因为你坐立难安。

福尔德斯：你的亡夫，一位不折不扣的虔诚教徒，总是故意把身边人往最坏处想。

米尔斯通夫人：别这么说他，帕拉丁；我知道你俩彼此厌恶，但你要记得，我全心全意地爱着他。他的死让我永远无法释怀。

福尔德斯：我亲爱的姑娘，你知道的，我并不想伤害你。

米尔斯通夫人：归根结底，这主要还是你的错。他是个诚心诚意的教徒，身为广教会派联合会的主席，他无法认同你的生活方式。

福尔德斯：[做了一个夸张的接受圣油礼的动作]感谢上帝让我在年纪轻轻的时候就已经变成一个可悲的罪人！

米尔斯通夫人：[大笑]你真是无药可救，帕拉丁。但这次你会帮我的吧。这孩子自从父亲死后，一直和我过着与世无争的生活。眼下，我们非常无助。如果查理娶了那个女人，我会心碎的。

福尔德斯：我会全力以赴。我向你保证，这事儿绝不会成。

> [门被推开。弗雷德里克夫人进屋，身后跟着米尔斯通——一个稚气未脱的二十二岁男人，和她的弟弟杰拉德·欧玛拉爵士——一位二十六岁的英俊小伙，另外还有蒙特格米利上尉、卡里索海军上将，以及他的女儿罗茜。弗雷德里克夫人是个来自爱尔兰的漂亮女人，三十出头，还不到三十五，衣着靓丽，开朗活泼，无忧无虑。她整个儿地遗传了爱尔兰人的轻率鲁莽，对明天会怎样漠不关心。每次她想说服谁，就会换上爱尔兰腔，然后——她很清楚——对方就会难以招架。蒙特格米利上尉是一位三十五岁的男士，外表整洁，举止优雅，精于礼仪。上将粗率耿直，快人快语。罗茜则是个初入社交界的十九岁天真少女。

米尔斯通夫人：他们来了。

弗雷德里克夫人：[张开双臂，满怀热情地走向他]帕拉丁！帕拉丁！帕拉丁！

米尔斯通：哦，我未卜先知的心灵啊，我的叔叔！①

福尔德斯：[与弗雷德里克夫人握手] 听说你去了赌场。

弗雷德里克夫人：查理输了个血本无归，我去把他拉走。

米尔斯通夫人：我希望你再别赌了，亲爱的查理。

米尔斯通：亲爱的妈妈，我才输了一万法郎。

弗雷德里克夫人：[朝着帕拉丁·福尔德斯] 你看起来身强体壮，跟
　　以往没什么两样。

福尔德斯：你可别当我面这么说。说不定明天我就垮了。

弗雷德里克夫人：你认识卡里索上将吗？这是我弟弟杰拉德。

福尔德斯：[握手] 很高兴见到两位。

弗雷德里克夫人：[介绍道] 这位是蒙特格米利上尉。

蒙特格米利上尉：我想我们以前见过。

福尔德斯：很高兴听您这么说。您好。[朝着米尔斯通] 查尔斯，你
　　在蒙特卡洛玩得开心吗？

米尔斯通：棒极了，谢谢。

福尔德斯：你在这儿都干了些什么？

米尔斯通：哦，也就是到处逛逛，你知道的——这里到处都有赌桌。

福尔德斯：这就对了，我的孩子；很高兴看到你已经准备好履行你
　　上议院议员的职责了。

米尔斯通：[大笑] 哦，闭嘴吧，帕拉丁舅舅。

福尔德斯：我也很高兴发现你已经充分掌握了本地方言。

米尔斯通：这么说吧，如果你既能对伦敦的哥吹胡子瞪眼，又能在
　　酒吧女招待面前妙语连珠，那你就会在上议院里混得风生水起。

福尔德斯：但让我给你一个郑重的提醒。你有千载难逢的机会，亲
　　爱的孩子，在身份地位上占尽优势。我恳求你别为了展现天赋

----

① 此句出自《哈姆雷特》。

而让机会白白流失。目前时局明朗，英国人民正在等待领袖。但要记住，英国人民喜欢麻木愚蠢的领袖。他们不信任能力，不接受多才多艺，最厌恶智慧。看看可怜的帕纳比老爷的命运。他的都市气质为他赢得了首相职位，却又被他自己的才华给轰下了台。他发表的演讲总能一针见血，煽动力十足。他如此才思敏捷，让人联想起击剑比赛。把国家的财产放在这样一个人手里，怎么可能安全？大家一致认为帕纳比老爷性格轻率、肤浅；我们怀疑他的处事原则，为他的道德水准感到忧心忡忡。记住这警告，我亲爱的孩子，记住这警告。永远别让活泼诙谐的警句缩短你冗长的演讲，也别让优雅的俏皮话像烤牛肉调味汁一样为你的谈话增添趣味。小心别让你的比喻显示出任何想象力，务必要隐藏你的想法，仿佛你有不光彩的秘密。总而言之，如果你还有半点幽默感，那就摧毁它，摧毁它。

米尔斯通：亲爱的舅舅，你让我感激涕零。我一定会像猫头鹰一样愚蠢。

福尔德斯：那就好，勇敢的孩子。

米尔斯通：我会变得啰嗦难缠。

福尔德斯：我仿佛看见你的衬衣前片已经佩戴上了嘉德绶带。记住，这东西和功绩没有半点关系。

米尔斯通：听我演讲的人没一个不会呼呼大睡。

福尔德斯：[拉起他的手] 首相职位已经自动落入你手中。

米尔斯通夫人：亲爱的帕拉丁，就寝前，我们先去露台上散个步吧。

福尔德斯：你肯定是想在我耳边谈论最近的那些丑闻。

  [他为她披上斗篷，两人走出房间。

弗雷德里克夫人：我能跟您说句话吗，上将？

上将：当然，当然。有什么能为您效劳的？

  [弗雷德里克夫人和上将交谈，其他人慢慢走出房间。谈话

间，弗雷德里克夫人换上了爱尔兰腔。

弗雷德里克夫人：您此刻心情可好？

上将：还行，还行。

弗雷德里克夫人：那我就放心了，因为我想跟您求婚。

上将：我亲爱的弗雷德里克夫人，您可真让我大吃一惊。

弗雷德里克夫人：〔大笑〕不是为我自己。

上将：哦，那我明白了。

弗雷德里克夫人：实际上，我弟弟杰拉德已经向您女儿求婚，而她
也答应了。

上将：罗茜是个容易头脑发热的姑娘，弗雷德里克夫人，再说她还
没到结婚的年纪。

弗雷德里克夫人：您先别生气。我们冷静下来，好好谈谈这件事。

上将：我告诉你，我不想谈这件事。这小子一穷二白。

弗雷德里克夫人：所以说幸好您有钱。

上将：呃？

弗雷德里克夫人：您一直说要在爱尔兰买块地。没有什么比杰拉德
的那片——砂土地更合适的了。而且，您对伊丽莎白时代的建
筑情有独钟。

上将：我可受不了这种东西。

弗雷德里克夫人：那您可就太幸运啦！那座建筑在十八世纪被烧毁，
后来又以完美的乔治亚风格重建。

上将：呃。

弗雷德里克夫人：再说，您又希望能有几个小孙子抱在膝头。

上将：你怎么知道不会是孙女？

弗雷德里克夫人：哦，这在我们家可极其罕见。

上将：我告诉过你了，我不想谈这件事。

弗雷德里克夫人：您知道，在这个国家，拥有一个历史第二悠久的

准男爵头衔可不是什么坏事。

上将：我想我不得已只能把罗茜打发去英格兰了。

弗雷德里克夫人：让她心碎？

上将：女人心就好像旧瓷器，摔个一两次不会怎样。

弗雷德里克夫人：您认识我的丈夫吗，上将？

上将：认识。

弗雷德里克夫人：我十七岁嫁给他，因为我母亲认为我们很般配，但当时我正和另一个男人爱得如漆似胶。结婚后还不到两周，他就有一次回家时喝了个烂醉，而在那之前，我从没见过醉汉。我这才发现他是个酒鬼。我感到无地自容。您真该了解一下这十年我跟他过的是什么日子！我这辈子干过很多蠢事，但是，我的上帝啊，我已经付出了代价。

上将：是的，我知道，我知道。

弗雷德里克夫人：所以相信我，如果两个年轻人彼此相爱，还是让他们结婚为妙。世间真爱如此珍贵。当它降临时，必须全力把握。

上将：我很抱歉，但我已经打定主意。

弗雷德里克夫人：啊，但您会改变心意的吧——就像纳尔逊 ①。别对罗茜那么严苛。她对杰拉德是真心的。给他们一个机会吧？啊，就答应了吧——求您了。

上将：我不想伤你的心，但杰拉德爵士几乎是我见过的最不靠谱的年轻人。

弗雷德里克夫人：[得意洋洋] 瞧，我就知道我们想到一块儿去了。今天早上我也对他说过同样的话。

---

① 霍雷肖·纳尔逊，英国海军名将，在 1805 年的特拉法尔加海战中决定性地击败了法国海军。但这位英雄生前就与结发妻子分居，并公然与情妇同居。弗雷德里克夫人所指的"变心"应该就是此事。

上将：我知道他用土地抵押了大量的贷款。

弗雷德里克夫人：没人肯再为这片土地多借给他一分钱了。一旦有人肯这么做，他就马上会借。

上将：他没有别的收入，只能靠年薪生活。

弗雷德里克夫人：而且他挥霍成性。

上将：他还是个赌鬼。

弗雷德里克夫人：没错，不过他长得可真英俊。

上将：呃？

弗雷德里克夫人：很高兴我俩对他的看法如此一致。好了，现在只剩下把两个年轻人叫来，让他们手挽着手，送上我们共同的祝福了。

上将：要我同意这桩婚事，夫人，除非——

弗雷德里克夫人：太阳从西边出来？

上将：对，夫人，太阳从西边出来。

弗雷德里克夫人：您现在安静听我说，行吗？

上将：我提醒你，弗雷德里克夫人，我一旦下定决心，就决不会改变。

弗雷德里克夫人：我欣赏您的正是这一点。我喜欢有个性的男人。您的力量和决心始终让我印象深刻。

上将：那我不知道。但是我肯定说到做到。

弗雷德里克夫人：是的，我知道。但五分钟后，您就会宣布杰拉德可以娶你美丽的罗茜了。

上将：不，不，不。

弗雷德里克夫人：听着，别那么固执。我可不喜欢您固执。

上将：我不是固执，是坚定。

弗雷德里克夫人：毕竟，杰拉德还是有很多优点的。他全心全意地爱着您女儿。他是有些疯狂，但您知道，不够疯狂的年轻人，您是不会喜欢的。

上将：[粗声粗气地] 我可不想要个软弱的女婿。

弗雷德里克夫人：一旦结了婚，他就会安定下来，变成一位模范乡绅。

上将：可他是个赌鬼，这一点我也不能接受。

弗雷德里克夫人：要不要他向您保证再也不会去打牌了？好了，别这么讨厌了。您不想让我苦恼的，对吗？

上将：[不情愿地] 好吧，那我告诉你我的打算——只要他一年不赌博，我就同意他俩结婚。

弗雷德里克夫人：哦，您真太可爱了！[她冲动地搂住他的脖子亲吻他，把他吓了一跳] 抱歉，我实在没忍住。

上将：要知道，你这么做，我并不完全反对。

弗雷德里克夫人：我向您保证，您在有些方面相当迷人。

上将：你真这么认为？

弗雷德里克夫人：我真这么认为。

上将：我真希望你是在为你自己求婚。

弗雷德里克夫人：啊，亲爱的上将，我的人生经历已经彻底击败了我对未来的期待。我要马上告诉孩子们。[呼喊着] 杰拉德，快来这里。罗茜。

　　　　　[杰拉德和罗茜进屋。

弗雷德里克夫人：罗茜，我早就知道你父亲是个完美的人。

罗茜：哦，爸爸，你真是好心肠。

上将：我一点儿也不赞同这桩婚事，但是——要拒绝弗雷德里克夫人可不容易。

杰拉德：您真是太好了，上将，我会竭尽全力，成为罗茜的好丈夫。

上将：还没这么快，年轻人，还没这么快。我是有条件的。

罗茜：哦，父亲！

弗雷德里克夫人：在此后的一年里，杰拉德必须守规矩。然后你们才能结婚。

罗茜：可是守规矩不会让杰拉德变得很无趣吗？

弗雷德里克夫人：这点我毫不怀疑。但是，无趣是做个好丈夫的必要条件。

上将：亲爱的，现在你得收拾收拾上床睡觉去了。我在睡觉前，先去抽支烟斗。

罗茜：[亲吻弗雷德里克夫人] 晚安，亲爱的。我永远不会忘记你的恩情。

弗雷德里克夫人：你最好等到结婚几年后再来谢我。

罗茜：[向杰拉德伸出手] 晚安。

杰拉德：[握住她的手，看着她] 晚安。

上将：[粗声粗气地] 你们在我背后是怎样道别的，当着我的面也可以照做。

罗茜：[噘起嘴] 晚安。

　　　　[杰拉德亲吻罗茜。接着，上将和罗茜离开屋子。

弗雷德里克夫人：哦，上帝啊，真希望我只有十八岁。

　　　　[她沉沉地坐在椅子里，脸上露出筋疲力尽的神情。

杰拉德：我说，你怎么了？

弗雷德里克夫人：[吓了一跳] 我还以为你已经走了。没什么。

杰拉德：说吧，说出来吧。

弗雷德里克夫人：可怜的孩子，要是你已经知道就好了。我非常担忧，不知道到底该怎么办。

杰拉德：是钱的问题？

弗雷德里克夫人：去年我郑重其事地下定决心：从今往后要精打细算。结果这毁了我。

杰拉德：亲爱的，这怎么可能？

弗雷德里克夫人：我也搞不明白。看起来很不公平。我越不想大手大脚，钱就花得越多。

杰拉德：你不能借钱吗？

弗雷德里克夫人：[大笑] 我已经借了。问题就在这儿。

杰拉德：好吧，那就再借。

弗雷德里克夫人：我试过了，但没有人蠢得会再借我一分钱了。

杰拉德：你没告诉他们不管什么我都可以签吗？

弗雷德里克夫人：我当时万念俱灰，于是我说，不管什么我俩都可以签。可对方是迪克·科恩。

杰拉德：哦，上帝啊，那他怎么说？

弗雷德里克夫人：[模仿犹太口音] 他说，盯着一张漂亮的纸头看，又有什么意思呢，我亲爱的夫人？

杰拉德：[放声大笑] 天哪，他说得没错！

弗雷德里克夫人：看在上帝的分上，别再谈我的事了。现在我只要一想起来，就会狠狠地发作一阵歇斯底里。

杰拉德：可是，听着，你到底想说什么呢？

弗雷德里克夫人：如果你真想知道，那我就告诉你——我欠了裁缝七百英镑；去年，我签了两张非常可怕的赊账单，一张一千五，另一张两千。后天它们就到期了，我要是再搞不到钱，就要被告上破产法庭了。

杰拉德：天哪，那可就严重了。

弗雷德里克夫人：太严重了，严重到我忍不住去想到时候会变成什么样。过去，我每次山穷水尽，总会柳暗花明，再度站稳脚跟。上一次就刚巧碰上伊丽莎白姨妈死于中风。但那也不是一笔划算的买卖，因为丧服贵得叫人绝望。

杰拉德：你为什么不结婚？

弗雷德里克夫人：哦，我亲爱的杰拉德，你知道我不擅长碰运气。

杰拉德：查理·米尔斯通疯狂地迷恋你。

弗雷德里克夫人：这显然是天底下最没价值的情报。

杰拉德：那你为什么不接受他？

弗雷德里克夫人：上帝啊，凭我的年纪，都可以当他妈了。

杰拉德：胡说八道。你才比他大十岁，何况如今没有哪个青年才俊
    会娶个比他年轻的女人了。

弗雷德里克夫人：他是一个多么好的小伙儿。我可不能那样害了他。

杰拉德：那蒙特格米利怎么样？他浑身散发着一股铜板的味道，而
    且人也不坏。

弗雷德里克夫人：[惊讶地] 亲爱的孩子，我几乎不认识他。

杰拉德：这么说吧，在我看来，你要么结婚，要么破产。

弗雷德里克夫人：查理来了。帮我支开他，求你了。我想跟帕拉丁
    单独谈谈。

    [帕拉丁·福尔德斯和米尔斯通一同进屋。]

福尔德斯：怎么，你还在这儿，弗雷德里克夫人？

弗雷德里克夫人：你没看错，是我。

福尔德斯：我们都已经在露台上转了个弯了。

弗雷德里克夫人：[朝着米尔斯通] 你狡猾的舅舅有没有刺探你，
    查理？

福尔德斯：呃，什么？

米尔斯通：我想他没从我这儿弄到什么。

福尔德斯：[好脾气地] 亲爱的孩子，其实我已经弄到了我想要的一
    切。自认为心机深重的人反而是最透明的。顺便问问，现在几
    点了？

杰拉德：快十一点了，没错吧？

福尔德斯：啊！你今年几岁，查理？

米尔斯通：二十二。

福尔德斯：那你上床睡觉的时间到了。

弗雷德里克夫人：查理不会去睡觉的，除非我让他去，对吗？

米尔斯通：当然。

福尔德斯：我的朋友，难道你灵敏的情报系统这次没有探测到我想
　　　跟弗雷德里克夫人谈谈？

米尔斯通：完全没有。我没有理由相信弗雷德里克夫人会想跟你
　　　谈谈。

杰拉德：我们去打一局台球吧，查理。

米尔斯通：你想独自面对这个老恶棍吗？

福尔德斯：年轻人，你对我染过的头发没有丝毫尊重。

弗雷德里克夫人：我已经很多年没见到他了。

米尔斯通：哦，那好吧。可你明天还是会跟我一起开车兜风的，
　　　对吗？

弗雷德里克夫人：肯定会的。但只能是下午。

福尔德斯：抱歉，查理已经安排了下午开车送我去尼斯。

米尔斯通：[朝着弗雷德里克夫人] 完全没问题！我本来是有个约
　　　会，但无足挂齿。

弗雷德里克夫人：那就这样定啦。晚安。

米尔斯通：晚安。

　　　[米尔斯通和杰拉德离开屋子。弗雷德里克夫人转过身，耐
　　　心地审视起帕拉丁·福尔德斯。

弗雷德里克夫人：好了？

福尔德斯：好了？

弗雷德里克夫人：你看起来老当益壮啊，帕拉丁。

福尔德斯：谢谢。

弗雷德里克夫人：你是怎么做到的？

福尔德斯：晚睡晚起，想吃就吃，想喝就喝，抽重口味的雪茄，不

做任何运动，拒绝出席任何无聊乏味的场合。

弗雷德里克夫人：真遗憾，你又要赶着离开了。你是去玩吗？

福尔德斯：我每年都会去里维埃拉。

弗雷德里克夫人：这我知道，但往年不会这么早。

福尔德斯：只有中年人才会按惯例行事，我可不认为自己已经是个中年人，我还没有对中年投降。

弗雷德里克夫人：亲爱的帕拉丁，前天，米尔斯通夫人心烦意乱地去邮局给你发了一封电报，那上面说："速来，紧急求助。查理被狐狸精迷住了。茉德。"我说得没错吧？

福尔德斯：我从来不认为，甚至私底下也不认为，一个穿着体面的女人会判断失误。

弗雷德里克夫人：于是你心急火燎地赶来，下定决心要保护你的外甥，结果却目瞪口呆地发现，那个狐狸精居然就是在下。

福尔德斯：如果你是个聪明而不自知的女人，弗雷德里克夫人，会更令人难以抗拒。

弗雷德里克夫人：那你现在打算怎么办？

福尔德斯：亲爱的夫人，我不是警察，只是个人畜无害、毫无攻击性的老光棍。

弗雷德里克夫人：但比女儿成群的母亲更诡计多端，同时还兼具公司老板的细心敏锐。

福尔德斯：在茉德眼里，跟你一样，我这辈子也到处招摇撞骗过几次，所以我正是那种能跟你抗衡的男人。派贼去抓贼，这句话你听说过吗？她非常爱用格言。

弗雷德里克夫人：她更有可能在想：坐山观虎斗。我听说，米尔斯通夫人用了世上最美的措辞来形容我。

福尔德斯：啊，那是女人常会犯的错；她们总爱跟别人摊牌。你是我认识的女人中唯一不这么干的。

弗雷德里克夫人：[带着爱尔兰腔] 你去爱尔兰那次，真不应该亲吻巧言石。①

福尔德斯：听着，你想跟查理结婚吗？

弗雷德里克夫人：我为什么要这么做？

福尔德斯：因为他每年有五万镑的收入，而你已经深陷债务危机。你得立即搞到大约四万英镑，否则你就完了。在过去十年里，你给自己惹上了不少流言蜚语，但人们容忍你，因为你有钱。一旦你破产了，你就会成为人们弃之不及的烫手山芋。而且我想，从弗雷德里克·贝洛尔丝夫人变成米尔斯通夫人也没什么不方便的。我妹妹总让我相信，成为侯爵夫人是一件相当吸引人的事情。

弗雷德里克夫人：卑微但不俗艳，不像勋爵夫人。

福尔德斯：你问我的是你为什么要嫁给一个比你小十多岁的男人，而我已经告诉你了。

弗雷德里克夫人：那现在你或许可以告诉我，你为什么要干涉我的私事。

福尔德斯：好吧，你也看到了，他母亲碰巧是我妹妹，而我又相当喜欢这个妹妹，虽然她丈夫是我这辈子遇见过的最自命清高的伪君子。

弗雷德里克夫人：那个人我记得很清楚。他是广教会派联合会的主席，留着络腮胡子。

福尔德斯：无论顺境逆境，我妹妹都一直力挺我。我有好几次陷入绝境，她总在我需要的时候伸出援手。如果查理娶了你，我想她一定会伤心欲绝。

---

① 嵌于爱尔兰布拉尼城堡外墙上的一块石头。相传亲吻这块石头，就能变得能说会道、擅长花言巧语。

弗雷德里克夫人：谢谢。

福尔德斯：你知道我无意冒犯，但我自己也认为这样做会带来遗憾。另外，如果我没有错得太离谱，我自己也有笔账要跟你算。

弗雷德里克夫人：你有吗？

福尔德斯：你记性向来很好，肯定还没忘记，你曾经狠狠地愚弄过我。我发誓要问你讨回公道——天哪，我不开玩笑。

弗雷德里克夫人：[大笑] 如果我下定决心要接受查理，你又打算如何阻止我？

福尔德斯：可他还没求婚，不是吗？

弗雷德里克夫人：没错，但要想阻止他，需要我用尽一切我所能想到的伎俩才行。

福尔德斯：听着，在这次的牌桌上，我打算打我自己的牌。

弗雷德里克夫人：那我可得警惕了。你假装坦诚的时候，就是你最危险的时候。

福尔德斯：你把我想得这么坏，真让我难过。

弗雷德里克夫人：我没有。只不过，造物主把耶稣会会士的灵魂装进约克夏地主的身体，真可谓神来之笔。①

福尔德斯：我想知道你这样恭维我是为了什么。你现在肯定很怕我。

　　　　[两人相视片刻。

弗雷德里克夫人：好啦，就让我们看看你都有些什么牌吧。

福尔德斯：首先，你手上有一笔钱要筹措。

弗雷德里克夫人：什么意思？

福尔德斯：这是我姐姐的主意。

弗雷德里克夫人：看来你并不赞同。

福尔德斯：只要你肯拒绝那个孩子并全身而退——我们就给你四万

---

① "耶稣会会士"在英语中是阴谋家的代名词。

英镑。

弗雷德里克夫人：如果我现在扇你一巴掌，我猜你肯定会觉得很惊讶。

福尔德斯：听着，这件事只有你知我知，在这种情况下，你还故作清高，那不是太滑稽了吗？你太需要钱了。下半辈子让个小年轻在你石榴裙边转，我想对你并没有多少吸引力。

弗雷德里克夫人：好极了，那我们就打开天窗说亮话吧！你可以转告米尔斯通夫人，如果我想要的果真是钱，为了一次性的四万英镑而放弃每年唾手可得的五万英镑，岂不是蠢透了？

福尔德斯：这我已经跟她说过了。

弗雷德里克夫人：那你表现出了极高的悟性。下一张牌。

福尔德斯：亲爱的，为了这种事情大发雷霆可不好。

弗雷德里克夫人：我这辈子从来没像现在这样冷静过。

福尔德斯：你脾气一直不怎么样。我猜你还没向查理展示过你的脾气吧？

弗雷德里克夫人：[大笑]还没有。

福尔德斯：好了，第二张牌是你的名誉。

弗雷德里克夫人：我这人没什么名誉可言。我认为这是一种优势。

福尔德斯：你看得出来，查理是个年轻的傻瓜。他以为你是兼具天下所有美德的典范，他从没想到你年轻时竟会如此放荡。

弗雷德里克夫人：就算一百马力的赛车也没我跑得快——想到这一点，我就无比欣慰。①

福尔德斯：但查理依然会感到震惊，一旦他听说他诚惶诚恐地爱着的那朵天底下最谦虚的花儿竟然……

弗雷德里克夫人：竟然当年差点和他的舅舅私奔。但你不会把这件

---

① 原文 go the pace 有跑得快和放荡两种意思。

事告诉他的，因为你讨厌让自己看起来像个十足的傻瓜。

福尔德斯：夫人，一旦使命发出召唤，就连帕拉丁·福尔德斯也会心甘情愿地展现出自己愚蠢的一面。不过，我想说的不是这件事，而是你和贝林汉的绯闻。

弗雷德里克夫人：啊，当然，还有贝林汉的绯闻，我都已经忘了。

福尔德斯：不值一提的小丑闻，嗯？

弗雷德里克夫人：可怕。

福尔德斯：你觉得这会不会让他窒息？

弗雷德里克夫人：很有可能。

福尔德斯：那你最好还是妥协？

弗雷德里克夫人：[打铃] 啊，可我还没给你看我手上的牌呢。[一位侍者进屋] 让我的仆人把我写字台上的公文箱拿来。

侍者：遵命，夫人。

　　　　　[侍者退下。

福尔德斯：怎么回事？

弗雷德里克夫人：这么说吧，四五年前，我曾经在这家宾馆住过一阵子。而当时，咪咪·拉·布莱通也住在这里，她租了几个房间。

福尔德斯：我从没听说过这位女士，不过她的名字表明她天性中充满柔情。

弗雷德里克夫人：她是女神游乐厅 ① 里一位名不见经传的歌手，她拥有这世界上我所见过的最美丽的翡翠。

福尔德斯：那是因为你没见过茉德的翡翠。

弗雷德里克夫人：已故的米尔斯通老爷疯狂迷恋翡翠。他一直认为这种宝石纯净无瑕。

───────────────

① 位于巴黎第九区的一家歌舞厅，1890 年至 1920 年是它的鼎盛时期。

福尔德斯：［急忙打断］你什么意思？

弗雷德里克夫人：是这样的，咪咪身陷重病，却没人照顾她。当然了，住在这间酒店里的虔诚的英国女士，没有一位想与她有一公里以内的接触。于是，我去帮她做了一些日常事务。

　　　　［弗雷德里克夫人的仆人进屋，将一个小公文箱放在桌上后，便离开了屋子。弗雷德里克夫人一边说着，一边打开箱子。

福尔德斯：感谢上帝我是个单身汉，在我特别渴望独处的时候，从不会有哪个温柔天使来替我抚平枕头。

弗雷德里克夫人：在她整个患病期间，我多多少少地照顾了她一点。后来，她总觉得她不值钱的命是我给的，想把她珍贵的翡翠送给我，但我拒绝了。她为此伤透了心，于是我说，如果可以的话，我想要另一样东西。

福尔德斯：是什么？

弗雷德里克夫人：一捆信件。我看见了信封背面的地址，认出了那笔迹。我想这些信让我来保管会比放在她手里安全得多。［她从公文箱里拿出信件，递给帕拉丁］就是这些。

　　　　［帕拉丁看了看，惊慌失措。

福尔德斯：格罗夫纳广场89号。这是米尔斯通的笔迹。你不会是想说……什么？！啊，啊，啊。［他突然一阵大笑］老罪人。米尔斯通竟然因为我是个彻头彻尾的浪荡子，不让我进他家。他是广教会派联合会的主席。上帝啊，我曾经多少次听到他说："绅士们，跟我一起遵守道德规范，过一种清洁纯净的英国家庭社会生活。"哦，哦，哦。

弗雷德里克夫人：我经常注意到，那些具有宗教气质的人非常容易受到我们女性魅力的影响。

福尔德斯：能让我打开看看吗？

弗雷德里克夫人：不知道，我想可以吧。

福尔德斯：[念了起来]"我春心荡漾"……他的署名是"你亲爱的乖宝宝"。这个老流氓。

弗雷德里克夫人：她是个非常可爱的小女人。

福尔德斯：我猜也是，但感谢上帝，我至少还知道留些体面。一个留着络腮胡子的男人对别人自称乖宝宝，这让我鸡皮疙瘩都起来了。

弗雷德里克夫人：在这些珍贵翡翠的陪衬下，天长地久的爱的承诺永远不会显得可笑。

福尔德斯：[突然惊觉，开始变得严肃起来] 那茉德怎么办？

弗雷德里克夫人：什么？

福尔德斯：可怜的姑娘，这会让她心碎。他对她布道二十年，让她虔诚地相信他所践行的原则。要不是认为自己有责任继承他的事业，他的过世给她带来的悲恸，肯定早就让她命赴黄泉了。

弗雷德里克夫人：我知道。

福尔德斯：上帝啊，这是一张好牌。你不要翡翠是对的：这些信起码值两倍价钱。

弗雷德里克夫人：你想去烧了它们吗？

福尔德斯：贝特茜①！

弗雷德里克夫人：火炉就在那里，扔进去。

> [他双手抄起信件，快步朝着火炉跑去。但接着他又停住脚步，把信件带了回来，扔在沙发上。

福尔德斯：不，我不能。

弗雷德里克夫人：为什么？

福尔德斯：这是要命的慷慨。我要和你拼命厮杀，你却这样占我便宜，太不公平。我会被你用镣铐绑住双手。

---

① 贝特茜是伊丽莎白的昵称。根据下文，伊丽莎白是弗雷德里克夫人的名。

弗雷德里克夫人：好极了，我给过你机会了。

福尔德斯：可是，上帝啊，你肯定有一手的好牌，才肯扔掉这一张。你手上还有什么，一把同花顺？

弗雷德里克夫人：我也可能只是在虚张声势。

福尔德斯：上帝，又听到你动人的老爱尔兰腔真是太好了。

弗雷德里克夫人：真心的，对吗？

福尔德斯：我相信你只有在想说服别人的时候才会用上这口音。

弗雷德里克夫人：[微笑着] 老天呀，要说服你可不容易。

福尔德斯：上帝啊，我爱过你，不是吗？

弗雷德里克夫人：很多人都爱过我，跟他们比起来，你还好。

福尔德斯：可你却粗暴地对待了我。

弗雷德里克夫人：啊，那些人也都这么说。但你很好地走出来了。

福尔德斯：我没有，你的粗暴对待让我的消化能力受到了永久性的伤害。

弗雷德里克夫人：这就是为什么你后来去了卡尔斯巴德①而不是落基山脉？

福尔德斯：你可能会笑，但事实上，我这辈子只爱过一个人，那就是你。

弗雷德里克夫人：[微笑着伸出双手] 晚安。

福尔德斯：正因如此，我今天才要拼尽全力，跟你一决胜负。

弗雷德里克夫人：我不会怕你的，帕拉丁。

福尔德斯：晚安。

> [帕拉丁离开后，蒙特格米利上尉进屋。

弗雷德里克夫人：[打着哈欠，伸了个懒腰] 哦，我太困了。

蒙特格米利上尉：抱歉打扰你，但我有话要跟你说。

---

① 位于美国加利福尼亚州圣地亚哥地区。

弗雷德里克夫人：［微笑着］我想我还能保持个五分钟的清醒——尤其是如果你能给我支烟。

蒙特格米利上尉：给。

　　　　［他把烟盒递给她，并为她点上烟。

弗雷德里克夫人：［叹了口气］啊，真舒服。

蒙特格米利上尉：我想告诉你，今天早上，我从律师那里收到一封信，信里说他刚替我买下了克罗利城堡。

弗雷德里克夫人：真的？那可是个好地方。你肯定是想邀请我去住一住。

蒙特格米利上尉：我希望你能永远住在那里。

弗雷德里克夫人：［飞快地瞄了一眼］你的邀请很有吸引力，但我永远不会长时间地离开我的伦敦。

蒙特格米利上尉：［微笑着］我在波特曼广场也有一幢很漂亮的房子。

弗雷德里克夫人：［惊讶地］真的？

蒙特格米利上尉：而且，我打算参加下一届议会选举。

弗雷德里克夫人：看来治理英国堪称一项愉快的消遣，既体面又不太费力。

蒙特格米利上尉：弗雷德里克夫人，虽然我还在服役，但我很有经商头脑。另外，我也讨厌拐弯抹角。我想请你嫁给我。

弗雷德里克夫人：你没有搞得兴师动众的，这样很好。我对此深表感激，但恐怕难以从命。

蒙特格米利上尉：为什么？

弗雷德里克夫人：这么说吧，你看，我并不了解你。

蒙特格米利上尉：我们可以把新婚阶段好好地用来了解彼此。

弗雷德里克夫人：万一到时候我们发现相看两相厌，就为时已晚了。

蒙特格米利上尉：等我把我的银行账簿递给你，你就会知道我出生在德高望重的家庭，而我自身的财力足以用来——比如说，激发爱慕之情。

[她做出要走的样子。

蒙特格米利上尉：啊，先别走。你不打算给我个理由吗？

弗雷德里克夫人：如果你坚持要听，那我就说了。我一点都不爱你。

蒙特格米利上尉：你认为这很重要吗？

弗雷德里克夫人：你是杰拉德的朋友，他说你是个很好的人。但我真的不能嫁给杰拉德喜欢的每个人。

蒙特格米利上尉：他说他会替我美言几句。

弗雷德里克夫人：如果我要再婚，那应该是为了让我自己开心，而不是让我弟弟开心。

蒙特格米利上尉：我希望我能引诱你改变主意。

弗雷德里克夫人：我恐怕不会给你任何希望。

蒙特格米利上尉：我通常势在必得。

弗雷德里克夫人：听起来很像是威胁。

蒙特格米利上尉：你要这样理解也可以。

弗雷德里克夫人：你下定决心要娶我了？

蒙特格米利上尉：是的。

弗雷德里克夫人：可我下定了决心不会嫁给你。我们打平了。

蒙特格米利上尉：你为什么不把这件事跟你弟弟谈谈？

弗雷德里克夫人：因为不关他的事。

蒙特格米利上尉：真的？你问问他！

弗雷德里克夫人：你这是什么意思？

蒙特格米利上尉：去问问他？晚安。

弗雷德里克夫人：晚安。[蒙特格米利上尉离开屋子。弗雷德里克夫人走到通往露台的落地窗边大叫] 杰拉德！

杰拉德：嗨！

[出现了杰拉德的身影，他走进屋子。

弗雷德里克夫人：你知道蒙特格米利上尉要跟我求婚吗？

杰拉德：知道。

弗雷德里克夫人：我有什么理由要嫁给他？

杰拉德：单凭我欠他九百英镑。

弗雷德里克夫人：[惊恐地] 哦，你为什么不告诉我？

杰拉德：你已经心事重重了，我不能再告诉你了。哦，我真是个傻瓜。为了罗茜，我想发大财。

弗雷德里克夫人：是赌债？

杰拉德：是的。

弗雷德里克夫人：[讥讽地] 这就是他们所说的"君子协定"？

杰拉德：我必须在后天还钱，不能有任何闪失。

弗雷德里克夫人：可我的两笔赊账单也在那天到期。如果你还不出来，会怎么样？

杰拉德：我会不得不提出辞呈，然后失去罗茜。接下来，我会一枪崩掉我这个愚蠢的脑袋。

弗雷德里克夫人：他究竟是什么人呀？

杰拉德：他是钱庄老板阿伦·列维茨基的儿子。

弗雷德里克夫人：[一半好笑一半惊恐地] 哦，上帝！

第一幕终

第二幕

场景同第一幕。卡里索海军上将在扶手椅里睡觉，脸上蒙着一块手帕。罗茜坐在一张祖父椅上，杰拉德趴在椅背上。

罗茜：我爸爸完全就是个可亲可爱的监护人，对吗？

　　　　［上将打着呼噜。

杰拉德：完全就是。

　　　　［二人停顿了一下。

罗茜：杰拉德，在过去十五分钟里，我已经开了十五个话题。

杰拉德：［微笑着］你有吗？

罗茜：你总是认同我的观点，然后就没有然后了。我又要绞尽脑汁想下一个话题了。

杰拉德：你说的一切都既英明又合理。我当然会认同。

罗茜：我想知道十年后你是否还会认为我说的话既英明又合理。

杰拉德：我很确定我会的。

罗茜：哎呀，这样下去，恐怕我们之间就不可能产生妙趣横生的对话了。

杰拉德：做个乖巧可爱的小姑娘，至于那些想抖机灵的人，就随他们去吧。①

罗茜：哦，别这么说。当男人陷入恋爱，他会立即把《十诫》当基座，两手叉腰站在上面；而当女人陷入恋爱，她才不管《十诫》里要求的"可"或"不可"呢。

杰拉德：当女人陷入恋爱，她会把自己的心脏放在显微镜玻片上，
　　　　观察它如何跳动；而当男人陷入恋爱，什么科学、哲学，还有
　　　　那其他一切，你以为他会在乎吗?!

罗茜：当男人陷入恋爱，他只会写十四行诗献给月亮；而当女人陷
　　　　入恋爱，她依然能为他准备晚餐和为自己织补袜子。

杰拉德：我真希望你的观察力没有这样整个儿地盖过我！

　　　　　[罗茜扬起脸，杰拉德亲吻她的嘴唇。

罗茜：我慢慢开始发现你的好了。

杰拉德：不管怎么说，这一点还是挺令人欣慰的。

罗茜：但你实在不是一个才华横溢的演讲家。

杰拉德：你有没有见过恋人们坐在公园长椅上，一连几个小时不说
　　　　一句话？

罗茜：为什么这么问？

杰拉德：因为过去我总以为他们一定是彼此厌倦到快哭了。直到现
　　　　在我才明白，他们其实除了幸福还是幸福。

罗茜：你必定会保护我，所以，我想我也会照顾你。

杰拉德：我在圣三一学院上学的时候，在都柏林——

罗茜：[打断他] 你上的是圣三一学院？我一直以为你上的是牛津。

杰拉德：我没上过牛津，你为什么会这么想？

罗茜：就因为我身边上的都是莫德林学院。

杰拉德：没错。

罗茜：我已经下定决心，如果今后能有个儿子，他也要去那里上学。

　　　　　[上将一下子惊醒，扯下盖在脸上的手帕。但没人注意到
　　　　他。他目瞪口呆，惊讶地听着这场对话。过了一会儿，弗雷德
　　　　里克夫人进屋。她微笑地站着，听他们讲话。

---

① 这句话出自英国文学家查尔斯·金斯莱（1819—1875）写给女儿的一首诗。

杰拉德：亲爱的，你知道我不喜欢以任何方式阻挠你，但我已经下定决心，要让我儿子和我一样都柏林上学。

罗茜：我很抱歉，杰拉德，但这个男孩必须被培养成绅士。

杰拉德：这一点我很赞成，但他首先是个爱尔兰人，所以他就应该在爱尔兰接受教育。

罗茜：亲爱的杰拉德，在这些因素中，母亲的爱当然是最安全的引导。

杰拉德：亲爱的罗茜，但父亲的智慧永远最可靠。

弗雷德里克夫人：抱歉打断你们，不过——你俩现在谈论这些，是不是有点操之过急了？

上将：［突然出声］两个年轻人还没结婚，就已经谈起这些来了，你这辈子见过这种事情吗？

罗茜：亲爱的爸爸，我们必须做好万全的准备。

上将：在我的青年时代，年轻小姐们从来不会谈到这种事。

弗雷德里克夫人：好了，我认为了解一点博物学的基本常识不会带来什么坏处。对于"无知即美德"的说法，我可不敢苟同。我也不太确定傻白甜是否更有可能成为贤妻良母。

上将：我很老派，弗雷德里克夫人；我所理解的淑女应该是那种一旦听到某些话题就会晕倒的人。晕倒，夫人，晕倒。我还是个小伙子的时候，她们总这样。

罗茜：你听我说，爸爸，每当我想要某个东西而你又不肯给我的时候，我就会拼命想晕倒，但从来没有成功过，所以我确信我不会晕倒。

上将：关于你们的儿子应该上哪所大学这种蠢问题，你们似乎忘了我有权要求你们征询我的意见。

杰拉德：亲爱的上将，我看不出来这和您有什么关系。

上将：在我们继续往下谈之前，我想让你知道，在罗茜出生那天，我就已经决定了她儿子要上剑桥。

罗茜：我亲爱的爸爸，在为我们的儿子选择福祉这件事上，我认为杰拉德和我无疑是最佳决断人。

上将：这男孩必须工作，罗茜，我不能有个一无所长的孙子。

杰拉德：当然。这就是为什么我认为他应该去都柏林。

罗茜：对他而言，掌握真正的礼仪才是最重要的。牛津就算别的什么都不教，礼仪还是教的。

弗雷德里克夫人：可你们不觉得最好等上二十年再来讨论这个问题吗？

上将：有些问题必须当即解决，弗雷德里克夫人。

弗雷德里克夫人：你也知道，如今的年轻人都相当独立。我不知道二十年后他们会变成什么样。

杰拉德：这个男孩要学的第一件事情是服从。

罗茜：当然。没有什么比不听话的小孩更讨厌的了。

上将：我见不得我孙子胆敢违抗我的旨意。

弗雷德里克夫人：看来你们统一意见了，那就这么定了。我是来通知你们马车已经备好了。

上将：去戴上你的帽子，罗茜。[朝着弗雷德里克夫人] 你和我们一起走吗？

弗雷德里克夫人：我恐怕不行。再见。

上将：过会儿见。

　　　　[上将与罗茜离开屋子。

杰拉德：你这辈子见过有谁像罗茜这么讨人喜欢的吗？

弗雷德里克夫人：[大笑] 只有在我照镜子的时候。

杰拉德：亲爱的伊丽莎白，你多自恋啊！

弗雷德里克夫人：你很幸福，我的杰拉德。

杰拉德：克服了一切困难，真让人欣慰。我本来以为永远都无法如愿以偿了。你真是个大好人，伊丽莎白。

弗雷德里克夫人：我也真心觉得我太好了。

杰拉德：你发誓要将一切安排妥当，给了我一种坚若磐石的踏实感。

弗雷德里克夫人：我说了我会竭尽全力的，对吧？我告诉过你别担心。

杰拉德：[突然掉过头来]还没完全搞定吗？

弗雷德里克夫人：没有，而且糟糕到了极点。我知道科恩就住在这里，我原以为有办法让他把赊账单再延期几天。

杰拉德：他没答应？

弗雷德里克夫人：赊账单已经不属于他了。

杰拉德：[吓了一跳]什么？

弗雷德里克夫人：已经被转手了，他发誓说他自己也不知道那些赊账单此刻在谁的名下。

杰拉德：可谁会干这种蠢事呢？

弗雷德里克夫人：我不知道，最麻烦的就在这里。本来已经够糟糕的了，但对于科恩可能使出的最卑劣的手段，我至少心里还有点数，然而现在……不可能是帕拉丁。

杰拉德：那就是蒙特格米利了。

弗雷德里克夫人：我今天要见他。

杰拉德：你打算跟他说什么？

弗雷德里克夫人：我不知道。我很怕他。

杰拉德：听我说，亲爱的，万一出现了最坏的情况……

弗雷德里克夫人：无论发生什么，你都会跟罗茜结婚。我对你发誓。

　　　　[帕拉丁·福尔德斯现身。

福尔德斯：我能进来吗？

弗雷德里克夫人：这里是公共房间。我想我们没办法把你拦在外面。

杰拉德：我正要出去散个步。

弗雷德里克夫人：去吧。

> [杰拉德离开屋子。

福尔德斯：怎么样？事情进展如何？

弗雷德里克夫人：非常顺利，谢谢。

福尔德斯：我让查理跟他母亲待在一起。我希望你能割舍他几个小时。

弗雷德里克夫人：我跟他说过了，他今天下午必须跟他母亲在一起。我不允许他忽视自己应尽的孝道。

福尔德斯：啊！……今天早上，我见到迪克·科恩了。

弗雷德里克夫人：[赶紧说] 真的？

福尔德斯：看来你挺感兴趣的？

弗雷德里克夫人：一点也不，我为什么要感兴趣？

福尔德斯：[微笑着] 他是个善良的小男人，对吧？

弗雷德里克夫人：[好脾气地] 我真希望能有个东西用来砸你。

福尔德斯：[大笑一声] 这么说吧，我没能把那该死的赊账单搞到手，我动作太慢了。

弗雷德里克夫人：你试过了？

福尔德斯：哦——是的，我想查理应该有兴趣知道你多么需要跟他结婚。

弗雷德里克夫人：那到底是谁拿去了？

福尔德斯：我不知道，但那些赊账单肯定搞得你很不舒服。三千五百镑，嗯？

弗雷德里克夫人：别一下子都说出来。听起来太多了。

福尔德斯：你不想用米尔斯通的那些信件换取七千英镑吗？

弗雷德里克夫人：[大笑] 不想。

福尔德斯：啊……顺便问一句，你不会介意我把你——跟我的关系全都告诉查理吧？

弗雷德里克夫人：我为什么要介意？反正丢脸的又不是我。

福尔德斯：多谢。你的批准对我很有用。

弗雷德里克夫人：我想你已经注意到了，查理很有幽默感。

福尔德斯：如果你要开始刁难我，那我走了。[他停了下来]我说，你就这么确定没有别的什么会对你造成不利了？

弗雷德里克夫人：[大笑]非常确定，谢谢。

福尔德斯：我妹妹今天兴高采烈的。贝林汉事件处理得怎么样了？

弗雷德里克夫人：仅仅是一桩丑闻，我的朋友。

福尔德斯：好吧，那你小心点。她是个女人，会不择手段。

弗雷德里克夫人：我奇怪你为什么要提醒我。

福尔德斯：为了我们往日的时光，亲爱的。

弗雷德里克夫人：你变得多愁善感了，帕拉丁。这是上帝在一个愤世嫉俗者上了年纪后对他施加的惩罚。

福尔德斯：也许吧，但我这辈子都无法忘记那次——

弗雷德里克夫人：[打断他]我亲爱的朋友，别再重提我不堪回首的过往。

福尔德斯：我想我从没遇到过像你这样绝情的人。

弗雷德里克夫人：就让我们承认了吧，我背负着太阳底下的一切罪恶，已经无药可救了。

[一位侍者进屋。

侍者：夫人，克劳德太太求见。

弗雷德里克夫人：哦，是我的裁缝。

福尔德斯：又一张赊账单？

弗雷德里克夫人：这是蒙特卡洛最差劲的一点。人们在这里遇见的债主就跟在邦德街上一样多。说我正忙着，让她等一会儿。

侍者：克劳德太太说她会一直等到夫人您有空。

福尔德斯：你这样做可不对。还不上人家的钱，就应该永远对人家客客气气的。

弗雷德里克夫人：把她带进来吧。

侍者：遵命，夫人。

        ［侍者退下。

福尔德斯：数目巨大?

弗雷德里克夫人：哦，不，才七百英镑。

福尔德斯：上帝啊。

弗雷德里克夫人：我亲爱的朋友，人要衣装。我总不能披着无花果叶子到处走来走去吧。

福尔德斯：但可以穿着简朴。

弗雷德里克夫人：我就是这样做的。这就是为什么花了这么多钱。

福尔德斯：你这人铺张浪费到了极点。

弗雷德里克夫人：我没有。生存所必需的粗茶淡饭就已经让我满意了。

福尔德斯：你有个女仆。

弗雷德里克夫人：我当然得有个女仆，因为我不会穿衣服，从来没有人教过我。

福尔德斯：你还有个脚夫。

弗雷德里克夫人：我一直有个脚夫。而且我母亲也一直有个脚夫。离开他我一天也活不了。

福尔德斯：他都为你做了些什么?

弗雷德里克夫人：他给我的生意对象带来信心。

福尔德斯：你还占据了这家旅馆最好的套房。

弗雷德里克夫人：我的人生一团乱麻。如果还没有好房间，我会非常焦虑的。

福尔德斯：如果上面那些你还嫌不够，那你还在牌桌上挥霍钱财。

弗雷德里克夫人：等你跟我一样一贫如洗，就会发现多几个或少几个路易本质上没什么区别。

福尔德斯：[大笑]你真是本性难移啊。

弗雷德里克夫人：这真不是我的错。我也努力想节俭，可钱还是像流水一样从我指缝里溜走了。我控制不了。

福尔德斯：你需要一个有理智的男人来照顾你。

弗雷德里克夫人：我需要一个很富有的男人来照顾我。

福尔德斯：如果你是我太太，我会登报声明不对你的债务负责。

弗雷德里克夫人：如果你是我丈夫，我会立即在你的声明下面声明我不对你的行为负责。

福尔德斯：我奇怪你为什么这样不计后果。

弗雷德里克夫人：我丈夫在世的时候，我的生活非常不幸。后来，当我开始对幸福有了一丝期待，我的儿子却死了。自那以后，我就什么都不在乎了。我用尽一切手段麻痹自己。我挥霍金钱，就跟其他女人吸食吗啡一个道理——如此而已。

福尔德斯：你依然是我过去所认识的那个头脑混乱但心地善良的贝特茜。

弗雷德里克夫人：你是现在唯一还会叫我贝特茜的人。对其他人而言，我只是伊丽莎白。

福尔德斯：我问你，你打算怎么应付这个裁缝？

弗雷德里克夫人：我不知道。我总是仰赖瞬间的灵感。

福尔德斯：她不会大动干戈吗？

弗雷德里克夫人：哦，不会，我会对她很好。

福尔德斯：我也这么想。但她会不会刁难你呢？

弗雷德里克夫人：你不懂我跟债主的相处之道。

福尔德斯：我懂，反正就是不给钱。

弗雷德里克夫人：是吗？我跟你打赌一百个路易，我会付她钱，但她不会收的。

福尔德斯：赌就赌。

弗雷德里克夫人：她来了。

　　[克劳德太太由侍者领进屋。她身材丰润，举止斯文，衣着相当华丽，说话带有伦敦东区口音。她板着脸孔，下定决心要大闹一场，浑身上下散发着尖酸刻薄的气味。

侍者：克劳德太太来了。

　　[侍者退下，弗雷德里克夫人热情地迎上前，拉起她的双手。

弗雷德里克夫人：你这个天底下最好的女人。见到你真是意外之喜。

克劳德太太：[挺直腰板] 我碰巧听说夫人您正在蒙特卡洛。

弗雷德里克夫人：所以你就立即来找我了。你可真好。我正想见你呢！

克劳德太太：[意味深长地] 很高兴听您这么说，夫人，我必须承认。

弗雷德里克夫人：你真是太可爱了。这就是身在蒙特卡洛的好处之一，你可以见到所有的朋友。你认识福尔德斯先生吗？这是克劳德太太，她是一位艺术家，亲爱的帕拉丁，她是一位真正的艺术家。

克劳德太太：[面无表情地] 我很高兴夫人您这么想。

福尔德斯：幸会。

弗雷德里克夫人：就比如说这条晚礼服吧，看看，看看，看看。亲爱的，这裙子上蕴藏着天赋。它的垂坠感体现了我的个性。仔细观察一下这满满的细节，彰显我那些讨人喜爱的品质，让我在社交场上光彩照人，而底部的褶边又使人联想到我的一些小怪僻——你很难称之为缺点——为我的性格平添了几分优雅和趣味。还有荷叶边。帕拉丁，我求你仔细看看。要是能设计出这种荷叶边，我连输掉滑铁卢战役也无所谓。

克劳德太太：夫人您过奖了。

弗雷德里克夫人：一点也没有，一点也没有。你还记得那条玫瑰色雪纺裙吗？前两天我穿着它的时候，大公夫人走过来对我连声说道："天哪，天哪。"我感觉她要晕倒了。她恢复过来后，亲了亲我两边的脸颊，说："弗雷德里克夫人，你的裁缝贵如黄金。"你也听见她这么说了，对吗，帕拉丁？

福尔德斯：你忘了，我昨天晚上才到的。

弗雷德里克夫人：没错，我犯傻了。听说你来蒙特卡洛，她肯定会高兴死的。我要婉转地告诉她。

克劳德太太：[不为所动] 很抱歉，我要打断您一下，夫人。

弗雷德里克夫人：对了，你想聊点什么？你要是没来探望我，我这辈子都不会原谅你的。

克劳德太太：我想跟您谈上几句，夫人。

弗雷德里克夫人：哦，但我希望我们能谈上好几句。你把汽车开来了吗？

克劳德太太：是的。

弗雷德里克夫人：妙极了。这样你就可以每天开车带我兜风了。我希望你能住上几天。

克劳德太太：那得看情况，弗雷德里克夫人，我在这里还有点小生意要处理。

弗雷德里克夫人：那我给你个忠告——别赌博。

克劳德太太：哦，不，夫人，我在我自己的生意里已经赌得够多了。我从不知道我的顾客哪天才会付账——如果他们还打算付的话。

弗雷德里克夫人：[略吃一惊] 哈哈哈。

福尔德斯：[一阵放声大笑] 嚯嚯嚯。

弗雷德里克夫人：她是不是很聪明？这一点我也要告诉大公夫人。她真是太迷人了。哈哈哈哈。那位亲爱的大公夫人，你知道，她喜欢听笑话。你真的一定要见见她。你能来一起吃午餐吗？我想你们一定会一见如故。

克劳德太太：［变得快活些］您真是太好了，夫人。

弗雷德里克夫人：亲爱的，我一直把你当成最好的朋友，这一点你再清楚不过了。数数我们现在都有谁了？有你、我和大公夫人。我还要去问问米尔斯通老爷。

克劳德太太：您是指米尔斯通侯爵，弗雷德里克夫人？

弗雷德里克夫人：没错，还有福尔德斯先生，他的舅舅。

克劳德太太：抱歉，您是帕拉丁·福尔德斯先生？

福尔德斯：［鞠躬］在下正是，随时为您效劳，夫人。

弗雷德里克夫人：很高兴认识您，福尔德斯先生。［嬉皮笑脸地］我一直听说您十恶不赦。

福尔德斯：夫人，您这话令我大惑不解。

克劳德太太：相信我，福尔德斯先生，乐得费神穿衣打扮的人，绝非那些嫁给圣人的女士。

弗雷德里克夫人：现在我们还缺一位男士。要不要问问我弟弟——你知道杰拉德·欧马拉爵士吗？或者问问多尼雅尼亲王？我觉得应该问问亲王。我保证你会喜欢他的。多么英俊的男人啊！这样就有六个人了。

克劳德太太：您真是太好了，弗雷德里克夫人，但是——我只是个做生意的女人，您知道。

弗雷德里克夫人：做生意的女人？你怎么能说这种胡话呢？你是个艺术家——一个真正的艺术家，我亲爱的。艺术家就应该见国王。

克劳德太太：好吧，让我的客人穿着我在皇家艺术学院的画作上看到的那种晚礼服，确实会让我觉得无地自容，我不否认这一点。

弗雷德里克夫人：这不就解决了，克劳德太太？——哦，我可以叫你艾达吗？

克劳德太太：哦，弗雷德里克夫人，这会让我受宠若惊。可您是怎么知道我的名字的？

弗雷德里克夫人：因为你前两天刚写了一封信给我。

克劳德太太：有吗？

弗雷德里克夫人：而且是一封怒气冲冲的信。

克劳德太太：［感到抱歉］哦，但是，弗雷德里克夫人，那只是公事公办。我已经记不清我用了哪些措辞了——

弗雷德里克夫人：［打断她，好像恍然大悟］艾达！我知道了，你今天过来是来找我催债的。

克劳德太太：哦，不是的，夫人，我跟您发誓。

弗雷德里克夫人：你是的，我知道你是的。我从你脸上看出来了。你这样做可真不好。我还以为你是以朋友身份登门的。

克劳德太太：我是的，弗雷德里克夫人。

弗雷德里克夫人：不，你想找我催债。我对你很失望。我还以为只要我从你那儿买了所有那些东西，你就不会再这样对待我了。

克劳德太太：我向您保证，夫人……

弗雷德里克夫人：别再说了。你来是问我要支票的。我会给你的。

克劳德太太：不，弗雷德里克夫人，我不会收的。

弗雷德里克夫人：具体金额是多少，克劳德太太？

克劳德太太：我——我不记得了。

弗雷德里克夫人：七百五十英镑，十七先令，九便士。瞧，我还记得。你来拿支票，那我就给你支票。

　　　　［她坐下拿起一支笔。

克劳德太太：好了，弗雷德里克夫人，在我看来，这是最不友好的举动，像是把我当成二等公民。

弗雷德里克夫人：抱歉，但你早就应该想到的。我现在手头没有支票；真烦人啊。

克劳德太太：哦，没关系，弗雷德里克夫人，我向你发誓，我压根儿没有想起过这件事。

弗雷德里克夫人：我该怎么办？

福尔德斯：你可以写在一张纸上。

弗雷德里克夫人：[看了他一眼，走到他身边] 禽兽！[大声地] 我当然可以。我没有想到。[她拿起一张纸] 可我去哪里找印花税票？

福尔德斯：[乐不可支地] 我刚巧随身带了一张。

弗雷德里克夫人：我想知道你为什么会在蒙特卡洛带着英国的印花税票。

福尔德斯：[递给她一张] 因为一张一便士的印花税票有时候可以为你节省一百路易。

弗雷德里克夫人：[讥讽地] 非常感谢。把我的银行名写在最上面，对吗？向克劳德太太支付……

克劳德太太：算了，这样不好，弗雷德里克夫人，我不会要的。毕竟我还要顾及自尊。

弗雷德里克夫人：太晚了。

克劳德太太：[微微抽泣] 不，不，弗雷德里克夫人，别对我太严厉了。看在都是女人的分上，我请求您的原谅。我是来催债的，但是——好了，现在我不想要钱了。

弗雷德里克夫人：[耐心地抬头望着] 好吧，好吧。[她又看了看支票] 就如你所愿吧。算了。[她撕碎支票]

克劳德太太：哦，谢谢，弗雷德里克夫人。对我来说，这真帮了我大忙了。我现在真得走了。

弗雷德里克夫人：得走了？好吧，再见。帕拉丁，送克劳德太太上她的车。艾达！

[她亲吻克劳德太太的脸颊。

克劳德太太：[一边走着] 很高兴见到您。

　　　[帕拉丁伸出手臂，让克劳德太太挽着一起走出屋子。弗雷德里克夫人走向窗边，站在椅子上，挥舞着手帕。就在此时，蒙特格米利上尉进屋。

蒙特格米利上尉：您好。

弗雷德里克夫人：[从椅子上下来] 你来得正是时候。我正想找你呢。

蒙特格米利上尉：我能坐下吗？

弗雷德里克夫人：当然。我有一两件事情要跟你谈谈。

蒙特格米利上尉：什么事？

弗雷德里克夫人：首先感谢你对杰拉德的仁慈。我昨晚还不知道他欠了你一大笔钱。

蒙特格米利上尉：一笔小钱而已。

弗雷德里克夫人：你肯定是太有钱了，才会把九百英镑称作一笔小钱。

蒙特格米利上尉：是的。

弗雷德里克夫人：[笑了一声] 另外还要感谢你给了他充裕的时间。

蒙特格米利上尉：我告诉杰拉德他可以等到明天再还。

弗雷德里克夫人：显然，他想尽快与你解决这件事情。

蒙特格米利上尉：[压低声音地] 我一直很好奇，为什么赌债会被认为是一种君子协定。

弗雷德里克夫人：[坚定地看着他] 当然我明白，如果你决定催债，而杰拉德又还不出来——那他就得被迫提交辞呈。

蒙特格米利上尉：[轻描淡写地] 你应该很清楚我无意带来这样的灾祸。顺便问一句，关于我俩昨晚谈到的话题，你有没有再考虑过？

弗雷德里克夫人：没有。

蒙特格米利上尉：你要是够聪明，就该考虑考虑。

弗雷德里克夫人：亲爱的蒙特格米利上尉，不能因为我弟弟愚蠢到在扑克桌上输了超出他能力范围的钱，你就指望我嫁给你。

蒙特格米利上尉：你有没有听说过我父亲是个放债的？

弗雷德里克夫人：我相信这一行有利可图。

蒙特格米利上尉：他也这么认为。他是个波兰犹太人，名叫阿隆·莱维兹基。他刚到这个国家时身上只有三先令。他借了半个克朗①给他的一个朋友，条件是三天后得还他七先令六便士。

弗雷德里克夫人：我不擅长数字，不过这利率听起来就很高。

蒙特格米利上尉：是很高。那是我父亲的一项专长。他从这些不起眼的小买卖做起，后来生意发展到惊人的地步。他去世时留给我的东西包括"蒙特格米利"这个伟大家族的姓氏和徽章，以及一百多万的财产。

弗雷德里克夫人：这是节俭、勤劳和好运气三者叠加的结果。

蒙特格米利上尉：我父亲实现了他的所有野心，除了一个：他朝思暮想，希望能够进入上流阶级，但一直没能实现。他的临终遗愿是我能涉足那些社交圈，而他与社交圈唯一的交集只是……

弗雷德里克夫人：只是钱庄的柜台？

蒙特格米利上尉：没错。我可怜的父亲在这种事情上有点无知。在他看来，这个老爷跟那个老爷是一样的。他以为侯爵好过伯爵，而子爵又好过男爵。他永远不明白，比起那一大堆绶带伯爵②，一个身无分文的爱尔兰准男爵反而能进入更好的社交圈。

弗雷德里克夫人：为什么要提起这些？

---

① 1 克朗合 5 先令。
② 指 18 世纪册封的伯爵，他们从君主手中接过剑和绶带作为身份地位的象征。

蒙特格米利上尉：我想跟你解释为什么昨晚我会鼓起勇气向你求婚。

弗雷德里克夫人：但是你肯定也认识其他一些很不错的人。我前两天看见你跟一位城里爵士的遗孀共进午餐。

蒙特格米利上尉：许多非常优秀的人都喜欢邀请我与他们一同进餐。但我心里很清楚，他们并非真正的头等货。有些你早已习以为常的大户人家，我却至今依然无法涉足。我才不会满足于那些三等伯爵或者其他乱七八糟的贵妇呢。

弗雷德里克夫人：请原谅我的直白。但是——这样看来，你岂不是个势利鬼？

蒙特格米利上尉：我父亲，阿隆·莱维兹基，娶了一个英国女人，因此我具有英国人的一切美德。

弗雷德里克夫人：即便你成为我的丈夫，我也不确定他们是否会接纳你。

蒙特格米利上尉：他们一开始是会挤眉弄眼，但之后就会完全接纳我。等到我邀请他们去了英国最好的狩猎场，他们就会得出结论：与我相处非常愉快。

弗雷德里克夫人：[依然非常兴致勃勃] 你的求婚像极了谈生意，可在我看来毫无吸引力，因为，你看，我并不是个做生意的女人。

蒙特格米利上尉：我只是想请你遵照社交界的要求，承担起妻子的职责。凭良心说，这已经够少的了。我希望你能招待我的各方宾客，对我毕恭毕敬——至少在公众场合，陪我前往人们会前往的各种地方。除此以外，我会给你全部的自由。你会发现我慷慨而又细心，正如你所愿。

弗雷德里克夫人：蒙特格米利上尉，我不知道你刚才说的话里有多少是认真的。但是，就提出这类建议而言，你肯定没有选对正确的时机。眼下，我弟弟欠了你一笔巨款，你一旦计较起来，对他稍加苛责，就能把他给毁了。

蒙特格米利上尉：那我为什么不这么做呢？

弗雷德里克夫人：你是想说……？

蒙特格米利上尉：我就跟你明说吧。要不是想借此赢得你的感激，我才不会允许杰拉德输掉这么多他根本还不上的钱呢。

弗雷德里克夫人：[赶紧不耐烦地] 杰拉德明天就会把他欠你的每一分钱都还上。

蒙特格米利上尉：[态度和蔼地] 你认为他能从哪儿弄到钱？

弗雷德里克夫人：我确信我自己还能想点办法。

蒙特格米利上尉：你今天上午已经试过各种办法了，而且毫无成效，不是吗？

弗雷德里克夫人：[大吃一惊] 什么？

蒙特格米利上尉：你难道忘了你自己也有几笔杂七杂八的费用明天就要到期了？

弗雷德里克夫人：你是怎么知道的？

蒙特格米利上尉：我告诉过你，我做事要做就做到底。你去找过迪克·科恩，他却告诉你他已经把赊账单转让掉了。你难道猜不出来谁会是那个唯一有那么一丁点兴趣接手这些赊账单的人吗？

弗雷德里克夫人：你？

蒙特格米利上尉：没错。

弗雷德里克夫人：哦，上帝。

蒙特格米利上尉：好了，好了，别为此担心了。没什么好紧张的。我是个很正派的伙计——如果你刚才当场接受我，那你永远都不会知道那些赊账单在我手上。再仔细考虑一下。我敢保证，我们会相处融洽的。我能给你提供你最需要的东西——钱和自由，你都可以肆意挥霍；而你能给我一个有保障的稳固地位——这是我的父亲心心念念的东西。

弗雷德里克夫人：如果我不接受，你就会让我破产，并且毁掉杰拉德，对吗？

蒙特格米利上尉：我拒绝考虑这种令人不快的选项。

弗雷德里克夫人：哦！我不能，我不能。

蒙特格米利上尉：[大笑]但你必须，你必须。我什么时候来问你要答复？明天？我会在口袋里揣着你的赊账单和杰拉德的欠条，到时候将由你亲手烧掉它们。再见。

　　[蒙特格米利上尉亲吻弗雷德里克夫人的手，然后离开屋子。弗雷德里克夫人依然瞪着前方。米尔斯通进屋，身后跟着米尔斯通夫人和帕拉丁。

米尔斯通：[急切地走向她]嗨！你这是怎么了？

弗雷德里克夫人：[笑了笑]我刚把你赶走，这才过了两小时。

米尔斯通：抱歉我让你觉得无聊透顶了。

弗雷德里克夫人：别傻了。你知道你不会的。

米尔斯通：你现在要去哪儿？

弗雷德里克夫人：我头很痛。我想去躺着。

米尔斯通：我太难过了。

　　[弗雷德里克夫人离开屋子。米尔斯通焦虑地望着她的背影，朝门口走了一步。

米尔斯通夫人：[严厉地]你要去哪儿，查理？

米尔斯通：我还没问弗雷德里克夫人我能为她做点什么呢。

米尔斯通夫人：上帝啊，旅馆里有这么多侍者可以为她提供任何她想要的东西。

米尔斯通：你觉得带她坐车兜风能不能让她舒服些？

米尔斯通夫人：[无法控制自己]哦，我真受不了你。我这辈子从没见过如此滑稽可笑的热恋。

帕拉丁：稳住，老姑娘，稳住。

米尔斯通：你到底是什么意思，妈妈？

米尔斯通夫人：我猜你不会否认你正在和那个女人恋爱。

米尔斯通：[脸色变得苍白] 能否请你称她为弗雷德里克夫人？

米尔斯通夫人：我已经受够你了，查理。请你回答我的问题。

米尔斯通：我不想粗鲁地对待你，妈妈，但我认为这是我的私事，你没有权利过问。

福尔德斯：如果你们想讨论这件事，只有不发脾气，才能达成谅解。

米尔斯通：我没什么想讨论的。

米尔斯通夫人：别装模作样了，查理。你上午、下午连同晚上都和弗雷德里克夫人在一起。她从来不肯离开酒店一码远，而你总跟在她身后飞来飞去，用你荒唐可笑的关心，反反复复地打扰她。

福尔德斯：[不动声色地] 我们的亲人总是为我们献上如此迷人的坦诚。就像一面讨厌的镜子，总能让你看到你长歪的鼻子和轻微的斜眼。

米尔斯通夫人：[朝着米尔斯通] 我完全有权利知道你为什么要这样做以及结果会怎样。

米尔斯通：我不知道结果会怎样。

福尔德斯：这个勾起我们好奇心的问题实际上问的是：你打算向弗雷德里克夫人求婚吗？

米尔斯通：我拒绝回答。这个问题在我看来太过无礼。

福尔德斯：行了，行了，我的孩子，你还太年轻，当不了严父。我们都是你的朋友。你最好坦白交代，不是吗？毕竟，我和你母亲最关心的就是你的福祉。

米尔斯通夫人：[哀求道] 查理！

米尔斯通：我当然想跟她求婚，只要我能找到合适的机会。但我很害怕她会拒绝我，到时候也许我就再也见不到她了。

米尔斯通夫人：这孩子显然是疯了。

米尔斯通：如果她把我撵走，我真不知道该怎么办。我情愿一直处
在这种可怕的不确定中，也不要永远丧失希望。

福尔德斯：上帝啊，你可真糊涂，我的年轻人。会哭的孩子有奶吃！

米尔斯通夫人：[轻轻一笑] 不得不说这真让我觉得好笑，弗雷德里
克夫人居然让我的哥哥和儿子相继拜倒在她的石榴裙下。你们
各自的热情相隔了好几年。

米尔斯通：弗雷德里克夫人已经告诉过我那件事了。

福尔德斯：以她作为女性常见的鲁莽。

米尔斯通：听说当时她很不幸福，而你，不知道出于哪种古怪的趣
味，居然向她求爱。

福尔德斯：你最好别来告诫我，亲爱的孩子。这会让我想起你已故
的父亲。

米尔斯通：最后她答应跟你走。你们打算在滑铁卢车站碰头。

福尔德斯：那真是一个通风良好、适合用来幽会的地方啊！

米尔斯通：火车九点发车，你们打算接着坐船去盎格鲁-诺曼底
群岛。

福尔德斯：弗雷德里克夫人的记忆力真是惊人。我记得我曾经希望
海面能够风平浪静。

米尔斯通：然而，就在火车开动的那一刻，她瞥了一眼时钟。每天
到了这个时间点，她的孩子就会下楼来吃早餐，还要找妈妈。
你还没来得及阻止她，她就已经跳出了车厢。火车开动了，你
已经没法儿下车，于是你被带去了韦茅斯——独自一人。

米尔斯通夫人：当时你肯定觉得自己蠢透了，帕拉丁。

福尔德斯：是的，但你也不用再反复强调了。

米尔斯通夫人：你有没有想过，查理，这么个水性杨花的女人配不
上你的爱？

米尔斯通：但是，亲爱的妈妈，你以为她喜欢我舅舅？

福尔德斯：你这该死的是什么意思？

米尔斯通：你有没有想过，如果她真的爱你，她还会犹豫要不要跟你走？你对她就那么不了解？她之所以想到她的孩子，不过是因为她根本不在乎你。

福尔德斯：[愤怒地] 对这件事你本一无所知，你这个放肆无礼的小毛孩！

米尔斯通夫人：亲爱的帕拉丁，弗雷德里克夫人爱不爱你又有什么要紧的呢？

福尔德斯：[冷静下来] 当然，一点也不要紧。

米尔斯通夫人：你肯定是把"受伤的虚荣心"错当成了"心碎"。

福尔德斯：[讥讽地] 亲爱的，有时候你说的话向我解释了为什么我的姐夫常常放弃自己家的火炉，宁愿跑去埃克塞特会堂的讲台。

米尔斯通夫人：还有一件事你也许有兴趣听一听，那就是我已经充分注意到了弗雷德里克夫人的经济困境。我知道她有两张赊账单明天到期。

福尔德斯：她是个十分聪明的女人。

米尔斯通：我请求她让我借她点钱，但她斩钉截铁地拒绝了。你们看，她对我根本没有任何隐瞒。

米尔斯通夫人：亲爱的查理，"避重就轻"是一套很老的伎俩了。

米尔斯通：这是什么意思，妈妈？

米尔斯通夫人：弗雷德里克夫人没有告诉过你她和贝林汉的事情吧？

米尔斯通：她为什么要告诉我？

米尔斯通夫人：你当然应该知道，你想要娶的这个女人只是勉强逃脱了离婚法庭的制裁。

米尔斯通：我不信，妈妈。

福尔德斯：孩子，别忘了你正在和你尊敬的长辈说话。

米尔斯通：但我母亲正在恶意诽谤——我最好的朋友，这让我很难过。

米尔斯通夫人：你完全可以肯定，我是不会说毫无根据的话的。

米尔斯通：我不想听任何弗雷德里克夫人的坏话。

米尔斯通夫人：但你必须听。

米尔斯通：你完全不在乎给我造成巨大的痛苦吗？

米尔斯通夫人：我不能允许你娶一个不守妇道的女人。

米尔斯通：妈妈，你怎么能这么说？

福尔德斯：我也不喜欢这样，但你最好还是一口气把最坏的都听完，可以吗？

米尔斯通：可以。但如果我母亲坚持要说三道四，那她必须当着弗雷德里克夫人的面说。

米尔斯通夫人：我很乐意这么做。

米尔斯通：好。

　　　　[他打了打铃，一位侍者进屋。

福尔德斯：你最好小心点，茉德。要捉弄弗雷德里克夫人可是很危险的。

米尔斯通：[朝着侍者] 去把弗雷德里克·贝洛尔丝夫人找来，告诉她米尔斯通勋爵非常抱歉打扰她，但如果她能来大会客厅待上两分钟，他将不胜感激。

侍者：遵命，老爷。

　　　　[侍者退下。

福尔德斯：你打算怎么办，茉德？

米尔斯通夫人：我知道有一封弗雷德里克夫人的亲笔信，能证明我所说的关于她的一切。我用尽一切手段想要搞到它。今天上午，它终于落到我手里了。

福尔德斯：别傻了。你不会打算利用这封信吧？

米尔斯通夫人：我正有此意。

福尔德斯：你这是在自取其辱。要是我没猜错，你将遭遇你所能想象的最大的尴尬。

米尔斯通夫人：那才怪呢。我没什么好怕的。

　　　　[弗雷德里克夫人进屋。

米尔斯通：抱歉打扰你了，但愿你不介意。

弗雷德里克夫人：完全不介意。我知道你不会无缘无故就这样把我叫来。

米尔斯通：我担心你会认为我太失礼。

米尔斯通夫人：你真的不必这样一遍遍地道歉，查理。

米尔斯通：我母亲说了一些你的坏话，我认为她应该当着你的面说。

弗雷德里克夫人：查理，你真是太好了——但我必须承认，那些关于我的闲言碎语，我倒情愿他们只在我背后说。尤其在确有其事的情况下。

福尔德斯：听着，我认为所有这一切相当无聊。我们大部分人都有不堪回首的过去，我们最好让过去的就都过去吧。

弗雷德里克夫人：我在等你呢，米尔斯通夫人。

米尔斯通夫人：我只是认为我儿子应该知道一下，弗雷德里克夫人曾经是罗杰·贝林汉的情妇。[弗雷德里克夫人随即转过身看着她，然后发出一阵响亮的笑声。米尔斯通夫人怒气冲冲地跳起来，递给她一封信]这是不是你的笔迹？

弗雷德里克夫人：[毫不在意]亲爱的，你是怎么弄到手的？

米尔斯通夫人：你看到了，我有充分的证据，弗雷德里克夫人。

弗雷德里克夫人：[把信递给米尔斯通]你能看一下吗？你来回答米尔斯通夫人的问题，因为你很了解我的笔迹。

　　　　[他把信通读一遍后，绝望地看着她。

米尔斯通：天哪！……这是什么意思？

弗雷德里克夫人：求你大声念出来。

米尔斯通：我不能。

弗雷德里克夫人：那就把信给我。[她从他手里拿回信] 这封信写给我的姐夫彼得·贝洛尔丝。信里提到的凯特是他的太太。[念信] 亲爱的彼得：我很难过地听说你为了罗杰·贝林汉和凯特的事情吵了一架。你想的一切都大错特错了。他们之间绝对什么也没有。我不知道凯特星期二晚上在哪里，但她肯定不在罗杰周围一百里内。我之所以知道，是因为……

米尔斯通：[打断她] 看在上帝的分上，别念了。

    [弗雷德里克夫人望着他，耸了耸肩。

弗雷德里克夫人：署名是伊丽莎白·贝洛尔丝。还有句附言："这封信随你处置。"

米尔斯通：这是什么意思？这是什么意思？

米尔斯通夫人：这不是明摆着的吗？你再也找不到比这更清楚明白的认罪了。

弗雷德里克夫人：那是因为我尽可能地讲得清楚明白。

米尔斯通夫人：你不说点什么吗？我敢肯定一定存在解释。

弗雷德里克夫人：我不知道你是怎么搞到这封信的，米尔斯通夫人。我同意你的看法，这封信有损颜面。但如今凯特和彼得都已经死了，再也没什么可以阻止我说出真相了。

    [帕拉丁·福尔德斯上前一步，盯着她看。

弗雷德里克夫人：我嫂子是一个谦恭温顺的小女人，一个你所能想象的最端庄得体的人，谁都不会有一刻怀疑她会出轨。好吧，有天早晨，她痛哭流涕地来找我，承认她和罗杰·贝林汉 [耸了耸肩] 干了傻事。她丈夫嗅出了端倪，跟她大吵了一架。

福尔德斯：[冷冰冰地] 有种男人是会为了些鸡毛蒜皮的事情大吵大

闹的。

弗雷德里克夫人：为了保护自己，她脱口而出撒了个谎。她对彼得说，罗杰·贝林汉是我的情夫——她请求我的宽恕。她是个小可怜，如果爆出丑闻，她会精神崩溃的。她对罗杰只是一时迷恋，恐惧已经让她清醒过来。在内心深处，她依然爱着她丈夫。我已经不幸到了极点，所以也不在乎自己会变成怎样。她发誓会改过自新，挽回一切。我想我应该给她一个机会重新开始。于是我按她的意愿做了。我写了那封信，将一切都归咎于自己。凯特和她的丈夫此后一直幸福地生活在一起，直到去世。

米尔斯通：确实像你会做的事情。

米尔斯通夫人：彼得老爷和夫人已经死了？

弗雷德里克夫人：是的。

米尔斯通夫人：那罗杰·贝林汉呢？

弗雷德里克夫人：他也死了。

米尔斯通夫人：那你怎么证明你的这些解释呢？

弗雷德里克夫人：无法证明。

米尔斯通夫人：但你相信了，查理？

弗雷德里克夫人：当然。

米尔斯通夫人：［不耐烦地］上帝啊，这孩子失去了理智。帕拉丁，看在上帝的分上，说几句吧。

福尔德斯：也许这会让你不高兴，但我恐怕还是要说，我跟查理的想法一样。

米尔斯通夫人：你不会想说你也相信这个无稽之谈吧？

福尔德斯：我相信。

米尔斯通夫人：为什么？

福尔德斯：这么说吧——你瞧，弗雷德里克夫人是个绝顶聪明的女人。她不可能编造出一个像是天方夜谭而且又无法证明的故事。

142

如果她有罪，她肯定已经准备了一打证据用来证明她是无辜的。

米尔斯通夫人：可这也太奇怪了。

福尔德斯：再说了，我认识弗雷德里克夫人已经很久了，她身上少说也有一千个缺点。

弗雷德里克夫人：[眨巴了一下眼睛] 谢谢。

福尔德斯：不过我要替她说一句公道话：她这人不会撒谎。只要她告诉我任何事情，我都会毫不犹豫地相信。

弗雷德里克夫人：你相不相信我一点也不重要。请帮我打下铃，查理。

米尔斯通：没问题。

　　　[米尔斯通打铃，随即进来一位侍者。

弗雷德里克夫人：快去找我的仆人，让他把我化妆间里的公文箱拿过来。

侍者：遵命，夫人。

　　　[侍者退下。

福尔德斯：[赶紧地] 我说，你打算干吗？

弗雷德里克夫人：不关你的事。

福尔德斯：贝特茜，行行好，别把那些信给她。

弗雷德里克夫人：这件事已经让我受够了。我要赶紧来个了断。

福尔德斯：沉住气，沉住气。

弗雷德里克夫人：[跺了跺脚] 别叫我沉住气，帕拉丁。

　　　[她怒气冲冲地走来走去。帕拉丁坐在钢琴边，用一个手指弹奏《不列颠万岁》。①

米尔斯通：别弹了。

　　　[米尔斯通拿起一本书，朝着帕拉丁的脑袋扔去，但没扔中。

----

① 英国海军军歌。

143

福尔德斯：好眼力，先生。

弗雷德里克夫人：我总想不明白，帕拉丁，你是如何得到"智慧"的美誉的？

福尔德斯：通过故意对别人的笑话发自内心地大笑。

　　　[脚夫提着公文箱进屋，弗雷德里克夫人打开箱子，从里面取出一大捆信件。

福尔德斯：贝特茜，贝特茜，看在上帝的分上，别这样！发发慈悲。

弗雷德里克夫人：有人对我发过慈悲吗？阿尔贝特！

脚夫：在，夫人。

弗雷德里克夫人：你去找旅馆老板，告诉他我打算明天离开蒙特卡洛。

米尔斯通：[惊恐地]你要走了？

脚夫：遵命，夫人。

弗雷德里克夫人：你擅长记人脸吗？

脚夫：擅长，夫人。

弗雷德里克夫人：那你应该不会忘记米尔斯通勋爵这张脸吧？

脚夫：不会忘记的，夫人。

弗雷德里克夫人：请你记住，如果勋爵来伦敦拜访我，就说我不在家。

米尔斯通：弗雷德里克夫人！

弗雷德里克夫人：[朝着脚夫]去吧。

　　　[脚夫退下。

米尔斯通：你这是什么意思？我做错了什么？

　　　[弗雷德里克夫人没有回答，只是拿起信件。帕拉丁焦虑地望着她。她走到火炉边，把它们一封接一封地扔进去。

米尔斯通夫人：她到底在干什么？

弗雷德里克夫人：我有一些信件，能够毁掉一个我所认识的一文不值的女人的幸福。我现在烧掉它们，这样我就再也不会想利用它们了。

福尔德斯：我从没见过如此戏剧般的事情。

弗雷德里克夫人：帕拉丁，管住你的嘴。[转向米尔斯通] 我亲爱的查理，我来蒙特卡洛本来是为了开心。可是，你母亲不停地迫害我。而你舅舅又太过有教养，跟我说话就跟吩咐仆人一样。我遭遇胡搅蛮缠，受尽屈辱，最终怒不可遏。他们这样做，显然是因为担心你要娶我。我已经厌倦透了。我不习惯这种待遇；我的耐心已经被消磨殆尽。既然整件事情因你而起，那就有了显而易见的解决办法。我情愿不再和你有任何瓜葛。从今往后，如果我们在街上遇见，你不必劳烦看我一眼，因为我会对你视而不见。

米尔斯通夫人：[压低声音] 感谢上帝。

米尔斯通：妈妈，妈妈。[朝着弗雷德里克夫人] 我很抱歉。我认为您有权利发火。对于您所遭受的一切，我以最诚恳的态度请求您的原谅。我很抱歉地承认，我母亲的言行确实是在无理取闹。

米尔斯通夫人：查理!

米尔斯通：我代表她和我自己，发自内心地向你道歉。

弗雷德里克夫人：[微笑着] 别太当真。真没什么大不了的。但我还是认为我们从此不相往来会是比较明智的做法。

米尔斯通：没有你，我活不下去。

米尔斯通夫人：[倒吸一口气] 啊!

米尔斯通：难道你不知道吗，我所有的幸福都取决于你? 我全心全意地爱着你。除了你，我再也无法爱上别人。

福尔德斯：[朝着米尔斯通夫人] 这下你可搞砸了。干净利落地搞砸了。

米尔斯通：别以为我是个放肆的傻瓜。自从我认识你以来，我就一直想说这句话，但我不敢。你聪明迷人、风情万种，我却没有任何东西可以给你。

弗雷德里克夫人：[温柔地] 我亲爱的查理。

米尔斯通：不过，如果你愿意包容我的缺点，我想我还是可以派上点用场的。你愿意嫁给我吗？我将视之为巨大的荣耀，我会永远爱你，直到生命的尽头。我也会奋发图强，为了能配得上你和这份沉甸甸的幸福。

弗雷德里克夫人：你实在太过谦虚了，查理。我受宠若惊。你要给我点时间，让我好好考虑考虑。

米尔斯通夫人：时间？

米尔斯通：但我等不及了。难道你看不出来我有多爱你吗？你再也不会遇到其他任何人像我这样在乎你了。

弗雷德里克夫人：我想你可以再等等。明天早上十点来找我。我会给你答复。

米尔斯通：好的，如果不得不这样的话。

弗雷德里克夫人：[微笑着] 恐怕是的。

福尔德斯：[朝着弗雷德里克夫人] 我想知道你现在又要要什么小把戏了。

　　[她带着胜利的微笑，行了一个深深的具有讽刺意味的屈膝礼。

弗雷德里克夫人：先生，作为您感恩戴德、忠心耿耿、谦卑温顺的奴仆，我退下了。

第二幕终

第三幕

场景：弗雷德里克夫人的化妆间。后方通往卧室，门口拉着帘子；右边的门外是走廊；左边有扇窗。窗户上的百叶帘紧紧地拉着，窗前放着一个梳妆台。弗雷德里克夫人的女仆正在屋里，是一个相当整洁美丽的法国女人，说话略带口音。她打了打铃，脚夫进屋。

女仆： 米尔斯通勋爵一到就把他带进来。

脚夫： [惊讶地] 来这里？

女仆： 还能有别的什么地方？

　　[脚夫意味深长地眨了眨眼。女仆端坐起身子，用夸张的手势指了指门。

女仆： 去吧。

　　[脚夫离开屋子。

弗雷德里克夫人： [从卧室里传来声音] 你已经拉开百叶帘了吗，安吉丽可？

女仆： 我马上就去。[她拉开百叶帘，明亮的光线落在梳妆台上] 但夫人一定受不了这样的光线。[她看着镜子里自己的影子] 哦，这早晨的阳光！我都照不见我自己了。

弗雷德里克夫人： [镇定如常地] 你没理由能照见自己——尤其是在我的镜子里。

女仆： 但如果勋爵来了，夫人一定是要我拉开百叶帘的。哦，这可难办了。

弗雷德里克夫人：按我吩咐的做，别打岔。

> [脚夫进屋禀报米尔斯通来了。女仆离开屋子。

脚夫：米尔斯通老爷来了。

弗雷德里克夫人：[镇定如常地] 是你吗，查理？你很守时。

米尔斯通：我刚才在外面徘徊，一直等到我们约好的时间。

弗雷德里克夫人：我还没有穿戴整齐。我刚洗了澡。

米尔斯通：那我现在应该离开吗？

弗雷德里克夫人：不，当然不。我一边穿戴，你一边跟我说话。

米尔斯通：好的。你今天上午可好？

弗雷德里克夫人：我不知道。我还没照过镜子。你呢？

米尔斯通：我好极了，谢谢。

弗雷德里克夫人：你看起来挺精神？

米尔斯通：[走到镜子边] 希望如此。天哪，阳光多强烈啊！你一定
  对你的肤色十分自信，才经得起这种曝晒。

弗雷德里克夫人：[现身] 我当然自信。

米尔斯通：[急切地走上前] 啊。

> [弗雷德里克夫人从帘子后面走出来，身穿一件日式浴袍，
> 头发凌乱地盘在头上。她没有梳妆，脸色又黄又憔悴，还看得
> 见皱纹。米尔斯通见到她时，发出一声轻微的惊呼。整出戏里，
> 她都故意用她最夸张的爱尔兰腔来表演。

弗雷德里克夫人：早上好。

米尔斯通：[沮丧地盯着她] 早上好。

弗雷德里克夫人：你有什么事情找我？

米尔斯通：[尴尬地] 我——呃——但愿你昨晚睡了好觉。

弗雷德里克夫人：[大笑] 你呢？

米尔斯通：我忘了。

弗雷德里克夫人：我相信你一定是酣酣大睡，查理，但你也确实有

可能躺在床上眼巴巴地想我。出什么事了？你看起来像见鬼了。

米尔斯通：哦，没有，完全没有。

弗雷德里克夫人：你已经感到失望了？

米尔斯通：没有，当然没有。只是——你没梳头的样子看起来和平时很不一样。

弗雷德里克夫人：[轻轻惊呼一声] 哦，我完全忘了。安吉丽可，来帮我梳头。

女仆：[现身] 遵命，夫人。

　　　　[弗雷德里克夫人在梳妆台前坐下。

弗雷德里克夫人：安吉丽可，你可要使劲儿。我要展现出我最美的样子。安吉丽可的手艺千金难买。

女仆：夫人过奖了。

弗雷德里克夫人：我心情好的时候，她会给我做一种发型。我心情不好的时候，她会给我做另一种发型。

女仆：哦，夫人，我的发型老师曾经告诉过我：一位好的发型师能够用发型来展现人类的千思万绪。

弗雷德里克夫人：上帝啊，你不会想说你也能做到吧？

女仆：夫人，他说我是他最好的学生。

弗雷德里克夫人：好极了。那现在就来展现——展现出我的生活遭遇重大危机的样子。

女仆：简直小菜一碟，夫人。我只要将前额的头发垂得非常低，就能展现出夫人您在生活中遭遇了重大危机。

弗雷德里克夫人：可我一直让前额的头发垂得很低。

女仆：那显然夫人的生活一直在危机中。

弗雷德里克夫人：原来如此。这我倒从没想过。

米尔斯通：你有一头非常美丽的秀发，弗雷德里克夫人。

弗雷德里克夫人：你喜欢吗，说真的？

米尔斯通：颜色完美无缺。

弗雷德里克夫人：理应如此，这可花了我不少钱。

米尔斯通：你不会是想说，颜色是染的吧？

弗雷德里克夫人：哦，不，只是修饰了一下，两者区别大着呢。

米尔斯通：是吗？

弗雷德里克夫人：这就像是迷信，放在别人头上才成立。我的朋友们那才叫染发，但我只是修饰一下。不幸的是，价格一样。

米尔斯通：你的头发可真不少呢。

弗雷德里克夫人：嗯，多着呢。[她打开抽屉，拿出一束长长的假发]给他一点看看。

女仆：遵命，夫人。

　　　　　[女仆将假发递给米尔斯通。

米尔斯通：呃——好吧。[不知道到底说什么才好]多么丝滑。

弗雷德里克夫人：可悲的玩意儿，不过还算是我的东西。至少是我花钱买的。顺便问一句，安吉丽可，钱已经付了吗？

女仆：还没有。但那人可以再等等。

弗雷德里克夫人：[从米尔斯通手上接过来]可悲的玩意儿，现在依然属于我的发型师。我要戴上它吗？

米尔斯通：我要是你就不戴。

女仆：每当夫人预见即将遭遇惨境，我就会斗胆建议她戴上。等到遭遇真正悲惨的场面，无法想象没有足够的发量堆在头顶会是怎样。

弗雷德里克夫人：哦，我知道。每次我想要软化一位债主冷酷的心，我就会把我所有的一切都堆上。但我想今天不必了。要我说，一簇鬓角的鬈发就足以应付今天的场面了。

女仆：看来夫人今天倾向于演一出喜剧。遵命，我就不再多说什么了。

[弗雷德里克夫人从抽屉里拿出两簇鬈发。

弗雷德里克夫人：漂亮吧？

米尔斯通：是的。

弗雷德里克夫人：查理，你常常赞美我的头发，对吗？但我想你之前从来不知道每一簇要花掉一个几尼 ① 吧？

米尔斯通：我从没想过它们是假的。

弗雷德里克夫人：男性可真够粗枝大叶的。你母亲也没告诉过你？

米尔斯通：我母亲告诉过我很多。

弗雷德里克夫人：我希望她说得过分点才好。好了。完成了。你觉得这发型看起来漂亮吗？

米尔斯通：魅力十足。

弗雷德里克夫人：安吉丽可，勋爵很满意。你可以走了。

女仆：遵命，夫人。

[女仆离开屋子。

弗雷德里克夫人：好了，对我说我是你这辈子见过的最美丽的人。

米尔斯通：这句话我已经说过很多遍了。

弗雷德里克夫人：[伸出双手] 你是个好男孩。你那么说我很高兴——我是指说你昨天说的那番话。我当时差点儿要拥抱你。

米尔斯通：你会吗？

弗雷德里克夫人：哦，亲爱的，别这样冷冰冰的。

米尔斯通：我很抱歉，我不是故意的。

弗雷德里克夫人：你就没有什么动人的话要说给我听了吗？

米尔斯通：所有的话我都已经说过一千遍了，我不知道还有别的什么可说的。

弗雷德里克夫人：告诉我，当你一整晚孤枕难眠的时候，都在想些

---

① Guinea，英国旧时金币。

151

什么。

米尔斯通：我迫不及待地想要再见你。

弗雷德里克夫人：你会不会非常担心我并没有你想象中那么美丽？
说吧，说真话。

米尔斯通：好吧，是的，我想我有过这样的念头。

弗雷德里克夫人：实际上呢？

米尔斯通：跟我想象中一样美丽。

弗雷德里克夫人：你敢肯定你没有失望。

米尔斯通：非常肯定。

弗雷德里克夫人：那我就放心了！你知道吗？我一直在拼命折磨自
己。我告诉自己："他会一直想我，直到把我想成世界上最美
的女人。等到他来到这里，看见赤裸裸的真相，就会感到失望
透顶。"

米尔斯通：胡说八道！你怎么能这么想？

弗雷德里克夫人：你有没有发现，到目前为止，你都没有表现出任
何一丁点想要亲吻我的欲望？

米尔斯通：我是想——我是想你可能不喜欢这样。

弗雷德里克夫人：再过一分钟可就来不及了。

米尔斯通：为什么？

弗雷德里克夫人：因为我要化妆了，你这个傻孩子。

米尔斯通：什么意思？我不明白。

弗雷德里克夫人：你刚才说过，我肯定对自己的肤色十分自信。我
当然自信，因为有这些。

　　　　[她的手指滑过一排瓶瓶罐罐。

米尔斯通：哦，我懂了。抱歉，我弄错了。

弗雷德里克夫人：你不会想说你曾经以为我的肤色是天然的吧？

米尔斯通：我从没想过还能别的。

弗雷德里克夫人：这可真叫人失望。我在蒙特卡洛，每天将生命中宝贵的一小时花费在制造最完美的肌肤上，你却以为它是天然的。怎么可能，要我跟个十八岁的奶牛场女工一样？

米尔斯通：我很抱歉。

弗雷德里克夫人：我原谅你……你可以亲吻我的手。[他照做了]你这个可爱的孩子。[她看着镜中的自己]哦，贝特茜，你已不再风华正茂。[朝着镜子伸出颤抖的手指]这样可行不通，贝特茜，我亲爱的。你看起来就像是这个岁数的人。[赶紧转过头]你觉得我看着有四十吗？

米尔斯通：我从没问过自己你几岁了。

弗雷德里克夫人：不，看着还没有，只要这世界上还有一罐胭脂和一个粉扑，我就不会看起来像四十岁。[她把脂粉涂满全脸]

米尔斯通：你在干什么？

弗雷德里克夫人：我希望自己是个女演员。她们就有这种优势，只需要化上妆容，在舞台的脚灯后面看上去漂漂亮亮的就行了；而我却只能让自己暴露在可恶的阳光下。

米尔斯通：[紧张地]是的，当然。

弗雷德里克夫人：你母亲是不是为你操碎了心？帕拉丁也肯定快疯了。下次再见到他，我就要叫他帕拉丁舅舅了。这会让他感觉自己中年味儿太浓了。查理，你不知道，我对你昨天的所作所为有多么感激。你是个真正的好人。

米尔斯通：你这么说真是太客气了。

弗雷德里克夫人：[转过身]我看起来像个丑八怪吗？

米尔斯通：哦，不，一点也不。

弗雷德里克夫人：我喜欢这个粉，它不会跟你耍诡计。每次我扑上在巴黎新买的那罐，一旦走到人造光下，脸就会变成淡紫色。这让我非常苦恼。你不会想带着一张淡紫色的脸走来走去的，对吧？

米尔斯通：不，一点也不。

弗雷德里克夫人：还好当时我穿了一件绿色连衣裙。那年淡紫色配绿色非常流行。但我还是不希望这颜色出现在我脸上……对了，拿它来打底应该还管用。我已经开始感觉自己变年轻了。再来一抹那青春娇柔的红晕。你知道吗？最难之处莫过于让你的双颊呈现出相同的颜色。[转向他] 查理，你不觉得无聊吧？

米尔斯通：不会，不会。

弗雷德里克夫人：我总觉得，每当我只涂一边腮红时，我的观察思考就会妙趣横生。我记得有一次我出席一场晚宴，刚一坐下，就注意到我的一边腮红比另一边更红。

米尔斯通：上帝啊，那可太尴尬了。

弗雷德里克夫人：查理，你是个长相英俊的男孩。我没想到你长得这么漂亮。你看起来年轻、充满朝气。看着你真是别有一番乐趣。

米尔斯通：[尴尬地笑起来] 真的吗？当你发现自己陷入困境后，是怎么做的？

弗雷德里克夫人：感谢上苍仁慈地出手相救。当时，我右边坐着一位外国使节，红得像玫瑰，而左边是一位主教，白得像百合。整个晚宴中，使节都在对我讲一个冒险故事，所以我的一边脸颊飞红就很正常。而主教又在我左耳边讲伦敦东区惨案的恐怖细节，于是我的另一边脸颊只有显得苍白才称得上得体。[她一边说一边揉着自己的脸颊] 仔细看，查理，你看得出来我是如何把我的嘴唇变成"丘比特之箭"的吗？我喜欢涂上健康美丽的唇色，你发现了吗？

米尔斯通：涂着那种东西会不会很不舒服？

弗雷德里克夫人：啊，我亲爱的孩子，在这个世界上，受苦是女人的宿命。不过，一旦想到屈服于天意的同时也在增加个人魅力，我就觉得还挺安慰的。但我承认，有时候我也希望自己不必如此小心翼翼地擤鼻涕。笑一笑，查理，我知道你不是一个热情如火的情人。

米尔斯通：对不起。你想让我怎么做？

弗雷德里克夫人：我想让你给我一通激情四溢的表白。

米尔斯通：恐怕那样会很迂腐。

弗雷德里克夫人：别担心。我很久以前就发现，男人在热血沸腾的时候，总会用《家庭先驱者报》上的措辞来表白自己。

米尔斯通：可你要记得，我是个彻彻底底的新手。

弗雷德里克夫人：好吧，我这次就放过你——因为我喜欢你的鬈发。
[她含情脉脉地叹了口气] 现在来说说我弧度精致的眼睫毛。要是没有它们，我真不知道该怎么办才好。实际上，我根本没什么眼睫毛……你有没有注意到，是我眼皮底下的那条黑线让我的目光显得那么炯炯有神？

米尔斯通：对，我经常注意到。

弗雷德里克夫人：[握着眼线笔] 就是这支。啊，我亲爱的孩子，有了这支笔，你就可以得到你想要的一切：悠闲与懒散，温柔与超然，还有活泼、热情、邪恶，要什么有什么。现在，你要保持安静。如果我画坏了，那我的一整天就都搞砸了。你最好连呼吸都停下。每次我干这活儿，都会想这些线条是多么自然："增之一分则太长，减之一分则太短。"① 好了！现在只需要再扑一下粉，全世界就温柔了。[看着镜子里的自己，满意地叹了口气] 啊！我感觉自己像是十八岁。我觉得这次成功了，我将拥

---

① 原文为："The little more and how much it is. The little less and what worlds away." 出自英国诗人罗伯特·勃朗宁（1812—1889）。

有快乐的一天。哦，贝特茜，贝特茜。我知道你能做到。你知道，你也不是没有魅力，我亲爱的。也许，不算严格意义上的漂亮；但我也不喜欢女人跟巧克力盒子似的。我要离开一下，换掉这身浴袍。[米尔斯通站起身来] 别，别动。我回一下卧室。只需要一会儿。[弗雷德里克夫人穿过帘子] 安吉丽可。

[女仆进屋。

米尔斯通：在，夫人。

弗雷德里克夫人：把梳妆台上的东西收拾干净就行。

女仆：[照吩咐的做] 遵命，夫人。

弗雷德里克夫人：要不要来一支烟，查理？

米尔斯通：谢谢。这个上午我是有点神经紧张。

弗雷德里克夫人：啊，糟了！安吉丽可，快来帮我。

女仆：遵命，夫人。

[弗雷德里克夫人走出卧室。

弗雷德里克夫人：终于好了。

[弗雷德里克夫人进屋，她已经将浴袍换成了一件非常漂亮的丝绸镶蕾丝晚礼服。

弗雷德里克夫人：现在你满意了？

米尔斯通：当然满意了。

弗雷德里克夫人：那你可以跟我表白了。

米尔斯通：你这话真叫我难堪。

弗雷德里克夫人：[大笑] 可是，查理，这本来是你在过去两周里毫不费力就能做到的事情。你不会想假装自己已经不知道如何说甜言蜜语了吧？

米尔斯通：我今天刚来的时候，有千言万语要对你说，但你把它们都驱逐出了我的脑海。你现在不想给我答案吗？

弗雷德里克夫人：什么答案？

米尔斯通：你已经忘了我问过你愿不愿意嫁给我？

弗雷德里克夫人：我没忘，但当时你是在一个非常特殊的场合下问我的。现在你已经冷静下来了，我想知道，你是否还想问我同样的问题？

米尔斯通：当然。你把我当成怎样一个粗俗的人了！

弗雷德里克夫人：你确定你还想娶我，在你——睡过一觉之后？

米尔斯通：我确定。

弗雷德里克夫人：你是个好孩子，可我却像野兽一样地欺负了你。你真是太善良了。

米尔斯通：好了，答案是什么？

弗雷德里克夫人：亲爱的，在过去半小时里，我已经给了你答案。

米尔斯通：怎么给的？

弗雷德里克夫人：如果我有意嫁给你，怎么可能让你了解有关我梳妆打扮的可怕秘密？你绝不会认为我会这么做吧？你要相信，我很机灵，也很善解人意。我要是想嫁给你，就一定会维持住你对我的幻觉，无论如何也要坚持到度完蜜月。

米尔斯通：你是打算拒绝我吗？

弗雷德里克夫人：这样会更让你高兴吧？

米尔斯通：不，不，不。

弗雷德里克夫人：[一只手臂勾住他] 现在让我们来理智地探讨一下。你是个很好的男孩，我非常喜欢你。但你才二十二岁，而我的年龄，只有上帝知道。你看，为我洗礼的那座教堂在我出生那年被烧毁了，所以我不知道自己几岁了。

米尔斯通：[微笑着] 是在哪里烧毁的？

弗雷德里克夫人：爱尔兰。

米尔斯通：我想也是。

弗雷德里克夫人：仅仅在目前，我还可以不厌其烦、煞费苦心地维持一副还算光鲜的外表；我的手还没有笨拙到连你这样的男性都可以凭借无知的双眼发现我的外表在多大程度上有赖于艺术修饰的地步。但是，再过十年，你才三十二岁，如果我嫁给了你，等到那时候，为了保持年轻的假象，我的整个人生都会变成一场殊死抗争。你有没有见过那些老妇人，她们永远不向岁月投降，她们粉饰那可怜的、布满皱纹的瘦削双颊，用可怕的假发掩盖光秃秃的颅顶？你见过的，那些五花八门、相当古怪的亚麻色。你曾经嘲笑她们愚蠢的优雅，你也曾经对此感到恶心。哦，我为她们难过，可怜的家伙们。我也会变成那样，因为只要你还有着一头棕发，我就没有勇气让自己的头发变白。但如果我没有嫁给你，我就能开开心心地迎接白发。第一根我会拔掉，第二根我也会拔掉。但等到第三根出现，我就会投降。到时候，我会把我的胭脂、我的香粉、我的眉笔都扔进火堆里。

米尔斯通：但你没想过我也会变的吗？

弗雷德里克夫人：我亲爱的男孩，我确信你也会变。你无法想象跟一个总是一定要背着光坐的女人捆绑在一起是什么感受，不是吗？何况有时候你还会想吻我。

米尔斯通：这倒是很有可能。

弗雷德里克夫人：但你不能这么做——万一你弄坏我的肤色。［米尔斯通深深地叹了口气］别叹气，查理。让你爱上我是我不好，但我也只是个凡夫俗子，你的爱让我的虚荣心得到了极大的满足。

米尔斯通：仅此而已？

弗雷德里克夫人：同时我也大受感动。这就是为什么我想在拒绝你的同时给予你一点安慰。

米尔斯通：但你让我心碎。

弗雷德里克夫人：亲爱的，我从十五岁起，就不断听到男人对我说这种话，但我从没发现他们会因此少掉任何一点享受晚餐的胃口。

米尔斯通：我猜你只是把这看作年轻人短暂的热恋，对不对？

弗雷德里克夫人：我不会愚蠢到认为男孩的爱情会比男人少掉任何一点。如果我认为你的爱是荒唐可笑的，那我就不会感到如此满足了。

米尔斯通：你给我留下了一个干净利落的伤口，但我所受到的伤害不会因此有任何减少。

弗雷德里克夫人：但很快就会愈合的。你会和一个跟你同龄的好女孩坠入爱河，她的脸颊上散发着青春而非胭脂的红晕，她的眼睛闪耀着光芒，源自她对你的爱慕，而非精心的修饰。

米尔斯通：但我想帮助你。你身陷泥沼，只有嫁给我才能让一切恢复正常。

弗雷德里克夫人：哦，亲爱的，别追求自我牺牲。这种事你还是留给女人吧。她们太习惯于此了。

米尔斯通：我有什么可以为你做的吗？

弗雷德里克夫人：没有，亲爱的。我会找到办法摆脱困境的。我总能找到的。你真的不必为我担心。

米尔斯通：你知道，你是个大好人。

弗雷德里克夫人：那么一切都解决了，对吗？你不会再不高兴了吧？

米尔斯通：我努力试试。

弗雷德里克夫人：我想给你的额头一个纯洁的吻，但我怕会留下唇印。

　　[脚夫进屋，禀报帕拉丁·福尔德斯来了。

脚夫：帕拉丁·福尔德斯先生来了。

福尔德斯：我打扰到你们了吗？

弗雷德里克夫人：完全没有。我们刚谈完。

福尔德斯：结果怎样？

米尔斯通：如果有人想知道谁是世界上最好的女人，那就把他们带到我这里来，我会告诉他们答案。

弗雷德里克夫人：[拉起他的手] 你真是太好了，再见。

米尔斯通：再见。谢谢你对我如此善良。

　　　　　　[米尔斯通离开屋子。

福尔德斯：现在我眼前看到的是不是我未来的外甥媳妇？

弗雷德里克夫人：为什么这么问，帕拉丁舅舅？

福尔德斯：奇怪啊，我就是想知道。

弗雷德里克夫人：那可太巧了——偏偏不是。

福尔德斯：你拒绝他了？

弗雷德里克夫人：是的。

福尔德斯：那你能不能告诉我，你为什么要带领我们跳这样一支邪魔的舞曲？

弗雷德里克夫人：因为你想干涉我，而我不允许任何人这样做。

福尔德斯：呵呵。

弗雷德里克夫人：你不会这么愚蠢吧，认为我会嫁给一个把我供奉在高台上、发誓自己连亲吻我的裙摆都不配的男孩？

福尔德斯：为什么不？

弗雷德里克夫人：亲爱的帕拉丁，我不想因为纯粹的无聊而自杀。世上只有一件事情比恋爱更让人难以忍受。

福尔德斯：是什么，祈祷？

弗雷德里克夫人：说什么呢！是让别人爱你。

福尔德斯：我一辈子都在为此遭罪。

弗雷德里克夫人：想想我要按照自己在查理心目中的完美形象生活下去。每周用氢水将头发染成黄色，一如既往地赢得他深深的迷恋——哦，这太无聊了！我还不得不整天戴着面具，永远不敢冒险露出真面目，就怕吓到他。尽管我付出所有努力，但还是会看到幻象在他枕边一个接一个地破灭，直到他意识到我并非超凡脱俗的女神，只是一个非常普通的人类女性，跟其他任何人相比，不好也不坏。

福尔德斯：你的座右铭好像是：可以和任何你喜欢的人结婚，除了爱你的那个。

弗雷德里克夫人：啊，你不觉得我应该找一个对我知根知底但依然爱我的男人吗？比起把我看作完美女神，我更希望他能了解我的缺点并且接受它们。

福尔德斯：但你怎么知道你已经彻底打消了这男孩的念头？

弗雷德里克夫人：我考虑得很周全。我想要解开他的心结。如果可以，我会向他展现我赤裸裸的灵魂。但我做不到，所以我让他看了看……

福尔德斯：[打断她] 什么?!

弗雷德里克夫人：[大笑] 不，没那么夸张。我穿着浴袍，还有其他一些零零碎碎的小饰物。我让他在我化妆之前来这里。我涂胭脂的时候，他就呆坐在一边。

福尔德斯：于是那个年轻的傻瓜由此认为，你除了精心修饰的肤色便一无是处了？

弗雷德里克夫人：他表现得很委婉。但我想我拒绝他的时候，他确实舒了一口气。

[有人敲门。]

杰拉德：[站在门外] 我们能进来吗？

弗雷德里克夫人：请进。

[杰拉德、罗茜和上将进屋。]

杰拉德：[兴奋地] 告诉你，一切都解决了！上将真是个活菩萨！我已经把一切都告诉他了。

弗雷德里克夫人：你这话是什么意思？早上好，亲爱的上将。

上将：早上好。

杰拉德：我已经和盘托出了。我跟罗茜商量过了。

罗茜：然后我们一起去找了爸爸。

杰拉德：告诉他我欠蒙特格米利九百英镑。

罗茜：我们以为爸爸会大吵大闹。

杰拉德：大发雷霆。

罗茜：但他什么都没说。

杰拉德：只是一笑置之。

弗雷德里克夫人：[用手捂住耳朵] 哦，哦，哦，看在上帝的分上，你们冷静点，慢慢说清楚。

杰拉德：亲爱的，你不知道我长长地舒了一口气。

罗茜：我看见杰拉德忧心忡忡，就千方百计地从他嘴里套出了这件事。

杰拉德：我很高兴自己摆脱了那个烂摊子。

罗茜：从此以后，我们将快乐地生活在一起。

　　　　[其间，上将一直想插嘴，但每次他刚要开口，就会有人抢在他前面。

上将：安静。[他喘着气] 我这辈子从没见过这样一对恋人。

弗雷德里克夫人：上将，还是由你来从头到尾解释一下吧。这两个傻孩子说的话，让我完全摸不着头脑。

上将：是这样的，他们来找我，告诉我蒙特格米利手里有一张欠条，是杰拉德欠下的九百英镑，他想要利用这张欠条来勒索你。

福尔德斯：真的吗？

弗雷德里克夫人：没错。

上将：我一直不喜欢这个男人的面孔。当他们告诉我，免除债务的条件是让你嫁给他，否则杰拉德就不得不提出辞呈，我说……

福尔德斯：厚颜无耻之徒！

上将：你怎么知道？

福尔德斯：因为要是换成我，也会这么说。

杰拉德：上将像个男子汉挺身而出。他给了我一张等额支票，我刚把它寄给蒙特格米利。

弗雷德里克夫人：［拉起他的手］您真是太好了！我向您保证，您永远不会后悔给了杰拉德这个机会。

上将：我能私底下跟您说上两句吗？

弗雷德里克夫人：当然可以。［朝着其他人］你们回避一下。

福尔德斯：我们去阳台吧？

上将：抱歉麻烦你们了，我只需要三分钟。

　　　　　［杰拉德、罗茜和福尔德斯走去阳台。

弗雷德里克夫人：［等到他们离开后］说吧。

上将：好，我想说的是：我喜欢杰拉德，但我认为他需要引导。你明白我的意思吗？

弗雷德里克夫人：我相信他今后一定会听从您的意见。

上将：但他需要的是一只女人的手。如果你和我能齐心协力，就能阻止他犯错，不是吗？

弗雷德里克夫人：哦，无论何时，只要您需要我，我都会来和您站在一起。我喜欢提供意见，在我确定它们不会被采纳的时候。

上将：我在考虑一个更永久的计划。瞧，你为什么不嫁给我呢？

弗雷德里克夫人：亲爱的上将！

上将：我认为像你这样富有魅力的女性是不应该独居的，注定会陷入困境。

弗雷德里克夫人：您真是太好了，可是……

上将：你不会觉得我年纪太大吧？

弗雷德里克夫人：当然不会。您正当盛年。

上将：我可以告诉你，我可是老当益壮。

弗雷德里克夫人：我明确感觉到了。一刻也不曾怀疑。

上将：那你还犹豫什么呢？

弗雷德里克夫人：您不会想要一夫多妻吧？

上将：呃？

弗雷德里克夫人：您看，问题在于，您要娶的不只有我一个人，还包括所有跟我做买卖的店家。

上将：这我倒没考虑过。

弗雷德里克夫人：再说了，您是罗茜的父亲，我是杰拉德的姐姐。如果我们结婚，我就会变成我弟弟的继母，而我的继女会变成我弟媳。您女儿又会变成您的小姨子。这样一来，您的弟弟就会轻视您作为父亲提供给他的建议。

上将：[满脸困惑] 呃？

弗雷德里克夫人：我不知道祈祷书上是否允许这种事情发生。即便允许，我也认为这是极不符合道德规范的。

上将：这样的话，我能不能告诉他们我改变主意了，他们不能结婚？

弗雷德里克夫人：那样的话，我们就更没有理由——做这种伤天害理的事情了，不是吗？

上将：这我倒没想过。我想确实没有理由。

弗雷德里克夫人：您不会生我的气吧？您让我受宠若惊，我发自内心感谢您。

上将：完全不会，完全不会。我只是想这样也许可以省掉点麻烦。

弗雷德里克夫人：[呼叫] 杰拉德，过来。[他们进屋] 我们谈好了。

杰拉德：一切都还满意？

弗雷德里克夫人：[看了一眼上将] 很满意。

上将：[声音干巴巴地] 很满意。

　　　　[弗雷德里克夫人的脚夫进屋。

脚夫：蒙特格米利上尉来见夫人。

弗雷德里克夫人：我完全把他给忘了。

杰拉德：让我去对付他吧?

弗雷德里克夫人：不用，我再也不怕他了。他已经不能把你怎样。
　　我想那就没什么大不了的了。

杰拉德：那我去对他说，让他见鬼去吧。

弗雷德里克夫人：不，我要亲自对他说出这句话。[朝着脚夫] 让蒙
　　特格米利上尉来这里。

脚夫：遵命，夫人。

　　　　[脚夫退下。

弗雷德里克夫人：[疯狂地走来走去] 我要亲口对他说出这句话。

福尔德斯：冷静，贝特茜。

弗雷德里克夫人：[非常刻意地] 我没法儿冷静。

福尔德斯：记住，你是一位完美女性。

弗雷德里克夫人：别管我。我昨天忍气吞声的，那滋味一点也不
　　好受。

　　　　[脚夫进屋宣布蒙特格米利上尉来了，上尉就跟在他身后。
　　脚夫随即退下。

脚夫：蒙特格米利上尉来了。

蒙特格米利上尉：你好。

　　　　[显然，他很惊讶看到还有其他人在场。

弗雷德里克夫人：[愉快地] 这里有一大群人，对吧?

蒙特格米利上尉：没错。[停顿了一下] 希望你不介意我这么早来。

弗雷德里克夫人：完全不介意。你跟我约好了十点半。

蒙特格米利上尉：我相信你有好消息带给我。

弗雷德里克夫人：蒙特格米利上尉，这里的每个人都知道你今天为何而来。

蒙特格米利上尉：我想，对你我而言，这件事还是别搞得人尽皆知比较好。

弗雷德里克夫人：[非常亲切地] 我不知道你为什么要害羞，就因为你向我求婚了？

蒙特格米利上尉：你竟觉得这很好笑，对此我很遗憾，弗雷德里克夫人。

弗雷德里克夫人：不，我从不嘲笑傲慢。

蒙特格米利上尉：[大吃一惊] 对不起，你说什么？

弗雷德里克夫人：我弟弟寄给你的信足以回答你的问题。等你看过之后，就会知道我是不可能改变主意的。

蒙特格米利上尉：什么信？我不明白。

杰拉德：今天早上我寄了一封信给你，里面附有一张支票，是我欠你的金额。

蒙特格米利上尉：我还没收到。

杰拉德：它这会儿肯定正在旅馆里等你。

　　[蒙特格米利上尉沉默了一会儿，若有所思地看着这群人。]

弗雷德里克夫人：我想我已经没什么理由再扣留着你不放了。

蒙特格米利上尉：[微笑着] 我想事情还没完呢。你是不是已经忘了，你还有两张赊账单今天到期？请允许我将它们展示给你。

　　[他从钱包里拿出赊账单。

弗雷德里克夫人：我很抱歉，我付不了款——目前看来。

蒙特格米利上尉：很遗憾，不能再等了。你必须还钱。

弗雷德里克夫人：我告诉你，这不可能。

蒙特格米利上尉：那我要起诉你。

弗雷德里克夫人：你爱怎样就怎样。

蒙特格米利上尉：你知道会有什么后果。债务破产可不是件光彩的事情。

弗雷德里克夫人：总比嫁给一个卑鄙无耻的债主好些。

福尔德斯：我能看一眼这些有趣的文件吗？

蒙特格米利上尉：当然。［不动声色地］我一点也没有想要冒犯你的意思。

福尔德斯：［接过赊账单］很不幸，你没能实现愿望。一共是三千五百英镑。为了这么一笔小钱而大动干戈，似乎很不值得。

蒙特格米利上尉：我急需要用钱。

福尔德斯：［讽刺地］像你这样的有钱人？

蒙特格米利上尉：即便是有钱人，也可能一时手头拮据。

福尔德斯：那你最好等一会儿。［他在桌边坐下，开了一张支票］没有什么比看到一位百万富翁深陷经济困境更让人伤心的了。

弗雷德里克夫人：帕拉丁！

福尔德斯：［递过支票］好了，先生，我想问题解决了。你愿意拿那些赊账单跟我换支票吗？

蒙特格米利上尉：该死，我忘了还有你。

福尔德斯：你可能没注意到，在女士面前说脏话可是一件非比寻常的事情。

蒙特格米利上尉：［看着支票］我觉得没问题了。

　　　　［帕拉丁走到门边，打开门。

福尔德斯：那边是窗户，这边是门。你想走哪边？

　　　　［蒙特格米利上尉看着他，没有回答，耸了耸肩，离开屋子。

弗雷德里克夫人：哦，帕拉丁，你真是个大好人！

杰拉德：我说你真是太好了！

福尔德斯：胡说八道。我只是喜欢强烈的戏剧效果，总想弄出点戏剧性。

弗雷德里克夫人：这笔钱我永远都不可能还清了，帕拉丁。

福尔德斯：亲爱的，这我知道，我还没有完全丧失理智。

上将：好了好了，我要走了，去散个步。

弗雷德里克夫人：必须让罗茜和杰拉德照看着您。我们午餐时再见。

上将：好的，好的。

  [上将、罗茜和杰拉德离开屋子。弗雷德里克夫人站起身走向帕拉丁，拉起他的手。

弗雷德里克夫人：太感谢你了。你是个忠诚的朋友。

福尔德斯：上帝啊，你的眼睛闪耀着光芒！

弗雷德里克夫人：只是在眼睛里滴了颠茄的效果罢了，你知道的。

福尔德斯：我可不像我外甥那么傻，亲爱的。

弗雷德里克夫人：你为什么要这么做？

福尔德斯：你知道什么是"感激"吗？

弗雷德里克夫人：就是滴水之恩，但以涌泉相报。

福尔德斯：这么说吧：昨天，我妹妹完全在你的股掌之间，再加上她还向你挑衅，结果你却烧掉了那些该死的信件。

弗雷德里克夫人：亲爱的帕拉丁，我无法克服自己的高尚情操。所以，你到底想要多少利息？

福尔德斯：好吧，或许可以要个五分利，基于本金。

弗雷德里克夫人：我不明白你为什么一直紧捏着我的手不放。

福尔德斯：但这不是我要的。听着，到处寻欢作乐的生活难道还没让你厌倦吗？

弗雷德里克夫人：哦，亲爱的朋友，我已经厌倦透了。我总想着要离开这个世界，把自己埋进隐居之所。

福尔德斯：我也这样想，所以我在公园路诺福克街买下了一栋小房子的使用权。

弗雷德里克夫人：那里正适合隐居——时髦，又不粗俗。

福尔德斯：我打算在那里安静地生活，靠吃干草药维持生命。

弗雷德里克夫人：但一定要请一位真正优秀的法国厨师来烹饪；效果可大不相同。

福尔德斯：你跟我一起怎么样？

弗雷德里克夫人：我？

福尔德斯：你。

弗雷德里克夫人：哦，我今天真是太成功了。又一个求婚的。

福尔德斯：听起来很像是求婚。

弗雷德里克夫人：今天上午我已经遇到三次求婚了。

福尔德斯：那我想你已经说够了"不"。

弗雷德里克夫人：明天十点过来，让你看我化妆。

福尔德斯：你以为那样就能让我望而却步？你以为我不知道，在虚假的人工肤色底下，有一个可爱的小女人，名叫贝特茜，她真诚地面对自己的灵魂深处？

弗雷德里克夫人：哦，别这么多愁善感的，否则我要哭了。

福尔德斯：好了，到底怎么样？

弗雷德里克夫人：[声音断断续续] 你还喜欢我吗，帕拉丁，在过了这么多年之后？

福尔德斯：喜欢。[她看着他，嘴唇微微颤动。他伸出双臂，而她再也无法压抑心中的情感，把脸埋在他的肩膀上] 别干傻事，贝特茜……我知道，再过一分钟，你就会告诉我，我是你这辈子唯一爱过的男人。

弗雷德里克夫人：[笑着抬头望着他] 我才不会呢……可你妹妹会怎么说？

福尔德斯：我会告诉她，只有一个办法能让查理逃离你的魔爪。

弗雷德里克夫人：什么办法？

福尔德斯：就是让我自己娶你。

弗雷德里克夫人：[扬起脸] 坏蛋!

　　　[他亲吻她的嘴唇。

全剧终

杰克·斯特罗

JACK STRAW

宋怡秋 译

人物表

杰克·斯特罗

帕克-詹宁斯先生

帕克-詹宁斯太太

文森特

埃塞尔

安布罗斯·霍伦德

旺利夫人

塞尔洛勋爵

阿德里安·冯布雷默伯爵

霍顿·威瑟兹

威瑟兹太太

刘易斯·艾博特牧师

罗茜·艾博特

巴比伦大饭店的侍者及帕克-詹宁斯家柴郡塔弗纳乡间寓所的仆
人数名

时间：1905 年

第一幕

场景：巴比伦大饭店的休息室及温室。室内棕榈婆娑，花草缤纷；内设多张小桌，各有两三把座椅环绕。几名顾客正坐在桌旁喝咖啡和餐后甜酒。后面有一段台阶通往餐厅，餐厅与温室由铅玻璃隔墙和双开式弹簧门隔开。餐厅中，一支乐队正在演奏音乐。

几名穿制服的侍者有的站着候客，有的在为客人服务。

安布罗斯·霍伦德和旺利夫人从餐厅出来。他三十五岁，衣着考究，举止优雅。她是位俊俏的寡妇，年龄不详。

旺利夫人：［在台阶下方停下］咱们去哪儿坐？

霍伦德：咱们找一处僻静的角落，好安安静静地说会儿闲话。

旺利夫人：别胡闹！我来这巴比伦大饭店可不是为了孤芳自赏的。我刚才午餐的时候看见不少人，我打定主意要他们现在也都看见我。

霍伦德：我这殷勤的眼里可是只有你。

旺利夫人：［指着一张桌子］坐那儿好吗？

霍伦德：去对面坐好不好？那边的服务生是我的朋友。

旺利夫人：［落座］你交的朋友还真是千奇百态。

霍伦德：服务生。

一名侍者：［走过来］您这桌的服务生马上就来，先生。

霍伦德：［对旺利夫人］你知道，我曾经四处漂泊，所以我的朋友遍天下，做什么的都有。

旺利夫人：你刚才看见帕克-詹宁斯他们了吧，和咱们隔着三张桌子。

霍伦德：看见了。

旺利夫人：你知道吗，我进来的时候她假装没看见我。

霍伦德：我早就跟你说过，帕克-詹宁斯太太越来越势利了。

旺利夫人：可是，我亲爱的安布罗斯，她竟然放肆到连我都……

霍伦德：[微微一笑] 我佩服她的胆量。

旺利夫人：我感谢你的坦白。

霍伦德：我认为这虽不能彰显她心地良善，但确实证明她见识了得。她发现，贵族头衔如今已远非她过去想象的那样可以在上流社会通行无阻。她知道你囊空如洗，也意识到在社交界，穷人理所当然地被所有认识他们的人所厌恶和鄙弃。

旺利夫人：是的，可是你别忘了，五年前，帕克-詹宁斯夫妇还连一个上等人都不认识呢。他们这辈子都住在布里克斯顿①。

霍伦德：我听人私下里跟我说，他们那时候叫鲍勃·詹宁斯夫妇——远不如现在这般神气，是吧？

旺利夫人：他过去每天早上都一手拎着只黑提包，一手拿着把伞进城。

霍伦德：那该死的服务生怎么还不过来。

旺利夫人：他们有望继承其遗产的一位北方的叔父有一天突然死了，给他们留下将近两百万。

霍伦德：有些人在选择叔父这种事上可真是走运。

旺利夫人：他原本是个五金制造商，谁也想不到他能拥有那样一笔财富的哪怕十分之一。我在瑞士偶然遇见他们，得知他们正在找房。

---

① 布里克斯顿位于伦敦南部，属于贫民集中的兰贝斯区。

霍伦德：于是，你好客之心大发，邀请他们去塔弗纳，他们便将那宅子一租就是二十一年。

旺利夫人：是我把他们介绍给郡里的每一个人。我办了不少小型聚会，好让他们认识大家。现在呢，可倒好，那女人竟然对我视而不见。

霍伦德：[平淡地]你在讲述你跟这家人的关系时，遗漏了一个关键的细节。

旺利夫人：是吗？

霍伦德：[微笑]你略过不提的是，他们租下塔弗纳大宅时，同意支付一笔高得出奇的租金。

旺利夫人：他们反正付得起。再说，那是处历史悠久的宅第，无论我要价多高，都物有所值。

霍伦德：帕克-詹宁斯也许是个俗物，但他的精明并不亚于从公园巷 ① 到耶路撒冷之间的任何一个人。

旺利夫人：我完全不懂你在说什么。

霍伦德：是吗？那好，恕我大胆猜测，帕克-詹宁斯先生肯出这么多租金租下塔弗纳，是基于一种默契。他足够精明，知道人们可以在柴郡住上一辈子而没有一个人跟他来往。我看他不会把这种事写进你们的契约，但除非我大错特错，否则他租你房子的前提就是你要让所有人都去跟他走动。

旺利夫人：[停顿片刻]我被那些抵押借款弄得焦头烂额，我还得供我的儿子们上伊顿。

霍伦德：哎呀，我不是在指责你。我只是想指出，如果你把詹宁斯太太介绍给你的朋友们，那更多地是出于交易，而不是出于情意。

---

① 伦敦海德公园东侧的公园巷，是当时的名流显贵聚居之地。

旺利夫人：［轻笑一声］我猜，她这种过河拆桥的行为在你看来是理所当然的了。

　　　　［一名侍者走向霍伦德。

侍者／杰克·斯特罗：您好，先生。

霍伦德：来两杯咖啡，两杯本尼迪克特甜酒。你不是平时招呼我的那个人。皮埃尔去哪了？

侍者：［镇定自若］他去参加某位年长的女性亲属的葬礼了，先生。

　　　　［霍伦德迅速抬头看了一眼，随即困惑地瞪大了眼睛。

霍伦德：我看你眼熟，我在哪儿见过你吗？

侍者：［露出笑容］我想，你是安布罗斯·霍伦德先生。

霍伦德：杰克·斯特罗！你怎么会在这儿？

杰克·斯特罗：亲爱的老兄，在达观的人看来，巴比伦大饭店的侍者制服和牛津大学教授的学者长袍并没有什么不同。

　　　　［下。

旺利夫人：［笑起来］服务生跟你称兄道弟，这还真是怪事。

霍伦德：想不到会在这儿遇见他！

旺利夫人：能告诉我你的朋友是谁吗？

霍伦德：我一点也不知道。

旺利夫人：安布罗斯。

霍伦德：我是在美国认识他的。大概是三四年前吧，当时我境况很窘迫，在一个流动剧团里演个小角色。杰克·斯特罗也在那个剧团，我们就成了好朋友。

旺利夫人：他就叫这个名字？

霍伦德：他是这么向我保证的。

旺利夫人：这名字很怪，不是吗？

霍伦德：的确很怪。我记得"杰克·斯特罗"是一个强盗响马之类的人物，而且用他的名字命名了汉普斯特德的一家

酒馆。^①

旺利夫人：他一定是个很特别的人。

霍伦德：是的。我不知道自己最佩服他哪一点，是他的自信还是他的足智多谋。我搭船回国之前的两年都和他在一起。我们遇到过不少困难，但他一直都是我们的主心骨。困难似乎就是为了被他克服而生的。

旺利夫人：听起来他好像很了不起。

霍伦德：跟他在一起最大的缺点是让你得不到任何喘息。他对冒险乐此不疲，对安逸的生活厌倦至极。一次又一次，每当我们好不容易摆脱困境，过上安定的生活，他又会为了某个徒劳的追求再次抛下一切。

旺利夫人：他家在哪里？

霍伦德：天晓得。我只知道他不是英国人，虽然他英语说得好极了。

旺利夫人：他会不会是一位绅士？

霍伦德：我只能说，他无论身处何种场合，都像在自己家一样悠然自得。

旺利夫人：我看这倒不失为绅士的一种定义。

霍伦德：他曾在船上做过水手，在纽约当过酒吧招待，在加拿大太平洋铁路上当过火车司机。他在克朗代克^②淘过金，在得州牧场上做过工。如果他今天当了服务生，我敢说他下周就会去街头卖艺摇手摇风琴，再下一周还会发起成立一家股份公司。我眼见他有那么六七次，发财的机会唾手可得，他却听任机会从指

---

① 杰克·斯特罗（Jack Straw）是 1381 年英国农民起义领袖瓦特·泰勒（Wat Tyler）的绰号，而位于伦敦西北部的高级住宅区汉普斯特德也确有一家名为 Jack Straw's Castle 的酒店。另外，这个名字连起来（jackstraw），有稻草人和小人物之意。

② 克朗代克位于加拿大西北部，临近阿拉斯加，19 世纪末兴起过淘金热。

缝间溜掉，只因为对钱不感兴趣。

旺利夫人：他来上咖啡了。

　　　[杰克·斯特罗端着咖啡和甜酒上。

霍伦德：要不是知道你向来对这种事乐在其中，我一定会不好意思让你伺候我的。

杰克：我想，你对是否要付我小费一定会有些迟疑。我不妨现在就告诉你，我对收下你的小费没有丝毫的犹豫。

霍伦德：谢谢你好意提醒。我该付多少钱？

杰克：咖啡两先令，甜酒三先令。这价格在我看来未免过高了些，不过，想要享受在欧洲最豪华的饭店里被朋友看见的特权，总要付一点代价的。

霍伦德：[放下一枚硬币] 不用找零了。

杰克：半个金镑①。老兄，付我五先令的小费显然是在滥用咱们往日的交情。

霍伦德：[无奈地] 请务必见谅。

杰克：我留下一先令作为服务的报酬就足够了，余下的四先令还给你。

霍伦德：你这副居高临下的态度真让人受不了。

杰克：[转向旺利夫人，后者刚将一支香烟衔在嘴里] 要火吗，夫人？

霍伦德：我想请你坐下。

杰克：那太不合规矩了。况且，我还有其他的台子要照看。不过，如果你没有别的约会，我很愿意今晚跟你一起吃个饭。

霍伦德：那太好了。不过你在这儿的工作不妨事吗？……这位是斯特罗先生，这位是旺利夫人。

---

① 20 先令合 1 英镑。

180

杰克：[鞠躬致意] 您好。我只在这儿干一个下午。夫人您一定注意
　　到了，那些下层阶级的家里总是有老太太过世。

旺利夫人：我常常为他们安葬老祖母时的那份孝心所打动。

杰克：我的老朋友皮埃尔好像要去参加一位守寡的姨母的葬礼，那
　　是索霍区一位非常体面的蛋商的遗孀。

旺利夫人：我完全可以想象，没有什么比把鸡蛋卖到索霍区更体面
　　的了。

杰克：这里的领班是个大好人，家里也有不少女眷，他答应皮埃尔，
　　如果能找到人来顶班，就不记他缺勤。皮埃尔和我一样身材高
　　大，别人穿不了他的衣服。他向我诉苦，而我知道他的制服我
　　穿正合适，便立刻自告奋勇顶上了这个空缺。

霍伦德：听到你不是因为手头拮据才来这儿做事，我就放心了。

杰克：我对你如此草率地得出结论深感遗憾。我的手头其实非常拮
　　据。请原谅，我负责的台子有客人来了。

　　[正说话间，顾客们从餐厅里出来，各自在桌旁落座。侍者
　上咖啡。霍顿·威瑟兹夫妇与牧师刘易斯·艾博特夫妇同上。
　杰克·斯特罗离开霍伦德和旺利夫人，去招呼客人。

旺利夫人：威瑟兹夫妇也来了。咦，他们把罗茜和她丈夫也带来了。

　　[她起身走向威瑟兹夫妇，他们诚实纯朴，普普通通又温厚
　友善。刘易斯·艾博特是个英俊真诚的年轻教区牧师。罗茜美
　丽而柔弱，衣着朴素。

旺利夫人：[微笑着对罗茜] 亲爱的，你怎么会到这罪恶的渊薮来
　　呢？真没想到会见到你，还有刘易斯！

　　[她同他们握手，显然很高兴见到他们。

威瑟兹：我们带他们到伦敦来玩几天。

霍伦德：你们和我们坐一桌好不好？地方足够坐。

威瑟兹：那太好了。[对妻子] 范妮，你认识霍伦德先生吧。

威瑟兹太太：认识，当然认识。您好，旺利夫人。

旺利夫人：你好。你们两个年轻人过来挨着我坐，好好给我讲讲塔弗纳的事。

罗茜：哦，我们生活得很愉快，那儿的一切都很美，我们非常喜欢那所房子。

旺利夫人：我猜你还不认识霍伦德先生吧。安布罗斯，这是贾斯珀·内维尔的女儿罗茜。你跟她父亲很熟，是不是？

霍伦德：是的，当然。

旺利夫人：这位是罗茜的丈夫，塔弗纳新来的教区牧师。

艾博特：我感到非常荣幸。

旺利夫人：我非常喜欢他们，你也一定会喜欢的。这两个可爱的年轻人等着结婚的时候，刘易斯正在一处穷乡僻壤的郊区当助理牧师，他真是个圣人。

艾博特：您太过奖了，我可不敢当。

旺利夫人：才没有呢。他就是个圣人，但他是个会打板球，而不是只会一味苦修的现代圣人。当然啦，他们当时无力结婚，因为罗茜也没有钱，不过上帝及时显灵，用一场流感把我们的前一任牧师带走了。

罗茜：瞧您说的多可怕呀，旺利夫人。

旺利夫人：由于牧师的俸金是由我提供的，我把这份收入给了他们，他们就去了塔弗纳。①

罗茜：您一直很照顾我们。

旺利夫人：亲爱的，你们是我这辈子认识的绝无仅有的真正的好人。我过去以为我的儿子们很好，直到他们进了伊顿，如今我发现

---

① 依据圣职推荐制度，向教会捐赠产业作为神职人员俸金来源的人，享有与之对应的圣职推荐权。

他们全都变成了坏小子。

威瑟兹：我们都很感激您，旺利夫人。教区里人人都敬重他们。

艾博特：大家都非常友善，处处为我们行方便。

威瑟兹太太：您知道，他们做事特别勤恳，我们好不容易才说服他们来伦敦玩两天。

威瑟兹：我想你已经听说了吧，我们在塔弗纳附近置了一所小房子。

霍伦德：午餐时旺利夫人告诉我了。

旺利夫人：[对罗茜] 你在伦敦玩得好吗，亲爱的？

罗茜：[兴致勃勃地] 哦，玩得好极了。您不知道来巴比伦大饭店对我们是多么大的享受。我们觉得自己好神气。今天晚上我们还要去盖厄蒂 ① 看演出哪。

旺利夫人：[对威瑟兹夫妇] 你们这么照顾他们小两口，真是太好了。

威瑟兹太太：看见他们那么开心，我们也高兴。

罗茜：您知道帕克-詹宁斯一家也来了吗？多巧啊。他们看见咱们准会吃一惊，你说是不是，刘易斯？

威瑟兹太太：[轻嗤一声] 我看见玛丽亚·詹宁斯跟一位贵族在一起。

霍伦德：是塞尔洛吗？我好像看见是他。

威瑟兹：我想你们知道吧，他们打算为埃塞尔钓上这位金龟婿。

旺利夫人：什么！

威瑟兹太太：[耸一耸肩] 只要他还是侯爵——这一点毋庸置疑——玛丽亚·詹宁斯才不在乎其他的呢。

旺利夫人：我希望埃塞尔不要跟他来往。

罗茜：她很可爱，不是吗？我好喜欢她，她对刘易斯也很虔诚。

---

① 旧时伦敦一家剧院名，以配乐表演轰动一时。

旺利夫人：亲爱的，你从来不说别人的坏话吗？

罗茜：〔笑笑〕很少。每个人都是那么地好。

旺利夫人：那聊天的时候可就很难找到话题了。不过埃塞尔的确是个可爱的姑娘，我可不希望她落在那个名声不好的浪荡子手里。

威瑟兹太太：她是那个家庭里唯一一个没有被金钱冲昏头脑的人。

旺利夫人：当然，你在詹宁斯太太发迹之前就认识她了。

威瑟兹太太：可不是，我们从小就认识。我们一起在布里克斯顿上的中学，我还在她的婚礼上当过伴娘。唉，我们当年曾经整天去对方家里串门呢。

威瑟兹：现在倒好，她连看都不看我们。

艾博特：恐怕塔弗纳的人不是很喜欢她，但她对我们非常关照，而且他们全家都很慷慨。

罗茜：我不在乎别人怎么说她，她对我和蔼极了。她说随时欢迎我去她府上，我也总是顺路去她那里吃午饭。

旺利夫人：好吧，如果他们能善待你们，我就不和他们计较了。詹宁斯太太尽可以对我不理不睬个够。

罗茜：看呀，那是伯爵大人。

    〔一位气度不凡的长者走出餐厅，缓缓走下台阶。

旺利夫人：那是阿德里安·冯布雷默。你怎么会认识他？

罗茜：我并不认识他，不过他在柴郡租了所房子，还来过一次教堂。

旺利夫人：你知道吗，他是波美拉尼亚大使。

威瑟兹太太：我见过他好几次。

旺利夫人：希望他能过来和咱们说句话，我想介绍刘易斯给他认识。

霍伦德：他的视力很糟，只怕看不见咱们。

    〔恰在此时，冯布雷默若有所思地戴上一只单片眼镜，边往外走边环顾四周。他看见旺利夫人，微笑着走上前来。

冯布雷默：您好。

霍伦德：您好像这就要回去了。

冯布雷默：是的，我刚在餐厅里用过咖啡了。

旺利夫人：波美拉尼亚有什么新闻吗？

冯布雷默：除了皇帝陛下日渐衰老之外就没有了。那些令人烦恼的家务事正在损害他的健康。

旺利夫人：可怜的老人家。

霍伦德：塞巴斯蒂安大公还是没有消息吗？

冯布雷默：是的，我们已经放弃寻找了。

霍伦德：[对旺利夫人] 你还记得那桩旧闻吧？塞巴斯蒂安大公和家里吵了一架，随后便突然失踪了——那是四年前的事了，对吧？——从此杳无音信，消失得无影无踪。

旺利夫人：那你们怎么知道他还活在世上？

冯布雷默：每年圣诞节皇帝陛下都会收到他来信报平安，每次寄信的地址都不一样。

旺利夫人：好浪漫啊，不知道他现在在做什么。

冯布雷默：那只有天晓得。

旺利夫人：告诉我，前几天我在午餐会上见到的您的那位可爱的年轻随员还好吗？

冯布雷默：那位可爱的年轻随员下场并不可爱。我把他送回波美拉尼亚了。

旺利夫人：为什么？

冯布雷默：故事说起来倒很有意思。这里有一位对贵族头衔非常热衷的美国女人，那位随员某天灵机一动，将自己的贴身男仆以某某伯爵的名义介绍给她。她果然表现得十分殷勤，立即邀请那男仆共进晚餐。这件事很快就传到我的耳朵里。我决不容许我的手下搞这种恶作剧，于是就把他打发回国了。

旺利夫人：可怜的孩子，他是那么可爱。

冯布雷默：再见。

旺利夫人：哦，我来介绍艾博特先生跟您认识好吗？他是塔弗纳新来的牧师。这位是艾博特太太。您一定要好好待她。

冯布雷默：很高兴认识你。我听到过不少精彩的故事，讲述你在教区里的那些善举。

艾博特：谢谢您夸奖。

冯布雷默：[对罗茜] 如果您允许的话，我希望回柴郡之后可以去拜访您。

罗茜：我会非常高兴见到您的。

冯布雷默：再见。

　　　　[他鞠躬离去。

罗茜：多好啊，他说要来看我。要知道，他从来不和别人走动。

威瑟兹：我能想象詹宁斯太太听说伯爵来看你之后脸上的表情，亲爱的。

霍伦德：这话怎么讲？

威瑟兹太太：伯爵在乡下和他们是紧邻，他们千方百计想要和他结交，可是伯爵对他们睬也不睬。要是他肯去玛丽亚家做客，叫她做什么她都愿意。

罗茜：您怎么能用这么可怕的话说她！

　　　　[在最后几句对话期间，帕克-詹宁斯夫妇走下台阶，埃塞尔、文森特和塞尔洛跟在后面。塞尔洛走到另一桌去同一位衣着俗艳的女孩说话。帕克-詹宁斯身材矮胖，举止粗俗，态度傲慢。他的太太神情坚定，气质庸俗而衣着华丽。文森特活跃招摇，埃塞尔漂亮迷人，塞尔洛其貌不扬。帕克-詹宁斯太太与一行人走下舞台中央，故意无视旺利夫人一桌。罗茜不假思索地起身迎上去。威瑟兹太太和先生也站了起来。

罗茜：詹宁斯太太，真高兴见到您。

詹宁斯太太：[冷淡地举起眼镜] 艾博特太太。

威瑟兹：嗨，鲍勃老兄，孩子们都好吗？

帕克-詹宁斯：我们都很好，谢谢。

埃塞尔：[同威瑟兹太太握手] 我正希望能有机会跟您说说话呢。

威瑟兹太太：你真漂亮，亲爱的！文森特你是怎么啦？为什么装得好像不认识我似的？

文森特：您是决不允许我忘了您的，威瑟兹太太。

威瑟兹太太：没错，不许。当年在布里克斯顿圣约翰路的那间背街的小屋里，我还经常给你洗澡呢，年轻人，你可不要忘了。

罗茜：[热情地对帕克-詹宁斯太太] 您没想到会在这儿看见我们吧？是威瑟兹先生和太太招待我们来的。

詹宁斯太太：我认为这不是一个牧师的妻子该来的地方。我承认，我的确没想到你们竟然会丢下塔弗纳的工作，来伦敦闲逛。

　　　　[罗茜对这通斥责始料不及，脸上的笑容消失了。

罗茜：可是我们只在城里待一两天，礼拜四就回去了。不知道到时候我能不能去您那儿吃午饭，因为刘易斯要出门办事。

詹宁斯太太：塞尔洛勋爵的母亲和埃莉诺·金夫人要去我家做客，所以这几天你也许最好先不要过来。我相信你能理解，是不是。我不想伤害你的感情，但是我认为你并不是她们乐于结交的那种人。

　　　　[罗茜轻抽一口气。

埃塞尔：[愤慨地] 妈！

詹宁斯太太：什么时候方便你来，我会告诉你的。你的性子只怕有些冒失，亲爱的。你不介意我这么说吧？这种性子对一位牧师的妻子来说不是很相宜。

　　　　[她掉过头去不再理睬罗茜，留她在那里独自抽咽。罗茜努力控制自己，委屈的泪水却不断从脸颊上滚落。

旺利夫人：吓，这市侩，市侩。

> [她扶罗茜坐下并安慰她。

埃塞尔：妈，你怎么能这样。

詹宁斯太太：闭嘴，埃塞尔。我早就想给那些人一个教训了。咱们
    的桌子在哪儿，罗伯特？

帕克-詹宁斯：那边已经有人坐了，亲爱的。咱们只能坐这桌了。

詹宁斯太太：你不是叫服务生留位了吗？服务生！

杰克：您好，夫人。

詹宁斯太太：你去跟那些人说，那张桌子有人定了。

杰克：非常抱歉，夫人。您坐这桌可以吗？

埃塞尔：是呀，妈，咱们就坐这儿好了。

詹宁斯太太：我可不会任由别人想把我塞在哪儿就塞在哪儿。

文森特：我管那叫放肆。

帕克-詹宁斯：好啦，坐下吧，孩子妈。

詹宁斯太太：[不情不愿地在一张空桌旁坐下] 我跟你说过多少遍
    了？不要叫我孩子妈。我叫玛丽恩，你怎么就是记不住呢。

帕克-詹宁斯：是吗？我怎么记得你叫玛丽亚呢。

詹宁斯太太：[对杰克·斯特罗] 你还站在那儿干吗？

杰克：我以为先生要点单呢，夫人。

詹宁斯太太：为什么不把那张桌子给我们留着，嗯？

杰克：非常抱歉，夫人，我想我误会了您的意思。

詹宁斯太太：你听不懂英语吗？

杰克：听得懂，夫人。

詹宁斯太太：真搞不懂他们为什么要雇用这些脏兮兮的外国佬，看
    着就让人讨厌。

埃塞尔：妈，你说的每个字他都能听见。

帕克-詹宁斯：来两杯咖啡，再把你们这儿的甜酒全都拿来。

杰克：好的，先生，您要雪茄还是香烟？

帕克-詹宁斯：来几支雪茄，可不要那些臭烘烘的便宜货。把你们这儿最贵的雪茄拿来。我这就让他们知道知道我是谁。

杰克：好的，先生。

　　　　〔下。

埃塞尔：妈，你怎么能对罗茜那么狠心呢？她怎么得罪你了？

詹宁斯太太：我希望你不要再管我叫"妈"，埃塞尔。这称呼太普通了。为什么不叫我"阿妈"？

帕克-詹宁斯：勋爵在跟谁说话呢？

文森特：噢，那是小弗洛西·斯奎尔托兹。① 我待会儿要过去好好看看她。

詹宁斯太太：我希望你能多向你哥哥看齐，埃塞尔。他知道怎么做才叫合"乌"身份。

文森特：H 音，妈，注意 H 音。

詹宁斯太太：哎呀，你总是纠正我的发音，文森特。就算我的发音真有问题，我也不在乎。②

文森特：妈，您错了，只有那些贵族才有这个资本不在乎。

詹宁斯太太：嗯，说不定咱们很快也会变成贵族的，你说呢，罗伯特？

帕克-詹宁斯：这事就交给我啦，亲爱的。只要是钱能办到……对了，吃中饭的时候，勋爵把我那一整瓶豪客白葡萄酒都喝光了，是不是？

詹宁斯太太：我希望你能把这个毛病改改，别总盯着人家吃了什么

---

① Flossie Squaretoes，名字与 flossy "漂亮、时髦的"谐音，姓是"老派、古板的人"之意。

② 剧中詹宁斯太太漏发了大部分词首的 H 音，是为了突出她下层阶级的出身背景，难以找到对应的中文译法，仅在此借合乎—合乌作一个例子。

喝了什么。他就是把酒喝光了又怎么样。你把它放在那儿又不是当摆设的，不是吗？

文森特：我说，埃塞尔，你不该一直对他不理不睬。

埃塞尔：我觉得他太贪杯了。

文森特：你的想法太小家子气了。你不能指望塞尔洛这种身份的人做起事来像——像咱们过去认识的那些住在……

詹宁斯太太：好啦，文森特。我们都记得你那可怜的叔公去世之前咱们住在什么地方，你就不要再提啦。[埃塞尔不耐烦地耸耸肩]我看这个家里只有我和文森特清楚咱们现在的身份。[杰克·斯特罗端来咖啡和甜酒，另一名侍者递上雪茄。塞尔洛回到他们这边][和颜悦色]坐到我身边来，塞尔洛勋爵。您想喝哪种甜酒？您想要什么，尽管开口。

　　[罗茜低声抽泣。

旺利夫人：哦，亲爱的，别哭，别往心里去。

罗茜：我觉得好丢脸。她说过只要我愿意，随时都可以去她府上，我以为她是真心的。谁想到人家根本不欢迎我。原来他们只觉得我冒失，这真叫人难受。

艾博特：可恶，她要是个男人就好了。那样的话，我一定要把他打倒在地，再踩在脚下。

旺利夫人：亲爱的刘易斯，你真好，一点也不道学气！我总是说你正是我心目中最理想的那种圣人。

威瑟兹太太：你现在要走吗，亲爱的？

罗茜：哦，是的，我想马上离开这个地方。

旺利夫人：再见，亲爱的，别太把这件事放在心上。[威瑟兹夫妇、艾博特和罗茜同霍伦德和旺利夫人握手后离去]你听见过这么恶毒的话吗？哦，要是我能让那个女人也尝尝她带给可怜的罗茜的痛苦就好了。[旺利夫人忽然计上心头，向前探过身子]安布罗斯。

霍伦德：怎么啦？

旺利夫人：有了。

霍伦德：有什么了？

旺利夫人：有主意了。过不了多久，詹宁斯太太就会为自己侮辱了
那可怜的孩子而后悔不迭。我要给她一个教训，让她永远也忘
不了。

霍伦德：活该叫她领教一下你们妇人心的厉害。

旺利夫人：这件事非得有你帮我才成，安布罗斯。

霍伦德：别叫我去做太丢脸的事就行。

旺利夫人：她落在我手心里了，安布罗斯。

霍伦德：噢？

旺利夫人：你还记得冯布雷默讲的那位随员的故事吗？咱们在詹宁
斯太太身上试试。

霍伦德：可是……

旺利夫人：哎呀，别"可是、可是"的了。你一定记得。他把自己
的仆人当作外国贵族介绍给了某个女人。

霍伦德：我必须要说，我认为这个玩笑非常愚蠢。

旺利夫人：我可没有耐心和你争论。试想一下，这个惩罚对她而言
是多么罪有应得；如果咱们能让詹宁斯太太将他奉为上宾，那
将会是多么大的胜利。

霍伦德：他是谁？

旺利夫人：你那位服务生朋友。如果你请他帮忙，我相信他会答应
的。他会把这当作是一场冒险。

霍伦德：我认为他不会答应。他是个怪人。

旺利夫人：哎，你就问问他嘛，问问也无妨。

霍伦德：那好吧。但是咱们要考虑到可能引发的麻烦。

旺利夫人：不会出任何麻烦的。咱们只是要惩罚一个傲慢的势利小人，谁让她无端欺辱了一个连只苍蝇都不忍心伤害的女人。

[杰克·斯特罗走到他们这桌。

杰克：您的甜酒用好了么，先生？

旺利夫人：斯特罗先生，你能帮我个忙吗？

杰克：您只管吩咐，夫人。

旺利夫人：霍伦德先生告诉我，你是位勇士。

杰克：请告诉霍伦德先生，他很有眼光。

旺利夫人：如果有机会，你现在还随时愿意去冒险吗？

杰克：只要不会有损我的清白就行。

旺利夫人：哎哟。

杰克：夫人您大概认为一个侍者会有这种顾虑是件怪事吧。

霍伦德：我把话说在前头，我非常不赞成旺利夫人的计划。

杰克：那我倒愿闻其详了。只要不是平庸至极的事情，你都不赞成。

旺利夫人：你刚才和我们说，你在这儿做事只是临时的。

杰克：是的，夫人。

旺利夫人：你看见坐在那边的那三男两女了吗？

杰克：那位年长的女士对人非常和气，她管我叫讨厌的外国佬。

旺利夫人：他们是最差劲的一类暴发户，可以说是伦敦最势利的小人。我和他们有些积怨。

杰克：哦？

旺利夫人：[略有些局促] 我想把你介绍给他们——就说你是一位外国贵族。

杰克：[目光锐利地盯着她] 为什么？

帕克-詹宁斯：[高声] 服务生。

旺利夫人：我想看看他们巴结你的丑态，一定很有趣。

[片刻停顿。

杰克：不，恐怕我不能答应您。

旺利夫人：[冷冰冰地] 那就算了。

帕克-詹宁斯：[高声] 招待。

杰克：[走过去] 您好，先生。

帕克-詹宁斯：干吗不快点儿过来。我喊了你三声了。

杰克：[平静如常] 对不起，先生，我刚才在为那桌的客人服务。

帕克-詹宁斯：看来你是想招我在这儿等待上一整天啊，怪不得你们
　　这行叫做招待呐。

詹宁斯太太：罗伯特，别跟这些下人开玩笑。

帕克-詹宁斯：我真想向你们经理投诉你。

埃塞尔：爸，他已经尽快赶过来了。

帕克-詹宁斯：这咖啡难喝透了。不知你们是拿什么做的，喝着像刷
　　锅水。

杰克：对不起，先生，我去给您换一杯。

帕克-詹宁斯：给我小心点，否则我赏你一枚勋章，是你在你们国家
　　没有见识过的。

杰克：先生，您说的是……

帕克-詹宁斯：炒鱿鱼勋章。

文森特：我想不通这么高级的饭店为什么不用英国人当招待，而要
　　用这些该死的外国佬。

帕克-詹宁斯：好了，还不快去。

　　　　[杰克·斯特罗一直在凝视着埃塞尔。她原本垂着眼睛，此
　　时抬眼看了他一下。他收拾起咖啡杯盘交给另一名侍者。

埃塞尔：[声音因愤慨而颤抖] 你们怎么能对一个无力保护自己的人
　　那样说话！侮辱一个不敢还嘴的用人完全是懦夫所为。

文森特：我可不这么想。我倒是想看看那些下人如何还嘴。

詹宁斯太太：你总是学不会该怎么对待那些下人，埃塞尔。你对他

193

们说话的态度就好像他们是我们当中的一员似的。但愿你学学文森特的样子。把他们看得一钱不值，他们才会尊重你。

[杰克·斯特罗向那名侍者交代完毕，走向霍伦德和旺利夫人。

杰克：你们刚才说的那件事，我现在愿意了。

霍伦德：是什么让你改变主意的？

杰克：实不相瞒，我对你朋友的粗鄙无礼毫不在意，但是我很想认识那位年轻的小姐。

霍伦德：啊哈，原来如此！

杰克：在她父亲羞辱我的时候，她那苍白的面颊泛起了最迷人的红晕，她用那世上最美丽的眼睛看着我，眼里还蒙着一层泪花。

旺利夫人：这就足以让你改变心意了？

霍伦德：幸好斯特罗先生没有坠入爱河的习惯，否则这个荒唐的计划我一个字都不要再听下去了。

旺利夫人：你什么时候能准备好？

杰克：我已经准备好了。现在是三点钟，皮埃尔应该正在地下室等着换上这身制服。

旺利夫人：要把你介绍给他们，没有比这儿更理想的地方了。

杰克：给我两分钟去换衣服，随后就来为您效劳。

旺利夫人：你确实很有冒险精神。

杰克：不过我有个条件——确切地说，是两个。

旺利夫人：什么条件？

杰克：虽然您极为谨慎地将您的意图略过不提，但是您要我假扮成别人，显然不会只是为了暗中嘲笑一下这些和蔼可亲的人们。

旺利夫人：我不明白你的意思。

杰克：夫人，把别人想得过于愚蠢总是危险的。如果您能意识到我也是个相当精明的人，咱们就可以把这件事计划得更加周密。

霍伦德：接着往下说。

杰克：您希望这些好人对我敞开怀抱，显然是为了有朝一日可以告诉他们，我不过是个冒牌货。

旺利夫人：我真的没想那么多。

杰克：恕我直言，我看您太低估自己的才智了。

旺利夫人：那么，你的条件是什么？

杰克：我去冒充别人是件很不光彩的事，说不定还会让我跟警方闹得不愉快。

霍伦德：我看这个计划还是就此作罢的好，否则后患无穷。

杰克：我并不想就此作罢。您想报复冒犯过您的人，而我，出于自己的原因，愿意帮助您。但我有个条件：未经我同意，不得揭穿事情的真相。我保证，这样做自有我的道理。

旺利夫人：我同意。第二个条件呢？

杰克：非常简单。我要求您无论公开还是私下里，都要真的把我当成我假扮的对象那样对待。

旺利夫人：这很公平。那让你扮成什么人好呢？

霍伦德：最好杜撰出一个肯定不存在的人物。

旺利夫人：还得是个听起来响当当的人物。

杰克：不必费心思想了。您就把我当作波美拉尼亚的塞巴斯蒂安大公介绍给您的朋友吧。

霍伦德：什么！

旺利夫人：那可是确有其人呀！

杰克：凭空杜撰一个人物实属荒谬。您的朋友只消查一下《欧洲王族谱系年鉴》，就会发现这是个骗局。

旺利夫人：可是冯布雷默伯爵刚才还跟我们谈到他呢——那个神秘失踪的塞巴斯蒂安大公。

杰克：正因为他下落不明，选他才最安全。

霍伦德：你冒充大公肯定会露馅。

杰克：你也许觉得不可思议，但王子也得吃饭，也要呼吸，行动坐卧和普通人并没有什么不同。

旺利夫人：不出一个星期你就会被识破。

杰克：你们怎么就认定我不是塞巴斯蒂安大公呢？

霍伦德：[轻蔑地笑笑] 从你的面相上。

旺利夫人：可是如果要冒充他，你还缺一班随从什么的呢。

杰克：那个人是出了名的古怪。有一个古板的龙骑兵上校常伴左右只怕会让他烦不胜烦。

霍伦德：一派胡言。

杰克：信不信由你。要么让我冒充塞巴斯蒂安大公，要么就算了。

旺利夫人：好吧。毕竟詹宁斯太太也许从来都没听说过这位无足轻重的大公呢。

杰克：即使她听说过也无妨——说不定他厌倦了隐居生活，如今又重新回到原本就属于他的位置上了。

旺利夫人：[望着霍伦德] 这样一来，这个玩笑就更有意思了。

杰克：你们必须马上做决定。

旺利夫人：安布罗斯，咱们抛硬币来决定吧。正面是赞成，背面是反对。

霍伦德：好吧。[他抛了一枚硬币] 是背面。

旺利夫人：我说的是，背面是赞成，对不对？……我愿意冒一次险。

杰克：给我两分钟。

　　　　[下。

霍伦德：天晓得会是什么结果。

　　　　[塞尔洛勋爵朝他们走过来。

塞尔洛：嗨，安布罗斯。你好吗，过得怎么样？

旺利夫人：你在忙什么呢？

196

塞尔洛：我在让詹宁斯特许五金商行请我吃午饭呢。老天，那个老女人真是俗不可耐，烦得我头都快炸了。

霍伦德：为什么要跟你看不起的人一起吃饭？

塞尔洛：看不起他们！我可不会看不起年收入八万镑的人。他们想诱我上钩去做他们的女婿。

霍伦德：你打算——就这样把自己交出去吗？

塞尔洛：她是个非常正派的姑娘——小时候吞过一根拨火棒 ①，那是在托儿所发生的意外，知道吗，好在人没事儿。

旺利夫人：我欣赏你的浪漫。

塞尔洛：谁讲浪漫呀？还不是一边儿出五十万，另一边儿出一个世袭的侯爵身份。

霍伦德：什么时候办喜事？

塞尔洛：嗯，还得先克服一个小小的障碍。

旺利夫人：什么障碍？

塞尔洛：哦，那姑娘不乐意。往尥蹶子的小母马身上披红绶带可不容易，您知道。

旺利夫人：她拒绝接受你献给她的小冠冕？ ②

塞尔洛：连碰都不愿意碰。午饭时我就坐在她旁边，她对我不理不睬——这种事是不会弄错的，您知道。我跟她连一句话都搭不上。她老妈围着我转，老爸围着我转，兄弟围着我转。那有什么用呢？又不是和他们结婚。这叫一个糟心。我到你们这儿来清静清静。

旺利夫人：[笑了起来] 你觉得文森特怎么样？

塞尔洛：讨厌的暴发户。无论如何都让人无法容忍，那些个贵族就

---

① 英文中用"吞了一根拨火棒"形容人严肃刻板。

② 绶带和小冠冕都是贵族服饰的组成部分，在此代指贵族身份。

没有他不知道的。等他成了我的舅子，我就让他走人——立马走人。漂亮的波莉 ① 虽然好，但我不会接受她的家人。给五十万也不成，您知道。可是人得现实点。

[文森特走过来。

文森特：您好，旺利夫人。我昨天看见您和玛丽·韦厄小姐一起驾车外出。她真是个好姑娘，是吧？想必您也认识她哥哥特里加里？他是我在牛津的好朋友。

旺利夫人：他是我的远房表弟，詹宁斯先生，不过他把自己的名字念作特里格里。

文森特：哦，那是当然。特里加里是我从前叫着玩儿的。

旺利夫人：是么？

霍伦德：你可真幽默。

文森特：我刚刚还在和我母亲争论，他跟舍温勋爵是什么关系。

旺利夫人：恐怕我对贵族名录不像你那样烂熟于胸，不过我想，在过去的两百年间，他们两家唯一的交集只有那位令人惋惜的查理二世国王 ② 。

文森特：[对塞尔洛] 人挺好，舍温。

塞尔洛：不认识。

文森特：真的？你不认识舍温？那我一定要把你介绍给他。他肯定愿意认识你。那是真正的运动家。

塞尔洛：是么？

文森特：当然了。前几天我还看见他旁观一场板球比赛呢。跟我老爸是好朋友，你知道。道地的英国绅士。

塞尔洛：他们肯定合得来。

---

① Pretty Polly 双声叠韵，可以视作 pretty 的延伸，因此可以用来作为漂亮姑娘的代称，不仅出现在民谣中，1904 年一匹夺冠的小母马也叫这个名字。

② 英王查理二世（1630—1685）有"快乐的国王"（Merry Monarch）之称。

旺利夫人:[对霍伦德]咱们的朋友回来了。

> [杰克·斯特罗拿着帽子和手杖上场。他身穿燕尾服和灰色长裤,打扮考究入时。

杰克:非常抱歉,未能与你们共进午餐。

> [他同旺利夫人握手,她微微屈膝向他行礼。詹宁斯太太用肘捅了丈夫一下,两人目不转睛地看着这边。

旺利夫人:您现在来就很赏光了,大人。

杰克:啊,亲爱的霍伦德,你的气色好极了。

霍伦德:谢谢您,大人。

旺利夫人:我来为您介绍塞尔洛勋爵好吗?

杰克:[同他握手]你好。我记得令尊曾经出任过驻波美拉尼亚大使。

塞尔洛:是的。

霍伦德:[诧异]你——您怎么知道的,大人?

杰克:我对他记忆很深。小时候他常陪我一起玩耍。听到他去世的消息时,我非常难过。

塞尔洛:老爷子人不坏,只可惜没给我留下几个子儿。

杰克:[兴致勃勃]你们不把我介绍给塞尔洛勋爵,他怎么会知道我是谁呢。

旺利夫人:我以为每个人都认识,至少是认得您呢。这位是波美拉尼亚的塞巴斯蒂安大公。

杰克:您把我说得好像尽人皆知似的。[与此同时,文森特一直在旁边咳嗽,来回倒换双脚,拼命示意他们为自己引见。杰克·斯特罗透过单片眼镜看着他]不为我介绍一下你们的这位朋友吗?

旺利夫人:这是文森特·帕克-詹宁斯先生。

文森特:非常荣幸能够认识殿下。

杰克：你太客气了。

文森特：我对波美拉尼亚一向很有好感。我总说，那是欧洲最了不起的国家。

杰克：我会把你的话转告我祖父的。他听了一定很高兴。

文森特：虽然我从未去过那里，大人，但是我从阿德里安·冯布雷默那里了解了贵国的一切。

霍伦德：[不耐烦地] 您的大使和詹宁斯先生是邻居。

杰克：哦，是这样。

文森特：您知道，他和我们比邻而居，是我们的好朋友。他是位非常好的老人家，对吧，大人？一位堂堂君子，一位真正的绅士。

杰克：我觉得你的名字听起来很耳熟。

旺利夫人：帕克-詹宁斯先生是个大慈善家。他为卡内基先生所有的免费图书馆都捐过书。

杰克：多么高尚的举动。真希望能和他认识。

文森特：他现在正跟我母亲和妹妹坐在那边呢。要我去把他叫来吗，大人？

杰克：那么有劳你了。

霍伦德：[低声对杰克] 你千万要小心。

杰克：[举起眼镜] 对不起，我没听清你说什么，请再重复一遍好吗。

霍伦德：[难堪] 没什么要紧的话，大人。

詹宁斯太太：[对文森特] 那是谁，文森特？我看见她朝他行礼了。

文森特：跟我来，爸。他想认识您。

詹宁斯太太：我也一起去，文森特。

文森特：不得了的大人物。塞巴斯蒂安大公。喔嘻！

帕克-詹宁斯：可是，文森特，我不知道该怎么跟王室成员说话。我要怎么称呼他呢？

文森特：哦，很简单。只要见缝插针地叫"大人"就行，不行的话
  就直接叫"殿下"。

　　　[杰克·斯特罗和旺利夫人趋前几步。]

旺利夫人：这位是帕克-詹宁斯太太。

杰克：[同她握手] 很高兴认识您。[转向帕克-詹宁斯] 久仰大名，
  帕，帕……

旺利夫人：[提示他] 帕克-詹宁斯。

杰克：[如释重负地笑笑] 帕克-詹宁斯先生。但愿我们国家也能有
  更多像您这样富于公益精神的无私人士。

帕克-詹宁斯：[非常紧张] 我只是尽我的绵薄之力，大人，殿下。

杰克：您不打算介绍我和令爱认识吗？

帕克-詹宁斯：哦，大人，殿下您真是平易近人。埃塞尔！

　　　[埃塞尔慢吞吞地走过来行礼。杰克目不转睛地看着她，握
  住她的手亲吻了一下。]

文森特：[低声] 喔嗬！

　　　　　　　　　　　　　　　　　　　第一幕终

第二幕

　　柴郡，帕克-詹宁斯塔弗纳住所的客厅。几扇大落地窗通向屋外的花园。帕克-詹宁斯太太盛装打扮，站在房间中央。帕克-詹宁斯搓着手走进来。

帕克-詹宁斯：乐队已经来了，亲爱的，而且准备好了，等客人一到，就开始奏乐。

詹宁斯太太：演奏波美拉尼亚国歌的事，你交代好了？

帕克-詹宁斯：你说呢，亲爱的？

詹宁斯太太：希望你不要这样回答我的话。为什么不直接说有没有呢？真受不了你们这些城里人的习气。

帕克-詹宁斯：我不过是开个玩笑，太太。

詹宁斯太太：我以为你现在已经记住了，只有那些粗人才爱开玩笑。你从来没听见过哪位勋爵夫人开玩笑，对不对？

　　　　［文森特上。

文森特：我刚从茶点棚那边转回来。有一件事可以肯定：谁也不能说咱们招待不周。

帕克-詹宁斯：［搓手］我可是不惜本钱。乐队是从伦敦请来的，茶点是从冈特①买来的。用来待客的雪茄没有一支价格低于一先令六便士——这还是批发价。

詹宁斯太太：嗯，不可否认，咱们准备得很好。我请了威瑟兹他们，罗伯特。弗洛丽·威瑟兹一定会嫉妒得发狂。她在咽下鱼子酱

202

三明治时如果因为嫉妒而噎住，我也不会觉得奇怪。

帕克-詹宁斯：能把大公请到咱们家来，真是一桩难得的幸事。

文森特：还不是多亏了我，老爸。要不是我当时在场，你们怎么会认识他。

詹宁斯太太：我还请了旺利夫人。我就是想让她看看，没有她我照样过得风生水起。郡里的大人物全都会来。无论认识不认识，我都发了请帖，他们也都接受了邀请。

帕克-詹宁斯：你还记得吗，玛丽恩，当年布罗姆斯格罗夫太太来咱家吃饭的时候，咱们多兴奋哪，就因为她有个当伦敦郡议员的丈夫。

詹宁斯太太：但愿她能看到我现在的样子。你还记得吗？她那时对我总是一副居高临下的态度。但愿布里克斯顿高地那些自命不凡的家伙都来看看，咱如今跟那些贵族打得火热。

帕克-詹宁斯：这全是托大公的福，亲爱的。

詹宁斯太太：塞尔洛如今算老几？塞尔洛侯爵——呸。他从我这儿再得不着什么机会了——他要是有意见，我就给他两句好听的打发他走人。

文森特：别这么夸张，妈。

帕克-詹宁斯：你妈妈是个了不起的女人，文森特。今天是她最风光的一天。

詹宁斯太太：我要是没有一时糊涂请塞尔洛来家里住就好了。埃塞尔那孩子也叫人恼火。我希望她嫁给他的时候，她对他不理不睬，如今有了新的人选，她倒整天跟他待在一起了。

文森特：嗯，我倒是主张抓牢手里的这个，妈。我看那位大公不大像是个愿意结婚的人。

詹宁斯太太：这就不用你操心了，亲爱的。要是能娶到一个有

---

① Gunter's 是 19 世纪伦敦最有名的一家高级茶点店的名字。

五十万镑的漂亮姑娘，每个男人都会愿意结婚的。

帕克-詹宁斯：她来了。

[埃塞尔和塞尔洛勋爵同上。]

埃塞尔：威瑟兹夫妇刚刚开车过来了，妈。

詹宁斯太太：他们是最早到的，是不是？我希望弗洛丽·威瑟兹在
门口一直等到钟敲四点。殿下在哪儿？

埃塞尔：我不知道。

塞尔洛：他在花园里睡大觉呢，坐在最舒适的安乐椅里，两条腿都
搭在椅子上，手里拿着的东西在我看来很像是一大杯兑了苏打
水的杜松子酒。

詹宁斯太太：嗯，必须得有人去把他叫醒。我把半个郡的人都请来
见他，不能让他就这么睡下去。

[杰克·斯特罗上。]

杰克：我说，你们让那支可恶的乐队演奏波美拉尼亚国歌是为了什
么？人家睡得正香，被他们给吵醒了。

詹宁斯太太：[和颜悦色] 客人们就要来了，大人。

杰克：什么客人？

帕克-詹宁斯：全柴郡最有身份的人，大人——一个外人都没有。
喔嘀！

杰克：哎呀，你们是要举办酒会吗？

詹宁斯太太：您不记得了，大人？我问过您，我能不能邀请几位朋
友来跟您见个面。

杰克：哦，是的——旺利夫人和霍伦德。我还以为是跟他们在花园
里打几把桥牌呢。你们把村里的乐队叫来干什么？

文森特：那可不是村里的乐队，大人，是皇家布鲁管弦乐队。①

———————————————————

① 乐队的名字（royal blue，意为"品蓝"），也许是在用 royal 打趣。

帕克-詹宁斯：请他们来花了我一百五十镑。从伦敦坐专列过来，还不知道总共要破费多少呢。

文森特：行了，爸。不必逢人便说您为每样东西花了多少钱。

杰克：有多少位客人要来？

詹宁斯太太：哦——只请了我最要好的朋友——大约……

杰克：大约？

詹宁斯太太：嗯，大约三百五十人吧。

杰克：哎呀，那可真热闹。您想让我跟每个人都握握手吗？

帕克-詹宁斯：他们都是本郡最杰出的人物，大人，精华中的精华。

　　　　　[仆人进来通报，威瑟兹夫妇到了。威瑟兹夫妇上。

仆人：威瑟兹先生和太太到。

詹宁斯太太：你们好。你们来得比别人都早，真是太好了。

威瑟兹太太：我们知道你还不习惯操办这种盛大的聚会，玛丽亚，所以就想着也许你需要两个老朋友来给你帮帮忙。

詹宁斯太太：哦，谢谢。不过我这儿的用人够用了。殿下，这两位是威瑟兹先生和太太。

杰克：你们好。

詹宁斯太太：我们正要去花园，客人们大概马上就要到了。

　　　　　[众人离去，只剩下埃塞尔和塞尔洛。

塞尔洛：我说，我明天就要走了。

埃塞尔：是吗？真遗憾。

塞尔洛：但愿我也能这么想。

埃塞尔：为什么这么快离开？

塞尔洛：你那位可敬的母亲大人已经客客气气地给我下了逐客令。

埃塞尔：你这是什么意思？

塞尔洛：听我说，咱们都坦诚一些，好不好？

埃塞尔：咱们不是向来如此吗？

塞尔洛：呃，要是你问我的话，还真不是。

埃塞尔：那咱们就从现在开始坦诚相对。

塞尔洛：好的，十天前你家里人还在对我大献殷勤，个中原因我想你和我一样清楚。

埃塞尔：咱们一定要谈这个吗？

塞尔洛：坦诚相见并不那么容易，是吧？

埃塞尔：不，你继续说吧。

塞尔洛：那时候我耳边整天都是"亲爱的塞尔洛勋爵"，他们对我从不感到厌倦。好哥们，塞尔洛。正是人家心目中最适合当女婿的那种小伙子。

埃塞尔：塞尔洛勋爵！

塞尔洛：等一下，我还没说完呢。多么般配的一对，净是些诸如此类的话。只有那位年轻小姐无论如何都不肯搭理我。

埃塞尔：我不明白你为什么要说这个。

塞尔洛：还是说出来的好，你知道，把话憋在心里太难受了。不能怪那位小姐。如果我是位妙龄少女，恐怕我也未必会多么喜欢我自己。不是人见人爱的类型，人生中还有几处污点，是吧？曾经卷入过一两宗丑闻，这个世袭的侯爵也当得很不像样，还有些贪杯。他心肠不坏，你知道，但并不是你愿意与之共度余生的那种人。年轻姑娘有她自己的想法。让那爵爷看看，他就是白送给她的，人家也不要。好吧，爵爷说，计划有变。瞎说，姑娘的妈妈说。五十万还等着人来拿呢。给她点时间来熟悉你。真是个讨人喜欢的小伙子。她越了解你就会越喜欢你。来乡下住吧。

埃塞尔：[笑起来] 你可真能胡说八道！

塞尔洛：好吧，爵爷说，我同意。她真是个可爱的好姑娘。爵爷被她迷住了。心想如果她肯嫁给他，他愿意改过自新——改掉所

206

有恶习，争取做个好丈夫。他开始憧憬起婚姻来。他也许看上去像个傻瓜，但爵爷他识货，那位年轻小姐也许是他见过的最美好的东西。

埃塞尔：你说这些是认真的吗？

塞尔洛：别打断我。我正说到兴头上，我要把积在心里的话一吐为快。

埃塞尔：抱歉。

塞尔洛：嘿，当这位爵爷来到乡下，你猜他发现了什么？原来这儿又来了一位外国王爷。嗨呀，足以让爵爷靠边儿站了，不是吗？当心点儿，老伙计，你可得把眼睛睁大了，爵爷心里嘀咕着。他也许是个笨蛋，你知道，但是当风暴到来时，他知道风是要往哪边儿吹。姑娘的哥哥冷淡下来，爸爸冷淡下来，妈妈更是冷若冰山。好吧，爵爷跟自己说，漂亮的波莉怎么想呢？

埃塞尔：你现在说的是我么？

塞尔洛：这一个月来，漂亮的波莉对爵爷完全不理不睬，横竖不待见他，可是忽然间，她对他变得格外亲热。嘿，这是怎么回事，爵爷心说，他那颗小心脏开始扑通通地乱跳。他也许有点笨，但他不是白痴，过了一两天他突然醒过味儿来。于是，像那些明智的人一样，他收拾东西打算走人了。

埃塞尔：我不明白你究竟在说什么。

塞尔洛：是吗？那好，你要我把话挑明吗？

埃塞尔：咱们说好了要彼此坦诚的。

塞尔洛：好吧，不开玩笑，亲爱的，我才看出你被那个大公迷得神魂颠倒，而可怜的内德·塞尔洛连一丁点儿机会也没有啦。

埃塞尔：才不是呢。

塞尔洛：就是。你瞧，我自己就是过来人，所以对这种事看得特别清楚。

埃塞尔：你!

塞尔洛：好啦，别发火。我现在不会向你求婚了。我知道那毫无意义。起初我根本没把这件事放在心上，觉得这不过是场交易而已——一方出五十万镑，另一方出一个世袭的侯爵身份。可是现在……嗯，你知道我不会说话——尤其当那是真心话的时候。

埃塞尔：对不起，我之前一直对你很不友好。

塞尔洛：哦，没有的事儿。我确实像个讨人厌的无赖，不是么?

埃塞尔：不，我认为你会是个很好的朋友。

塞尔洛：你这么说真太好了。你知道吗，我真受不了你的家人，你受得了他们么?

埃塞尔：[微笑] 要知道，我在他们没钱的时候就认识他们了。当你捱了一辈子穷日子，忽然像我们这样发了大财，是很难不得意忘形的。

塞尔洛：你体谅他们，却从不体谅我。

埃塞尔：我如果那样做就太失礼了。

塞尔洛：你从来没想过，一个没有任何生计，只能依靠爵位过活的侯爵是多么艰难。而那个爵位最大的坏处是可以让你赊许多账，却拿不到几个现钱。

埃塞尔：我从来没想过。

塞尔洛：听着，我要说的是下面这些：那位大公的事本来不该我多嘴。我对王室了解得不多，但我认为一个外国王爷不大可能只因为一个平民的女儿有一双漂亮的眼睛和一大笔钱就把她娶进门。[埃塞尔刚要开口] 别，让我说完。你也许会经历一段糟糕的日子，我只想让你知道，无论什么时候，如果你需要我——嗯，你明白我的意思，对吧。忘掉你的女继承人身份，也忘掉我的世袭侯爵封号。你就是个迷人的好姑娘，而我也只是内德·塞尔洛。我其实并不坏，咱们在一起也许会幸福的。

埃塞尔：[感动] 你真好。我真高兴现在更了解你了。我知道无论发生什么，我都可以信赖你。

塞尔洛：好啦。爵爷现在要打道回府了——不再跟这儿碍事，像个男子汉一样接受现实。

　　　　[杰克·斯特罗上。

杰克：嗨，天气怎么样，庄稼还好吧?

塞尔洛：[非常诧异] 我怎么会知道，大人。

杰克：我只是随口问问，因为你们看起来像是正在谈论这些事情。

　　　　[他向塞尔洛递了个眼色，塞尔洛却没有离开的表示。

杰克：不会是因为我来了，你才要走吧?

塞尔洛：[起身] 当然不是，大人。我正要去看看酒会进行得怎样了。

杰克：那正好，你就帮个忙，假装成我，跟那些讨厌鬼握握手好了。你去了就知道应该站在哪儿，因为他们在草地上为我铺了一小块红地毯。

塞尔洛：恐怕他们根本就不会理我，大人。

　　　　[下。

杰克：就我所知，身为王室成员唯一的好处就是，如果有人挡了你的道，你只管叫他走，他就会走开。

埃塞尔：您为什么要塞尔洛勋爵走开，大人?

杰克：因为我想和你独处。快，问下一个问题。

埃塞尔：我应该去帮妈妈招呼客人了吧?

杰克：我想你确实应该。不过你瞧，这就是生在帝王家的另一个好处：我不叫你走，你就不能走。我说，你不讨厌那些酒会吗?

埃塞尔：讨厌极了。

杰克：我也是。咱们就装作根本没有什么酒会，好不好? 哎，你为什么不坐下，放轻松一点?

埃塞尔：我想和您谈谈，大人。

杰克：好啊。要是有一队士兵把那些人都赶出去就好了。

埃塞尔：我想说什么都可以吗，大人？

杰克：当然啦，有什么不可以的？

埃塞尔：我在十六岁之前见过的最有身份的人是一位伦敦郡议员。
我不是很确定自己是否知道应该如何与王室成员相处。

杰克：那你干吗不去买一本教礼仪的书呢？我总是随身带着一本。

埃塞尔：您说要来乡下的时候，妈妈去买了几本。

杰克：不知她跟我买的是不是同一本。你瞧，我总是记不住管餐巾
叫餐巾。

埃塞尔：妈妈在这一点上很严格。

杰克：哦，还有，你知道吗，决不能把鸡说成禽？那样很不规范。
不知道你妈妈的书里写没写这个。我说，你的眼睛好迷人啊。

埃塞尔：这是身为王室成员的又一个好处：您尽可以甜言蜜语，却
不会有人把它们当真。

杰克：可是你要知道，我这个王爷根本无足轻重。千万不要以为我
真是什么大人物。

埃塞尔：您这么说太谦虚了。

杰克：你知道吗，波美拉尼亚一共有七十九位大公和勋爵夫人。我
的祖父有十七个子女，全都成了家，他们又要各生几个子女才
能得出七十九这个数呢？

埃塞尔：这道算术题听起来好像很难。

杰克：但是你现在知道我不可能有多重要了，是不是？而且我也几
乎没有值得一提的财产。

埃塞尔：谢谢您让我不那么拘谨了。那么您不介意我说出我想说的
话吧？

杰克：你不是要给我什么忠告吧？我有七十九个家人，个个都爱给

我忠告。

埃塞尔：我不会那么冒昧。

杰克：除了忠告，你说什么我都禁得住。咱们就假装你是路人甲小
　　姐好了。

埃塞尔：事实上，我就是。

杰克：那我就是——杰克·斯特罗。

埃塞尔：[吃惊] 为什么是杰克·斯特罗？

杰克：[漫不经心] 那是汉普斯特德一家酒吧的名字。请继续。

埃塞尔：我在想，不知您肯不肯帮我一个忙。

杰克：你就是问我要月亮，我也会叫卡特·帕特森公司 ① 明天一早把
　　它送到你的门口。

埃塞尔：我要的东西比那简单得多。

杰克：快说吧，别卖关子啦。

埃塞尔：如果——如果您能离开这里，我将万分感激。

杰克：[大吃一惊] 我？现在吗？

埃塞尔：我并不是让您现在就离开。不过如果您明天方便的话……

杰克：你不是想说让我彻底离开这里吧？

埃塞尔：我正是这个意思。

杰克：你就不能问我要点简单的东西吗？问我要一个从不说谎的律
　　师，我会把他五花大绑交到你手上。

埃塞尔：谢谢，我现在刚好不需要。

杰克：可是我在这儿正住得快活哪。

埃塞尔：[语气变了] 你难道不明白，你在这儿的每一天，对我都是
　　极大的羞辱？

杰克：我还以为我挺招人喜欢呢。

----

① 1860 年于伦敦开业的运输公司。

埃塞尔：哦，别装糊涂了。我母亲设下圈套，等着你往里钻的时候，我看见你眼睛一亮。

杰克：我总是干净利索地一头就钻进去。

埃塞尔：可是当我知道你对她让我对你投怀送抱的想法一清二楚的时候，你认为我会怎么想？

杰克：有人让一个漂亮姑娘对你投怀送抱，那感觉真愉快极了。

埃塞尔：你只把这当作一个笑话，却不知道我有多么难为情。

杰克：可是你以为我来塔弗纳是为了什么——难道是来看望你父母的？

埃塞尔：我不知道你为什么要来——如果不是为了折磨我的话。

杰克：假如我告诉你，我来这儿是因为我对你一见钟情，你会怎么说？

埃塞尔：我会说殿下您太客气了。

杰克：可是，说实话，你不觉得我其实挺好吗？

埃塞尔：对这个问题，我实在不便发表任何意见。

杰克：用咱们的朋友塞尔洛的话说，这真是当头一棒。

埃塞尔：我能回去帮妈妈招呼客人了么，大人？

杰克：[不为所动] 假如我不是什么大公，你会不会更喜欢我一些？

埃塞尔：我没想过这个问题。

杰克：那就请马上想一想。

埃塞尔：肯定不会比现在更不喜欢。

杰克：我相信，如果我是个身无分文的冒险家，你一定会爱上我。

埃塞尔：我想我不会把话说得这么绝对。

杰克：你知道吗，你恐怕是个浪漫得无可救药的人。你已经向我表白了爱慕之情，只因为我不慎选择了一位皇帝做我的祖父，你就要我离开。这太不讲道理了。

埃塞尔：可是我根本没向您表白过什么啊。

杰克：我把你要我离开的请求视同于你对我不灭的激情的表示。

埃塞尔：您想不想听，假如您不是大公，我会对您说什么？

杰克：好啊。

埃塞尔：我会说，你是我这辈子见过的最傲慢、最放肆、最厚颜无耻的人。

    [她意带嘲弄地匆匆行过屈膝礼出去了。他刚要追上去，旺利夫人和霍伦德走了进来。杰克·斯特罗停下来，同他们握手。

杰克：啊，我正希望能见到你们呢。你写了封短信给我，霍伦德先生。

霍伦德：[语带讥诮] 我是想冒昧地问问，能否跟您私下谈几分钟。

杰克：也许你不介意在这儿等一会。我去去就来。

    [下。

霍伦德：你看，他把我晾在这儿了。

旺利夫人：我觉得很好，这样别人就不会怀疑他只是个……

霍伦德：当心。

    [他看看四周。

旺利夫人：没人会来这儿，咱们可以放心讲话。

霍伦德：我真希望咱们没有想出这么个愚蠢的点子来。我就知道会后患无穷。

旺利夫人：现在说这话也于事无补。咱们必须保持冷静，尽可能全身而退。

霍伦德：你有什么打算？

旺利夫人：哈，你可真是个男子汉。你想把责任全都推到我身上。我倒要问，你有什么打算？

霍伦德：嗯，咱们必须让这出闹剧尽快收场。

旺利夫人：无论如何，不要把事情闹大。我不忍心看他当众出丑。

霍伦德：你干吗还要替他着想？

旺利夫人：唉，因为我是个傻瓜呀，安布罗斯。

霍伦德：亲爱的，你这是什么意思？

旺利夫人：我毕竟不再是小女孩，而是两个胃口好得出奇的小伙子的妈妈了。我想我是被那个人迷住了。

霍伦德：天哪！

旺利夫人：说这话有什么用呢。他当然是我见过的最有魅力的人啦。

霍伦德：你不会是说你当真爱上他了吧？

旺利夫人：一个有幽默感的寡妇是决不会真的爱上谁的。

霍伦德：是吗？

旺利夫人：不过我认为这个年轻人最好像他当初凭空出现一样凭空消失。

霍伦德：咱们想到一块去了。咱们就这么跟他直说。

　　　　[杰克·斯特罗上。

杰克：好啦，我亲爱的朋友们，有什么事尽管吩咐。

　　　　[霍伦德与旺利夫人正要坐下。杰克看了他一眼，他不安地站起身来。

霍伦德：哎，别装模作样了，杰克。

杰克：[冷淡地] 对不起。[停顿一下] 请帮我把帽子放好。

　　　　[霍伦德接过帽子，没好气地扔在椅子上。

杰克：我看你今天下午心情不大好，霍伦德先生。恕我直言，我认为你的态度有待改进。

霍伦德：够了，别再胡闹了。

杰克：请坐。看你站着让我紧张。

霍伦德：我看这人疯了。

旺利夫人：[和颜悦色] 你把那套特别合身的服务生制服忘了吗，斯特罗先生？

杰克：[气定神闲] 忘了。我只记得当我接受您那个富于幽默感的提议时，夫人您慷慨答应过的条件。

霍伦德：听我说，咱们得好好谈谈这件事。

杰克：我很愿意听你讲话，亲爱的霍伦德。你的谈吐常常充满趣味，有时更是妙语连珠。我只要求你对我使用那些礼貌性的语言，以符合咱们彼此的身份。

霍伦德：假如我知道事情会发展到这一步，我是决不会同意这个荒唐的计划的。因为詹宁斯太太极其傲慢地对待了一个柔弱无助的女孩，出于一时激愤，我们决定惩罚她一下。这本没有什么大不了的。我们以为也许她请你吃个饭，这件事就结束了。谁也没想到你居然会到她家来，住下就不走了。

杰克：我亲爱的朋友，你自己头脑不济，怎么能怪我呢？

霍伦德：[不耐烦地] 哼！

　　　　　[杰克走到旺利夫人身边坐下。

杰克：咱们的朋友有些语无伦次了，是吧？

旺利夫人：我们希望你离开，先生。

杰克：真的么？噢，您这身衣裳真漂亮。是在哪儿买的？

旺利夫人：[被他浮浪的举动逗笑了] 你真让人无法抗拒。

杰克：这正是我要对您说的话，被您抢先了。

旺利夫人：你说的是真心话吗？

杰克：我对漂亮女士说的话，句句真心。

旺利夫人：但愿我能了解你。

杰克：亲爱的夫人，这三十几年来我都在试图了解我自己。噢，对了，我多大了，霍伦德？

霍伦德：我怎么会知道？

杰克：唉，老兄啊，你太大意了。你应该事先查清楚。万一有人问起我的年纪呢？

旺利夫人：我倒希望你真的是位王室成员。

杰克：一个侍者似乎确实难得有我这样的派头，是吧？

旺利夫人：〔低声〕你究竟是何许人也？

杰克：您忠实的仆人，夫人。在见到您十分钟之后，谁还可能是别的什么呢？

旺利夫人：你真会说话。

杰克：我很讨人喜欢，对吧？

旺利夫人：非常讨人喜欢。所以我才要恳请殿下离开这里。

杰克：哎，您还没告诉我您的礼服是哪儿买的呢。

旺利夫人：哦，是在巴黎买的。你觉得好看吗？

杰克：好看极了。您穿着正合适。

霍伦德：伊莎贝尔，伊莎贝尔，咱们是来谈正事的。

旺利夫人：亲爱的安布罗斯，谈正事我自有我的谈法。

杰克：哦，亲爱的霍伦德，不知道你介不介意出去看一下，我那块红地毯是否还在原地。

霍伦德：我才不要被你当傻子耍呢，老兄。

杰克：为什么不？你很合适。

旺利夫人：别那么小气，安布罗斯。

霍伦德：你到底想让我干吗？

旺利夫人：我渴死了，你给我拿杯柠檬汽水来好吗。

霍伦德：我一步都不打算离开这儿。

杰克：这个星期我一直在想，如果我示意某人退下，而他断然拒绝的话，我该怎么办。会很尴尬，是不是？

旺利夫人：比穆罕默德和大山的故事还要尴尬。①

杰克：如果是在一百年前，我早就把他投进地牢了。不过，我只告诉您一个人，我现在手边刚好没有地牢。

---

① 英文谚语：大山不肯向穆罕默德走来，穆罕默德只好向大山走去。

霍伦德：好啦，你们俩别再闹了。玩笑已经开得够大了。你到底走
　　不走？

杰克：如果你直接问我的话，不走。

霍伦德：你知不知道，只消我一句话，你就会被用人们从这所房子
　　里赶出去？

杰克：别忘了，他们会连你一起赶出去。

霍伦德：听我说，杰克，咱们是老朋友了，一起经历过风风雨雨。
　　我不想对你恶语相向。我知道我干了蠢事，但你是个正派人。
　　你一定要明白，你必须马上离开。

杰克：我怎么也不明白，我为什么要离开。我既没有其他的事可做，
　　乡下在这个季节又是如此地迷人。

霍伦德：你现在的所作所为就像个职业骗子。

杰克：怎么跟王爷说话呢！告诉你，我们不习惯把话说得这么直白。

霍伦德：你决计不走？

杰克：决计不走。

霍伦德：要我告诉你原因么？

杰克：谢谢，我碰巧知道。

霍伦德：你打算做出你这一生中最不光彩的行为。你疯狂地爱着埃
　　塞尔·詹宁斯，你以为别人看不出来吗？

旺利夫人：[闻言惊起] 这是真的？

杰克：是真的。

旺利夫人：那你为什么还要那么轻佻地跟我调情呢？

杰克：我向您保证我不是有意的。一定是我的举止不够得体。

旺利夫人：这种不够得体的举止只怕会让你招惹上那些寡居的夫
　　人们。

杰克：既然如此，您想必会赞成我尽快结婚的决定。

霍伦德：不是和埃塞尔·詹宁斯吧？

旺利夫人：你是在开玩笑吧？

杰克：亲爱的夫人，我开玩笑时总会自己先笑，这样别人就不会弄错了。

霍伦德：这太荒唐了。我决不允许你做这种事。

杰克：我的老兄，何必这么激动？更何况我还没向那位小姐求婚呢。

霍伦德：我看你一定是失心疯了。你不要有一丝一毫的幻想，以为我们会听任你进行如此无耻的欺骗。我简直无法想象，你怎么会有如此恶毒的想法。

旺利夫人：玩笑已经开过头了。你要明白这是不可能的。我恳求你立刻离开塔弗纳。

杰克：哪怕只是拒绝您一时心血来潮的小小愿望，都会令我苦恼不已，但是在这件事上 [夸张地挥挥手] 我决不让步。

霍伦德：好吧，咱们已经说得够多了。要么你马上离开此地，要么我去把整件事的原委告诉詹宁斯太太。

杰克：那就只好满足你的愿望了。毕竟咱们有言在先。

霍伦德：你想清楚后果了吗？

杰克：[和颜悦色] 我在参与你们的计划之前就想清楚了。

霍伦德：你让我别无选择。

杰克：霍伦德老兄，揭发骗局显然是你应尽的义务，不过我看你反倒比我更紧张。

霍伦德：为了你好，我再问一遍：你愿不愿意用名誉担保，离开这里，并且决不再跟这家人来往？

杰克：你真是好人，又给我一次机会。那我也只能再重复一遍，我深爱着埃塞尔，一心想和她结婚。

霍伦德：你这可是咎由自取。

杰克：你就随我去吧。

　　　　[霍伦德向门口走去。]

旺利夫人：别，安布罗斯，我求你别去。

霍伦德：老天爷，咱们做这些事不就是为了让你有机会对詹宁斯太太幸灾乐祸吗？你马上就要如愿了。

旺利夫人：可是我不想要这个机会了。这件事太愚蠢了。让他悄悄地走吧。

霍伦德：可是，你看见了，他不走。

  [帕克-詹宁斯夫妇上。

詹宁斯太太：哦，殿下，我们一直在到处找您，不知道是不是出了什么事。

帕克-詹宁斯：郡里的客人们都到齐了，全是最上等的人物。

  [文森特匆匆走进来。

文森特：哎呀，妈，你们在这儿干吗呢？快点儿，勋爵夫人的车子已经到了……哦，请原谅，大人，我不知道您也在这儿。

霍伦德：文森特，去把你妹妹叫来。我有重要的事必须告诉她。

文森特：可是，勋爵夫人已经……

霍伦德：咳，去他的勋爵夫人。埃塞尔在哪儿？

文森特：她正坐在外面跟塞尔洛说话呢。

霍伦德：去叫她进来。

詹宁斯太太：[讶然四顾] 出什么事了吗？

  [文森特出去，旋即偕埃塞尔和塞尔洛一同返回。

旺利夫人：[对霍伦德] 安布罗斯，有话慢慢说。

帕克-詹宁斯：殿下不是有什么不满意的地方吧？

詹宁斯太太：[迅速接话] 哦，希望我们没有怠慢您的地方。

杰克：没有什么不满意的，我的心情好得不能再好了，谢谢。

霍伦德：[看见埃塞尔] 好，你来了。[对在场众人] 我有件非常痛苦的事要告诉大家，不知道该怎么说才好。

塞尔洛：我说，这事跟我有关吗？要不我先走了？

杰克：哦不，请你务必留下。

旺利夫人：[对杰克·斯特罗] 您没有改变主意吗，大人？

杰克：就像某位我一时记不起名字的历史人物说的那样：我从不改变主意。

霍伦德：詹宁斯太太，恐怕我再怎么设法为自己开脱也是徒劳，不如长话短说，把一切都告诉您。

詹宁斯太太：霍伦德先生，你的事不能先等一等吗？勋爵夫人来了，我要是不去迎接就显得太失礼了。

杰克：霍伦德先生要宣布的事一定会让您感兴趣的。

詹宁斯太太：哦，当然，如果这是殿下您的意思。

霍伦德：您大概还记得，两周前咱们在巴比伦大饭店碰见过。

詹宁斯太太：怎么会不记得，我就是在那个幸运的场合被引见给殿下的。

旺利夫人：安布罗斯。

霍伦德：您也许同样记得，艾博特先生和太太当时和我们坐在一起。

詹宁斯太太：我还有别的事情可做，没功夫记得艾博特夫妇坐在什么地方。

霍伦德：我想您已经忘了，您当时对她非常刻薄。我们都很气愤，认为应当让您受到惩罚。

詹宁斯太太：说真的，霍伦德先生，我不知道你以为自己在跟谁说话。

霍伦德：我发现我要说的话很难启齿——现在我知道这整件事有多么荒唐了——如果您不打断我，我可以讲得更清楚。

杰克：请听他讲下去，詹宁斯太太。

詹宁斯太太：哦，当然，既然殿下您发话了，我就没有什么要说了。

霍伦德：我当时突然想到，如果能叫一个小人物冒充成大人物，应该会很有趣。我刚好认出那儿的服务生是我的一个老朋友，便把他当作波美拉尼亚的塞巴斯蒂安大公介绍给您了。

詹宁斯太太：什么！那……？

[她一时语塞，塞尔洛则放声大笑。

塞尔洛：一场空！哎呀，好个一场空！

詹宁斯太太：[走近杰克·斯特罗] 你是说你不是……

文森特：怪不得我一见他就觉得眼熟。

詹宁斯太太：说话，你倒是说话呀。

[这四句话间隔很短，几乎同时说出]

杰克：[彬彬有礼] 夫人，我脱下巴比伦大饭店的侍者制服，换上了您现在看到的这身体面的衣裳。

詹宁斯太太：这么说，你的确是个冒牌货啦。哦！这，那，詹宁斯，你是个男人，你倒是做点什么呀。

帕克－詹宁斯：我最好的香槟被他上顿下顿地连喝了一个礼拜。

詹宁斯太太：哎呀，去你的香槟。

文森特：妈！

詹宁斯太太：哎呀，你这个傻瓜，笨蛋！亏你受过那么好的教育。我们送你上牛津，一年供你四千镑。你怎么连大公和招待都分不出来？

文森特：塞尔洛也没看出来呀。

詹宁斯太太：塞尔洛？他这个侯爵可真是好样的——整天跟马倌和女招待们厮混。我怎么知道他真的是位侯爵？

塞尔洛：别捎带上我，好吗？

詹宁斯太太：就没有人能做点什么吗？看他站在那儿，一副满不在乎的样子。不要太得意，年轻人。我们整天"殿下，殿下"地叫着，还得管你叫"大人"。招待，来半品脱苦啤酒，动作快点。

埃塞尔：妈！

詹宁斯太太：别跟我说话。[对杰克·斯特罗] 喂，你有什么话说？

杰克：亲爱的夫人，您滔滔不绝讲个不停，我很难插得上话。

詹宁斯太太：好，你说吧，我听着。

杰克：啊，这您可把我难住了，因为我其实并没想到什么话可说。

詹宁斯太太：你一直在看我的笑话，是不是？哼，你的笑脸马上就要变成哭脸了，年轻人。

杰克：我很想看看如此奇妙的变化是怎样发生的。

詹宁斯太太：好啊，要我告诉你谁可以教你吗？

杰克：当然，您说。

詹宁斯太太：警察，年轻人，警察。

杰克：如果我是您，就不会去惊动他们。

詹宁斯太太：你不会？

杰克：真的不会。

詹宁斯太太：可是我会。

杰克：您不觉得，有这么多客人在，这样做不大方便吗？

文森特：咱们现在不能把事情闹大，妈。

詹宁斯太太：你是说，我只能不声不响地咽下这口气？

杰克：如果您问我的话，那正是我的建议。

帕克-詹宁斯：郡里的客人们都在呢，玛丽亚。都是贵客中的贵客。

詹宁斯太太：哦，但愿他们都死了才好。我知道他们为什么来。你们以为我不知道他们在背后说我是俗气的老女人吗？但他们还是照来不误，因为我有两百万。我有这么多钱，他们忍不住要来。

杰克：您知道，我不想让人觉得我目中无人，但他们今天来这儿其实是为了见我。您不觉得我最好去跟他们打个招呼吗？

霍伦德：你不是说你要出去会客吧？

杰克：为什么不？

詹宁斯太太：我还得把你介绍给勋爵夫人？

杰克：恐怕她此行的主要目的就在于此。即便是勋爵夫人也无法抵挡王室成员的魅力。

詹宁斯太太：万一她发现了呢！

杰克：那场面倒会有几分滑稽。

詹宁斯太太：嗯，说实话，你还真是胆大妄为！

杰克：我的纹章上的铭词就是"大胆无畏"。只不过我们用的是拉丁文，因为听起来更响亮。

文森特：你的纹章？亏你说得出口。

杰克：老兄，我确信我的纹章和你的一样如假包换。

詹宁斯太太：你是说我得假装毫不知情？

杰克：我看您只能这么办。

詹宁斯太太：我办不到。我在人前再也抬不起头来了。

杰克：走啦。勋爵夫人肯定已经等得不耐烦了。我得在她耳边说几句好听的哄哄她。

詹宁斯太太：好吧，看来也只能冒险一试了。可是你等着，年轻人，你给我等着。

杰克：我可以向您保证，不会有人把这件事捅出去的。

詹宁斯太太：天哪，你说得倒好像我是犯人似的。

　　　　[她刚动身又惊呼一声停下。

霍伦德：怎么啦？

詹宁斯太太：哎呀，我突然想起来了。那位伯爵。这下可怎么好？

霍伦德：这是什么意思？

詹宁斯太太：我把他给忘了。冯布雷默伯爵也要来。

杰克：那是谁？

霍伦德：是你们的大使。

杰克：哦，对，瞧我多糊涂！

旺利夫人：〔轻蔑地笑笑〕他才不会来呢。

詹宁斯太太：别那么肯定。他会来的。英国的贵族们都愿意跟帕克-詹宁斯家来往，只有这个外国佬，连被人看见和我们走在同一条街上都不乐意。你们都在暗地里幸灾乐祸，就好像他是为你们出了口气一样。可是我今天要让你们好好瞧瞧，我把他请来了。我给他写了封私人信件——就像我们是老朋友一样——信上说……

杰克：说什么？

詹宁斯太太：说殿下特别希望他能来。今天早上我派男仆把信送去了。

杰克：哎哟！

霍伦德：一定不能让他们见面。您就说，大公突然身体欠佳。

詹宁斯太太：大家都知道他半个钟头前还十分健康。

旺利夫人：而且，冯布雷默伯爵很可能执意要见他。塞巴斯蒂安大公突然现身，他一定感到喜出望外。

杰克：亲爱的朋友们，不用担心。如果冯布雷默伯爵专程来见我，不满足他的心愿就太失礼了。

霍伦德：我看你真是疯了，杰克。

杰克：如果我没记错的话，冯布雷默伯爵的视力非常糟糕。

詹宁斯太太：你不是说你真的要跟他见面吧？

杰克：别忘了，波美拉尼亚可是有八十一位大公呐。

埃塞尔：你刚才还跟我说是七十九个。

杰克：我刚在报纸上看到，阿纳斯塔西娅女大公生了对双胞胎，所以就变成八十一了。说不定那位大使从来没见过塞巴斯蒂安大公呢。

詹宁斯太太：哦，可是这太冒险了。我的假发都要愁白了。

杰克：无论如何，他四年都没见过那人了，因为谁都没见过。

詹宁斯太太：你想没想过，他也许会跟你说波美拉尼亚语。

杰克：您见过有哪个侍者不能流利地说至少七门语言的？

詹宁斯太太：你是说伯爵那种让人听不懂的外国话你也会说？

杰克：说得像他本国人一样让您一个字也听不懂，夫人。不过我可以告诉您，其实并没有那个必要，因为如果我对伯爵说英语，而他用其他语言对答的话，那将是极其失礼的行为。

詹宁斯太太：哎哟，在我一生中遇见过的无耻之徒里，你算是拔得头筹了。

霍伦德：可是，我记得在哪儿读到过，那位大公非常英俊。

杰克：你说得我都不好意思了，老兄。我们长得一模一样。

        [威瑟兹太太进来。

威瑟兹太太：玛丽亚，伯爵正在到处找你。[看见杰克] 哦，请原谅，大人。

杰克：没关系。

威瑟兹太太：他马上就跟威瑟兹一起过来了。

詹宁斯太太：[低声对杰克] 尽量表现得像个绅士。

        [阿德里安·冯布雷默伯爵和威瑟兹上。

杰克：亲爱的伯爵！

伯爵：这真是意外之喜，大人。

杰克：您认识这儿的女主人吧？

伯爵：[同帕克-詹宁斯太太握手] 您好。

杰克：咱们好多年不见了。

伯爵：我都要认不出您了，大人。

杰克：上次见面时我好像留着胡子。

伯爵：那会让人的相貌大为不同。而且我现在的视力糟糕透顶。

杰克：皇帝的近况，您一定比我知道得清楚。

伯爵：陛下如果得知您在英国，一定会很高兴，大人。我已经自作主张给陛下发了电报。

杰克：是么，太好了！

伯爵：这是我职责所在。

杰克：我想您大概有事要和我说吧？

伯爵：我的确希望能和您谈几分钟。

杰克：[对帕克-詹宁斯太太] 您不介意我们去玫瑰园散个步吧？

詹宁斯太太：[板着面孔] 殿下肯赏光去我的玫瑰园散步，我深感荣幸。

杰克：跟我来。[他挽起伯爵的手。走到门口，伯爵犹豫一下，做手势示意他先走] 不，您先请。我在这儿就像在自己家一样——一个许久以来我所住过的最舒适、最好客的家。

伯爵：您打算继续在这个地方住下去吗，大人？

杰克：一直住到帕克-詹宁斯太太把我赶出去为止。

詹宁斯太太：您的到来令寒舍蓬荜生辉，大人。[伯爵走出去。杰克向外走时，回头对詹宁斯太太意味深长地挤挤眼睛] [勃然大怒] 你，你，你，你这该死的招待！

第二幕终

第三幕

场景同前一幕。

次日上午

詹宁斯太太和文森特在场。

文森特：老爸在哪儿？

詹宁斯太太：他找那个招待谈话去了。

文森特：我希望他能给他点儿颜色看看。

詹宁斯太太：这种事你只管相信你老爸。哦，昨晚漫长得好像没
  有尽头似的。十八位客人来参加晚宴，我一直都提心吊胆如坐
  针毡。

文森特：《柴郡时报》上登了这次花园酒会的长篇报道。

詹宁斯太太：你以为我没看见吗？

文森特：酒会办得很成功，这一点谁也不能否认。一切都很顺利。

詹宁斯太太：[愤怒地发出一声] 哦！

   [帕克–詹宁斯上。]

詹宁斯太太：怎么样？

帕克–詹宁斯：[带着歉意] 亲爱的。

詹宁斯太太：[怒气冲冲] 你这个老傻瓜是不是又让人家给耍了，詹
  宁斯。

帕克–詹宁斯：[不以为然地笑笑] 恐怕这就叫依然故我吧，玛丽亚。

詹宁斯太太：别跟我开玩笑，罗伯特。把它们留给你那些城里的朋

友吧。

帕克-詹宁斯：他已经吃过早饭了。

詹宁斯太太：那还叫早饭吗，都已经十一点半了。他还不紧不慢的呢，是不是？

文森特：他打算什么时候离开，老爸？

詹宁斯太太：这不是他打算什么时候离开的问题。你父亲是去告诉他，无论如何他都得在十二点之前走人，否则我们就把警察叫来。你就是这么对他说的，是不是，罗伯特？

帕克-詹宁斯：嗯，亲爱的……

詹宁斯太太：你这个老傻瓜，詹宁斯。你这次又怎么了？

帕克-詹宁斯：嗯，亲爱的，他非得要房间里留一个用人。他说他不喜欢咱们英国人的习惯，早餐没有用人伺候。

詹宁斯太太：你不是想说，你允许他随意使唤我的用人吧？

帕克-詹宁斯：亲爱的，我能怎么办呢？当时房间里刚好有一个用人。

詹宁斯太太：你就坐在旁边看着他吃早饭？

帕克-詹宁斯：他胃口好极了，玛丽亚。

詹宁斯太太：别说那些没用的。你一定能找到机会训斥他几句。

帕克-詹宁斯：嗯，亲爱的，我们倒是独处了一会儿。

詹宁斯太太：然后呢？

帕克-詹宁斯：[不知所措] 他待人那么和气……

詹宁斯太太：和气！你这个大傻瓜。你等着我去跟他谈。

帕克-詹宁斯：那，亲爱的，为什么你昨天晚上不赶他走呢？

詹宁斯太太：昨天晚上我怎么能赶他走？还有十八位客人要来跟他共进晚餐呢。

文森特：您打算把旺利夫人怎么办？

詹宁斯太太：哦，我再也不想看见她了。我知道她是这件事的幕后主使。

文森特：那您干吗还派人去叫她来？

詹宁斯太太：我不光叫了她，还叫了霍伦德。他们给咱们惹出这么
 个烂摊子，他们就得负责收拾。想到他们现在和咱们一样狼狈，
 我的心里还稍微舒服一点。

 [杰克·斯特罗穿着睡衣，悠然自得地走进来。

杰克：嗨，原来你们在这儿！我正想找人要支香烟呢。

詹宁斯太太：[语含讥讽] 希望你早餐用得愉快。

杰克：噢，谢谢。给我一支，老兄？

 [文森特正要拿烟，杰克·斯特罗从他手上取过烟盒，掏出
 一支，把烟盒还给他。

文森特：你能客气点儿吗？

杰克：不用客气。

詹宁斯太太：[咄咄逼人] 你怎么说？

杰克：昨天的酒会办得真气派，詹宁斯太太。大获成功，是吧？[转
 向帕克-詹宁斯] 对了，咱们昨晚喝的是什么酒啊？

詹宁斯太太：哦，别来这套，我的朋友。你也许能糊弄詹宁斯，但
 你别想糊弄我。

杰克：糊弄？糊弄？我自以为精通英文，但我好像从来没听过这
 个词。

詹宁斯太太：是吗？那"牢饭"这个词你可能也没听过吧？你要是
 不当心的话，还不等你想，你就已经尝到它的滋味了。

杰克：您的话像谜语一样让人猜不透，亲爱的夫人。我一向认为这
 种习惯令人伤神。

詹宁斯太太：好，我会把话说清楚的。你可不要害怕。

杰克：[懒洋洋地坐下] 我觉得住在乡间大宅里，早餐和午餐之间的
 这段时间是一天之中最惬意的时光。

詹宁斯太太：你去门口看看，别让人过来，文森特。

文森特：好的，妈。

杰克：[满不在乎地看着他] 你的言谈举止就像传奇剧里的阴谋家一样做作，我的朋友。再添一部假胡子和一副阴郁的态度，就分毫不差了。

詹宁斯太太：喂，你听我说，年轻人。

杰克：我洗耳恭听，夫人。

詹宁斯太太：我丈夫和我，我们商量过了。不管你怎么想，我们可不笨。以你的所作所为，我们完全应该把你交给警方。

杰克：稍等一下。您现在是在对哪个人说话，是塞巴斯蒂安大公，还是巴比伦大饭店的侍者？

詹宁斯太太：哦，你要是不老实点，我就赏你一个大耳光。

杰克：您肯定不会对王室成员动手，对吧？那么您现在想到的一定是杰克·斯特罗。

詹宁斯太太：你也许猜不到，这半个钟头我想的都是他。

杰克：怪不得您的态度有些生硬。

詹宁斯太太：我刚才说，我们完全应该把你交给警方。

杰克：咱们对这个问题的看法也许有些分歧，不过您先往下说。

詹宁斯太太：但是我们不想闹出丑闻。

杰克：人在上流社会不得不处处小心，不是吗？

詹宁斯太太：我们愿意放你走。用人会把你的行李收拾好，开车送你去火车站。

文森特：妈，咱们全家都得去为他送行，不然会显得很可疑。

詹宁斯太太：行，都去给他送行。只要能彻底摆脱他，怎么着都行。一小时后就有一班火车。我对你只有一个忠告，那就是，趁你还有机会，抓住它。

杰克：多谢您的好意，可是我在这儿住得舒服极了。

詹宁斯太太：你可真好笑。

杰克：我一直觉得难以理解的是，当你设法逗别人笑时，他们很难
　　发笑，而当你想要严肃起来时，他们却那么容易就笑了。

詹宁斯太太：你不希望我叫用人揪住你的脖梗儿，把你……

杰克：亲爱的夫人，请保持冷静。发脾气对咱们谁都没有好处。

詹宁斯太太：你是说，你不走？

杰克：您这么说太无情了。咱们不如换个说法，就说我舍不得离开
　　您这个好客之家。

詹宁斯太太：哈，那么你打算"赏光"在我们这儿住多久呢？

杰克：嗯，我还没想好。我打算看情况再说。

詹宁斯太太：派人去叫警察来，罗伯特。我受够了。

文森特：可是，妈……

詹宁斯太太：闭嘴，文森特……［对杰克·斯特罗］唉，朋友，我
　　真为你感到可惜。你那双白白净净的手在择了六个月的麻絮①之
　　后，一定会变得很有看头。

杰克：我还以为这种苦工在英国已经被废除了呢。

詹宁斯太太：哦不，我想还没有。

杰克：噢，那我想到的也许是踏车②。

詹宁斯太太：哎，文森特，你还要像只猫头鹰标本似的在那儿戳
　　多久？

杰克：是我眼花了，还是我的确看见了一份本地报纸？［拿起报纸］
　　啊，我就知道这上面会有您这次花园酒会的报道。占了两栏呢，
　　好家伙！您一定希望没邀请那么多客人。［读报］圣厄斯勋爵夫
　　人、米尔斯顿侯爵夫人、米尔斯顿侯爵、霍林顿勋爵及夫人、

---

①　择麻絮是维多利亚时期最普遍的监狱苦工之一，就是将旧麻绳解散，是搓麻
　　绳的反向操作。
②　古代用来惩罚囚犯的踏车，演变成了现代的跑步机。

帕纳比子爵——哎哟，真威风——旺利夫人、兰伯维尔先生及夫人、设菲尔德主教，以及尊敬的斯普拉特夫人……我说，您那些不够显要的朋友们还不得忌妒得咬牙切齿。可是报道里怎么没提到我呢？噢，在这儿。[读报]"塞巴斯蒂安大公看上去完全是一副王子的派头。"我就说嘛。[默读] 哦，说得人家都不好意思了。[朗声]"殿下以优雅的风度和高贵的气质令众人倾倒。"血统自会说话。

詹宁斯太太：[对帕克-詹宁斯] 你打算就站在那儿，听任这个人羞辱我吗，罗伯特？

杰克：[无动于衷] 您认为当这些尊贵的大人物们在下一期本地报纸上读到，他们曾如此欣喜地与之握手的那位王室成员——我的任务完成得很出色，不是吗？——两周前还在巴比伦大饭店里给人端茶送水，他们会作何感想？

詹宁斯太太：哦，别乱说话，你……

杰克：我听见村里响起一阵吃吃的笑声，那些未获邀请参加酒会的医生、牧师和律师都在偷偷地笑您；我听见这笑声随着故事传遍柴郡而荡漾开来。我听见它化为一片纵情的大笑，从一个郡传向另一个郡。在曼彻斯特、利物浦和北方城市里，它变得粗野而狂放，而在布里斯托尔、朴次茅斯和西部地区，它又变得低沉而浑厚。当这笑声抵达伦敦——您知道伦敦是怎样的情形，它太大了，对任何事都需要一点时间才能完全消化，而一旦它反应过来，您难道想象不出那座巨大的城市将会如何前仰后合，发出震天的笑声吗？不过我要告诉您谁笑不出来——[拿起报纸读]——哎呀，他们的笑脸可要变成哭脸了：圣厄斯勋爵夫人、米尔斯顿侯爵夫人、亲爱的霍林顿夫人和帕纳比勋爵，还有设菲尔德主教以及尊敬的斯普拉特夫人。

詹宁斯太太：哦，你这个恶棍！

杰克：我看见你们在这笑声前匆忙逃跑，就像被风扬起的三片颤抖的树叶，笑声会追随你们去巴黎，那里的人们会把你们的事写成歌谣在大街上传唱，而在里维埃拉，人们会将你们的照片印在明信片上出售。我看见你们匆匆越过大西洋，想要在广袤的美洲逃离人们的视线，而那边的黄色报刊，将会以极度的狂热连篇累牍地对你们冷嘲热讽肆意辱骂。啊，我亲爱的夫人，如果忍受区区六个月的苦役就能为这个世界带来如此酣畅淋漓的快乐，您难道认为不值得吗？

　　　　[众人沉默。帕克-詹宁斯掏出手帕，团成一团擦拭前额。文森特看见，也学他的样子。帕克-詹宁斯太太看了他们一眼，看清他们的动作，也掏出手帕，团成一团，慢慢地擦拭前额。

帕克-詹宁斯：不行，玛丽亚，咱们不能把他交给警察。

詹宁斯太太：这还用你说吗。咱们被这个人抓住把柄了，而他也清楚这一点。

杰克：[笑容可掬] 我就知道您会开始从我的角度看待目前的局面。

詹宁斯太太：[神情沮丧] 你想怎么办？

杰克：此时此刻，如果您允许的话，我想喝一小杯苏打加白兰地。按铃叫用人来，文森特。

文森特：行吗，妈？

詹宁斯太太：[气愤又无可奈何] 哎呀，行，按铃吧。

杰克：为你们自己着想，我提醒你们当着用人的面要恪守礼仪。

　　　　[男仆上。

帕克-詹宁斯：给殿下拿一杯苏打加白兰地来，詹姆斯。

男仆：是，先生。

　　　　[男仆下。

詹宁斯太太：哼，但愿你被呛着才好。

杰克：恐怕我不会满足您的这个愿望。

233

詹宁斯太太：你听好了，别当我是傻子，招——我都不知道该叫你什么……

杰克：您会发现，还是继续用之前的称呼最为方便。

文森特：你的脸皮还真厚！我居然要管一个该死的招待叫大人。①

杰克：您刚向我保证说您足够精明，夫人。

詹宁斯太太：你和我们一样清楚，我们最怕闹出丑闻来，所以你偏要把我们放在火上烤。

杰克：直烤到两面焦黄。

詹宁斯太太：如果你马上悄悄离开这里，我们就给你两百镑。怎么样！

杰克：哦，这对我真是个沉重打击。想不到有人宁愿破费两百镑也要摆脱我！我一直以为自己在这乡间大宅里是个很受欢迎的客人呢。

文森特：我看那些用人们还真是口味独特。

杰克：你很爱说俏皮话，是吧？

詹宁斯太太：你怎么说？

杰克：夫人，在彻底扭转我似乎已经给您留下的不佳印象之前，说什么我也不会离开您的。

詹宁斯太太：你的意思是……

帕克-詹宁斯：[打断她] 当心，孩子妈。詹姆斯来了。

　　　　[男仆端着苏打、白兰地和酒杯上。

杰克：文森特，麻烦你帮我把酒调一下，好不好？

文森特：好的，大人。

杰克：您的白兰地是从哪儿买的，詹宁斯先生？我非常喜欢。

帕克-詹宁斯：殿下您这么说真太好了。

――――――――――――――――

① 看上下文，这句台词有可能是詹宁斯太太说的。

234

[男仆下。

詹宁斯太太：哦，这真叫人无法容忍。

[男仆进来通报。

男仆：旺利夫人、霍伦德先生到。

[二人上场，男仆下。

詹宁斯太太：你们可算来了！这儿可真叫一个鸡飞狗跳。

文森特：妈，看在老天的分上，文雅一些。

詹宁斯太太：哈，我现在可文雅不起来。俗就俗吧，我也没办法。

霍伦德：遇到什么麻烦了吗？

詹宁斯太太：老天，他就是那个麻烦。他不肯离开。

旺利夫人：什么！

杰克：要知道，听你们这样当面谈论我让我感到很尴尬。我是否需
　　要回避一下？

帕克-詹宁斯：我们威胁他说要报警。

霍伦德：然后呢？

帕克-詹宁斯：他反倒嘲笑我们。

文森特：我们甚至放低身段，出钱请他离开。

霍伦德：他当然不会要你们的钱。

詹宁斯太太：那，不如你来告诉我们他到底要什么？

霍伦德：听我说，杰克，你把我们这些人都戏弄够了。为什么不大
　　方一点，离开这里呢？我们现在的处境真的非常尴尬。

杰克：我对于别人的求情总是心肠很软，但是在这件事上，我打算
　　硬起心肠拒绝你的请求。

霍伦德：你真该死！

杰克：别发火。那只会让你说错话，然后被我嘲笑得无地自容。

霍伦德：那就只能强行把你赶走了。

杰克：你也许会感到意外，不过已经有人提出过同样的建议，而我

235

也已经向詹宁斯太太解释了这种做法的不便之处。

     [男仆上。

男仆：威瑟兹太太的车正停在外面，夫人，她想知道您能否见她一
    会儿。

詹宁斯太太：哦，我现在谁也不见。

杰克：我希望您拒绝见她不是因为我的缘故，亲爱的詹宁斯太太。

詹宁斯太太：[当着仆人的面，态度非常亲切] 哦，当然不是，大人。

杰克：不知道您是否介意让她进来。我觉得她人很好，我想再见
    到她。

詹宁斯太太：哦，当然，如果殿下这么想……

杰克：非常感谢。

詹宁斯太太：请她进来，詹姆斯。

男仆：是，夫人。

     [男仆下。

詹宁斯太太：我在自己家里也做不了主了，还得被迫去见那些我不
    想见的人。假如说还有谁是我最不能忍受的，那就是范妮·威
    瑟兹。我昨天请她来，不过是想看看她嫉妒得发狂的样子。她
    就是个势利眼。我不知道她这个时候来到底想干什么。[对杰
    克] 你这个冒牌货，冒牌货！

杰克：说真的，你们这些人太不懂感恩了。我让您的酒会大获成功，
    并且在本地报纸上留下了永久的美名。我热情陪伴圣厄斯勋爵
    夫人闲聊，我耐心倾听设菲尔德主教对我讲述最体面的人士的
    那些伤风败俗的骇人故事，而当那位伯爵，他叫什么来着……

詹宁斯太太：阿德里安·冯布雷默——你至少应该记住你们自己大
    使的名字。

杰克：当冯布雷默伯爵到场，而你们全都不知所措时，是我轻松应
    对，化解了危机；若不是生性谦逊，我会说我当时的表现极为

出色。

詹宁斯太太：我不知道他为什么没有识破你。他在这儿的时候，我
　　一直如坐针毡。

　　　　[男仆进来，威瑟兹太太跟在后面。

男仆：霍顿·威瑟兹太太到。

　　　　[下。

威瑟兹太太：哦，亲爱的，我一定要过来告诉你一声，昨天的酒会
　　办得非常成功。

詹宁斯太太：我很高兴你喜欢我们的酒会。

杰克：您好，威瑟兹太太？

威瑟兹太太：殿下您还记得我，真让我感到荣幸。

杰克：要知道，这是我们这行的专长之一。

威瑟兹太太：您会在本地再多待一段时间吗，大人？

杰克：如果詹宁斯太太允许我继续住在她府上，我是不打算立即搬
　　走的。

詹宁斯太太：您在这儿住多久都行，大人，只要您愿意。

杰克：詹宁斯太太是最可爱可亲的女主人。咱们去花园里转转好不
　　好，詹宁斯太太？我相信旺利夫人一定很愿意参观一下您的玫
　　瑰园。

旺利夫人：詹宁斯太太昨天已经带我们参观过了。

杰克：我们有充分的理由相信，美好的事物是永恒的喜悦。①詹宁斯
　　先生今天会带你们再参观一遍的。

帕克-詹宁斯：能够满足殿下的愿望，我深感荣幸和喜悦。

　　　　[杰克·斯特罗站在门口，让旺利夫人和帕克-詹宁斯先走。

杰克：[对文森特] 你不来吗？

_____

① 　这句话出自济慈的诗《恩底弥翁》。

文森特：来了，大人。

　　　　[威瑟兹太太和文森特走出去。

杰克：我马上就去跟你们会合。顺便问一句，您女儿去哪儿了？

詹宁斯太太：她跟塞尔洛勋爵散步去了。

杰克：请等她一回来就告诉她，如果能让我见她一面，我将非常
　　感激。

詹宁斯太太：你找她什么事？

杰克：在我们见面之后，她完全可以自己告诉您。

詹宁斯太太：我才不会为你传话呢。

杰克：请您按照我要求的做，詹宁斯太太。

　　　　[下。

詹宁斯太太：你瞧见了吗，他现在居然使唤起我来了。我开始担心
　　永远也摆不脱他了。我感觉他会在这儿赖上一辈子。我好像看
　　见他在这屋里一直待到老，吃我的，喝我的，就连裁缝的账单
　　也要詹宁斯替他付。这都是你们干的好事。

霍伦德：我很抱歉。真的很抱歉。

詹宁斯太太：抱歉有什么用？你们唯一能做的就是帮我们把他弄走。
　　他一来，把埃塞尔和塞尔洛的事也搅黄了。他不会再考虑跟她
　　结婚了。

霍伦德：嗯，我认为那倒算不得什么损失。

詹宁斯太太：唯一让我感到欣慰的是，在我们还当他是大公的时候，
　　埃塞尔就一直对他不理不睬。

霍伦德：您知道吗，如果我是您的话，我会让他们见面。我有种感
　　觉，在跟她谈过之后，他就会愿意离开了。

詹宁斯太太：你这话是什么意思？

　　　　[埃塞尔和塞尔洛上。

詹宁斯太太：[笑容可掬] 埃塞尔陪您去散步了是吗，亲爱的塞尔洛

勋爵？

塞尔洛：是的，不错，我们出去散了会儿步。

詹宁斯太太：希望她没累着您。她很能走路，是不是，亲爱的？

塞尔洛：我对于散步的概念就是在路边上坐坐，您知道。

詹宁斯太太：这是个很好的概念。我本人也很赞同。

塞尔洛：[冷冰冰地] 今天的风向变了，是不是？

詹宁斯太太：[茫然不觉] 是吗？我没注意。

　　　　[帕克-詹宁斯心急火燎地上场。

帕克-詹宁斯：玛丽亚，他要把咱们准备拿去参加花展的玫瑰全都剪
　　下来送给范妮·威瑟兹。

詹宁斯太太：哎呀！

　　　　[她正要冲出去，杰克·斯特罗手持一束极其美丽的玫瑰花
　　上场。

杰克：我说，你们这儿有花篮吗？

詹宁斯太太：你，你，你这个白痴！

杰克：我又做错什么了吗？

詹宁斯太太：我们下周还要把这些玫瑰拿到水晶宫 ① 去参加花展呢。

杰克：我觉得它们很漂亮，于是突然想到，威瑟兹太太也许会喜欢。

詹宁斯太太：[从他手里夺过玫瑰] 啊呀！

　　　　[她愤然离去，帕克-詹宁斯跟着她离开。

杰克：[平静地走进房间] 恐怕我又做错事了。

塞尔洛：你这回可闯祸了，老兄。

杰克：要是我身上带着那本礼仪手册就好了，不知道那上面提没
　　提到玫瑰花展的事。[对埃塞尔] 我今天还没有机会跟你说早
　　安呢。

---

① 水晶宫是伦敦为 1851 年万国博览会而建的展馆，于 1936 年毁于大火。

塞尔洛：你知道，老兄，我不想招人讨厌，不过我和詹宁斯小姐出去散步的时候，还以为等我们回来时你已经离开了呢。

杰克：亲爱的霍伦德，不知你能否帮我告诉威瑟兹太太一声，詹宁斯太太正在为她那些玫瑰装到花篮里。

霍伦德：[不情愿地笑笑] 跟你生气也没用，杰克。我去就是了。

　　　　[下。

杰克：他是个知趣的人。如果我是苏丹，我会让他做我的大维齐尔①。

　　　　[他用若有所思又犀利的目光看着塞尔洛。

塞尔洛：你盯着我干吗？

杰克：我正在思考，应该如何委婉地告诉你，你最好也仿效他的做法。

埃塞尔：我希望塞尔洛勋爵留下。

杰克：我有重要的事想和你谈。

埃塞尔：我相信你没有什么不能让塞尔洛勋爵听见的话。

杰克：好吧，那我就尽力克服我那害羞的习惯吧。

塞尔洛：真不知道你何出此言。你大概是我见过的脸皮最厚的人了。

杰克：不瞒你们说，那正是这四年来我唯一的谋生之道。

埃塞尔：你想对我说什么？

杰克：能不能先给我个微笑，作为一点鼓励？

埃塞尔：这些话我本来不想说，是你逼着我说的。你竟然能如此冷酷无情，实在让我震惊。你竟然会参与这种愚蠢的恶作剧，实在令人不齿。

杰克：亲爱的塞尔洛，你要不要——回避一下？

----

① 维齐尔是伊斯兰国家，特别是奥斯曼帝国的高官或大臣，大维齐尔相当于首相。

埃塞尔：我要他留下。

杰克：他在这儿会感到很尴尬的。他也是个识趣的人——我同样要封他为大维齐尔——他会感觉自己像个电灯泡。

塞尔洛：你大可不必在意我的感受，真的。

杰克：[对埃塞尔] 你不想听我解释吗？你不会以为我真的在乎他们的那个恶作剧吧？我之所以到这儿来，是因为只有这样才能见到你。

埃塞尔：你的所作所为令我厌恶至极。

杰克：你难道看不出来，从一开始我就疯狂地爱上了你？

塞尔洛：啊呀，我现在真的感到尴尬了。

杰克：你叫我不用在意你的感受的。

埃塞尔：[忍不住笑] 你知道吗，你这个人太荒唐了。我知道我应该非常生你的气，可是我就是气不起来。

杰克：你还记得你昨天对我说的话吗？

埃塞尔：不记得。

杰克：那我就来提醒你一下。你昨天要我离开这里——因为我是个王爷。如果我只是个侍者，你还会要我走吗？

埃塞尔：我早该想到你一直在取笑我。

杰克：你知道，如果我是个王爷，为了接近你而假扮成侍者，你会认为这非常浪漫。为什么当一个侍者出于同样的理由假扮成王爷，你却会感到愤慨呢？

埃塞尔：如果你看不出其中的差别，我告诉你也没用。

杰克：你愿意嫁给我吗，埃塞尔？

塞尔洛：我说，我真想一脚把你从这房子里踹出去。

杰克：是吗？要是那样的话，我就只能庆幸自己是波美拉尼亚的业余拳击冠军了。

塞尔洛：这让事情变得有点复杂了，是吧？

杰克：说实话，我从来没在如此窘迫的情况下求过婚。[对埃塞尔]
　　亲爱的，不要太任性。昨天你因为我是大公而拒绝了我，今天
　　你不会因为我是个小人物而再次拒绝我吧？

埃塞尔：[冷淡地] 你能给出任何一个让我接受你的理由吗？

杰克：嗯，你也许没有意识到，但是你就像我爱你一样爱着我，这
　　就是最好的理由。

埃塞尔：我吗？

杰克：你能否认吗？不过即使你否认，我也不会相信。

埃塞尔：让你相信其实很容易。塞尔洛勋爵，你昨天对我说……
　　　　[她犹豫不安地停下。]

塞尔洛：啊，你说真的？

埃塞尔：[微笑] 就像你希望的那么真。

塞尔洛：[深鞠一躬] 斯特罗先生，请允许我向你宣布我同埃塞
　　尔·帕克-詹宁斯小姐订婚的消息。

杰克：我还是不信。恐怕你的浪漫已经无可救药了，亲爱的，我相
　　信你妈妈一定会为此大伤脑筋的。

埃塞尔：哦，你太气人了。但愿我也能同样气气你。
　　　　[霍伦德跑上场。]

霍伦德：喂，杰克，当心。

杰克：出什么事啦？
　　　　[詹宁斯太太焦躁不安地进来，帕克-詹宁斯一同上场。]

詹宁斯太太：完了。现在做什么都来不及了。

霍伦德：冯布雷默又来了。

帕克-詹宁斯：他的车上还有一个人，看样子像是个便衣警察。

詹宁斯太太：怎么办？咳呀，别站在那儿咧着嘴傻笑啦。

埃塞尔：[急切地] 你不会被捕吧？

霍伦德：听我说，你现在要走还来得及。

[文森特上。

詹宁斯太太：怎么样？

文森特：旺利夫人正在跟他谈话。她会尽可能拖住他一阵。

詹宁斯太太：上帝保佑她！我什么都原谅她了。

埃塞尔：哦，请你趁这个机会快走吧，我不忍心看着你被捕。

杰克：你为什么要在乎呢？

詹宁斯太太：听我说，你跟我开了个卑劣的玩笑，可是你倒一点也
　　不怕难为情。我不希望你惹上麻烦。我不知道你有什么特别之
　　处，可我就是忍不住喜欢你。

杰克：夫人，要不是您的丈夫不巧也在场，我一定会拜倒在您的
　　脚下。

詹宁斯太太：哦，别胡说。我想帮你逃走。

杰克：[做了个夸张的手势] 夫人，我母亲唯一的儿子从未在敌人面
　　前逃走过。我要留下来承担自己行为的后果。

詹宁斯太太：我现在考虑的不是我自己。即使闹出丑闻，我的钱财
　　也足以让人们把它忘记。

塞尔洛：我说老兄，你最好还是走吧。英国眼下不是你待的地方。

埃塞尔：[低声] 假如你还有一点在乎我，就不要冒这么大的风险。

杰克：假如你们能像这样异口同声地挽留我，那我就太高兴了。

詹宁斯太太：这个人疯了，疯得像只三月里的野兔。他应该被关到
　　疯人院去。

杰克：我不记得拿破仑是否是我的祖先，但是此刻我感觉自己就像
　　他一样，"既来之，则安之"。

塞尔洛：这句话其实是麦克马洪说的。

杰克：[气派地挥挥手] 我更喜欢当它是拿破仑说的。

帕克-詹宁斯：他们慢慢走过来了。

詹宁斯太太：来不及了。弗洛丽·威瑟兹要看我的笑话了。

文森特：[从窗户向外看] 哎，旺利夫人正让他看那些玫瑰花呢。

霍伦德：她真是好样的，一分一秒都要尽量争取。

杰克：对了，说到玫瑰，您叫人把我为威瑟兹太太剪的那束玫瑰装到花篮里了吗？

詹宁斯太太：天哪，我真想捏住你的脖子掐死你。

帕克-詹宁斯：当心。

　　　　[他们全都停下，屏息等待。旺利夫人同威瑟兹太太进来，看到杰克，她大吃一惊。

旺利夫人：啊，我还以为你已经走了。

　　　　[阿德里安·冯布雷默跟着她进来。杰克·斯特罗热情地迎上去。

杰克：啊，我亲爱的朋友，我等了您一个早上了。

　　　　[众人讶然。随着事态发展，每个人都变得越发惊讶和困惑。

冯布雷默：我已经尽快赶来了。我刚刚收到回电。

杰克：有好消息告诉我吗？

冯布雷默：大好的消息。皇帝陛下答应了您的所有请求。

杰克：上帝保佑他老人家。

冯布雷默：陛下迫不及待想要再见到您，他随时期待着能收到您的来信。[他走到埃塞尔面前] 小姐，奉尊贵的皇帝陛下之命，我谨代表他向您致以最诚挚的问候。

埃塞尔：向我？

詹宁斯太太：我不知道自己现在是在云里还是在雾里。

杰克：那么我现在要做的就是正式求婚了。詹宁斯太太，我得到祖父的许可，来向您请求把您的女儿嫁给我。

詹宁斯太太：[突然爆发] 可是这人是个冒牌货。如果他是塞巴斯蒂安大公，那我也是。

威瑟兹太太：这话怎么讲？

詹宁斯太太：嗯，好吧，你要是想听，我就告诉你。这件事发生时你也在场。我想是因为我那天心情不好，当那个牧师的妻子，那个谁，在巴比伦大饭店走过来向我问好时，我冷落了她。事后我非常懊悔，也为此受到了惩罚。他们知道我是个势利眼——跟你一样，弗洛丽——于是便计划着报复我。他们从饭店里找来一个招待，把他打扮成上等人的模样介绍给我，说他是塞巴斯蒂安大公。

威瑟兹太太：[指着杰克] 是他么？

詹宁斯太太：没错，就是他！他是个招待，那才是他的真实身份。过去的这个星期，我一直像个傻子似的被他耍得团团转。

冯布雷默：[大惑不解] 可是——我不明白。我从塞巴斯蒂安大公一降生就认识他了。

霍伦德：您认错了。这个人和我在美国就认识，我们一起生活了两年。我不知道他的真名是什么，不过大家都管他叫杰克·斯特罗。

冯布雷默：可是你的话实在荒谬。我就像熟悉自己的儿子一样熟悉他。

詹宁斯太太：您是说，他真是一位大公？

冯布雷默：当然啦。唯一令人不解的是，我们在全世界找了他四年，他怎么会突然出现在这里。

霍伦德：你是我在美国认识的那个杰克·斯特罗吗？

杰克：是啊。

旺利夫人：你是巴比伦大饭店的那个服务生吗？

杰克：是啊。

詹宁斯太太：那你是波美拉尼亚的塞巴斯蒂安大公吗？

杰克：是啊。

塞尔洛：好嘛，我彻底晕了。

杰克：请你们容我解释。四年前，我疯狂地爱上了一位拥有特殊才艺的女士——她的腿踢得比世上所有人都高。她能极其优雅地踢落一个人头上戴着的高筒礼帽，于是我向她求婚了。我祖父拒不同意这门婚事，那位女士很快就被赶出了国境。[看一眼埃塞尔] 那时的我也是个浪漫的家伙，我追上她，却发现她早已经有了三个合法不合法的丈夫。看到他们，再想到她那项特殊才能对家庭幸福并无多大助益，我从疯狂的激情中清醒了过来。然而此时，整个世界在我眼中也变得有些空洞和索然无味了。于是我想试着从一个一无所有、只能靠耍小聪明过活的人的角度重新认识这个世界。尝试过后，坦率地告诉你们，我还是更喜欢依靠我的祖上凭借武力获得的收入生活。你们在巴比伦大饭店遇见我时，我正准备回归家庭的怀抱，然而当我见到这位年轻小姐，又得到这样一个机会时，我便决定前来这里。当你们让我冒充一个响当当的大人物时，我自然而然地想到了我自己。昨天，我同冯布雷默伯爵见面时，请求他电告陛下，恳求他老人家同意我与埃塞尔·詹宁斯小姐的婚事。

冯布雷默：我只想补充一句，陛下满怀喜悦地期待着再次见到他最疼爱的孙儿，已经欣然同意了这门婚事。

詹宁斯太太：一想到这几个钟头里我称呼您的那些……

杰克：夫人，您对招待说的那些话，在大公听来都是耳边风。

　　　　[他走到埃塞尔面前。

杰克：能否让一位年迈的皇帝安心，让八十一个大公满意，让你卑微的仆人幸福，现在全都取决于你了。

埃塞尔：我已经同塞尔洛勋爵订婚了。

詹宁斯太太：什么！我怎么不知道！

杰克：我就知道你妈妈会不高兴的。

埃塞尔：那也改变不了事实。

杰克：[走向塞尔洛] 嘿，我亲爱的朋友，你现在有个千载难逢的机会。在我看来，你显然已别无选择。走到舞台中央，用你能想到的所有动人的话语宣布与这位小姐解除婚约吧。

塞尔洛：听我说，老兄，我不大喜欢你总是这么取笑我。

杰克：拿出点儿风度来，老兄。

塞尔洛：我也许是个十足的笨蛋，但是不用你说我也知道，要不是为了让你难堪，埃塞尔无论如何也不会接受我的求婚。

杰克：唉，为什么有些人要白白放弃大好的机会呢！说得动情一些，老兄，激起别人的哀怜，否则就达不到效果了。在你说完之后，这里应该没有一个不掉泪的。

塞尔洛：呃，事实上——有件事我当时完全忘记了，但今天早上我收到一位女士的律师来信提醒我——我跟那位同样能一脚踢掉别人帽子的年轻女士订婚了。

杰克：天哪，不会还是她吧。

埃塞尔：你为什么不早说？

塞尔洛：嗯，你知道，当时不大方便，因为你——呃……

杰克：你正对他投怀送抱。

埃塞尔：[微笑着对杰克·斯特罗] 我真该生你的气。你一直都在取笑我。我不相信你会认真对待我。如果我真的如你所说是个浪漫的人，我就该自矜自重，拒绝同你有任何来往。

杰克：不过像所有女人一样，你其实也很现实，你是不会那么做的。

埃塞尔：这不是因为我现实，而是因为我认为你刚才的话很有道理。

杰克：愿上帝保佑你！要不是我确信你会把我的话当真，我一定会伏在你的脚下，求你走在我身上。

詹宁斯太太：[得意洋洋] 我一直都知道他是位大公。谁也别想骗一个当妈的人。

杰克：[猛地一惊]有件事我必须立刻告诉您。波美拉尼亚依旧保留了一些野蛮的传统。我们有一条严苛的法律规定，如果王室成员与没有王室血统的外国人结婚，女方的家属是禁止入境的。

詹宁斯太太：我倒要看看谁敢拦着我去见自己的女儿。

杰克：亲爱的夫人，我怀着无比沉痛的心情告诉您，一旦您越过我们的边境，就会立刻被斩首。

詹宁斯太太：您说的不错，大人，是够野蛮的。

全剧终

多特夫人

MRS. DOT

三幕闹剧

章诗沁 译

人　物

沃思利夫人

弗雷迪·珀金斯：沃思利夫人的侄子兼秘书

伊丽莎·麦格雷戈小姐：沃思利夫人的阿姨

杰拉尔德·霍尔斯坦

詹姆斯·布伦金索普

塞伦格尔夫人

内利：塞伦格尔夫人的女儿

查尔斯：杰拉尔德的仆人

梅森：沃思利夫人的管家

赖特先生：裁缝

里克森先生：杰拉尔德的律师

布伦金索普的跟班

时间：1905 年

第一幕——杰拉尔德位于格拉夫顿街的房间

第二幕与第三幕——沃思利夫人的河畔小屋

第一幕

　　场景：杰拉尔德位于格拉夫顿街的房间。一间装修精美的单身公寓，屋内摆放着几张舒适的扶手椅，墙上挂着装饰画，地上散落着书籍和烟枪。

　　杰拉尔德的仆人查尔斯推门而入，年轻的赖特先生跟在他身后走了进来。赖特先生穿着考究，浑身上下收拾得清清爽爽。

查尔斯：行了，这下你自个儿瞧见了吧，霍尔斯坦先生不在家。

赖特先生：没关系，我可以等他。

查尔斯：那你恐怕得等到半夜了，我可不认为在那之前他会回来。

赖特先生：上次你告诉我他半小时后回来，于是我先走了，结果等
　　我再来的时候，你却说他刚刚离开。这次我不会再被你耍了。

查尔斯：总督是不会对无礼的行为睁一只眼闭一只眼的，赖特先生。
　　你这么做，只会让他觉得受到了极大的不尊重。

赖特先生：我不知道什么是"无礼的行为"；我只知道，假如我的账
　　不能马上结清的话，他将接到法庭的传唤。

　　　　［门铃响起。

查尔斯：［讥讽地］您请自便，可以吗？

赖特先生：谢谢，我会的。

　　　　［查尔斯离开房间。门开着，因此从房里能听到他与律师里
　　克森的对话。

里克森：［声音从门外传来］霍尔斯坦先生在吗？

253

查尔斯：不在，先生，他去俱乐部了。

里克森：好吧，那我给他打电话，有件非常重要的事情必须和他面谈。你能联系到他，对吧？

查尔斯：是的，先生，不过现在房间里有位客人。

里克森：[走进房间] 噢，不打紧。

　　　　[里克森身材矮小，面色红润，留着络腮胡子，举止轻快活泼。

赖特先生：[朝里克森走去] 里克森先生。[里克森看着他，但没有认出他是谁] 您不记得我了吗，先生？我是"安德鲁与赖特制衣"的合伙人呀，年轻的那个。

里克森：当然记得，上次去是你父亲在打理生意。[对着查尔斯] 电话簿在哪儿？

查尔斯：我这就去拿，先生，霍尔斯坦先生借给楼上那位绅士了。

里克森：快去，有多快就多快。

　　　　[查尔斯离开房间。

里克森：[对着赖特先生] 你在这儿干什么？

赖特先生：呃，是这样的，我们有一大笔钱存放在霍尔斯坦先生这里，但听说他最近手头有些吃紧，所以想趁早将钱取出来。

里克森：手头吃紧？这家伙马上就会有每年七千镑的进账了。

赖特先生：什么！

里克森：这就是为什么我要大老远地跑来找他。你知道他和霍林顿一家有亲戚关系吧？不到半小时前我还在霍林顿夫人那儿呢——对，就是那个寡妇，话说他们家族过去几百年来的法律事务都是由我们公司处理的。总之，我前脚才进她家的门，后脚就传来陆军部的消息。她的孙子，也就是现任勋爵，在印度遇害了。得知这个消息后我便全速赶来。霍尔斯坦先生是下一任继承人，将继承爵位并享有七千镑的年俸禄。

赖特先生：我的天呐，这真是好运气。

里克森：现在我大可告诉你，他原本是要山穷水尽了。你的钱不会有事的，他会把该付的付清，虽然这样一来他也就不剩多少钱了。

赖特先生：但他现在肯定是什么都不知道吧？

里克森：一点也不知道，他满脑子想的都是自己是个失败的人。我现在来这里就是要打电话告诉他，他正迎来一个头衔和一笔可观的收入。

　　[查尔斯拿着电话簿走了进来。

查尔斯：格拉德街 7869 号，先生。

里克森：谢谢。

　　[他拨通查询号码的电话。

里克森：请转接格拉德街 7869 号，呃……小姐。什么？可恶，电话在占线……我必须打车去趟俱乐部。我猜你现在不会想在这里等了吧，赖特？

赖特先生：不等了，我打算回店里去了。

查尔斯：我希望一切都顺您心意，先生。[查尔斯送他们出门，独自返回房间] 真搞不懂这些做生意的到底想要什么，好意思让一名绅士向他们付钱。

　　[他在房间里最舒服的椅子上坐下，双脚跷在桌子上。他背对着门，身旁放着报纸，闭上眼睛打起了瞌睡。

　　[杰拉尔德是一名英俊的男人，二十七八岁模样，举止利落，衣着考究却不做作。弗雷迪是个二十二岁的大男孩，充满活力。布伦金索普四十五岁，大龄单身汉，保养得很好，对外表十分上心，穿着时髦。

　　[有一阵子，他们静静地看着查尔斯，查尔斯猛地惊醒，从座椅上跳起，一脸迷茫。

查尔斯：请原谅，先生，我没有听见您进门。

杰拉尔德：[彬彬有礼，语气中却带着嘲讽，这种态度贯穿了他之后和查尔斯的对话] 上天保佑我们没打搅到你，我是永远不会原谅自己把你吵醒的。

查尔斯：我可以帮您拿着帽子吗，先生？

杰拉尔德：你真好，我可不敢麻烦你。

弗雷迪：[在椅子上坐下] 哎哟，多么舒服的椅子！怪不得查尔斯能睡着。

查尔斯：里克森先生刚刚在这儿，先生。他去俱乐部找您了。

杰拉尔德：[大笑一声] 错过他并不会让我感到遗憾，律师一般不会带来什么好消息。

查尔斯：您要来一杯威士忌苏打吗，先生？

杰拉尔德：如果不会给你添麻烦的话。

　　[查尔斯离开房间，杰拉尔德把香烟盒递给布伦金索普和弗雷迪。

杰拉尔德：请坐，詹姆斯，怎么舒服怎么来。

布伦金索普：我会让自己舒服的，毕竟这是我无忧无虑、平淡无奇的人生中少数坚守的准则之一。

　　[查尔斯走进来，端着托盘，盘上放着玻璃杯、威士忌和苏打水。

查尔斯：您还需要什么吗，先生？

杰拉尔德：如果你能在你宝贵的时间中腾出两分钟，我想跟你说几句话。

弗雷迪：做好准备，查尔斯，接受从霍尔斯坦先生唇间落下的智慧之言吧。

查尔斯：股市状况很差，先生。

杰拉尔德：查尔斯，你坐我的扶手椅、把脚放在我的桌上，这我没

256

意见。我也希望自己没注意到你还抽了雪茄、喝了威士忌。

布伦金索普：[啜了一口酒] 你品味很好啊，查尔斯，这威士忌简直太棒了。

查尔斯：[平静地说] 罐式蒸馏 ①，先生，十五年酿造。

杰拉尔德：甚至你读我的信我都能坦然接受，因为它们大部分既冗长又无聊，只会向你展示上流社会的教育是多么令人鄙夷。但我必须强调，不要看我还未读过的报纸。

查尔斯：非常抱歉，先生。我不知道您对此不满。

杰拉尔德：报纸、衣服、酒，这三样东西最好……

查尔斯：您是第一个享用的人，先生。

杰拉尔德：谢谢你，查尔斯，我自己是想不出更地道的表达方式。

弗雷迪：[笑着] 你最好来一杯吧。

查尔斯：请让我来，先生。

[他将威士忌和苏打水混合在一起。

杰拉尔德：不用倒这么多威士忌，又不是你自己喝。谢谢。

查尔斯：您的矿产股太低了，先生。

杰拉尔德：是很低。

查尔斯：如果您还记得的话，先生，当初我是反对您买它们的。

布伦金索普：你真是个宝藏啊，查尔斯，除了安排你主人的日常起居，还给他提供金融交易方面的建议。

杰拉尔德：如果我没说错的话，查尔斯之前强烈推荐我投资酒馆。

查尔斯：无论是和平年代还是战时，酒馆都是人们最常光顾的地方，也不会需要秘密搬迁什么的。和平时期，人们为快乐举杯；战争中，人们借酒浇愁。

---

① Pot-still，罐式蒸馏威士忌是爱尔兰独有的一款威士忌，这种威士忌的酿造原料结合了发芽大麦和未发芽大麦，经过铜制罐式蒸馏器的蒸馏后在橡木桶中完成熟成处理。

杰拉尔德：[微笑着] 你是个哲学家啊，查尔斯，想到我将被迫舍弃你言语中的魅力，我就心如刀绞。

查尔斯：[惊讶] 您这是什么意思，先生？

杰拉尔德：我努力用这种方式给你暗示，就是不想激起你的情绪。

查尔斯：我，先生？我很抱歉没有让您满意。

杰拉尔德：不，正相反，你每一点都让我满意。在你之前，我从没有这么好的运气遇到一个既能把靴子擦得锃亮，又能妙语连珠的仆人。我非常感谢你在我衣橱上面下的功夫，以及在我试图搞笑时给予我的鼓励。我从没见你因批评而沮丧，或是因坏脾气而打退堂鼓。你的优点，说实话，是让人难以抗拒的。但即便如此，恐怕我还是得让你另寻下家了。

布伦金索普：你真不应该这么突然的，杰拉尔德，看他面对这个打击是何等错愕啊。

查尔斯：我在这里很舒服，先生。您能告诉我做这个决定的原因吗？

杰拉尔德：你心知肚明的，查尔斯。你的观察很正确，矿产股太低了，且凭你对我信件的熟悉程度，应该能意识到，那些债权人的不满已经无一例外地升级为愤怒了吧。

布伦金索普：听你说这些真是令人难过啊，老兄。

查尔斯：只是工资的问题，先生，等您方便的时候再付给我就好了，我一样很高兴的。

杰拉尔德：[带着感激的微笑] 谢谢你，查尔斯。不过说真的，你难道觉得这种暂时的办法能解决问题吗？

查尔斯：这个嘛，先生，仅仅根据我对您状况的了解……

杰拉尔德：得了得了，你的谦虚病又犯了。难不成这房间里还有你不曾了如指掌的账单或者律师函件，哪怕一份也好？

查尔斯：好吧，先生，如果您问得这么直接的话，事情是挺糟糕的。

258

弗雷迪：要我说，别拐弯抹角了，这到底什么意思？

杰拉尔德：很抱歉我传递这则"有趣"消息的方式不合你意。你该不会想让我焦虑得一把一把揪自个儿的头发吧？ ①

布伦金索普：画面感很强，不过肯定很疼。

弗雷迪：你真的破产了吗？

杰拉尔德：严重到我不得不把家里的房间改成日租房。一个星期后，查尔斯，我的双脚将不再沾染伦敦的尘土——我，一个英国长子继承制的受害者。

查尔斯：好的，先生。

杰拉尔德：你一点都不知道我在说什么？

查尔斯：不知道，先生。

杰拉尔德：好吧，可我十分确定，在你大把的闲暇时光之余，你查过《谱系录》② 中有我名字的那页，尽管我是那么微不足道。

查尔斯：请原谅，先生，我在接受职位之前是在贵族名册上查过您。

杰拉尔德：我很欣慰调查结果让你满意。

查尔斯：这个嘛，先生，毕竟我一直以来都受雇于有身份的绅士，心细一些总归是对自己负责。

杰拉尔德：我败给你了，查尔斯，难为你屈尊。我从没想过，在我挑选你的同时你竟然也在挑选我。

查尔斯：如果仆人对主人的要求同主人对仆人的要求一样高，许多绅士就得自己擦靴子了。

杰拉尔德：你是很机智，查尔斯，但我不喜欢你试图转移话题。

查尔斯：请原谅，先生。恕我直言，您是名门望族的次子，与上流社会的联系又那么紧密。假如我可以这么说的话，您父亲几乎

---

① tear one's hair，本意为"揪头发"，引申义为"为……感到焦虑"。

② *Burke*，联合王国贵族谱系录，第一版由 John Burke 于 1826 年编制。

是个贵族。

杰拉尔德：但后果是，我在成长过程中并未学到一丝谋生技能。我属于人们口中的"小儿子"，我们这群人唯一的生存方式即圈内的社会关系，以及自然之母赐予我们的天赋。

　　　[门铃响起。]

查尔斯：有人在门口，先生。我该说您在家吗？

杰拉尔德：不，半小时后我约了两位女士喝茶，除此之外你不要让任何人进来。再过二十五分钟，这两位先生就该被迫把我从他们的社交圈里剔除了。

布伦金索普：没有的事，没有的事。

杰拉尔德：我郑重重复一遍，迫于前约，这两位先生二十分钟后势必将离开我。

布伦金索普：毕竟等她们来了之后，我们就很难完全自然地离开了，不是吗？

　　　[门铃再次响起。]

杰拉尔德：别让任何人进来。

查尔斯：好的，先生。

　　　[查尔斯走出房间。]

布伦金索普：老兄，我想说，你的坏消息让我非常难过，就不能让我帮点忙吗？

杰拉尔德：不用了，谢谢。

　　　[门铃持续响着，显得急促而不耐烦。]

弗雷迪：老天，不管你的访客是谁，他看起来都不喜欢被晾着。

多特夫人：[声音从门外传来] 霍尔斯坦先生在吗？

弗雷迪：[轻声说] 是我姨妈，什么情况。

布伦金索普：多特夫人。

杰拉尔德：嘘！

查尔斯：他不在，夫人。

多特夫人：[声音从门外传来] 胡说八道。我有特别的理由要见他。

查尔斯：我很抱歉，夫人。霍尔斯坦先生出门还不到五分钟，我甚至在想您怎么没在楼梯上碰到他。

多特夫人：好，这些我都知道。

[沃思利夫人①进门。她是一个漂亮女人，身形娇小，身着精美的礼服。她大方直率，充满活力。查尔斯跟在她身后走进房间。

多特夫人：喔！你们仨。查尔斯，你是怎么想出那样一个故事的？

查尔斯：[非常严肃地说] 霍尔斯坦先生不在家，夫人。

杰拉尔德：[走上前去牵起她的手] 查尔斯被您的不拘小节震惊到了。

多特夫人：走开，查尔斯，别再这样做了……我想你知道这种事是不该出现在尊贵人家的吧？

查尔斯：[刻板地] 不应该，夫人。

多特夫人：我看外面有一辆我的酒车，所以想进来问问你感觉如何。

查尔斯：[冷冰冰地] 您什么意思，夫人？

多特夫人：啤酒，我的老伙计啊，啤酒！你难道不知道我是沃思利酒亨吗？

查尔斯：我从没想过这事，夫人。

多特夫人：我们的半克朗②家庭艾尔酒也很不错，虽然我不该自己这么说的。

杰拉尔德：你可以走了，查尔斯。

[查尔斯一言不发地离开了，看上去在尽力维持自己的

---

① 即多特夫人。
② crown，英国旧币制的五先令硬币。

尊严。

杰拉尔德：［欢快地］还好我之前已经通知他另寻高就——被这样尽情羞辱一番，查尔斯是绝对不会继续待在这所房子里了。

多特夫人：我就喜欢吓唬查尔斯。他太有教养了。他明明知道我是做生意的，但很明显，每次我来的时候，他都尽力表现得好像自己并不知道。

布伦金索普：世风日下，以至于只有在家仆中才能寻到对贵族①的尊重和对商业的轻蔑。

多特夫人：［对着弗雷迪］我很高兴你没有因为当我的秘书而把健康毁了。

弗雷迪：我和布伦金索普一起吃的午饭。今早出门前，我答复了五十封乞讨信。

多特夫人：［对着杰拉尔德］你还没说很高兴见到我。

杰拉尔德：我不确定我是不是高兴，非常不确定。

多特夫人：［丝毫不感到尴尬］那就说你喜欢我的裙子。

杰拉尔德：是，很漂亮。

多特夫人：很好！我就知道它很漂亮，伦敦不会有其他人敢冒险穿得哪怕有这一半狂野了。至于这顶帽子……

布伦金索普：这帽子真丑，不过我猜是时尚潮流吧。

多特夫人：我亲爱的詹姆斯，你书是在哪念的？

布伦金索普：伊顿公学。

多特夫人：看来，他们完全没教穿衣打扮。

布伦金索普：我有时希望好女人们不要过度打扮，那样只会让她们显得放浪轻薄。

多特夫人：别犯傻了，对一个会为裙子费心的女人而言，最理想的

---

① landed gentry，指拥有大量土地的贵族。

就是尽可能让自己看起来像个被抛弃的荡妇。

[多特夫人挑了那张最舒服的椅子。

杰拉尔德：恐怕我无法请你坐下。

多特夫人：喔，不麻烦，我完全有能力自己做到这点……如果你以为在你回答一百五十个问题前我会离开，那你就错了。首先，我想知道上周你为什么不在我身边？其次，你为什么把我排除在你的圈子之外？最后，我现在人就在这儿，你为什么想尽一切办法躲避我？

杰拉尔德：我没去见你是因为最近出奇地忙，我说我不在家是因为我正处于最糟糕的情绪之中；然后，我逃避你是因为我约了别人。

多特夫人：那么，假如我是个识趣的人，是不是应该打铃叫车了？

杰拉尔德：我敢说你会让我叫车。

多特夫人：好吧，这两件事我都不会做。首先，你的回答简直就是胡说八道；再者，我想知道是谁要来。如果是认识的人，我应该留下来说，你好吗；如果不认识，我想看看他们是怎样的人。

杰拉尔德：我想你应该知道，我完全可以把你撵出去吧。

多特夫人：如果你敢碰我，我会尖叫的。

[她迅速扫了一眼弗雷迪和布伦金索普，微微一笑。

多特夫人：喔，弗雷迪，我几乎忘了，我下午出门的时候收到一沓信。有三名可怜的牧师付不起账单，五个上了年纪的单身女人不知道该找谁帮忙付季度房租，还有七位亟需救助的妇女和她们各自挨饿的丈夫以及十六个孩子。

布伦金索普：这么没道德！

多特夫人：如果她们每人只有一个挨饿的孩子，却有十六个丈夫，那才是更不道德的。

布伦金索普：我想你大概从来没想过，你一视同仁的慈善实际上是弊大于利吧？

多特夫人：别这么老古董。如果把一部分钱捐出去能让我感到快乐，为什么不这样做呢？我敢说，二十个受我帮助的人里有十九个不值得这些钱，但只有这样，我才能确保不会错过第二十个——那个值得的人。

弗雷迪：你要我立刻给他们回信吗？

多特夫人：立刻，马上。

弗雷迪：[带着一丝微笑] 但这样你只能摆脱我一人，布伦金索普依旧在这儿。

多特夫人：[面无表情] 詹姆斯，去，跟着弗雷迪，看看他写得好不好。他刚从牛津回来，拼写可差了。

布伦金索普：[发出一声咕哝] 你俩谈完了，喊一嗓子叫我们。

多特夫人：现在注意了，弗雷迪，I 在 E 前面，除非前头还有 C①。

　　　　　　[弗雷迪和布伦金索普离开房间。

杰拉尔德：[笑着说] 你真是个豪爽的女人，多特夫人。

多特夫人：[换了一种声调] 发生了什么呀，杰拉尔德？

杰拉尔德：[惊讶] 我？

多特夫人：都不愿意跟老朋友说一说？

杰拉尔德：[短暂停顿了一会儿] 你帮不了的，多特夫人。

多特夫人：能不能不要叫我"夫人"？这让我很有三十五六岁的感觉。

杰拉尔德：你实在是个好人，我们也一起度过了很美好的时光。我很高兴你今天过来，因为这给了我一个对你的善意表示感谢的机会。

---

① 英语学习中的一条拼写口诀，指大部分单词中，i 都在 e 前（如 field, believe），但如果是在 c 之后的话，则是 e 在前 i 在后（如 conceit, ceiling）。

多特夫人：我亲爱的男孩，你在说什么？

杰拉尔德：呃，事实上，我前段时间花钱花太多，现在要破产了。

多特夫人：我是有多傻！自己手头一直很宽裕，却从没想过其他人可能正经历着艰难时期。我甚至让你为我花各种各样的钱——戏票、晚餐，还有天知道什么东西。我肯定欠你一大笔债。

杰拉尔德：胡说！你一便士也不欠我的。

多特夫人：既然这样，我坚持今后都由我来买单。我可不会放弃我们在萨芙依 ① 的小小晚餐，那些夜宵，以及其余的一切。别犯傻了，你知道我还有十倍的钱是不知道该怎么花的。

杰拉尔德：是的，我能想象你悄悄把钱包塞进我手里，这样我就能付午餐钱；给我一先令让我付出租车费。不，谢谢。

多特夫人：那我们就一起省吃俭用。只不过是把剧院包厢换成正厅后座而已。其实嘛，我更喜欢后座，你能看到所有女人进场，批评她们的发型，还可以从头到尾吮着橙子。想到这我都流口水啦。然后我们用公共汽车代替出租车，公共汽车更安全，而且我喜欢坐在前排座位上和司机聊天。公车司机都很帅的。

杰拉尔德：不是开公车的问题，是我得用我的平足走路了。

多特夫人：那敢情好。你就用平足走路吧，我会在你旁边，拱着脚背和你一起走。

杰拉尔德：事情已经到了我必须要乞讨、偷窃，或者工作的地步。

多特夫人：那么告诉我，到底发生了什么。

杰拉尔德：这些事只会让你感到无聊，何况你也不会明白的。

多特夫人：你在说傻话，我的朋友，你说这些只不过是在犯傻。我自诩没几个男人有比我更好的商业头脑。为什么这么说呢？因为在我丈夫去世后，我让我们的收益翻了番。啤酒厂从来没像

---

① The Savoy，伦敦第一家豪华酒店，于 1889 年开业。

现在这么欣欣向荣过。我对拥有五万藏酒量的英国人说，喝沃思利的半克朗家庭艾尔酒吧，然后老天啊，他们就照做了。

杰拉尔德：你这有趣的小家伙。

多特夫人：所以呢，现在把事情告诉我，我们看看能不能解决。

杰拉尔德：噢，我亲爱的，恐怕已经万劫不复了。我一开始就没多少钱，又欠了债。后来我在股市赌了一小笔，但那该死的股票从我买进的那天起就开始稳步下跌。

多特夫人：股票就是这样，特别是当一群傻瓜都买进的时候。

杰拉尔德：但我敢说我本可以渡过这一关的，偏偏一个兄弟遇上麻烦，我又给了他支持。

多特夫人：你不是在开玩笑吧？

杰拉尔德：我必须这样做。我不能让他经历这一切，而自己却袖手旁观。

多特夫人：你这头蠢驴啊，不折不扣的蠢驴！

杰拉尔德：他发誓会还钱的。

多特夫人：我还从没遇见过一个男人，当然这种情况下也有可能是女人，会在要钱的时候还信守那如雷贯耳的谎言。结果是什么？

杰拉尔德：结果就是，在我把该付的都付清后，应该还会剩下五百镑。我打算去美国，凑合着过吧。

多特夫人：原谅我这么问，但你难道不觉得，一个英俊的脸蛋、一张能说会道的嘴，以及举手投足间的魅力，足够给你换来每日的面包吗？

杰拉尔德：[哈哈大笑] 我不想显得太自负，但除此之外，我想我还有两三个更为有用的优点吧，尽管我用尽全力掩饰它们。

多特夫人：总而言之，言而总之，你完了。

杰拉尔德：彻彻底底。

多特夫人：很开心听到这个消息。

杰拉尔德：多特！

多特夫人：真的，我忍不住。不过我认为你去美国的计划简直就是犯傻。

杰拉尔德：我还能怎么办？已经山穷水尽了。

多特夫人：你这个蠢货。

杰拉尔德：你说什么？

多特夫人：在你所属的这个阶级里，富足的婚姻是钱财挥霍一空之后最主要的资源。这个传统是如此根深蒂固，因此假如一位出身良好的男士选择移民而不是遵守这个传统，他会引起社会愤怒与质疑的。

杰拉尔德：谢谢。我不能想象自己为了钱而结婚。

多特夫人：别傻了，真爱的道路不会因为一名迷人的寡妇拥有六万年薪而变得更加崎岖。

杰拉尔德：你什么意思？

多特夫人：我亲爱的男孩，我并不是一个彻头彻尾的傻瓜。男人总以为女人什么都看不见，除非她们瞪大双眼；但你们难道不知道，哪怕是用后脑勺并且隔着一堵石头墙，她其实也能看见？

杰拉尔德：所以你看见了什么？

多特夫人：成百上千的事。我看见我进门时你骤然亮起的双眸，看见你趁我不注意时偷看我的目光，看见你对那些恭维我的人怒目而视。我看见你由于为我做了些小事而欢欣雀跃，也看见你在戏剧结束之后寻找机会为我披上大衣。还有——不好意思——但我可以就此得出结论，你爱上了我。我敢说你自己肯定没有意识到，但那是因为男人都傻得荒唐。

杰拉尔德：[阴郁地] 你觉得这时候嘲笑我是一种善举吗？

多特夫人：可我不是在嘲笑你呀，亲爱的。我是那么高兴，受宠若惊，也很感动。一开始我认为自己是个傻瓜，我看到那些东西只不过因为我想让自己看到，而当你牵我的手微微颤抖时，我却担心那是自己的手在颤抖。但最后我终于确定，你爱我，就像我爱你一样。我是多么开心啊，开心得哭了两个钟头，不得不用一整盒纸巾才让自己可以重新见人。

杰拉尔德：[冷冷地] 接下来我要说的恐怕会让你觉得我残忍至极。我应该早点告诉你的，我订婚了。

多特夫人：杰拉尔德!

杰拉尔德：我三年前就和内利·塞伦格尔订婚了。

多特夫人：你为什么以前不告诉我?

杰拉尔德：这不是什么好张扬的事，而且——我害怕失去你。噢，多特，多特，我全心全意爱着你。我好庆幸终于说出了口。

多特夫人：但我一点都不明白。

杰拉尔德：你知道内利·塞伦格尔是我的老朋友。

多特夫人：是的，我第一次见到你就是在塞伦格尔家。

杰拉尔德：嗯，三年前我们一起在乡下，当时的我就是个年轻的傻瓜。

多特夫人：你是说当时没有别的女孩，所以你就跟她调情。但你没有必要向她求婚啊。

杰拉尔德：[带着歉意] 那完全就是个意外。这么说吧，我把事情搞砸了。

多特夫人：真的吗?

杰拉尔德：晚饭后我们在花园散步，月光皎洁得仿佛发了疯，一切都刚刚好。

多特夫人：而她当然也答应了，十八岁的女孩总是会答应的。

杰拉尔德：不过塞伦格尔夫人是反对的，她觉得我不够格。

多特夫人：塞伦格尔夫人是一个明智的女人，她想得没错。

杰拉尔德：我不知道。如果她给予我们祝福，告诉我们想做什么就做什么，我们可能三周内就分手了。可她对这件事非常抗拒，不让内利和我见面，结果就是我们总是匆匆忙忙在邦德街的茶铺"不期而遇"。

多特夫人：可怕！而且多不利于消化啊。

杰拉尔德：不久前塞伦格尔夫人发现我们在通信，以及诸如此类的事情，于是她来找我，告诉我她已经下定决心带内利出国一年。她让我保证这期间不与内利通信，如果等她们回来，我们还没有改变心意，她就不再反对，准许我们正式订婚。

多特夫人：类似于在《晨报》上登一则消息这样的订婚？

杰拉尔德：我猜是吧。

多特夫人：她们什么时候回来？

杰拉尔德：上周。但我还没有机会跟内利说话。到今天满一年了，今早我接到塞伦格尔夫人的便条，问她们能否过来喝杯茶。

多特夫人：你打算跟她说什么？

杰拉尔德：老天！我能说什么？一年前我已经很穷了，现在更是身无分文。我肯定要撤回婚约啊。

多特夫人：既然如此，你为什么还要让我这么痛苦？

杰拉尔德：你知道的，我不希望看起来像个糟糕的花花公子，但我觉得我也不应该做任何不体面的事。如果内利希望我信守承诺，我不会违背约定的。

多特夫人：噢，她不会的。能摆脱你，她高兴还来不及。

杰拉尔德：恐怕还有一些事我必须告诉你。

多特夫人：还有？不要因为我表面上风平浪静，就告诉我你有一个不堪的过往。

杰拉尔德：不，不是那个。你知道霍林顿勋爵是我亲戚吧。

多特夫人：你的第十五个表兄，对吧？这么远的关系没什么好炫耀的。

杰拉尔德：一年前，有三个人挡在我和爵位中间。我基本上是不可能会得到什么的。

多特夫人：然后呢？

杰拉尔德：但去年冬天我的表兄乔治不幸在猎场上摔断了脖子，他可怜的父亲因此受到刺激也去世了。如果查尔斯表兄再出点什么事，一切就都是我的了。

多特夫人：那么塞伦格尔夫人就会毫无疑问地收回对你婚事的反对。

杰拉尔德：她是个很好的女人，只不过对重大机会盯得很紧。

多特夫人：如果说她对这些事"没有兴趣"，连她最好的朋友都会犹豫。不过能有什么事发生在霍林顿勋爵身上呢？他还很年轻，不是吗？不久前我还在《晨报》上看到他的订婚告示。

杰拉尔德：他当下正在印度——你知道，他是个战士。貌似他们在西北战线上遇到一些问题，而他是远征队的指挥官。

多特夫人：喔，但他什么事都不会有的。他会活到八十岁。

杰拉尔德：我当然也是这么希望的。

多特夫人：再说一遍你爱我，杰拉尔德。

杰拉尔德：[微笑着] 我现在不应该这么说。

多特夫人：你心里明白，你必须娶我，我很坚持。毕竟，这么长时间以来，你一直在不知羞耻地玩弄我的感情。喔，我们会多么幸福啊，杰拉尔德，而且我们永远不会变老。你知道的，我是非常好相处的那类人，真的。我会讲很多胡话，但从来不是故意的，我自己都很少听自己的话。我烦透了这个社会，想安定下来，想过居家生活。我会待在家里为你补袜子——非常嫌弃，但却是那么幸福。如果你想独立自主，你可以在啤酒厂上班。我们会找一个聪明、富有活力的人为我们打理差事，我们会在剧院有一间可爱的包厢，你还可以随时离开去打猎。

[门铃响起

杰拉尔德：他们来了。

多特夫人：老天啊！我差点儿忘了这些讨厌鬼。

　　　[她打开餐厅的门。

多特夫人：我不想打搅你们，但假如你们愿意的话，谈话结束后或许可以过来喝杯茶。

　　　[布伦金索普和弗雷迪进来，走到火炉边。

布伦金索普：我饶有兴致地注意到，你的言辞非常滑稽。

弗雷迪：冷死了。

多特夫人：你们不介意被关在那里面，对吧？

布伦金索普：完全不介意。我宁愿坐在一个没有炉火的冰冷房间里，窗户对着空空荡荡的墙壁，你这位侄子的陪伴和两周前的《运动时代》就是我唯一的娱乐。

　　　[查尔斯走进房间，告知塞伦格尔夫人和小姐已经到了。他转身出门，将茶端进来。

查尔斯：塞伦格尔夫人和小姐。

　　　[塞伦格尔夫人和内利走进房间。塞伦格尔夫人是个自命不凡的女人，五十岁，身材矮壮，机警而聪慧。内利十分漂亮、优雅，穿着时尚，看得出受她妈妈影响很大。

塞伦格尔夫人：你好吗？啊，沃思利夫人！真令人愉快！

杰拉尔德：[与塞伦格尔夫人握手] 您好，我想您应该认识布伦金索普先生？

塞伦格尔夫人：当然，但我可不赞赏他。

布伦金索普：为什么不呢？

塞伦格尔夫人：因为你愤世嫉俗，又是个百万富翁，还是个单身汉。没有人可以同时享有这三种权利。

多特夫人：你觉得意大利怎么样？

塞伦格尔夫人：一个被高估的恶心地儿。太多待嫁的姑娘，却没什么合适的男人。

杰拉尔德：[介绍] 珀金斯先生，塞伦格尔夫人，塞伦格尔小姐。

多特夫人：我的侄子兼秘书。

塞伦格尔夫人：真的吗？多有趣啊！几乎可以说很浪漫了。

弗雷迪：您好吗？

塞伦格尔夫人：亲爱的沃思利夫人，多么迷人的裙子啊！您一直都穿得——如此惊人。

多特夫人：这能为啤酒做广告，您不知道吧？

塞伦格尔夫人：我希望自己能喝您的啤酒，沃思利夫人，但它太容易让人发胖了。我明白，您的桌上总是有酒的。

多特夫人：我想那是我唯一能做的了，何况要是没有啤酒的话，我连桌子都不要了。

内利：[对多特夫人说] 我能给您倒点茶吗？

多特夫人：[走到茶几边上] 非常感谢。

　　　　[杰拉尔德端起一杯茶走向塞伦格尔夫人，她接过杯子。其他人都聚集在茶几周围聊天，茶几在房间正后方。

塞伦格尔夫人：过来，坐在我边上，杰拉尔德。从意大利回来后我还没机会和你说话呢。

杰拉尔德：[淡淡地] 您想说什么？

塞伦格尔夫人：你能猜到我为什么写便条告诉你今天要过来吧？

杰拉尔德：[站起身] 是的。

塞伦格尔夫人：现在坐下来，就当我们是在谈论天气。

杰拉尔德：想要毫不在乎地讨论这件事有点困难。

塞伦格尔夫人：我亲爱的孩子，正因为有这些小小的困难，我们的生活才不会索然无味。如果没有对灵魂、社会地位的焦虑感，我们和旷野中的野兽有什么区别呢？

杰拉尔德：我明白了。

塞伦格尔夫人：［非常不耐烦地］我亲爱的杰拉尔德，你为什么不帮帮我呢？我不得不说一些令人沮丧的话。你知道我一直都是真心喜爱你的，如果情况不是现在这个样子，我不会想要别人做女婿。

杰拉尔德：您这么说真是好心。

塞伦格尔夫人：过去三年我总想确保你知道这桩婚姻是荒唐的，但现在我要告诉你，它完全不可能。爱虽然很美好，但爱不能弥补一间位于郊区的寒碜房子。

杰拉尔德：您不是个浪漫的人，塞伦格尔夫人。

塞伦格尔夫人：我亲爱的，等你到了我这个年龄，就会同意我所说的，事实胜于雄辩。小屋里的爱情只是年轻人的幻想。哪怕是在格罗夫诺广场 ①，十年牢固的婚姻也够难的了。

杰拉尔德：可您是为爱结婚的，塞伦格尔夫人。

塞伦格尔夫人：我迫切希望我的女儿不要犯同样的错误。现在就让我们坦诚相待好了……你确定他们不会听见？

杰拉尔德：［扫了一眼其他人］他们看起来都为自个儿的事忙得不可开交。您的最低要求是什么？

塞伦格尔夫人：这样说吧，杰拉尔德，我并非生意人，知道钱买不来幸福。但我又确实觉得，除非你每年有至少两千镑的收入，否则你无法让我女儿过上舒适的生活。

杰拉尔德：我敢肯定两千镑已经算少了。

塞伦格尔夫人：不是乡间小屋的爱情，也不是宫廷里的恋爱，这只是——昂斯洛花园 ② 的婚姻。

---

① Grosvenor Square，位于伦敦梅费尔区的花园广场。

② Onslow Gardens，位于伦敦肯辛顿-切尔西区。

杰拉尔德：那我也能马上告诉您我的运气非常差。我想挣钱，结果却一败涂地。

塞伦格尔夫人：我亲爱的杰拉尔德，非常遗憾。事情真的有那么糟糕吗？

杰拉尔德：不能更糟了。

塞伦格尔夫人：我的天呐，实在太让人难过了。不过，当然了，这样一来事情就简单多了，不是吗？

杰拉尔德：简单太多了。结婚完全不要想了，我也只剩下唯一的选择。我会寻找最早的机会告诉内利的。

塞伦格尔夫人：多么可惜啊，你太可怜了！你天资这么好。

杰拉尔德：但内利呢？她该怎么想？

塞伦格尔夫人：她太含蓄了，可怜的孩子！从不表达自己的感受。不过经过三个伦敦社交季，大部分女孩都能学会向那不可避免之事低头。霍林顿勋爵怎么样？

杰拉尔德：他很快就要结婚了，等他从印度回来。

塞伦格尔夫人：他表兄和舅舅在一年内相继去世，这真是太让人悲伤了。如果他发生任何意外，你的状况就会非常不一样了。不过，当然了，这想法是罪恶的。希望你从没这么想过。

杰拉尔德：从来没有。我坚信他能活到一百岁。

塞伦格尔夫人：并且我敢说，他会有十五个孩子，那些清秀的男人通常都有……你为什么不现在去告诉内利，这事就算了结了呢？

杰拉尔德：此时此刻？当着房间里这么多人的面？

塞伦格尔夫人：正是，我不想给你们任何展露情绪的机会。

杰拉尔德：您的确是非常实际。

塞伦格尔夫人：一个有着待嫁闺女的女人是不能有情绪的……看在老天的分上，不要让内利哭出来。我们今晚还要出去吃饭的。

杰拉尔德：我会尽我所能保持客观。

塞伦格尔夫人：［提高嗓门］布伦金索普先生，我想跟你吵一架！

布伦金索普：［走上前］您让我心生焦虑啊。

塞伦格尔夫人：今天下午在帕尔商场，你从我们身边经过，但看都没看我们一眼。

布伦金索普：非常抱歉，我没看到您。我刚从陆军部出来，去咨询那帮在印度的家伙的消息。对了，霍尔斯坦，你不是和霍林顿有亲戚关系吗？

杰拉尔德：是的，怎么了？

布伦金索普：你难道没在报纸上看到任何新闻？

杰拉尔德：没有。

布伦金索普：噢，不过也自然，议院里一定很快会有消息了。

　　　　　［他拿起报纸。

杰拉尔德：那是旧的。

　　　　　［隐隐约约听到有人喊了一声"特刊"。

弗雷迪：听着，最新一版很快就会到了。

塞伦格尔夫人：到底发生了什么，布伦金索普先生？

布伦金索普：一支小队伍被派去山上收拾当地的捣乱分子，此后便杳无音讯。有传闻说他们可能遇上了麻烦，全军覆没。

多特夫人：但这和霍林顿勋爵有什么关系呢？

布伦金索普：他是领队。

杰拉尔德：天呐！

布伦金索普：我几小时前在陆军部的时候，他们还没收到任何消息。

杰拉尔德：可是你之前为什么不告诉我？

布伦金索普：我以为你知道。有那么一瞬间我忘了霍林顿和你有关系。他是个远房亲戚，对吧？

杰拉尔德：是的，我几乎不认识他。

塞伦格尔夫人：但假如他出了什么事……

　　　　[外面传来"特刊、特刊"的喊叫声。

多特夫人：你为什么没带报纸？弗雷迪，跑去买一份，可以吗？

杰拉尔德：不用，查尔斯去就行。

　　　　[他拉了拉铃，查尔斯很快就进了房间。

杰拉尔德：噢，查尔斯，马上去买份报纸。快点！

查尔斯：没问题，先生。

　　　　[他离开房间。吆喝声从外面传来："印度发生可怕的
　　灾难。"

杰拉尔德：老天，你们听到了吗？

　　　　[叫声继续："特刊、特刊。"

塞伦格尔夫人：他为什么不能迅速点？

杰拉尔德：胡思乱想。不可能跟霍林顿有任何关系的。

多特夫人：[她的手抓着杰拉尔德的手臂，神色紧张] 杰拉尔德。

　　　　[弗雷迪·珀金斯看着窗外。

弗雷迪：查尔斯来了。老天，他居然慢悠悠的。

杰拉尔德：他有逮着一个报童吗？

弗雷迪：有。他到底在干吗？

杰拉尔德：[站在窗边] 上帝啊，他在读报纸。

塞伦格尔夫人：这种被吊着胃口的感觉糟透了。

弗雷迪：又有一个报童跑过来了。

　　　　[叫卖声："特刊、特刊。"

杰拉尔德：感谢上帝，他终于上楼梯了。我恨不得踢他一脚。[吆
　　喝声："印度发生可怕的灾难，霍林顿勋爵壮烈牺牲。"] 老天
　　啊！[所有人保持沉默，空气中充斥着悲伤。查尔斯拿着报纸走
　　进房间] 快点，老兄！你到底在做什么啊？[杰拉尔德从查尔斯
　　手中一把抢过报纸]

查尔斯：[有尊严地] 我已经全速前进了，勋爵。

　　[杰拉尔德停顿了一会儿，眼睛来来回回扫视着报纸，然后盯着查尔斯。

杰拉尔德：你到底是什么意思？

　　[他看着报纸，读了一会儿，把它丢掉。

多特夫人：是真的吗，杰拉尔德？

　　[他看着她，点点头。

杰拉尔德：可怜的家伙，马上就要结婚了。

查尔斯：需要我为您拿帽子和大衣吗，大人？

杰拉尔德：你究竟在说什么？

查尔斯：我想爵爷您或许想去一趟陆军部。

杰拉尔德：闭嘴！

　　[查尔斯退下。

塞伦格尔夫人：我亲爱的孩子，衷心祝贺你。

杰拉尔德：噢，现在别跟我提那事。

塞伦格尔夫人：我非常理解你现在有点难过，但他毕竟只是一个远房亲戚。

布伦金索普：我还没搞懂这一切意味着什么。

杰拉尔德：你没听见那个蠢货仆人的话吗？这就是他想到的第一件事。

多特夫人：杰拉尔德继承了爵位！

杰拉尔德：是的。

多特夫人：你想一个人静静吗？我敢肯定你想思考思考。

塞伦格尔夫人：来吧，内利！

杰拉尔德：很抱歉得让你们离开了。再见。内利，我本有些话想对你说。

内利：我们还没有机会说话呢。

塞伦格尔夫人：[虚情假意地] 幸亏没有。现在你们有很多更加愉快的话题可说了。

　　　[杰拉尔德看着她，不明白她在说什么。

塞伦格尔夫人：情况现在很不一样了，杰拉尔德。消息来得真及时，不是吗？

内利：再见。

　　　[塞伦格尔夫人和内利离开。

布伦金索普：再见，老兄，对你表兄的死我很遗憾。不过，我们中没有一个人认识他，但我们都认识你。一想到你的苦日子就要到头，我简直无法形容自己有多开心。

杰拉尔德：我愿倾其所有换取霍林顿的生命。

布伦金索普：再见。

　　　[布伦金索普离开。

多特夫人：走开，弗雷迪。我要跟杰拉尔德谈谈。

弗雷迪：再见，老兄。对了，塞伦格尔小姐真是漂亮！

杰拉尔德：再见。

　　　[弗雷迪退下。

多特夫人：怎么说？

杰拉尔德：这消息来得太快，把我手脚都绑住了。

多特夫人：你这话什么意思？

杰拉尔德：内利在我没钱没势的时候接受了我，现在好日子来了，我总不能就这样走到她面前，告诉她我改变主意，不想娶她了吧？

多特夫人：什么叫做"好日子来了"？

杰拉尔德：我基本上可以确信，马上会有六七千的年收入了。

多特夫人：但你不可能靠这点钱过活吧，简直荒唐。

杰拉尔德：[微笑着] 许多人连六七千都没有，却也过得好好的，这你是知道的。

多特夫人：再说了，我只消一眼就知道，她一点儿也不喜欢你。

杰拉尔德：怎么说？

多特夫人：假如一个姑娘爱你，她是不会穿裁剪成那种样子的裙子的。

杰拉尔德：我现在不能毁约，多特。你必须明白，我不能。

多特夫人：如果你在乎我，你就会很轻易地找到一个解决难题的办法。

杰拉尔德：老实说，多特……我不想显得太自命不凡，但我现在有一个古老的名字，这名字还很尊贵，我顺带着还成了家族领袖。我不想一开始就像个混蛋。

多特夫人：你知道我比内利好得多。我更幽默，也更会打扮，我还有五辆车！当然喽，她比我年轻，但我每天都觉得自己还未满十七岁。[她朝杰拉尔德瞥了一眼] 你要有点儿绅士风度的话，这会儿就会附和我。你刚刚说你爱我，再说一遍，杰拉尔德，听到那句话的感觉真好。

杰拉尔德：我不知道还有什么办法挽回。

多特夫人：[开始发脾气] 你不过就是想结束这个尴尬的场面吧，我不烦你了，你为什么不去陆军部呢？

杰拉尔德：你必须明白，这不是我的错。假如我们非得分开，希望我们依旧可以做朋友。

多特夫人：好了，他开始煽情了。你让我感到极度难过，这还不够吗？你是不是想听我说，一切都无所谓，就跟你把一杯茶洒在我身上一样无所谓？你以为我喜欢像现在这样情绪崩溃吗？

杰拉尔德：看在老天的分上，别这样说，你让我心都碎了。

多特夫人：你的心？我就该把它摔在地上狠狠地踩。你也得受点苦，不能把苦全压在我身上。

杰拉尔德：我不想你受苦。

多特夫人：[大发雷霆] 本来你身无分文的时候，很愿意跟我结婚的。你表兄要是迟一周死该多好啊！

杰拉尔德：你觉得我向你求婚是为了钱吗？

多特夫人：是。

杰拉尔德：真的吗？

多特夫人：不，当然不是。

杰拉尔德：谢谢。

多特夫人：噢，别把这当成什么好话。比起实诚的傻瓜，我宁愿对付聪明的混蛋。

杰拉尔德：你会原谅我吗？

多特夫人：不会。

杰拉尔德：我真的得去陆军部了。

多特夫人：行，你去吧。

杰拉尔德：你不一起去吗？

多特夫人：不去。

杰拉尔德：我担心你在这里会很无聊。

　　　　[杰拉尔德拉了拉铃，查尔斯进来。

查尔斯：爵爷，什么吩咐？

杰拉尔德：我需要帽子和外套。

　　　　[查尔斯离开。

多特夫人：你喜欢内利·塞伦格尔吗？

杰拉尔德：如果你不介意的话，我拒绝回答这个问题。除非她想要自由，不然我无论如何都会求婚的。

　　　　[查尔斯拿着帽子和外套进来。多特夫人看着杰拉尔德戴上帽子，穿上外套。

杰拉尔德：再见。

[杰拉尔德离开。多特夫人转过身，对着查尔斯。

多特夫人：查尔斯，你结过婚吗？

查尔斯：结过两次，夫人。

多特夫人：如果一个女人想得到一样东西，她一般都能得到。婚姻
　　教过你这个道理吗？

查尔斯：[叹了一口气] 教过的，夫人。

多特夫人：那也是我所相信的，查尔斯。

[多特夫人离开。查尔斯开始收拾茶具等物品。

第一幕终

第二幕

场景：多特夫人家露台上。房子位于河畔，露台周围满是玫瑰花丛，花团锦簇。身后的房子覆满爬山虎。

露台上摆着一张为午餐会准备好的桌子及四把椅子。

麦格雷戈小姐坐在花园的椅子上做针线活。她上了年纪，安静、瘦削，身形有点棱角分明，风趣且和蔼。

多特夫人不耐烦地来回踱步。

伊丽莎阿姨：我亲爱的，你为什么不坐下来休息一会儿呢？我敢说，你来来回回在这露台上走了不下十英里了。

多特夫人：我正烦着呢。

伊丽莎阿姨：可不是，最笨的人都能看出来。

多特夫人：你看今天的报纸了吗？

伊丽莎阿姨：我本来要看的，但鉴于今早大部分时间报纸都被你踩在脚下，还没机会。

多特夫人：那拜托你听听这个 [她捡起《晨报》，开始朗读]："霍林顿勋爵与已故罗伯特·塞伦格尔将军独生女埃莉诺婚约已定。"

　　　[多特夫人将报纸揉成一团，踩在脚下。

伊丽莎阿姨：这消息我已经听你念第二十三遍了。真的，没新鲜感了。

多特夫人：但你没法不承认这很烦人吧。一早起来打开报纸，发现你下定决心要嫁的男人打算娶别的女人了，而且是认真的，还

282

是正式报道。

伊丽莎阿姨：可你为什么想和他结婚？

多特夫人：人为什么要结婚？

伊丽莎阿姨：在我五十五年的人生中，我始终回答不出这个问题。

多特夫人：好吧，因为他聪明、帅气，又幽默。

伊丽莎阿姨：他其实并不聪明，这你知道的。

多特夫人：我当然知道。那人傻得就跟白天的猫头鹰似的，我跟他
　　说无数次了，都是对牛弹琴。

伊丽莎阿姨：他也没有很帅气吧，不是吗？

多特夫人：确实，我觉得他长得也就一般。

伊丽莎阿姨：那你是觉得他很幽默？

多特夫人：并不，他很无趣。

伊丽莎阿姨：这样的话，你最好给我些别的解释。

多特夫人：哎，我全身上下都在爱他。

伊丽莎阿姨：可是为什么呢，我亲爱的，为什么呢？

多特夫人：因为我爱他，大概这就是最重要的原因吧。我铁了心要
　　和他结婚的，阻力越大，我反而越坚定了。

伊丽莎阿姨：我不能理解，你怎么就不理智点，去爱一个想跟你结
　　婚的人，那样的人有许多啊。

多特夫人：他确确实实想跟我结婚啊。他无可救药地爱着我。

伊丽莎阿姨：那他就应该用一种更好的方式表达爱，而不是跟别人
　　订婚。

多特夫人：他太感性了，男人都那样。老天，如果没有女人们的实
　　用常识，这世界该有多乱。

伊丽莎阿姨：所以你有什么打算？

多特夫人：你问到点子上了。我一点儿都不知道。他们半小时后就
　　到了，可我连计划的影子都没有。昨天我一宿没睡，绞尽脑汁，

但什么也想不出来。

伊丽莎阿姨：你为什么叫他们来呢？

多特夫人：我想着，假如他们在我眼皮子底下，我或许能想出什么办法。杰拉尔德答应过和我一起过五旬节 ①，这样至少他就没法推辞了。我也叫了塞伦格尔家的人，塞伦格尔夫人听说有一周的免费吃住，高兴还来不及呢。[传来汽车刹车的声音]那是吉米·布伦金索普 ②。我告诉过你他会准时停好车参加午餐会的，对吧？[布伦金索普和弗雷迪进场。弗雷迪穿着一件鲜艳的花呢西装]吉米！

布伦金索普：你好吗？

　　　　[布伦金索普同多特夫人与伊丽莎阿姨握手。

多特夫人：我们开吃吧。你肯定饿坏了。

布伦金索普：得让我洗洗手吧。

多特夫人：不行，我们都已经饿过度了。弗雷迪去替你洗手就行。

　　　　[她急促地拉了六次桌上的铃。

弗雷迪：我一分钟后就回来。

　　　　[弗雷迪离开。

多特夫人：现在，坐下。我快饿死了。

　　　　[管家和男仆将午餐端上。他们将在下一幕吃午餐。

伊丽莎阿姨：看来，苦苦情深至少没影响你的胃口。

多特夫人：噢，我亲爱的詹姆斯，我太难过了。

布伦金索普：看上去是。

多特夫人：等会儿，我看起来怎么样？

布伦金索普：很好。你换厨师了。

---

① Whitsun，即基督教的圣灵降临节。
② 詹姆斯·布伦金索普的昵称。

284

多特夫人：见鬼去吧，我的厨师。

布伦金索普：如果是我，我可不会这么做。她非常好。

多特夫人：你喝自家的啤酒没问题吧？

布伦金索普：当然有问题。

多特夫人：你知道这是我的原则，自家的酒必须上桌。

布伦金索普：我知道，但不喝也是我的原则。我隐约记得你有一些
    相当珍贵的霍克酒 ①。

多特夫人：吉米，你爱过吗？

布伦金索普：从来没有，谢天谢地。

多特夫人：我不信。每个人都爱过的，我现在就在爱着……

布伦金索普：肯定不是我，这点我确定。

多特夫人：你个傻瓜。

布伦金索普：才不是呢，但我认为爱很正常啊。

多特夫人：我在想，你为什么从来没结过婚呢，詹姆斯。

布伦金索普：因为我太有妙语连珠的天赋了。很年轻的时候我就发
    现，男人求婚并不是因为他们想结婚，而是在某些场合，他们
    实在是不知道该说什么了。

伊丽莎阿姨：[微笑] 真是一项伟大的发现。

布伦金索普：搞清楚这点之后，我立刻开始训练自己闲聊的本事。
    我觉得唯一的出路就是能够在最短时间内想出合适的话题。在
    牛津的最后一年，我花了很大一部分时间学习名家之作。

多特夫人：我从来不知道你这么聪明。

布伦金索普：我不是为了显示聪明，我是为了确保安全。不是我
    吹牛，确实是在需要之时，我从不缺少段子。我曾经用几句对
    自由贸易的看法应付十七岁甜美女孩的聪慧，而在一小段深

---

① Hock，一种德国白葡萄酒。

奥的哲学剖析面前，三十岁女人的"为伊消得人憔悴"瞬间徒劳无功。喜怒无常、猜不透年龄的寡妇还没来得及熟识复辟时期的剧作家便仓皇而逃，而打发认真的老处女，只消搬出宗教倾向那一套，辅以我对非洲中部传教事业的伟大认知。之前有一位寡居贵妇试探我的意愿，结果我把整整一篇《大英百科全书》里的文章甩到了她震惊的脸上。这些都还只是我正经八百的努力，至于那些小打小闹，不用说你也知道有多频繁——用名言警句回应媚眼，引一句恰如其分的诗歌以忽略叹息。

多特夫人：你说的我一个字也不信。其实你不结婚的原因很简单：不结婚，就永远不会有人拥有你和你的东西了。

布伦金索普：公平一点，你得承认，在所有认识你的男人中，我是唯一一个没有在十天之内被你的丰厚收入诱惑，继而献殷勤的。

多特夫人：我不觉得这跟我的收入有什么关系，完全是因为我非凡的个人魅力。

伊丽莎阿姨：弗雷迪总算来了。他刚刚在做什么？

[弗雷迪进场，换了一身法兰绒套装。

多特夫人：你换什么衣服呀？

弗雷迪：[入座] 作为你的秘书，我认为打扮得体是我职责所在。

多特夫人：我不觉得你有必要一天换七套衣服。

弗雷迪：我猜测，塞伦格尔夫人会想先去河上游览，之后再喝茶。

伊丽莎阿姨：如果她是这么想的，那也更可能是同霍林顿勋爵一起，而不是与你。

弗雷迪：噢，该死的。杰拉尔德人是相当好，但他不是女孩子会死心塌地的那类男人。

多特夫人：你真这么想的？

弗雷迪：这么说吧，你没办法想象自己会爱上他，对吧？

多特夫人：对。对。

伊丽莎阿姨：那什么样的男人会让女孩子死心塌地？

弗雷迪：噢，这我就不知道了。[拿起一把勺子，像照镜子一样照着自己的脸，一手玩弄着微乎其微的胡子] 大概某个比杰拉尔德年轻的人吧。

多特夫人：[轻声尖叫] 你！

弗雷迪：没必要那么惊讶，我已经够好了，你知道的。

多特夫人：[对着伊丽莎阿姨，一根手指指着弗雷迪，态度轻蔑] 你觉得会有人爱上这个玩意儿吗？

伊丽莎阿姨：当然不会。

弗雷迪：得了吧，这样就有点不公平了。

多特夫人：[对着布伦金索普] 如果你是一位年轻可爱的女孩，你会爱上弗雷迪吗？

布伦金索普：[怀疑地看着弗雷迪] 嗯，坦率地说，不会。

弗雷迪：你们就继续你们满心欢喜的傲慢吧。

多特夫人：他长得也不算是一无是处，对吧？

布伦金索普：不算吧。

弗雷迪：好了，你闭嘴。我敢打赌，你随便说一个女孩，我都会在她面前完败你。

布伦金索普：胡说八道！

多特夫人：我敢说，要论在女人耳边说骗人鬼话的本事，他不比任何人差。

伊丽莎阿姨：这是那些混蛋与生俱来的能力。

布伦金索普：呸！我是不会把时间浪费在混账悄悄话上的。我宁愿直接找个跑腿的男孩帮我把存折双手奉上。

弗雷迪：好吧，不是我吹嘘，我肯定是塞伦格尔小姐最想在这儿见到的人。

布伦金索普：你就见过她一次。

弗雷迪：跟你讲，她是个阳光的好姑娘。

布伦金索普：[讥讽地] 她是在你走的时候捏了一下你的手吧？

弗雷迪：嗯，事情是这样的，她是那么做了。

布伦金索普：你没必要大惊小怪，因为她也捏了我的手。不过就是个习惯罢了。

弗雷迪：你的手！什么鬼！

　　　　[多特夫人一直注视着弗雷迪，两只胳膊叠起放在桌上。一名仆人站在她身旁，手中端着托盘，托盘里放着咖啡。

伊丽莎阿姨：汤普森问你需不需要一点咖啡，我亲爱的。

多特夫人：[心不在焉地] 拿走吧。

弗雷迪：我到底有什么好看的？领带歪了吗？

多特夫人：你的确长得还不错。我以前居然从来没注意到。

弗雷迪：没用的，你是我阿姨，况且祷告书不会允许你和我结婚的。

多特夫人：既然话到这了，我敢说，如果不认识伊顿时期的你，任何人都会觉得你已经是个不折不扣的成年人了。

弗雷迪：我完全不知道你在说什么。

多特夫人：女孩们应该会很容易爱上你，这点我以前从来没意识到。

布伦金索普：意思是你已经替他找好妻子了，不管他喜不喜欢，他都得结婚。

多特夫人：[突然地] 弗雷迪。

弗雷迪：啊喽①！

多特夫人：走开，到一边儿玩去。

弗雷迪：等等，我想喝咖啡。

多特夫人：去花园里用泥巴做一个派，拜托。

――――――――――――――――

① Hulloa，一种非正式的打招呼、回应方式。

　　　　[铃声大振。

弗雷迪：我贤惠的阿姨出了什么毛病啊？

布伦金索普：你几岁了，我亲爱的孩子？

弗雷迪：二十二。怎么了？

布伦金索普：美好的年华，还有机会去经历痛彻心扉。但长这么大，
　　你也该知道，女人的心思是猜不透的。

弗雷迪：噢，放屁！我还从来没遇到过我一眼看不透的女人。

布伦金索普：[嘲讽地] 真的？

弗雷迪：他们总说女人是琢磨不透的，但那都是屁话。

布伦金索普：当你面对着一堵白墙的时候，莫非你就连一次都没有
　　想到过墙的背面会有什么吗？

　　　　[多特夫人、伊丽莎阿姨、塞伦格尔夫人、内利、霍林顿一
　　同进入，边走边聊。

塞伦格尔夫人：我们的旅途十分圆满。噢，你的花园太漂亮了！多
　　么浪漫啊，我最喜欢浪漫了。

布伦金索普：前提是你有足够的收入。

塞伦格尔夫人：你好吗？你这愤青。

布伦金索普：我可不是那种人，我只是有时候爱说实话。

塞伦格尔夫人：你是伦敦城里最愤世嫉俗的人，我可怕你怕得要死。

布伦金索普：世人最爱现成的标签了，一旦给某个人贴上了标签，
　　就省去了今后所有的麻烦。我年轻的时候，有的人觉得我愤世
　　嫉俗，打那时起，哪怕一句“今天是个好日子”，都要被指责为
　　令人讨厌的愤世嫉俗。

塞伦格尔夫人：我亲爱的布伦金索普先生，每个人都在说的事总归
　　是真的。这是社会的基本准则之一。

布伦金索普：我之所以有这么个标签，是因为以前说过这样的话：
　　一个身无分文的年轻男子，是有可能因为真爱与妈妈辈的贵妇

人结婚的。

塞伦格尔夫人：这话确实是很愤世嫉俗。

多特夫人：[对着塞伦格尔夫人] 你认识我的侄儿，对吧？

塞伦格尔夫人：你好吗？我想我们一两周前在亲爱的杰拉尔德家
    见过。

弗雷迪：[同塞伦格尔夫人握手] 你好吗？[对着内利] 你没有完全
    忘记我吧？

内利：没有！

弗雷迪：天气真好，不是吗？

内利：太好啦。

    [弗雷迪和内利握手的时候，多特夫人看着他们。]

伊丽莎阿姨：[对着塞伦格尔夫人] 我带您去参观一下您的房间吧？

塞伦格尔夫人：非常感谢。

多特夫人：弗雷迪，杰拉尔德的房间准备好了吗？

弗雷迪：我想是的。我去看看。

    [他离开花园。]

多特夫人：我看到《晨报》上的启事了，太开心了。衷心祝贺你。

内利：非常感谢。

多特夫人：我认识杰拉尔德好多年了，看到他即将步入如此幸福的
    婚姻，实在欣慰。我想不到任何比你优秀的订婚人选了。

塞伦格尔夫人：一切都好浪漫，是不是？对于像你这么愤世嫉俗的
    家伙来说，看到进展如此顺利的真爱，应该无话可说了吧。

多特夫人：[对着杰拉尔德] 给你最衷心的祝贺，你真幸运。

杰拉尔德：[生硬地] 非常感谢你。我还是睡常住的那间房？

多特夫人：是的。

    [杰拉尔德走进房子。塞伦格尔夫人和内利在伊丽莎阿姨的
    陪伴下也走了进去。花园里只剩下多特夫人和布伦金索普。]

多特夫人：詹姆斯!

布伦金索普：啊喽!

多特夫人：你爱我吗?

布伦金索普：情深意切。

多特夫人：[踩脚] 别这么傻。

布伦金索普：你总不能指望我没礼貌地说不爱吧。

多特夫人：可我是非常认真的。

布伦金索普：老天，真的吗? 那就是另一回事了。如果是认真的，
　　答案恐怕是否定的。

多特夫人：那你有没有一点点爱上我的可能?

布伦金索普：只要我还保持着理智，没有。

多特夫人：你想跟我结婚吗?

布伦金索普：真的，你让我很尴尬。

多特夫人：别扭扭捏捏的。

布伦金索普：明明是求婚，却像被枪抵着脑袋，有点难受。

多特夫人：我不是在向你求婚，傻瓜。

布伦金索普：那么我很想知道你在做什么。

多特夫人：我只是在问一个非常简单而普通的问题。

布伦金索普：谢天谢地，这可不是一个女人会常问的问题。

多特夫人：我没见过比这更容易直截了当回答的问题了。

布伦金索普：你得理解我的紧张也是情有可原的。

多特夫人：詹姆斯，你想跟我结婚吗?

布伦金索普：不想，上帝保佑!

多特夫人：你百分百确定?

布伦金索普：是的。

多特夫人：任何事情都不会让你改变主意?

布伦金索普：任何。

多特夫人：[如释重负地叹了口气] 那么你可以吻我的手了。

布伦金索普：[吻多特夫人的手] 你不会伤心吧？

多特夫人：我着实松了口气。

布伦金索普：弗雷迪那孩子还说他能一眼读懂女人心。

多特夫人：现在认真听我说，我要你帮我一件事。

布伦金索普：[紧张地] 我们已经不考虑结婚的事了，对吗？

多特夫人：当然。

布伦金索普：[慷慨地] 你可以让我做其他任何事。

多特夫人：我要你允许我追求你。

布伦金索普：我亲爱的朋友，这让人很吃惊啊。

多特夫人：怎么，毕竟我有的是投怀送抱的人。

布伦金索普：多久？

多特夫人：只要一周。

布伦金索普：你确定不是认真的？

多特夫人：非常确定。

布伦金索普：那么我需要做什么？

多特夫人：你要装作你很享受。

布伦金索普：[认真地] 当然，听起来很不错。

多特夫人：你得有所反应，不然我什么都做不了。

布伦金索普：你想要我追求你吗？

多特夫人：我担心那样要求太过分了。

布伦金索普：完全不会，完全不会。但我希望你能告诉我你的小游戏是做什么的。

多特夫人：啊，伊丽莎阿姨来了，我正要找她。[伊丽莎阿姨急匆匆地从屋里走出，步入花园] 伊丽莎阿姨，你会一直支持我吗？你会为我做一件事，哪怕是件糟糕的麻烦事吗？

伊丽莎阿姨：我亲爱的，你到底为什么这么激动？我当然会为你做任何合情合理的事。

多特夫人：但这件事不合情也不合理。

伊丽莎阿姨：我还是一样会为你做的。

多特夫人：我要你开车飞速前往伦敦，办一张紧急结婚执照 ①。

伊丽莎阿姨：紧急结婚执照！

布伦金索普：紧急结婚执照！

多特夫人：[注意到布伦金索普的脸色] 办两张。这种东西放在家中总归是有用的。

伊丽莎阿姨：但执照上必须署名啊。

多特夫人：必须吗？实在愚蠢！好吧，一张署弗雷德里克·珀金斯和埃莉诺·塞伦格尔。

伊丽莎阿姨：我亲爱的孩子，你疯了吗？

多特夫人：现在不要反驳，就照我说的做。只需使一点小伎俩把两个年轻人撺掇到一块儿，他们总是会结婚的。

伊丽莎阿姨：可他们几乎不了解对方啊。

多特夫人：如果大家都等到了解完对方才结婚，我们的世界就不会出现糟心的人口过剩了。

伊丽莎阿姨：你一定是彻底疯了。

多特夫人：不，我没有。我永远不可能让杰拉尔德毁约，内利是唯一的机会。

布伦金索普：[不安地] 但你刚刚叫她办两张执照。

多特夫人：第二张上署詹姆斯·布伦金索普和弗朗西丝·安娜代尔·沃思利。

布伦金索普：我完全拒绝。

多特夫人：可你必须得让我这么做，你不能就这样丢下老朋友不管。

---

① Special licence，由教会或政府签发的文件，用以批准临时婚礼的举行。

布伦金索普：说是为了友谊什么的都没问题，但花三几尼办一张结婚执照也太过了。

多特夫人：我亲爱的啊，我又没办法把你拉到圣坛前。

布伦金索普：我现在觉得你有办法做任何事。

多特夫人：但你看不出来吗，你这个白痴，我想嫁的是杰拉尔德·霍林顿。我简直是在啃噬我自己的心啊。

布伦金索普：[生气地] 显而易见，你啃得还挺香。你胖了。

多特夫人：别那么恶毒，五年来我半磅都没变重。

伊丽莎阿姨：所以你究竟打算怎么让弗雷迪和内利·塞伦格尔使用结婚执照？

多特夫人：你不用管，一切交给我就行。抓紧时间去伦敦吧。

伊丽莎阿姨：好好好，我马上去。

　　　　[伊丽莎阿姨前脚刚进屋，塞伦格尔夫人就从屋里出来了，后面跟着内利。伊丽莎阿姨停下脚步，侧耳倾听门口的对话。

多特夫人：希望一切都合您心意。

塞伦格尔夫人：噢，是的，谢谢。我可喜欢窗外的景色了。

多特夫人：请过来坐，我有很严肃的事想跟您说。

塞伦格尔夫人：亲爱的布伦金索普先生，请您陪内利去花园里散散步吧。

多特夫人：噢，这事儿和内利有关，我希望她也能听听。

布伦金索普：您是觉得严肃的事情肯定也是不堪入耳的事情吧，塞伦格尔夫人。

塞伦格尔夫人：闭嘴，你这讨厌的愤青。

多特夫人：是这样的，发生了一件极其荒唐的事，我希望内利可以帮帮我。

内利：我？

多特夫人：我亲爱的，简直太不幸了，但我侄子，他完完全全爱上了你。

内利：胡说八道！

多特夫人：我也不能理解。毕竟他只见过你一次，你们俩甚至都没
　　说过几句话。

塞伦格尔夫人：这可太烦人了！

多特夫人：而且一切都太突然了，弗雷迪完全不是那种到处拈花
　　惹草的孩子。我觉得你是他第一个为之倾心的女孩，他是认
　　真的。

塞伦格尔夫人：可怜的孩子，我只能对他表示同情了。毕竟内利已
　　经确确实实和杰拉尔德·霍林顿订婚了。

内利：这真是让我受宠若惊，不是吗？不过您是怎么知道的？

多特夫人：他什么事都跟我说。我一直努力尝试在做他阿姨的同时
　　也成为他的朋友，他对我没有秘密。

布伦金索普：你接下来就该和我们说说一个从伊顿和牛津出来的孩
　　子有着多么纯洁而单纯的心思了吧。

多特夫人：我亲爱的孩子，他就是爱慕你。你们见面之后，他的话
　　题就没离开过你。

塞伦格尔夫人：但他难道不知道内利很快就要结婚了吗？

多特夫人：当然知道，我念叨多少遍了，但他似乎一点没听进去。
　　他是那种面对爱情不惧困难的类型。也是怪可怜的，总是在我
　　耳边滔滔不绝地表露心迹。

内利：他都说了些什么？

多特夫人：我亲爱的，我想大概和杰拉尔德同你说的话差不多吧。

内利：杰拉尔德并不是个热烈的人。

多特夫人：真的吗？

塞伦格尔夫人：我很庆幸他不是。他以后是你的丈夫，这比任何甜
　　言蜜语都来得重要。

内利：我倒希望他能说点天气和皇家艺术研究院 ① 以外的话。

塞伦格尔夫人：我亲爱的孩子，你在说什么呐？杰拉尔德多有魅力啊，而且多么讲原则。

布伦金索普：［模仿塞伦格尔夫人自以为是的态度］更别说他的爵位和可观收入了。

多特夫人：他确实比可怜的弗雷迪优秀多了，那孩子什么都不是，也没有一分钱傍身。

内利：我觉得他非常好。

多特夫人：别，我就是不希望你这么想。本来什么都不该跟你说的——不过就是疯狂的迷恋罢了。我是想让你多加小心。

塞伦格尔夫人：没什么，这也是很正常的。

内利：你想让我怎么做？

多特夫人：是这样的，我希望你行行好，和我一起帮他渡过难关。我可以把他送走，但那样不会有什么效果。可是如果他能再见到你，说不定会发现你身上的一两个小毛病。他现在觉得你简直完美得难以言表。

内利：我不是那样的，真的。

多特夫人：我也不觉得你是完美的。我要你答应我，你不会有任何鼓励他的举动——哪怕是他自认为的鼓励。我要你保持距离，保持冷漠。

内利：没问题，我很乐意尽我所能。

多特夫人：每一次见面你都冷落他，这是你能给他的最真挚的善意。然后你得尽可能避开他——当然了，你大部分时间都会和杰拉尔德在一起的。

塞伦格尔夫人：那是自然的。这两个宝贝，他们一年没见了，肯定

---

① The Royal Academy，又作 Royal Academy of Arts，创立于 1768 年。

有说不完的话。

多特夫人：对你来说，让弗雷迪意识到他是在自取其辱，是一件再容易不过的事。

内利：我真为他感到难过。

多特夫人：你会尽你所能，对吗?

内利：我会直截了当，让他明白他不该喜欢我。

多特夫人：就把这当成让你十分反感的无礼之举。

内利：一有机会我就会那么做的。

多特夫人：我知道你有着世界上最善良的心，但假如你对他残酷无情，反倒能更快地治愈他。

内利：只要我愿意，我可以变得十分讨厌。

多特夫人：我相信你可以。一切都交给你了。

塞伦格尔夫人：我觉得，在喝茶之前，我们最好先在花园里逛逛。[她发现内利没有陪着她，而是朝房子走去] 你去哪儿，内利?

内利：[停下] 突然想起来，我得写一封信。五分钟后去找你们。

塞伦格尔夫人：[对着布伦金索普和多特夫人，他们俩都正准备起身] 噢，不用管我，我自己逛逛，欣赏欣赏花就行了。

[塞伦格尔夫人离开。内利刚进屋，弗雷迪就出来了。内利从他身边经过时扫了他一眼，将一朵玫瑰花扔在地上。弗雷迪捡起玫瑰，走上前来。

多特夫人：你这个混蛋!

弗雷迪：怎么了?

多特夫人：把那朵花给我!

弗雷迪：才不呢，我要把它系在纽扣上。

多特夫人：弗雷迪，我总结了一下，觉得你需要一个假期。你最好迅速收拾行李，去布莱顿待一周。你脸色不好，看起来很累，肯定是工作太辛苦了。

弗雷迪：噢，胡说！我好得很。

多特夫人：你同意我的观点吗，詹姆斯？

布伦金索普：当然了，换换空气显然是很有必要的。

弗雷迪：但我不能走啊，你有这么多客人在这儿。还有，我走了谁
　　来负责那些信件？

多特夫人：我亲爱的孩子，健康第一。如果做我的秘书导致你身体
　　有任何损害，我永远不会原谅自己的。我会亲自回那些信件。

布伦金索普：况且这里还有我，我会尽我所能帮助你的。

弗雷迪：我不相信我会脸色苍白。

多特夫人：你只消看看你自己。

　　　　　[她拿出一面便携式小镜子，递给弗雷迪。

布伦金索普：让我们看看你的舌头。[弗雷迪伸出舌头] 啧啧啧。

弗雷迪：等等，这背后肯定有什么事。

布伦金索普：你太聪明了，我的孩子。

弗雷迪：我看穿你的把戏了，多特阿姨，你想摆脱我。

多特夫人：你怎么会有这么荒唐的想法？

弗雷迪：现在我在思考你这么做的理由。

多特夫人：我们该告诉他真相吗？

布伦金索普：是啊，或许你最好还是告诉他。他是个那么机灵的
　　孩子。

多特夫人：好吧，真相就是，弗雷迪，发生了一件可怕的事。可怜
　　的内利·塞伦格尔深深爱上了你。

弗雷迪：我不明白这为什么会是你想要我离开的理由。

布伦金索普：天呐，老兄，别那么耍大牌了。你不惊讶、不目瞪口
　　呆吗？这么漂亮的一个女孩居然爱上了你？

弗雷迪：我想，她扔那朵玫瑰，大概意味着什么吧。

布伦金索普：老天保佑，这傻子把一切视作理所当然的了。

弗雷迪：我自然是受宠若惊云云啦。

多特夫人：但一点儿都不意外?

弗雷迪：你们问这样的问题不公平。

布伦金索普：无论如何，现在你知道了吧，暂时收起你充满魅力的陪伴是很有必要的。

弗雷迪：无论如何我都不会逃避风险，我敢做敢当。

布伦金索普：别那么混蛋。我们考虑的不是你，是那个不幸的女孩。

弗雷迪：我不明白你们为什么会觉得她不幸。

多特夫人：我亲爱的孩子啊，她已经和杰拉尔德·霍林顿订婚了。你难道看不出这婚事有多认真吗? 唯一的办法就是让你离开这里，我们必须得试着让她忘掉你。

弗雷迪：我不想伤害任何人。不管怎样我都不会坏了杰拉尔德的好事。

布伦金索普：你得和我们一起，帮她自己走出来。

多特夫人：既然她铁定要嫁给杰拉尔德，就没必要再让她为你情深意切了。

弗雷迪：可怜的杰拉尔德，我告诉过你，他不是那种会让姑娘们死心塌地的类型。

布伦金索普：你这么精明，倒给你的年轻增色了。

弗雷迪：不管怎么说，我还是认为让我走不太明智。你们不觉得那样会适得其反吗? 就像人们常说的，距离产生美。

布伦金索普：那是女人发明的说辞，没一点道理的。

多特夫人：那你还有什么办法? 内利必须得走出来，忘掉这份感情，这是事实。

弗雷迪：我个人认为，最好的办法就是我留在这儿，但装作什么都不知道。我会表现得十分冷淡，尽我所能无视她。

多特夫人：你能保证吗？

弗雷迪：能，一定。我会让她知道，我就是条放荡不羁的狗。

布伦金索普：别让她以为你是个花花公子，那会成为压死骆驼的最后一根稻草。如果世上只有一个人能让女人倾心，那一定是个真正的坏男人。她会开始想要改造你，然后一切都将万劫不复。

多特夫人：不，你得看起来无趣又愚蠢。让她觉得你是个窝囊废。

[弗雷迪怀疑地看着他们。]

弗雷迪：看着我，这一切都不是在开玩笑，对吗？

多特夫人：我亲爱的，我永远都不会做那种不厚道的事。

弗雷迪：你刚才说的每一句话我都不信。她怎么可能喜欢我？你们不过是想方设法要我罢了。

[有那么一会儿，多特夫人显得不知所措，但紧接着她看到塞伦格尔夫人和杰拉尔德穿过花园走了过来。]

多特夫人：塞伦格尔夫人来了。无论她怎么嘲弄你，你都不能怪她。[塞伦格尔夫人和杰拉尔德登场]我正和弗雷迪谈论，谈论您女儿的事。

塞伦格尔夫人：噢是的。[对着弗雷迪]我可怜的孩子，你的处境的确不大好。

弗雷迪：所以你也什么都知道了？

塞伦格尔夫人：我真的非常抱歉。这需要很多的技巧、很大的勇气，但这是你必须承担的责任。

[她转头对着布伦金索普。]

多特夫人：[对弗雷迪轻声说]现在你还觉得我在骗你吗？

弗雷迪：可怜的女孩！

[弗雷迪走进屋子。]

塞伦格尔夫人：[目光跟随着弗雷迪]爱情是一件多么美好而感人的事啊。

布伦金索普：您得当心，塞伦格尔夫人。您开始多愁善感了。

塞伦格尔夫人：但我内心深处一直是个多愁善感的女学生呀。不过，只要内利的未来还没安排妥当，我是一定会控制自己情感的。

多特夫人：这是自然。吉米笑了，他不明白什么是爱。

塞伦格尔夫人：你从来没有被爱过吗，布伦金索普先生？

布伦金索普：有过，但我总觉得太花钱了。

杰拉尔德：布伦金索普恐怕是对温柔的女性没多大兴趣。

布伦金索普：别用"温柔"这个词，她们比男人粗暴多了。

多特夫人：让他闭嘴，不然他会讲一大堆可怕的话。

布伦金索普：你是从来没见过"温柔的女性"在哈默史密斯站 [①] 为谁先上车推打争抢吗？我向你保证，一个倒霉男人要能不少一只眼睛、不缺几颗牙，还从那个满是戾气的女人堆里逃出来，算是幸运的了。还有，你见过"温柔的女性"在卖场抢夺没用的小东西，然后大发雷霆吗？还有她们讨价还价时的那股子怨气？有一次我在陆海军用品商店，两个女人站在台阶上讨论她们的仆人，把所有人的路都挡着了。我脱下帽子对她们说："不好意思，可以借过一下吗？"结果呢，她们挪了不到两英寸，其中一个还很大声地对另一个说："这么没礼貌的男人。"温柔的女性！昨天我在火车上，车从城里来，很拥挤，我紧紧抓着拉绳，这时我看见一位面色苍白、筋疲力尽的职员给一个强壮、精力旺盛的女孩让座。那女孩一句谢谢都没说就坐下了，就因为她是有钱人家的小姐，而那个职员不是个少爷。接着上来了一位疲惫的老妇人，没座位站着，那个女孩想都没想过要给人家让座。温柔的女性！她们的心那么柔软，连一只苍蝇都不忍伤害。你见过一个女人为了给可怜的老马省省力，愿意提前十

---

① 伦敦公交车站。

米下公共马车的吗？不多吧。一个女人对待比她社会地位低的同性有多傲慢，这种傲慢应该是无可比拟的吧？后背上披着海豹皮的是男人吗？活生生从那可怜无助的动物身上剥下来的皮啊。把鸟戴在头上 ① 的是男人吗？森林里美丽的鸟儿啊。是那温柔的女性！大家教育男孩们要有风度，要脱帽、为姐妹们开门，要帮女人提东西、搬东西，为女性让座。可是女孩们学了什么？淑女风范。我想，这大概就是她们长大后成了"温柔的女性"的原因吧。

塞伦格尔夫人：所有人都知道你是个可怕的愤青，你刚说的那一堆里没一句真话。

布伦金索普：证毕 ②。

杰拉尔德：内利来了。

　　[内利走进来，换了一身衣服。她现在穿着一条非常漂亮的白色连衣裙，裙摆缀着扇形的荷叶边，戴着一项白色大帽子。就在这时，弗雷迪在舞台的另一侧出现。他也换了衣服，全身上下是一尘不染的洁白。

多特夫人：[笑着对布伦金索普低语] 他们都换了衣服。

杰拉尔德：内利，你要一起来坐船吗？

内利：我太累了。你要不跟多特夫人一起去吧？茶歇前我都打算在这儿休息了。

　　[内利坐下，其他人离开。

塞伦格尔夫人：就我个人而言，去走一走是很有必要的。因为害怕变得太胖，我牺牲了自己所有的食欲。我经常想啊，今后在天堂能不能吃到现在不能吃的美好晚餐。

---

① 维多利亚时期的女帽常常用鸟的羽毛作为装饰，甚至还有将鸟制成标本放于帽上。

② 原文为拉丁语 Q. E. D.。

布伦金索普：通常来说，我们只会得到我们应得的。

> [内利扭头看着他们离开。她注意到弗雷迪迟迟未走。她微
> 笑着，假装无视他。他走上前来，斜靠着她的椅子。

内利：你不跟他们一起去吗？

弗雷迪：你会介意我和你一块在这儿待着吗？

内利：我喜欢这主意。

弗雷迪：这里真好，不是吗？

内利：非常好。

弗雷迪：我还没恭喜你订婚呢。

内利：我并不指望你会恭喜。

弗雷迪：为什么？

内利：噢，我不知道。

弗雷迪：从我们第一次见面到现在仿佛很久了，不是吗？

内利：为什么？

弗雷迪：因为你让我有种一见如故的感觉。

内利：你很容易与别人一见如故，不是吗？

弗雷迪：我的意思是，你就好像是这花园里的一朵玫瑰。

内利：这句话你大概和每个坐在这里的姑娘都说过吧？

弗雷迪：我从来没跟任何人说过，除了你。

内利：他们说你很容易动情。

弗雷迪：他们在撒谎。

内利：我想，我应该摘掉帽子。

弗雷迪：请便。

> [内利开始摘帽子，假装摘不下来。

内利：噢，我怎么这么笨！有东西卡住了。

弗雷迪：需要我帮忙吗？

内利：不好意思，给你添了许多麻烦。

[他帮她摘帽子，她突然轻轻发出一声尖叫。

弗雷迪：噢，抱歉。我弄疼你了吗？

内利：不，就是有点痒。

　　　[她取下帽子，没有抽出被他握着的那只手。第一次，他们的目光交汇，然后都笑了。

弗雷迪：你的手真好看！跟我的手放在一起显得那么白，是不是？

　　　[多特夫人溜回来，站在一丛灌木后面，防止被他们看到。

内利：我更喜欢你的手，那么有力，肤色那么健康。

弗雷迪：你知道吗，你非常非常好相处。有时候和女人在一起，我会变得无比害羞又紧张，但和你，我好像有源源不断的话想对你说。

内利：我感觉自己好像已经认识你一辈子了。

弗雷迪：[冲动地] 这里真好，不是吗？

内利：非常好。

　　　[他盯着她看了一会儿。

弗雷迪：我想问你一件事。你不会生气吧？

内利：不会。

弗雷迪：我能吻你吗？

内利：不。

弗雷迪：你真不友好。

内利：你不该问这个问题的。

弗雷迪：不该吗？我很想，很想。

内利：有些事是应该直接做，不该问的。

弗雷迪：你这淘气鬼。

　　　[他吻她。这时候，霍林顿进来看到了他们。霍林顿震惊得呆立了好一会儿，然后离开了。

弗雷迪：我们一起去河边吧，好吗？

内利：我跟杰拉尔德说了我很累。

弗雷迪：噢，让杰拉尔德去死吧！

内利：我们可以去会客厅弹钢琴。

弗雷迪：我非常非常喜欢音乐。步态舞 ① 那类的，你知道。

　　　　[他们起身，多特夫人走上前来。

多特夫人：你要出去吗？我以为你很累了。

内利：我们只是想去看看果菜园。

弗雷迪：我刚才告诉塞伦格尔小姐你种了一些上好的胡萝卜。

多特夫人：[看着他们朝屋子走去] 你知道不是这个方向吧。

内利：[镇定自若地] 我只是先去拿一下手帕。

多特夫人：原来是这样，不好意思。

　　　　[他们离开了。杰拉尔德走上前来，沮丧且严肃。

多特夫人：他们在一起是多好的画面啊，不是吗？我都没法形容自
　　己有多喜欢内利。

杰拉尔德：你现在觉得她的裙子裁剪得当了？

多特夫人：啊，那是我的气话，你可不能当真。你自己知道，她对
　　你的一片深情让我很感动。

杰拉尔德：你这么说真好。

多特夫人：见到两个人全身心相爱是多么美好的一件事啊。

杰拉尔德：我可不敢那么自信，说内利是在全身心爱我。

多特夫人：我亲爱的，我可是有证据的。

杰拉尔德：真的吗？那你比我强。

多特夫人：你们结婚后，塞伦格尔夫人会和你们一块住吗？

杰拉尔德：够了，多特，这一切到底是什么意思？

多特夫人：[很吃惊] 什么一切？

---

① 　Cake-walk，爵士舞曲的一种，源于美国。

杰拉尔德：你为什么把我们都叫到这里来？

多特夫人：因为我热情好客呀。你不想来吗？真不好意思。

杰拉尔德：自从我来了之后，你几乎都没有理我。

多特夫人：[挖苦地] 我是很想全心全意扑在你身上，但其他客人也需要我，这是我的责任，这点我不能忘的。

杰拉尔德：我真恨不得抓住你的肩膀使劲摇一摇。

多特夫人：你今天心情不太好。

杰拉尔德：[生气地] 请原谅，我已经尽量控制情绪了。

多特夫人：看来你很有必要和你的爱人共度一周不受干扰的二人时光。

杰拉尔德：我不明白你的意思。你跟上次我们见面的时候相比变了好多。

多特夫人：是这样的，上次我以为我爱你，现在我知道了，我并不爱你。

杰拉尔德：[苦涩地] 我很高兴你这么快就走出来了。

多特夫人：确实，你不可能指望我为了一个年轻人耗尽感情，尽管那个年轻人很有魅力，更何况他马上要和别人结婚了。

杰拉尔德：当然。

多特夫人：[嘲弄地] 怎么了？

杰拉尔德：我太傻了，居然以为你在乎。

多特夫人：在你给了我那样巨大的伤害、告诉我你一丁点都不喜欢我之后，你怎么还会以为我在乎？

杰拉尔德：[迅速地] 我没有！

多特夫人：所以你喜欢过我？

杰拉尔德：我没说过那些话。

多特夫人：总之，不管你之前是什么感觉，知道我为了这份没有结果的爱内心反复受着煎熬，都让你的自尊心倍感满足吧。

杰拉尔德：你好残忍，这样来嘲笑我。

多特夫人：那么，你现在有一丝丝爱我吗？

杰拉尔德：你没有权利问我这个问题。

多特夫人：我亲爱的孩子啊，我并没有要拦着你、故意耽误你和内利共度恬静午后的时光。是你逼我说这些话的。说这些很没劲。

杰拉尔德：如果我真和你结婚了，我肯定会打你，用一根很粗的棍子。

多特夫人：你觉得我最大的特点是什么？

杰拉尔德：这个问题我可以回答。不可理喻——我从没见过那么惹人厌、讨人嫌的不可理喻。

多特夫人：胡说。我最大的特点明显是甜美又温顺。既然在这个问题上我们的观点不可能一致，那么你说我的第二大特点是什么？

杰拉尔德：顽固不化。

多特夫人：好吧，我更喜欢说那是意志坚定。我承认，一个月前我是爱着你。那是值得你骄傲的事。

杰拉尔德：噢，希望我们可以回到那个时候。我的运气实在太差了。

多特夫人：可是当我意识到我的温情很可能会在这干燥的空气中被浪费、被消耗，我就下定决心要先治愈我自己。刚开始我是哭了两天。

杰拉尔德：多特。

多特夫人：不，不用同情我。我的脸色比较红，大哭一场往往会让我脸色看起来更好。那两天之后，我订了一些新裙子，买了一条觊觎已久的钻石项链。

杰拉尔德：那大概给了你很大的安慰吧。

多特夫人：有一点帮助。后来我得出结论，海里还有那么多美丽的鱼儿，丝毫不比岸上的差。我对你死心啦。毕竟你长得也不是特别好看，是吧？

杰拉尔德：我不记得我有假装自己很好看过。

多特夫人：我向你保证，你也不是一个有趣到让人想犯罪的人。

杰拉尔德：我是个非常无趣的人，这点我毫不怀疑。

多特夫人：我忍不住会想，你配内利比你配我好多了。她身上有那种让人很舒服的傻乎乎的劲儿，最符合普通英国男人的择偶标准了。

杰拉尔德：你这么说很有风度。

多特夫人：她有一点儿无聊，对吗？

杰拉尔德：我不觉得。

多特夫人：不会经常感觉度日如年吗？没有发现很难寻找话题吗？

杰拉尔德：没有。

多特夫人：啊——可是她有。

杰拉尔德：总而言之，那种被你誉为"爱"的情感，持续了一周后便烟消云散了。

多特夫人：保险起见，就算十天吧。

杰拉尔德：算你说得对，恭喜。

多特夫人：当然了，你没有什么不满意的，对吧？

杰拉尔德：当然没有。

多特夫人：那么，一切都是最好的安排，在这上帝所创造的最好的世界①。

杰拉尔德：[气急败坏]你真的好无情。

多特夫人：[开心地]啊，那正是一个月前我对你说的话。"爱

---

① 多特夫人此处援引德国哲学家戈特弗里德·威廉·莱布尼茨。莱布尼茨认为，我们现存的世界是由上帝在众多可能的世界中选择的最好的一个。

之罚"①。

杰拉尔德：现在你想知道我对你什么感觉吗？

多特夫人：不，我完全无所谓，谢谢！

杰拉尔德：好吧，让我告诉你。这对你来说是个玩笑，你可以尽情
嘲笑。

　　　　[他走向她，然后突然停住。

多特夫人：怎么？

杰拉尔德：没什么。

多特夫人：噢！我可怜的心，小鹿乱撞呢。我还以为你要吻我。

杰拉尔德：我恨你。我希望自己从来没有注意过你。

　　　　[他猛地转身，快步离开。他一走，多特夫人便跳起舞来。
她对着杰拉尔德的背影，把拇指放在鼻子上，手掌张开垂直于
面部，扭动其余手指②。

多特夫人：我最终会嫁给你的，混蛋，我最终会嫁给你的。

　　　　[布伦金索普走进来。

布伦金索普：你又在发什么神经？

　　　　[房间里传来跳步态舞的声音。

多特夫人：快来。

　　　　[她一把抓过布伦金索普，同他一起跳起来。

布伦金索普：放开我，你这女人！

多特夫人：噢，亲爱的，亲爱的，亲爱的。

　　　　[她张开双臂环抱着他的脖子，投入地吻起他来。就在这
时，杰拉尔德回来了。

———————————

① "爱之罚"是一个德国民俗：男女双方各执双核果仁的一半，下次见面时，
谁先喊出"爱之罚"，谁就能罚对方为自己买礼物。多特夫人在这里是将两
人说过的同样一句话比作双核果仁。
② 在英国，这是一种表达蔑视的手势。

杰拉尔德：抱歉。我忘了帽子。

　　　[他拿起帽子，步伐僵硬地走了出去。多特夫人爆发出一阵尖锐的笑声。

布伦金索普：这些就都罢了。但我的个人形象怎么办啊？

　　　　　　　　　　　　　　　　　　第二幕终

第三幕

沃思利夫人河畔小屋的门厅。

杰拉尔德和内利在扶手椅上坐着。她强忍住一个呵欠。紧接着，他打了一个呵欠。

杰拉尔德：抱歉。

内利：[打了一个呵欠] 我从来没见过像你这么会打呵欠的人。

杰拉尔德：[嘲讽地] 你大概是从来没照过镜子，看看自己是什么样的吧？

内利：你们家族的人都长寿吗，杰拉尔德？

杰拉尔德：[十分吃惊] 你是已经在想象自己穿丧服的模样了吗？

内利：你还能好好活四十年，对吧？

杰拉尔德：我外公可是烦他的后代一直烦到了九十七岁高龄。

内利：四十年是多少天？

杰拉尔德：差不多一万五千天。

内利：你有没有想过，这一万五千天我们都要面对面坐着吃早餐，还有一万五千顿午餐、一万五千顿晚餐？

杰拉尔德：[沮丧地] 是的，我想过。

内利：对这样的未来你怎么看呢？

杰拉尔德：[严肃地] 我自然是感到很知足的。

内利：[突然地] 我猜你很爱我吧？

杰拉尔德：多妙的问题啊！

内利：除了疯子，我想不到任何人会觉得你是个热烈的爱人。

杰拉尔德：[冷冰冰地] 很遗憾，我的一举一动没有达到你的要求。

内利：你知道吗，从我们正式订婚到现在，你从没对我说过你喜欢我。

杰拉尔德：[抱歉地] 是啊，我早就应该说的，不是吗？我以为我一旦说了，你就会觉得我的爱是理所应当的。

内利：每个女孩都希望恋爱中会有一丝浪漫。

杰拉尔德：你母亲会告诉你，稳妥的婚约才更令人满意。

内利：[干巴巴地] 你会是一个很好的丈夫——对我妈妈来说。

杰拉尔德：你有没有注意到，每次我们真的有什么事要说的时候，最后都险些变成吵架？

内利：有时候我觉得，相比拼命保持礼貌，直接大吵一架反而更好。

杰拉尔德：恐怕我脾气太温和了。

内利：妈妈总是说你有这样那样的优点。

杰拉尔德：我们要不要一起看一下《速写周刊》①？

内利：我们已经一起看过三次了。[内利盯着杰拉尔德的眼睛，只见他把目光移向桌上其他带插画的报刊]《新闻画报》《环球周报》，还有《画报》也都看过了②。

杰拉尔德：那你想做什么？

内利：天呐，我要尖叫了。

杰拉尔德：真的吗？老天，我也是。

内利：噢，杰拉尔德，让我们一起尽情尖叫吧。

      [塞伦格尔夫人、多特夫人进入门厅。

塞伦格尔夫人：[挤出一丝淡淡的微笑] 瞧他俩，这画面多美啊！

---

① *The Sketch*，英国杂志，于 1893 年创刊，1959 年停刊，主要刊登与王室及上流社会相关的轶事及照片。

② *The Illustrated London News, The Sphere, The Graphic*，均为英国报纸。

多特夫人：［酸溜溜地］两个年轻人如此沉浸在彼此的陪伴之中，着实可爱。

塞伦格尔夫人：来，你们可千万别浪费这么美好的下午，快一起出去，好好散个步。

内利：我们早上散了很久的步，挺不错的。

多特夫人：［甜甜地］要不你们去坐船吧？可以带上茶，在河上待一整个下午。

杰拉尔德：我们昨天就在船上待了一整个下午，带着您贴心准备的茶。

塞伦格尔夫人：内利啊，这让我想起了刚和你父亲订婚的时光，你那可怜的爸爸，那时候真快乐啊。我们就和你们一样，分开一秒钟都难受。好了宝贝，拿上你的帽子，快去吧。

内利：噢，妈妈，我头疼，这辈子从没这么疼过，我必须得去躺一下了。

塞伦格尔夫人：胡说八道。去跟杰拉尔德一起呼吸呼吸新鲜空气，一会就好了。

杰拉尔德：非常不好意思，但我还有一些很重要的信件要写，必须及时处理。

多特夫人：［依旧甜甜地］你回来之后还有很多时间的，邮差要晚饭后才会把信件收走。

塞伦格尔夫人：如果这是你找的借口，可怜的内利会觉得你已经开始烦她了。

杰拉尔德：这样的话，我当然想去坐船了，求之不得呢。

多特夫人：带上我的阳伞吧，宝贝。你不会想戴帽子的。

内利：［恶狠狠地］谢谢，亲爱的。

　　　　［内利和杰拉尔德垂头丧气地出去了。

塞伦格尔夫人：像两只知更鸟似的，不是吗？

多特夫人：你是想说欧斑鸠吧①？

塞伦格尔夫人：啊，我一直都搞不清这些自然界的东西的……亲爱的沃思利夫人，今天必须得谢谢你，多亏你的小技巧，杰拉尔德和内利每时每刻都在一起。

多特夫人：这是我的荣幸呀，想到他们能在我这儿尽情享受一个星期。

    [伊丽莎阿姨同布伦金索普一同进来。

塞伦格尔夫人：[狡黠地] 亲爱的布伦金索普先生，你个怪家伙、愤青。[意味深长] 我看我该去躺一躺了。一起上楼吗，麦格雷戈小姐？

伊丽莎阿姨：一分钟。

塞伦格尔夫人：我有些话想跟你说。[趁布伦金索普为她把着门的时候，她悄悄说道] 我是不是很识趣？

    [塞伦格尔夫人下场。

布伦金索普：所以那个老女人现在是要玩什么把戏？

多特夫人：白痴！你难道看不出来吗，她发现了！那吞噬我们内心的热烈情感——你伟岸的胸膛，我羞怯、小鹿乱撞的心——她有意让我们独处的。

布伦金索普：我现在觉得越来越不舒服了。

多特夫人：[挑逗地] 你难道不应该感到受宠若惊吗，假如我真的爱上你的话？

布伦金索普：[紧张起来] 多特，不要说这些可怕的话，我都起鸡皮疙瘩了。

多特夫人：但你一直这么冷冰冰的，都不给我一个机会。

布伦金索普：冷冰冰！天知道会发生什么，要是我有所表示的话。

---

① Turtle-dove，在英国文化中，欧斑鸠象征忠贞不渝的爱情。

314

任何时候，只要我不盯着地上，就会发现你盯着我，带着那副痛不欲生的表情，像暴雨中的落汤鸭①似的。任何时候，只要我接近你，你就会摸我，好像我是个天鹅绒抱枕，要么就是一只波斯猫。每次吃饭我都不得安生，生怕你心血来潮，在桌子底下踩我一脚。

多特夫人：要是我真的踩了你的脚呢？

布伦金索普：［极力克制怒气］我会尖叫的！那个紧急结婚执照已经让我瑟瑟发抖了，我完全不知道这一切会变成什么样子。你给我作证，麦格雷戈小姐，不管她怎么折腾我，我都不会娶她的。

伊丽莎阿姨：［微笑］我给你作证。

布伦金索普：她不会真的跟我结婚的。

　　　［多特夫人从写字桌的一个抽屉中拿出其中一张执照。］

多特夫人：［微笑着］弗朗西丝·安娜代尔·沃思利，詹姆斯·布伦金索普。

布伦金索普：［打了一个冷颤］这感觉，像是有人刚从我坟头走过②。

伊丽莎阿姨：但你到底打算怎么让内利·塞伦格尔和弗雷迪用另一张呢？

多特夫人：等时机到了，我自然会双手奉上，并且让他们自己选择想要哪种结果……如果世界上只有一个女人值得拥有丈夫，那女人便是我。我竭尽全力刺激杰拉尔德，让他情绪几乎失控；我把他跟内利绑在一起，让他们无聊得几乎要哭出来。我一直留着心眼儿，不让内利和弗雷迪单独待超过两分钟，导致他们现在完全不想见到我。最后，我孜孜不倦地向你示爱呀，我的爱甚至都能融化鱼儿冰冷的心了。所以，假如我失败了，都是

---

① Dying duck in a thunderstorm，暴风雨中垂死挣扎的鸭子，形容人极度悲伤、绝望。

② 突然打冷颤时的迷信说法。

你的责任。

布伦金索普：你到底想让我怎么做？

多特夫人：老天，一举一动都热烈点儿。看着我，想象你这辈子从没见过这么漂亮的人。牵起我的手，就仿佛你永远不会放下它。

> [她牵起他的手。

布伦金索普：等等，别忘了现在只有麦格雷戈小姐，其他人又不在。

多特夫人：[带着渴求的目光] 像这样看着我的眼睛。

布伦金索普：别，你这样让我很不舒服。

多特夫人：[不耐烦地] 噢，你实在是蠢，你就是个畜生，一块石头，和你在一起准没好事，你个不可思议的白痴。

布伦金索普：冷静，冷静。

多特夫人：就因为你是个十足的傻瓜，不知道怎么爱一个女人，我整个人生都要被毁掉了。

> [她甩开他，开始哭起来。布伦金索普来回踱步，突然停下来，微笑着看向多特夫人。他偷偷朝麦格雷戈小姐做了个手势。

布伦金索普：[换了一种声调] 多特，我们的小游戏已经持续得够久了。

多特夫人：[将头埋在手帕里啜泣] 是，很久了。这整件事让我烦死了。

布伦金索普：你让我扮演这个角色，但你大概不知道，我认真得要命。

多特夫人：瞎说什么呢!

布伦金索普：有一个秘密我不想再隐瞒了。

多特夫人：好了，不要再胡说八道了。

布伦金索普：多特，我爱你!

多特夫人：噢，别傻了。

布伦金索普：我没有开玩笑。

多特夫人：感谢老天爷。这个玩笑很差劲，也很无聊。

布伦金索普：一开始确实是个差劲的笑话，但后来慢慢就不一样了。有些东西变了，这让我觉得很难为情。

多特夫人：［抬起头］嗯？

布伦金索普：你难道看不出来我跟以前不一样了吗？多特，是你改变了我。

多特夫人：我确实觉得他开始有觉悟了。

布伦金索普：如果说我之前很害羞，很尴尬，那是因为我没法说服自己，我被自己吓到了，我搞不明白。

多特夫人：这下好多了，你声音里真的有感情诶。

布伦金索普：怎么可能没有，过去十天来一直在我舌尖打颤的话，现在终于说出口了。

多特夫人：［欣喜地］对嘛！这就是我想要的语调。下次晚餐的时候你也要用这种颤音让我把芥子酱递给你。

布伦金索普：半夜我躺在床上无法入睡，脑海中全是你，而当我睡着的时候，仿佛你就在我怀中。

多特夫人：太妙了。这些话你怎么不早点说呢？

布伦金索普：多特，多特，别折磨我了。你看不出来我是认真的吗？

多特夫人：什么？！

布伦金索普：我现在不是在开玩笑。天呐，我倒希望这是个玩笑。

多特夫人：［强颜欢笑］我亲爱的詹姆斯啊，这样就有点过了。

布伦金索普：你一定是要么疯了，要么瞎了。你感受不到吗？我爱你。

多特夫人：别犯傻了。你自己知道的，你只不过是——只不过是想看我笑话罢了。

布伦金索普：噢，我就是个十足的混蛋。我永远不该答应和你一起玩这个糟糕的把戏。你不知道为此我受了怎样的折磨!

多特夫人:伊丽莎阿姨,他不是真的当真了吧?

伊丽莎阿姨:[微笑着]哎呀!恐怕是的。

布伦金索普:你以为呢?你随意拨动我的心弦,仿佛它们只是毫无
感情的乐器。你之前的每一字每一句都带着爱意啊。

多特夫人:[充满悔意]我的确很有魅力,这点我不否认。

布伦金索普:当你碰我的手的时候,我全身上下每一根神经都在
颤动。

多特夫人:你不是真的爱上我了吧?

布伦金索普:深深地爱着。

多特夫人:这太荒唐了,詹姆斯·布伦金索普。

布伦金索普:我是一个傻瓜。我怎么也想不到自己会玩火自焚。

多特夫人:但你不可以爱我,我不会答应的。

布伦金索普:已经来不及了,我爱慕你。

多特夫人:那么到底应该怎么办?

布伦金索普:你得嫁给我。

多特夫人:不可能,我绝不会动摇的。

布伦金索普:[张开双臂向她走去]你现在不会意识到,但我将来会
把我全部的温柔与爱都倾注于你。

多特夫人:走开!别靠近我。

布伦金索普:你为什么非要喜欢杰拉尔德呢?你真的认为,如果他
爱你的话,会连一个小小的婚约都解决不了吗?

多特夫人:永远不要相信男人,这就是事实。

布伦金索普:我现在无法想象没有你的生活。为了你的幸福,我愿
意放弃一切。

多特夫人:可我爱的是杰拉尔德。我不爱你,我永远都不会爱你。

布伦金索普:算你欠我的——这些你带给我的苦痛。多特,别忘了

那张执照，买的人觉得它是个笑话，但在上面签字的坎特伯雷
　　大主教可是认真的。

多特夫人：我亲爱的詹姆斯啊，看在老天的分上理智一点吧。你同
　　我一样心里清清楚楚，你不是那种适合结婚的男人。

布伦金索普：给我一个机会，我会证明给你看。

多特夫人：我敢肯定你不会喜欢我的，我很可怕，真的。

布伦金索普：我知道你有很多缺点，但是，上帝保佑你，我爱那些
　　缺点。

多特夫人：我脾气很暴躁。

布伦金索普：眼中闪着怒火的你只会让我更加宠爱。

多特夫人：我极其铺张浪费。还有，一旦政府颁布禁酒令，我就完
　　蛋了。

布伦金索普：我有钱啊。哪怕我只剩下一便士，这一便士也要用来
　　实现你最微小的愿望——对我来说，这就是最大的幸福了。

多特夫人：我不会嫁给你的，我不会嫁给你的。我不会！

布伦金索普：多特，多特！

　　　　[他将她揽进怀里，吻她。就在此刻，杰拉尔德走了进来。
　　多特挣脱开布伦金索普，一瞬间，所有人尴尬地僵在那里。

多特夫人：[对杰拉尔德] 我以为你去坐船了。

杰拉尔德：见鬼去吧，坐船！

　　　　[多特夫人朝门口走去，布伦金索普为她打开门，她离开
　　了。伊丽莎阿姨紧随其后，经过布伦金索普时，他压低声音对
　　她说。

布伦金索普：这才叫激情嘛。

伊丽莎阿姨：你可真行，小畜生，还真让我心怦怦跳。

　　　　[伊丽莎阿姨退场。

杰拉尔德：麦格雷戈小姐刚刚说什么？

布伦金索普：如果我没理解错的话，某种关于重婚罪的暗示吧。

杰拉尔德：[不自然地] 恐怕我进来得不是时候。

布伦金索普：你看起来很喜欢这么干。

杰拉尔德：这所房子里的每个人似乎都在亲来亲去。

布伦金索普：[异常粗鲁地] 就差你把塞伦格尔夫人抱在怀中，那样故事就圆满了。

杰拉尔德：你能行行好，解释一下刚才的事吗?

布伦金索普：希望你不要介意我这么说，但刚才的事，真的和你一点关系都没有。

杰拉尔德：[急躁地] 这么说吧，布伦金索普，你无权在多特夫人身上玩弄你愚蠢的伎俩。她是一个情绪非常容易激动、毫无心机的女人。她……

布伦金索普：然后呢?

杰拉尔德：噢，该死!

布伦金索普：没事没事。

杰拉尔德：[生气地] 这些闹剧到底是怎么一回事?

布伦金索普：[淡淡地] 这就是你所谓的教养吧，不是吗?

杰拉尔德：好，布伦金索普，对你来说，最好的办法就是一张电报，要求你立即回城里去。

布伦金索普：劳您费心，但我在这里非常享受。

杰拉尔德：如果我把你扔出窗外，你会很吃惊吧?

布伦金索普：不仅是吃惊，我会认为这是一种下贱的轻浮之举。

杰拉尔德：你想不想知道我私下对你的看法?

布伦金索普：饶了我吧孩子，免得我脸红。当面被别人夸奖一直是件让我很尴尬的事。

杰拉尔德：你个老傻子。

布伦金索普：你一定很生气吧。

杰拉尔德：完全没有。你身上能有什么值得我生气的？

布伦金索普：现在看来，你肯定是情绪激动了。你的脸是红的，衣服乱七八糟，眼角还有一点点斜。

杰拉尔德：我亲爱的朋友啊，如果不是因为我有世界上最好的脾气，我真的会踢你一脚。

布伦金索普：你最好还是去躺着休息吧，不然你只会说一些让自己将来后悔的话。

杰拉尔德：多特夫人半毛钱都不在乎你，你知道这点不是一天两天了吧。

布伦金索普：我可以请问一下，这跟你到底又有什么关系呢？

杰拉尔德：多特夫人是我的老朋友。我不能眼看她被一个自以为是的傻瓜耍得团团转。

布伦金索普：顺带提一句，你是不是忘了自己已经和塞伦格尔小姐订婚了？

杰拉尔德：老天，当然没有！

布伦金索普：我敢打赌，你情愿自己忘记了。

杰拉尔德：该死的，你这话太无礼了。

布伦金索普：亲爱的朋友啊，我从来没见过如此缺乏常识的人。那种在你和塞伦格尔小姐纯洁心灵中燃烧的柔情，也冲击着我和沃思利夫人，我们的心也是一样的纯真。这只是人之常情。

杰拉尔德：别说这些废话。

布伦金索普：我想，如果告诉你我刚刚向多特夫人求婚了，你一定会很震惊吧。

杰拉尔德：她肯定是边尖叫边放声大笑。

布伦金索普：你进来的时候也看到了——她难以掩饰地欢乐。

杰拉尔德：[迅速走到布伦金索普跟前] 你不是认真的！

布伦金索普：在长眠地下之前，没有任何一个男人能够幸免于女人带来的苦。即便是在墓中，他也可能被母虫子吃得死死的。

杰拉尔德：那么多特夫人——她有回应你吗？

布伦金索普：说真的，你问了一个很微妙的问题。

杰拉尔德：看在老天的分上，这人居然以为多特爱上了自己。

布伦金索普：［非常气愤］请告诉我，她凭什么不能像爱你一样爱我？

杰拉尔德：［发出一阵大笑］哈，哈，哈。

布伦金索普：你他妈有什么好笑的？

杰拉尔德：哈！哈！哈！

布伦金索普：闭嘴，你个大白痴！

杰拉尔德：［仍旧在笑］你被她耍了。哈！哈！哈！［严肃起来］你真的觉得会有女人喜欢你吗？我可怜的布伦金索普啊！多么可怜、可怜的布伦金索普啊！

布伦金索普：你是个混蛋，先生，一个目无尊长、狂妄无礼的混蛋。请问为什么不会有女人喜欢我？

杰拉尔德：［愤怒地］因为看到你就让人觉得恶心，你说的话无聊到难以用语言形容。

布伦金索普：这话从你嘴里说出来，倒挺有趣。

杰拉尔德：如果你实在想结婚，和塞伦格尔夫人结吧。

布伦金索普：你显然以为，假如一个女人不幸没能和你结婚，她最好的归宿是出家。

杰拉尔德：你就是个喋喋不休的犬儒，一头糊里糊涂的蠢驴。

布伦金索普：我很喜欢你用这些精心挑选的词句来赞扬我的优点。

杰拉尔德：听我说，布伦金索普！在你把事情弄得更糟糕之前滚出这幢房子。任何一个人都比你更可能成为多特夫人的新郎。

布伦金索普：你是不是觉得她绝不可能想过和我结婚？

杰拉尔德：不仅不可能，而且很荒诞。

[布伦金索普走到抽屉边，从里面取出结婚执照。

布伦金索普：那么或许，你会有兴趣看看这份文件。

[杰拉尔德接过文件，看完之后目瞪口呆。

杰拉尔德：紧急结婚执照。

布伦金索普：你知道的，比普通的结婚公告省事多了。

杰拉尔德：詹姆斯·布伦金索普。

布伦金索普：还有弗朗西丝·安娜代尔·沃思利。

杰拉尔德：一定是弄错了！一切都是个荒谬的错误。

布伦金索普：你看，坎特伯雷大主教在这上面称呼我"亲爱的兄弟"。还挺友好的，是不?

[杰拉尔德狠狠地将执照撕成碎片扔在地上。布伦金索普如释重负地呼了一口气。杰拉尔德怒气冲冲地跑进花园，布伦金索普走到门边，对着他挥手。多特夫人走了进来，她已经发现了布伦金索普耍了她。

布伦金索普：他把你的执照撕了。

多特夫人：[迅速地] 哪一张?

布伦金索普：当然是我们的。三几尼就这样打水漂了，亲爱的。

多特夫人：[数着指头] 我在想，英国人要买多少瓶啤酒，才够我们再买一张执照。

布伦金索普：不过你既然拒绝了我，就可以很愉快地省下这笔钱了，同时也极大推进了禁酒事业的发展。

多特夫人：[俨然一副郑重其事的样子] 詹姆斯，我仔细考虑了你所说的一切，我愿意嫁给你。

布伦金索普：[感到脊背一阵凉意袭过] 我从心底感谢你，但我没法接受这样的牺牲。

多特夫人：只要能让你高兴，就不是什么牺牲。

布伦金索普：但你不应该考虑我的，你的快乐才是我们在意的。别让一时的冲动毁了你的人生。

多特夫人：我考虑得非常清楚了。我无法拒绝你热情的请求。

布伦金索普：我不能接受这样的施舍。你已经拒绝我了，对我来说那就是最后的结果，我已经接受了。

多特夫人：我之前从没意识到你性格是那么美好而温淳，你说的每一句话都更坚定了我愿意伴你终生的决心。

布伦金索普：我亲爱的多特，尽管我非常非常感激你的温情——它是那么美好，我必须承认，我没法和一个不爱我的女人结婚。

多特夫人：[努力让自己显得端庄] 我明白了，你是想逼我起誓，这太难了。噢，你们男人啊！

布伦金索普：上帝啊，你不是想说你爱我吧？

多特夫人：[仿佛备受煎熬的样子] 詹姆斯，这样不是很美妙吗？

布伦金索普：半小时前，你说无论如何都没法忍受我。

多特夫人：改变主意是女人的特权。你求婚时投入的热情完完全全改变了我，你表白心迹时带着的强烈情感打动了我。我挣扎过，但终于没能抵抗你的爱。过来抱着我，詹姆斯，永远不要放手。

布伦金索普：多特，我要向你坦白，我没有一个字是认真的。

多特夫人：啊，詹姆斯，别开玩笑。

布伦金索普：我向你保证，我是认真的。你嘲笑我不会追求女人，所以我故意这么做，想让你知道我可以。是的，这是一个很傻的玩笑，但它确实是一个玩笑。

多特夫人：[无动于衷] 詹姆斯，你说的每一个字都让我更爱你一分。我实在不明白，自己为什么一直对你的深情视而不见。

布伦金索普：你没听见我说的吗？

多特夫人：你以为骗我那么容易吗？

布伦金索普：你不相信我？

多特夫人：一个字也不信。

布伦金索普：[万分警觉] 好，这么说吧，我不爱你，我从来没爱过你，以后我也不会爱你。我说得够清楚了。

多特夫人：[兴高采烈] 上帝啊，他太宠我了！

布伦金索普：我说，看着我，这太荒谬了。

多特夫人：我知道，你讲这些残酷的话，是因为你觉得这样就能让我远离你。

布伦金索普：[生气地] 不是的。

多特夫人：你无法忍受我因为同情而接受你，但事实不是这样的，詹姆斯。你那么英俊、高贵，有绅士风度，哪个女人不会爱上你呢？

布伦金索普：我再重复一遍，我不爱你。

多特夫人：你不能这样随随便便地欺骗我，詹姆斯。我知道你爱我。我们女人第六感很准的。

布伦金索普：是啊，你总是这样说。

多特夫人：你看你，这么克制情绪，身体都发抖了。噢，詹姆斯啊詹姆斯，你让我多么快乐。

　　　　[她投入他怀中，假装喜极而泣。

布伦金索普：我觉得还是悠着点吧，万一被人看见。

多特夫人：我希望全世界都看见。

布伦金索普：但这实在太委屈你了。

多特夫人：我愿意受这委屈，只有这样你才能明白我的爱。噢，想想将来那些美好的日子吧，詹姆斯，我们依偎在彼此怀中。

布伦金索普：[从拥抱中抽出身来] 我还能说什么才会让你相信我呢？

多特夫人：什么都不用说！我永远是你的，直到死亡将我们分开。

布伦金索普：我再也不敢随便开玩笑了。

多特夫人：[故作神秘地] 如果你不介意的话，我可以离开一分钟吗？刚才情绪波动太大，我必须得去一趟洗手间。

布伦金索普：[挖苦地] 快去吧，请不要在意我。

多特夫人：记住，我至死都是你的人。

布伦金索普：你这么说真好。

　　　　[多特夫人离开。布伦金索普不耐烦地拉铃，一会儿管家进来了。

布伦金索普：去叫我仆人，我有事找他。

　　　　[管家离开。布伦金索普来回踱步，不停搓着双手，随后他的仆人走了进来。

布伦金索普：乔治，马上收拾东西，然后叫车。一秒钟都不许耽搁。

乔治：您要走了吗，先生？

布伦金索普：[暴跳如雷] 大蠢蛋，不走的话干吗叫你收东西？我今晚要出国。

乔治：明白了，先生。

布伦金索普：你立刻坐火车去库克① 买票。

乔治：好的，先生。您要去哪儿？

布伦金索普：不要唧唧歪歪，"先生"，我说什么你就做什么。

乔治：可是先生，我必须知道目的地啊。

布伦金索普：噢，我怎么会有这么蠢的仆人！提前告诉你，一个月后你就被解雇了。"您要去哪儿，先生？""任何地方吗，先生？"他妈的离这里越远越好。南非！或者乌干达，我要去那里打狮子。如果现在没有船，就去美国，去落基山脉打灰熊。

乔治：那里气候非常恶劣，先生。

布伦金索普："气候恶劣，先生？"你给我听好了，泰晤士河谷比那里恶劣不止两倍。

乔治：遵命，先生。

----

① Thomas Cook，英国旅行公司，1841 年创立，2019 年停业。

[乔治离开。多特夫人走进来,一看到她,布伦金索普就缓和下来了。

多特夫人:詹姆斯,亲爱的,是我听错了吗,你让乔治去给你收拾行李?

布伦金索普:[平静地]没这回事,我的甜心。你怎么会这么想呢?

多特夫人:你不会离开我吧——亲爱的?

布伦金索普:我的天使啊,没有什么能把我从你身边拉走。

多特夫人:你真是我的最爱!

布伦金索普:[努力克制]我的宝贝!

[他走进花园。多特夫人笑起来。弗雷迪拿着一沓信走了进来。

弗雷迪:是这样的,我希望你能看看这些信。

多特夫人:噢,对了,弗雷迪,我有事跟你说。[她拿起一封信,开始读起来]"我谨代表沃思利夫人恭祝您和家人喜添新丁,同时为无法满足您的需求表示遗憾。"怎么这么没礼貌,弗雷迪!墨菲夫人是老朋友了。

弗雷迪:我查过账本了。六个月前,因为她有九个孩子,我们给了她十五英镑。现在她居然就有十一个孩子了。

多特夫人:然而他们还在抱怨生育率下降。我们最好还是给她五镑吧。

弗雷迪:你还是别鼓励这种一年生两对双胞胎的女人了吧,尤其是她丈夫还是个卧床不起的神经病。

多特夫人:可能她就是比较会生呢。

弗雷迪:这是我给麦克塔维什夫人的回信,她需要钱给她丈夫下葬。

多特夫人:可怜的东西!你最好给她寄十镑。

弗雷迪:我是这样回的:"夫人,我很遗憾地得知,您又一次失去了丈夫,这已经是两年里的第三次了。那些与您携手的倒霉绅士们，他们的死亡率是如此之高，为此我只能给您一条建议：请您在未来好好守寡吧。您真诚的，弗雷迪·珀金斯。"

多特夫人：[读一封弗雷迪递过来的信]"听说您对沃思利夫人去年资助的木头假肢感到满意，这让我很欣慰。但恕我无法请她再给您一副。在火车事故中失去一条腿是不幸，但因为煤矿爆炸又丢了一条，就只能说是粗枝大叶了。"这可不好玩，弗雷迪。

弗雷迪：我太穷，只能付笑话给他们了。

多特夫人：[一脸精明]弗雷迪，你这几周的表现让我非常满意。我一直在仔细观察，你确实尽力了，一心要打消可怜的内利对你的好感，我很欣慰。

弗雷迪：[严肃地]我很努力在完成我应尽的责任。

多特夫人：我知道。作为回报，我希望你能接受一点小小心意。我的支票本在哪儿？

弗雷迪：[行动迅速]噢，不用，真的不用，你不用这样的。[将支票本放在多特夫人面前并递给她一支笔]我觉得你付给我的已经够多了，我不能再接受任何东西了。

多特夫人：我就担心你会拒绝。

[她低头写支票，弗雷迪认真地盯着她。]

弗雷迪：五百镑。噢，你太慷慨了！不过你为什么给我这么多钱呢？

多特夫人：你可能会用上的。想想，假如你要结婚，口袋里有这些钱会比较方便。

弗雷迪：但我没想结婚啊。

多特夫人：没有吗？哪一天你想了，你就知道了。我打算一年给你两千镑。

弗雷迪：你实在太好了。

[他接过支票，神采飞扬。多特夫人迅速从抽屉里取出紧急

结婚执照，放在桌上。

多特夫人：现在我要去花园里散个步了。

弗雷迪：你真是宝藏。

    [多特夫人离开。等多特夫人从他视线中消失，弗雷迪立刻吹了一声音色奇特的口哨。内利走了进来。

内利：我以为肯定等不到你的口哨了。他们想让我去坐船，我不得不编各种各样的理由推脱。

弗雷迪：我不知道为什么会这样，但我们总是没机会单独待一起。

内利：真是要疯了。你那个主意太好了，等他们睡觉之后在花园里见。

弗雷迪：我的主意？我一直以为是你的主意！

内利：[仿佛自尊受到了伤害]我怎么可能提那种建议。

弗雷迪：也是，不可能是你。

内利：我好烦，你都不知道那个男的有多无聊！

弗雷迪：我想不出你是怎么看上他的。

内利：你知道吧，我其实从来都没喜欢过他。我接受他，纯粹是因为他不可救药地爱上了我，然后妈妈一开始并不同意。

弗雷迪：你是什么时候知道自己喜欢上我的？

内利：噢，我不知道。我想，是知道你爱我的那一刻吧。

弗雷迪：[吃了一惊]噢!

内利：你从什么时候开始爱上我的？

弗雷迪：嗯，大概是……知道你对我有感觉，简直让我受宠若惊。

内利：噢! [两人都有一阵子没说话]我有点没弄明白。

弗雷迪：[张开双臂]亲爱的!

内利：[抱住弗雷迪]噢，这种感觉好奇怪呀，但又很美妙。我知道我不应该让你吻我的，我知道这样很对不起可怜的杰拉尔德。

弗雷迪：他配不上你。

内利：他连我踩过的地板都爱惜得不行，我真是个混蛋。

弗雷迪：我们的确让他很没面子。

内利：我永远都没法原谅自己。

弗雷迪：可怜的杰拉尔德……但他是个傻蛋，不是吗？

内利：噢，傻透了。

　　　　[他们一起尖声笑起来。

内利：小心！

　　　　[多特夫人走了进来，手里拿着花。

多特夫人：我是不是把剪刀落在这儿了？只是想过来请弗雷迪帮我
　　找一下。也许在隔壁房间。[弗雷迪离开] 会不会放在写字桌
　　上了？

　　　　[内利走到写字桌边。她发现了结婚执照，读过之后将其面
　　朝下放在桌上。

内利：[焦虑地] 没有，这里什么都没有。

　　　　[弗雷迪拿着剪刀走进来。

弗雷迪：剪刀在这儿!

多特夫人：非常感谢。

　　　　[多特夫人离开。

内利：弗雷迪，你怎么能这么不小心？还好我反应及时把它藏起
　　来了。

弗雷迪：什么？

内利：你应该告诉我的。我觉得你不跟我商量就去办执照不太好，
　　这样非常没有礼貌。

弗雷迪：执照？

内利：你明明知道我不可能跟你结婚，无论如何我都不会毁了和杰
　　拉尔德的婚约。你让我很生气。

弗雷迪：我完全不知道你在说什么。

330

内利：你怎么这么会编啊？

> [她将结婚执照递给他。弗雷迪盯着看了一会儿，大惊失色。

弗雷迪：你在哪里找到的？

内利：就放在写字桌上。不要告诉我你什么都不知道。[弗雷迪依旧盯着执照] 弗雷迪，你也太胆大包天了吧！但你真的不该有这种想法，以为我会答应和你私奔，一秒钟都不该。噢，弗雷迪，我好荣幸，你一定是真的爱我！

弗雷迪：[自言自语] 一年两千镑！[他从口袋里拿出支票看了看，突然间恍然大悟。他把支票和执照一起放回口袋] 显然，结婚执照不会无缘无故自己出现在那里。

内利：是什么让你最终迈出这一步的？

弗雷迪：[坦率地] 我以为只有这样才能赢得你的芳心。

内利：你很早以前就办了这个执照吗？

弗雷迪：没有，今天早上才收到。听我说，我们为什么不私奔呢？你对杰拉尔德没有一丝爱，但你的的确确喜欢我。

内利：这会让他心碎的。我不可以这样做，不可以！况且，我们能去哪儿呢？我不敢，妈妈永远不会原谅我的。

弗雷迪：可是你看啊，有了这张证，我们在任何地方都可以结婚。我们现在就上车，开到我父亲家，他住在牛津附近。我们应该晚饭前就能到，他明天就能帮我们举行婚礼。

内利：你的意思是，你父亲是牧师？

弗雷迪：当然了，我投胎前可是谨慎考虑过的。

内利：噢，你太明智了，选了一名牧师做爸爸。你真是考虑周全啊，弗雷迪。

弗雷迪：好了，没时间了。你愿意跟我一起冒险吗？

内利：不，不，不！弗雷迪，这还用问吗……直接走呗，我拿一下帽子。

弗雷迪：你真是个宝藏。

　　　　[内利跑了出去。弗雷迪激动地走来走去。这时，仆人们端着茶进来了。过了一会，内利戴着帽子回来了。

弗雷迪：快点!

内利：好浪漫啊，不是吗?

　　　　[他们手牵手朝通往花园的门走去，不料迎面撞上塞伦格尔夫人、杰拉尔德、布伦金索普，以及麦格雷戈小姐。

塞伦格尔夫人：你们急急忙忙的这是要去哪儿呀?

内利：[灵机一动] 我们正准备去叫你们来喝茶呢。

　　　　[多特夫人走了进来。

多特夫人：我刚刚让他们备好了车，万一你们谁一会要出去。

　　　　[她走到写字桌边，查看结婚执照还在不在。大家坐下开始喝茶。

塞伦格尔夫人：内利，我的宝贝，我和杰拉尔德刚刚在讨论一件非常重要的事。

多特夫人：我知道。你让他选一个日子。

塞伦格尔夫人：我觉得我无权拖这些年轻人的后腿，他们本来就没什么耐心。

内利：[惊恐地] 然后呢，杰拉尔德怎么说?

塞伦格尔夫人：他希望由你全权决定。

内利：他肯定是在跟你客气啦。

杰拉尔德：没有没有。

多特夫人：他当然迫不及待啦。

杰拉尔德：[绝望地] 当然。

内利：我更愿意让杰拉尔德定——看他什么时候方便。

塞伦格尔夫人：他们互相谦让的样子多么美好啊。

杰拉尔德：我们现在不要再讨论这件事了，多特夫人会感到无聊的。

塞伦格尔夫人：在座的都是老朋友。我相信多特夫人会很乐意给我们建议的。

多特夫人：我个人的看法是，宜早不宜迟。

布伦金索普：想想你吃药的时候，最好的方法就是什么都别想直接往下吞。

塞伦格尔夫人：晦气！你们觉得从今天算起，六周后怎么样？

内利：对我来说是完美的。

杰拉尔德：就这么定了，此事告一段落。

塞伦格尔夫人：爱情多美好啊！

　　　　[内利起身。

内利：[对弗雷迪] 走吗？

弗雷迪：当然。

塞伦格尔夫人：[惊讶地] 你们去哪儿，内利？

内利：珀金斯先生答应带我去兜兜风，我感觉只有这个方法能治我的头痛了。

塞伦格尔夫人：[意味深长] 亲爱的，这样真的好吗？你可怜的未婚夫会怎么想。

内利：[同样意味深长] 我觉得你需要一个和杰拉尔德单独谈谈的机会。

塞伦格尔夫人：为什么，亲爱的？

内利：亲爱的妈妈，财产协议。

塞伦格尔夫人：[会心一笑] 你这可爱的孩子，这么实际！等到我这个年纪，你还有大把机会操心当妈的事的。

内利：我可以走了吗？

塞伦格尔夫人：去吧，不过别太久。

内利：[吻她] 再见，妈妈。

　　　　[她和弗雷迪一起离开。他们出门后，门外立刻传来汽车发

动机的声音。

塞伦格尔夫人：这个好孩子啊，她天性就是这么善良、可靠。你也
　　得亲我一下，杰拉尔德！

杰拉尔德：这是当然的，我很乐意。

　　　　　［她把脸凑过去让他亲了一下。这时，仆人拿进来一张
　　纸条。

仆人：塞伦格尔小姐让我立刻把这个交给您。

多特夫人：噢！［她打开纸条，尖叫起来］我的老天爷啊！噢，不
　　老实的家伙！我该怎么跟你解释呢，塞伦格尔夫人。是内利留
　　下的。

塞伦格尔夫人：内利留下的！

多特夫人：［读纸条］"亲爱的多特夫人，我要去和弗雷迪结婚了。请
　　委婉地告诉妈妈。"

塞伦格尔夫人：［激动不已］这不可能！拦住他们！拦住他们！他们
　　在哪里？

多特夫人：［继续读］"我没法嫁给杰拉尔德，他太——"这个词是大
　　写的，我一直不太会读大写字母。

　　　　　［她把纸条递给杰拉尔德。

杰拉尔德：这个词是"无聊"。

多特夫人：［假装很吃惊］无聊！

布伦金索普：［心满意足］无聊！

伊丽莎阿姨：［若有所思］无聊！

塞伦格尔夫人：噢，见鬼了！我可怜的杰拉尔德啊，我要怎么办？

　　　　　［杰拉尔德突然狂笑起来，并且越笑越大声。

塞伦格尔夫人：杰拉尔德！杰拉尔德！振作起来。可怜的孩子一定
　　是被吓傻了。我的嗅盐在哪里？多特夫人，看在老天的分上让
　　他平静下来吧。噢，亲爱的！你不能这样糟蹋你自己啊。

布伦金索普：他看上去很可悲，不是吗？

塞伦格尔夫人：我们去追他们。现在暂时还没造成什么后果，我们会抓到他们的。我答应你，我们会抓到他们的。你会跟她结婚的。杰拉尔德，如果有必要，我会抓着她的头发把她拖到教堂。

[听到这句话，杰拉尔德突然停了下来，看着塞伦格尔夫人，满脸悲伤。

杰拉尔德：你打算怎么做？

塞伦格尔夫人：我们必须追到他们。布伦金索普先生，你的车在哪里？你不是说那是全英格兰最快的交通工具吗？

布伦金索普：我确实说过。

塞伦格尔夫人：我们得赶上他们。杰拉尔德，你载我。我不信这会儿有谁能开得比你快。

多特夫人：可你都不知道他们往哪个方向去了。

塞伦格尔夫人：别傻了，他们肯定是去布莱顿，大家私奔都去布莱顿的。

[多特夫人悄悄溜出客厅。

杰拉尔德：如果我们追上他们了，你打算怎么办？你不可能逼他们回来吧。

塞伦格尔夫人：要是一个女人连自己女儿的婚事都搞不定，我看我们这个国家也没什么前途了。

杰拉尔德：如果她不愿意的话，我是不会和她结婚的。

塞伦格尔夫人：大傻瓜！你不结谁结。跟她私奔的那小子是什么人？珀金斯！屁都没有的珀金斯 ①！我从来没见过这么荒唐的事。你能想象我女儿是珀金斯夫人吗——屁都没有的珀金斯？

---

① 在原文 Perkins with a P 中，P 既为珀金斯姓氏的首字母，也是英文单词"便士"（penny）的缩写。这里塞伦格尔夫人是用双关语讽刺弗雷迪。

布伦金索普：你嘴里就吐不出一个与钱无关的事，对吗 ① ？

塞伦格尔夫人：闭上你的臭嘴，先生！

杰拉尔德：好吧，我们现在就摊开来说，给这事一个了断。内利不爱我，我其实也没多爱她，和她结婚只不过出于之前的承诺，毕竟毁约是一个很卑鄙的行为……

塞伦格尔夫人：这人疯了，脑子被吓坏了。

杰拉尔德：听说她逃婚，我高兴都来不及，这感觉就像是从一场恐怖的噩梦中醒来。我是无论如何也不会去追她的。

塞伦格尔夫人：混蛋！你怎么敢这样作贱我女儿的感情！你难道真的要插手不管，任由她嫁给一个叫珀金斯的吗？

杰拉尔德：随便她嫁给谁，珀金斯也好，维尔·德·维尔 ② 也罢，我都无所谓。

塞伦格尔夫人：很好，那我让司机载我。你个没良心的畜生。屁都没有的珀金斯，全身上下都穷得掉渣渣。

　　　[她摔门而去。

杰拉尔德：多特夫人去哪儿了？

　　　[他前往花园。

布伦金索普：那女人会是个多好的丈母娘啊！

　　　[多特夫人走进来，一手拿着大菜刀，一手拿着拨火棍。

多特夫人：我成功了！

布伦金索普：什么？

多特夫人：塞伦格尔夫人以为她会坐你的车，但她要失望了。

布伦金索普：[声音高八度] 你对我的车做了什么？

---

① 原文中"钱"用字母 W（单词 wealth 的缩写）指代，这是布伦金索普故意模仿塞伦格尔夫人。

② Vere de Vere，此处援引英国诗人丁尼生的诗歌《克拉拉·维尔·德·维尔夫人》(*Lady Clara Vere de Vere*)。德·维尔家族是英国历史悠久的贵族。

多特夫人：她一说要坐车，我就跑去厨房拿了这把刀和这根棍子。

布伦金索普：你这个女人！

多特夫人：我把轮胎划破了，它们现在都软塌塌的，詹姆斯。

布伦金索普：老天！

多特夫人：我也不知道自己对方向盘做了什么，但它肯定是用不了了。噢，总之情况不太妙。

布伦金索普：可那是一辆全新的车啊，我刚为它花了一千八百镑。

多特夫人：所以我才敢把引擎盖打开，新车不会有风险嘛，然后我用拨火棍在里面乱搅了一通。我觉得，所有东西都被我打碎了。

布伦金索普：噢！噢！

　　　　[他把头埋在双手中。

多特夫人：那玩意儿已经是一堆废铁了，你应该看看轮胎是怎么瘪下去的，噗嗤，噗嗤，噗嗤。

布伦金索普：可是我下周还要用它比赛。

多特夫人：一个月内应该是动不了了。已经这样了。

布伦金索普：一千八百镑！

多特夫人：我不知道修好要花多少钱。你不会介意的吧，詹姆斯？

布伦金索普：介意！

多特夫人：我不喜欢你对我生气。

布伦金索普：[愤怒地] 噢！

多特夫人：这不会影响你对我的感情吧？别忘了你可是要跟我结婚的。

布伦金索普：和你结婚。我宁愿和我的厨娘结婚。

　　　　[他冲出房间。

多特夫人：[看着他的背影，故作无辜] 他是不是发脾气了？想让每个人都开心实在太难了。

伊丽莎阿姨：你真是不可救药。

多特夫人：能不能请你把这些工具拿走？我实在是很累了。

伊丽莎阿姨：砸车确实很累人。

多特夫人：而且还吃力不讨好。

> [伊丽莎阿姨离开。多特夫人瘫倒在椅子上，重重地出了一口气。杰拉尔德走了进来，她知道他在身后，却假装没看到。他轻轻走到她跟前。

杰拉尔德：多特！

多特夫人：[假装生气] 噢，你居然敢吓我！你明知道我神经很衰弱。

杰拉尔德：你不久前问了我一个问题。我想，现在我有答案了。

多特夫人：很抱歉，我不记得问你什么问题了，都不重要了。

杰拉尔德：你问我，我是否爱你。

多特夫人：好蠢的问题！可是你爱我吗？

杰拉尔德：全心全意，从我见到你的第一眼开始，我就深深地爱着你。

多特夫人：每一天都爱？

杰拉尔德：每一天都爱。我无时无刻不想与你倾诉衷肠，但我不能欺骗内利。

多特夫人：[讥讽地] 你能说这些实在是太好了，我简直无法形容自己有多受宠若惊。

杰拉尔德：多特！

多特夫人：但已经来不及了。我已经答应詹姆斯·布伦金索普了。

杰拉尔德：骗子！

多特夫人：[抬了抬眉毛] 你说什么？

杰拉尔德：[一字一句] 骗子！

多特夫人：你是不是天真地以为，现在你愉快地摆脱了婚约，我一定会把握时机投怀送抱？

杰拉尔德：你知道吗，女人都很残忍。一个人努力想要成为好男人，她们却让你觉得自己连畜生都不如。

多特夫人：你知道内利为什么抛弃你吗？因为你很无聊。

杰拉尔德：[微笑] 我一定是非常傻，要不然怎么会这么爱你。

多特夫人：我亲爱的杰拉尔德，你需要一个月的时间来忘掉对内利的感情。去巴黎待一个月吧，我相信那会让你的心痊愈。

杰拉尔德：[平静地] 你是要把我打包送走吗？

多特夫人：再贴上"受损件"的标签。

杰拉尔德：[故作正经、挖苦地] 那么再见了！

多特夫人：旅途愉快①。

　　　　[杰拉尔德转过身，缓缓地朝门走去。多特夫人抓起一个靠枕朝他扔去，然后转身背对着他。杰拉尔德停下脚步，捡起靠枕，小心翼翼地还给她。

杰拉尔德：你好像有东西掉了。

多特夫人：[严肃地] 谢谢。

　　　　[他看着她，脸上带着微笑。她开始笑起来。突然间，他将她揽入怀中。

杰拉尔德：你这个小傻瓜。

全剧终

---

① 原文为法语。

佩内洛普

PENELOPE

三幕喜剧

金熠　译

人物表

佩内洛普
奥法雷尔医生
格莱特利教授
格莱特利夫人
达文波特·巴洛先生
弗尔格森太太
比兹沃斯先生
沃森太太
佩顿

时间：1908 年

第一幕

　　场景：约翰街奥法雷尔家的客厅。客厅装修简洁，却非常漂亮。奥法雷尔夫妇年纪不大，收入不高。

　　现在是晚上六七点钟。

　　女仆佩顿着装整洁，开门将达文波特·巴洛先生引入。

　　巴洛，个头不高，是个自负的中年男人。他头很秃，脸色发红，蓄着小胡子，胡子根根修剪得整齐；他打扮得非常时髦；他的举止傲慢挑剔。他进入房门后，径直向前，就像要在房里找到谁一样。但是看到屋内空无一人，巴洛便止住脚步看向佩顿。他不明白为什么主人没出来。

巴洛：[惊讶的语气] 奥法雷尔夫人不在这儿吗？

佩顿：是的，先生。

巴洛：嗯……你能让她知道我到了吗？

佩顿：先生，奥法雷尔夫人不在家。

巴洛：不在家？……但是……

佩顿：奥法雷尔夫人说了，您要不先坐一会儿，不要客气呢，我去给您拿《晨报》。

巴洛：[自负地] 我不敢想象为什么奥法雷尔夫人竟然会以为我在晚上六点还没读过上午的《晨报》。

佩顿：[沉着地] 奥法雷尔夫人还说了，您要不要来杯威士忌和苏打水呢，先生？

巴洛：可奥法雷尔夫人什么时候回来呢？

佩顿：我一点儿也不知道，先生。

巴洛：可她今天下午还发电报给我，让我马上来她这儿见她呢。

佩顿：是的先生；是我亲自去邮局发的电报。

巴洛：她居然不在家，我们要说的可是件大事。她竟然出门了，这真是太奇怪了。这件事可是很重要的呀。

佩顿：[礼貌地] 是的，先生。

巴洛：好吧，我就坐这儿等一会儿。但我可待不了多久，晚餐我要在……没事。

佩顿：好的，先生。

　　　　[佩顿出去。巴洛走到一面镜子前，从口袋里掏出一把小刷子，开始梳理胡子。佩顿再次进来，手托着小托盘，上面有酒瓶、虹吸管和玻璃杯。

巴洛：噢，谢谢你。你刚才不是说你有《晨报》吗？

佩顿：是的，先生。[她将报纸递给他]

巴洛：哈，谢谢。

　　　　[佩顿出去。巴洛自己倒了杯威士忌和苏打水，然后找报纸里的时尚情报，开始读的时候脸上露出满足的笑容。

巴洛：[自言自语] 圣艾尔斯勋爵夫人昨天回到了威尔士。梅瑞斯顿侯爵夫人抵达了格罗夫纳广场①89号。塞洛侯爵夫人及埃利诺·金夫人今天早晨前往巴黎。

　　　　[佩顿进来，后面跟着格莱特利夫人。格莱特利夫人是位非常胖、慈眉善目的中年女士。她十分活跃，却总是气喘吁吁。她一直以来给人的印象就像是刚刚登完一座陡峭的山。她是达

---

① 英国伦敦的一个花园广场，位于奢华的梅费尔区。这是威斯敏斯特勋爵梅费尔产业的核心，得名于其姓氏"格罗夫纳"。

文波特·巴洛的姐姐。

佩顿：格莱特利夫人到。

巴洛：伊莎贝尔！

格莱特利夫人：达文波特，你在这儿吗？佩内洛普呢？

巴洛：[就好像这是世界上最奇怪的事一样] 她出门了！

格莱特利夫人：[震惊地] 出门了？

　　　　　[她转向佩顿，满脸询问。

佩顿：夫人，奥法雷尔夫人说了，您先坐下，不要客气呢。我去给您拿《教会时报》。

巴洛：但是……

佩顿：[平静地] 夫人，奥法雷尔夫人还说了，您要来杯浓茶吗？

格莱特利夫人：奥法雷尔夫人竟然出去了，真是让我惊讶，我以为她等着我呢。

佩顿：[将报纸递给格莱特利夫人] 是的，夫人。

格莱特利夫人：[接过报纸] 这是什么呢？

佩顿：夫人，是《教会时报》。

格莱特利夫人：[面带愠色地看了一眼巴洛] 哦，谢谢你……我想我要来杯茶，劳驾了。

佩顿：好的，夫人。

　　　　　[退场。

格莱特利夫人：我真想知道，为什么佩内洛普非要坚持让我读《教会时报》。

巴洛：我刚收到她的电报。

格莱特利夫人：我也是，电报里叫我赶紧过来。[灵光一闪] 也许我们能在《教会时报》里找到某种解释。

巴洛：胡扯。《教会时报》和阿纳斯塔西娅大公夫人能有什么关系呀？

格莱特利夫人：我亲爱的达文波特，你在说些什么呀？

> [佩顿进来，通报格莱特利教授到了，然后很快就出去了。格莱特利个子很高，身形瘦削，灰白头发，衣着入时，人很机灵，衣着清清爽爽，相当干净。与其说他是位数学教授，倒不如说更像是律师或者医生。他的胡子刮得很干净。

佩顿：格莱特利教授到。

格莱特利：你好哇，达文波特！[对他的妻子] 亲爱的，在这儿看到你，我真是意想不到呀。我还以为你在阿尔伯特大厅的传教士会议上。

> [佩顿进屋，手中的托盘上有喝茶的器皿、一杯大麦茶和一份《雅典娜》①。

格莱特利夫人：噢，谢谢。

佩顿：[对格莱特利] 先生，奥法雷尔夫人说了，您要来杯大麦茶吗？

格莱特利：大麦茶！

佩顿：我这就给您拿《雅典娜》。先生，我们没有拿到本周的《雅典娜》，但是这本是上周的，奥法雷尔夫人希望您也能将就一下。

格莱特利：[微微一笑] 让你费了这么大劲，你真是太好了。

佩顿：先生，谢谢你。

> [退场。

格莱特利：给我上周的《雅典娜》和大麦茶，佩内洛普究竟想让我干什么呢？

巴洛：嗯，也许她是想让你喝一杯大麦茶，读一份报纸呗。

格莱特利：[对妻子] 亲爱的，你竟然从小就向我们唯一的孩子灌输，我最喜欢的提神方式是大麦茶，真是太辛苦了。

---

① 1828—1921 年伦敦文学周刊。

巴洛：似乎佩内洛普也让你来了。

格莱特利：我刚收到她的电报。

巴洛：你也收到了？我想知道她到底为什么要发电报给你。

格莱特利夫人：她竟然不在这儿，真是太奇怪了。这让我紧张极了。

格莱特利：好吧，坦白说，我也搞不明白电报的内容，所以我就立
　　马跳上汽车从俱乐部过来了。

　　　　[佩顿进来，引比兹沃斯先生入内。他是个中年律师，性情
　　温和。

佩顿：比兹沃斯先生到。

格莱特利：好吧，我真是猴子吃辣椒——直了眼。

巴洛：亲爱的查尔斯，我希望你别再说这些歇后语了。太老土了。

比兹沃斯：[和格莱特利夫人握手] 我刚收到佩内洛普的电报，叫我
　　赶紧过来。[转向佩顿] 你能通报奥法雷尔夫人我来了吗？

格莱特利：她出去了。

佩顿：先生，奥法雷尔夫人说了，您不要客气，如果你想读报纸的
　　话，我们有《法律时报》。您要不要来杯葡萄酒呢？

　　　　[比兹沃斯困惑地环顾了其他人。

格莱特利：不管怎么说，先来杯葡萄酒吧，我准备用这杯大麦茶和
　　你换。

比兹沃斯：[对佩顿] 谢谢你了。

佩顿：[递报纸给他] 没事的，先生。

　　　　[退场。

比兹沃斯：她给我《法律时报》，想要我做什么呢？

格莱特利：佩顿给我上周的《雅典娜》时，我也问了同样的问题；
　　达文波特凭着他独有的敏锐，回答说：读它。

比兹沃斯：你们能告诉我佩内洛普想要什么吗？她的电报让我想到，
　　她希望见我，不是以老朋友的身份，而是要我以家庭律师的身

份出面。

格莱特利：我一点头绪也没有。我觉得她的电报真是非常奇怪。

格莱特利夫人：我希望她已经到了。我现在已经开始浑身不自在了。

巴洛：[相当傲慢] 我想我能让你们宽下心来。我能向你们解释整件事情。她发给我的电报已经说得相当明确了。我敢说，你们都知道阿纳斯塔西娅大公夫人是迪基的病人吧。对他来说，这是个非常好的病人。我从没见过她，虽然我正好知道她的一些家庭成员，她是个非常有教养、友善的女人。我经常和迪基说，那才是他应该得到的业务。中产阶级对医生没什么好处。

格莱特利：亲爱的达文波特，继续讲下去吧。

巴洛：嗯，似乎是阿纳斯塔西娅大公夫人表示想认识佩内洛普。对她来说，这是非常有魅力、有风度的行为，正像她的做派。当然，大公夫人十分感谢迪基所做的一切。他对她进行了奇迹般的治疗，另外，我敢说大公夫人还听说了佩内洛普是我外甥女。那句箴言说的千真万确：皇室知道一切。简而言之就是大公夫人要来这儿用午餐。当然，佩内洛普她对这些事一窍不通，她以非常兴奋的心情请我过来。这是她能做的最正确的事情。我能告诉她一切。我一辈子都生活在那个圈子里。也没什么值得特别骄傲的——仅仅是投对了胎——我碰巧成为了一名绅士。有一定的门第。好了，你们瞧就是这样。

格莱特利：可你是想说佩内洛普把这些话都发电报给你了吗？那肯定要花上好些钱吧。

巴洛：她简要地说了，当然啦，但那就是这件事的大意。

比兹沃斯：我不能想象，她为什么会因为一位皇室成员要和她共进午餐而把我请过来。我离开很不方便。我本来有十几个人等着见我呢，为了躲他们，我不得不从后门溜出来。

格莱特利：不过达文波特，佩内洛普发给你的电报上是哪几个确切的词呢？

巴洛：如果你想的话，你可以看看。[从口袋里拿出电报并读出来]
"赶紧过来。阿纳斯塔西娅大公夫人。佩内洛普。"

格莱特利：所以你的意思是你用那三个词，编出了那整个故事吗？

巴洛：佩内洛普知道我有一定数量的情报。她不想浪费钱，所以就
只给我发了核心信息，然后让我把剩下的内容串起来。

格莱特利夫人：可我的电报上只字没提阿纳斯塔西娅大公夫人呀。

巴洛：佩内洛普和你说什么了？

格莱特利夫人：[拿出电报]"赶紧过来！大丑闻！中非传教士。佩内
洛普。"

巴洛：可那太荒唐了。你们知道邮局有多蠢。他们肯定出错了。我
知道博美皇室家庭 ① 非常奇怪，但是也总有限度吧，我不能想象
阿纳斯塔西娅大公夫人会卷入和中非传教士的丑闻中。

比兹沃斯：嗯，我的电报上只写了："赶紧过来；六先令八便士。佩
内洛普。"

巴洛：六先令八便士！为什么是六先令八便士呢？

比兹沃斯：我不知道。那也就是我立马赶来的原因了。

格莱特利：[神色欣喜] 我的想法是，阿纳斯塔西娅大公夫人没有为
迪基的非凡诊疗买单，还和一个传教士私奔了，而佩内洛普想
借助法律 [对比兹沃斯做手势]，收回那笔钱。

巴洛：一派胡言！你真是异想天开啊，查尔斯。

格莱特利夫人：[对着丈夫] 不过亲爱的，你也有电报吧。

格莱特利："赶紧过来。点 7035。佩内洛普。"

巴洛：真是太奇怪了。

---

① 此处指英国维多利亚女王（1819—1901）的王室家庭，女王非常钟爱博
美犬。

[客厅门缓缓打开，佩内洛普悄悄走了进来。过了很久，其他人都没看到她，她一直微笑着看着他们。格莱特利看到了她。其余所有人都转身。

格莱特利：佩内洛普。

其他人：佩内洛普。

佩内洛普：[走向前，亲吻格莱特利夫人] 晚上好呀，妈妈！

巴洛：[急切地] 嗯？

佩内洛普：好呀，爸爸。[她将脸伸向他，让他去亲]

格莱特利夫人：[焦急地] 好了，佩内洛普。

佩内洛普：噢，比兹沃斯先生，你能来真是太好啦。[她和比兹沃斯握手] 达文波特舅舅，亲亲我呀。[她平静地抬起脸。巴洛有些生气地亲吻了她]

佩内洛普：谢谢……您的威士忌和苏打水还不错吧？[看看四周] 葡萄酒呢？爸爸，您都没碰过大麦茶呢。真是个不领情的老头！

格莱特利夫人：[愤怒地] 亲爱的，看在上帝的分上，解释吧。

巴洛：这段时间你去哪儿了？

佩内洛普：我——我一直坐在诊疗室呀。[顽皮地一笑] 我看着你们所有人进来的。

格莱特利夫人：[十分受伤] 佩顿说你出门了。

巴洛：是的，佩内洛普，你这样真让人恼火。

佩内洛普：您看，我想你们进来的时候我挨个接待的话，那么我就要连着哭诉四次而不是一次。这会很累的，效率一点不高。

格莱特利：你要哭诉？

佩内洛普：[十分满意] 我马上就要和你们好好哭诉一场。

格莱特利夫人：现在吧，亲爱的，在你更进一步之前，看在上帝的分上，告诉我们电报的意思吧。

佩内洛普：好吧，你们看，我想让你们所有人都立刻赶过来，我觉得最好的方法就是投其所好。

格莱特利夫人：查尔斯，你明白她的意思吗？

佩内洛普：亲爱的妈妈，这是世界上最简单的事情了。您这一辈子都在让异教徒皈依——在远方——我知道，要是我提到了中非传教士，那么您肯定会以飞快的速度来这里的。

格莱特利夫人：事实上，我是乘公交车来的。可你是想告诉我，没有关于中非传教士的丑闻吗？

佩内洛普：［微笑］我非常抱歉，让您失望了，妈妈。

格莱特利：天哪，那是什么让你在电报里给我写点 7035 呢？

佩内洛普：噢，那是我们家的电话号码啊，只不过我是用点代替了爵禄街 ①。

格莱特利：我就觉得这些数字眼熟，真是奇怪。

佩内洛普：看吧，您知道的。

巴洛：［咯咯地笑］我觉得这真是个绝好的主意。比兹沃斯，她只向你抛了"六先令八便士"这几个字，就知道她能请来律师了。

佩内洛普：［对着比兹沃斯］您没生我的气吧？

　　　　［比兹沃斯笑着摇了摇头。

巴洛：亲爱的，既然你已经解决了电报的事，和我说说阿纳斯塔西娅大公夫人吧。

佩内洛普：［茫然地看着他］阿纳斯塔西娅大公夫人？可这是我随便编的。

巴洛：你编的，这是什么意思？我非常了解她，而且我认识她很多年了。我知道她整个家族。

佩内洛普：［特别尴尬，但是尽量不笑］好吧，您看——我也想您过来。然后……

---

① 位于伦敦市中心索霍区。

巴洛： 佩内洛普，我一点也不明白你在说什么，你提到了我的一个密友，接着又告诉我这是你编的。

佩内洛普： 我非常抱歉。我真的不知道有那么一个人，我以为她是从我自己脑袋里编出来的……［咯咯地笑］我觉得能蒙中一个你熟知的某人，我真是太聪明啦。

巴洛： 我不知道为什么你会以为，仅仅在电报里提大公夫人的名字就会让我来这里。

佩内洛普： 嗯，您看呀，我知道您经常出门，您了解一大群人。我相当确定，如果真有一位阿纳斯塔西娅大公夫人，您会知道的，您看［挥了挥手］，就是这样呀。

　　　　［巴洛生着闷气，但是没有回答。

格莱特利夫人： 现在，佩内洛普，告诉我们你究竟想要什么。

佩内洛普： ［严肃的语调］我要和迪基离婚。

格莱特利夫人： 什么！

格莱特利： 我亲爱的孩子啊。

巴洛： 天呐！

　　　　［这三句话同时说出。

佩内洛普： ［悲伤地］我本来想哭诉一场的，现在你们让我把这件事用三个字就说了出来。

格莱特利夫人： 可是我不明白啊。

佩内洛普： 要我再说一遍吗？我要和迪基离婚。

比兹沃斯： 您不会说真的吧？

佩内洛普： ［愤怒地］我当然是说真的。我不会和他再说一个字。换句话说，我要先和他大吵一架。我铁了心要和某个人吵上一架。

格莱特利： 迪基现在在哪儿？

佩内洛普： 和平常一样，他在回家的路上。［她的声音突然一变］唉，要是你们知道我有多痛苦就好啦。

格莱特利夫人：亲爱的，真的没开玩笑吗？

佩内洛普：［绝望地］唉，我该怎么做才能让你们都明白呢？

格莱特利：最好的办法就是从头开始说，有条理地把所有的事情都
　　讲给我们听。

巴洛：［傲慢地］亲爱的查尔斯，这件事里，你没什么用武之地。你
　　是个数学家，我们没指望着你对实务知道点什么。

格莱特利：［轻微讽刺地］那我真是十分抱歉了。

格莱特利夫人：［对着佩内洛普，让她说话］亲爱的？

佩内洛普：好吧，你们首先要知道我很爱迪基。我从来没有爱过其
　　他人，今后也不会。

比兹沃斯：结婚四年之后，这可真是一个非常令人满意的坦白啊。

佩内洛普：是五年三个月零二天。每一天我都更爱迪基。

比兹沃斯：你们是我见过最恩爱的夫妻了。

佩内洛普：我们从来没吵过架。我们也没生过对方的气。我们一直
　　在蜜月期，永远不会结束。

格莱特利夫人：然后呢？

佩内洛普：现在我发现他从上个月开始就一直在骗我。他一直特别
　　晚才回家，我问他去哪里了，他就说，他得去看一个病得很重
　　的病人——如此有意思的一个病例——这让他非常担心，他不
　　得不去俱乐部，打会儿牌来放松神经。这个有意思的病例和那
　　场牌局都叫艾达·弗尔格森。

巴洛：［自负地］可谁是艾达·弗尔格森？我从来没听说过她。

佩内洛普：艾达·弗尔格森是我的好朋友。我讨厌她。我一直知道
　　她是个婊子。之前四个礼拜，迪基每天下午四点到七点都和她
　　在一起。

格莱特利：［扬起眉毛］可每次你丈夫进门，你都会问他去哪儿
　　了吗？

佩内洛普：［不耐烦地］亲爱的爸爸，那和这件事又有什么关系呢？我们都知道您是个老好人，是世界上最出色的数学家，但您对生活一无所知。

格莱特利：那我再次表示抱歉。

格莱特利夫人：给他一张纸和笔，佩内洛普，我们在协商解决这件事的时候，他也能做算术自得其乐了。

佩内洛普：［将书写材料推向他］给您，爸爸。

比兹沃斯：不过您是怎么发现的呢？

佩内洛普：［不耐烦地］哎呀，我怎么发现的又有什么关系呢！我有一大堆证据。

格莱特利夫人：你真是让我大吃一惊啊！

格莱特利：［微笑］亲爱的！

巴洛：我一点也不奇怪。

佩内洛普：达文波特舅舅！

巴洛：我一直都在盼望着这件事。伊莎贝尔，你应该还记得，我一开始就反对这门婚事。我说过，不能和医生结婚。人们有时会在社交界碰到他们，这时他们的棱角被磨掉了一点，可能还被授予了爵位，但是人们却从来见不到他们的妻子。我们料想他们确实结婚了，但是他们不会娶任何我们知道的人。我可能有些跟不上时代，但是我依旧认为，对一位绅士而言，只有三种可行的职业：律师、军人和牧师。

佩内洛普：亲爱的达文波特舅舅，您在胡说八道。

巴洛：［愤怒地］你征求我的意见，我也告诉了你。你竟然觉得这是胡说八道，我真是遗憾。

比兹沃斯：现在您准备做什么呢？

佩内洛普：［下定很大的决心］我再也不会和迪基住在一起了。我一看见他，我就要永远离开这间房子。

比兹沃斯：您还要和他说几句话吗？

佩内洛普：几句吧。我要告诉他，我鄙视他，我恨他；我要把婚戒扔在他的脸上，然后我要大摇大摆地走出房间。

比兹沃斯：您真的下定决心不再原谅他了吗？

佩内洛普：如果不是想明明白白地告诉他我是怎么想他的，没有什么能让我再和他说话。

巴洛：此外，你得为你的家人着想。当然了，你必须离开他。你看吧，那就是我说的，你和没有出身的人在一起是有风险的。我将这一切都看作是因祸得福。

比兹沃斯：您想要提起合法分居的诉讼吗？

佩内洛普：亲爱的比兹沃斯先生，您在说什么呢！我要和他离婚。我要制造一条可怕的丑闻。

比兹沃斯：好吧，我想在必要时，我们可以借助报纸的力量来安排。他有没有让你痛苦呢？

佩内洛普：天呐，没有！那才是让我这么生气的地方。上个月他比从前要迷人、讨喜。啊，我希望我能对艾达·弗尔格森做一些真的很不好的事情。让她尝尝油锅的滋味。

格莱特利夫人：我很震惊，真的很震惊。我从来没想过迪基能这么坏。

巴洛：英国的家庭生活正走向衰落。一言以蔽之。

　　　[突然，佩内洛普看到了格莱特利一直在孜孜不倦写的东西。她惊讶地看着那张纸，然后转过身。

佩内洛普：妈妈，可怕的事情发生了。爸爸突然就成了个胡写的疯子。

格莱特利夫人：亲爱的，你在说什么呢？

佩内洛普：他一直在那张纸上把两个二相加，他每次都写了五。

格莱特利夫人：查尔斯！

[佩内洛普把纸递给巴洛。

佩内洛普：看。

巴洛：二加二等于五。二加二等于五。

[巴洛把纸递给比兹沃斯。

比兹沃斯：二加二等于五。二加二等于五。

巴洛：我就知道会出这种事情。我等了好几年啦。

格莱特利夫人：查尔斯，清醒一点。

佩内洛普：爸爸，您不会真的认为二加二等于五吧？

格莱特利：恰恰相反，我确信二加二等于四。

佩内洛普：那你到底为什么要写等于五？

格莱特利：那你知道自己为什么要买梨牌香皂 ① 吗？

佩内洛普：亲爱的爸爸，我觉得您工作太累了。您为什么不去躺个
半小时呢？迪基回来的时候，他会给您喝点汤力水 ② 的。

格莱特利：你买梨牌香皂是因为有五万条广告告诉你它无与伦比。

佩内洛普：爸爸，这一点也不搞笑，这很傻。

格莱特利：你只要经常说一件事情，然后全世界都会相信它。当所
有人都相信的时候，就很难辨别它究竟是真是假了。

佩内洛普：那和二加二有什么关系呢？

格莱特利：我刚才想，要是我写"二加二等于五"足够多，那么我
可能会渐渐认为这是对的。

佩内洛普：但是即便你写上一百万遍，它也不会变得更对呀。

格莱特利：那就是我非常遗憾必须要接受的结论。

佩内洛普：然后呢？

格莱特利：整个生活其实就只是将二和二加起来，然后找到正确的

---

① 美国经典老牌梨牌 pears 隶属于联合利华集团。
② 由苏打水、糖、水果提取物以及奎宁调配而成的液体。

答案。

巴洛：亲爱的查尔斯，如果你还要讨论生活，我觉得我没必要再待下去了。二十年来，我都在和你说，你是一个学者，一个隐士。我一直生活在这世界上，我是一个务实的人。如果佩内洛普想问我的话，我随时恭候；如果不……

佩内洛普：达文波特舅舅，不要说啦。

巴洛：佩内洛普，真的。

格莱特利：在这过去的五年里，我一直看着你把二和二相加，然后得到了七十九。

格莱特利夫人：查尔斯，我不知道你在说些什么。迪基的行为令人憎恶，不用给他找什么借口。这件事情仅仅是个起码的道德问题。

格莱特利：亲爱的，如果你让我说常识，我就不反对你谈起码道德。

格莱特利夫人：亲爱的查尔斯，它们是一样的东西。

佩内洛普：如果您觉得，告诉我您自己在年轻的时候也是个坏东西就能让我原谅迪基，我不妨立马就告诉您，我没法接受。

格莱特利夫人：[生气地] 亲爱的，你在说些什么呀？

佩内洛普：好吧，我已经注意到了，当一个女性发现丈夫不忠于自己时，她的男性亲戚们总是会告诉她，他们是怎样以令人害怕的方式对待自己妻子的，借此安慰她。

格莱特利：亲爱的，我对这种事一点儿也不会承认的。我永远都不承认。

佩内洛普：当然，如果情况恰好相反，是妈妈不太守规矩的话……

格莱特利夫人：亲爱的，你看到过我上演那种角色的特色杂技功夫吗？

佩内洛普：继续说下去呀，爸爸。

格莱特利：我觉得你对迪基的态度不太像话。

佩内洛普：[震惊地] 我？

格莱特利：要是你母亲对我像你对迪基一样的话，我肯定早就喜欢
　　上喝酒了。

佩内洛普：但我一直都是个完美的天使啊。我对他的爱简直到了痴
　　迷的程度啊。我爱他，之前没有哪个人被这样爱过。

格莱特利：没有哪个男人能忍受这样。

佩内洛普：爸爸，你什么意思啊？

格莱特利：亲爱的，你早上、中午、晚上都爱着他。他说话的时候
　　你爱他，他不说话的时候你爱他。你爱他散步，你爱他吃饭，
　　你爱他睡觉。他从没能从你的爱里逃脱过啊。

佩内洛普：可我情不自禁呀。

格莱特利：你不需要把它展现出来呀。

佩内洛普：所以您想说，那是他和艾达·弗尔格森调情的合理解
　　释啰？

格莱特利：这让他情有可原了。

佩内洛普：男人真是禽兽！

格莱特利：不；尽管这在你听来很奇怪，但他们是人类。你还是个
　　孩子的时候，特别喜欢草莓冰激凌。

佩内洛普：我现在也很喜欢它们。

格莱特利：你愿意一个月里，早餐、午餐、下午茶、晚餐天天吃草
　　莓冰激凌吗？

佩内洛普：天呐！这个想法让我感到害怕。

格莱特利：可怜的迪基都以草莓冰激凌为生五年啦。结婚之后，他
　　就没吃过别的什么东西。

佩内洛普：[惊恐] 啊！

格莱特利：你不到大厅把他的帽子给他戴上，和他吻别，你就不
　　会让他出门；他回来的时候，你从来没有不跑下来帮他脱掉大

衣，亲吻他，欢迎他回来。早上，早餐过后，当他坐下看报纸、吸烟的时候，我看见你坐在他椅子的扶手上，胳膊环绕着他的脖子。

巴洛：[气愤地] 佩内洛普！

佩内洛普：您真的觉得这很可怕吗？

巴洛：亲爱的孩子啊！

佩内洛普：[对着比兹沃斯] 比兹沃斯太太从来没有在您抽烟的时候坐在您椅子的扶手上吗？

比兹沃斯：我必须坦白，我非常感谢我的妻子在那些时刻忙着专心做家务。

佩内洛普：你们真是一大群讨厌的老东西。我叫你们来这儿是让你们支持我的，你们对我真是太残酷了。

巴洛：亲爱的佩内洛普，这是有限度的。

佩内洛普：好吧，我不在乎；我要和他离婚。

格莱特利：让我们再做一个简单的小加法吧，好吗？也许二加二会再次等于四呢。

佩内洛普：我想我不太喜欢做数学家的女儿。

格莱特利：难道你不认为，比起和你丈夫离婚，赢回他的爱更好吗？

佩内洛普：我不要他的爱。

格莱特利：[微笑] 你确定如果你能得到它的话，你不要吗？

[佩内洛普看了她父亲一会儿，然后迅速走向他。]

佩内洛普：[她的声音里带着哭腔] 爸爸，您觉得我还能赢回他的爱吗？您说了，我失去它都是因为我自己的错误啊。天呐，我不知道没有他该怎么办。从我知道这件事开始，我就痛苦极了。我试着装出快乐的态度，但是您要能知道我内心的感受就好了呀……天啊，残忍的人啊，他们为什么就不能瞒着我呢？

巴洛：亲爱的佩内洛普，我本以为你很有志气的。他不是高门大户出身。我本以为你早就放下他了。

佩内洛普：达文波特舅舅，要是您再说一句他的不是，我就马上歇斯底里发作啦。

巴洛：我实在是想象不出，你指望你爸爸能告诉你什么呢。

格莱特利：[微笑] 从婴孩和吃奶的口中 ①，达文波特……

巴洛：我看你两者都不是。但是不管怎么样，我不能再待了。

佩内洛普：哦，不，先别走呀，达文波特舅舅。

巴洛：似乎不需要我的建议呀，我答应了亲爱的惠林顿夫人要在晚餐前去拜访她。

佩内洛普：打电话告诉她您去不了了。您可以在我的起居室里找到电话。

巴洛：[耸肩] 我真是太宽厚了。你们都认识不到我真实的价值啊。

　　　　[他走了出去。

佩内洛普：爸爸，说你能让迪基回到我身边。我要他。我要他。

格莱特利：亲爱的，这很简单。这只需要十分老练、十分勇气和十分自控。

佩内洛普：[讽刺地] 没有其他的了吗？

格莱特利：很多哦。你千万不能让你自己失控；你必须看好自己的舌头、眼睛、笑容——还有脾气。

佩内洛普：我想您说过，这非常简单。

格莱特利：艾达·弗尔格森漂亮吗？

佩内洛普：不，她奇丑无比。

格莱特利：是吗？那这就让事情更严峻了。

---

① 引自《旧约·诗篇》："你因敌人的缘故，从婴孩和吃奶的口中建立了能力，使仇敌和报仇的闭口无言。"意为天真的孩子却能说出睿智之语。

362

佩内洛普：为什么呢？

格莱特利：如果一个男人和一个漂亮女人坠入爱河，他也能走出来。但是如果他和一个相貌平平的女人相爱，那他会一辈子都爱她的。

佩内洛普：那我就放心了。艾达·弗尔格森特别漂亮。

格莱特利：那你就能挽回他了。

佩内洛普：告诉我，具体该做些什么，我会做的。

格莱特利：让他随心所欲。

佩内洛普：就那样吗？

格莱特利：这代表很多哦。当他回来的时候，不要大吵大闹，而要对他好。这一次，不要问他去哪儿了。当他离开你的时候，不要问他要去哪儿，也不要问他什么时候回来。不要让他知道你对发生了什么事有丝毫的怀疑。相反，抓住每一个机会，把他扔到艾达·弗尔格森那儿去。

格莱特利夫人：查尔斯，你这是在让佩内洛普放任不道德行为。

格莱特利：等到一切困难都消失了，迪基会发现偷情一半的滋味都没了。你的仗打赢了一半。剩下的就交给时间和艾达·弗尔格森吧。让她在迪基读报的时候坐在他椅子的扶手上。让他去向艾达·弗尔格森解释所有动向。在这种情况下，一个女人总会焦虑不安，结果就是她会不断索求。无论什么时候对话中有停顿，艾达·弗尔格森就会说，你还和以前一样爱我吗？那种话就是绕在爱情喉咙上的绳子。无论何时迪基想走，艾达·弗尔格森都会求他再多待五分钟。那违背男人意愿的五分钟就是爱情棺材上的钉子。每次他离开她的时候，艾达·弗尔格森会说，你什么时候回来啊？那个问题是泥土铲进了爱情的坟墓啦。

[在此期间佩内洛普一直惊讶地看着格莱特利。

佩内洛普：爸爸，这些您都是从哪学来的？

格莱特利：[不赞成地耸了耸肩] 亲爱的，这仅仅就是将两个二相加的事。

佩内洛普：我以前不知道数学这么有趣——而且还这么不道德呢。

格莱特利：你怎么想呢？

佩内洛普：但是即使迪基不爱艾达·弗尔格森了，那也没理由他会重新爱上我呀。

格莱特利：你必须让他这么做。

佩内洛普：真希望我知道该怎么做啊。

格莱特利：这只需要多一点老练，多一点勇气，多一点自控呀。

佩内洛普：但如果我有了这么多优点，我就不是个女人，而是个怪物了啊，那时他怎么能爱我呢？

比兹沃斯：[从窗口那边喊] 门前停了辆车。

佩内洛普：听……我听到了钥匙转动的声音。肯定是迪基。

比兹沃斯：您准备怎么办呢？

佩内洛普：[犹豫] 妈妈，您觉得呢？

格莱特利夫人：亲爱的，我特别不同意你父亲的主意，我无法想象这想法是怎么到他脑子里去的，但是我又不得不说，我觉得这其中也有某种见识。

佩内洛普：[下定决心] 我试试。记着，大家全都要装作没事人的样子。妈妈，你会支持我的，对不对？

格莱特利夫人：你不是要让我扯一堆谎话吧，亲爱的？

佩内洛普：只是善意的谎言啊，妈妈。如果要说瞎话，我自己说。

比兹沃斯：但是巴洛那儿呢？

格莱特利：他阅历丰富。肯定要掺和进来。

佩内洛普：我来安排好他。

　　　　[巴洛进来了。

佩内洛普：啊!

巴洛：我没能联系上她。我不知道那些接线姑娘们是怎么回事。贱妇!

佩内洛普：达文波特舅舅,我发现自己完全错怪迪基了。不管怎么样,都不是他的错。

巴洛：天啊! 那艾达·弗尔格森呢?

佩内洛普：毫无疑问,她并不是坏人。

巴洛：这可真是个意外啊。你到底是怎么得出这个结论的?

佩内洛普：把二和二加起来。

巴洛：天哪! 我必须说,我居然被迫无缘无故中断一个重要的约会,好烦。我本想……

佩内洛普：[打断] 达文波特舅舅,我受骗上当,大闹了一场,已经相当糟糕了,但是如果您准备再闹上一场,那我可就承受不起了。

比兹沃斯：好吧,既然我也帮不了什么忙,我想我要回到家人的怀抱中啦。

佩内洛普：当然啦,我把这看做是一次专业拜访。

比兹沃斯：噢,胡说!

佩内洛普：我不能想着白白接受您的服务。您真的必须让我知道我欠你什么。

比兹沃斯：我真不知道要说什么啊。

佩内洛普：迪基去见别人的时候,都会收一几尼。

比兹沃斯：您在电报里只提了六先令八便士。

佩内洛普：很好,我就欠你那个数吧。这真的让我觉得舒服多了。

比兹沃斯：您不会准备付现金给我吧?

佩内洛普：我之前没想要付钱给你。但是我想我是欠你钱的。你看,那样,我就不会觉得欠你人情了。

比兹沃斯：好了好了，我投降，再见。

佩内洛普：再见。

巴洛：比兹沃斯，再见。这两天你必须得过来，和我在俱乐部吃顿饭。

比兹沃斯：我很乐意。再见。

　　　　[退场。

巴洛：这家伙人不错。真是位绅士。没人会觉得他是个小律师。我要喊他和一两个不重要的人吃晚餐。

佩内洛普：是迪基。你们听到他在吹口哨吗？显然，他心情好极了。

　　　　[迪基进来。他是个相貌英俊、打扮精致的三十五岁专业人员。他精力充沛，风趣幽默。他几乎不让人下不了台。他行为举止魅力十足，解释了佩内洛普对他的痴迷。

迪基：哈喽！佩儿，我想不出你这是怎么了。

佩内洛普：怎么了？

迪基：平常我进门，你都会下来迎接我的哦。

　　　　[佩内洛普微微一惊，掩去笑容。

佩内洛普：我的好母亲在这儿呢。

迪基：[快乐地] 那不是你忽略深爱你的丈夫的理由呀。[和格莱特利夫人握手] 您好呀，好母亲。您好，达文波特舅舅，勋爵夫人们今天什么价钱呢？

巴洛：什么？我不知道你什么意思。

迪基：[环顾四周，看着那些散布在房间里的酒瓶和酒杯] 我说，您一直干得十分出色，不是吗？谁在喝葡萄酒？

佩内洛普：没人。这是个空杯子。

迪基：上帝就是这么对我的。故意在我眼前摆上诱惑。这就是毒药。你们知道吧，我们家有痛风史。我的祖先们以秋水仙制成的麻药为食有一百多年啦。我只要看杯子里的葡萄酒一眼，就感觉脚趾刺痛。但是我要喝。

  [他给自己满上了一杯，愉悦地抿了一口。

巴洛：当然啦，认为痛风是一个大家族的标志真是个大错。我俱乐部的门房就长期受此之苦哦。

迪基：也许他是一个伯爵的私生子呢。您应该去问问他，他左肩上有没有红色胎记。佩儿，怎么了？

佩内洛普：[震惊] 我吗？

迪基：我觉得你心情好像有点不好。

佩内洛普：为什么呀？

迪基：我不知道。你和平时的样子相当不同，不是吗？你还没问我今天在做些什么。一般来说，你对我的行程是非常感兴趣的呀。

佩内洛普：[看了眼父亲] 我想的是，如果你想告诉我的话，你会说的嘛。

迪基：我说，我确实觉得那很过分。我出去奴役我的灵魂，给你提供车子、漂亮的裙子和各种东西，你连对我做了什么都不关注，哪怕是小小的关注都没有。

佩内洛普：好吧，你今天下午在做什么呀？

迪基：[舒了一口气] 噢，我今天真是倒霉死了。我刚接了一个非常有趣的病例。花了我好长时间。当然啦，这个病例让我相当担心，但是我想一切都来日方长。嗯，我在那儿花了一个小时左右的时间。

佩内洛普：一个小时？

迪基：是的，我们讨论了一番，你知道的。

佩内洛普：但是你们昨天讨论过了呀。

迪基：昨天？是的，她是个挑剔的老东西。她一直要咨询。

佩内洛普：那很开心，不是吗？

迪基：我不觉得。这看上去就像她真的对我没信心。

佩内洛普：另一方面，你可以收双倍钱了，对吗？

迪基：是啊，当然了，有那个好处。

佩内洛普：我想要件貂皮披肩很久啦。我现在要去买它。

迪基：[他的脸色沉下来] 啊，但是她还没付钱给我呀。

佩内洛普：店员很乐意等的。披肩超划算的。

迪基：[转变话题] 呃，讨论完之后，我累坏了，就只能去俱乐部打了桥牌。

格莱特利：顺便问一下，你的病人叫什么名字呀？

迪基：病人的名字？

佩内洛普：啊，是的，我刚才在和爸爸说，你收治了一个新病人，会带来大笔的钱。我不记得她的名字了。

迪基：[尴尬] 哦——呃，麦克……女士。

佩内洛普：麦克什么？

迪基：麦克无。

巴洛：你是什么意思呀，麦克无？我从来没听过哪个家族姓麦克无的。

迪基：不，当然了，她的名字不是麦克无。

巴洛：但是你刚才分明说了是麦克无女士哦。

迪基：喂，亲爱的佩儿，我刚才说任何关于麦克无的事情了吗？

佩内洛普：好吧，那她的名字是什么呀？

迪基：过去的十分钟里，我都在和你们说呀。她的名字是麦克夫人呀。

巴洛：那你到底为什么不立马说出来呢？

格莱特利：你是怎么发现这么有钱的病人的呢？

迪基：噢，我撞了大运。她是从你哪个小个子朋友那儿听说我的，佩儿。她叫什么名字呀？

格莱特利：迪基，你似乎在名字方面的记忆力很差。你应该在手帕上打个结。

迪基：她是佩儿的一个朋友。[假装努力，然后想起] 她的丈夫是个海军，在马耳他服役，是吗？

佩内洛普：艾达·弗尔格森。

迪基：就是那样，当然。弗尔格森太太。

巴洛：我想，是金格斯①的一位弗尔格森吗？

迪基：我根本就不知道。我想，是相当不错的一个小东西。我必须坦白，她没有让我很感兴趣。

　　　　[佩顿进屋通报弗尔格森太太到了。弗尔格森太太是个引人注目的漂亮女人，年纪在三十岁上下。

佩顿：弗尔格森太太到。

　　　　[迪基惊慌失措。佩顿出去了。屋里陷入了一阵非常短暂的尴尬，但是佩内洛普很快静下心来，热情地走向客人。

佩内洛普：你好呀。

弗尔格森太太：我来得是不是太不是时候了呀？

佩内洛普：当然不啦。我一直都很开心能见到你。

弗尔格森太太：我一个下午都在逛街，然后我突然想到，我已经好久没见你啦。

佩内洛普：你认识我的好母亲吗？

弗尔格森太太：您好。

佩内洛普：这是我的好父亲，这是我的舅舅。

巴洛：您好。

　　　　[显然，他被弗尔格森太太迷住了。

弗尔格森太太：[淡然地转向迪基] 您没有忘记我吧？

----

① 位于苏格兰西南海岸的比特岛上的一个历史悠久的村庄和教区。

迪基：当然没有。

弗尔格森太太：我们好久没见了吧?

迪基：是好久了。

弗尔格森太太：不久前，我在皮卡迪利 ① 街上和你擦肩而过，你没
　　理我。

迪基：非常抱歉，我近视得太厉害了。

佩内洛普：迪基，你根本不是近视眼。你怎么能撒这样的谎呢?

巴洛：[*傲慢地献殷勤*] 迪基觉得，只有生理缺陷才能为一个男人没
　　看见漂亮女人开脱。

弗尔格森太太：谢谢您能这么说。

巴洛：哪里，哪里。

佩内洛普：我本来想谢谢你，让迪基有了一个这么好的病人呢。

迪基：[*慌忙地，看出了她惊讶的神色*] 我刚才在和我太太讲麦克
　　夫人。

弗尔格森太太：[*一点也不了解*] 哦，是的。

迪基：您能让她来请我，真是太好了。我今天下午还去看了她。

弗尔格森太太：[*明白了*] 噢，是的。我喜欢尽我所能为大家。我希
　　望您能觉得她是个不错的病人。

佩内洛普：她似乎需要很多探访。

弗尔格森太太：是的，她前几天才告诉我，她有多喜欢奥法雷尔医
　　生。恐怕她病得很重了，可怜的乖乖。

迪基：和你实话实说吧，我真的非常担心她。

弗尔格森太太：让她所有的朋友都知道，奥法雷尔医生在照顾着她，
　　真是个极大的安慰。

---

① 伦敦市中心内一条著名的马路。

巴洛：我一直想知道，她是斯塔福德郡^①的麦克家族的一员，还是索
　　　美塞特夏郡^②的麦克家族的一员？

迪基：我一点都不知道。

巴洛：你一点都不知道是什么意思？她不是这个，肯定就是另一
　　　个呀。

迪基：我觉得她是哪个根本就不重要。

佩内洛普：她长得怎么样？

迪基：噢，我不知道。我想，和其他人一样吧。

佩内洛普：迪基，你傻了。你肯定知道她是胖还是瘦吧。

迪基：[看着弗尔格森太太] 我应该说胖，您觉得呢？

弗尔格森太太：很胖。

佩内洛普：还有呢？

迪基：她的头发是灰色的。

弗尔格森太太：都是小螺旋状的鬈发。

迪基：[大笑] 没错，不知道她是怎么把头发弄成这样的。

弗尔格森太太：她有双非常漂亮的蓝眼睛，对吗？

迪基：是的，非常漂亮的蓝眼睛。

佩内洛普：她的教名是什么呢？

迪基：呃——我根本就不知道。

弗尔格森太太：[迅速地] 凯瑟琳。

佩内洛普：凯瑟琳·麦克？妈妈，是您的老朋友凯瑟琳·麦克。这
　　　真是个非同寻常的巧合呀！

格莱特利：凯瑟琳·麦克。哎呀，当然啦，我记得她。灰色的小螺
　　　旋状鬈发和非常漂亮的蓝眼睛。

---

① 英国英格兰郡名。

② 英国英格兰郡名。

佩内洛普：她不想妈妈去看看她吗？

迪基：恐怕她现在一个人也见不了。

格莱特利：你必须得告诉她，我们听说她病得这么严重有多难过。

迪基：哦，好的，你们想要我捎什么口信尽管说。

格莱特利夫人：[异常僵硬地站起来] 我想我应该走了。查尔斯，你一起吗？

格莱特利：是的，亲爱的。

佩内洛普：再见，妈妈，亲爱的。

    [当格莱特利夫人在被帮着披披风时，他们在一旁说话。迪基几乎和弗尔格森太太单独待在一起。

迪基：[低声] 我说，你到底来这儿干什么？

弗尔格森太太：你还没告诉我，明天我应该几点见你啊。

迪基：天呐，你可以打电话问我啊。

弗尔格森太太：噢，我从来不相信电话。

迪基：你从来不相信电话是什么意思？你习惯……

弗尔格森太太：迪基！

迪基：对不起，我不是那个意思。

弗尔格森太太：你到底为什么要编造那个关于麦克太太的荒唐故事呀？

迪基：我没有。它是自己编出来的。我被迫要解释我的行动。

弗尔格森太太：你是说，你老婆问你去了哪里、要去哪里吗？真像个妇人。[无辜地] 顺便问一下，今晚你要做些什么呀？

迪基：[愉悦] 哦，我和佩内洛普会先去卡尔顿酒店里面吃饭，还要去音乐厅。

    [巴洛走近他们。

巴洛：弗尔格森太太，再见。

弗尔格森太太：[热情地] 再见。

巴洛：[对佩内洛普，当他和她握手的时候] 魔鬼般的漂亮女人。

佩内洛普：[假装生气] 达文波特舅舅！

巴洛：再见，亲爱的。真是个淑女啊。

佩内洛普：再见。

　　　　[巴洛和格莱特利夫人出去。

格莱特利：[就在他跟着出去的时候] 你还好吗？

佩内洛普：是的，把这交给我吧。我开始有感觉了。

格莱特利：[微笑] 我也注意到了。

　　　　[格莱特利出去。

弗尔格森太太：佩内洛普，你舅舅真是个有魅力的人呢。这么高贵。

佩内洛普：你俘获了他。他告诉我，你是个魔鬼般的漂亮女人哦。

弗尔格森太太：不会是真的吧？男人经常告诉我，我是个良家妇
　　女啊。

佩内洛普：我敢说，这两种说法其实是一回事。

弗尔格森太太：可我也必须走啦。我真的不知道这么晚了。

佩内洛普：你今晚要做什么吗？

弗尔格森太太：噢。没有啊！我过的是清静日子。没有什么比独自
　　一个人读一本书，享受一个晚上更让我开心的啦。

佩内洛普：你之前非常喜欢出去的呀。

弗尔格森太太：我知道，我丈夫更喜欢我待在家里。每次我想到他
　　勇敢地在异国服务着他的国家，我就没有寻欢作乐的心了。

佩内洛普：你的性格真是有魅力啊。

弗尔格森太太：[对迪基] 我丈夫在军舰上。你知道的，他驻扎在马
　　耳他。我的健康问题迫使我留在英国，这真是糟透了。

佩内洛普：不知道你愿不愿意帮我个大忙。

弗尔格森太太：亲爱的，我一直会为老朋友做任何事情的呀。

佩内洛普：事实是，整个下午，我的头疼就像恶魔一样。

迪基：[得意洋洋] 我一进来就知道你有什么事情。

佩内洛普：今晚，我们在音乐厅有两张前排票。如果你和迪基一起去，你真的就太好啦。

　　[迪基和弗尔格森太太传递着一种互通情报的眼神。

弗尔格森太太：我？

佩内洛普：迪基讨厌单独出去，我都动弹不了。你们可以在饭店吃个愉悦的小晚餐，然后你们可以继续呀。

迪基：佩儿，你真的确定你去不了吗？

佩内洛普：真的一点也不错。

弗尔格森太太：你不觉得奥法雷尔医生应该留下来照顾你吗？

佩内洛普：噢，不！出去对他有好处。他工作一直这么辛苦。今天下午还讨论了快一小时呢。

弗尔格森太太：[对迪基] 您想我和您一块儿去吗？

迪基：如果不让您厌烦的话，我愿意。

弗尔格森太太：那我就很开心啦。

佩内洛普：真是太感谢了。但是现在很晚啦。我觉得你们应该马上出发。

迪基：佩内洛普，你确定你不介意我离开你吗？

佩内洛普：我确定。

迪基：行，稍等一下，我给你配一剂药。

佩内洛普：[迅速地] 噢，不，我向你保证，我不吃药更舒服。

迪基：胡说。我必须给你点什么。

　　　[迪基出去。

弗尔格森太太：这就是家里有医生的好处啦。

佩内洛普：[生气地] 是的，真是个极大的好处。

弗尔格森太太：我真的嫉妒你，你丈夫一直在你身边。当我想到我丈夫英勇地服务着他的国家——你知道的，我去见的每一位医生都告诉我，我加入他的话会极其危险。

[迪基拿着小药瓶进来，里面装满了乳白色的液体。

迪基：给你。

佩内洛普：噢，不，迪基，我宁愿不要嘛。

迪基：亲爱的，别傻了。这一下子就能让你振作起来。

弗尔格森太太：我确定她应该躺下来。

佩内洛普：不，如果你们不介意的话，我觉得我宁愿站着。

迪基：你怎么这么不讲道理呀！现在躺到这张沙发上去！

佩内洛普：当然啦，如果我必须这样的话。

[她躺到沙发上。

弗尔格森太太：在走之前，我们必须让你舒服。

迪基：我们把所有的垫子都放在她后面吧。那样好吗？

佩内洛普：好的，谢谢你。

迪基：可怜的小东西。

弗尔格森太太：我确定她脚上应该盖点东西。

迪基：我们把这条毯子盖在她脚上吧。好了。现在吃了这药……
来……

佩内洛普：噢，不要嘛，迪基。你们走之后我再吃。我真的会的。
我向你保证，我会吃的。

迪基：你到底为什么不现在吃了呢？

佩内洛普：好吧，我讨厌在你们面前龇牙咧嘴。

迪基：但是我经常看见你龇牙咧嘴啊。

佩内洛普：是呀，对着你呀。那是完全两样的事情嘛。

迪基：现在，像个乖女孩一样，把药吃了。

佩内洛普：你们走之后嘛。

弗尔格森太太：[坚决地] 在你吃之前，我是不会从这个房间走的。

佩内洛普：[屈服了] 把它给我吧。迪基，捏住我的鼻子。

[她吞了下去，龇牙咧嘴。

唉，迪基，我真希望没嫁给你。

迪基：这会让你觉得有力气的。

佩内洛普：我不想觉得有力气。

弗尔格森太太：再见。很抱歉你现在这么没精打采。

迪基：亲爱的，再见。

佩内洛普：我希望你们能度过非常愉快的时光。

[迪基和弗尔格森太太出去。佩内洛普坐起来，生气地把垫子扔在一边，快速走了一两步到门边，像是要把他们俩叫回来，然后停下。

佩内洛普：不，我不会的。我不会的。

[她慢慢走回来，然后陷进沙发，眼泪夺眶而出。

第一幕终

第二幕

场景：奥法雷尔医生的会诊室。这个房间装修得让人舒服，墙上挂着壁画，照片放在银色的相框里，壁炉架上摆放着鲜花。诊室的一侧有一张大桌子，上面是报纸、书和一盏阅读灯。有一把转椅，是让迪基坐的，桌子另外一边的椅子是给患者准备的。茶几上放着一台显微镜、一架测试试管、一两个药瓶、一排盛着化学制品的大瓶子和一盏电灯。还有一张没有扶手的沙发，供患者躺下，旁边还放着两三把椅子。架子上放着医学书。一张小桌子上有一摞《柳叶刀》①。

迪基正坐在桌子前，耳朵里还塞着听诊器。面前的病人站着，在扣自己的背带。他穿上背心和外套，边做这些边和迪基说话。这个病人个子矮小，头发稀疏，面露怯色，戴着金边眼镜。他神情紧张，唯唯诺诺。

迪基： 我就给你开张处方单吧，好吗？

病人： 哦，您真是太好了。我怕是给您添了许多的麻烦。

迪基： 根本没有。现在你还想让我给你什么呢？

病人： [非常尴尬] 呃，随便您，劳驾了。您真是太好了。

迪基： 你知道的，你没多大的问题。

病人： 哦，我很抱歉。我真的，真的……

迪基： 我还以为你会很开心的。

病人： [抱歉地] 是的，当然了，我非常开心。我不是那个意思。我已经占用了您这么多时间啦。

迪基：我正是以那些身体没有什么毛病的人为生。病人最后无非两种结局，要么治愈了，要么病死了，就是这么简单。

病人：是的，我明白了。我以前没想到这一点。今天天气真不错，不是吗？

迪基：你不坐下来吗？

病人：哦，您真是太好了。谢谢，谢谢。我怕是已经占用了您太多时间啦。

迪基：曾经有一个病人突然看见我身上有条蛇，于是扑向我的喉咙，要把我从蛇口救下。在这过程中，他差点把我掐死，当我跪在他胸口上时，他说我是个忘恩负义的恶魔，下次蛇袭击我的时候，他不会再干涉了。自打那天起，我就一直让病人坐在桌子的另外一边了。

病人：[非常激动] 哦，但是您觉得我是万万不会朝您喉咙扑过来的，是吗？

迪基：[大笑] 不会，当然不会啦。

病人：午饭我什么都没喝，晚饭只喝了点葡萄酒和水。

迪基：我想，如果我不给你药的话，你不会觉得自己的钱花值了吧？

病人：哦，您真是太好了，可我想，看在我妻子的分上，我想要拿点什么。

迪基：好，喂，我已经给了你一些士的宁②，让你精神亢奋，给了你一点铋，让你安静下来。一天三次，饭后服用。

---

① 创刊于 1823 年，创始人托马斯·威克利，由爱思唯尔出版公司主办，《柳叶刀》编辑部编辑出版的医学学术刊物是国际上公认的综合性医学四大期刊之一。

② 由马钱子中提取的一种生物碱，能选择性兴奋脊髓，增强骨骼肌的紧张度。

病人：啊，太感谢您了。我确定这正是我想要的。现在——呃。现在——呃……

> [他起身，强忍尴尬。

迪基：我想，我没有什么能再为你做的啦。

病人：不，呃——非常感谢您。我——呃——给您带来了这么多麻烦，您真是太好了。恩，呃……

迪基：[明了地] 哦……诊疗费是两几尼。

病人：[如释重负] 哦，太感谢您了。那正好是我想问您的。要我给您写张支票吗？

迪基：我们一直更喜欢收现金，你知道的，万一这是张假支票呢。

病人：哦，当然。您真是太好了。我还以为您可能不喜欢呢。

迪基：人们给医生钱的时候有多紧张，真是不可思议啊。要是你知道他有多开心拿到钱就好啦。

病人：是的。非常感谢您。

> [病人从口袋里拿出两几尼，战战兢兢地把它们放到壁炉架上。

迪基：该死，伙计，别放在壁炉架上。做事也是要有分寸的。

病人：啊，不好意思。我很抱歉。

迪基：我们都喜欢把它放在桌上。

病人：我不经常咨询医生。

迪基：我能看出来。如果你经常看医生的话，你可能就会给我两英镑，说你身上没有两先令了，特别是如果你是女人的话。①

病人：您别这么说。我真的从没想到过。

迪基：谢谢。好吧，再见。

病人：再见，非常感谢您。今天天气真不错，不是吗？再见。

---

① 1 几尼 =21 先令，而 1 英镑 =20 先令。

[迪基带他到门口，告诉他怎么出去。在门口，他看见了格莱特利。

迪基：您好！您不进来吗？[朝楼上喊] 佩儿，你的好父母来啦。

[格莱特利进来。

格莱特利：我正要上去见佩儿呢。

迪基：来吧，来这儿坐下，我们还能抽烟。

格莱特利：你没有在等病人吗？

迪基：噢，现在才五点。我想没有其他人会来了。也许我们可以在这儿喝杯茶。

格莱特利：最近怎么样？

迪基：烂透了。看，可怜的两几尼。那是我今天下午的全部收获啰。

[佩内洛普进来。

佩内洛普：嗯，爸爸？

格莱特利：孩子，亲亲你的好爸爸。你穿了条新裙子啊。

佩内洛普：我很喜欢这裙子，您呢？

迪基：佩儿，那是又一条新裙子吗？

佩内洛普：是啊，亲爱的。怎么了？

迪基：噢，没什么。

佩内洛普：时髦外科医生的妻子必须得花好多钱在衣服上。

格莱特利：迪基刚刚还在感叹光景不好呢。

迪基：这种鬼天气你能指望什么呢！每天都是晴天，干燥冷冽。今年秋天都没有大雾。这没有给人机会。当然了，每个人身体都好好的。光景变得越来越差啰。每个人现在都有体面的排水管。爱管闲事的政府还给人纯净水。要不是有专利药品和无病呻吟的人，伦敦一半的医生都要饿死啰。

佩内洛普：迪基，没有关系。这几天里，可能就有一起车祸正好发生在我们前门。

迪基：如果他们都当场死亡，那才像我的运气呢。不，我要的是一场真正的好流感，一场类型很复杂的流感，会让人在床上躺一个月左右的那种。

佩内洛普：那假如我也得了呢？

迪基：嗯，要是你也得了，街对面的那个无赖医生就不得不收治你了。而且他还不能向你收费，因为你是我老婆，他只能悻悻然地白忙活一场了。

佩内洛普：街对面的那个无赖医生是罗杰斯医生。比起迪基，我更喜欢他。

迪基：蠢货。

佩内洛普：他对病人的态度很好。

迪基：你没看到过我对病人的态度。［看向自己的手］我说，我得去洗洗手了，手上都是苦味酸。

　　　　［离开。

佩内洛普：妈妈去哪儿了？在劝异教徒皈依呀？

格莱特利：她这会儿在阿尔伯特大厅①，离这儿的距离安全着呢。

佩内洛普：［转换态度］我很开心您是单独来的。

格莱特利：出了什么事情吗？

佩内洛普：［爆发］我不能再这样继续下去了。我的力量已经用尽了。

格莱特利：迪基还……？

佩内洛普：对。我想不出他在她身上看到了什么。我有时候就坐着，看着她，想知道她有什么是我没有的。您不觉得我长得不好看吧，对吗？

格莱特利：当然不了。你要是那样，我在你出生的时候就把你丢弃

---

① 伦敦城内最古老的音乐厅。

荒野了，就像古斯巴达人一样。①

佩内洛普：有很多男人愿意告诉我，我非常有魅力。

格莱特利：那你为什么不让他们说呢？

佩内洛普：亲爱的爸爸，您真是我遇到过的最没有道德感的家长啦。

格莱特利：[不满地耸了耸肩] 这可能是明智的策略呢。

佩内洛普：[摇头] 不，我不知道我是否还能让迪基回来，但是我不想通过激发他的嫉妒心让他回来。如果我只有通过让他觉得其他男人爱上了我才能享有他的爱，那我宁可不要。

格莱特利：记住二加二永远不等于五哦。

佩内洛普：[不耐烦地] 给建议简单极了。你们只需要静静地坐着看就好了。我必须要做事情。最糟糕的就是，我要做的事情正是什么也不做。

格莱特利：亲爱的。

佩内洛普：喂，爸爸，不要看上去一副不明所以的模样，否则我就要朝您脑袋上扔东西啦。如果我能忙起来，就不会这么糟糕了，但是我只能默默地坐着，控制住自己的脾气。您不知道这一个月我面带笑容经历了什么。当我的心疼的时候，我笑。当我知道迪基正要去见艾达·弗尔格森的时候，我在和他开玩笑。我安排了几个小型聚会，这样他们就能在一起。我甚至都不敢一个人哭，生怕艾达·弗尔格森看见我哭红的眼睛，然后告诉迪基。他每天都见她，上个月每一天，而我一直都开心、愉快、逗人笑。

格莱特利：可他是怎么有时间的呢？

佩内洛普：当然是他一直疏忽他的业务活动呗。他派了助手去见本应该他自己见的人。您还记得麦克夫人吧？

格莱特利：[微笑] 那个想象出来的麦克夫人吗？记得。

----

① 古斯巴达人有弃婴传统，会将不够优秀的新生儿丢弃荒野，任其自生自灭。

佩内洛普：要是您知道我有多恨麦克夫人就好啦！她一直在开刀。她一个礼拜就要做上一次手术，迪基开车一去就是一天。

格莱特利：她一定有着大蟒蛇一样的体格吧。

佩内洛普：有意思的是，有马赛的时候，她都要做手术。在肯普顿 [①] 的约克勋爵马赛 [②] 上她要做手术；在俄国皇储比赛 [③] 上她要做另一个手术；桑当马赛她做第三个手术。

格莱特利：真是奇怪啊。

佩内洛普：那是因为您不知道艾达·弗尔格森热衷赛马。让我生气的是，我很肯定迪基替她出钱了；她的马赢了，钱归她所有，马输了，她也不用自己掏钱。

格莱特利：听上去她很不地道。你凭什么这么想啊？

佩内洛普：我自己就是这么干的……可怜的迪基，这个月他要付上好大一笔钱了。

格莱特利：为什么？

佩内洛普：因为他无论什么时候出去一天，我都只能买点东西安慰自己。我通常选择一些相当贵的东西。

格莱特利：我不记得我建议过以那样的方式处理一个反复无常的丈夫哦。

佩内洛普：不，这一条是我自愿加上的。

格莱特利：可你为什么今天请我来呢？

佩内洛普：因为结局来了。我再也忍受不了了。今天早上迪基说，麦克夫人身体恢复好了，能被人推着走了，他准备陪她去巴黎，把她送上去里维埃拉的火车。

格莱特利：你的意思是说……

---

① 指肯普顿公园赛马场。
② 英国第二组的平地马赛，对三岁以上的马匹开放。
③ 该比赛是英国的一项平地障碍赛马，对三岁或以上的马开放。

佩内洛普：［愤怒地耸肩］艾达·弗尔格森想在巴黎来个小旅行。

格莱特利：那你打算怎么办？

佩内洛普：我要告诉他，他必须在我俩之间做选择。我要尽我所能，
阻止他去。我的意思是让他知道，如果他去了，一切就结束了。

格莱特利：噢！

佩内洛普：别说噢！说我做得对。说这是唯一一要做的事。

格莱特利：可我觉得你大错特错。

佩内洛普：大错特错！

格莱特利：你不会以为他想去巴黎吧。没有一个男人在这种情况下
敢冒险。

佩内洛普：那他为什么要去呢？

格莱特利：因为她在逼他。在这种情况下，一旦女人逼男人做不想
做的事，这就是结束的开始。

佩内洛普：您怎么知道？

格莱特利：我不知道啊。我猜的。

佩内洛普：我看，一辈子花在研究数学上的时间催生出了某种非常
不一样的知识呢。

格莱特利：佩儿，做个乖女孩，让他们去。

　　　　［佩内洛普双手托脸，直直地盯着父亲看，沉默了片刻。她
把事情想清楚了。

佩内洛普：当您说，我要有十分老练、十分勇气和十分自控的时候，
您是对的。天哪！

格莱特利：［微笑］嗯？

佩内洛普：我什么也不做。我会管住舌头，我会微笑，我会开玩笑，
但是……

格莱特利：嗯？

佩内洛普：我很想买几顶帽子。我要去给弗朗索瓦丝打个电话，让

她把店里所有的帽子都给我送过来。

　　　　[迪基进来。

格莱特利：我正准备走。

迪基：对不起。为什么这么快呀？

格莱特利：我答应了要去接我妻子的。

佩内洛普：您必须回来。我和迪基结婚以来，这还是第一次我和他分开，我想要把头埋在妈妈的怀里，而我的好父亲拍着我的手。

迪基：佩儿，我希望你不要表现得这么平静。你可以伤心一点的。

佩内洛普：可是亲爱的，我正在为迎接一阵紧过一阵的歇斯底里风暴做好一切准备。我做不了更多啦。

迪基：取笑我吧，没关系的。

佩内洛普：[意味深长地] 迪基，毕竟我知道，如果你有办法的话，你是不会去的。你只是觉得这是你的责任，对吗？

　　　　[迪基非常不舒服，但一个字也没说。格莱特利打破了当前的沉默。

格莱特利：你为什么选在晚上走？

迪基：[松了一口气] 噢，你知道的，晚上人少得多。当你带着一个病人的时候，这会方便很多。

佩内洛普：[开心地] 这会很有意思的，因为你会看到所有的年轻同性恋带着自己的爱慕对象去巴黎。有人告诉我，他们总是在晚上出发，这样在旅途中就没人能看见他们了。

格莱特利：好吧，我必须得走了，不然就要迟到了。再见。①

佩内洛普：不要太久啦，爸爸，不然在你们回来之前，我的情绪就要占上风啦。

格莱特利：[点头] 迪基，回头见。

―――――――――――――――――――――

① 原文为法语。

[他出去了。佩内洛普似乎要跟着他。

佩内洛普：我准备上楼喝杯茶。

迪基：[相当僵硬地] 佩儿，我想和你简单谈谈。

佩内洛普：那就上来，去客厅呀。

迪基：我想和你在下面谈谈。

佩内洛普：[坐下] 好吧。谈吧。

迪基：如果你想喝茶的话，可以叫人送过来。

佩内洛普：不啦；就那样吧，就把茶放在那儿，让我的消化系统毁了吧。

迪基：[从口袋里拿出一沓纸，交给佩内洛普] 你知道这些是什么吗？

佩内洛普：[脸上带着迷人的微笑] 亲爱的，账单吗？

迪基：我能看出来它们是账单，谢谢你啊！

佩内洛普：[挥了挥其中一张] 这张账单是我已经穿上的这条裙子的。你不会觉得它太贵了吧，对吗？[低头看着它] 你看呀，你必须得为它的剪裁买单。

迪基：[试着克制住自己的脾气] 你想让我怎么处理它们呢？

佩内洛普：[冷漠地] 如果你乐意的话，你可以把它们都放进废纸篓里，但是你把这些账单付了的话，那就更显霸气了。

迪基：[激动地] 喂，听着，佩儿。这太荒唐了。你知道的，我不打算忍受这种事情。

佩内洛普：[似乎非常惊讶，相当好脾气地] 亲爱的，你不会因为我给自己买的几件小玩意和我吵架的。我当时真的穿得破破烂烂的，我以为你喜欢我打扮得整整齐齐呢。

迪基：该死，我是个穷人，你在这一个月里已经花了一百五十多英镑了。

佩内洛普：[冷静地] 有那么多吗？你有麦克夫人这么好的一个病人

真是幸运，对吗？

　　[迪基怀疑地看了她一眼，但是为了不聊麦克夫人，他生气地爆发了。

迪基：我就叫它毫无意义的浪费。喂，这张是一条蓝布裙子的三十五英镑——荒唐的价格——十月九日的。

佩内洛普：肯普顿的约克勋爵马赛。

迪基：你什么意思，肯普顿的约克勋爵马赛？

佩内洛普：我正好记得马赛在那天，因为克劳德夫人看见我很惊讶。她只是碰巧没有去赛马场。

迪基：但是到底是什么让你突发奇想去买一条蓝布裙子呢？

佩内洛普：[温柔地] 嗯，你看呀，亲爱的，那天是麦克夫人第一次做手术。你一整天都不在，我觉得孤单沮丧极了。我知道你当时有多焦心，这让我也焦心，所以我就去订了一条蓝布裙子，让自己放松一点儿。

　　[迪基看了她一会儿，然后低头看账单，他准备开口，但是什么也没说。佩内洛普看着他。

迪基：[突然地] 看这儿，十月十三日，有一件貂皮披肩和一个焐手筒。

佩内洛普：对，那是可怜的麦克夫人第二次手术的时间呀。

迪基：喂，我觉得有点过分了。

佩内洛普：哎呀，你那时候不在嘛，我总得做点什么吧。我看到每个人都戴着赛马专用眼镜，开车去利物浦街，这就让我觉得痛苦极了。

迪基：对不起。

佩内洛普：你知道的呀，十月十三日是俄国皇储比赛。

迪基：我想，其他所有的账单也能用同样的方式解释吧。[看着一张账单] 十月二十二日。

佩内洛普：桑当马赛。

　　[迪基生气地浏览着账单，但是没有开口。

　　[无辜地] 我想知道，你为什么总在赛马大会的日子里做手术呢？

迪基：我想，你觉得这很奇怪？

佩内洛普：有一点儿。

迪基：哎呀，这一点也不奇怪。这是老彼得·马斯登的一个怪想法。我告诉过你，是彼得·马斯登操刀做手术，对吧？[佩内洛普点头] 实际上，他对赛马非常疯狂。他损失了好多钱，于是他就一直把重要的手术安排在赛马大会的同一天，这样他就绝对去不成了。

佩内洛普：滑稽的老东西。

　　[迪基怀疑地抬头。

　　[大笑] 是彼得·马斯登呀，不是说你，亲爱的。

迪基：听着，佩儿，关于这些账单，我们不要再说了。这次我会付了它们……

佩内洛普：我就知道你会的。

迪基：但是不可以再有了哦。

佩内洛普：我真弄不明白，你为什么这么大惊小怪的。毕竟，你现在在麦克夫人那里赚着一筐一筐的钱呢。

迪基：别过早打如意算盘。到现在为止，我还没从她那儿拿到过一便士呢。

佩内洛普：可既然她要走了，你可以送账单啦。

迪基：噢，我不能。这会杀了她的。

佩内洛普：你不觉得你可能要冒一回险吗？

迪基：佩儿，我觉得你真是太铁石心肠了。你忘了我非常重视那位老夫人。我把她既当做病人，也当做朋友。

佩内洛普：也许她会在遗嘱里给你留点儿东西。我们想要一台新的
电动敞顶车，不是吗？

迪基：噢，我不应该接受。我非常反感医生从患者那儿得到遗产。

佩内洛普：好吧，你带她去巴黎，可以收上至少一百五十英镑吧。

迪基：[突然一惊] 佩儿！

佩内洛普：噢，你吓了我一跳。

迪基：你没有准备要买其他什么东西吧？

佩内洛普：嗯，亲爱的，我知道，明天早上我起床，你不在这儿的
时候，我就会觉得非常孤独和沮丧。

迪基：[打断] 让你的好妈妈陪你。

佩内洛普：我突然想到，我根本就没有一顶我能戴的帽子。

迪基：[严厉地] 佩内洛普。

佩内洛普：[循循善诱地] 如果我有几顶好看的帽子，那会让我的裙
子穿得更久一点嘛。你知道的，你变换花样，人们就会觉得你
又穿了条新裙子。

迪基：那我能斗胆问问，你想要多少顶帽子来克服沮丧呢？

佩内洛普：[果断地] 三顶。

迪基：我从来没听过这么荒唐的事情。

佩内洛普：听着，迪基，我愿意对你让步；我向你保证，它们不会
超过五英镑一顶。你靠那一百五十英镑就负担得起啦。

迪基：佩儿，事实上，麦克夫人更像是我的朋友，而不是病人，她
没我之前想的那样有钱。我不准备向她收陪她去巴黎的钱了。

佩内洛普：[相当坚定地] 噢，不行，迪基，我不同意。你要为你的
妻子着想——如果你明天死了，我就完全没有生活保障了。你
没有权利这样堂吉诃德。这对我不公平。

> [迪基正想回答佩内洛普，佩顿进屋。

佩顿：先生，一位女士想要见您。

迪基：[急躁地] 在这个时候吗?

佩顿：先生，是沃森太太。

迪基：哦，对，我知道了。带她进来吧。

> [佩顿退场。

> 感谢上帝，有人了，无论如何，我都要从她身上拿几个几尼。

> [看着他的病历簿] 四个访客。那就有五几尼了。哎呀，我要它们。

佩内洛普：沃森太太怎么了?

迪基：不知道，但我会假装知道。她可能也不会发现。

佩内洛普：我走啦。我得去打个电话。

> [佩内洛普出去。迪基生气地走来走去。沃森太太一出现，他就立马装出专业的态度，非常温和友善。沃森太太是位个子矮小、身着黑衣的老夫人。

迪基：沃森太太，怎么了?

沃森太太：您千万不要介意我这么晚过来。我知道您五点之后不见任何人，可我马上要离开了。

迪基：很高兴见到你。我向你保证。

沃森太太：明天我就要和女儿去里维埃拉了，我觉得，我要在走之前来见见您。

迪基：当然。你最近怎么样?

沃森太太：[非常满足地] 唉! 不怎么样。我的身体就没好过。

迪基：你每天都按时吃药吗?

沃森太太：[开心地] 是的; 可是这对我没有什么帮助。

迪基：先试一下你的膝跳反射，好吗?

> [沃森太太一条腿搭在另一条腿上面，迪基在膝盖下方轻叩; 那条腿轻轻地翘起。

迪基：似乎很好。

沃森太太：本杰明·布罗德斯泰斯医生试了所有东西，也没能把我治好；然后我就去找威廉·威尔逊医生，他告诉我不要做本杰明·布罗德斯泰斯医生叫我做的任何事情，然后我身体就一天不如一天了！

迪基：你看起来非常开心啊。

沃森太太：我去了伦敦的每一位医生那儿，他们都说我是个极好的病例。我喜欢被医生们检查，他们对我非常感兴趣。他们已经在我身上花了大把大把的时间。他们对我的好意我感激不尽。

迪基：你这么说真是太好了。我觉得，我今天要让你来试点别的东西。

沃森太太：噢！让它又好闻又有效；好吗，医生？

迪基：你好像喜欢药里有些香醇。

沃森太太：嗯，我喜欢吃药。这样我就有事情做了；现在我女儿结婚了，我一个人很孤单。我觉得我已经吃过药房里的每一种药了，它们都没什么用。

迪基：[递给她一张处方] 嗯，可能这一次会有用。你必须一天三次，饭前服用。

沃森太太：[看着它] 噢！奥法雷尔医生，可我之前吃过这药了。亚瑟·托马斯医生就在几个月前刚给我开过。

迪基：嗯，再试一次。也许你没有给过它好好施展拳脚的机会哦。

沃森太太：前几天，我读《柳叶刀》，上面说德国的一位医生发现了一种新药，对神经类疾病很有效。我确信那对我来说是最好的。

迪基：你读《柳叶刀》干什么呢？

沃森太太：噢，我一直看《柳叶刀》和《英国医学杂志》①。你知道的呀，我可怜的丈夫为了临床看诊得看它们。

---

① 世界著名的四大综合性医学期刊之一。

迪基：[倒抽一口气] 你不是想说你丈夫是医生吧？

沃森太太：噢，我以为我告诉过你，我是个医生的寡妇。

      [迪基试着压抑自己的怒火，而沃森太太叨唠个没完。

沃森太太：我受不了听见有人说医生不好。他们从来没对我有过帮助，但是他们本身就是善良的。我只有一次被粗鲁地对待，那是——如果你相信的话——被一个无名小卒。我告诉他我所有的症状，然后他对我说，您能吃吗，夫人？我说，是的。我早上吃早餐，十一点喝点汤；然后我吃午餐，我一直泡一杯好茶，我在七点半的时候，吃一点晚餐，临睡前又吃了点面包和牛奶。接着他说，您能睡着吗，夫人？我说，是的，对于一个老女人而言，我睡得很好；我每天都能睡上八九个钟头。然后他说，您能走吗，夫人？我说，是的，我每天总要走上四英里。然后他说，我的看法是，您根本一点问题也没有。午安。

迪基：有趣。

沃森太太：嗯，我当时上下打量他，然后对他说，医生，您的诊断和本杰明·布罗德斯泰斯医生、威廉·威尔逊医生和亚瑟·托马斯医生的诊断都不一样。我甚至都没有给他钱，就从房间走了出去。[顽皮地] 您要给我开那服新药吗？

迪基：说实话，我觉得那完全不是你想要的。

沃森太太：非常好。我想您最清楚了。现在，我可不能再占用您的时间了。

迪基：[讽刺地] 噢，它没有什么价值，谢谢你。

沃森太太：[循循善诱地] 您能告诉我，我欠您什么吗？

迪基：噢，您是医生的遗孀，当然了，我不能想着接受您的报酬。

沃森太太：您真好。但您必须允许我给您一个小礼物。

迪基：[相当无力，但是脸色稍霁] 噢，真的，你知道……

沃森太太：伦敦每个有头脸的医生我都去见过，他们没有一个问我要上一便士，可我总是会给他们做点小礼物。我知道你们医生无论天气好坏，都不得不出去，你们从来都不穿暖和点。所以我给他们羊毛围巾。

[沃森太太从包里拿出一条红色的大羊毛围巾。

迪基：[木然地] 噢，真是太谢谢你了。

沃森太太：这是我自己织的。

迪基：你吗!

沃森太太：本杰明·布罗德斯泰斯医生保证说，每个冬天他都戴着。你会发现很暖和的。

迪基：真是太谢谢你了。

沃森太太：现在，再见，非常感谢您。

迪基：当你从里维埃拉回来后，你应该去咨询罗杰斯医生。他就住在街对头。他很擅长处理你这样的病例。

沃森太太：非常感谢您。

迪基：再见。

[她出去，迪基关上了门。他跑到另一间房，大喊。

迪基：佩儿! 佩儿!

佩内洛普的声音：在呢。

[敲门声响起。

迪基：[生气地] 进来。

[沃森太太进来。

沃森太太：我知道有件事情我特别想问您，我差点忘了。本杰明·布罗德斯泰斯医生告诉我，除了烤吐司，什么都别吃，可威廉·威尔逊医生说，他觉得烤吐司吃了不好，我应该只吃面包。嗨呀，我想知道应该做什么。

迪基：[严肃的模样，仿佛在认真思考] 好吧，如果我是你的话，我会吃只烤一面的面包。

沃森太太：太谢谢您了。再见。我希望您会喜欢那条围巾。

迪基：我相信我会的。再见。

      ［沃森太太再次出门，迪基关上门。］

迪基：佩儿！佩儿！

      ［佩内洛普从另一扇门进入房间。］

佩内洛普：怎么了？

      ［迪基怒气冲冲地走向她，手里还拿着围巾。］

迪基：看！这就是我的报酬！这个！

佩内洛普：这是条羊毛围巾。

迪基：别傻了，佩内洛普。我能看出这是条羊毛围巾。

佩内洛普：可这是什么意思呀？

迪基：沃森太太是医生的遗孀。我自然不能收她分文。她直到今天才坦白。我告诉你，医生的遗孀不应该被允许比她们的丈夫活得久。

佩内洛普：噢！

迪基：你成了我的遗孀之后，佩儿，你直接上哈利街①的一边走到头，然后到街的另一边走到尾，把他们都看个遍。

佩内洛普：可要是我没生病呢？

迪基：该死，你失去我之后，身体不好就是你能享受的最起码的待遇。

      ［佩顿进来。］

佩顿：先生，如果您高兴的话，沃森太太说，她能见您一分钟吗？

迪基：［妥协］好。

      ［佩顿退场。］

迪基：她现在到底又要什么？

---

① 伦敦有百年历史的"世界名医街"。

[佩顿引沃森太太进屋。

沃森太太：您肯定以为，我这是要赖着不走了。

迪基：[木然地] 根本没有。根本没有。

沃森太太：我刚刚一直在想您说的烤一面的面包……那黄油放在哪一面呢？

迪基：[手托下巴] 呃。呃。你一定要把黄油涂在烤的那一面。

沃森太太：噢，谢谢您。现在还有一个问题，您觉得吃点果酱会伤害到我吗？

迪基：不，我不认为吃点果酱会伤害到你，但是你不能把果酱和黄油涂在同一面上。

沃森太太：噢，谢谢您。午安。非常感谢。

迪基：不客气，不客气。

[沃森太太出去。

迪基：[对着门挥舞拳头] 寡妇自焚 ①……就是那个词。寡妇自焚。

佩内洛普：迪基，你在说什么呢？

迪基：这个词我想了十分钟。那就是医生的遗孀应该做的——寡妇自焚。就像印度人一样。

佩内洛普：在她们丈夫死的时候，活生生地烧死自己吗？

迪基：一点不错。寡妇自焚。就是那个词。

佩内洛普：可是亲爱的，我可不想在你的葬礼上一把火烧了自己，给你的葬礼增色。

迪基：啊，你一点也不爱我。

佩内洛普：我很爱你，可是那样做要求也太高了，不是吗？

迪基：不，你不如之前爱我了。你变了很多。我注意到了很多事情。

佩内洛普：[迅速瞥迪基一眼，但是语气依旧略带嘲讽] 哎呀，

---

① 旧时印度教习俗。

胡说。

迪基：你最近变了。早上你不下来送我了，你也不问我什么时候回
家了。以前吃过早餐，我抽烟看报的时候，你常常坐在椅子扶
手上的。

佩内洛普：你一定讨厌极了，对吗？

迪基：我当然讨厌啦，可那也说明你爱我，现在你不再这样做了，
我反倒怀念了。

　　[佩顿引弗尔格森太太进屋，然后离开。

佩顿：弗尔格森太太到。

　　[迪基微微一惊，略微表现出恼怒的动作。他想不通弗尔格
森太太此次前来的目的。

弗尔格森太太：女佣告诉我，你们在这儿，所以我就让她直接带我
过来了。希望你们别介意。

佩内洛普：当然不介意啦。无论在哪儿，我们见到你都很开心。你
不喝点茶吗？

弗尔格森太太：谢谢，不了。事实上，我过来是找奥法雷尔医生看
病的。

佩内洛普：你不会是病了吧？

弗尔格森太太：我最近有点不舒服，我想最好看看医生。[对迪基]
您能治疗我吗？

迪基：我会为您做力所能及的任何事情。

弗尔格森太太：可这必须真的是一次专业的拜访。你知道的，我想
要付钱。

佩内洛普：噢，胡说，迪基不能想着收我朋友的钱。

弗尔格森太太：不行，在这一点上，我有着最严格的原则。我觉得，
人们想要医生治疗他们，却不给任何东西，真是太糟糕啦。我
真的坚持要付该付的钱。

迪基：哦，好吧，我们之后再讨论那个。

佩内洛普：我就不打扰你们了，好吗？

弗尔格森太太：亲爱的，你介意吗？当着第三者的面讨论症状，让我觉得有点不自在。

佩内洛普：那当然啦。

弗尔格森太太：我们只要五分钟就好啦。

佩内洛普：警告你哦，迪基的药可是很难吃的。

　　　　　[佩内洛普出去。

迪基：你身体不舒服，我很抱歉。你昨天还好好的。

弗尔格森太太：[大笑] 我从来没这么健康过，谢谢你呀。

　　　　　[迪基呆住了。

弗尔格森太太：那就是你做医生的好处。当我想单独见你的时候，我可以在你老婆眼皮子底下单独见你。你难道不觉得这很妙吗？

迪基：[干巴巴地] 非常妙。

　　　　　[弗尔格森太太笑了笑。然后她起身，小心地走到门边，突然把门打开。

迪基：你到底在干什么？

弗尔格森太太：我想看看佩内洛普有没有在听。

迪基：[相当严厉地] 她肯定没有在听。她不可能干那事的。

弗尔格森太太：噢，亲爱的，不要为这件事生气呀。很多女人都会偷听的，你知道的嘛。

迪基：是吗？我还没有运气见过她们呢。

弗尔格森太太：骗子。

迪基：那你能告诉我，我能在哪方面为你效劳吗？

弗尔格森太太：[好脾气地] 当然不能，如果你想那样生气地问我。你可以亲亲我的手。[迪基这样做了] 这就对啦。还生气吗？

397

迪基：不。

弗尔格森太太：你还和以前一样爱我吗？

迪基：爱。

弗尔格森太太：如果你不爱了，你也不会说不爱的，对吗？

迪基：不会。

弗尔格森太太：畜生！

迪基：[相当不耐烦地] 我说，你过来到底要干吗？

弗尔格森太太：你今天对我真是好啊。

迪基：好吧，昨天我走的时候，我们把所有事情都准备好了。我给
　　　了你票，我写下了火车发车的时间。

弗尔格森太太：好吧，首先，我想见一见佩内洛普。

迪基：为什么？

弗尔格森太太：我看到她这么天真，就很快乐。我看着她，然后想
　　　着她一点也不怀疑在她眼皮子底下要发生的事情，真是别提有
　　　多开心了。她是我这辈子见过最相信别人的人了。

迪基：实话告诉你，这一点让我很不舒服。

弗尔格森太太：我的小可怜，亲爱的小伙子，你在说什么呢？

迪基：如果我们时刻得竖起耳朵，提心吊胆，我反倒会感觉好受些。
　　　但是佩内洛普对我们是百分百的信任。为什么，她总是把我们
　　　放在一块儿。她从来没有想到会有丝毫的怀疑理由。这就像推
　　　倒一个不能保护自己的人。

弗尔格森太太：我猜那意味着你不再爱我了啰？

迪基：我当然爱你啦。天哪，我告诉过你了呀，任凭你磨破嘴皮。

弗尔格森太太：噢，不，你不爱我了。当男人不爱你之后，他们才
　　　开始有顾虑。

　　　　[迪基妥协地叹了口气。这不是他第一次不得不忍受的吵
　　架了。

398

弗尔格森太太：因为你的缘故，我牺牲了一切。现在你羞辱我。当我想到我那可怜的丈夫还在外国为他的国家服务时！啊，这太残忍了，太残忍了！

迪基：可我就说了对佩内洛普不好让我很失落啊。

弗尔格森太太：你没有考虑我的感受。你不知道我的感受。那我丈夫呢？

迪基：哎呀，你知道的，我不了解你丈夫，我确实了解我老婆。

弗尔格森太太：别这样傻了。你自然了解你老婆。

迪基：那就是为什么我不想表现得像一个十足的无赖。

弗尔格森太太：如果你真的爱我的话，你除了我，别的什么都不会考虑，什么都不会，什么都不会，什么都不会。

　　　　[弗尔格森太太拿手帕捂住眼睛。

迪基：唉，喂，别哭了。

弗尔格森太太：我就要哭。我从来就没被这样对待过。如果你不爱我了，你为什么不那么说呢？

迪基：不，我确实爱你。可是……

弗尔格森太太：可是什么？

迪基：[紧张地] 好吧——呃——我想，如果我们把去巴黎的日期延后一点点——会更好一点。

弗尔格森太太：[生气地喘息] 噢！噢！噢！

迪基：佩内洛普太盲目自信了。

弗尔格森太太：我再也不会和你说话了。我希望从来没见过你。啊，你怎么能这样侮辱我啊！

　　　　[弗尔格森太太开始啜泣。

迪基：啊，上帝啊！啊，上帝啊！喂，别哭了。我不是故意要惹人厌的。我真的很抱歉。

　　　　[迪基试着将弗尔格森太太的手从脸上拿开。

弗尔格森太太：别碰我。别靠近我。

迪基：如果你能不哭了，我会做你喜欢的一切事情。喂，想一想如果佩内洛普进来——我只是在考虑对你的风险。我当然最喜欢横跨英吉利海峡的短途旅行啰。

弗尔格森太太：真的吗？

迪基：真的。

弗尔格森太太：你真的想要我去吗？

迪基：我当然想，如果你不介意风险的话。

弗尔格森太太：[微笑] 噢，我会搞定的。

迪基：啊，你打算做什么？

弗尔格森太太：等上一两分钟，你就知道啦。

　　　　[弗尔格森太太再一次平静下来，继续开玩笑。

迪基：我们可以告诉佩内洛普我们好了。

弗尔格森太太：非常好。[当迪基走向门边] 啊，我差点忘了。我真是健忘。

迪基：怎么了？

弗尔格森太太：嗯，我差点把来这儿见你的正事给忘了。你一直在吵架。

迪基：我吵架了吗？我都没意识到。

弗尔格森太太：我想问你点事儿。你不会生气吧？

迪基：我不生气。

弗尔格森太太：这自然不是一件非常要紧的事儿，就是问起来有点尴尬。

迪基：哎呀，胡说。我自然会倾力相助。

弗尔格森太太：好吧，我一个在股票交易所的朋友给了我一点非常好的内幕消息，然后……

迪基：它没达到预期效果。我知道那些很好的内幕消息。

弗尔格森太太：噢，但是这消息肯定靠谱，只是要付一笔差价。我不是很理解这一切意味着什么，但是索利·亚伯拉罕……

迪基：[打断] 那就是你在股市交易所的朋友吗？

弗尔格森太太：是的，怎么了？

迪基：哦，没什么。不错的苏格兰老名字，就那样。

弗尔格森太太：索利说，我必须得给他寄一张一百八十英镑的支票。

〔迪基微微一惊，脸沉下来。

弗尔格森太太：现在让我付那笔钱有点儿不方便。你也知道，我半年才能拿一次生活费，我在银行里也真的没有一百八十英镑。我从来不借钱的——我忍受不了这种事——我觉得现在能求助的只有你了。

迪基：我觉得你来找我真是太好了，可以说是让我受宠若惊。

弗尔格森太太：我就知道你会马上给我钱的，当然了，我会用利润把钱还你的。

迪基：噢，那你可真是太好了。我看看我能做什么。

弗尔格森太太：如果我现在就让你写支票，会不会很麻烦呀？那样我心头的一块大石头就落地了。

迪基：那是当然。我只会非常高兴。顺便问一下，那只股票叫什么？

〔他坐在办公桌上写支票。

弗尔格森太太：哦，是个金矿。叫约翰内斯堡和新耶路撒冷。

迪基：这名字让人产生信心。

〔迪基给弗尔格森太太支票。

弗尔格森太太：太感谢了。你真是太好啦。现在你再写个小处方吧，这样就能给佩内洛普看了。

迪基：你倒是什么也没忘。

〔他写处方。

弗尔格森太太：而且我一定要给你诊疗费。

迪基：哦，我不想考虑那件事。

弗尔格森太太：哎呀，要的，我坚持要付。此外，这让看病看上去更加可信哦。

　　　[弗尔格森太太看向自己的钱包。

弗尔格森太太：哎呀，我真蠢！我钱包里只有两先令。你身上没有几英镑吧。

迪基：啊，有，我想我有。我今天唯一赚到的钱。

　　　[迪基从口袋拿出钱，交给弗尔格森太太，她把这些钱和两先令一起放在桌上。

弗尔格森太太：谢谢……你瞧。那看着是好大一笔钱了。你一定要把钱留在那儿，让佩内洛普看到呀。

迪基：要我叫她吗?

弗尔格森太太：我来吧。[她走向门边，叫道]佩内洛普，我们好啦。

迪基：[听见上楼的声音]哈啰，达文波特舅舅来了。

弗尔格森太太：噢，前几天我在公园见过他。他把自己打扮得很潇洒。他问我是不是格勒恩加里的弗尔格森。我不知道他什么意思，不过我说是的，他看上去挺开心的。

迪基：你最好不要让他知道你就是个琼斯小姐哦，不然他会大发雷霆的。

弗尔格森太太：噢，我应该告诉他，我是个兰迪德诺的琼斯。我觉得那听起来很气派。

迪基：人们可能会礼貌地把这称为一种了不起的虚构能力。

弗尔格森太太：我可不知道那种事，我就是个妇道人家，那也是男人们喜欢我的原因。

　　　[佩内洛普和巴洛进来。

巴洛：哈，弗尔格森太太，这真是令人愉快的惊喜啊。

弗尔格森太太：您这个坏家伙，有人可告诉我，您是个浪子哦。

佩内洛普：达文波特舅舅？[愉悦地] 哈哈，老掉牙的事啦，弗尔格森太太。

弗尔格森太太：如果我知道了您的名声是什么样的，我是不会让您和我在公园聊上半小时的。

巴洛：[洋溢着愉悦] 哎呀，您一定别听信您听到的所有事情。像我这样出去闯荡过的人肯定会被人议论的嘛。我们的世界这么小，又这么挑剔。

弗尔格森太太：奥法雷尔医生刚刚在给我写处方。我最近有点不舒服。

巴洛：啊，听到这个消息，我真是非常抱歉啊。您看上去很健康，很漂亮啊。

弗尔格森太太：噢，您真是个讨厌的狠心肠！我想要您同情我，说我看上去有多憔悴呀。

巴洛：如果您允许我去拜访您的话，我保证向您送上我真挚的同情，可是要我说您看上去不迷人，那样的话我怕是永远也说不出口。

弗尔格森太太：您真是太好了。我一从巴黎回来，您一定要来看我哦。

　　[迪基一惊。

佩内洛普：你要去巴黎吗？

弗尔格森太太：我特意过来告诉你。我真的太健忘啦。可怜的麦克夫人问我能不能陪她一起去巴黎。最不幸的事情发生了。她女佣的母亲突然过世了，那个可怜的人儿自然想要回去参加葬礼。所以……

佩内洛普：麦克夫人让你代替女仆吗？

弗尔格森太太：就只有两天，当然啦。现在，我想知道，亲爱的，你实话告诉我，你介意吗?

佩内洛普：我?

弗尔格森太太：有些女人非常滑稽。我本以为你可能不喜欢我和奥
法雷尔医生一起去巴黎这么远的地方，当然啦，我们也会一起
结伴归来的。

佩内洛普：说什么胡话呢! 我自然是太高兴了。迪基能有人陪着一
起去真是太好啦。

弗尔格森太太：那就没问题了。你知道的，我喜欢光明正大地做所
有事情。

巴洛：[看到桌上的几个几尼] 迪基，我看你赚大钱了啊。

弗尔格森太太：哦，那是我的诊疗费。我坚持要付钱——佩内洛普，
我尤其是要让你知道——在那种事上我可是很谨慎的。

佩内洛普：哎呀，可是迪基不能收。[对迪基] 你真是个贪婪的老
东西!

迪基：我保证我不想要那钱的。

佩内洛普：艾达，你真的得把钱收回去。

弗尔格森太太：[拒绝的手势] 不，我真的不能。这是我的一大
原则。

佩内洛普：我知道你的原则很好，可我真的不愿意迪基帮我最好的
朋友看病之后收她的钱。

　　　[佩内洛普拿起钱，给弗尔格森太太。

弗尔格森太太：噢，好吧，当然啦，如果你那样认为，我都不知道
该怎么办啦。

佩内洛普：把钱放到钱包里，不要再提了。

弗尔格森太太：呀，你真是太好啦。

　　　[弗尔格森太太将钱放入钱包。迪基的脸沉下来，因为他看
见自己的钱没了。

弗尔格森太太：现在我真的得走啦。[向巴洛伸出手] 再见。别忘了来看我呀，不过，记住，我想听那个芭蕾小女孩的所有故事哦。

巴洛：[喜出望外] 您可别让我泄露秘密哦。

弗尔格森太太：[转向佩内洛普] 再见，亲爱的。

佩内洛普：我陪你去门口吧。

　　　[佩内洛普和弗尔格森太太出去。

迪基：[走到电话旁边] 我不相信你这一辈子还会认识什么芭蕾女孩。

巴洛：不认识，但是我们阶级的女人想到一个人和那种职业的人勾搭在一起，这会让她们高兴。

迪基：拨电话总局1234。要是她们知道，十个芭蕾女孩中有九个每晚都要回郊区的家陪丈夫和孩子就好了！我想接通股票经纪人的电话。罗伯斯特，是你吗？喂，你知道一个叫约翰内斯堡和新耶路撒冷的金矿吗？烂透了？我也这么想。就那样吧，谢谢你。[迪基挂上听筒——挖苦地自言自语] 一百八十英镑打水漂喽。

巴洛：嘿，迪基，既然你现在不忙，你或许能给我点专业的建议。当然了，我不会付你钱的。

迪基：天哪！我最好是一家医院。我甚至都没有受到慈善捐款的资助。

巴洛：事实是，我最近发现，我没有以前瘦了。

迪基：这一点可能不需要很高的洞察力才能注意到吧。

巴洛：迪基，我不是问你要机智巧妙的应答，我是问你要建议呀。

迪基：你不想在有生之年为身材烦恼吧。

巴洛：告诉你实话吧，我想，我已给一位非常迷人的女士留下了深刻的印象……

迪基：[打断] 采纳我的建议，在好印象还没过去之前，赶紧和她结婚。

巴洛：这事儿可能对你有些奇怪，但她结婚了。

迪基：那就不要犹豫——快逃吧。

巴洛：迪基，你什么意思呢？

迪基：亲爱的达文波特舅舅，你这岁数都能做我爸爸了；和已婚女人调情简直是有史以来最夸张的消遣方式。保重吧！我就说这些。保重吧！

巴洛：为什么？

迪基：她会把你的双手双脚都捆起来，给你脖子套上缰绳，拉绳牵着你走。她一天会问你十次你爱不爱她，每次你起身离开的时候，她都要和你大吵一架，就是为了强迫你待久一点。每次你戴上帽子，她都要让你说清楚下一次过去见她的确切时间。

巴洛：可是所有的女人都那么做啊。这显示出她们喜欢你啊。

迪基：是的，我猜所有女人都那么做——除了佩儿。佩儿从来都不费神。她从来不问你是不是爱她。当你想走的时候，她也从来不挽留你。她从来不坚持要知道你的全部动向。而且当你离开时，她从来不会问那个恶魔般的致命问题——你什么时候回来呀？

巴洛：好吧，孩子，如果我的妻子像那样冷淡地对我的话，我就应该要问问自己另一个家伙是谁啦。

迪基：你那么说到底是什么意思？

巴洛：亲爱的迪基，索取是女人的天性。如果她爱你，她就会一直是个麻烦，在我看来，也是个非常有魅力的麻烦。我喜欢。

迪基：你不是在暗示佩内洛普……

巴洛：嘿，亲爱的孩子，我过来不是和你讨论佩内洛普的，而是为了我自己的健康。

迪基：[不耐烦地] 哦，你得了慢性肥胖症。那就是你的毛病所在了。

巴洛：天哪，那听上去让人非常担忧。我对此应该怎么做呢？

迪基：[恶狠狠地，非常快地] 不要喝葡萄酒、烈酒、利口酒了，不要吃面包、黄油、牛奶、奶油、糖、土豆、胡萝卜、花椰菜、豌豆、萝卜、大米、西米、木薯、意大利面、果酱、蜂蜜、酸果酱了。

巴洛：可那不是治病，那是故意杀人啊！

迪基：[不注意] 穿上运动衫，每天早餐前绕着公园跑步。让我来看看你的肝脏情况。

巴洛：可是，亲爱的迪基……

迪基：在那张沙发上躺下。现在别大惊小怪的。我又不打算杀你。

　　　[巴洛躺下] 屈膝。

巴洛：[当迪基检查肝脏情况时] 她是个时髦、漂亮的女人。这一点毋庸置疑。

迪基：放松一点。谁是时髦、漂亮的女人？

巴洛：弗尔格森太太。

　　　[迪基吃了一惊。他看了巴洛一眼，然后走开，张着嘴巴。

巴洛：迪基，迪基。

　　　[巴洛相当惊恐地从沙发上起来。

巴洛：我肝脏状况很糟糕吗？

迪基：[完全出神地] 状况非常糟糕。我就知道会是这样。

巴洛：[以悲痛的语调] 理查德，赶紧告诉我最坏的情况。

迪基：[不耐烦地] 别像个老傻瓜一样。你的肝脏情况和我的一样，没什么问题。你一点毛病也没有，除了对自己太好，没有做足够的锻炼。

巴洛：[油腔滑调地] 我想，一个人总得为身为他所处时代最受欢迎的晚餐拍档付出代价。

迪基：[严厉地看着巴洛] 你是给弗尔格森太太留下了深刻的印象吗？

巴洛：[非常自得] 亲爱的伙计，我是世上最后一个会出卖女人的男人。

迪基：哈！

巴洛：迪基，就我们两个人，你觉得如果我邀请弗尔格森太太单独在卡尔顿饭店共进双人午餐，她会觉得奇怪吗？

迪基：奇怪！她会吓一跳的。

巴洛：你觉得她丈夫会介意吗？

迪基：哦，她丈夫没问题。他一直在外国英勇地为自己的国家服务。

巴洛：这表明她人很好，不然她不会过来问佩内洛普介不介意你们俩一起去巴黎。

迪基：对，她的性格很好。

巴洛：你真是个幸运儿，我希望和她去巴黎的人是我。

迪基：[热情地] 我希望是你。

巴洛：哈哈，哈哈。好啦，好啦，我得走了。和平常一样，我要出去吃饭了。那些善良的勋爵夫人，她们是不会让我一个人的。再见。

　　　[巴洛出去。迪基在房内反复踱步，思考着。不一会儿，佩内洛普探头。

佩内洛普：嘿，亲爱的，你不应该在打包行李吗？

迪基：进来，我们一起抽根烟吧。

佩内洛普：好。

　　　[佩内洛普拿了支烟，迪基替她点燃。

佩内洛普：我希望你们在巴黎玩得开心。

　　　[佩内洛普坐下。

迪基：你再也不像以前那样坐在我椅子的扶手上了。

佩内洛普：我恐怕自己可能越来越像中年人了。我发现自己坐一把椅子舒服得多。

迪基：[试着掩饰一点小尴尬] 弗尔格森太太来告诉你她今晚要去巴黎的时候，你没有很惊讶吗？

佩内洛普：惊讶？

　　　　[佩内洛普发出些微的咯咯笑声，她试着压住笑声，但却没能做到，于是就失去了控制，直接哈哈大笑了起来。迪基越发惊讶地看着她。

迪基：你到底在笑些什么呢？

佩内洛普：[开心地] 亲爱的，你一定以为我是个老傻瓜吧。我当然已经知道你们俩要一起去啦。

迪基：[完全呆住] 我不知道你在说什么。

佩内洛普：我已经试着对一切视若无睹，但是你们真的在给我制造重重困难。

迪基：[下定决心拿出非常傲慢的姿态] 你能好心解释一下吗？

佩内洛普：亲爱的，我当然知道一切啦。

迪基：我完全不能理解你的意思。你知道一切什么？

佩内洛普：一切你和艾达的事呀，傻瓜。

迪基：[非常傲慢地] 佩内洛普，你是想说你怀疑我……？

佩内洛普：[亲昵一笑] 亲爱的！

迪基：[突然警觉起来] 你都知道什么？

佩内洛普：一切。

　　　　[迪基倒抽一口凉气，紧张地看着佩内洛普。

佩内洛普：过去两个月里，看着你们两个，我真是被逗乐了。

迪基：逗乐了？

佩内洛普：天哪，这和戏剧一样精彩。

迪基：[完全不知所措] 你一直都知道吗？

佩内洛普：亲爱的，你没看到我使劲把你们俩往一块儿凑吗？

迪基：但是我向你保证，这里面没有一句真话。

佩内洛普：[好脾气地] 嘿，嘿，迪基！

迪基：可你为何什么都没说呢？

佩内洛普：我觉得这只会让你尴尬。我本来今天什么都不想说，但是你问我惊不惊讶的时候，我真的忍不住笑了出来。

迪基：你不生气吗？

佩内洛普：生气？气什么呢？

迪基：你不嫉妒吗？

佩内洛普：嫉妒？你肯定觉得我是个小傻瓜。

迪基：你把这事情当成理所当然？它把你逗乐了？它和戏剧一样精彩？

佩内洛普：亲爱的，我们结婚五年啦。都过了这么久了，还觉得天下没有不散的宴席真是太可笑了。

迪基：哦，是吗？我没注意到那个事实。

佩内洛普：这整件事对我而言无足轻重。想到你开心，我也很高兴。

迪基：[勃然大怒] 嘿，佩内洛普，这简直是奇耻大辱。

佩内洛普：噢，亲爱的，别夸张呀。这就是个无伤大雅的小错。

迪基：我说的不是我的行为，而是你的。

佩内洛普：我的吗？

迪基：是的，我称它是可耻的。

佩内洛普：[相当失望] 我觉得我非常有分寸呀。

迪基：狡辩。你真的完全没有一点体面感。

佩内洛普：亲爱的，我可什么事都没做哦。

迪基：问题就在这里。你应该做点什么。你应该大吵大闹；你应该发脾气；你应该要和我离婚。可你就只是坐在那儿，让事情继续，就像根本没有什么事情！真是太荒谬了。

佩内洛普：我真是非常抱歉。要是我知道你想让我大吵一架，我一定会的，但是这似乎真的不值得大惊小怪呀。

迪基：我就没听过这么冷漠、这么无情、这么自私的事情。

佩内洛普：你可真难取悦呀。

迪基：可你都没注意到我对你很不好吗。

佩内洛普：哎呀，不是的，你一直是最好、最体贴的丈夫啦。

迪基：不。我是个坏丈夫。我有足够的勇气承认。佩内洛普，我想重新开始；我会放弃艾达。我向你保证，我再也不见她了。

佩内洛普：亲爱的，你为什么让她承受不必要的痛苦呢？她毕竟也是我的一个老朋友。我觉得至少我是希望你能善待她的。

迪基：你是想说，你想要这件事继续吗？

佩内洛普：这个安排适合我们三个人。这件事让你开心，艾达也有人约，而我也得到了很多条新裙子。

迪基：裙子？

佩内洛普：对啊，你知道的，我一直通过添置衣物来安慰我痛苦的心。

迪基：所以你愿意为了裙子牺牲我们所有的幸福啰。呵，我一直怀抱着毒蛇。我可能表现得像个十足的畜生，但是，该死，我确实知道什么是对的，什么是错的。我有道德感。

佩内洛普：似乎它已经替代了你的幽默感。

迪基：你知道这几个礼拜里，我一直深受懊悔的折磨吗？我每天都告诉自己，我对你很不体面。我没有一刻是开心的。我一直住在拉肢刑具上。

佩内洛普：这似乎对你的健康没造成什么严重的影响。

迪基：而你一直在暗自发笑。这不能再继续下去了。

佩内洛普：天哪，我不明白为什么不呢？

迪基：我们都误解对方了。我不是那种身处这样一个境地还满不在乎的男人。佩内洛普，我误解你了。我以为你喜欢我。

佩内洛普：我非常爱你。

迪基：那你展现爱的方式可真是好极了。

佩内洛普：那正是我认为爱你的方式呀。

迪基：你彻底伤害了我天性中善的一面。

佩内洛普：那你接下来准备做什么呢?

迪基：我准备做唯一一件可行的事情。分开。

佩内洛普：[听见大厅里的声音] 是爸爸妈妈。他们说过他们会回
　　来的。

迪基：我希望他们永远都不会发现你是个多么恶劣、残忍的女人。
　　这会使他们在白发苍苍的时候带着悲痛死去。

佩内洛普：可是，亲爱的，他们也知道全部的事情啊。

迪基：什么! 还有谁不知道吗?

佩内洛普：我们没告诉达文波特舅舅。他是个饱经世故的人，没什
　　么幽默感。

　　　　[佩顿进来通报格莱特利夫妇到了，然后出去。

佩顿：格莱特利教授、格莱特利夫人到。

　　　　[格莱特利夫妇进来。

佩内洛普：[亲吻格莱特利夫人] 嗨，妈妈……爸爸，迪基想要和我
　　分开，因为我不想离婚。

格莱特利：那听上去很不合逻辑。

格莱特利夫人：发生了什么呀?

佩内洛普：什么也没发生。我不明白迪基为什么这么生气。

迪基：[愤怒地] 什么事也没有!

佩内洛普：我本来没打算说这件事的，但是迪基发现我们都知道他
　　的风流韵事啦。

格莱特利：亲爱的，你真是太笨了! 男人喜欢在这些事情上面瞒着
　　妻子。

迪基：你们知道佩内洛普对于这件事的态度吗？

格莱特利：她没有大吵大闹吗？

迪基：就是那样。任何有感情的女人都会大吵大闹。她肯定有什么
地方大错特错，不然她会流泪、跺脚、扯头发的。

格莱特利：[温和地] 噢，亲爱的孩子，你是不是夸大其词了呢？

迪基：我没有任何借口。

格莱特利：这就是件小事啊。如果佩内洛普严肃对待了，这表明她
非常需要幽默感。

迪基：你是想说，你赞成佩内洛普啰？

格莱特利：亲爱的孩子啊，我们生活在二十世纪啦。

迪基：噢！格莱特利夫人，您一直把时间花在感化异教徒上面。您
不觉得您自己的家庭需要一点您的关心吗？

　　　　[佩内洛普偷偷地朝格莱特利夫人做了个鬼脸，让她将这场
争吵继续下去，而这一切迪基都没有看到。

格莱特利夫人：我长期和野蛮的种族打交道，这让我得出了一个结
论：男人天生就是一夫多妻制的动物。

迪基：我糊涂了。

格莱特利夫人：我承认，听到她是个已婚女人，我就放心了。这似
乎让这件事变得更加值得尊重。

迪基：在我看来，我是这里唯一一个有道德感的人。

佩内洛普：迪基，亲爱的，我没有和警察有过暧昧关系哦。

迪基：我倒希望你有。我不会像这样对待你的。

佩内洛普：我想过，可是我不喜欢他胡子的颜色。

迪基：我知道我有错。我表现得像个十足的畜生。

佩内洛普：噢，胡说。

迪基：佩内洛普，别反驳。我真是羞愧难当。

格莱特利夫人：算了，算了。

迪基：我再说一次，我没有什么借口。

格莱特利夫人：可怜的孩子，他真是自责极了。

迪基：我没法解释，但是，天哪，我有道德感，我告诉你们所有人，我很生气。你们正在摧毁社会的根基。不管我做了什么，我对家庭的神圣和家庭生活的尊重比你们几个人加起来都要多。

　　　　[迪基冲向门边，又停了下来，回过身朝他们挥舞拳头。

迪基：道德感。那就是我有的东西。

　　　　[迪基出去，把他身后的门甩上。

佩内洛普：[大笑] 可怜的宝贝儿。

格莱特利：到底是什么让你全部说了出来啊?

佩内洛普：她今天来了，我看得出，迪基受够她了……妈妈，您刚刚表现得就像爱情片里的女主角。

格莱特利夫人：我永远不会原谅自己说了刚刚你让我说的那些可怕的话。

佩内洛普：哎呀，才不呢，妈妈，您会的。在下一个四旬斋期间 ① 多禁食一天就行了。这对您的心灵和身材都好。

格莱特利夫人：佩内洛普!

佩内洛普：[转向格莱特利] 我突然觉得那一刻到来了。

格莱特利：保重。

　　　　[迪基突然冲进房间。

迪基：喂，大厅里这两个该死的女人在做什么?

佩内洛普：什么女人? 哦，我知道了…… [她走向门边] 请进来吧。她们是弗朗索瓦丝店里的。就是那家经营女装的店。

　　　　[两个女孩进屋，手上提着满满的帽盒。

---

① 复活节前一个为期 40 天的大斋期。斋期里，人们禁止娱乐，禁食肉食，反省、忏悔以纪念复活节前 3 天遭难的耶稣。

佩内洛普：你说过，你去巴黎，我可以买一两顶帽子安慰自己。

格莱特利夫人：迪基，你真是体贴啊。这表明了你不自私。

　　　　[佩内洛普对母亲又做了一次鬼脸。

格莱特利夫人：查尔斯，你从来没让我自由地买过帽子哦。

格莱特利：另一方面，我也没有自己一个人去巴黎来上一次小旅行
　　呀，亲爱的。

格莱特利夫人：有些女人的丈夫就是这么幸运。

　　　　[与此同时，两个女孩将帽子拿出来，佩内洛普戴上一顶。
她非常开心。

佩内洛普：噢，这不是梦吗？[看着另一顶帽子]噢！噢！你们见
　　过这么可爱的玩意儿吗？迪基，你真好。你要去巴黎了，我真
　　开心。

迪基：[生气地]我不去巴黎了。

佩内洛普：什么！

迪基：把这些帽子全拿走。

佩内洛普：可麦克夫人呢？

迪基：麦克夫人可以下地狱了。

　　　　[迪基抓起电话。

迪基：喂，喂。拨爵禄街1234。告诉弗尔格森太太，麦克夫人旧病
　　复发，今晚去不了巴黎了。

　　　　　　　　　　　　　　　　　　第二幕终

第三幕

场景：佩内洛普的卧室。卧房布置得很漂亮，墙上贴着颜色鲜亮的印花壁纸，房内摆着秋季花卉，还缀着叶子，生气盎然。卧室里还有一大面镜子。这是一间适合居住的屋子，书和杂志三三两两地散落着。迪基的照片也是随处可见。

佩儿身穿精美的衣服独自站在房中央。她看着镜子里的自己，向右转了转身，脸上挂着满意的微笑。她精心打扮了一番。突然她看到一些不太喜欢的东西；她轻轻皱了皱眉，然后朝镜子扮了个鬼脸，又庄重严肃地行了一个屈膝礼，还愉悦地向自己送了一个飞吻。

佩顿进来，后面跟着格莱特利夫妇。

佩顿：格莱特利教授，格莱特利夫人到。

佩内洛普：[伸出双臂] 噢，我的好妈妈!

格莱特利夫人：[气喘吁吁] 我这辈子就没爬过这么多层楼梯。

佩内洛普：我让佩顿把你们带这儿来，这样就没人会来打扰我们了。

[夸张的姿势] 我高贵的爸爸!

格莱特利：我的小宝贝!

格莱特利夫人：佩儿，不要这么淘气了。

佩内洛普：坐下吧妈妈，喘口气，因为我马上又要让您喘不上气了。

格莱特利夫人：那现在缓的这口气也没什么用。

佩内洛普：迪基是爱我的。

格莱特利夫人：就这?

佩内洛普：可这难道不是这世上最惊喜、最美妙、最完美的事了吗？我现在开心得快疯了。

格莱特利：但是他已经和你这么说了？

佩内洛普：噢不，还没呢，我们此刻在冷战中。

格莱特利：啊，我猜你们是在用哑剧表达互相的喜爱。

佩内洛普：昨晚你们走后他马上就出门了，过了夜里十二点才回来。我听到他站在我房门口，就蜷缩在被子里假装睡着了，但是我故意把一只手随意地露在外面。接着他轻轻敲了敲门，因为我没有应声，他就踮着脚悄悄进来了，然后他望着我的样子就像——就好像要把我吃了。

格莱特利：佩内洛普，你在编故事。你究竟怎么知道那件事情的？

佩内洛普：[手指着后脑勺] 我通过我的后脑勺看的——在那儿呢。然后他弯下腰，用嘴唇碰了我的手。[向格莱特利伸出那只手] 看，这就是他吻过的地方——就在关节这儿。

格莱特利：[严肃地看着佩内洛普的手] 似乎没留下痕迹。

佩内洛普：别说傻话了。然后他又轻轻地出去了，昨晚是我这一个月以来睡得最好的一觉。今天早上我在床上吃的早餐，我起床的时候他已经出门了。

格莱特利夫人：你今天还没见过他？

佩内洛普：还没有，他没回来吃午餐。

格莱特利夫人：查尔斯，我要谢谢你，你从来没有通过躲我来表达你对我强烈的爱。

佩内洛普：但是亲爱的妈妈，事情很简单。迪基确实很暴躁，我把他耍得团团转，他很讨厌这样。但是，天呐！我们在一起都五年了，我知道伤他自尊之后该怎么办。我会给他一个台阶下，然后我们就能投入彼此的怀抱，重归于好了。

　　[格莱特利一直坐在桌子边，此刻抽了张纸，然后突然陷入

沉思并开始写东西。

格莱特利夫人：但是亲爱的，别浪费珍贵的时间了，赶紧这么做吧。

佩内洛普：不，我有更聪明的方法。我准备在艾达·弗尔格森彻底被抛弃前按兵不动。

格莱特利夫人：你看到她最近又做什么事了吗？

佩内洛普：没，不过我一直等着她来这儿。

格莱特利夫人：[倒抽一口气] 这儿？

佩内洛普：昨晚她打电话过来，说话 [模仿男人的语调] 压着嗓子，就像这样，她以为这样我就不知道是她了。她问迪基在不在家，我说不在家。[又模仿起男人的语调] 您能让他一回来就给麦克夫人回电吗？我说，噢！我想他一整晚都在麦克夫人那里，然后我就立马挂断了电话。今天早晨我还把听筒拿了下来，现在艾达一定快气疯了。

　　[佩内洛普看了格莱特利一眼，起身去看他在写点什么。

佩内洛普：[猛敲桌子] 爸爸，二加二不等于五。

格莱特利：亲爱的，我从来没说过等于五。

佩内洛普：那您为什么这么写下来？

格莱特利：女儿，似乎是你认为二加二等于五；我真是为你的聪明感到骄傲。

佩内洛普：妈妈，如果您一定要给孩子找一个父亲的话，我希望您找个不要这么气人的。

　　[格莱特利没有回答，但是安静地将两个二相加，佩内洛普看了他一会儿。

佩内洛普：爸爸，您觉得我是个十足的傻瓜吗？

格莱特利：是的。

佩内洛普：为什么？

格莱特利：你又开始为迪基每餐准备草莓冰激凌了。

[佩内洛普起身，坐到了格莱特利的正对面。她拿走了他手中的笔。

佩内洛普：爸爸，把纸也放下，和我好好说说。

格莱特利：[双手交叠，靠向椅背] 现在你丈夫回心转意了，你打算怎么留住他的爱？

佩内洛普：[点头微笑] 我不要再表露爱意让他感到厌烦了，我也不会再逼问他爱不爱我了。他出门，我也不会再强求他告诉我什么时候回来了。

格莱特利：[沉着地] 那如果下一次还有风流少妇向他投怀送抱呢？

佩内洛普：[一想到这就非常生气] 我希望他会识趣地躲开。

格莱特利：[反对地耸肩] 你母亲对异教徒特别了解，她也已经告诉你了，男人本质上就是一夫多妻的动物。

格莱特利夫人：我永远都不会原谅我自己。

佩内洛普：所以是要我期待着迪基会继续和五六个不同的女人调情是吗？

格莱特利：解决的办法只有一个。

佩内洛普：什么办法？

格莱特利：让你自己成为那五六个女人。

佩内洛普：这听着会让人筋疲力尽。

格莱特利：记住，男人本质上是猎人。但是你一直对他投怀送抱，他还怎么捕猎呢？就连母鸡也会让公鸡好一通穷追。

[佩内洛普越过爸爸，看看妈妈。她轻轻地叹了口气。

佩内洛普：让我爱他、崇拜他、听他的话很容易，我也很乐意这么做。可我没想过我应该警惕自己的感情。

格莱特利：我们所有人都追求幸福，可如果幸福像个穷亲戚一样赖着我们，那会是什么样的幸福呢？

佩内洛普：[点头] 就像早餐吃草莓冰激凌，午餐吃草莓冰激凌，下午茶还吃草莓冰激凌。

格莱特利：在墙上挂一幅伦勃朗 ① 的珍贵画作，一个礼拜之内，你经过时看也不会看它一眼。

佩内洛普：［不赞成地伸手］爸爸，别用比喻讽刺我。

格莱特利：［微笑］好吧孩子，你让你的爱变得太廉价了。你应该让你丈夫来乞求它，现在你的爱就像是市场上的滞销商品。你应该一点点地去施舍。让自己成为一座堡垒，一座需要每天都去攻占的堡垒。永远不要让男人知道你全心全意地爱着他。你要始终让他觉得你的灵魂深处蕴藏着他无法触及的天价之宝。

佩内洛普：所以我必须得时时刻刻掌握好那个分寸吗？

格莱特利：聪明女人永远不会让丈夫看清自己。男人一看清女人——［耸肩］丘比特戴上高顶礼帽就成了教会执事。

佩内洛普：［深沉地］您觉得这值得吗？

格莱特利：那只有你自己能回答这个问题。

佩内洛普：我想您的意思是这取决于我爱迪基有多深。［停顿。颤抖地］我全心全意地爱他，只要能留住他的爱，我做什么都是值得的。［佩内洛普托腮，直直地盯着前方。她的声音染上了哭腔］可是爸爸，为什么我们不能回到最开始的时候呢？那时我们爱着对方，没有猜忌和怀疑。那才是真爱。为什么真爱不能永恒呢？

格莱特利：［慈爱地］亲爱的，因为你和迪基是女人和男人。

佩内洛普：［故态复萌］可是我的朋友们也有丈夫，他们就不会和遇到的女人调情，不会在外面拈花惹草。

格莱特利：这是一个两难局。她们为此付出的代价就是彼此厌腻。

———————————

① 伦勃朗（1606—1669），欧洲 17 世纪最伟大的画家之一，也是荷兰历史上最伟大的画家。

你是愿意像其他夫妻一样波澜不惊、互不关心，还是愿意承受一点点麻烦，保持一点点头脑，好让迪基至死不渝地爱着你呢？

佩内洛普：［调皮地眨眨眼］您和妈妈都没相看两生厌呢。

格莱特利：你的好妈妈二十年来都对我不忠。

格莱特利夫人：查尔斯！

格莱特利：她和助理牧师协会有一腿，和英国教会传道会有着私密关系。还和基督科学教会眉来眼去，也向顺势疗法 ① 暗送秋波，此外，素食主义是她的伴侣，这让她有了标致身材，我怎么能不倾慕一个这么堕落的女人呢？

格莱特利夫人：［幽默地］查尔斯，你这样数落我真是太坏了，这么多年来你自己不也一直在研究自己的代数后宫吗？

佩内洛普：［抬起手假装很惊讶］我真是没想到我父母居然这么不道德。

格莱特利：［拍了拍妻子的手］亲爱的，我们是幸运的，我们结婚有二十年了⋯⋯

佩内洛普：［打断］爸爸，是四分之一个世纪，我真的不能假装自己没到二十四岁。

格莱特利：［对妻子］我们相处得很好，对吗？

格莱特利夫人：［深情地］查尔斯，你一直对我很好，亲爱的。

格莱特利：我们一起披荆斩棘⋯⋯

佩内洛普：嘘！嘘！嘘！我不允许父母当着我的面调情。我就没听说过这种事。

格莱特利：我们向你道歉。

---

① 替代医学的一种。顺势疗法的理论基础是"同样的制剂治疗同类疾病"，意思是为了治疗某种疾病，需要使用一种能够在健康人中产生相同症状的药剂。

佩内洛普：［听到声音］听，是迪基回来了。爸爸，快说——我该做
  什么，他才能永远爱我？

格莱特利：简单，别让他如意。

佩内洛普：［沮丧地］要是您能知道我有多想抱住他并且忘掉那些糟
  心事就好了。

格莱特利：别这么做，而是要告诉他你要汽车旅行。

佩内洛普：［脸色下沉］假如他让我去呢？

格莱特利：孩子，仁慈的老天爷给了你一双慧眼和一张巧嘴。你要
  用起来。

格莱特利夫人：查尔斯，你要是重新回去研究数学，我会很感激的。
  那个贱人已经很不道德了，你不能把事情搅得更糟。

佩内洛普：事实就是，爸爸，作为孩子人生路上的指引，您的观念
  的确很超前。

格莱特利：［姿势夸张的动作］你这孩子真是忘恩负义！我像鹈鹕鸟
  一样，把自己的一片真心奉上。①

  ［迪基进屋，有点儿尴尬和不自在。

迪基：我能进来吗？

佩内洛普：可以，进来吧！

迪基：［朝格莱特利夫妇点头］你们好。

格莱特利：［对妻子］准备好了吗？

格莱特利夫人：［起身］好了。

迪基：希望不是我把你们赶走了。

格莱特利：哦不，没有，我们刚来十分钟，就和佩内洛普告个别。

  ［迪基对此非常困惑，快速看了眼佩内洛普。

迪基：你们……？［他没继续说下去］

---

① 传说，鹈鹕母亲会刺穿自己的胸膛，用自己的血来拯救孩子。

422

格莱特利：亲爱的，玩得开心点。

佩内洛普：好的，一定。

格莱特利夫人：亲爱的，再见。

佩内洛普：[亲吻母亲] 再见。

　　　　　[按铃。

格莱特利：我们自己可以出去。不用麻烦佩顿了。

佩内洛普：我有事和佩顿说。

格莱特利：好的，我明白了。[朝迪基点头] 再见。

　　　　　[格莱特利夫妇出去。佩内洛普微微一笑，然后躺在沙发
　　　　上，拿起一本杂志。她都没看一眼迪基。迪基斜着眼偷偷瞄她，
　　　　在镜子前整理领带。佩顿进屋。

佩内洛普：[从杂志中抬头] 佩顿，你可以帮我把一些东西打包进医
　　　　生的小皮箱了。把我那件绿色的绸缎放进去。

佩顿：好的，夫人。

佩内洛普：半小时之内叫辆车。

佩顿：好的，夫人。

　　　　　[退场。

迪基：你要走吗？

佩内洛普：对啊，我没告诉你吗？

迪基：[呆板地] 没有。

佩内洛普：我真蠢！我本来想着你和艾达要在巴黎待上两三天，所
　　　　以也安排了去康沃尔 ① 的汽车旅行，和亨德森夫妇一起。

迪基：可我为了不惹你生气，没去巴黎。

佩内洛普：[微笑] 你去巴黎根本不会惹我生气，亲爱的。

迪基：你应该生气的。

――――――――――――――

① 英国英格兰西南端的郡。

佩内洛普：不管怎么样，恐怕我都不能不赴亨德森夫妇的约。他们
　　　特地去做了一张小方桌，这样我们晚上就可以打桥牌了。

　　　　[迪基走向佩儿，在她身边坐下。

迪基：佩儿，听着，我们和好吧。

佩内洛普：[非常愉悦] 可是我们并没有吵架呀，我们吵了吗？

迪基：[微笑] 我真不知道是该打你还是该抱你。

佩内洛普：如果我是你的话，我什么都不会做。

迪基：[握着佩内洛普的手] 佩儿，我们好好谈谈。

佩内洛普：[挣脱开，看了一眼钟] 你有时间吗？

迪基：你究竟什么意思？

佩内洛普：平常这个时间你都要去麦克夫人那儿了。

　　　　[迪基起身，在房内踱步。

迪基：[坚决地] 麦克夫人已经去世了。

佩内洛普：[从沙发上跳起来] 去世了！葬礼什么时候？

迪基：日子还没定。

佩内洛普：好吧，那你现在可以发账单了。

迪基：[忐忑地] 佩儿，从来就没有麦克夫人这个人。

佩内洛普：[微笑] 亲爱的，我知道。

迪基：什么！

　　　　[佩内洛普咯咯笑。

迪基：所以你一开始就知道是我编造的？

佩内洛普：你出去约会能编这么一个冠冕堂皇的理由，真是贴心。

迪基：这么说，你以我可以挣一大笔钱为理由，买了那些东西，其
　　　实是在逗我。

佩内洛普：[微笑] 好吧……

　　　　[迪基突然放声大笑。

迪基：[平静之后] 我说，你赢了。我的天哪，你真是一个了不得的

424

小女人。我真不知道当初看上了艾达·弗尔格森哪一点。

佩内洛普：但是我觉得她很有魅力。

迪基：胡扯！你什么都不知道。要是你能知道她把我的生活搞成什么样就好了！

佩内洛普：我想她经常问你是不是真的爱她。

迪基：一天十次。

佩内洛普：你走之前，她是不是想要知道你下次再来的确切时间？

迪基：你怎么知道？

佩内洛普：我猜的。

迪基：[走向她，就好像要拥她入怀] 噢，佩儿，忘了这一切，原谅我吧。

佩内洛普：[躲开] 亲爱的，没什么需要原谅的。

迪基：[走向她] 我猜你是想让我低头服输……我是个混蛋。我真的错了，我以后再也不会了。

佩内洛普：[状似无意地躲开] 我想这游戏得不偿失。

迪基：[试图打断她] 别说了。

佩内洛普：[不让迪基碰到自己] 我以为你们俩逍遥自在。

迪基：我是真的十分愧疚。

佩内洛普：这就是女人比男人有优势的地方了。女人只有身材变形，容颜不再时才会内疚。

迪基：[停住] 我说，你为什么要在房间里以奇怪的方式绕着圈？

佩内洛普：我还以为我们在玩老鹰抓小鸡呢。

迪基：佩儿，不要这样。你知道你是爱我的，我也很爱你……我不能再做什么了。

佩内洛普：那你想让我做什么呢？

迪基：我想你吻我，和我和好。

佩内洛普：[相当和蔼地] 你是不是有点太心急了？

迪基：我猜你正想着艾达·弗尔格森？

佩内洛普：我承认我没有完全忘记她。

迪基：让艾达·弗尔格森见鬼去吧！

佩内洛普：这个惩罚就太严重了。毕竟，她什么都没做，只是臣服于你那致命的魅力。

迪基：对，全怪我。就好像这种事一直是男人主动的一样！我再也不要见到她了。

佩内洛普：你真善变。

迪基：[热切地走向她] 我不会再变了。我得到了教训，以后我都好好的。

佩内洛普：[在两人中间放了把椅子] 不管怎样，你在开始一段新关系之前不应该先斩断旧情吗？

迪基：对，可我需要你的帮助。

佩内洛普：你不会是想让我去和艾达·弗尔格森说你不爱她了吧？

迪基：自己去说真的太尴尬了。

佩内洛普：我能想象，脾气最好的女人也会觉得冒犯。

迪基：你不能帮我出点主意，解决这个难题吗？

佩内洛普：[耸肩] 亲爱的，自从阿里阿德涅 ① 之后，抚慰一个被抛弃的少女只有唯一一个令人满意的方法。

迪基：[跳起来] 达文波特舅舅！

佩内洛普：舅舅怎么了？

迪基：他昨天说艾达是个魔鬼般的漂亮女人。

佩内洛普：哦不，不要，迪基，我不会允许你牺牲我唯一的舅舅。

迪基：我就给舅舅打电话，告诉他艾达没去巴黎。

---

① 希腊神话中的人物，克里特国王之女，帮助雅典王子忒修斯杀死怪物米诺陶，后被忒修斯抛弃，悲痛欲绝，幸而酒神狄俄尼索斯现身抚慰，转而与之相爱。

426

佩内洛普：迪基，不行！不要！不可以！

迪基：[站在电话前] 拨梅费尔 ①7521。我向你保证，舅舅不会有事的。在他们更进一步以前，我们就告诉他，她不是兰迪德诺的琼斯小姐，而是诺丁山门 ② 的琼斯。

佩内洛普：[咯咯笑] 你做的事可不太厚道。

迪基：我知道不好。我以后会自责的。

佩内洛普：依然是发扬你的道德感。

迪基：你好，我能和巴洛先生说话吗？达文波特舅舅，是您吗？不，我最后没去巴黎。[朝佩内洛普眨眨眼] 麦克夫人突然旧病复发，动弹不得。没有，弗尔格森太太也没去。

　　　　[佩顿进来。

佩顿：夫人，弗尔格森太太现在在客厅。

迪基：[对着电话说] 什么！等我半分钟！别挂！

佩内洛普：我等了她一下午。问问她介不介意来这儿。

佩顿：好的，夫人。

　　　　[退场。

迪基：还是没逃过去。[对着电话] 嗨。您为什么不来拜访呢？弗尔格森太太现在过来看望佩儿，您可以晚一点再准备午宴……好吧。再见……我准备逃跑了。

佩内洛普：你真是个懦夫！

迪基：[假装严肃] 佩内洛普，我不是懦夫。我两分钟之后就回来。但是我现在有点渴，我要去喝点白兰地和苏打水。

　　　　[他弯下腰轻吻佩内洛普，但她躲开了。

迪基：该死，你没必要连一个吻也不愿意给我。

---

① 伦敦西部的富人区。
② 位于伦敦郊区。

佩内洛普：[微笑] 等你处理好和那个女人的关系之后吧，亲爱的。

迪基：男人连自己的老婆都抱不了，真是让人有点郁闷。

佩内洛普：你表现好之后自然就会有了。

迪基：她要进来了。还好这房间有两扇门，真是谢天谢地！

　　　[迪基出去。佩内洛普起身照照镜子，整理一绺散落的头发，然后往鼻子上扑了点粉。艾达·弗尔格森进屋。

佩内洛普：[热情地亲吻她] 亲爱的……希望在这里说话你不会介意。

弗尔格森太太：当然不介意。我喜欢这间房间。我一直觉得这儿就是能坦诚谈心的地方。

佩内洛普：你今天打扮得真好看呀！

弗尔格森太太：你喜欢我的裙子吗？

佩内洛普：我一直觉得这条裙子很配你。

弗尔格森太太：[尖刻地] 这条裙子是我第一次穿。

佩内洛普：是吗？那应该是看到别人穿过。

弗尔格森太太：亲爱的，你是不是觉得我来这儿是有什么重要的事？

佩内洛普：我和迪基都很高兴你来。

弗尔格森太太：奥法雷尔医生在家吗？我想问问他昨天给我开的药。

佩内洛普：不要告诉我你是来找迪基的，我还希望你是来找我的。

弗尔格森太太：我想要一箭双雕。

佩内洛普：那技法总能让人感到满足。

弗尔格森太太：你刚才有没有说奥法雷尔医生在不在家？我忘了。

佩内洛普：你是唯一一个认识他很久，还不叫他迪基的人。

弗尔格森太太：叫他奥法雷尔医生才能显示出我对他医术的信任嘛。

佩内洛普：我生病不会找他。我都是去看罗杰斯医生。

弗尔格森太太：亲爱的，你身体看上去相当健康。

佩内洛普：噢，我只是勉力活下去，这样能省一笔葬礼的费用。

弗尔格森太太：奥法雷尔医生身体还好吗？

佩内洛普：他很疲劳。

弗尔格森太太：[想知道为什么] 哦？

佩内洛普：

　　　　[稍稍停顿。

弗尔格森太太：医生什么时候到家你也不知道吧？

佩内洛普：我不知道他出门了。

弗尔格森太太：什么？我以为你刚说他出门了。

佩内洛普：没有。

弗尔格森太太：那一定是我理解错了。

佩内洛普：他现在应该还躺着休息。他昨天半夜十二点还在可怜的
　　麦克夫人那儿呢。

弗尔格森太太：[略吃一惊] 是吗？

佩内洛普：本来她都快痊愈了，现在又复发，真是太可怜了。

弗尔格森太太：[困惑，但是没表现出来] 我说不出我有多悲伤。

佩内洛普：你都已经做好准备去巴黎了，现在这样肯定给你造成了
　　极大的不便。

弗尔格森太太：噢，我从来没想过自己方便不方便。

佩内洛普：迪基对你大加赞赏，他说你把麦克太太照顾得很好。

弗尔格森太太：我觉得在生活中，我们应该尽力帮助别人。我只是
　　做了我该做的。

佩内洛普：我们没多少人能做到你这样。

弗尔格森太太：我一想到自己的丈夫在外国英勇地服务着他的国家，
　　我就觉得帮助别人义不容辞。

　　　　[佩内洛普若有所思地眨了眨眼。

佩内洛普：最后你也在那里吗？

弗尔格森太太：［震惊地］什么最后？

佩内洛普：你该不是说你不知道吧？

弗尔格森太太：佩内洛普，我一点都不知道你在说什么。

佩内洛普：可迪基一整个上午都和麦克夫人待在一起。

弗尔格森太太：荒谬。

佩内洛普：我以为他们叫你去了。

弗尔格森太太：可……

    ［弗尔格森太太又气又惊，说不出话来。

佩内洛普：所以你是真的不知道喽？

弗尔格森太太：［绝望地］我一无所知。

佩内洛普：我可怜的艾达呀，我真不知要不要告诉你这个噩耗。麦克夫人她——去世了。

弗尔格森太太：去世了！

佩内洛普：她死在迪基的怀里，去世前还感谢着他为她做的一切。

弗尔格森太太：不可能！

佩内洛普：你这么说我并不感到奇怪，她一两天前还很有活力……亲爱的，坐下说。你很难过。你很爱她，对不对？

弗尔格森太太：去世了！

佩内洛普：为什么不好好哭一场呢？是找不到手帕了吗？拿着。很令人悲伤吧？毕竟你为她做了这么多。

    ［弗尔格森太太拿手帕拭去眼泪。

弗尔格森太太：［强装镇定］真是晴天霹雳。

佩内洛普：我知道，我理解你，亲爱的。迪基很尊重她。他说他从来没遇见过这样的病人。［把手帕拿过来，擦着自己的眼睛］她现在走了，走时脸上挂着安详的微笑，还喃喃着丈夫的名字。迪基非常感动，他一点饭都吃不下，可怜的孩子啊。哦对了，我们就要有一辆新的电动敞篷车了。

[迪基进来，在门口停了一会儿，因为他看到了里面的人都在哭。

迪基：怎么了？

佩内洛普：[啜泣] 我把那件事告诉艾达了。

迪基：哪件事？

佩内洛普：她还不知道麦克夫人已经——不在了。

弗尔格森太太：[尽力隐藏内心的怒火和困惑] 我确实不知道！

佩内洛普：迪基，你应该告诉艾达的。她想着——送麦克夫人最后一程的。

迪基：我不想告诉你。

弗尔格森太太：您真是太体贴了。

佩内洛普：我就知道是那样。迪基一向心善。

弗尔格森太太：[克制着怒火] 我早就注意到这一点了。

佩内洛普：[对丈夫] 你很喜欢麦克夫人吧？

迪基：我把她当作我真正的朋友。

佩内洛普：亲爱的，我刚刚告诉艾达，麦克夫人是在你怀里咽气的。

迪基：嗯，走时脸上挂着安详的微笑。

佩内洛普：我刚刚也这么说的。她还喃喃了几声她丈夫的名字，她丈夫都死了四十多年啦。迪基，她丈夫叫什么来着？

迪基：亲爱的，叫沃克。

佩内洛普：再和艾达多说一点，她想听细节。

迪基：麦克夫人让你别忘了她。她也表达了对你丈夫的敬意。

佩内洛普：麦克夫人似乎考虑到了所有的事情。迪基，你一定要去参加葬礼。

迪基：会去的；我是要去吊唁一下。

佩内洛普：[对弗尔格森太太] 亲爱的，要喝点雪利酒吗？你现在脸色差极了。

弗尔格森太太：这消息——这消息真的太突然了。

佩内洛普：实话和你说，我昨晚就料到麦克夫人可能要不行了。但是你现在的心情我是理解的。

弗尔格森太太：谢谢你理解我。

佩内洛普：我要去喝点雪利酒。

迪基：别，我帮你去拿吧。

佩内洛普：不用了亲爱的，你在这儿陪着艾达吧。安慰人你还是有一套的。

迪基：［走开］像这样的情况，女人陪着女人比较好。

佩内洛普：［不让迪基走］不，你知道该说点什么。我永远都记得我们上一任厨师辞职时你安慰得有多暖心。

　　　　　［佩内洛普出去，弗尔格森太太跳了起来。

弗尔格森太太：快说！

迪基：天哪！你吓了我一跳。

弗尔格森太太：这一切到底是什么意思？

迪基：意思是麦克夫人和我们所有人都一样，终将死亡。葬礼是后天，在肯萨尔格林举办，作为她的朋友我只收到了这个消息。

弗尔格森太太：麦克夫人怎么会死？我们都知道根本没有这个人。

迪基：天哪！我都要开始犯嘀咕了。我提起她的次数这么多，多到让我觉得她就是真实存在的——比我的银行流水还真。我都能在《柳叶刀》上发表一篇治疗麦克夫人的精彩论文了。

弗尔格森太太：［愤怒地］天哪！

迪基：现在，这位可怜的老太太真的遭了很多罪。她做了一次又一次的手术。活着也没什么意义了。她注定是要死的。我觉得这样也不失为一种解脱。

弗尔格森太太：你昨晚在哪里？

迪基：我在麦克夫人家——哦，当然没有，我不在那儿。这话自然而然就脱口而出了。我很抱歉。

弗尔格森太太：你怎么能对我睁着眼睛说瞎话？

迪基：我也不知道。我想已经习惯成自然了。

弗尔格森太太：我建议你把瞎话留给佩内洛普。

迪基：这么说，你觉得说瞎话也没啥大不了的咯？

弗尔格森太太：她是你老婆，这不一样。

迪基：我懂了。

弗尔格森太太：我懂了是什么意思？

迪基：这就是我现在能想到的唯一回答。

弗尔格森太太：可我很肯定你话里有话。

　　　[佩顿进来，手中托着托盘，上面有两只酒杯和一瓶酒。迪基和弗尔格森太太在她出去前都没说话。

迪基：要来杯雪利酒吗？

弗尔格森太太：不用了。

迪基：你不介意的话，我要来一杯。[迪基给自己倒了一杯酒] 我觉得雪利酒又开始流行起来了。

弗尔格森太太：是吗？

迪基：我总是能让自己苦中作乐。

　　　[迪基喝了一杯雪利酒，借酒壮胆。

迪基：听着，我有些不中听的话要和你说。你肯定会觉得我是个彻头彻尾的混蛋，但是我必须要说。[弗尔格森太太一言不发，短暂的停顿后迪基继续说] 我不适合搞阴谋诡计。这些瞎话让我非常不舒服。我不想让自己觉得我对佩内洛普不好。[又一停顿] 我把实话全说了吧。我发现自己深深爱着佩内洛普。

弗尔格森太太：[平静地] 还有呢？

迪基：[非常惊讶] 就这些。

弗尔格森太太：你为什么会觉得我会对这些话感兴趣？

迪基：[相当尴尬] 我以为——呃……

      [弗尔格森太太突然大笑。迪基非常吃惊，诧异地看着她。

弗尔格森太太：你不会以为我爱过你吧？

迪基：[试着想明白] 不，不，要是男人觉得女人爱上了他，那他就是个自以为是的混球。

弗尔格森太太：我第一次见你的时候，你让我笑了，但是你很久都没让我笑了。

迪基：谢谢你能这么说。

弗尔格森太太：有人帮我做事的确很方便，我是个良家妇女，还……

迪基：你不了解你自己。

弗尔格森太太：上个月我烦透你了。我做的事件件都在告诉你，就差直接和你说了。

迪基：很抱歉我这么迟钝，到现在才知道。

弗尔格森太太：迟钝极了。

迪基：谢谢你不触及我的痛处。

弗尔格森太太：[亲切的笑容] 就像你说的，男人是"自以为是的混球"，我这样说你是不是有点粗鲁？

迪基：这样会让我们两个日后的相处正常一点。

弗尔格森太太：我们没有日后了。

迪基：那就没什么好说的了。

      [弗尔格森太太跑到门边，突然停住。

弗尔格森太太：佩内洛普现在还像我第一次见你时那样盲目爱着你吗？

迪基：我们非常相爱。

弗尔格森太太：我写给你的信你都怎么处理的？

迪基：按我们说好的处理的，我烧了。

弗尔格森太太：我没烧。我还留着你写的信。

迪基：我不敢奢望这些信能有这般妙趣。

弗尔格森太太：我觉得佩内洛普会觉得这些信非常精彩的。

迪基：那你怎么不给她看？

弗尔格森太太：如果你不反对，我想我会给她看的。

迪基：没用的，她早就知道了。

弗尔格森太太：[吃惊地回身] 你的意思不会是你已经告诉她了？

迪基：当然没有。

弗尔格森太太：嗯？

迪基：她一直都知道。

弗尔格森太太：知道什么？

迪基：一切。从头到尾的一切。

弗尔格森太太：[害怕地] 她怎么发现的？

迪基：天知道。

弗尔格森太太：这就是个陷阱！我早该想到她没有表面那么单纯。

她想利用我和你离婚。我丈夫知道这种事可忍不了。

迪基：即使是最深情的丈夫，这件事也会是他的底线。

弗尔格森太太：天呐，现在不是开玩笑的时候。

迪基：我没有。有意思的还没来呢。

弗尔格森太太：什么？

迪基：你无需对此感到不安。佩内洛普什么也不会做的。

弗尔格森太太：好吧，可是为什么……？

迪基：[耸肩] 因为她压根就不在乎。

弗尔格森太太：我不明白。

迪基：是吗？这很简单。这件事没什么大不了的。我享受到了快乐，佩内洛普也因此感到高兴。她真是不知道我享受到了多少快乐！她就把这件事看作是换——换换口味。

435

弗尔格森太太：[生气地] 天哪！天哪！天哪！所以她只是觉得你不过是在外面找刺激？

迪基：差不多就是这样。

弗尔格森太太：你最好尽快和她离婚。

迪基：我不会和她离婚的。

弗尔格森太太：真是奇耻大辱！佩内洛普居心叵测，我成了被她利用的一颗棋子。这件事真是太恶心了！我要的是浪漫的爱情。要是我早知道她不爱你的话，我连看都不会看你一眼。

迪基：这种事只有发生在别人身上才是浪漫的。当它发生在自己身上——呃，只能说恶心。

弗尔格森太太：[突然记起] 所以麦克夫人？

迪基：佩内洛普也知道。

弗尔格森太太：所以当她今天……？

迪基：陪你哭？她的眼泪应该和你的一样真。

弗尔格森太太：她诱导着我说了一件又一件事。

迪基：她成功地把我们两个耍得团团转。

弗尔格森太太：我现在拿什么脸面见她？

迪基：没事的。她会当做什么事也没发生。

弗尔格森太太：你真是一个傻子！你难道还不明白吗，她继续好言好语是因为她觉得自己比我漂亮，比我聪明，比我有魅力。她压根就不想花力气对付我，根本就是没把我放在眼里。

    [弗尔格森太太走到镜子面前，打量着自己。

弗尔格森太太：[生气地] 好一个换换口味。

    [门慢慢地开了，佩内洛普进屋。她换上了出门旅行的衣服。弗尔格森太太一看到她就立马倒抽一口凉气，赶忙将脸撇向一边。佩内洛普站了好一会儿，仔细地打量着他们两个人。迪基漫无目的地整理着桌上的东西。

佩内洛普：[微笑] 没有打扰你们吧?

迪基：呃……

佩内洛普：嗯?

迪基：没什么。

    [突然弗尔格森太太啜泣起来,跌坐在椅子上,双手掩面,泪水夺眶而出。佩内洛普惊讶地看了她一眼,立马走到她身边。她微微倾身,手搭在弗尔格森太太肩上。

佩内洛普：[柔和地] 怎么了? 怎么哭上了?

弗尔格森太太：[断断续续地] 我觉得自己太可笑了。

佩内洛普：[微微一笑,就像在和孩子对话] 没有,别哭了。

弗尔格森太太：我就是个十足的傻瓜。

佩内洛普：当小罪行被揭发的时候,不见邪恶,只显愚蠢,真是有些恼人啊。

弗尔格森太太：我无地自容。

佩内洛普：亲爱的,把眼泪擦擦吧。达文波特舅舅刚刚到了,他问你是不是能有幸和你共进双人午餐。

弗尔格森太太：[怀疑地] 他的心肠真好。我想和他谈谈心。

佩内洛普：你会发现卡尔顿饭店很适合。

弗尔格森太太：我的眼睛红吗?

佩内洛普：一点也不红。我去给你拿点粉。

    [佩内洛普从桌子上拿来粉盒,弗尔格森太太沉默地往鼻子上扑了点粉。

弗尔格森太太：我喜欢他。每次谈起勋爵夫人们,他都是叫她们的教名。

    [佩顿通报巴洛到了,然后出去。

佩顿：达文波特·巴洛先生到。

    [巴洛进来时,弗尔格森太太恢复往日的神情。

佩内洛普：[亲吻舅舅] 您好吗。

巴洛：[殷勤地走向弗尔格森太太] 这真是一个惊喜，我还以为您在巴黎呢。

弗尔格森太太：没有，可怜的麦克夫人突然病重。

巴洛：您没能去成，对于我而言是个好消息。

弗尔格森太太：您过誉了，可我现在就要离开伦敦了。

巴洛：这太突然了。你走了我们怎么办？

弗尔格森太太：这您就得怪奥法雷尔医生了。

迪基：[惊讶地] 我？

弗尔格森太太：他和我说，我身体已经可以适应外国的气候了，所以我现在一小时都不想离开我的丈夫。

巴洛：可他现在在外国服役呢。

弗尔格森太太：他现在在外面没有打仗，而且他在马耳他有一栋漂亮的房子。我明天就出发。

巴洛：这真是太糟糕了。您是准备直接过去吗？

弗尔格森太太：不，我会在巴黎待上一两天。

巴洛：真是太巧了！我正好明天一个人要去巴黎。

弗尔格森太太：那能麻烦您在路上照顾我一程吗？我就是个妇人，火车上我一个人真是力不从心。

巴洛：能照顾您是我的荣幸，或许我们还能在巴黎看一两场戏剧呢。

弗尔格森太太：好，但是您得保证您不会带我去任何危险的地方。

巴洛：哈哈哈。

弗尔格森太太：[对佩内洛普] 亲爱的，再见了。我们可能要有段时间见不着彼此了。

佩内洛普：再见。

　　　　[她们深情地亲吻着彼此。]

弗尔格森太太：[对迪基] 再见。如果您听到股市的好消息，就告诉

438

我。或许能弥补在约翰内斯堡和新耶路撒冷金矿上的损失。

迪基：好的。

弗尔格森太太：[对巴洛] 我叫了车停在楼下。您要搭车吗？

巴洛：好的，真是谢谢您。

      [弗尔格森太太向迪基点了点头，走了出去。

巴洛：[和佩内洛普握手] 真是迷人。真是位又时髦又周到的窈窕
    淑女。

佩内洛普：舅舅，您可不要乱来。

巴洛：亲爱的，我可是老实人，而且已经五十二岁了。

      [退场。

佩内洛普：[巴洛出门时] 我想这确实催生了柏拉图式恋爱。

迪基：[如释重负] 是嘛！[佩内洛普转向镜子调整帽子，迪基微笑
    着看着她] 怎么样？

佩内洛普：[假装惊讶] 什么？

迪基：你答应过要亲我的。

佩内洛普：我没答应。我答应的是允许你亲我。

迪基：[环抱住亲吻她] 你可真是个小魔鬼。

佩内洛普：好了吗？

迪基：还没。

佩内洛普：那恐怕你得等下次了，我叫了辆车，现在就等在门口，
    等一分钟就要两便士呢。

迪基：[后退] 你叫车做什么？

佩内洛普：[大笑] 这会让你冷静下来。

迪基：你不会是现在就要出发去做那该死的旅行吧？

佩内洛普：为什么不可以？

迪基：[又受伤又惊讶] 佩儿！

佩内洛普：[看腕表] 天哪，我已经迟到了。

迪基：［握住佩内洛普双手］不要逗我玩了。让那该死的旅行见鬼去。我们一起喝杯茶。让佩顿告诉他们你不在家。

佩内洛普：不好意思，要让你失望了，我不能失约。

迪基：你是认真的吗？

佩内洛普：非常认真。

迪基：可是，佩儿小宝贝，现在不一样了。你难道不知道我爱你吗？

佩内洛普：听到你这么说我很高兴。

迪基：你有什么想法吗？

佩内洛普：没什么想法。

迪基：［开始非常困惑］但是，佩儿小宝贝，冷静一下。我们是相爱的啊。

佩内洛普：［微微一笑］是什么让你觉得我爱你？

迪基：［惊恐地］你——你不爱我了？

佩内洛普：［严肃地］我——不再觉得你走出了这个门，我的世界就崩塌了。

迪基：什么！……你为什么不直说你讨厌我？

佩内洛普：这样说不对。我很喜欢你。

迪基：喜欢我！我不要你喜欢我。我要你爱我。

佩内洛普：我也希望这样。这样就可以省去许多麻烦。

迪基：我不明白。这是我这辈子听过最荒谬的事。我一直以为你深爱我。

佩内洛普：为什么？

迪基：因为我爱你。

佩内洛普：从什么时候开始的？

迪基：一贯如此，从始至终，至死不渝。

佩内洛普：有趣。

迪基：我知道自己犯了混。我一辈子都不会原谅自己的。你以为我很开心吗？你以为这段时间我很逍遥自在？一点也不开心……
你就不能原谅我吗？

佩内洛普：别胡说，我当然原谅你了。又不是什么大事。

迪基：[绝望的姿势] 我都被弄糊涂了。佩儿，我一直爱着你。我对
你的爱矢志不渝。

佩内洛普：亲爱的，你不用这样。我对这些一点也不感兴趣。

迪基：我真是个傻瓜！我早就应该知道你之所以对这件事这么冷静，
是因为你根本不在乎。女人遇到这种事不吵不闹，就只能说明
她不爱你……你以前爱过我吗？

佩内洛普：爱过。

迪基：你怎么能这么善变？我没想过你会这么对我。

　　　　[佩内洛普环顾四周，就像丢了什么。

迪基：你在找什么？

佩内洛普：我觉得你的幽默感丢了。我就看看能不能找回它。

迪基：我这么痛苦，还怎么幽默？

佩内洛普：[对他的用词感到吃惊] 痛苦？

迪基：下地狱般的折磨。我要你，我要你的爱。

　　　　[迪基没有看到佩内洛普的脸。她的脸上流露出悔恨的神
情，因为她给他带来了痛苦。佩内洛普朝迪基做了个手势，但
是很快克制住了自己。

佩内洛普：[讽刺的笑] 小可怜啊。

迪基：[生气地] 不要嘲笑我。

佩内洛普：我没有。对不起。

迪基：你以为我是要你的垂怜？

佩内洛普：很可惜。我似乎没能取悦你，我还是离开一个礼拜比
较好。

迪基：[站起身] 不，你不能走。

佩内洛普：[惊讶地] 为什么不让我走？

迪基：因为我不允许你去。

佩内洛普：[微笑] 你是不是以为听了你的命令，我就会俯首称臣？

迪基：我是这个家的一家之主，你就该听我的。

佩内洛普：亲爱的，你付房租房税，这个家确实应该听你的，但是我现在就想离开这个家。

迪基：你不能走出这个门。

佩内洛普：你准备囚禁我吗？

迪基：当然，如果有必要的话。

佩内洛普：哼。

　　　　[佩内洛普起身走向门边。迪基拦住她，锁上了门，还把钥匙藏进了口袋。

佩内洛普：禽兽。

迪基：是时候要告诉你我不会被你耍得团团转了。

　　　　[佩内洛普耸耸肩，坐了下来。她突然笑了。

迪基：有什么可笑的。

佩内洛普：我想笑。你的行为未免太过时了点。你准备把我囚禁在这里了？

迪基：[生气地] 呸。[他看着她] 佩儿，说清楚。你为什么一定要去那个该死的旅行。

佩内洛普：你不让我走我就不说。

迪基：现在不是出门的时候。[停下来，佩内洛普盯着前方，不理会迪基的话] 会有暴雨，你会得重感冒的，可能还会得肺炎。[停顿] 我觉得有点不舒服，我不知道自己现在是不是有什么毛病。[佩内洛普忍住不笑，继续无神地盯着前方，迪基激动地出声] 你还没明白吗，我不让你走就是不想让你离开我的视线。我要你。我要你一直在我身边。我要你爱我……天哪，你不知道我有多爱你，你知道的话也就不会这么冷漠了。

佩内洛普：[转向迪基，冷静地开口] 可是如果你爱我的话，你不会想着剥夺我的快乐。相反，你会愿意牺牲你自己的。你会尊重我的愿望。你不会在我追寻快乐的途中频频设障。

　　[迪基看了她一会儿，然后起身在房间里踱步，脑袋垂得低低的。他从口袋里掏出钥匙，默默地把钥匙放在佩内洛普旁边的桌子上。

佩内洛普：什么意思？

迪基：[结结巴巴地] 你是对的。我太自私了，我只考虑了自己。我让你感到厌烦了。也许几天之后你回来就会更喜欢我了。

　　[佩内洛普感动极了，快要装不下去了，她克制着，不让自己扑向迪基。

佩内洛普：你既然锁了门，那门由你开会更好。

　　[迪基一言不发地拿起了钥匙，走向门边。他开了锁。

佩内洛普：所以你现在不反对我出去旅行喽？

迪基：如果你出去玩会高兴的话，我很开心。我只想让你快乐。

佩内洛普：你希望我留下来吗？

迪基：不。

　　[佩内洛普微微一惊，这根本不是她要的答案。

佩内洛普：天哪！

迪基：我不知道没了你该怎么办。我感觉自己刚刚开始认识你。就好像——天哪，我不知道怎么表达。

佩内洛普：可你刚刚说愿意让我走。

迪基：我不要再只想着自己了。我只想考虑你的感受。佩儿，考虑你的想法我很开心，我愿意牺牲自己。

佩内洛普：[如释重负] 那你要不要去我房间看看行李有没有拿下去？

[迪基出去了一会儿，佩内洛普脸上始终挂着狂喜的神情。迪基回来了。

迪基：佩顿已经拿下去了。

佩内洛普：那——[她抬头扫了他一眼]告诉她把行李再拿回来。

迪基：[简直难以置信]我的宝贝佩儿！

佩内洛普：满意了吗？

迪基：天哪，你对我真的太好了。我真是太感恩了。天啊，佩儿，我真的很爱很爱你！

[迪基双膝跪地，亲吻着佩内洛普的手。她情不自禁地拉起迪基，双手环绕着迪基的脖颈。

迪基：我还有机会吗？你还会像以前那样爱我吗？

佩内洛普：我怎么能告诉你呢？

迪基：为什么我们不重新开始？你还记得我们当初是怎么相爱的吗？以前我出门前你都会跟着我下楼，回来时你都会跑过来吻我。你还记不记得，你以前早上在我吸烟看报时坐在我椅子扶手上？

佩内洛普：[掩去笑容]你肯定很讨厌这些！

迪基：讨厌？我这辈子就没这么幸福过。

佩内洛普：经过这些事，我希望我们还能是好朋友。

迪基：[起身]朋友！我乞求你的爱，你却要和我做朋友？你怎么会这么气我？

佩内洛普：[迁就地笑了笑]我不是要气你。我希望自己一直能让你开心幸福。

迪基：我为什么要和你做朋友？佩儿，答应我，你会试着去爱我。

佩内洛普：[微笑]好，我会试试的。

迪基：我会让你爱上我的。我会一刻不停地让你爱上我的。

佩内洛普：等到你确信我爱上你之后，是不是就又要对我满不在乎了?

迪基：快爱我！快爱我！

　　　[迪基又亲吻了她的手。他没看到佩内洛普的脸。她微笑着摇了摇头。

迪基：我从来都不知道你这么可爱。光是亲吻你的手，我就心满意足了。

　　　[佩内洛普轻笑，挣开了迪基。

佩内洛普：现在我得去亨德森夫妇那儿，告诉他们我不去了。

迪基：不能打电话吗？我不想你离开我一秒钟。

佩内洛普：他们没有电话。我自己去一趟比较方便。

迪基：好吧，那你去吧。

　　　[佩内洛普微笑着走到门边，一触到门把手，迪基就截住了她。

迪基：佩儿等等！

佩内洛普：怎么了？

迪基：你什么时候回来？

　　　[佩内洛普听到了这句话，愉快地摆了摆手，朝他飞快地抛了个飞吻。然后走出了门。

全剧终

探险家
THE EXPLORER

章诗沁　译

人　物

亚历山大·麦肯齐

理查德·洛马斯

亚当森医生

罗伯特·博尔杰爵士，从男爵①

乔治·阿勒顿

詹姆斯·卡伯里牧师

马林斯船长

米勒

查尔斯

凯尔西夫人

克劳利太太

露西·阿勒顿

时间：1908 年

第一幕、第三幕——凯尔西夫人家

第二幕——非洲中部，麦肯齐的营地

第四幕——理查德·洛马斯家

① Baronet，从男爵，又称准男爵，英国世袭爵位。从男爵虽为世袭荣誉，以"爵士"为敬称，却不属于贵族爵位，地位在男爵之下。

第一幕

场景：英国梅费尔，凯尔西夫人的会客室。正对着观众的墙上有一扇连着阳台的落地窗，房间右侧的门通往楼梯，左侧也有一扇门。这是一间贵妇人才可能拥有的豪华房间。

[凯尔西夫人坐在会客厅中，一袭黑衣。她今年五十岁，为人和善、多愁善感、容易紧张，此时正擦拭着双眼。克劳利太太在一旁安静地注视着她。克劳利太太二十八岁，小巧迷人，打扮得非常漂亮，生性活泼，说话时肢体语言丰富。在场的还有年轻的助理牧师詹姆斯·卡伯里，他身材高挑、相貌出众，行动不甚敏捷，却自视甚高。他穿着整洁考究的西服背心，脖子上戴着金十字架吊坠。

卡伯里： 凯尔西夫人，我对您的境遇表示无比真挚的同情。

凯尔西夫人： 你人真好，每个人都对我很好。但这坎儿我怕是过不去了，以后叫我怎么抬头做人啊。

克劳利太太： 胡说八道！说得好像都是你的责任一样，事情本身就很糟糕啊。你肯定完全料不到你妹夫会连一句解释都拿不出吧。

凯尔西夫人： 要是什么都没发生该多好！哎，我那可怜的妹夫此时正站在重犯审判席上，想想就可怕。

克劳利太太： 可怕，可怕！

凯尔西夫人： 你都不知道，弗雷德被抓之后我受了多少苦！一开始我怎么也不敢相信，没办法相信。早知如此，我当初会不惜一切代价去帮他。

克劳利太太：但你之前知道他有麻烦了吗？

凯尔西夫人：他来找我，跟我说急需三千镑。可是自打我可怜的妹妹去世之后，我就一直在给他钱，后来每个人都叫我不要再给他钱了。毕竟，总得为孩子想想呀，我不替他们存点钱，乔治和露西就一分钱都不会有。

克劳利太太：噢，你拒绝他是对的。

凯尔西夫人：我以为这三千镑也是和之前一样，给他就拿去胡吃海喝了，所以当他说这钱人命关天的时候，我并没有相信，谁让他每次都这么说呢。

卡伯里：处在他这种地位又有能力的人，竟会落得这么个下场，还是很让人震惊的。

克劳利太太：亲爱的卡伯里先生，这种简单的道理就不劳您指教了，明摆着我们这会儿已经够烦了。

凯尔西夫人：结果两天后，露西找上门来，脸色是那么苍白，跟我说他因为伪造支票被捕了。

卡伯里：我只见过他一次，但我得承认他是一个很有魅力的人。

凯尔西夫人：啊，就是这魅力把他给毁了。他总是那么和善，从来不会拒绝别人，他是最人畜无害的。我敢保证，他从来没犯过罪，可能是傻了点，但绝对不存坏心。

克劳利太太：当然了，他会还自己清白的，这点毫无疑问。

凯尔西夫人：但想想看，多丢人啊——弗雷德·阿勒顿，公开审判！阿勒顿家的人一向以家族为荣，甚至到了狂热的地步。

克劳利太太：这是他们几世纪来都看重的信仰，整个国家甚至没有一个人配得上为他们擦鞋。

卡伯里：满招损……

克劳利太太：[微笑] 牧师招话。

凯尔西夫人：他们不许他保释，所以他还在监狱里。不过我已经叫露西和乔治上我这儿来了。

克劳利太太：您真是不负众望，凯尔西夫人，太善良了。别去想那些还没发生的糟心事了，想想看，至少阿勒顿先生还有机会。说不定啊，这会儿审判已经结束，他正在回来的路上了。

卡伯里：结束之后他打算怎么办呢？情况确实不太乐观。

凯尔西夫人：我跟露西谈过了，我想办法把他们弄出国去。他们需要安安静静休息一阵子。可怜的小东西啊，可怜的小东西！

卡伯里：阿勒顿小姐和乔治也一起出庭吗？

凯尔西夫人：没有，他们的父亲求他们别去。他们一整天都在我家等传信。

克劳利太太：那么谁来给你送消息呢？你肯定不会等传信吧。

凯尔西夫人：噢，不会，迪克·洛马斯一会儿会来。他是弗雷德的证人之一，另外一个是我侄子鲍比·博尔杰。

克劳利太太：麦肯齐先生呢？他告诉我他也会一起去。

卡伯里：那位大旅行家吗？我好像在报纸上看到说，他已经动身前往非洲了。

凯尔西夫人：还没有，他下个月初才走。噢，这段时间他对我们多好啊。所有朋友都对我们好好。

卡伯里：我完全没想到亚历山大·麦肯齐是这样一个人，身体里奔涌着人性善良的血液，听说他在非洲竭尽全力打击黑奴贩子。

克劳利太太：那些黑奴贩子听说他又要出手了，怕是连脚指头都在打颤。他下定决心要把他们一窝端掉。亚历山大·麦肯齐决定要做的事，没有做不到的。

凯尔西夫人：他是出了名的有毅力，没有人比他对我更好了。

克劳利太太：我不太喜欢他，但他的确是一个强壮的人。要知道，现在英格兰大部分人都又弱又尿，能遇见一个有着钢铁般意志的人还是很让人欣慰的。

    [乔治·阿勒顿进门。他非常年轻，容貌俊俏。他的脸苍白憔悴，面无表情。

乔治：我以为露西在这里。[对卡伯里和克劳利太太]你们好吗？有见到露西吗？

克劳利太太：我去她房间看了看。

乔治：她在做什么？

克劳利太太：看书。

乔治：但愿我也能像她这么镇定，像个外人似的，觉得不是什么大事。噢，太糟糕了！

凯尔西夫人：我亲爱的，你得振作起来，我们要乐观，把事情往好处想。

乔治：哪里有好处，不管怎样都丢尽了面子，太羞耻了。他怎么能这样？怎么能这样？

凯尔西夫人：没人比我更了解你父亲，乔治。他就是一时糊涂，不会真做什么出格的事的。

乔治：他当然不会真的犯罪，不然也太荒唐了，现在已经够糟了。

克劳利太太：你千万别太往心里去。最多再过半小时，你父亲就会把问题处理完回到这里，你们就可以安安心心回牛津了。

乔治：有一个试图伪造支票的父亲，你觉得我还能回牛津吗？不，不！不，不！我宁愿一枪崩了自己。

凯尔西夫人：我可怜的孩子，你今天都去哪儿了？

乔治：天知道！我在街上走来走去，直到累得不行。噢，这种等待太煎熬了。我的双脚不听使唤就想往法庭走，要是可以去看一眼现在情况怎样了，让我做什么都行。可是我答应爸爸不会去的。

凯尔西夫人：他今早气色如何？

乔治：完全垮掉了，病恹恹的。我觉得他撑不过去的。审判前我见了他的律师，他们说一切都会搞定的。

克劳利太太：晚报上有什么消息吗？

乔治：我还不敢看，标题很糟糕。

卡伯里：怎么，他们说了什么？

乔治：你还想象不出吗？"绅士被指控伪造支票"，"法庭上的世家子"，还有其他类似的。去他妈的！去他妈的！

凯尔西夫人：说不定现在都结束了。

乔治：我觉得自己再也睡不着觉了，昨晚我就没合眼。自己的父亲居然……

凯尔西夫人：看在上帝的分上，安静一点。

乔治：[抬高嗓门] 门铃响了。

凯尔西夫人：我已经交代过了，除了迪克·洛马斯和鲍比，其他人都不许进来。

克劳利太太：肯定已经结束了。门口要么是迪克，要么是鲍比。

凯尔西夫人：噢，该死的，我太紧张了。

乔治：姨妈，你不会觉得……

凯尔西夫人：不，不，当然不会。他肯定是清白的。

[管家进门，后面跟着迪克·洛马斯。迪克穿着考究，胡子刮得一丝不苟，有一张棱角分明的脸，脸上带着友好的微笑。他年龄在三十五到四十岁之间，但看起来很年轻，身材修长。跟他一起进来的还有凯尔西夫人的侄子罗伯特·博尔杰爵士。罗伯特今年二十二岁，是个清清爽爽的帅小伙。

管家：洛马斯先生、罗伯特·博尔杰爵士来访。

乔治：[激动地] 怎么样？怎么样？看在老天的分上，快告诉我们。

迪克：亲爱的朋友们，我无可奉告。

乔治：噢！

[乔治一个踉跄，突然两眼一黑倒在了地上。

迪克：喂，这是怎么了？

克劳利太太：可怜的孩子！

　　　　[大家围在乔治身边。

乔治：没事没事，我真是个傻瓜！我太紧张了。

迪克：你最好到窗边透透气。

　　　　[他和博尔杰一起搀着乔治走到落地窗外。乔治斜靠在阳台
　　的栏杆上。

卡伯里：恐怕我得走了，每周三下午四点我都要给四十位清洁女工
　　读《小爵爷》①。

凯尔西夫人：再见。谢谢你今天过来。

克劳利太太：[同卡伯里握手] 再见。亲人有难的时候，牧师的到来
　　总是雪中送炭。

　　　　[卡伯里离开。很快，罗伯特·博尔杰返回房间。

凯尔西夫人：他好点了吗？

博尔杰：噢，好多了。几分钟后就没事了。[凯尔西夫人走到落地
　　窗前，博尔杰转向克劳利太太] 他们遇到这么大麻烦，还好有
　　你在。

克劳利太太：[犹豫地] 你真的审判没结束就走了？

博尔杰：当然了，怎么？你在想什么呢？你该不会觉得他会被判
　　刑吧？

克劳利太太：那样就太可怕了。

博尔杰：露西在哪儿？我想见她一眼。

克劳利太太：要是我是你，今天就不去打扰她了，她估计想一个人
　　静静。

博尔杰：我想告诉她，如果有什么我可以效劳的，尽管吩咐。

---

① *Little Lord Fauntleroy*，英国作家伯内特夫人的小说。

克劳利太太：她心里明白。不过我会转达的，你真疼她。

博尔杰：我从十岁起就疯狂地爱着她。

克劳利太太：祝你好运，长情最磨人。

　　　　[迪克走进来，对博尔杰说。

迪克：乔治现在感觉不错，他想让你陪他抽根烟。

博尔杰：没问题。

　　　　[博尔杰走到阳台上。

迪克：[等博尔杰走开、自言自语] 至少，见到你的那一刻，他就想了。

克劳利太太：什么意思？

迪克：有些话我只想跟你说。罗伯特·博尔杰太年轻，又不够聪明，他在这里怪碍事的。

克劳利太太：你为什么提前离开法庭了？

迪克：亲爱的夫人，我受不了了。你不知道那种感觉，坐在那里，眼睁睁地看着他受折磨。那是你认识了大半辈子的人啊，你跟他吃过无数顿饭，你在他家住过。他看起来就像一只困兽，整张脸都灰了，上面写满恐惧。

克劳利太太：审判的情况怎样？

迪克：我没法判断。我满脑子都是那双憔悴绝望的眼睛。

克劳利太太：但你是一名律师啊，你听见他的回答了。他怎么回答那些问题的？

迪克：他看起来恍恍惚惚的，我觉得他没有抓住交叉质证 ① 的要点。

克劳利太太：但他是无辜的。

迪克：是啊，我们都希望他是。

---

① Cross-examination，英美法系诉讼中一项重要制度，是有关双方当事人对证人交叉盘问的一整套规范。

克劳利太太：什么意思？这是毫无疑问的。他被抓的时候，露西求他告诉她真相，他发誓他是无罪的。

迪克：可怜的露西！她在这件事上表现得多么坚强，无论发生什么，都对父亲不离不弃。

克劳利太太：[突然地] 洛马斯先生，你别转移话题。这样对露西太不公平了，她一直抱着希望，坚信她父亲将被宣告无罪。

迪克：不管怎么说，再过半小时我们就都知道了。我走的时候法官正准备做最后总结。

克劳利太太：洛马斯先生，你的看法是什么？

　　　　　　[他静静地看了她一会儿。

迪克：你听说弗雷德·阿勒顿被抓的时候，有非常惊讶吗？

克劳利太太：老天，我吓坏了！

迪克：[干巴巴地] 啊！

克劳利太太：你要是再敢吓我，看我不给你一巴掌。

迪克：我最初认识弗雷德的时候，他是个非常有钱的人。你知道阿勒顿是柴郡最古老的家族之一吗？

克劳利太太：知道。我觉得露西唯一的缺点就是对他们家族过分自豪。如果你格外尊重这个国家的某个人，她会觉得你很势利；但如果是仰慕一个出身良好的人，对她来说又很自然。

迪克：啊，你看，我们这种无名之辈是无法理解那种家族光环的。在英格兰的偏远地区有一些家族，不太富裕、不太聪明，人长得也不怎么样，但就是这种人，哪怕一位正经伯爵想娶他家女儿，都要遭他们白眼。他们有种与生俱来的自信，认为自己与众不同。在他们自己那个小角落里，他们比一大半的欧洲王室都更独裁。阿勒顿就是这样的家族。但弗雷德似乎有点另辟蹊径，他长大后做的第一件事就是把他们家的钱拿去打水漂。

克劳利太太：但男人花钱就应该大方一点。

迪克：女人总是替他说话，还不都是因为他的气质，有魅力，让人无法抵挡。

克劳利太太：我觉得乔治也继承了这种气质，有一点儿。

迪克：我希望看在露西的分上，他能比他父亲更有出息一点。要是他没长得这么像他就好了。最终，弗雷德·阿勒顿花光了身上的每一分钱，于是就娶了凯尔西夫人的妹妹。凯尔西三姐妹可是有钱人，她们家是在利物浦做生意的。但弗雷德后来连他妻子的钱也花光了，整天赌博、赛马，花天酒地。她最后心碎至死，死的时候甚至还爱着他。

克劳利太太：你真是无所不知啊，洛马斯先生。

迪克：没办法，我是阿勒顿夫人的遗产受托人，我知道露西是怎么努力挣扎的。她真的很棒，从小就学会了怎么持家。尽管凯尔西夫人劝她让她父亲自生自灭，她始终不曾把他丢下。是她让乔治得以接受良好的教育，是她为了维持体面，不得不尽力隐藏那些生活的不堪与琐碎。

克劳利太太：但你也觉得弗雷德·阿勒顿这次只是又和大家开了个玩笑吧？

迪克：我亲爱的夫人，这可是一个由于扑克牌打得太好而被迫离开俱乐部的人，什么奇怪的事都有可能发生在他身上。

克劳利太太：凯尔西夫人过来了，看在老天分上，让她开心一点。

    [凯尔西夫人回到会客厅。

凯尔西夫人：噢，迪克，我自己的麻烦太多，都忘了问你的事儿了。听说你生病了，实在是抱歉。

迪克：事实上，我身体非常健康。

凯尔西夫人：但我看报纸上说，你因为身体欠安准备放弃议院席位。

迪克：当然当然，我差点忘了，我心脏病很严重。

克劳利太太：太可怕了！怎么回事？

迪克：你还好意思问？任你宰割的时间太久，心脏功能已经严重受损。它这会儿在我的马甲里跳得快变形了。

克劳利太太：别犯傻，我很认真的。

迪克：我打算退休了。

凯尔西夫人：律师也不当了？

迪克：不当了。从今以后，我所有的精力都只放在艺术上，要做一个文雅、有闲情逸致的人。我周围的人都太拼了，所以我打算让他们见识见识，一个无所事事的人是怎样生活的，无所谓名利，只求快活。

克劳利太太：你不会是想说，你准备放弃如此重要的职位以及大好前程，就为了满足你那傻乎乎的一时冲动？

迪克：我没时间工作，人生太过短暂，前一阵子我突然意识到，自己已经快四十岁了。[对克劳利太太] 你明白这种感觉吗？

克劳利太太：不明白，当然不明白，不要没大没小的。

迪克：顺便问一句，你今年几岁了？

克劳利太太：二十九！

迪克：瞎说！不可能。

克劳利太太：你再说一遍？要知道，少女永远二十九岁。

迪克：这么多年来，我每天花八小时处理那些蠢人蠢事儿，再花八小时管理国家。我花的钱还不到挣的一半。我看我干到死也不过是给我两个侄女留一笔遗产罢了，何况那俩还长着两个红鼻子，平庸得不可救药。

凯尔西夫人：可你具体要做什么呢？

迪克：噢，我不知道。可能试一试那种大型狩猎，前提是亚历克愿意带我。我一直觉得，要是山鹬和成年的绵羊一样大，山鸡比牛再大一点儿，打猎会更有意思。

克劳利太太：所以健康问题什么的都是你的借口？

迪克：完完全全是借口。要是说实话，我会被关进精神病院。我现在得出一个结论，假如世界上只有一种游戏值得玩，那便是生活的游戏。我已经赚够钱了，现在要全身心投入这场游戏。

克劳利太太：但你会无聊死的。

迪克：我不会！怎么可能呢，我感觉每天都在逆生长。我亲爱的克劳利太太啊，我觉得自己天天都不到十八岁。

克劳利太太：你确实看起来只有二十五岁。

迪克：我一根白头发都没有。

克劳利太太：我猜是因为你的仆人每天早上帮你拔吧。

迪克：噢，基本上没有，就每个月在表面弄一弄。

克劳利太太：我好像在左边鬓角看到一根。

迪克：真的！查尔斯太粗心了，我必须得说说他。

克劳利太太：让我帮你拔掉。

迪克：如此亲密的行为，我可不能让你做。

　　　　[乔治急匆匆跑进会客室。

乔治：亚历克·麦肯齐在门口，他刚下出租车。

迪克：他肯定是从法庭过来的，看来结束了。

凯尔西夫人：快！到楼梯那里，不然米勒不会让他进门的。

　　　　[乔治跑过房间，打开通往楼梯的门。

乔治：[大声喊] 米勒，米勒，麦肯齐先生要上来了。

　　　　[露西·阿勒顿听见声响，走了进来。她比乔治年纪大些，身材高挑，脸色苍白，双眼因睡眠不足有些发肿。她一直住在乡下，所以来伦敦后，总显得与周围的世界格格不入。她非常漂亮，英伦范儿十足，五官线条分明，这更突显了她身上散发出的强烈的道德感。她自控力很强，同时也很钦佩同样有自控力的人。

461

露西：谁来了？

乔治：亚历克·麦肯齐，他刚从法庭过来！

露西：看来终于结束了。[同迪克握手] 你能来真好。

博尔杰：你真是太能干了，露西。你怎么能做到这么平静？

露西：因为我能百分百确定结果是什么。你难道指望我怀疑自己的
　　　爸爸吗？

迪克：噢，露西。看在老天的分上，不要这么确定，你要为最坏的
　　　结果做打算。

露西：噢，不，我知道爸爸的为人。这么多年照顾下来，我还不够
　　　了解他吗？他就是个孩子，心思简单、没心没肺。而且天知道
　　　他有多脆弱。我比任何一个人都更了解他的缺点，不管怎样，
　　　他绝对不会去犯罪。

　　　　　[管家进门，后面跟着亚历克·麦肯齐。亚历克身材高大、
　　　体格结实健美，一头深色头发，蓄着红色的络腮胡子，嘴唇上
　　　面是两撇八字胡。他大约三十五岁，行为举止相当放松，仿佛
　　　习惯了周围人对他言听计从。

管家：麦肯齐先生来访！

乔治：结束了吗？老朋友，看在上帝的分上快告诉我们。

露西：爸爸怎么没跟你一起回来？他在后面吗？

亚历克：是的，都结束了。

凯尔西夫人：谢天谢地。这事儿悬着实在太难受了。

乔治：他们一定宣告他无罪了，谢天谢地！

迪克：[盯着亚历克的脸] 保重，乔治。

　　　　　[突然间，露西冲到亚历克跟前，看着他。她的脸因恐惧而
　　　变形。

克劳利太太：怎么了，露西？

亚历克：我不知道该怎么对你说。

露西：你是说，你走的时候，审判已经结束了？

亚历克：是的。

露西：法官给出了最后的判决？

乔治：露西，你到底想问什么？你不会以为……

亚历克：你们的父亲让我来把消息告诉你们。

乔治：他还活着吧？

亚历克：或许还不如死了。

露西：他们判他有罪？

亚历克：是的。

乔治：[绝望地呻吟] 噢！这不可能。

露西：[将手放在他胳膊上] 嘘！

凯尔西夫人：我的上帝啊，我的上帝啊！还好他妻子已经去世了。

露西：恕我愚钝，但既然他是清白的，他们怎么能判他有罪呢？我不太明白你什么意思。

亚历克：恐怕事情已经很清楚了。

露西：肯定是哪里出了什么可怕的错误。

亚历克：我也希望是哪里出错了。

乔治：[瘫倒在椅子上大哭起来] 噢，上帝啊！我该怎么办？

露西：别这样，乔治。现在要保持镇定。

乔治：你看不出来吗？他们早就知道了。只有你和我相信他是清白的。

露西：[对亚历克] 你听证词了吗？

亚历克：听了。

露西：仔细听了？

亚历克：非常仔细。

露西：你听完什么感受？

亚历克：我的感受又有什么关系呢？

463

露西：我就是想知道。

迪克：露西，你这是在折磨我们。

露西：如果你在法官席上，你会给出和他们一样的判决吗?

亚历克：我会根据我的良心来判断。

露西：我明白了。但你百分之百肯定他是有罪的?

亚历克：别问我这些可怕的问题。

露西：但它们很重要。我知道你是一个诚实正直的人，如果连你都
　　　觉得他有罪，那么我无话可说。

亚历克：案件太简单了，陪审团只出去了十分钟不到。

露西：法官有说什么吗?

亚历克：[犹豫地] 他说，一切指控的公正性都不容置疑。

露西：其他呢? …… [他看着她，没有说话] 你最好现在都告诉我，
　　　反正明天报纸也会刊登。

亚历克：[吞吞吐吐] 他说，这是一起卑鄙可耻的犯罪。相比其他
　　　人，你父亲情节更为恶劣，因为他本是一名绅士，来自一个那
　　　么光荣古老的家族。

迪克：[对克劳利太太] 这些法官倒是很能卖弄道德感。

露西：那么最后是怎么判的? [停顿了一下] 嗯?

亚历克：七年劳役。

乔治：噢，天呐!

迪克：我亲爱的姑娘，我不知道该说什么，太令人难过了。

凯尔西夫人：露西，他说什么? 你们吓死我了。

露西：振作起来，乔治。你和我，我们得保存精力。

　　　[克劳利太太双手环抱着露西，给了她一个吻。

克劳利太太：噢，我亲爱的，我亲爱的!

露西：[从克劳利太太怀里挣脱出来] 你们都很善良，我知道你们同
　　　情我。

464

克劳利太太：[打断她] 你知道我们会竭尽所能帮你的。

露西：你们真好，不过其实没有什么可以帮的。如果不介意的话，可以让我和乔治单独待一会儿吗？我们俩得谈一谈。

克劳利太太：没问题。洛马斯先生，能帮我叫辆车吗？

迪克：当然。[对露西] 再见，亲爱的，上帝保佑你。

露西：[同迪克握手] 别太为我担心。有什么需要我会告诉你的。

迪克：谢谢。

    [迪克和克劳利太太一同离开。

亚历克：我能单独跟你聊几分钟吗？

露西：现在不是时候，麦肯齐先生。我不想显得没礼貌，只是……

亚历克：[打断她] 我明白。若非事出紧急，我是不会铁了心要叨扰你的。

露西：好吧。乔治，你能扶艾丽斯姨妈去她房间吗？然后立刻来见我。

乔治：好的。

露西：[对凯尔西夫人] 您快去躺下睡一会儿吧？您一定非常疲惫了。

凯尔西夫人：啊，别管我了，亲爱的。为你自个儿着想吧。

露西：[微笑着] 没事儿，权当是我自私，唠叨您几句会让我感觉好一点。

乔治：我等下在吸烟室等你。

露西：快去吧！

    [乔治和凯尔西夫人离开。

亚历克：你的自控力实在太了不起了。从来没有哪一刻像现在这样让我如此钦佩你。

露西：你让我觉得自己好假正经。没什么奇怪的，我这方面经验很足了，十五岁开始我就一直独自照顾爸爸和乔治。你不坐吗？

亚历克：我长话短说。你知道我下个星期就要去蒙巴萨 ①，做这次东北非远征的领队。我有可能一走就是三四年，可能会遇到许多危险。上次离开非洲回来取补给的时候，我下定决心要粉碎那些黑奴贩子，现在我准备好了。

露西：我觉得这件事很伟大。

亚历克：我不知道你是否注意到，注意到……我喜欢你超过喜欢世界上的任何人。但前路漫漫，我觉得最好还是什么别对你说，这样对你不公平，我不能人不在还绑着你，况且子弹随时都有可能结束我的生命。我本来下定决心，想等回来之后再对你说这些话，但现在情况有变，露西，我全心全意爱着你，我走之前你愿意嫁给我吗？

露西：不，我不能答应你。你很慷慨，但我不能。

亚历克：为什么不能？你不知道我爱你吗？知道你在家等我，对我来说将是巨大的帮助。

露西：我必须照顾父亲。我得搬到——监狱附近去住，这样我随时都能去看他。

亚历克：我们结婚之后你也可以呀。等待你的将是一段艰难的时光，你难道不希望我帮你吗？

露西：我不能。上天知道我很感谢，感谢你在我遭受如此苦痛、屈辱的时候向我求婚。我永远都不会忘记你的善意，但我必须得一个人去面对。我必须一心扑在爸爸身上，这样他出狱后就会有一个家可回，会得到照顾。啊，他从没像现在这样需要我。

亚历克：你是个自尊心很强的女孩。

露西：[把手给他] 亲爱的朋友，别把我想得太坏。我爱你，就像任何女人爱一个男人那样。

---

① Mombasa，肯尼亚第二大城市。

亚历克：露西!

露西：[微笑着] 你要我再重复一遍吗? 我爱慕你、信任你,如果有
 一天乔治能成为像你一样勇敢正直的人,我会无比欣慰。

亚历克：你就只能给我这么一点点安慰吗?

露西：我知道,其实你内心深处也觉得我是对的。你是绝对不会阻
 拦我去承担自己已经认定的责任的。

亚历克：我真的什么都不能为你做了吗?

 [她热切地看着他,拉了拉铃。]

露西：不,你可以帮我一个很大的忙。

亚历克：我非常乐意,是什么呢?

露西：等一会儿,我会告诉你的。[管家走进来] 请叫乔治先生
 过来。

管家：好的,小姐。

 [管家离开。]

露西：我要你帮我……

 [乔治走进来。]

乔治：怎么了,露西?

露西：我将要把世上我最爱的人交付于你……乔治,你有想过接下
 去的打算吗? 恐怕你不能回牛津了。

乔治：没有,我不知道要怎么办。我还不如死了。

露西：我刚刚想到一个主意。我准备叫麦肯齐先生带你去非洲。你
 愿意吗?

乔治：愿意,愿意! 只要能离开英格兰,让我做什么都愿意。我没
 脸再见我那些朋友了,太丢人了。

露西：啊,但我让你去非洲,不是为了给你找个藏身之处。麦肯齐
 先生,你一定知道,我们一直都很以"阿勒顿"这个姓氏骄傲,
 现在它已经不可挽回地蒙羞了。

乔治：露西，看在老天的分上……

露西：[转身对着他] 现在我们就指望你了。你还有机会，去做一些伟大的事，让"阿勒顿"重新焕发荣光。噢，我多希望自己是个男人。我什么都做不了，只能干等，眼巴巴看着你，要是能把我的勇气和志向给你该多好啊！麦肯齐先生，你问我你能帮我做什么，这就是你能做的，给乔治一个机会，抹去我们家族的羞耻。

亚历克：你知不知道，他将面对各种各样的危险，忍受极度的物资匮乏，他会经常因高温脱水，皮肤被晒到干裂？有时他会没东西吃，干起活来比苦工还艰辛。

露西：你听到了吗，乔治？你愿意去吗？

乔治：你让我做的任何事我都会去做。

亚历克：你也清楚，他有可能会被杀死，打斗将是家常便饭。

露西：如果他像一个勇士那样死去，我也别无所求了。

亚历克：[对乔治] 很好，那么跟我一起来吧，我会尽全力保护你。

露西：啊，谢谢，你真够朋友。

亚历克：那么等我回来之后呢？

露西：如你心意未改，就再问一次之前的问题。

亚历克：答案会是什么？

露西：[带着淡淡的微笑] 或许，答案会有所不同。

第一幕终

468

第二幕

    场景：东北非，亚历克·麦肯齐的帐篷。夜深人静，四周闪烁着微光。帐篷的一角摆着一张行军床，床上挂着蚊帐。此外还有两三把折叠椅、一张桌子、几个锡饭盒。桌子上放着一把手枪。

    迪克一只手撑着头，倚靠着桌子睡着了。随行的亚当森医生从外面进来，他骨架很大，肌肉结实，操着一口苏格兰口音，微笑着看着迪克。

医生：嘿，你好呀！[迪克猛地惊醒，一把抓过枪。医生笑了起来]
        行了，别开枪，是我。

迪克：[大笑起来] 你他妈的干吗把我吵醒？我正好梦到高跟鞋、漂
        亮的脚踝，还有飞速旋转的白色蕾丝短裙。

医生：我觉得应该过来看看你的手臂。

迪克：简直是我见过的最美的场景。

医生：你的手臂？

迪克：一个美丽的姑娘，正从伦敦皮卡迪利大街的斯万与埃德加百
        货前经过。我亲爱的医生啊，你真是个暴徒、大老粗，怎么就
        不晓得怜香惜玉呢？她费了多少个钟头苦思冥想，就为了提起
        那精致的裙摆，向你展现典雅的魅力。

医生：我看你是够下流的，洛马斯。

迪克：啊，亲爱的朋友，你不知道，我这辈子一直是以指责年轻人
        为乐。对我来说，这张行军床、这个闷热的帐篷，还有周围这

469

些嗡嗡作响的蚊子，都要比年轻貌美更有吸引力。全世界的女人，你们听好了，你们的花招对我是绝对无效的。给我足够的食物和香烟，还有一张舒适的床，一切就花好月圆了。

医生：好了，我们来检查一下你的伤口。现在还会一阵阵抽痛吗？

迪克：噢，不值一提，明天就好了。

医生：不管怎样，我再给伤口消一次炎吧。

迪克：好的。[他脱下外套，卷起袖子，他的手臂缠着绷带。在接下来的谈话中，医生在迪克的伤口上涂抹一层消炎药水，然后换上干净的绷带] 你一定累惨了，是吧？

医生：快累趴下了，但睡前我还有一大堆、一大堆工作要做。

迪克：最搞笑的是，记得当初来之前，我以为自己会在非洲度过一段极其美好的时光。

医生：然而我们并不是来野炊的，是不是？但我觉得没人能预料到情况会变得如此棘手。

迪克：我的朋友啊，假如我能回国，我绝不会再是当初那个自以为是的大蠢蛋，随随便便就去追求什么冒险精神。

医生：[发出一阵笑声] 你不像是那种会来非洲干活的人。你究竟是为什么到这里来的？

迪克：这正是我每时每刻都在问自己的问题，从第一天踏上这片被上帝遗弃的沼泽地开始。

医生：伤口恢复得不错，愈合之后连疤都不会留。

迪克：我很欣慰，这样就不会有损我的绝美容貌了……你看啊，亚历克是我交情最久的朋友，然后是小阿勒顿，他还是孩子的时候我就认识他了。

医生：小阿勒顿……这种相识可是没什么好吹嘘的。

迪克：我觉得啊，等回去之后，伦敦的邦德街都会显得可爱许多。我从来想不到，有生之年竟然会从早到晚被各种各样恶心的动物咬。喂，医生，你想念牛腿排吗?

医生：你是说什么时候?

迪克：[挥手] 比如说我们在大太阳底下跋涉的时候，那太阳，猛得可以晒穿你家屋顶，而我们刚刚吃了最寒碜、最让人反胃的早餐，这时候我就会出现幻觉。

医生：你能不能只用一只胳膊比划?

迪克：我仿佛看见俱乐部的餐厅，看见自己坐在靠窗的小桌前，眺望窗外的皮卡迪利大街。桌布一尘不染，餐具干净整洁，一名殷勤的服务员为我端上牛腿排。牛排煎得恰到好处，肉质软嫩、入口即化，边上还放着一盘酥脆的炸土豆。你闻不到香味吗?

医生：[大笑] 闭嘴!

迪克：然后啊，另一名殷勤的服务员送上一只锡酒杯，往里面倒了一整瓶——注意，是一整瓶——冒着泡泡的啤酒。

医生：你真是给我们增添了不少欢乐。

迪克：[耸了耸肩] 我经常用这种没心没肺的幽默来缓解饥饿，认真作一首打油诗可以把我的注意力从那难受的饥渴中转移掉。

医生：真是的，昨晚我以为再也听不到你讲笑话了，老兄，我用完了最后一支奎宁。

迪克：我们的处境很艰难，是不是?

医生：这是我第三次跟着麦肯齐和这些贩奴暴徒斗了，我敢跟你保证，我从来没这么发自内心地绝望过。

迪克：死亡最有趣的地方在于，你知道的，它没来临的时候，光是想到它就会让你的脚打颤，但当你真正和它面对面的时候，你似乎很容易就忘记了恐惧。我的一个人生准则是，不相信危言耸听。

医生：我们能逃出来完全是个奇迹。要不是那些阿拉伯人犹豫了一下，我们十分钟内就会被消灭得干干净净。

迪克：亚历克很棒，不是吗？

医生：是，当然了！他认为我们失败了。

迪克：你怎么知道？

医生：这么说吧，我非常了解他。你是认识他二十年了，但都是在英格兰。我已经和他来这里三次了，没有什么关于他的事是我还不知道的。

迪克：所以呢？

医生：所以，要是事情进展顺利、前途一片光明，他会变得比较易怒。他大多时候都独来独往，除非你做了什么违背他意愿的事，一般不大会理你。

迪克：老天，然后他会给你来个不留情面的下马威。当地人喊他"雷电"不是无缘无故的。

医生：但要是事情往不好的方向发展，他反倒变得精神抖擞。情况越糟，他兴致越高。

迪克：这是他性格里最恼人的部分。

医生：当每个人都饥饿难忍、筋疲力尽、被太阳晒得脱水的时候，麦肯齐反而全身充满了幽默细胞。

迪克：我要是脾气不好，就希望周围的人都跟我一样脾气不好。

医生：过去这几天，他一直都兴高采烈，昨天他甚至和当地人开玩笑。

迪克：[干巴巴地] 苏格兰笑话，用非洲方言说肯定很有趣。

医生：我从来没见他这么高兴过。我告诉自己，我的天啊，老大肯定是认为我们的境况糟透了。

迪克：谢天谢地，现在一切都结束了。我们所有人都三天没合眼了，我一旦睡着，估计一周都醒不过来。

医生：我必须得去看看其他病人了。珀金斯这次烧得很厉害，不久前还是神志不清。

迪克：老天，我差点忘了，外面还不得安宁！我在这儿舒舒服服的，心情不错，还能开一两个玩笑，但我却忘了可怜的理查森已经过世，还有天知道多少死去的当地人。

医生：可怜的家伙，死的怎么也不该是他，命运弄人啊。

迪克：什么意思？

医生：如果我们必须失去一个人，最好是那个小兔崽子，那颗子弹射到他身上要比射到可怜的理查森身上好多了。

迪克：乔治·阿勒顿？

医生：失去他不会造成什么损失，对吧？

迪克：对，恐怕是不会。

医生：麦肯齐一直对他很有耐心，几个月前马奇纳利被开除的时候，我还在纳闷，为啥不把他也一起送回口岸。

迪克：可怜的乔治，时运不济啊。

医生：有的人天生就是走歪门邪道的料，给他们再多改正的机会都没用，唯一的办法就是任由其自生自灭。

迪克：亚历克铁定是会再给他一次机会的。[亚历克·麦肯齐进门] 啊哟你好呀，亚历克！你去哪儿了？

亚历克：我一直绕着营地边缘放哨。

迪克：都相安无事吧？

亚历克：嗯，我刚刚见了一个当地的信使，明达比派来的。

医生：有什么要事吗？

亚历克：[简短、有些粗暴地] 有。手怎么样了，迪克？

迪克：噢，没啥事，只是点皮外伤。

亚历克：你最好不要掉以轻心，在这个国家，最轻微的受伤都可能带来大麻烦。

医生：他过一两天就会好了。

亚历克：其他人怎么样了？

医生：总体来说都很好。珀金斯嘛，当然了，得多躺几天。部分本地人伤得很重，那些魔鬼用的是炸子。

亚历克：有情况非常危急的吗？

医生：没有，我不觉得有。有两个人情况不太乐观，不过只要多加休息，问题应该不大。

亚历克：我知道了。

迪克：喂，你那里有什么能吃的东西吗？

亚历克：[发出一阵笑声] 老天！我差点忘了。我他妈的上次吃饭是什么时候来着？

迪克：[微笑着] 你今天还什么都没吃，对吧？

亚历克：没有，没吃，那些阿拉伯佬害得我们整天忙得团团转。

迪克：你肯定饿得不行了吧。

亚历克：被你这么一说是饿了，而且，老天啊，还渴！渴到……解渴和象牙，我会选解渴。

迪克：再想想我们唯一能喝的只有温水！

医生：我去叫那些孩子给你拿一些吃的来。这样对待你的消化系统，实在是糟糕透顶。

亚历克：[欢乐地] 咱们的医生多么严格呀，是不是？一时半会不会有什么大碍，何况饿的时候更有胃口。

医生：[呼唤] 塞利姆！

亚历克：没事没事，别麻烦了，那可怜的娃刚刚上床，估计已经睡着了，我让他一直睡到我叫他。我不用吃很多，自己来弄就行了。[他走到一个箱子边，从箱子里取出一罐肉和一些压缩饼干] 真是恼人，最近居然一点野味都搞不到。

    [亚历克把食物放在面前，坐下，开始吃起来。

迪克：[挖苦地] 是不是相当开胃？

亚历克：美味佳肴啊！

迪克：你身上具有一切原始的兽性，亚历克，这让我既生气，又反感。

亚历克：［笑着说］为什么？

迪克：食物只不过是你缓解饥饿的工具，这很粗鲁，你完全无法欣赏饮食之道，那可是一门艺术。

亚历克：这肉有点发霉了，是不是？

迪克：他妈的！在英国的时候你就让我很不舒服了。

亚历克：他在说什么？

迪克：我本来好好地讲到一半，被你突然打断，说什么罐头肉有点发霉，这还用说吗！

亚历克：好好好，万分抱歉，你接着说！

迪克：我是要说，即便是在英国，你对最精致的食物也无动于衷，简直有辱斯文，在这里你还稍稍有点上心，至少注意到肉发霉了。但要是这时候有人给你送来丰盛的晚餐，估计你也不会有任何反应。我之前给过他昂贵的波特酒，医生，结果这个人跟喝料酒一样喝掉了。

医生：我承认是挺可惜的，但为什么会让你不舒服呢？

迪克：想想看，这样下去，等他老了会发生什么？

亚历克：洗耳恭听，我的朋友，请你解释清楚，不过尽可能简短一点。

迪克：美食，是唯一到老还能享受的乐趣。爱情——等你身材走样、头发稀薄的时候，爱情是什么？知识——人不可能无所不知，对知识的渴望也将随青春逝去。即使是野心，最终也会令你失望。但对那些懂得享受生活的聪明人来说，每天至少还有三种乐趣：早餐、午餐，以及晚餐。

亚历克：［发出一阵笑声］迪克，我要是你，就不会操心自己的老年时光。

迪克：为什么？

亚历克：因为相比变老，更有可能明早我们都死了。

医生：什么？

　　　　[大家停顿了一阵子，医生和迪克都盯着亚历克。

迪克：这只是你的小玩笑对吧，亚历克？

亚历克：你可是经常说我开玩笑很蹩脚。

医生：到底发生了什么？

亚历克：你俩今晚都没法在床上睡了。蚊子又该高兴了，不是吗？
　　　　我建议现在拆营，等月亮开始往下落就出发。

迪克：要我说，这样有点太过了吧。刚经过这样的一天，我们一英
　　　里都走不动了。

亚历克：胡说八道，你还有两小时可以休息。

医生：但那些伤员连动都动不了。

亚历克：他们必须走！

医生：我不能拿他们的生命开玩笑。

亚历克：我们必须冒这个险。我们唯一的机会就是壮着胆速战速决，
　　　　同时我们不能让伤员留在这儿。

迪克：我猜，即将有一场大乱？

亚历克：［绝望地］是的。

迪克：当你的同伴，亚历克，意味着几乎不可能再有抱怨生活单调
　　　乏味的机会。你现在打算做什么？

亚历克：此时此刻我要把烟斗填满。

　　　　[大家沉默了一会儿，亚历克给烟斗填满烟丝，再点好。

迪克：你一举一动都这么气定神闲，由此我推测，情况非常吃紧？

亚历克：比你任何一双高筒皮靴都紧，我的朋友。

迪克：［严肃地］有机会摆脱困境吗，老伙计，哪怕一点点机会？

亚历克：［轻快地］噢，我不知道。机会总是有的。

迪克：别对我这样笑，让人很恼火。

亚历克：你肯定希望自己现在是在伦敦的某个舞会上跳快步舞吧，迪克。

迪克：说实话，是的……我猜测，我们很快又要上战场了？

亚历克：是啊，跟基尔肯尼猫 ① 似的。

迪克：[干脆地] 好吧，无论如何也算是一点安慰。我今晚睡不成，那势必也得让另一个人睡不成。

亚历克：如果一切顺利，我们很快就能大功告成，非法抓捕、倒卖奴隶也将从这片区域消失。

迪克：但假如不顺利呢？

亚历克：那么……恐怕你再也没机会用你的妙语连珠谈论上流社会的茶桌了。

迪克：好吧，我的人生总体是很美好的，有过小情小爱，欣赏过一些好画，读过一些佳作，工作过，也玩耍过。如果能再他妈干掉几个混蛋，我想我也死而无憾了。

亚历克：[微笑着] 你是个哲学家啊，迪克。

迪克：惨死的可能性摆在面前，难道不会激发你的思考吗？

亚历克：很难讲，我有点宿命论，死亡真的要来了，你我一点办法都没有。不过打心眼儿里我还是情愿相信自己能主宰命运。

医生：好了，我得去准备了。我会给那些家伙们缠上绷带，希望他们能熬过这场奔波。

亚历克：珀金斯呢？

医生：天知道！我试着给他注射一点水合氯醛吧，看能不能让他保持安静。

---

① Kilkenny cats，相传是两只来自爱尔兰基尔肯尼郡的猫，因打斗太过猛烈，最后只剩下两条尾巴。

亚历克：没必要惊动整个营地，我建议出发前半小时再通知大家。

医生：但那样他们准备时间不够。

亚历克：没办法，必须得这样。我给过他们即时出发的训练。

医生：很好。

> [正当医生要离开的时候，乔治·阿勒顿走了进来。

乔治：我能进来吗？

亚历克：可以……医生！

医生：诶！

亚历克：你可以再待几分钟吗？

医生：[掉头回来] 当然。

亚历克：塞利姆没告诉你我有话对你说吗？

乔治：所以我来了呀。

亚历克：来得可够慢呐。

乔治：拜托，能不能给我点白兰地，我快死了。

亚历克：[简短地] 没有白兰地了。

乔治：医生那儿不是有吗？

亚历克：没有！

> [一阵停顿。亚历克缓缓看向乔治。

乔治：你为什么这样看着我？你看起来像是在审讯犯人。

迪克：胡说！别那么紧张。

亚历克：[突然地] 你知道那个图尔卡纳女人是怎么死的吗？

乔治：不知道！我怎么会知道？

亚历克：得了吧，你肯定知道点什么。上周二你来营地的时候还告诉我图尔卡纳人情绪很激动。

乔治：[不情愿地] 噢，是的！我想起来一些了，差点都没印象了。

亚历克：所以呢？

乔治：我也不是非常清楚。那个女人是被射杀的，对吧？我们一个站岗的男孩调戏她，然后那个孩子似乎开枪杀了她。

亚历克：你难道没有调查凶手是谁吗？

乔治：[语气肯定] 我还没来得及，这三天我们全都忙得腿快断了。

亚历克：你没有怀疑谁吗？

乔治：没有。

亚历克：想想。

乔治：唯一可能做这种事的，只有那个大混蛋，我们从海边带回来
　　　的那个斯瓦希里人。

亚历克：你为什么这么想？

乔治：他一直在惹麻烦，而且我知道他想要那个女人。

亚历克：我听说她向你抱怨过？

乔治：是的。

亚历克：你觉得凭借这点可以惩罚他吗？

乔治：他是个不折不扣的混蛋，何况，就算我们弄错了，他也只不
　　　过是个黑鬼而已。

亚历克：如果我告诉你那个女人被发现的时候还没有死，你是不是
　　　会很惊讶？

　　　　[有一瞬间，乔治露出极其震惊的表情。]

亚历克：她过了快一个小时才死。

乔治：[停顿了一下] 她有说什么吗？

亚历克：她说是你开的枪。

乔治：我？

亚历克：听上去像是你调戏她，后来她生气了，你就掏出左轮手枪，
　　　近距离朝她开枪。她应该是不会编故事的。

乔治：这是一个愚蠢的谎言。你知道他们都是什么样的，谎话连篇、
　　　不可思议。你不会宁愿相信一群黑鬼，而不相信我吧？毕竟，
　　　我的话更有分量啊。

亚历克: [从口袋中取出一个已击发的弹壳] 离尸体两里的地方,有人发现了这个。你看清楚了,这是左轮手枪的弹壳,今晚上拿到我眼前的。

乔治: 我不明白这可以证明什么。

亚历克: 你同我一样清楚,除了我们和两三个随从,没有一个当地人拥有左轮手枪。

[乔治的脸开始发白,露出害怕的神情,他拿出手帕擦了擦脸。

亚历克: [轻声地] 你可以把你的枪给我吗?

乔治: 它没在我身上,今天下午在冲突中弄丢了。我没告诉你,因为害怕你会生气。

亚历克: 不到一小时前我还看到你在擦它。

乔治: [耸了耸肩] 或许在我的帐篷里,我去看看。

亚历克: [严厉地] 别动。

乔治: [生气地] 你没有权力这样跟我说话。我受够了,什么都要听你吩咐,你以为我是一条狗吗?我到这里来完全是出于自己的意愿,我不会再像仆人一样被你使唤了。

亚历克: 如果你把手伸到你屁股的口袋里,我想你会找到你的枪。

乔治: 我不会把它给你的。

亚历克: [轻声地] 你想让我自己来拿吗?

[两人对视了一会儿,随后乔治慢慢把手伸进口袋。他抽出枪,突然对着亚历克。乔治开枪的瞬间,迪克冲上前给他的手臂重重一击,医生跳起来将乔治拦腰抱住。亚历克仍旧站着不动。

迪克: [扭打着] 你这个小混蛋!

乔治: 放开我,操你妈的!

亚历克: 你们不用抓着他。

[他们放开乔治，后者瘫软在椅子里。迪克把左轮手枪递给亚历克，亚历克沉默地将弹壳装进枪里]

亚历克：你看，刚刚好。早点说实话不是更好吗？

乔治：[懦弱地] 是的，我杀了她，她太不老实了，导致我一时鬼迷心窍。我不知道自己做了什么，直到听到她尖叫、看到了血。我太傻了，竟然把弹壳扔在那里！我想给每个弹巢都上好弹。

亚历克：你还记得两个月前我吊死的那个人吗？就在附近的一棵树上，因为他骚扰了当地的妇女。

乔治：[从椅子上跳起来，神色惊恐] 你不会这样对我的，亚历克，噢，上帝，不，亚历克，行行好。你不会把我吊死的。噢，我究竟为什么要来这个鬼地方呢？

亚历克：别害怕，我不会的。不管怎样，我得维护当地人对白人的尊重。

乔治：遇见那个女人的时候我几乎醉了，无法对自己的行为负责。

亚历克：结果是，整个部落都开始反对我们。部落首领是我的朋友，他传来消息说他控制不住局面了，弹壳也是他送来的。本来也没那么严重，只是图尔卡纳是我们最强的战斗力，现在我们只能做好心理准备，他们非但不会帮忙，还鼓动周围的部落一起反对我们，这样一来，我们一整年的心血都白费了。这也是三天前阿拉伯人袭击我们的原因。

乔治：[苦恼地] 我知道这都是我的错。

亚历克：那些当地人下定决心要加入奴隶贩子，对我们来说，明天简直是十面埋伏。我们不可能抵挡住——天知道有几千人。

乔治：你是说我们所有人都会被杀死？

亚历克：如果继续待在这儿，一点逃跑的机会都没有。

乔治：[小声说] 你打算怎么处置我，亚历克？

[亚历克在帐篷里来回踱步。

亚历克：[过了一会儿] 我觉得你现在可以去看病人了，医生。

医生：好的。

迪克：需要我也离开吗，亚历克？

亚历克：没事，你可以待着。但记着，没问到你的时候，一句话都别说。

> [医生离开。

乔治：很抱歉，我刚刚的行为太愚蠢了，还好没伤到你。

亚历克：没关系，我几乎都忘了。

乔治：我脑子发热，不知道自己在做什么。

亚历克：不用解释了，在非洲，最有定力的人都可能冲动失控。

> [亚历克重新点燃烟斗，停顿了一小会儿。

亚历克：你知不知道，来之前我向露西求婚了？

乔治：我知道你喜欢她。

亚历克：她让我带你来，是希望你能恢复家族的名誉，那大概是她在世界上最想要的东西了吧。这个愿望和她对你的爱一样强烈。但现在看来，她的计划不太成功啊，你说是不？

乔治：她早就应该知道我不适合这种生活。

亚历克：我很早就看出你是个软弱、优柔寡断的人，但我还是希望你能成材。你的目标是好的，但你没有能力去实现它们。抱歉，我不是想教育你。

乔治：[痛苦地] 噢，你觉得这种时候我还会在乎别人对我说什么吗？

亚历克：[严肃却和蔼地] 我发现你开始喝酒，我告诉过你，在这个国家，没人能摆脱酒精的控制，你也发誓绝不再碰一滴酒了。

乔治：是的，我毁约了。我忍不住，诱惑力太大了。

亚历克：我们到穆内斯车站的时候，你和马奇纳利喝得烂醉，整个营地的人都看见了。我本应该把你送回口岸的，但那会让露西心碎。

乔治：那都是马奇纳利的错。

亚历克：我知道是他的错，所以才把他一个人送回去了，我想再给你一次机会。后来我突然想到，拥有权威的感觉或许会给你带来一些正面的影响，于是我让你留下守着船。我把我们最主要的物资托付给你，然后继续前行。后来发生了什么就不需要我提醒了吧。

　　[乔治闷闷不乐地低下头，找不到借口，于是便沉默着。

亚历克：我得出结论，你是没救了，彻头彻尾地没救了。

乔治：[淡淡笑了一下] 就像我父亲一样。

亚历克：你说的话我一个字都不能相信，你做遍了所有不该做的事，结果呢？你手下的人发动暴乱，要不是我及时赶回来，他们早该杀了你，把物资抢劫一空。

乔治：你总是什么都怪我。一个生病发烧的人是没法对他的行为负责的。

亚历克：那时候送你回口岸已经太晚了，我不得不带着你继续走。现在一切马上就要结束，你却杀了人，令我们置身最险的险境。因为你的缘故，我们已经失去了理查森，还有将近二十条当地人的生命。从前友好的部落都加入了那些阿拉伯人，我们危在旦夕。

乔治：你打算怎么办？

亚历克：我们离海岸很远，我必须公事公办。

乔治：[倒吸一口冷气] 你要杀了我？

亚历克：你在乎露西吗？

乔治：[有气无力] 你——你知道我在乎的。你为什么要现在提起她？我把一切都搞砸了，我是自作自受。但想想我给露西带来的耻辱，那会要了她的命。她对我期待那么高。

483

亚历克：听我说，我们唯一逃脱的机会，就是突袭那些阿拉伯人，在本地部落加入他们之前。我们虽然在人数上处于绝对劣势，但如果今晚行动，还有机会击溃他们。我的计划是，照常行军，装作不知道图尔卡纳的背叛计划，一小时后，所有白人和我信任的斯瓦希里人都将抄近道，但我会留下一个白人。阿拉伯佬会得知我们出发的消息，他们一定会试图在山口拦截我们，那时候我就从侧翼袭击他们。你明白了吗？

乔治：明白。

亚历克：好，现在我需要一个白人带领图尔卡纳人，那个人将面临极大的危险。我愿意自己冒这个险，但假如我不在的话，那些斯瓦希里人是不会打仗的。你愿意承担这项任务吗？

乔治：我？

亚历克：我可以命令你去，但这项任务太危险了，我没法强加在任何人身上。如果你拒绝，我这就去把其他人叫来，看看有谁愿意挺身而出。那样的话，恐怕你就得自己摸索着回海岸去了。

乔治：不，不！任何事都行，我受不了那种耻辱。

亚历克：我不瞒你，这项任务基本上是有去无归，但为了拯救大家，我们别无选择。但另一方面，如果袭击开始的时候你展现出巨大的勇气，让图尔卡纳部落的人知道我们对他们网开一面，你就有机会逃脱了。假如成功了，我保证绝口不提之前发生的一切。

乔治：好，我去。对了，真心感谢你给我这个机会。

亚历克：我很高兴你接受了这个任务，无论如何这都将是你生命中的英雄之举。[他向乔治伸出手去，乔治握住了他的手] 好了，就说这么多了，你必须半小时内做好准备，这是你的枪。记住，其中一个弹巢是空的，最好上一颗新弹。

乔治：好，我会的。

[*乔治离开了。*

迪克：你觉得他有逃脱的机会吗？

亚历克：如果他有足够的勇气，就可以逃脱。

迪克：但愿！

亚历克：明天我们就知道了，勇气，是他仅存的美德。

迪克：如果他连勇气都没有的话，等待他的就只有死亡了？

亚历克：是的，死亡！

第二幕终

485

第三幕

　　场景：凯尔西夫人家的吸烟室，吸烟室尽头是一道通往会客室的拱门。右侧有一扇玻璃门，连接着花园。房间的一侧摆着沙发，另一侧是一张桌子，桌上放着香烟、火柴、威士忌、苏打水等。

　　凯尔西夫人正办舞会，幕布升起时，剧场内隐约响起方块舞舞曲。克劳利太太、罗伯特·博尔杰爵士坐在一旁。凯尔西夫人和詹姆斯·卡伯里牧师一同入场。

凯尔西夫人： 噢，你们这些讨厌鬼，为什么不跳舞？躲在这儿也真好意思！

克劳利太太： 我们还以为待在吸烟室就不会被人发现了。您怎么抛下客人到这儿来了，凯尔西夫人？

凯尔西夫人： 噢，我把他们安顿好了，都在舒舒服服地跳方块舞呢，这样一来我就有时间休息半小时。你们都不知道我整晚有多煎熬。

克劳利太太： 我的老天爷啊！为什么？

凯尔西夫人： 我一直提心吊胆的，生怕亚历山大·麦肯齐会来。

博尔杰： 你不用担心，艾丽斯阿姨，他不会冒险露面的。

凯尔西夫人： 我完全不知道该怎么办，舞会又不可能推迟。太可怕了，一想到这些恐怖的真相竟然要……

卡伯里： [提醒她] 公开。

凯尔西夫人： 是的，公开，而且还是今天，我好不容易才说服露西重新开始社交、参加今天的活动。我真希望迪克能来。

博尔杰：是啊，他一定能告诉我们一些消息。

克劳利太太：他会来吗？

卡伯里：不管走到哪里，人人都在谈论麦肯齐先生，不得不说，我没见到一个说他好话的。

博尔杰：[酸楚地] 成王败寇啊。

卡伯里：我可否来一支烟？

克劳利太太：当然，如果被你们搞得太紧张，我也需要一支。

博尔杰：别让她紧张，她抽得够多了。

克劳利太太：好吧，我不紧张，但烟还是得要。

卡伯里：[将烟盒递给她，并为她点烟] 这是违背我原则的，你知道吧。

克劳利太太：原则有什么用呢？除了看到你违背它会给我带来些许奇怪的愉悦感。

　　　　[在她说话的时候，迪克走了进来。

迪克：我亲爱的夫人，你真是如同编剧一般妙语连珠啊。你说这些话究竟是有意还是无心呢？

凯尔西夫人：迪克！

博尔杰：迪克！

克劳利太太：洛马斯先生！

卡伯里：啊！

　　　　[他们四人同时发出惊叫。

迪克：你们这么热情我万万没想到，实在是受宠若惊。

凯尔西夫人：我太高兴了，你总算来了，现在我们可以知道真相了。

博尔杰：[急切地] 所以真相是什么？

迪克：我亲爱的朋友们，你们在说什么？

博尔杰：噢，别装了！

克劳利太太：老天，你没读今早的《泰晤士报》吗？

迪克：我今晚刚从巴黎回来，再说了，我从来不看报纸的，八月份例外。

克劳利太太：[挑起眉毛] 你知道八月一般什么内容都没有吧？

迪克：你说什么？我可喜欢研究海蛇怪和大醋栗 ① 了。

凯尔西夫人：我亲爱的迪克，实在是太令人震惊了，我希望有足够的勇气写信给麦肯齐先生，让他别再来了。但自从你们上个月从非洲回来之后，他就几乎天天在这里。他对我们这么好，让我有时候不得不怀疑那个故事是不是真的。

博尔杰：证据确凿，老天，我真的很想踹他一脚。

迪克：[干巴巴地] 亲爱的孩子，亚历克那么壮实，块头比你大那么多，我是不建议你去踹他。

博尔杰：我本来今晚要和他一起吃饭的，但我找个借口不去，说自己头疼。

凯尔西夫人：要是他看到你在这里，会怎么想呢？

博尔杰：随他他妈的怎么想吧。

凯尔西夫人：希望他有自知之明，不要过来。

卡伯里：今晚你应该会是"安全"的，凯尔西夫人，已经很迟了。

迪克：有谁能好心跟我解释一下你们在说什么吗？

克劳利太太：你不会真的不知道吧——你是认真的吗？毕竟你当时也在场啊。

凯尔西夫人：我亲爱的迪克，今早的《泰晤士报》上有整整两栏对麦肯齐的强烈谴责。

　　　　[迪克有点吃惊，但很快就恢复了镇定。

迪克：噢，那很正常，简直不值一提。三年深入非洲腹地，他从蒙

---

① 应指报纸上一些奇闻怪谈栏目。

巴萨一路披荆斩棘，当然啦，人不可能常胜不败，这肯定会招来一些非议。

博尔杰：［目不转睛地看着迪克］那篇文章是由一个叫做马奇纳利的人署名的。

迪克：［平静地］马奇纳利在蒙巴萨饿得奄奄一息，多亏亚历克好心救了他，但他就是个没用的无赖，亚历克后来只得把他送走了。

博尔杰：他为他说的每一个字都提供了充足的证据。

迪克：无论在什么时候，但凡一名探险家回国，总免不了闲言碎语。人们很容易忘记一个事实，就是在热带丛林里，所谓的绅士风度、外交手腕都毫无用处，很多时候只能凭借残忍和暴力赢得尊重，可这种残暴却很轻易就能引起民愤。

凯尔西夫人：噢，我亲爱的迪克，情况比你说的要糟很多。首先，露西的父亲——那个可怜人儿——去世了。

迪克：你不会真的认为那是一个巨大的不幸吧？虽然这么说不太好，但我们不是一致认为，死亡对他来说是一种解脱吗？

凯尔西夫人：但这让露西心碎啊，然后就在她的生活稍稍有点起色的时候，又传来她弟弟去世的悲伤消息。

迪克：［突然对克劳利太太说］到底发生了什么？

克劳利太太：总而言之，说是麦肯齐先生害死了乔治·阿勒顿。

迪克：露西的弟弟是被奴隶贩子杀死的。

博尔杰：是麦肯齐把他送进那么危险的陷阱，为了保自己那条肮脏的小命。

凯尔西夫人：最可怕的是，我觉得露西爱麦肯齐先生。

　　　［博尔杰动了动身体，一时间没人说话，氛围尴尬。

卡伯里：我今晚在皮卡迪利见到他了，差点和他撞个满怀。相当尴尬。

迪克：［僵硬地］为什么？

卡伯里：我不想和那个人握手，他跟杀人犯没什么区别。

博尔杰：[粗暴地] 杀人犯都比他好，比他好十倍。

凯尔西夫人：好了，看在老天的分上，如果他今晚来的话，别那么
　　无礼。

卡伯里：我实在没办法和他握手。

迪克：[干巴巴地] 你难道不觉得，等有了证据再指控他更好吗？

博尔杰：我亲爱的朋友啊，《泰晤士报》上的那封信实在是罪证确
　　凿。记者去采访他，都被他拒绝了。

迪克：露西怎么说？毕竟，她才是当事人。

凯尔西夫人：她还不知道，我小心翼翼，不让她看到报纸，我希望
　　她能心无旁骛地享受今晚的快乐。

克劳利太太：小心，她过来了。

　　　　　[露西走进来。

凯尔西夫人：[微笑着，过去牵她的手] 怎么啦，宝贝？

露西：[走向凯尔西夫人] 您累了吗，姨妈？

凯尔西夫人：我自己休息休息就好，这会儿应该不会有什么人来了。

露西：[欢快地] 你这没心没肺的女人，你忘了今晚的贵客了吗？

凯尔西夫人：麦肯齐先生？

露西：[凑近她] 亲爱的，谢谢你早上故意把报纸藏起来不让我看。

凯尔西夫人：[震惊] 你看到那封信了？我打算明天告诉你的。

露西：麦肯齐先生认为有必要在第一时间让我知道报纸是怎么写
　　他和我弟弟的——这点他做得很对。他今天晚上给我寄了这份
　　报纸。

博尔杰：他给你写信了？

露西：不，他只在卡片上简短地留了一条言："我觉得你应该读读
　　这个。"

博尔杰：哎哟，我的妈呀！

凯尔西夫人：你怎么想的，露西，关于那封报纸上的信？

露西：[骄傲地] 我一点也不相信。

博尔杰：[酸楚地] 你一定是被蒙骗了，被你和亚历克·麦肯齐的——友谊。我从来没读过比那封信更有说服力的文章了。

露西：就算他亲口承认，我也很难相信他会犯下如此可怕的罪。

博尔杰：当然了，他不可能承认的。

迪克：我有跟你说过我是怎么认识亚历克的吗？那时候我们在大西洋上——大概离陆地三百英里。

克劳利太太：作为一个初次见面的地方也是极其荒谬了。

迪克：那时候我还是个年轻的傻瓜，做事轻浮，有一次不知怎么从甲板掉到海里去了，就在我开始往下沉的时候，亚历克跳下来救了我。那对他来说也是冒险之举，因为他自己也差点淹死。

露西：他见义勇为的事儿可不止这一件。

迪克：是啊，就像这是他的爱好似的，他总是不顾个人生死去救一些无用之人。但有趣的是，他救了我，却反而莫名其妙对我充满感激，仿佛我是故意掉到水里，为了给他一个把我拉上来的机会。

露西：[意味深长地看着迪克] 你真好，告诉我们这个故事。

　　　[管家走进来，告诉大家亚历克·麦肯齐到了。

管家：麦肯齐先生光临。

亚历克：[面无表情地] 啊，我就猜你在这儿，凯尔西夫人。

凯尔西夫人：[同他握手] 你好吗？我们正说到你呢。

亚历克：真的吗？

凯尔西夫人：这么晚了，我们还担心你不会来了。假如你不来的话，你知道我会有多失望。

亚历克：承蒙您的好话，正巧我刚刚在《旅行家》杂志社，读了各式各样称赞我人品的文章。

凯尔西夫人： [有点尴尬] 噢，我听说报纸上有一些关于你的事。

亚历克： 非常多，我都完全不知道，世界上竟然有那么多对我感兴趣的人。

凯尔西夫人： 你今晚能来实在太让人欢喜了。我敢肯定，你是讨厌跳舞的！

亚历克： 噢，恰恰相反，我觉得跳舞非常有趣。我还记得，曾经有一位乌干达国王特意为我准备了一支舞——一万名脸上、身上涂着油彩的士兵。我跟你打包票，场面相当震撼。

迪克： 我亲爱的朋友啊，可不仅仅是油彩，油彩去伦敦社交界看就够了。

亚历克： [装作刚注意到博尔杰] 啊，你也在这儿啊，我的小朋友鲍比。我好像记得你说头疼来着？

凯尔西夫人： [快速地] 鲍比怕是喝多了，脸色真不好。

亚历克： [调侃] 你不该待到这个点儿的，鲍比，你这种年纪的人可是很需要美容觉。

博尔杰： 难为你有兴趣跟我说话，我头已经不疼了。

亚历克： 能和你说话我很高兴。你吃了什么药——非那西丁？

博尔杰： 晚饭后它自己就不疼了。

亚历克： [微笑着] 所以你就决定来凯尔西夫人家，给姑娘们一个惊喜？你真棒啊，没有让她们失望！[他转身对着露西，伸出手。他俩对视了一会儿，露西把手放到他手上] 我今晚给你寄了一份报纸。

露西： 你这么做真好。

　　　　[卡伯里走上前来，做出邀请露西跳舞的样子。

卡伯里： 我想，这次轮到我了吧，阿勒顿小姐。我能请你跳一支舞吗？

亚历克： 卡伯里？我刚刚在皮卡迪利看到你了！那么匆匆忙忙，跟一头小瞪羚似的。我以前都不知道你动作还能这么敏捷。

卡伯里：我没看见你。

亚历克：我经过的时候，你正津津有味地盯着那个商店的橱窗。你好吗?

　　[他伸出手，卡伯里犹豫了一会儿，但经不住亚历克坚定的目光，还是和他握手了。

卡伯里：你好。

亚历克：[带着戏谑的微笑] 总算又见到你了，老伙计。

　　[迪克噗嗤一声笑出来，卡伯里脸色发红，愤怒地把手抽出来。他走到露西边上，示意她挽住自己的胳膊。

博尔杰：[对着克劳利太太] 我们回去跳舞吧?

克劳利太太：走!

凯尔西夫人：你不一起来吗，麦肯齐先生?

亚历克：如果你不介意的话，我想待一会儿，和迪克·洛马斯抽支烟。你知道的，我不太会跳舞。

凯尔西夫人：好的，请便。

　　[除了亚历克和迪克，其他人都离开吸烟室。

迪克：你知道你来之前，我们都在恳请老天爷，让你今晚不要出现吧?

亚历克：[微笑着] 说实话，我猜到了。要不是想看看露西，我是不会来的。我一天都在乡下，要不是看到车站的布告，都不知道马奇纳利的那封信。

迪克：我看马奇纳利是想把事情搞大。

亚历克：[微笑着] 我的错，不是吗? 当时就该把他扔进河里。

迪克：你打算怎么办?

亚历克：自证清白不容易啊，特别是乔治已经死了。黄土也一并掩埋了他的罪孽与弱点。

迪克：难道你就打算这么坐着，任凭别人诬陷吗？

亚历克：乔治死的时候，我给露西写了一封信，告诉她乔治是个英雄。我不可能现在向世界宣布他其实是个懦夫、无赖，我不能让大家重新想起她父亲的罪过。

迪克：[不耐烦地] 开什么玩笑。

亚历克：不，你想想，我别无选择，手脚被捆得死死的。露西和我谈过乔治的死，唯一让她感到安慰的，就是这在某种程度上为他们家族挽回了荣誉。我怎么能拿走这个唯一的安慰呢？她把所有希望都寄托在乔治身上，假如知道她弟弟和他们父亲一样，是个烂透了的烂人，她该怎么面对这个世界啊。

迪克：听上去太难了。

亚历克：另外，话说回来，那孩子确实死得壮烈，也算有值得称道的地方了，不是吗？不，我不能公开他的丑行，那样的话我永远都无法原谅自己。我太爱露西了，舍不得给她带来任何伤痛。

露西：但假如因为这些诽谤，她不爱你了呢？

亚历克：我想，没有爱，她也能活得好好的，但没有自尊可是万万不行。

　　　　[露西和克劳利太太一起进来。

露西：我把我的舞伴打发走了，我觉得有必要和你单独说几句话。

迪克：需要我带克劳利太太去某个角落回避一下吗？

露西：不用，没什么是你们不能听的，你和内利知道我们已经订婚了。[对着亚历克] 我希望你和我一起跳一支舞。

亚历克：谢谢你的邀请。

克劳利太太：你不觉得那样做有点傻吗，露西？

露西：[对着亚历克] 我就是要让他们看看，我不相信你会犯什么臭名昭著的罪。

亚历克：他们说了什么有关我的可怕的话吗？

露西：没有对我说，他们不想让我听到，但我知道他们在说。

亚历克：你会慢慢习惯这些流言蜚语的，我也应该习惯。

露西：噢，我恨他们。

亚历克：啊，倒也不是他们。对他们的赞扬我可以轻易做到嗤之以
　　鼻，现在却无法忽视他们的贬损，这让我很受折磨。

克劳利太太：[微笑着] 不管怎么样，我还是相信你身上闪烁着人性
　　的光辉的。

露西：今晚你来的时候，是那么镇定自若，我从没像那一刻那样爱
　　慕着你。

亚历克：控制一个人的面部表情很容易，这点我是在非洲学会
　　的。在非洲，面上的无所畏惧很多时候能救你的命。但在我心
　　里……我从来没想过会这么苦。不过，话说回来，我也只在乎
　　你对我的看法。

露西：从我第一天见到你，我就在心里默默信任你了。

亚历克：感谢老天！今天是我第一次如此渴望被信任，而这种渴望
　　还让我感到羞耻。

露西：啊，别对自己太苛刻。你太小心，生怕真情流露。

亚历克：变强的唯一办法，就是永远不要屈服于自己的软弱。坚强
　　只不过是一种习惯，和其他东西一样。我希望你也能坚强，不
　　管你听到什么，永远不要怀疑我。

露西：我把亲弟弟交给了你，并且告诉你如果他像英雄般死去，我
　　便无所他求。

亚历克：我必须告诉你，我已经决定不对那些指控做任何回应。

　　　　[他停顿了一下，缓缓地看着她。]

克劳利太太：可这是为什么呢？

亚历克：[对着露西] 我可以向你发誓，我没有做任何违背良心的

事。我相信自己正确处理了乔治的事，如果一切重来，我还会做出同样的选择。

露西：我相信你。

亚历克：我一直都想着你，我所做的一切都是为了你。在非洲的这四年，我的一举一动都是出于对你的爱。

露西：你要永远爱着我，亚历克，因为现在我只有你了。[他弯下腰，吻了吻她的手背] 来吧！

   [她挽着他离开了。

克劳利太太：我感觉自己快哭了。

迪克：是吧？我也是。

克劳利太太：别犯傻。

迪克：对了，你不会想跟我跳舞的，对吧？

克劳利太太：当然不，你跳得那么烂。

迪克：还好你这么说，我现在立刻就感觉放松下来了。

克劳利太太：过来，我们坐在沙发上认真谈一谈。

迪克：啊，你这是想勾引我啊，克劳利太太。

克劳利太太：老天，你怎么会这么想？

迪克：要不然一个女人是不会叫你理智地谈话的。

克劳利太太：我最受不了男人自以为是，以为全世界女人都爱他。

迪克：拜托，我不是那个意思，我觉得她们只是想跟我结婚而已。

克劳利太太：一样让人讨厌。

迪克：才不会。一个男人不管多老、多丑、多没有吸引力，依旧会有一群浑身散发着魅力的女孩想嫁给他。对一个好姑娘来说，婚姻仍然是唯一体面的生存手段。

克劳利太太：可是，我亲爱的朋友啊，假如一个女人真的下定决心要嫁给一个男人，那么他是无论如何也逃不掉了。

迪克：别这么说，你吓到我了。

克劳利太太：你完全没必要担心，我反正是会拒绝你的。

迪克：谢谢，非常感谢。不管怎么说，我也不会冒险求婚。

克劳利太太：我亲爱的洛马斯先生，你可以说是危在旦夕啊。

迪克：此话怎讲？

克劳利太太：很明显，最笨的人都看得出来，过去一个月你一直徘徊在向我求婚的边缘。

迪克：噢，我向你保证，大错特错。

克劳利太太：那是不是说，明天我不应该和你一起去看戏？

迪克：但我已经预订好座位了，还订了卡尔顿酒店的豪华晚宴。

克劳利太太：你都订了哪些菜？

迪克：法式浓汤…… [克劳利夫人做了个鬼脸] 诺曼底龙利鱼……
  [她耸了耸肩] 野鸭。

克劳利太太：搭配香橙沙拉？

迪克：是的。

克劳利太太：听上去还行。

迪克：我还订了一个舒芙蕾，中间带冰激淋的那种。

克劳利太太：我不能去。

迪克：我错怪你了，不该认为你精通戏剧艺术是因为你执意嫁给任何一个带你去剧院的男人。

克劳利太太：[端庄地] 我可是受过良好教育的。

迪克：那是当然。如果你决定，除非我和你结婚，不然你就要有条不紊地把自己变成一个刺球，那么出于自卫的目的，我想我应该和你结婚。

克劳利太太：你知不知道自己在说什么？我可以明确告诉你，我不知道！

迪克：我只不过是委婉地请你挑一个时间，在下愿为鱼肉，任你宰割。

克劳利太太：你能不能稍微带一点儿浪漫？至少从单膝下跪开始。

迪克：我跟你说，那一套已经过时了。现在求婚的都是中年老汉，膝关节不好。再说了，跪下来还会把裤子磨破。

克劳利太太：不管怎样，你得说你知道自己配不上我，不要找借口。

迪克：我是不会对一个风流女人说这种与事实不相符的话的。

克劳利太太：还有，如果我不答应，你要以死相逼。

迪克：女人总是这么墨守成规，没有一点点创意。

克劳利太太：那好，就按你的路数来，但我必须要一个正式的求婚。

迪克：几个字就够了。[掰着指头算] 你愿意嫁给我吗？

克劳利太太：真是简单明了，我用一个字就能回答——不！

迪克：[一副不敢相信的表情] 不好意思，你说什么？

克劳利太太：答案是，否。

迪克：你在开玩笑，你绝对在开玩笑。

克劳利太太：[微笑着] 我可以当你的妹妹。

迪克：你是故意拒绝我的？

克劳利太太：[微笑着] 我答应过会拒绝你的。

迪克：[神情严肃] 但我是真的从心底感谢你。

克劳利太太：[疑惑地] 这人疯了，和神经病没两样。

迪克：我想看看你是不是真的在乎我。你让我体会到受人尊敬的感觉，这种感觉，我保证一辈子都不会忘记。

克劳利太太：[大笑] 你真的是个白痴，洛马斯先生！

迪克：我一直都相信，一个真正的好女人是不会和她心爱的男人结婚的，毕竟那对他来说可是太残忍了。

克劳利太太：你太轻浮了，根本不是结婚的料，而且你如此热衷于讨价还价，实在招人厌。

    [她离开了。迪克轻声笑了笑，点燃一支烟。亚历克走进来，懒懒地躺在沙发上。

亚历克：怎么了，迪克，发生了什么？怎么乐得跟潘趣①似的。

迪克：我亲爱的朋友啊，我现在的感觉就像自己是"土耳其恶棍"②似的，在跟别人摔跤，随时都会跌倒。但是，凭借我展现出的非凡身手，我到底还是保持住了平衡。

亚历克：什么意思？

迪克：没什么，四十二岁的快乐罢了。

　　　　[博尔杰走了进来，身后跟着马林斯和卡伯里。见到亚历克，他停顿了一下，随后朝放着威士忌的桌子走去。

马林斯：我们可以在这里吸烟吗，鲍比？

博尔杰：当然。迪克坚持要保留这间房间，专门用作吸烟室。

　　　　[管家走进来，手中举着一个银色大托盘，将一两个脏杯子收走。

迪克：凯尔西夫人是世上最热情好客的主人。

亚历克：[从烟盒里抽出一支烟] 给我一根火柴，鲍比，好孩子。

　　　　[博尔杰背对着亚历克，装作没听见，给自己倒了些威士忌。亚历克淡淡一笑] 鲍比，扔几根火柴过来！

博尔杰：[依旧背对着亚历克] 米勒！

管家：什么事，先生？

博尔杰：麦肯齐先生需要一些东西。

管家：遵命，先生！

亚历克：你能帮我点烟，对吧？

管家：是的，先生！

　　　　[管家将火柴递给亚历克，后者将烟点燃。

亚历克：谢谢。[房间里一片死寂，直到管家离开] 看来啊，鲍比，

---

① Punch，木偶戏《潘趣与朱迪》中的喜剧角色。

② The Terrible Turk，土耳其摔跤运动员优素福·伊斯梅洛（Yusuf Ismail）的别名。

我不在的时候，你并没有在礼貌方面有什么长进。

博尔杰：如果你要什么东西，你可以让仆人给你拿。

亚历克：[调侃] 别傻了，鲍比！

博尔杰：你能不能发善心记得我的名字？我叫博尔杰。

亚历克：[微笑] 或者你更愿意我叫你罗伯特爵士？

博尔杰：我情愿你不要叫我，我并不想认识你。

亚历克：这说明你的品味和你的出身一样差。

博尔杰：[怒气冲冲地向亚历克走去] 老天，看我不把你打倒在地！

亚历克：你做不到的，我已经躺平了。

博尔杰：听着，麦肯齐，我不会任你羞辱的。我想知道你要怎么回应那些对你的指控。

亚历克：容我提醒你一下，只有阿勒顿小姐有权利知道答案，而她已经问过我了。

博尔杰：我已经放弃搞清楚她的态度了。如果我是她，看你一眼就会让我恶心、毛骨悚然。从今天早上开始，你就背负着害死乔治的罪名，你却丝毫不为自己辩护。

亚历克：没什么可说的。

博尔杰：你明明有机会解释，但你什么都没做。

亚历克：是的。

博尔杰：你难道不想办法洗刷罪名吗？

亚历克：不。

博尔杰：那我只能得出一个结论，看来是没有什么可以证明你的清白了，但至少我可以和你断交。

亚历克：那我们就一刀两断吧。我需要把你的信和照片还给你吗？

博尔杰：我没有开玩笑。

亚历克：我就直说吧，哪怕我是苏格兰人，你是英格兰人，我都能看出你的荒唐，关键是你自己还完全意识不到。

迪克：算了，亚历克！他只是个孩子。

博尔杰：[对着迪克·洛马斯] 我自己完全能解决自己的事，你不插
　　　手我就万分感激了。[对着亚历克] 假如露西完全无所谓她弟弟
　　　的生死，仍旧愿意跟你在一起，那是她自己的事……

迪克：[打断他] 好了，鲍比，差不多就行了。

博尔杰：[愤怒地] 别管我，去你的！

亚历克：你觉得这里是吵架的地儿吗？何不干脆在我的俱乐部吵，
　　　或者趁星期天教堂游行的时候？那样你能掀起更大的风浪来。

博尔杰：你今天晚上来这里就是不要脸，你就是想利用这些傻娘们，
　　　用她们作挡箭牌。你知道只要露西站在你那边，就总有人不会
　　　相信报纸上说的。

亚历克：我来这里的原因和你一样，孩子，因为我收到了邀请。

迪克：现在可以了，鲍比，闭嘴！

博尔杰：我不会闭嘴的，这个人没有权利出现在这里。

迪克：别忘了你是凯尔西夫人的侄子。

博尔杰：我没有叫他来。你觉得如果知道他在这里，我今晚还会来
　　　吗？他已经承认他无法证明自己是清白的。

亚历克：不好意思，我没有承认任何事，也不否认任何事。

博尔杰：我不吃这一套。我只要真相，并且我一定会得到的，我有
　　　权知道。

亚历克：[渐渐失去了耐心] 不要自找麻烦，鲍比。

博尔杰：他妈的，你给我回答！

　　　　[他边说边愤怒地朝亚历克冲过去，但亚历克稍稍转动一下
　　　手臂，就把他扔到了身后。

亚历克：我可以扭断你的脖子，傻孩子。

　　　　[博尔杰发出一阵怒吼，扑向亚历克，迪克冲出来，挡在两
　　　人中间。

迪克：好了好了，别闹了，这样下去你只会得不偿失，鲍比，亚历克随便就能把你打趴下。把他带走，马林斯。别吃饱了撑着傻站在那里，卡伯里。

博尔杰：别管我，你这个白痴！

马林斯：来，走吧，老兄。

博尔杰：[对着亚历克] 操你妈的混蛋！

迪克：赶紧走吧，别瞎胡闹了。

    [博尔杰、马林斯，还有卡伯里离开。

迪克：可怜的凯尔西夫人！明天整个伦敦都会议论你和鲍比在她的会客室里大打出手。

亚历克：[恼怒地] 小王八蛋！

迪克：情况真是越来越尴尬了！

亚历克：之前拍马屁拍得让我想吐，然后一夜之间全部翻脸，好像我连狗都不如。噢，我鄙视他们——多少人在外打拼，可这些愚蠢的小崽子只会在家贪图享乐。天啊，我受够了，他们大概以为去非洲就跟去皮卡迪利一样简单，以为一个人经受的所有艰险、困顿、疾病、饥饿，都只是为了让他在伦敦社交圈的晚宴上自吹自擂。

迪克：我亲爱的亚历克，淡定、淡定。

亚历克：[努力克制情绪，脸上带着刻意的平静] 我看起来是不是激动过头了？

迪克：[挖苦地] 不，相当冷静，冷静到放一块黄油在你嘴里都不会融化。

    [迪克和亚历克走出房间前往花园，随后博尔杰和凯尔西夫人一同进来。

博尔杰：谢天谢地没有人在这里。

凯尔西夫人：你是傻到家了，鲍比，你知道露西有多反感别人插手她的事情。

博尔杰：你要坐下来吗？你肯定很累了。

凯尔西夫人：你为什么就不能等到明天再提这事儿？

博尔杰：我觉得应该尽早解决。

　　　　[露西进来。

露西：你叫我吗，姨妈？卡伯里先生说你有话对我说。

凯尔西夫人：是的，我叫他去的。

博尔杰：是我让艾丽斯阿姨求你过来的，我怕自己叫不动你。

露西：[淡淡地] 胡说八道！见到你一直让我很开心。

博尔杰：我想跟你谈谈，然后我觉得艾丽斯阿姨最好也在场。

露西：什么事这么重要，不能等到明天吗？

博尔杰：恕我直言，非常重要。

露西：[微笑] 洗耳恭听。

　　　　[博尔杰犹豫了一下，做好勇闯难关的准备。

博尔杰：我告诉你很多次了，露西，从我记事起我就一直爱着你。

露西：所以你把我从舞伴身边拉走——他可不太情愿——就是为了
　　向我求婚？

博尔杰：我非常认真的，露西。

露西：[微笑] 我向你保证，我们不合适。

博尔杰：亚历克·麦肯齐回来前我已经问过你一次了。

露西：你的心意我领了，我虽然嘲笑了你一番，但你千万要知道我
　　是心怀感激的。

博尔杰：如果不是《泰晤士报》上的那封信，我再也没脸跟你说话
　　了，但那封信让一切都改变了。

露西：我不明白你在说什么。

博尔杰：[短暂停顿了一下] 我再问你一遍，你愿意嫁给我吗？亚历
　　克·麦肯齐回来后，我知道你为什么那么无视我了，但你现在

不能跟他结婚。

露西：你没有权利这样和我说话。

博尔杰：我是唯一一个和你有血缘关系的男人呀，况且我全身心爱
　　　着你。

凯尔西夫人：我觉得你应该听他的，露西。我已经老了，很快你在
　　　世上就孤苦伶仃了。

博尔杰：我不指望你喜欢我，我只想为你效劳。

露西：我唯一能重复的就是，我很感激你，但我永远都不会嫁给你。

博尔杰：[开始发起脾气来] 你打算继续和麦肯齐在一起吗？你随便
　　　去问一个不相干的人，他的反应肯定和我一样。麦肯齐犯下了
　　　滔天大罪，这是毫无疑问的。

露西：我不在乎什么证据不证据的，我只知道他绝不会做任何羞耻
　　　的事。

博尔杰：难道你忘了吗，他杀了你的亲弟弟啊！整个国家都在指责
　　　他，你却毫不在乎？

露西：[激动地] 噢，鲍比，你怎么能这么残忍？

博尔杰：如果你对乔治还存有一丝关心，你就应该希望害死他的凶
　　　手受到惩罚。

露西：噢，你为什么要这样折磨我？我告诉你，他没有罪。因为我
　　　相信……

博尔杰：[打断她] 但你问过他吗？

露西：没有。

博尔杰：他也许会向你坦白真相。

露西：我不能那么做。

博尔杰：为什么不能？

凯尔西夫人：他一直保持沉默确实很奇怪。

露西：你也相信那个故事吗？

凯尔西夫人：我不知道该相信什么。那么大一桩事，如果他是无辜的，为什么不为自己辩解呢？

露西：他知道我相信他，我不能问他，因为我不想让他受伤害。

博尔杰：你害怕他无法回答吗？

露西：不，不，不！

博尔杰：这样吧，你去试试，就算是为了纪念乔治。

凯尔西夫人：我觉得很不可思议，露西，他知道我们都是他的朋友，不会对他怎么样的。

露西：我毫无保留地信任他，用尽全力地信任他。

博尔杰：那么你去问他也就没什么大不了的，他没有理由不相信你啊。

露西：噢，你能不能不要管我的事？

博尔杰：直截了当地问他，如果他拒绝回答……

露西：[快速地] 那也说明不了什么，他凭什么一定要回答呢？我完完全全相信他，他是我认识的最了不起、最诚实的人，我对他一根手指的关心甚至超过对世上其他一切事物的关心。这就是为什么他不可能犯下如此可怕的罪行，因为我爱他，爱了他好多年，他知道这点，然后他也爱我，会永远爱我。

    [亚历克和迪克从花园散步回来。]

露西：亚历克，亚历克，我需要你！谢天谢地你总算出现了！

亚历克：[迅速冲到她身边] 怎么了？

露西：亚历克，你必须现在就告诉他们我俩的事。

    [亚历克看了看露西，然后转向凯尔西夫人。]

亚历克：或许我们应该早点告诉你，凯尔西夫人，但我们想独自享受秘密带来的喜悦。

凯尔西夫人：恐怕我没听明白。

亚历克：我请求露西嫁给我，然后她……

露西：[打断他] 她说这是她的荣幸，她也很感激。

凯尔西夫人：[面露尴尬] 我不知道该说什么了。你们订婚多久了？

露西：你就不能说你很高兴吗，姨妈？我知道你希望我幸福。

凯尔西夫人：我当然希望你幸福，可我——我——

　　　　[博尔杰起身，走出房间。

迪克：[伸出手臂，对着凯尔西夫人说] 你想回会客室吗？

　　　　[她无可奈何地由他领着走回会客室，房里只剩下亚历克和
　　露西。

亚历克：[微笑] 我们的消息反响平平啊。

露西：你不生我的气吗，亚历克？

亚历克：当然不啦，你做的任何事都是正确且可爱的。

露西：你都学会说好话了，看来我的确是个不错的人。

亚历克：很高兴我们终于能独处了，不管怎么样，人们现在会有意
　　识不打扰我们了。

露西：[热切地] 我需要你的爱，我太需要你的爱了。

亚历克：[将她揽入怀中] 我的宝贝！

露西：[紧紧靠着他] 一和你在一起，我就觉得浑身充满自信与
　　快乐。

亚历克：只有和我在一起的时候吗？[露西盯着他看了一会儿。他用
　　温柔的嗓音又重复了一遍] 只有和我在一起的时候吗，宝贝？

露西：你知道我为什么让你告诉他们我们订婚了吗？

亚历克：我吃了一惊。

露西：我必须告诉他们，我不能再藏着掖着了，他们让我太煎熬了。

亚历克：那群混蛋！告诉我，他们做了什么？

露西：噢，他们说了你很多坏话。

亚历克：只是坏话吗？

露西：对你来说没什么，可是对我来说……噢，你不知道我有多痛

苦。我就是个懦夫！我以为自己可以更勇敢的。

亚历克：我没明白。

露西：我想背水一战，我想说服自己。[亚历克微微动了动，从她身边移开，但她急切地将他拉回来]原谅我，亲爱的，你不知道有多糟糕，我完全无依无靠。所有人都相信是你害死了可怜的乔治——所有人，除了我。[亚历克痛苦地看着她，一言不发]我努力让自己不要这么想，但我没办法——我没办法。报纸上的那封信太像真的了。你明白我的意思吗？这种不确定性超出了我能承受的范围。一开始我是那么的坚定。

亚历克：现在呢，不坚定了吗？

露西：我一如既往地相信你，我知道你不可能做出那种卑鄙无耻的事，可白纸黑字摆在那里，你又没做出任何回应。

亚历克：我知道很难，所以才叫你一定要相信我。

露西：我相信你，亚历克——全心全意。但可怜可怜我吧，我没有想象中那么坚强，对你来说很容易，你就像一块钢铁，可我是个弱小的女人啊。

亚历克：噢，不，你跟其他女人不一样，你不可战胜的意志力让我骄傲。

露西：面对我父亲和乔治的事，坚强起来并不难，可你是我爱的人啊，这不一样，我不知道该怎么独自面对了。

　　　[亚历克看着她，一时没有说话，陷入了沉思。

亚历克：你还记不记得一小时前我跟你说过，假如一切重来，我会做出一样的选择？我以名誉发誓，我没有做任何会让我后悔的事。

露西：噢，我知道，我太羞愧了，但我实在是忍受不了这种怀疑了。

亚历克：怀疑！你总算把这个词说出口了。

露西：我告诉每一个人，说我一点都不相信那些可怕的指控。我不断对自己重复：我确信、确信他是无辜的。可是在内心深处仍旧有一丝疑虑，我没有办法让它消散。

亚历克：这是你告诉他们我们订婚的原因吗？

露西：我想消除那久久萦绕在心头的犹疑，它让我感到无比疼痛。我以为，只要我站出来，大声宣布我对你的信任，我就能不顾一切地和你结婚，至少我的内心会感受到平静。

> [亚历克来回踱步，然后停在露西面前。

亚历克：你想让我做什么？

露西：我希望你能为我想一想，因为我爱你。如果你不愿意向世界公开事情的原委，那么就不要公开，但至少告诉我真相。我知道你是个不会撒谎的人，任何从你嘴里说出来的话我都相信，我只是想要一个确切的答案，确切的答案！

亚历克：但凡良心上有任何一点不安，我都绝不会向你求婚的，这点你难道不知道吗？你有没有想过，我之所以保持沉默，是因为真相能摧毁一切？

露西：可我是你未来的妻子，我爱你，你也爱我啊。

亚历克：我求你别再问了，露西。往事随风，让我们忘记过去吧，我们互相爱着对方，这就够了。我不可能告诉你任何事的。

露西：噢，但你必须告诉我。不管那个故事有没有真实的成分，你得给我一个自己判断的机会。

亚历克：对不起，我不能。

露西：你这样会耗尽我对你的爱的。我整个人现在都被心底的疑惑填满了，你怎么忍心让我经受这种失心疯的折磨啊？

亚历克：我以为你相信我。

露西：你只要告诉我一件事我就满意了，你派乔治去执行任务的时候，你没想到他会被杀害，对不对？[亚历克盯着她] 你只要回答我这个就好了，亚历克，告诉我你没想到，我会相信你的。

亚历克： [很小声地] 但我想到了。

　　[露西没有回答，她盯着他，眼里满是惊恐。

露西： 噢，我搞不懂，噢，我最亲爱的，别把我当小孩子。可怜可怜我吧！你可不可以严肃一点，这是关乎生死的事啊。

亚历克： 我非常严肃。

露西： 你知道乔治是去送死？你知道他不可能活着逃出来？

亚历克： 除非奇迹发生。

露西： 但你不相信奇迹？

亚历克： 不相信。

露西： 噢，这不可能。噢，亚历克，亚历克，亚历克！噢，我该怎么办？

亚历克： 我没有别的选择。

露西： 如果这是真的，那其他的肯定也是真的。噢，太可怕了，我不相信，你就没什么要说的吗？

亚历克： [声音低沉] 我唯一能说的，是我一直用灵魂在爱着你。

露西： 你知道我有多爱我弟弟，你知道他活着、为我们家挽回荣誉对我来说有多重要。整个未来都在他身上，你却牺牲了他。

亚历克： [犹豫地] 我想我应该告诉你，他出现了重大的判断失误，导致我们被那些阿拉伯人包围，要想逃出来，只能牺牲我们当中一个人的性命。

　　[露西似乎明白了什么，她的脸瞬间因恐惧而扭曲。她快速冲到他面前，情绪激动、声音颤抖。

露西： 亚历克，亚历克，他没做什么——丢人的事吧？你不是在为他隐瞒吧？

亚历克： [嘶哑地] 不，不，不！

露西： [重重呼了一口气，几乎是在自言自语] 谢天谢地！我受不了那个。[转向亚历克，面露绝望] 可是这样我就不明白了。

亚历克：让他承担他造成的灾难，也并非不公平。

露西：那种情况下谁还考虑公平啊。他那么年轻，那么坦率，你代替他难道不是更高贵的做法吗？

亚历克：噢，我亲爱的，你不知道死有多容易。你是多么不了解我啊！如果我的死足够让大家摆脱困境，你觉得我会犹豫吗？我有我的任务啊，我肩上承担着与周围部落的庄重契约，如果我死了，我就是个懦夫。这么说吧，一旦我死了，我身边的每一个人都将惨死。

露西：我只知道一件事，就是你选了乔治——乔治，而不是任何旁人。

亚历克：那一刻我就知道，这么做可能会失去你的爱，这么说你肯定不会相信，但我一切都是为了你。

　　　[就在这时，克劳利太太和罗伯特·博尔杰爵士走了进来，克劳利太太披着大衣。

克劳利太太：我就是过来说一声晚安，鲍比要载我回去了。[她立刻注意到露西的情绪] 发生了什么？

　　　[凯尔西夫人和迪克·洛马斯进来。凯尔西夫人看了一眼露西，立刻走到她身边。

凯尔西夫人：露西，露西！

露西：[崩溃地] 我和麦肯齐先生的婚约解除了。他无法否认那些有关他的传闻。

　　　[所有人都震惊地看着亚历克，他却不为所动。

克劳利太太：[对亚历克] 你没有什么要说的吗？好歹给个解释啊？

亚历克：不，我无话可说。

迪克：亚历克，老兄，你知不知道这意味着什么？

亚历克：一清二楚，但我别无选择。

露西：[突然爆发] 你杀了他！你杀了他！你杀了他，用你的手掐死了他。

[罗伯特·博尔杰走到门边，砰的一声将门打开。亚历克看了一眼露西，耸了耸肩，一言不发地走了。他离开后，露西瘫倒在地上，撕心裂肺地哭起来。

第三幕终

第四幕

场景：迪克·洛马斯位于波特曼广场家中的书房。

迪克和他的跟班。迪克正往一个花瓶中插花。

迪克：麦肯齐先生来了吗？

查尔斯：来了，先生。他回房间了。

迪克：克劳利太太和阿勒顿小姐一会儿要来喝茶，其他任何人来，都告诉他们我不在。

查尔斯：遵命，先生。

迪克：如果来的人问我什么时候回来，就说你完全不知道。

查尔斯：好的，先生。

迪克：明早八点用餐。我要去南安普顿为麦肯齐先生送行，但会回来吃晚饭。大厅里这些箱子是怎么回事？

查尔斯：麦肯齐先生说它们下午会被送走。这上面只有一个标签，写着"桑给巴尔"①，这样能行吗，先生？

迪克：噢，应该没问题的。麦肯齐先生会告诉派件员具体的方位。你最好赶紧把茶备好，克劳利太太四点钟到。

查尔斯：好的，先生。

　　[查尔斯走了出去。迪克继续摆弄他的花，随后走到窗边向外张望，过了一会儿又走回来。这时，查尔斯打开门，说克劳利太太到了。

查尔斯：克劳利太太光临。

迪克：[急切地走上前迎接，握住她的双手] 全世界数一数二的女人来了！

克劳利太太：看来你见到我很高兴嘛。

迪克：是的，露西呢？

克劳利太太：她迟一点到……我搞不懂你为什么要这么用力地握我的手。

迪克：我几百年没见到你了！

克劳利太太：你一整个夏天都躲在苏格兰，哪里见得到我们这些去法国洪堡和意大利湖边的人。

迪克：老天，你变得会做体面人了！

克劳利太太：体面是株含羞草，是要好好保护的。

迪克：回到城里你开心吗？

克劳利太太：伦敦是世界上让人最想离开，也最想回来的城市。现在告诉我，你最近在忙什么？但愿我听完不要太脸红。

迪克：我在忙什么，我能抵得上一位牧师的独生女了。凯尔西夫人家那件事之后，我把亚历克生拉硬拽到了苏格兰，我们在那里打高尔夫。

克劳利太太：那可怜的家伙还好吗？

迪克：他一句话都没说。我倒是想安慰他，但他不给我机会。他从来没提过露西的名字。

克劳利太太：他看起来会很不开心吗？

迪克：也不会，跟平常没啥两样，无动于衷、自制力极强。

克劳利太太：真的，他简直不像个人。

迪克：他是我们这个轻浮的时代中的另类。虽然穿着从伦敦裁缝街买来的衣服，可他大概是从古罗马来的，一只和一群金丝雀关

---

① Zanzibar，位于东非坦桑尼亚的一个区域。

513

在一起的鹰。

克劳利太太：那么他在英格兰只会寸步难行，显然回非洲对他来说是更好的选择。

迪克：明天这个时候他已经在英吉利海峡上了。

克劳利太太：我越发觉得你是一个完美的天使了，洛马斯先生。

迪克：别这么说，这样太凸显我中年男子的身份了。在年轻的罪人和年老的圣者之间，我还是会毫不犹豫选择前者的。

克劳利太太：你很善良，整个夏天都在照顾他，还坚持让他出发前住在这里。他这次要去多久？

迪克：天知道！说不定是永远。

克劳利太太：你有告诉他露西一会儿过来吗？

迪克：没有。我认为还是应该由你来宣布这个好消息。

克劳利太太：谢谢！

迪克：她怕是一会又该耍小女生性子了，她上次把亚历克搞得多惨啊。她为什么不和罗伯特·博尔杰结婚呢？

克劳利太太：她为什么要和他结婚呢？

迪克：我知道有一大半女人结婚是为了气某个人，这大概是最普遍的结婚理由了。

克劳利太太：[看着他，眼中带着挑逗和疑惑] 说到这个，麦肯齐先生走后你打算做什么？

迪克：说到天气和庄稼，我打算去西班牙。

克劳利太太：[瞪大双眼] 太好了呀！我也想去那儿。

迪克：之后我会毫不犹豫地去挪威。

克劳利太太：那会相当冷。

迪克：相当。不过既然我已经完成了应尽的责任，心里也就有了支柱。

克劳利太太：你不觉得我俩有机会一起待在西班牙？

迪克：肯定没有，这点我坚信。我们会一路上吵个不停，然后你会

逼我在布拉德肖 ① 的书里查询你所有的火车线路。

克劳利太太：你还记得今天是你请我来喝茶的吧？

迪克：不好意思，明明是你自己邀请自己的。你的信我一直揣在胸口，每晚都放在枕头底下呢。

克劳利太太：你个骗子！再说了，就算是我不请自来，也是为了露西。

迪克：这句话，我斗胆说一句，既不礼貌，也不准确。

克劳利太太：要不是因为你太自以为是，我觉得我是不会如此讨厌你的。

迪克：你别忘了，我可是以我外婆的名义发过誓，再也不和你说话的。

克劳利太太：噢，这事儿我干得多了。我女仆把我头发整得很糟那次，我也是这么跟她说的。

迪克：一名天真无邪的单身男子最温存的情感就这样被你糟蹋了。

克劳利太太：敢问这指的是你自己吗？

迪克：当然是我了。你以为我在说随便哪个住在月亮上的男人吗？

克劳利太太：[挑剔地看着他] 背光的话，你勉强看起来像是三十五岁。

迪克：我已经放弃年轻虚荣这一套了，连白头发都懒得挑了。

克劳利太太：所以你到底怎么打发时间的？

迪克：过去三个月我一直忙着修补那颗支离破碎的心。

克劳利太太：如果你没有做出那副"你肯定会答应"的样子，我是绝对不会拒绝你的求婚的。我忍不住想看看你听到"不"之后的反应。

迪克：我的反应很得体，这点我还是引以为傲的。

克劳利太太：你才没有，你表现得毫无幽默感。你应该知道的，好

---

① George Bradshaw，英国地图家，曾出版《布拉德肖指南》，内附英国及欧洲火车线路及时间表。

女人一般都不会第一次就答应别人的求婚，那样显得她太掉价了。结果，你跑去苏格兰，丝毫不关心……我怎么会知道你打算三个月之后再问我？

迪克： 我完全没有打算再向你求婚。

克劳利太太： 那你叫我来喝茶到底是干吗？

迪克： 容我好心提醒一下，首先，是你自己要来的……

克劳利太太： ［打断他］你实在是不靠谱。

迪克： 其次，邀请喝茶并不代表要求婚。

克劳利太太： 看起来你对如何利用社交场合一无所知啊，可悲。

迪克： 只有愚蠢的人才会那样想。

克劳利太太： ［噘起嘴］我马上就要朝你发脾气了。

迪克： 为什么？

克劳利太太： 因为你的表现非常不好。

迪克： 你知道要是我是你的话，我会怎么做吗？向我求婚。

克劳利太太： 噢，我才不会做那么轻浮的事情。

迪克： 我发过誓，再也不把手和心交给任何女人。

克劳利太太： 以你外婆的名义？

迪克： 噢不，比那要严肃多了。是在我那单身姨妈的坟头上，她可是把所有遗产都给了我。

克劳利太太： 假如我真的求了，你会怎么回答？

迪克： 那完全取决于你怎么求了。不过我可以提醒你一下，首先，单膝下跪。

克劳利太太： 噢，对象是你的话就免了。

迪克： 然后呢，承认你配不上我。

克劳利太太： 洛马斯先生，我是一名寡妇，今年二十九岁，适婚、正当年。我的仆人个个是宝藏，我的裁缝极富魅力。我足够聪明，可以听懂你的笑话，但同时又没那么聪明，不晓得笑话的出处。

迪克：说真的，太冗长了，我只用了几个字。

克劳利太太：我也可以，只要能让我写在纸上。

迪克：你必须说出来。

克劳利太太：可是我想让你明白的是，我一点都不想和你结婚。你不过是那种每周六晚上会打老婆的男人。如果我问你，你会答应是不是？

迪克：我从来没拒绝过女人。

克劳利太太：我敢打赌，结婚六个月，你就能学会了。

迪克：我从来没见过有人对求婚的细枝末节如此吹毛求疵的。

克劳利太太：迪克。[她伸出手，微笑着，迪克牵过她，让她挽着自己]你的的确确是一个讨厌鬼。

迪克：[微笑着，从口袋里掏出戒指]昨天我买了一只订婚戒指，想说今天会不会派上用场。

克劳利太太：你的意思是你一直都打算问我……？

迪克：当然了，小傻瓜。

克劳利太太：噢，我要是早点知道就好了，就可以再拒绝你一次。

迪克：你这个不可思议的家伙。

　　　　[他低头吻她。

克劳利太太：[挣脱出来]有人来了。

迪克：只不过是亚历克啦。

　　　　[亚历克进门。

亚历克：你好呀！

迪克：亚历克，克劳利太太和我刚交了朋友。

亚历克：看起来是那么回事儿。

迪克：事实上，我向她求婚了，然后她……

克劳利太太：[打断他，微笑着]在各种压力下——

517

迪克：答应了。

亚历克：我真高兴，发自内心祝福你们。本来，想到要离开迪克了，我很难过的，克劳利太太，但现在把他交给你，我非常满意。他是我认识的最可爱、最善良的老家伙。

迪克：闭嘴，亚历克！别那么"老父亲"，搞得这么沉重，等下我们都会哭出来。

亚历克：他会是一个好丈夫，因为他是一个好朋友。

克劳利太太：我知道他会的。我之所以没说自己其实一直很想他，很爱他，纯粹是担心他招架不住。

迪克：这些浪漫的话就省了吧，免得我那年轻的面庞一片绯红。你可以帮忙倒茶吗……内利？

克劳利太太：好的……迪克。

[她坐到茶桌边，迪克舒服地靠在她旁边的一张扶手椅上。

亚历克：这下好了，我很感激，一切都已收拾妥当。

克劳利太太：希望你可以留下来参加我们的婚礼。

迪克：留下来吧，等下一班船再走也是一样的。

亚历克：恐怕改不了了，我已经让桑给巴尔那边准备好收东西了，我必须尽快赶到。

迪克：老天，我太希望你放下你那些可怕的冒险了。

亚历克：但它们对我而言，就像是氧气。你无法理解每日处在危险中的快乐——那种走只有野兽才走过的路所带来的快感。噢，我已经迫不及待想前往那无边无际的旷野，拥抱那令人着迷的自由。在这里，人变得渺小、可鄙，但在非洲，一切都变得更加高贵。在那里，人才真正有个人样；在那里，人才明白什么是意志、坚强，以及勇气。噢，你无法理解经历过丛林的恐惧之后，站在浩瀚平原的边缘，呼吸着新鲜刺骨的空气是什么感觉。最终你所得到的，就是自由。

迪克：对我来说，海德公园就足够了，也算是无边无际吧。挑一个六月的好日子去到皮卡迪利，我也能获得你所说的那种充沛的感情。

克劳利太太：但你会得到什么呢？既然你在东非的工作已经结束，冒着这么大的艰险为的是什么呢？

亚历克：什么也得不到，我本来就不指望得到什么。或许我会发现一些新的羚羊品种和不认识的植物，也可能发现一条之前不知道的河道。那就是我想要得到的回报了。我喜欢有力量、主宰命运的感觉。你觉得我会在乎那些华美廉价的国王勋章吗？

迪克：我一直都说你这个人太有戏剧性了，我从来没听过如此超越日常生活的话。

克劳利太太：但话说回来，什么时候是个头呢？

亚历克：尽头就是在一片无人问津的沼泽地中死去，因为暴晒、疟疾，或者饥饿，然后同行的人会拿走我的枪和衣服，把我扔去喂野狼。

迪克：不要，太恐怖了。

亚历克：怎么，有什么关系呢？我要站着死去，我要把最后一次看作极为平凡的一次。

克劳利太太：毫不畏惧？

迪克：就像戏里面的坏蛋从男爵：一朝登船，姑娘就是我的了！ ①

克劳利太太：你不希望人们记得你吗？

亚历克：他们也许会吧。也许一百年后，在一个我当初发现时还是不毛之地，现在却变成繁华城市的地方，人们会为我造一尊劣

---

① 19世纪的情节剧经常用"从男爵"作为剧里的大反派，而后半句也常常是戏里的经典套路。

质浮夸的雕像。我会站在证券交易所门前，成为鸟儿便捷的栖息地，永久俯瞰人间各种各样的勾当。

[趁他说话的间隙，克劳利太太朝迪克比了个手势，迪克缓缓向门口走去，最后离开。

克劳利太太：这就是全部了吗？我忍不住会想，在你内心最深处，一定有一个不为人知的秘密。

[他意味深长地看着她，思索一阵子后，脸上浮现出一抹微笑。

亚历克：你为什么什么都想知道呢？

克劳利太太：告诉我吧。

亚历克：我敢说，我大概再也见不到你了，或许跟你说什么都无所谓了。你一定觉得我很傻，但我其实非常——爱国。只有我们这些远离英格兰的人才是真正爱她的。我为我的祖国骄傲，希望能为她做点什么。在非洲的时候我经常想起亲爱的英格兰，祈祷在任务完成前不能死去。在那些战士与政客的不朽声名之后，是一批又一批无名的人，他们一砖一瓦建起了我们的帝国。没人记得他们，只有学生知道有关他们的历史，但事实上，他们每个人都为国家立下了汗马功劳。我也希望成为这样的人。五年来，我日夜征战，最后终于为国家争取来了一大片土地，肥沃也好，贫瘠也罢。我死后，英格兰会忘记我的过错。我一点都不在乎她如何用讥讽和轻蔑回报我的血汗，我只想为她的皇冠再添上一颗美丽的珠宝。我不求回报，我只愿拥有这份荣誉，为这片亲爱的土地效劳。

克劳利太太：但为什么，你明明那么好，却让自己在众人心中的形象如此糟糕？

亚历克：现在你知道我内心深处其实是个多愁善感的老女人，不许笑话我。

克劳利太太：[将手放在他手臂上] 如果露西今天在场，你打算怎么办?

[亚历克一怔，目光犀利地看着她，字斟句酌地回答。

亚历克：我一直生活在一个讲礼仪的社会，从来没有想过要打破它
的传统。如果阿勒顿小姐今天碰巧也来，你放心，我一定会非
常有礼貌的。

克劳利太太：就这样吗? 露西可是承受了巨大的痛苦。

亚历克：你以为我不痛苦吗? 只是因为我没有对每个人抱怨，你就
认为我不在乎? 我不是那种轻易就能爱上一个人的人。我这一
辈子有且只有一位理想之人。噢，你不知道"爱"对我意味着
什么。遇见露西之前，我仿佛活在狱中，是她牵过我的手，将
我带了出来，我才得以第一次感受到空气中的自由。噢，上
帝! 我是多么煎熬啊! 为什么要让我承受这些呢? 噢，如果你
知道我所承受的痛苦和折磨就好了!

[他把脸埋进手里，试图控制情绪。克劳利太太走过去，将
手放在他肩上。

克劳利太太：麦肯齐先生。

亚历克：[跳起来] 走开，别看着我，你不能站在那里看我出洋相。
噢，上帝，给我力量吧，爱是我人性中最后的弱点。是啊，我
活该喝这杯苦酒，并且喝得一干二净，连渣都不剩。我本该知
道，我的人生注定艰难、得不到幸福，这世界上有其他需要我
完成的使命。现在过了最后这一关，我准备好出发了。

克劳利太太：可你就不能对自己心软一点? 你为露西想过吗?

亚历克：一定要我再说一遍吗? 我做的一切都是为了露西。我依旧
全身心地爱着她。

[迪克进门。

迪克：露西来了!

[查尔斯进门，报告说露西到了。

查尔斯：阿勒顿小姐到！

     [*露西走了进来。因为担心场面会比预想中更为尴尬，迪克热情地迎上去。*]

迪克：啊，我亲爱的露西，你能来我实在太高兴了。

露西：[*将手交给迪克，眼睛却看着亚历克*] 你好吗？

亚历克：你好吗？[*他强迫自己说话*] 凯尔西夫人还好吗？

露西：她好多了，谢谢。我们去泡温泉了，你知道的，为了她的健康。

亚历克：有人告诉我你出国了。是你说的吗，迪克？迪克是一名优秀的人，可以说是文明社会的标杆。

迪克：来点茶吧，露西？

露西：不了，谢谢！

克劳利太太：[*也拼命找话说*] 你走了之后我们会非常非常想你的，麦肯齐先生。

迪克：[*愉悦地*] 一点儿都不会。

亚历克：[*微笑*] 伦敦最好的地方在于，它让你明白自己是多么微不足道。一个人有了点儿名气，觉得自己挺有影响力，然后他离开伦敦，回来的时候才惊讶地发现，根本没人注意到他不见了。

迪克：你太谦虚了，亚历克，如果你不那么谦虚，你早是个伟人了。现在我告诉我的朋友们，我很重要，我相信他们会听进去的。

亚历克：你真是为沉甸甸的英式礼仪增添了一剂轻浮啊。

迪克：聪明人一般只对无足轻重的小事上心。

亚历克：[*微笑*] 因为很明显，相比处理内阁事物，无所事事更加费脑。

迪克：你这是对我极大的恭维啊，亚历克，当着我的面重复我最中意的人生感悟。

露西：[*声音低得几乎像是在耳语*] 你不是说过，只有那些不可能完成的事才值得去做吗？

亚历克：老天，我那一定是照搬某本范文大全的标题。

克劳利太太：[对迪克] 你要去南安普顿为麦肯齐先生送行吗？

迪克：我估计会把脸埋在他肩膀里哭得梨花带雨。到时候会非常伤感，我情绪一旦上来，就很难控制。

亚历克：我最讨厌这种郑重其事的道别了。不管是离开一天还是永远，对我来说一个点头和微笑就足够了。

克劳利太太：你真是铁石心肠。

亚历克：迪克一直在教我要活得轻松一些。我现在也学到了，只要你不当真，就没什么事是真正要紧的，太认真反而很傻。[对着露西] 你同意我说的吗？

露西：不。

　　　　[她语气里的悲伤让他停顿了一下，但他已经下定决心让一切谈话都只流于形式。

亚历克：想做到认真而不荒诞实在太难了，但女人却有这样的力量。生死不过换几套衣服，婚姻就是一袭白纱，信仰上帝也只意味着一个能戴巴黎礼帽的机会。

克劳利太太：[决定要制造一些冲突，她站起身] 不早了，迪克，你不打算带我参观参观房子？

亚历克：抱歉，我的行李把房子弄得乱糟糟的。

克劳利太太：不要紧。来吧，迪克！

迪克：[对着露西] 你不介意我离开一会儿吧？

露西：噢，不介意。

　　　　[克劳利太太和迪克离开了，接着是一阵沉默。

亚历克：你知道我们的朋友迪克下午向克劳利太太求婚了吗？

露西：愿他们幸福美满，他们是那么深深爱着对方。

亚历克：[苦楚地] 那就是结婚的原因吗？要知道，爱作为婚姻的基石，是最不靠谱的。爱让人产生幻想，婚姻则打破那些幻想。真正的爱人应该永远都不要结婚。

露西：你能把窗户打开吗？这里有点儿闷。

亚历克：当然。[站在窗边] 你无法想象最后一次眺望伦敦是多么令人开心，我很感激自己马上就要离开了。

      [露西开始轻声抽泣，亚历克转头看向窗户外面。他故意想让她受伤，却又不忍心看到她难受。

亚历克：明天这时候我已经出发了。噢，我多么渴望见到那无边的蔚蓝大海啊。

露西：离开真的让你如此开心吗？

亚历克：[转身面对着她] 是啊，我觉得自己像个小孩子似的。

露西：没有任何让你留恋的人吗？

亚历克：你看，迪克就要结婚了。一般在这种情况下，他那些单身朋友最好还是明智一点，开开心心地离开，省得他自己来表示他已经不需要他们的陪伴了。我没有亲人，也没几个朋友，不是吹牛，但应该没有人会为我的离开而难过。

露西：[小声说] 你好没心没肺。

亚历克：[冷冰冰地] 就算我有心，我也不会把它带到波特曼广场上去，如此脆弱敏感的器官不适合待在这样的环境里。

露西：[站起来，走到他身边] 噢，你为什么这样对我，仿佛我是个陌生人？你怎么能这么残忍？

亚历克：[严肃地] 你难道不觉得闲聊瞎扯是缓解尴尬的最好办法吗？其实只谈天气是更明智的做法。

露西：[不屈不挠] 我来这里让你生气了吗？

亚历克：如果是那样，我就太不得体了。不过或许我们也没有必要再见。

露西：从我进门开始，你就一直在表演。你以为我看不出来吗？你用这种玩世不恭的冷漠态度说话，一点都不真实。我对你太了解了，你戴了一层面具吧，为了隐藏真实的自己。

亚历克：如果真的如你所说，那就说明我希望真实的自己被藏起来。

露西：我情愿你诅咒我，也不要你摆出这副彬彬有礼的冷酷模样。

亚历克：恕我直言，你很难伺候。

　　　[露西激动地朝他冲过去，他往后退了一步，确保她无法碰到自己。

露西：噢，你真是铁石心肠。亚历克，亚历克，我必须在你走之前再见你一次，哪怕知道我的痛苦会让你幸灾乐祸，哪怕你会可怜我。你不要把我想得太坏。

亚历克：我怎么想有关系吗？我们之间隔着几千英里。

露西：你一定非常鄙视我吧。

亚历克：不，我太爱你了，永远不会鄙视你。相信我，我只希望你一切都好。那些苦痛都已经过去了，我明白你也只是别无选择。我希望你今后会很幸福。

露西：噢，亚历克，不要这么无情啊，不要一句好话都没说就离开我。

亚历克：什么都没变，露西，你因为你弟弟的死而抛弃了我。

　　　[一阵长长的沉默，后来她说话的时候，声音里带着犹豫，仿佛每一个字都会带来痛苦。

露西：我那时候恨你，但我却无法粉碎心中对你的爱。我努力想把你从脑海中抹去，但你说的每一个字、每一句话都在我耳边徘徊。你记得吗？你跟我说你所做的一切都是为了我，那些话像钉子一样嵌在了我心里。我费尽心思不去相信它们，我告诉自己，你牺牲了乔治的生命，你冷酷、残忍、狡诈，但在我心里，这些都不是真的。[他看着她，不相信她会说这样的话，但他没有插话] 你的整个生命都在这头，唯独那个可怕的故事在另一头，你不可能因为一件事就变了一个人。我今天来是为了告诉你，我不理解你当初为什么那么做，我也不想理解。我只愿用尽全力去相信你，我知道你所做的一切都是公平正直的——因为这就是你。

[他深深叹了口气。

亚历克：上帝啊！噢，谢谢你说了这些。

露西：你就没有什么其他的话想对我说吗？

亚历克：你看，已经很晚了。什么都来不及了，因为明天我就走了。

露西：但你还会回来的。

亚历克：我去的这片区域，很少有欧洲人能活着回来。

露西：[情绪突然变得很激动] 噢，太糟糕了。不要去，亲爱的！我
　　受不了！

亚历克：我必须去。所有事情都安排好了，不可能临阵逃脱。

露西：你不喜欢我了吗？

亚历克：喜欢你？我全身心爱着你。

露西：[急切地] 那就带我一起去。

亚历克：你！

露西：你不知道我的能力，在你的帮助下我会很勇敢的。让我去吧，
　　亚历克！

亚历克：不，不可能，你不知道自己在说什么。

露西：那么就让我等你回来？让我等你，直到你回来？

亚历克：要是我回不来呢？

露西：我依旧会等你。

亚历克：别害怕，我会回来的。我的旅途之所以那么危险，是因为
　　我想去死。现在我想继续活下去了，那么我就一定会活着。

露西：噢，亚历克，亚历克！你爱着我，我太幸福了。

全剧终

第十个人
THE TENTH MAN

三幕悲喜剧

吴洁静　译

人物表

乔治·温特，下院议员
弗兰西斯·艾琴汉姆勋爵
罗伯特·科尔比，下院议员
佩里戈尔先生
詹姆斯·福德
博伊斯上校
威廉·斯维尔克里夫牧师
弗雷德埃里克·班奈特
爱德华·欧唐奈
弗兰西斯·艾琴汉姆勋爵家的管家
大北方旅馆的服务生
凯瑟琳·温特
弗兰西斯·艾琴汉姆夫人
安妮

时间：1910 年

第一幕

　　场景：公园道诺福克街上，弗兰西斯·艾琴汉姆家的会客室里。这是一个亚当式①的房间，家具上铺着鲜艳亮丽的轧光印花棉布，壁炉台和钢琴上摆放着照片，还有大量的鲜花。后方墙上有一道拱门，通往另一间会客室。男管家带领来访者入内时要穿过的正是这个房间。房间左侧有一扇巨大的弓形窗，右侧那扇门通往藏书室。

　　弗兰西斯勋爵及其夫人

　　弗兰西斯·艾琴汉姆勋爵是个五十岁的男人，中等个子，秃头，面相亲切柔弱。他天性善良，对事对人皆尽心尽力，直至不胜其烦。他努力让事事妥帖，对自身能力洋洋自得。经济萧条令他事务缠身，他自认为是个精明的生意人。弗兰西斯夫人与丈夫同龄，染着一头红发，是个美丽大方、保养得当的女人；她身着华服，气度不凡，几乎是令人叹服。她总以一种轻松愉快的态度对丈夫表示不屑一顾。她了解他性格上的瑕疵，与其说讨厌，不如说觉得好笑。惟幕拉起时，弗兰西斯·艾琴汉姆正深陷于当下的苦恼中。他在房间里紧张不安地踱来踱去，而他的夫人则站在一旁，脸上透出淡淡的笑容，一言不发地看着他。他做了一个气急败坏的手势，随后猛地跌坐在一把椅子上。

艾琴汉姆：安吉拉，该死的你为什么昨晚不告诉我？

弗兰西斯夫人：［微笑着］因为我不想闹得自己整晚都无法安眠。

艾琴汉姆：凭良心讲，我不知道你是什么意思。昨晚你居然还能睡得那么熟，在我看来这太不可思议了。换成我，一整晚都不可能合眼。

弗兰西斯夫人：我知道，而且你还会费尽心思让我也不能合眼。

艾琴汉姆：一个蠢女人的婚姻出了问题……我应该认识到，就算没有这种事情来烦我，我也已经够忙的了。

弗兰西斯夫人：［大笑起来］弗兰克，你看待事物的方式可真是超然啊。听你刚才那番话，没有人想得到，那个婚姻出了问题的蠢女人就是你的女儿。

艾琴汉姆：说真的，安吉拉，我求你别不当回事。

弗兰西斯夫人：［轻松愉快地］好吧，那你说该怎么办？

艾琴汉姆：［从椅子上跳起来］怎么办？你还能指望我怎么办？是你告诉我凯特昨天半夜十二点回到娘家，身上什么也没穿……

弗兰西斯夫人：亲爱的，如果我是那样跟你讲的，那我就是毫无根据地歪曲了事实。

艾琴汉姆：［急忙纠正自己刚才的话］她穿着舞会礼服，披着斗篷——没带任何行李，连梳妆盒也没带——还通知你说她已经离开了她丈夫……这真是荒唐。

弗兰西斯夫人：相当荒唐。充满了不必要的戏剧性。

艾琴汉姆：那她打算什么时候回去？

弗兰西斯夫人：她向我保证，她再也不会回去了。

艾琴汉姆：［气急败坏地］她不会打算待在这里吧？

弗兰西斯夫人：这正是她目前的计划。

艾琴汉姆：那乔治呢？

弗兰西斯夫人：什么？

---

① 指18世纪英国建筑师兼家具设计师詹姆斯·亚当和罗伯特·亚当兄弟俩开创的一种精细的设计艺术风格。

艾琴汉姆：她丈夫会容忍她这样胡闹？你不会这样想吧？他什么表示也没有吗？

弗兰西斯夫人：她到这里十分钟后，他派了一个送信的男孩——送来了一把牙刷。

艾琴汉姆：为什么送牙刷？

弗兰西斯夫人：我不知道。可能是想让她刷刷牙。

艾琴汉姆：好吧，这说明他不认为这件事有多严重。当然，这只是凯特的一时冲动。好在他今天上午就会过来……

弗兰西斯夫人：[打断他的话] 他要过来？

艾琴汉姆：是的，他答应了开车来接我。我们要一起坐车去城里。我会把他带进来，与此同时，你可以跟凯特谈谈。我想她已经改主意了。只需要一点手腕，我们就能把整件事给解决了。乔治是个聪明人，肯定已经跟仆人们用行得通的理由解释过了。

弗兰西斯夫人：你真以为这样就没事了？

艾琴汉姆：为什么不呢？

弗兰西斯夫人：常言道，识父者为俊杰。但显然了解自己女儿的人才更聪明。

艾琴汉姆：安吉拉，看在上帝的分上，别再耍小聪明和逗人发笑了。

弗兰西斯夫人：你以为凯特会没怎么下定决心就走出今天这一步吗？你也太不了解凯特了吧？

艾琴汉姆：你难道想说凯特会拒绝回到丈夫身边吗？

弗兰西斯夫人：是的。

艾琴汉姆：可她给理由了吗？她为什么会说要离开他？

弗兰西斯夫人：她没给理由。她只说了事实，还问我能不能收留她。

艾琴汉姆：这么说吧，她必须回到她丈夫身边。

弗兰西斯夫人：[假装她问的是世上最天真的问题] 为什么？

艾琴汉姆：因为女人就该待在丈夫身边，安吉拉，而且你跟我一样清楚，要是跟乔治·温特闹翻了，我可承担不起。我在他所拥有的六七家公司里担任董事长，一旦闹翻，那个职位会变得难以忍受。照道理我应该站在凯特这一边，无论她是对是错。

弗兰西斯夫人：我猜你是欠他钱了？

艾琴汉姆：没有，确切地说没有。

弗兰西斯夫人：啊！[机敏地看着他，随后露出微笑] 确切地说没有欠他多少钱？

艾琴汉姆：我们把各种各样的生意都混在一起了，彼此之间自然也就形成了某种往来账户。如果清算一下的话，我想我可能还需要找人凑个大约一万五千镑。

弗兰西斯夫人：天啊，我还以为你一直在赚钱。

艾琴汉姆：是的，我是赚到过钱的，只不过实际上我们最近遭遇了重创。我们全部的利润基本上都来自中美洲，而我们不可能料到那里会发生革命。

弗兰西斯夫人：说不定你曾经在一瞬间想到过这种可能性。

艾琴汉姆：哦，我就知道你会怪我。我认为你这是把一场可恶的地震摧毁我们的一条铁路的事情怪到了我头上。

弗兰西斯夫人：你打算如何筹集这一万五千镑？

艾琴汉姆：问题就在这儿。太尴尬了。乔治也手头紧得要命。

弗兰西斯夫人：你最好跟凯特谈谈。我去叫她过来。

　　　　[她按了一下铃，通过传声管道下达指令。]

弗兰西斯夫人：请温特夫人赏光来一趟会客室。

艾琴汉姆：安吉拉，你必须好好跟她谈谈。你必须告诉她，她的行为举止太放肆了。

弗兰西斯夫人：[咯咯地笑了笑] 不，亲爱的，是你来跟她谈。

　　　　[凯瑟琳·温特走进房间。她是一位优雅的女士，有一张热情坚毅的面孔。她的面部表情看起来相当疲惫，但又不乏独立

和坚定。这显示出她忍受了巨大的痛苦，此刻正拼尽全力想要挣脱。她衣着朴素，没有佩戴任何珠宝，除了一枚婚戒。

凯瑟琳：早安，父亲。

　　　　[她走到弗兰西斯勋爵跟前，亲吻了他的脸颊。

艾琴汉姆：[彬彬有礼地] 请坐，凯瑟琳。

　　　　[凯瑟琳与母亲交换了一个略带笑意的眼神，随后坐了下来。

艾琴汉姆：[摆出一副不偏不倚的父亲的威严] 我想跟你谈谈。我和你母亲叫你来……[突然发作] 这一切到底是什么意思？可笑的无理取闹。你已经长大了，应该学会自我克制了。

凯瑟琳：[镇静地] 父亲，在我过去四年的婚姻生活中，我已经表现出了大量的自我克制。恐怕这种克制正在慢慢变成习惯。

艾琴汉姆：我该不该把你母亲的话当真？

凯瑟琳：[平静地] 我再也无法跟乔治继续生活下去了。我忍受了我所认识的所有女人都不曾忍受过的东西。而有些东西，是任何一个有自尊心的人都不应该忍受的。

艾琴汉姆：你以前从没有抱怨过乔治的所作所为。

凯瑟琳：是没有。

艾琴汉姆：这些事情，你为什么从没跟你母亲提过一个字？我想不出来你为什么跟乔治过不下去了。你所有异想天开的愿望，我想他都满足了你。你有大把的零花钱。你的珍珠首饰让伦敦的每个女人都羡慕。

凯瑟琳：哦，是的，他很慷慨。我的珍珠首饰已经成了这方面最令人满意的宣传。

艾琴汉姆：[没把第二句话放心上，只是抓住第一句肯定的话不放] 那你还有什么好抱怨的？

凯瑟琳：我想我母亲一定知道现在半个伦敦都在喋喋不休地议论

什么。

艾琴汉姆：安吉拉，是什么？

弗兰西斯夫人：哦，亲爱的，我希望这只是空穴来风的谣言。像乔治这样的公众人物——当下最杰出的金融家——免不了被议论。

艾琴汉姆：我猜是说他跟两三个漂亮女人打情骂俏的事情。

弗兰西斯夫人：按我的理解，应该远不止这些。

艾琴汉姆：在这种事情上，聪明女人应该睁只眼闭只眼。凯特，你是个懂事的女人，了解男人的德性。像乔治·温特这种性情的男人，你应该给予他某种程度上的许可。

凯瑟琳：父亲，你不明白。我一辈子都在忍耐，直到忍无可忍。我不是那种一哭二闹三上吊的女人。我守口如瓶，我闭上眼睛，直到发生了某些实在不堪忍受的事情。我已经离开他了，下定决心要跟他离婚。无论你说什么，都不能让我改变主意。

艾琴汉姆：但你跟他离不了婚。你能指控他的只有通奸。你不可能对法律无知到这种地步吧……

凯瑟琳：[打断他的话] 我对法律并非一无所知。我向你保证，他完全符合离婚在法律上所要求的全部条件。

弗兰西斯夫人：凯特。

凯瑟琳：请别再问我了。我感觉我的整个灵魂都发臭了，就因为……

艾琴汉姆：好吧，当然，任何问题都有两面性。

凯瑟琳：哦，父亲，你别告诉我在上流社会里男人那么做是很平常的，那种事情……哦！

[她做了一个手势，发出一声表示恶心的叫喊。

弗兰西斯夫人：弗兰克，你能不能去看一会儿你的《泰晤士报》？我想跟凯特单独谈谈。

艾琴汉姆：[看看妻子，接着又看看女儿] 呃，很好。也许你能劝劝

536

她。告诉她，如果她坚持这样做，那将意味着什么。我想我也许能在藏书室里找到那份《泰晤士报》。

[他走出房间。

弗兰西斯夫人：[热情地] 你父亲有一种强大的幻觉。他确信《泰晤士报》是他唯一阅读的报纸，但实际上他平时只是看看《每日邮报》。

凯瑟琳：[充满热情地] 哦，妈妈，你会站在我这边的，对吗？你知道我经历了什么。如果你还在乎我，你一定会为我感到难过。

[弗兰西斯夫人冷漠地看着她，对这番激动的控诉无动于衷。她沉默了一会儿，然后才回应凯特。

弗兰西斯夫人：你为什么选在这个特殊的时刻离开你丈夫？

凯瑟琳：因为人的忍耐力是有限的。

弗兰西斯夫人：你们已经分居很久了。你们素来很有教养，努力关照对方的处境。我想乔治应该不怎么干涉你。我认为没有一个女人会在没有相当充分的理由的前提下，甘愿经历离婚手续所带来的种种麻烦。凯蒂，你是个特别讲究的人。肯定发生了什么很不寻常的事情，导致你不惜将自己的私生活暴露在公众面前。

凯瑟琳：怎样都免不了出丑，我只是选择了如何出丑而已。

[弗兰西斯夫人停顿了一小会儿，随即抛出一个尖锐的问题。

弗兰西斯夫人：你恋爱了？

凯瑟琳：妈妈，你没有权利这样问我。

弗兰西斯夫人：[露出浅浅的笑容] 你的愤怒本身就已经回答了这个问题，不是吗？我猜你是想改嫁了。

[凯瑟琳没有回答。她不耐烦地踱了两步。

弗兰西斯夫人：我说得对吗？

凯瑟琳：我没有什么好羞愧的。

弗兰西斯夫人：如果是这样的话，我认为你没什么可隐瞒的。

凯瑟琳：[不服气地] 我没有隐瞒。就在我以为对我而言一切都已经结束、人生毫无意义的时候，我发现人生其实才刚刚开始。我感谢上帝让我经历的遭遇，正因为有了这些遭遇，我才不至于太配不上这降临到我身上的伟大爱情。

弗兰西斯夫人：是罗伯特·科尔比吗？

凯瑟琳：是的。

弗兰西斯夫人：而且我想你已经做好了安排，判决一下达就结婚？

凯瑟琳：这件事我们还没讨论过。

弗兰西斯夫人：但我仍然可以认为你们有这种意向？

凯瑟琳：没错。

弗兰西斯夫人：你父亲想让我告诉你，如果你跟乔治闹翻了，那会毁了他。他将很难保住乔治给他的那些董事会里的职位。

凯瑟琳：你们的日子不会比我结婚前过得更糟。

弗兰西斯夫人：除非事实证明你父亲欠了乔治一万五千镑。

凯瑟琳：你们又想骗我，剥夺看似等待着我的那一点点幸福吗？

弗兰西斯夫人：我想让你做你自己认为正确的事情。

凯瑟琳：你们怎么能这么残忍？

乔治·温特：[打开门] 我可以进来吗？

> [他和弗兰西斯·艾琴汉姆一起走进房间。乔治·温特是个身材健硕的男人，有一头纤细的头发和一双漂亮的眼睛，留着红色的短胡须。他微微发福，但风流偶傥。他性格活泼温和，看起来像是世界上性情最好的人，但他的精明狡猾又偶尔会主动从他的眼神里透露出来。他能够出色地控制住自己的臭脾气。凯瑟琳听见丈夫的声音，回过头惊叫起来。

凯瑟琳：乔治！

乔治·温特：亲爱的，见到我，你应该表现得高兴些。这样才得体。

凯瑟琳：你来这里就已经够无耻的了，如果你还知道什么是得体……

乔治·温特：[态度温和地] 亲爱的小宝贝，我跟你父亲约好了谈公事。没理由认为我会因为你暂时抛弃了婚姻的庇护而爽约。

凯瑟琳：[朝着她父亲] 你应该事先提醒我。

艾琴汉姆：亲爱的，我本来希望在和你母亲谈过之后你会……

凯瑟琳：[打断他的话] 我怎样才能让你相信我已经下定决心？

乔治·温特：就算下定决心，也还来得及再听一听理智的声音。

弗兰西斯夫人：我认为，为了我们大家的利益，不管乔治说什么，你都应该听一听。

凯瑟琳：[朝着乔治·温特] 你明白我母亲的意思吗？

乔治·温特：[轻轻地笑了一声] 不太确定。

凯瑟琳：我父亲欠你一大笔钱。他是你手里一半公司的董事长。他认为，如果我跟你离婚了，他就得还钱……

乔治·温特：我敢肯定，他的矜持高雅不会允许他继续欠我的债。

凯瑟琳：你会要他辞去董事长职务？

乔治·温特：[舌头顶着脸颊] 我很了解他，我肯定他不会想保留那些职务。

凯瑟琳：哦，太无耻了。

乔治·温特：还是说这是常识？

　　　[没有人说话，直到乔治·温特打破沉默，严肃地说了一番话。

乔治·温特：听着，凯特，仔细听好了。你知道我们所有的利润都来自中美洲。利维山姆家族用他们自己的方式赚走了那里所有的钱，直到我出现。他们拥有铁路、矿藏、有轨电车———一切值得拥有的东西。我知道我赶不走他们，但我认为我可以让他们接纳我入伙。我已经咬紧牙关跟他们斗了十年。他们用尽一切明争暗斗的手段，想要摧毁我，但始终没能得逞。如今，我眼看着即将达成目标，我有机会逼他们跟我达成协议了。

凯瑟琳：这些都跟我没关系。

乔治·温特：利维山姆家族刚刚动手了一个大项目———一座名叫"黄金区"的矿井。但几天前的那场地震打乱了他们的计划，他们提供支票，但现在只有现金才管用。利维山姆家族看得上的就是我看得上的。我知道如果我能买下那个金矿，他们就不得不让我入伙。这件事情我考虑了两个小时。上周，我搞到了现金，把它买了下来。

凯瑟琳：我不感兴趣。

乔治·温特：你会感兴趣的。我把麦克唐纳派去了那里。

艾琴汉姆：麦克唐纳是乔治请来的专家，是这个领域最有经验的人。

乔治·温特：他这个人有什么说什么，彻彻底底地有什么说什么。我每天都在盼着他来报告。他可能在任何时候拍电报给我。然后我就可以动手干活了。我要把这个金矿做成公司，注入五十万资本金，发行股票上市。你父亲将担任董事长，他应该能从中获利将近五万。出于某个我不必告诉你的理由，我们等不起。我们必须有现成的资金，也就是说让公司立即上市。我唯一的机会在米德普尔，我四分之三的支持者都曾经来自那里。我们马上就要进行大选了。你知道我在米德普尔的席位有多么不稳固，能保住它完全靠我个人的影响力。我现在被非圣公会教徒牵着鼻子走，如果出现离婚的传言，我就彻底完了。他们会让我在大选前退出，一旦发生这种事情，新公司就毫无希望了。

弗兰西斯夫人：为什么？

乔治·温特：因为公众都紧张兮兮的，我不得不依赖米德普尔，而在那里我只能靠我的个人魅力赢得支持。

凯瑟琳：也许你会认为这很自私，但我确实已经没有力气再做任何自我牺牲了。

乔治·温特：如果"黄金区"项目失败了，它会拖垮其他所有与我相关的公司。利维山姆家族会抓住机会将我洗劫一空。我目前正站在悬崖边缘，任何人只要故意推我一把，都能让我粉身碎骨……这会毁掉你父亲，也毁掉我——虽然我想对此你并不在乎——但同时也会毁掉全国成千上万可怜的投资者。米德普尔有四分之三的人口都将从此身无分文。

凯瑟琳：乔治，你总是骗我。

乔治·温特：我可以用一目了然的数字向你证明我说的都是真的。

凯瑟琳：我并不同情那些想不劳而获的赌徒。如果他们输了，那也怪不了别人，只怪他们看走了眼。

    [一阵沉默。乔治·温特看着她，自顾自地点了点头。

乔治·温特：[朝着艾琴汉姆] 我想你俩现在最好离开，我们接下来要讲的话不需要任何人旁听。

凯瑟琳：我对你已无话可说。

乔治·温特：别跟个他妈的傻瓜似的。这对我而言生死攸关。难道你以为我会…… [他停顿了一下] 求你了，弗兰西斯夫人。

弗兰西斯夫人：当然，我们会留你俩单独谈谈。来吧，弗兰克。

    [弗兰西斯夫人和她丈夫走出屋子。

乔治·温特：[眼睛里闪过一丝光芒] 我想你这次离家出走还没得到你父母的批准，尽管他们并没有资格批准。

凯瑟琳：你又想重复昨晚那令人作呕的一套？我们彼此之间该说的话都已经说完了。

乔治·温特：[耸了耸肩] 你知道，要不是你非常明确地告诉我你不想和我再有任何关系，我是不会跟其他任何女人胡来的。

凯瑟琳：我不想谈这件事。

乔治·温特：[咯咯地笑了笑] 毕竟在我眼里，她们所有人都一文不值。

凯瑟琳：[脸颊飞红] 你以为这样说有用吗？你要是真的爱上了那些可怜的女人，我想我反而可能原谅你。你让我承受那样的耻辱，仅仅为了满足你自己的虚荣。当我看到你如何对待那些女人，我，连我，都为她们感到难过。

乔治·温特：只要你希望，我可以向你庄重承诺：将来再也不会给你任何抱怨的理由。

凯瑟琳：太晚了。你给了我自由的机会，而我想要抓住它。

乔治·温特：你没有尽到义务。

凯瑟琳：你什么意思？

乔治·温特：你嫁给我并不是因为你爱我。

凯瑟琳：[打断他] 那不是事实。

乔治·温特：[面带微笑] 你自己想想。

凯瑟琳：[犹豫着] 要是在一年前，我会再说一遍那不是事实。那时候我不懂什么是爱。

乔治·温特：你嫁给我是因为我有钱。

凯瑟琳：[激动地] 不，不是。

乔治·温特：当时我刚刚赢得一个席位，他们让我参加竞选，是因为他们以为我根本没有机会。我凭自己的本事拿下了席位，我整个人都扑在米德普尔，强迫他们投票给我。当时我万众瞩目，已经是个有权有势的人了。世界像是被我踩在脚下。

凯瑟琳：那些都无关紧要。是你恭维我。你提供给我的生活看起来如此盛大，如此富足，而我又年轻。我被你的聪明和成功搞得晕头转向。我误以为那就是爱情。

乔治·温特：我娶你是因为我想要个老婆。你碰巧有个伯父是勋爵，

542

而贵族亲戚在英国对于一个激进派政治家而言真他妈太有用了。

凯瑟琳：[苦涩地] 哦，是的，我很快就发现了你为什么会娶我。

乔治·温特：这是一桩能带来双赢的生意，你也已经享受到了你的那份利益。

凯瑟琳：[感到被羞辱] 哦，你怎么能这样？

乔治·温特：你之前的生活一向拮据，是我给了你荣华富贵。我始终尽我应尽的义务。你父亲没有参与我俩之间的交易，但这幢房子里的每一件家具都是我花钱买的。你母亲身上的每一件衣服都是我付的账。

凯瑟琳：那不是真的。

乔治·温特：你不会认为你父亲配得上我给他的那些钱吧？他就跟那些来自西部、自以为能在这座城市里赚到钱的该死的蠢货一样无能。这傻子还以为自己是金融界的权威，其实他连水桶店的清洁女工都不如。

凯瑟琳：他有他的名誉和地位。

乔治·温特：如今连个乡下堂区牧师对招股说明书上的职位都嗤之以鼻。我给你父亲薪水只是为了买你。

凯瑟琳：哦，你动不动就说出这种话来。这些年，你一直用钱羞辱我。我真是个傻瓜，我忍受了这一切，并不是因为我真有一星半点可让你指责，而是因为你说我要是跑掉了，就成了背叛。我捏紧拳头，忍受痛苦。

乔治·温特：[咯咯笑着] 与此同时，戴着钻石头冠，穿着帕康夫人设计的礼服。

凯瑟琳：我以为我有本事忍受到最后。但我没有。如果你买了件东西，但最后发现它不值你出的价钱，那你也怪不了别人，只怪你看走了眼。瞧，你毕竟还是教会了我一点东西。

　　[一阵非常短暂的停顿。乔治·温特打定主意，试着妥协。

乔治·温特：好吧，听着，我们可以选个折中的方案：我不要求你回来，你想生活在哪里，就可以生活在哪里。我一年给你五千镑，你父亲也可以继续保留他的董事长的职位。我对你唯一的要求是，不能申请离婚，以及跟我一起在一些特定的公开场合抛头露面。

凯瑟琳：〔激动地〕我想要自由。我始终生活在一个充满谎言和虚伪的环境里，快要窒息。你的善良只是一种姿态，你的慷慨只是为了宣扬。你什么都不在乎，除了你自己的发展。各种各样阴险可疑的东西整天围绕着我，我却搞不清它们是什么——我要摆脱这种可怕的感觉。

乔治·温特：〔尖刻地〕你这话是什么意思？

凯瑟琳：我知道你是个卑鄙小人。

　　　　〔随着一声怒吼，乔治·温特蛮横地掐住她的肩膀。此时此刻，他已经情绪失控。

乔治·温特：你说的是什么意思？什么意思？什么意思？

凯瑟琳：你弄疼我了。

乔治·温特：〔他愤怒得话都说不清楚〕去你妈的！你好大的胆子，竟敢这样跟我说话！

凯瑟琳：放开我。

乔治·温特：你怎么不回答我？你这话是什么意思？

凯瑟琳：〔甩开他〕那我就来告诉你是什么意思。我心里很清楚，如果时机来临，你会毫不犹豫地偷东西。

乔治·温特：〔发出一阵安心的笑声〕你说的就是这个？

凯瑟琳：这些年，我为此恐惧，备受折磨。你给我的每一颗珍珠——你强迫我接受的那些珍珠——我都问过自己：是不是正当所得？这就是为什么我要逃离你——不只是因为你对我极度残忍，即使在此刻，在劝我回到你身边的时候，你依然那么残忍；也不只是因为你曾经在我面前炫耀你的一桩又一桩猥琐的奸情——而是因为我感到这些财富都建立在谎言、欺诈和恶行之上。

乔治·温特：[取笑似的] 好吧，但你也不得不承认，迄今为止，我相当成功地掩盖了这一点。

凯瑟琳：[没理会他的评论] 你现在肯定已经没什么要对我说的了。

乔治·温特：[满不在乎地笑了笑] 亲爱的，你知道让你回归家庭对我而言有多么重要，所以你不会认为我什么招儿都没想就来这里了吧。

凯瑟琳：我向你保证，你这是在浪费时间。你总对我说时间宝贵。

乔治·温特：[以他最令人愉快的方式] 你好像总有种幻觉，以为你可以提条件。

凯瑟琳：我没有提条件。我只是在宣布我的决定。

乔治·温特：[从口袋中拿出一封信，轻轻摊放在桌子上] 我从未像许多白手起家的人那样，面对乐得假意承认他们是贵族后裔的英国公众，却偏要自命不凡地把自己的低贱出身甩在后者脸上。但我从未向你隐瞒过我出身低贱。

凯瑟琳：[怀疑地] 那是张什么纸？

乔治·温特：[无视她的问题] 那是我娶你和你那高贵但贫穷的家庭时你必须吞下的一粒药丸。我的人生之所以能发迹，并非因为朋友或金钱，而是因为极端的细致入微。我很快发现，最便捷的成功方法是敲诈勒索。居然有那么多人在他们的壁橱里藏着大具尸骨！你只要能看上一眼那些不光彩的尸骨，就能让整个家族都成为你的知心朋友。我没让你无聊吧？

凯瑟琳：你让我受折磨。

乔治·温特：这是一封信的复印件，你应该还记得那封信，原件已经皱巴巴的了，让我不禁怀疑你是否浪漫到了把它放在枕头下睡觉的地步。开头是这样的：我万分亲爱的朋友……

凯瑟琳：［打断他］你是怎么弄到的？

乔治·温特：我一向无法理解，人们怎么会蠢到去写情书？我从来不写。我只拍电报。

凯瑟琳：［目光炯炯地］你不会是看了我的衣箱吧？

乔治·温特：［被逗乐了］我确实看了。

凯瑟琳：［看了看挂在她手镯上的布氏钥匙］你砸开了它？

乔治·温特：我送你那个衣箱的时候，自己留了一把备用钥匙，以防你弄丢。

凯瑟琳：厚颜无耻。这——这完全就像你会做的事情。

乔治·温特：［微笑着］你怎么会这么不小心地把信给落下了？

凯瑟琳：［气愤不已地］我以为我能相信你，从没想过你会偷看我的私人信件。

乔治·温特：［咯咯地笑着］别胡说八道了。你离开家的时候，披着沙丁鱼粉色的斗篷，摆出一副极具戏剧性的姿态，完全忘了那封信的存在。

凯瑟琳：我所有的信件里，没有任何一封可让我蒙羞。

乔治·温特：你想看看这一封吗？

凯瑟琳：［不肯接过］我知道那封信绝对没有什么不好的内容。

乔治·温特：不知道一位聪明的律师能从中看出点什么？我能想象如果以一种特别的方式朗读那封信，那些暧昧的字眼就能构成某种形式和内容。我甚至能想象，在这里或那里，加上一点讥讽、一种怪诞的强调，就能让小酒馆里的人笑得满地打滚。我想象不出来，像你的朋友——人们眼中的"议会之光"——罗伯特·科尔比这样的人物，也能够十分坦然地接受嘲弄。当下，他之所以能够拥有尊贵的地位，正因为他没有丝毫的幽默感。

凯瑟琳：［害怕地］你这是什么意思，乔治？

乔治·温特：[和蔼地] 亲爱的，我打算提交一份反诉书，仅此而已。既然你想在大庭广众之下洗内衣①，那我们就彻彻底底地来次春季大扫除吧。

凯瑟琳：[轻蔑地] 哦，亲爱的乔治，你要知道我有多么不在乎这种威胁！我和罗伯特没有做过任何让自己蒙羞的事情。

乔治·温特：[戏谑地] 你令我大为惊讶，亲爱的凯特。你肯定没有忘记，上一个复活节期间，罗伯特·科尔比从政府事务中抽身，请了一段短暂的带薪假期，前往北意大利旅行，是你陪他去的。

凯瑟琳：[突然发怒] 那不是真的。你知道那不是真的。我是和芭芭拉·赫伯特一起去的……

乔治·温特：[打断她，眼睛里掠过一丝光芒] 还带了一个女仆。信任女仆总是存在着风险，尤其是那种怀有强烈的宗教信念的苏格兰女仆。

凯瑟琳：你干了什么？

乔治·温特：[从口袋里拿出一张纸] 这里还有一份有意思的小文件，是我费了点心机才搞到的。要——哎呀呀！——注意，我心爱的夫人总有一天会给我带来麻烦。为了安全起见，我想我还是拿上一件武器，放在将来使用。这是你们住过的旅馆列表。要我念给你听吗？

凯瑟琳：随便你。

乔治·温特：[被狠狠地逗乐了] 在米兰，你住在"皇宫"，罗伯特·科尔比住在"加富尔"。

凯瑟琳：[讽刺地] 铁证如山了，是吧？

乔治·温特：也许是觉得"皇宫"太吵，也许是相信罗伯特·科尔比先生明智的判断，到了威尼斯，你俩都住进了"丹尼尔里"。

---

① 英语谚语，意为"家丑外扬"。

凯瑟琳：[耸了耸肩] 还能住哪里？

乔治·温特：我查了《旅游指南》，威尼斯共有二十七家旅馆，但我还是认为，你俩同时看中了"丹尼尔里"也很正常。为了谨慎起见，你故意比他晚到二十个小时。但是在拉文纳，你把谨慎抛进风里，你俩坐同一班火车，在同一天到达，住同一家旅馆。

凯瑟琳：只有这么一次。

乔治·温特：你俩分别住在 17 和 18 号房间，芭芭拉·赫伯特住在 5 号。

凯瑟琳：一楼只有一间空房，我当然要坚持让芭芭拉住。

乔治·温特：极端的无私，亲爱的，确实像你会做的事；但是你不觉得这样做有点鲁莽吗？

凯瑟琳：我们没什么好害臊的，所有也没什么好害怕的。

乔治·温特：我经常想，那就是天真最严重的欠缺，会让人极度轻率。

凯瑟琳：我去意大利是得到你的明确许可的。我写信给你，告诉你我遇见了罗伯特·科尔比。我们在威尼斯偶遇，发现彼此的行程几乎一致，于是我们就同行了。当时我看不出这有什么问题。现在我依然看不出这有什么问题。你要如何利用这个事实，随便你。

乔治·温特：你以为你有能力说服一支英国陪审团，让他们相信你和罗伯特·科尔比旅行穿越意大利只是为了观赏教堂和画作？

凯瑟琳：乔治，我虽然不在乎你，但我以我的名誉起誓，我从来没有不忠于你，这一点我心里很清楚。

乔治·温特：亲爱的，问题不在于能否说服我——我是最容易轻信、最容易上别人的当了——问题在于你要说服一支英国陪审团所包含的十二位陪审员。

凯瑟琳：你不傻，乔治。你了解人性，你知道我能做什么和不能做什么。在你心里，你确信我没有做过任何令你抱怨的事情。这四年里，我受尽了折磨——那种折磨就算是我最坏的敌人，我也不希望他经历——我恳求你不要把我拖入这种恐怖的境遇。

乔治·温特：亲爱的，你头脑简单得真是让我措手不及。

凯瑟琳：〔气愤地〕你怎么能这么卑鄙？

乔治·温特：〔抛掉了戏谑的口吻，语气变得急切而又严厉〕凯特，你对我绝对可以说是了解得太少。目前我命悬一线，你以为听了几句恳求和诋毁，我就会动摇决心？我的事业正处在最关键的时刻，而我的强项之一是从来不欺骗自己。我是个冒险家。眼下我的百万财富只是一纸空文而已。我希望将来有一天，在我需要五十万的时候，就能去找那些大人物拿；等到那些大人物问我要五十万的时候，我也拿得出来。现在，只要我能挺住，就能得到我想要的一切。你却跑过来，在我面前哭哭啼啼，装疯卖傻。你以为我在乎你那不值半毛钱的婚外情？你爱怎样就怎样。我不在乎，只要你别到处宣扬。

凯瑟琳：〔气愤地〕你！

乔治·温特：一旦让爱情插手，不管谁都会变得愚昧！可爱情根本就是个无足轻重的东西。

凯瑟琳：对我来说，爱情意味着全世界。

乔治·温特：好吧，那我让你自己选。如果你起诉我，我也会反诉。

凯瑟琳：〔深受刺激，拒绝服从〕很久以前我就已经选好了，我向来是无辜的。

乔治·温特：你会毁了我，毁了你父亲，还会毁了罗伯特·科尔比。

凯瑟琳：〔急急忙忙地〕你这是什么意思？

乔治·温特：你不会头脑简单到这种地步吧？如果他被卷入离婚官司，除了辞职，还能怎么样？人们都说，如果我们再次赢得选举，他将被任命为陆军大臣。可惜一失足成千古恨啊，他的政治生涯到此为止了。

凯瑟琳：[绝望地] 我们无可自责。无可自责。

乔治·温特：你昨晚写了张字条给他，说了什么？

凯瑟琳：[挑衅地] 我让他十二点来这里。

乔治·温特：[摸出怀表] 已经快到十二点了。我等在这里。你跟他谈谈。

　　　　　[安妮·艾琴汉姆和泰迪·欧唐奈走进屋子。安妮跟她姐姐长得很像，只是更加娇小轻盈；相比之下，她也更加开朗活泼，爱黏人。爱德华·欧唐奈是个二十三岁的年轻男子，身份低微，和蔼可亲，相貌英俊。

安妮：[一边进屋一边说] 大家早上好呀！

凯瑟琳：[流露出令人舒心、满怀爱意的笑容] 啊，是小安来了。

安妮：[走向乔治·温特] 嗨，我了不起的大姐夫还好吗？

乔治·温特：老样子，壮壮实实，谢谢。

安妮：我把泰迪带来介绍给你认识。

欧唐奈：您好。

安妮：[大张旗鼓地夸耀] 这位是金融界的拿破仑。他拥有十七家公司、五座金矿、两条铁路、一幢位于波特曼广场上的房子，在乡下还有两处地产、一艘游艇、五辆汽车，以及艾琴汉姆家族……

乔治·温特：[打断她] 你得先深吸一口气才能数完。

安妮：[笑了起来] 别闹了。

乔治·温特：说吧，你想要什么？

安妮：我？[花言巧语地] 你真是个老好人，乔治。

乔治·温特：我也这样想。到底是什么？

安妮：我想让你给欧唐奈谋个职位。

凯瑟琳：安妮！

欧唐奈：我说，小安，你不用说得这么直接。

安妮：跟乔治拐弯抹角没好处，不是吗？

乔治·温特：[被逗乐了，心情舒畅] 确实没什么好处。

安妮：好啦，那坐下来，听我正儿八经地跟你说。

凯瑟琳：安妮，我希望你最好别——别挑这个时候说。我和乔治正忙着呢。

乔治·温特：亲爱的，他们打断你了吗？我还以为你已经没有别的话要说了。

安妮：出什么事了？

乔治·温特：没什么，凯特今天早上身体有点不舒服。

安妮：哦，亲爱的，我真为你难过，是哪儿不舒服了？

乔治·温特：昨晚我提醒过你别吃那个鹅肝酱，亲爱的，每次吃都会让你不舒服。

凯瑟琳：别为我操心。

乔治·温特：[朝着安妮] 你为什么想让我给欧唐奈谋个职位？

安妮：因为他是我的男人。

乔治·温特：天啊！是吗？

欧唐奈：我把我的手和心都交给了她……

安妮：[打断他] 作为一个讲求实际的人，我立马问他都有哪些家当。

欧唐奈：不只是一无所有，而是令人震惊的一无所有。实际上，如果把债务也计算在内，绝对可以说是负资产。

安妮：于是我扑进他怀里，对他说，我们得赶紧宣布订婚，以防异议。

乔治·温特：[兴趣盎然、和蔼可亲地] 于是就把我给扯进来了。

安妮：没错，我想他或许可以帮你管理一条铁路，或者给你当个司机。如果你觉得他还不够格，也许可以让他当个公司董事长。

凯瑟琳：小安，你知道自己在说什么吗？

安妮：上帝啊，如果老爸都能够管理公司，那么泰迪也一定可以。

凯瑟琳：不，我不是指那个。有些状况你还不了解。欧唐奈先生不能请乔治为他做任何事情。欧唐奈先生……

乔治·温特：[非常好脾气地] 实际上，凯特，你或许可以让我自己来回答。

安妮：乔治总是说，等到我想结婚的时候他会帮我。

乔治·温特：[朝着欧唐奈] 我猜你是想去金融城？

欧唐奈：没错，差不多吧。

乔治·温特：我想你读的是公学？

欧唐奈：是的，我毕业于哈罗公学。

乔治·温特：[眼睛里闪过一丝光芒] 你曾经想上军校，但没有被录取，我猜得没错吧？

欧唐奈：没错，我想是这样的。

乔治·温特：而你又没有钱去读外交学院？

安妮：乔治，这些你又是怎么知道的？

乔治·温特：当一个有着良好的家庭出身和教育背景的年轻人告诉我他想去金融城，我就知道那是因为他太没有竞争力了，干不了其他任何事情。五十年前，出身高贵的笨蛋都进了教会；而如今他们都去了金融城。

欧唐奈：您这并不是在夸奖我。

乔治·温特：我想你会很适合我。

安妮：哦，乔治，你真是个大好人。

乔治·温特：亲我一下，我就给他谋个职位。

安妮：我要亲你两下。

　　　　[她在他的两边脸颊上各亲了一下。

乔治·温特：那我也不会给他谋两个职位的。

安妮：乔治，我实在想不明白为什么大家都怕你。你明明就是个老好人。

乔治·温特：我有一颗金子般的心，这是我经常告诉凯特的。［朝着欧唐奈］明天上午来见我。到时候我们聊一聊这件事。

欧唐奈：您真是太好了。

乔治·温特：你知道，一旦跟着我，就必须按我说的做。

欧唐奈：我想我不介意。

乔治·温特：听从一个该死的无赖的差遣不会永远那么令人愉快。

欧唐奈：这话是什么意思？

乔治·温特：在你看来，我当然就是个该死的无赖，这我知道。我没有上过哈罗公学。我父亲是个米德普尔的帽匠，非圣公会基督徒，还总是不把 h 念出来。我十四岁那年就上船出海了。到了你这个年纪，我已经在投机交易所干活，每周挣二十五先令。我当然就是个该死的无赖。

安妮：好了，乔治，别说得这么难听。

乔治·温特：算了，走吧，孩子们……你有没有跟你父亲谈过这件事？

安妮：还没有，我们想让你跟他谈。

乔治·温特：真的？

安妮：好啦，你看，父亲肯定会有点生气，因为泰迪绝对可以说是家徒四壁，但如果你答应了给他谋个职位……

凯瑟琳：父亲也许会反对……

安妮：哦，只要乔治说可以，他就不敢反对。

　　　　［凯瑟琳微微地做了个手势，一半是恼火，一半是惊愕。

乔治·温特：［温和地］你们真的很想结婚？

安妮：可想了。

乔治·温特：好吧，我会想想办法的。再见。

　　　　［他朝着欧唐奈点头致意。欧唐奈和安妮走出屋子。一等到

他们离开，凯瑟琳就跳了起来。

凯瑟琳：乔治，你不能让泰迪·欧唐奈做你的手下。你必须知道，这是不可能的。

乔治·温特：［平静地］为什么？

凯瑟琳：我们不能接受你的任何东西。

乔治·温特：不接受我的东西——这是你们家最近才养成的优秀品质吗？

凯瑟琳：你让他明天来见你，只是在浪费他的时间。

乔治·温特：我不认为他的时间有多值钱。

凯瑟琳：一定会有人把真相告诉安妮，到时候她会立刻意识到，泰迪决不能接受你的帮助。

乔治·温特：我表示怀疑。

凯瑟琳：［挑衅地］这一点我丝毫不怀疑。

乔治·温特：当她得知是因为你的无理取闹让她结不了婚，你觉得她会高兴吗？你确信她不会说反正她又没跟我吵架？

凯瑟琳：我会让她明白的。

乔治·温特：你这样看起来很自私，不是吗？如果安妮一心要嫁给那个愚蠢的男孩，你忍心阻止她？

凯瑟琳：我已经牺牲自己够久了，现在轮到安妮了。

乔治·温特：你会发现自我牺牲只是自我沉溺的一种形式，没有人会迫不及待地期待轮流。

凯瑟琳：你能拿泰迪·欧唐奈做什么？他什么也帮不了你。

乔治·温特：我还不确定。我喜欢跟绅士打交道。他们进入金融城后，往往会欣然接受肮脏的差事，这是那些在金融城出生和长大的人身上很少能看到的。

凯瑟琳：不管怎样，我会竭尽全力，不让一个体面的男孩暴露在你的影响之下。

乔治·温特：好吧，你可以在安妮身上试试。告诉她我会给她的男人一年四百镑的起薪，还要另外给她两百镑，这样的话，只要他俩愿意，下周就能结婚。然后再加上一句，你要跟我离婚，如果他俩中的任何一个接受我的赠与，就是大逆不道。

凯瑟琳：哦，我很清楚，你并非因为有心做善事才与他好言相待的。这只是你用来绑住我的另一道锁链而已。哦，这太残忍了。每次我找到一条路，就会发现你已经把路堵死了。

乔治·温特：亲爱的，你在情绪激动的当下，把各种比喻都混合在一起了。

　　　　[管家汤姆森进屋。

汤姆森：夫人，罗伯特·科尔比先生来了。

乔治·温特：他等在楼下吗？

汤姆森：我已经把他带去了晨用起居室。他说他会一直等你，夫人，直到你有空。

乔治·温特：叫他上来。[朝着凯瑟琳] 我会让你们单独——

汤姆森：遵命，先生。

　　　　[汤姆森退下。

乔治·温特：祝你们好运。我去和你那位杰出的父亲聊聊天气和玉米，你跟罗伯特·科尔比讲讲目前的状况。

凯瑟琳：看在上帝的分上，别再烦我了。

乔治·温特：告诉他我要反诉，看看他的反应如何。我估计他会跟个兔子似的撒腿就跑。

　　　　[乔治·温特朝着通往藏书室的大门走去，但又停下脚步。

乔治·温特：还有，如果他真跑了，你知道谁的怀抱会为你敞开，谁的奔驰 60 会轰鸣着引擎带你去他避难的屋檐下。

　　　　[他狂笑着走出屋子。凯瑟琳筋疲力尽地发出一声叹息，然后打起精神，迎接即将到来的会面。

[罗伯特·科尔比进屋。他是个四十岁的男人，相貌英俊，瘦削矫健，有着精巧的脸庞和细致的五官。胡子剃得干干净净。头发是灰色的。他举止优雅，带有一点老式的风度。声音温和宜人。

汤姆森：罗伯特·科尔比先生来了。

[凯瑟琳伸出双臂走向他。她的举止变得轻巧愉悦，似乎已经卸下了刚才压制着她的不幸。管家离开屋子。

凯瑟琳：你能来真是太好了。

科尔比：[握着她的手] 看到我，你好像很惊讶。

凯瑟琳：你肯定忙得不可开交。我以为你抽不出时间来看我。

科尔比：你很清楚，那些野蛮的工会头子拦不住我。

凯瑟琳：当然，我知道实际上你是不会让我耽误你的任何要紧事的，可一旦自鸣得意地想到，就在整个国家都在等你的时候，你却把时间浪费在我身上，我还是感觉非常开心。你知道我做到了什么？

科尔比：我想我已经猜出了你那张字条的意思，但我还是迫不及待地想听你亲口说出来。

凯瑟琳：我已经破釜沉舟。今天约了律师见面，尽快提交起诉书。

科尔比：我真高兴。你不该继续过那种受尽凌辱的生活。

凯瑟琳：我想让你再次跟我保证，我做了正确的事情。我太虚弱了，感到万分无助。

科尔比：过不了多久……

凯瑟琳：[打断他] 不，还没有，罗伯特。

科尔比：我想立刻告诉你，我是多么热烈地爱着你。

凯瑟琳：[露出最温柔的微笑] 你觉得有必要吗？你从不曾向我求爱，对此我非常开心。我想要的爱都在你的眼睛和声音里——即便在你说一些稀松平常的事情的时候——我也能感觉到你在乎我。

科尔比：我甚至从没吻过你的手，凯特。

凯瑟琳：我很感激你。眼下，我比以往任何时候都更需要确认：我

556

们没有什么可以自责的。

科尔比：这对我来说相当困难。

凯瑟琳：你以为对我来说会容易分毫吗？在我感到万分孤单、极度沮丧的时候，我渴望能够把头靠上你的肩膀，我想我甚至会爱上我的泪水，如果你能吻干它。

科尔比：我写信给你有没有让你生气？那封愚蠢的信。

凯瑟琳：怎么会呢？

科尔比：那时候我感到非常难过。我的一切努力似乎都出了岔子。我感到万分沮丧，忍不住写下了那封信。

凯瑟琳：我反反复复读那封信，直到烂熟于心。有时候我不禁想，要不是知道你在乎我，我怎么可能熬过这种生活？

科尔比：凯蒂，你从没说过你爱我。

凯瑟琳：你想让我啰里啰嗦地说出来？要不是因为爱你，我凭什么能让自己面对眼前所有这些屈辱和恐怖？是的，我全心全意地爱着你。

科尔比：在一切都结束后呢？

凯瑟琳：按你的意愿。

科尔比：凯特，你对我而言太重要了。我所获得的一切成功，我感觉都是我欠你的。有时候，我痛恨政治上的阴谋和渺小。我已经打算放弃一切。但你为我注入了新鲜的勇气。因为你，我能忽略其他一切，只盯住目标所包含的伟大意义。

凯瑟琳：[微笑着] 听到你这么说，我感到非常自豪。

科尔比：[轻快地] 你读了我昨天发表的演讲了吗？

凯瑟琳：恐怕还没有。

科尔比：[高兴地] 你呀！每一家报社都为它写了社论呢。

凯瑟琳：太对不起了，我真是太过分了。

科尔比：[大笑着] 胡说什么呢！你当然还有其他很多更重要的事情

需要考虑。

凯瑟琳：全都跟我讲讲吧，我猜是关于军队的辩论。

科尔比：是的，我已经将身后的船付之一炬了。我说我认为某种形式的强制征兵是不可或缺的。佩里戈尔即将解散议会举行大选。我认为我们能够当选。如果当选了⋯⋯我衷心希望他们让我管理陆军部。当然，我们执政已经有六年了，眼下只能指望以微弱优势取胜，所以每个席位都起着决定性的作用。不知道米德普尔的情况将会怎样。

凯瑟琳：乔治在那里很受欢迎。

科尔比：是的，正是这样。以前只要他在那里，就能稳稳地保住席位。不知道有没有其他人能接替他。

凯瑟琳：你认为他不可能再参选了？

科尔比：肯定的。而且理应如此。没有谁是被人逼着进议会的。如果他进了，就有义务远离丑闻。

　　　　[凯瑟琳微微吓了一跳，当她再次开口时，声音有些颤抖。

凯瑟琳：那很困难。再清白无辜的人，都可能成为丑闻的目标。比如说——有个歹毒的人在离婚官司上控告他。可能只是出于勒索，但他却为自己不曾犯下的错误而遭受惩罚，这也太可怕了。

科尔比：你真觉得可能发生那种事？如果一个人成为了别人的攻击目标，就算从严格的意义上讲，他确实没有犯错，但也很难说他完全无可指责。如果有人专门针对他挑事，那他自己肯定也干过一些相当愚蠢的事情。

　　　　[凯瑟琳没有回答。他的话令她感到害怕。

科尔比：乔治·温特进入下议院只是为了实现他自己的野心。他夺得席位，是为了给他自己提供更稳固的金融地位，而现在，他想用金钱强行为他自己求得某个职位。像他这样的人，对我们而言毫无用处。

558

凯瑟琳：[似乎想要改变话题] 我想知道，如果你在大选中失败了，你打算怎么办？

科尔比：[笑了起来] 我想只要我行为端正，我的选民是不会抛弃我的。

凯瑟琳：[微笑着] 如果他们抛弃了你呢？

科尔比：[停顿了一小会儿] 那无疑会打垮我。政治是我的整个生命。我无法想象自己离了下议院还能存活。我有太多事情要做。只要他们给我机会，我想…… [突然克制住自己] 天啊，我又要发表长篇大论了。

凯瑟琳：哦，亲爱的，我真为你感到骄傲。我对你无比崇拜。

科尔比：[兴高采烈地] 还没到时候呢。先等等，等我当上了陆军大臣，你再崇拜我吧。

凯瑟琳：[微笑中流露着疼爱] 亲爱的……你得走了。我还从来没有过这么多事情要做，我肯定你也很忙。

科尔比：好吧，那再见了。愿上帝保佑你……我走之前，对我说两句好话吧。

凯瑟琳：我一整天都会想念你。

科尔比：谢谢，再见！

  [科尔比走出屋子。凯瑟琳筋疲力尽地埋坐在沙发里，但一听到乔治·温特靠近的声音，便又打起精神。乔治和艾琴汉姆一同进屋。

乔治·温特：那个大人物上钩了吗？

  [凯瑟琳看了他一眼，表示听到了，但没有开口。

乔治·温特：我听见楼梯上传来他轻快的脚步声。

艾琴汉姆：凯瑟琳，我希望你已经改变了主意。

乔治·温特：怎么样？

  [他看着她，带着恶毒的乐趣。她昂着头，用愤恨的眼神盯

着他。

凯瑟琳：在你眼里，所有人都是混账，对吗？

乔治·温特：当然不是。我想十个人里面有九个是混账或者白痴。那就是为什么我能挣到钱。

凯瑟琳：当你遇到第十个人，那个人既不是混账也不是白痴，你怎么办？

乔治·温特：[轻率地] 把他放进玻璃罩子里。

凯瑟琳：你会发现他可不好对付。小心点。

乔治·温特：我会的。但我找他找了很久，我甚至怀疑自己不会遇见他了……有时候我以为遇见了他，但当我挠着脑袋考虑到底该如何对付他的时候，我看见一只贪婪的手偷偷伸出来，我这才知道，他根本不是那第十个人。

　　　　[管家进屋。

汤姆森：[朝着乔治·温特] 先生，班奈特先生想跟您谈谈。

乔治·温特：他打电话来了？

汤姆森：不，他本人来了。

艾琴汉姆：见鬼，他还能来干吗？

乔治·温特：我下楼去见他。

艾琴汉姆：不，让他上来。也许有什么重要的事，他也想见见我。

乔治·温特：[干巴巴地] 也许吧。去告诉他，让他上来。

汤姆森：遵命，先生。

　　　　汤姆森退场。

凯瑟琳：班奈特先生是谁？

艾琴汉姆：他是我们两三家公司的秘书，负责打理办公室里的相关事务。

乔治·温特：事情都他包了，工钱却给了你父亲。

艾琴汉姆：那我不知道。我自鸣得意地认为我是劳有所得。

[管家把弗雷德埃里克·班奈特领了进来。他是个中年男人，矮小，纤瘦，胡子刮得干干净净，有一张坚毅的脸和一副极其值得尊敬的外表。他戴着金丝边眼镜，穿着燕尾服，手上拿着一顶高礼帽。管家禀报完毕后，便退下了。

乔治·温特：弗雷德，出了什么事？

班奈特：老板，我专门跑了一趟波特曼广场，但他们告诉我你在这里；我想我还是赶紧来一趟比较好。

艾琴汉姆：班奈特先生，没出什么问题吧？

班奈特：没有，勋爵。[朝着乔治·温特]老板，我能跟您私下说上两句吗？

乔治·温特：可以。艾琴汉姆，能否请你……？

艾琴汉姆：当然没问题。

[他走向站在窗边的凯瑟琳，开始跟她谈话。乔治·温特和班奈特压低声音商量，声音越来越轻，几乎成了窃窃私语。

乔治·温特：弗雷德，到底出了什么事？你看起来就像一只在暴风雨中奄奄一息的鸭子。

班奈特：老板，麦克唐纳发来了电报。

乔治·温特：这是好事。报告什么时候发来？我猜跟着就发过来了。

班奈特：没错。

乔治·温特：见鬼，那你为什么不打电话给我？我会立马回办公室。既然拿到了电报，我们可以忙活起来了。

班奈特：我不想冒险打电话。你永远不知道还有谁在听。

乔治·温特：说什么蠢话呢，弗雷德，跟个老太婆似的。电报你带来了吗？

班奈特：跟您期待的不太一样，老板。

乔治·温特：[抓住他的手腕]你他妈的这是什么意思？

班奈特：很糟糕，很……

乔治·温特：[粗暴地打断他]你这个龌龊的骗子，你在说什么？

班奈特：小心点，他们会听见。

乔治·温特：电报在哪儿？

班奈特：我把它放口袋里了。

乔治·温特：弗雷德，如果你敢耍我……

班奈特：[拿出电报]我跟你一样深陷其中。

　　　　[乔治·温特接过电报正要打开，突然间起了疑心，犹豫了一下，害怕得不敢看。

乔治·温特：弗雷德，电报上说了什么？

班奈特：还能说什么？说那个金矿里什么也没有。我们眼睁睁地被坑了。那个金矿一文不值。

　　　　[乔治·温特从他身边走开，脸上露出害怕迷惑的神情。一时间，他犹豫着不知所措，但接着很快下定决心，咬紧牙关。

班奈特：[走向他]老板。

乔治·温特：如果真是这样，我们支付的十万英镑就等于扔进了下水道。

班奈特：您打算怎么办？

乔治·温特：怎么办？跟他们拼了。

艾琴汉姆：[走上前来]乔治，希望没出什么大事吧？

乔治·温特：[越过他的肩膀]没事。

班奈特：[窃窃私语地]您知道失败将意味着什么吧？

乔治·温特：锒铛入狱。但我不会失败。

　　　　[管家进屋。

汤姆森：勋爵，午饭已经备下。

第一幕终

第二幕

　　场景与前一幕相同，在弗兰西斯·艾琴汉姆勋爵位于诺福克街上房子里的会客厅内。

　　下午。弗兰西斯夫人正在一面绣绷上刺绣。凯瑟琳站在窗边，望着外面的街道。

弗兰西斯夫人：你不累吗，凯特？

凯瑟琳：〔依然看着窗外〕母亲，我不累。

弗兰西斯夫人：你整个上午都在外面。

凯瑟琳：我去见了我的律师。

弗兰西斯夫人：〔叹了口气〕我不明白，为什么你有着我们这样的父母，却犟得跟头牛似的。

　　　　　　　〔凯瑟琳既没回答，也没回头。

弗兰西斯夫人：〔飞快地瞥了她一眼〕欧法瑞尔医生说你父亲明天就能恢复到差不多可以下楼的程度了。

凯瑟琳：我为此高兴。

弗兰西斯夫人：这是他今年第二次痛风发作。

凯瑟琳：真是个老可怜！

弗兰西斯夫人：你一直盯着对面的房子，不觉得烦吗？你是在等什么人吗？

凯瑟琳：没有。

弗兰西斯夫人：你真是精力旺盛。〔微微一笑〕我感到越来越筋疲力尽了。

　　　[出于惊吓和警觉，凯瑟琳发出一声轻微的喊叫。

弗兰西斯夫人：怎么了？

凯瑟琳：[转身上前几步]乔治刚开车过来了。

弗兰西斯夫人：我想他是来见你父亲的。

凯瑟琳：他们绝不能让他上来。我不想见他。我可受不了这些，这
　　对我太残忍了。

弗兰西斯夫人：亲爱的，别担心。乔治已经两周没要见你了。

　　　[管家还没来得及通报，乔治·温特就已经急匆匆地走进屋
　　子，关上身后的门。

凯瑟琳：[愤怒地]你想怎样？你没有权利逼迫我。

　　　[她作势要离开房间，但他把她拦下，从口袋里掏出一
　　张纸。

乔治·温特：我刚刚收到这个。

凯瑟琳：你还想怎样？

乔治·温特：你父亲告诉我说这阵子暂时不会出什么岔子。

凯瑟琳：我父亲怎么说我管不着。这是我的事情。我有权不受任何
　　人的干涉。

弗兰西斯夫人：那是什么，乔治？

乔治·温特：您想看看吗？一份有趣的文件。

凯瑟琳：是离婚诉状，母亲。

弗兰西斯夫人：我要是戴着眼镜就好了。我以前从没见过这种东西。

乔治·温特：[一脸严肃地]那您很幸运。

弗兰西斯夫人：[带着酸涩的微笑]也可说是品行端正。

乔治·温特：[朝着凯瑟琳]你必须撤回它。

凯瑟琳：从现在起，我们之间所有的沟通都必须通过律师进行——
　　这一点你肯定一清二楚。

乔治·温特：胡闹！

　　　　[凯瑟琳穿过屋子，拉响火炉边上的铃铛。

乔治·温特：你干吗拉铃？

凯瑟琳：让汤姆森来为你开门。

乔治·温特：你真是体贴过头了。

凯瑟琳：母亲，你能不能救救我，让我远离这种事情？

弗兰西斯夫人：亲爱的，你丈夫有六英尺高，身材魁梧。我会叫汤姆森把他踢下楼，如果你希望这样……

乔治·温特：但没有哪个守规矩的管家会喜欢干这种活儿。

　　　　[管家进屋，等待吩咐。

乔治·温特：哦，汤姆森，有三位绅士会在五点钟过来。等他们来了，你通知我一声，并把他们带去藏书室。

汤姆森：遵命，先生。

　　　　[管家走出屋子。

凯瑟琳：你这是什么意思？

乔治·温特：我来正是要告诉你这件事……我猜你们已经谈论过了。米德普尔的报纸提到我们之间存在纠纷，而《先驱者报》——这份保守党的小报——甚至在最新一期的报纸里表示你准备跟我离婚。

凯瑟琳：米德普尔的报纸可真是消息灵通。

乔治·温特：那你可看错他们了。《阿尔格斯》正在印刷一份特刊，从权威的角度，对整件事情给予彻底的否定。我已经向法院起诉，要告《先驱者报》诽谤罪。

凯瑟琳：多一个谎言还是少一个谎言，在你的良心看来，没什么大不同。

乔治·温特：我已经跟他们解释了，你搬来这里是因为你对新刷油漆过敏。

565

弗兰西斯夫人：这是什么意思？

乔治·温特：［轻轻地笑了一声］就在凯特离开波特曼广场的第二天，我得出结论：这房子需要重新装修。我打算将房子从地窖到阁楼，都重新铺上墙纸，刷上油漆。等到这一切都弄完了，我将东山再起。

弗兰西斯夫人：幸亏英国工人干活慢悠悠的。

乔治·温特：但那还不够。米德普尔那里的人对整件事情都很紧张。你认识的那个斯维尔克里夫——那个非圣公会派的牧师——就是那群爱搬弄是非的家伙中的一个，他们把鼻子伸进每个人的私生活里。他在我的委员会里。他和福德两个人控制了非圣公会派的势力……他们自说自话地认为，要从你这里得到真相。

凯瑟琳：我？

弗兰西斯夫人：福德是谁？

乔治·温特：哦，他是米德普尔最有钱的人，也是米德普尔投资信托公司的一位董事。跟钉子一样难搞！老奸巨猾！却是个彻头彻尾的非圣公会教徒。前不久，他刚自掏腰包建造了一座公理会教堂。非常难缠。

弗兰西斯夫人：但我不明白。这些人想让凯特做什么呢？

乔治·温特：今天五点，他们会和我的代理人博伊斯一起来这里，询问凯特那些传闻包含了多少真相。

弗兰西斯夫人：可这太放肆了！

乔治·温特：确实很放肆！但是对于一群鬼鬼祟祟的米德普尔的非圣公会教徒，你还能指望他们什么呢？

弗兰西斯夫人：你想让凯特怎么说？

乔治·温特：她会说她头一次听到这种传闻。接着他们会问她是否真要跟我离婚，而她将会——以任何她希望的方式，对这种说法表示嗤之以鼻。

566

凯瑟琳：我拒绝见这些人。

乔治·温特：是吗？

凯瑟琳：[讥讽地] 难道你想让我当着你的面告诉他们，他们所听到的每一个字都千真万确？那好，我就见见他们。我会把整件事都解决了。到时候我就能摆脱这种迫害了。我只会告诉他们真相。

乔治·温特：[带着黑色幽默] 还没到五点呢。

　　[管家进屋，身后跟着佩里戈尔先生。他身为首相，个子不高不矮，微微发胖，胡须剃得干干净净，有一头保持了很久的浓密灰发，肉乎乎的脸上有一种精明和泰然。他的举止优雅而拘谨。

汤姆森：佩里戈尔先生来了。

　　[汤姆森退下。

弗兰西斯夫人：[热情洋溢地] 我亲爱的鲍勃，你来了，真是太好了。

佩里戈尔：你好吗，凯特？

凯瑟琳：你现在当上了首相，都不怎么来看望我们了。

佩里戈尔：民众总有一种错觉，以为首相除了下午的走访，就无事可干了。[他转向乔治·温特] 很高兴在这里见到你。

乔治·温特：为了和我的岳母尽可能地保持良好的关系。

弗兰西斯夫人：那你打算何时解散议会？

佩里戈尔：[舒舒服服地在扶手椅上坐下] 我一直都很忙，已经好几天抽不出时间读报纸了。他们都说了些什么？

弗兰西斯夫人：别这么讨人厌，鲍勃。

佩里戈尔：亲爱的，在一个睿智的首相看来，让媒体机敏的预测成真是他的一项特权。

弗兰西斯夫人：听说你要让艾米丽·拉塞尔斯入主内政部，我希望这不是真的吧？

佩里戈尔：老天爷，你说得好像你们女人已经舒舒服服地驻扎在议院了。

弗兰西斯夫人：你很清楚我是什么意思。换做男人，那无关紧要，反正所有的活儿都是手下人干的，但他们的太太就是另一回事儿了。我坦白告诉你，如果你让艾米丽·拉塞尔斯入主内政部，将会铸成大错。

佩里戈尔：为什么？

弗兰西斯夫人：她不会招待宾客，法语又大字不识一个，还穿得乱七八糟。

佩里戈尔：[讥讽地] 那不就解决了，艾米丽·拉塞尔斯不会入主内政部。

乔治·温特：[微笑着] 历史就是这样被创造出来的。

弗兰西斯夫人：哦，乔治，前两天弗兰克买了一幅拿破仑的版画想要给你看，你一定要来看的，来吧？

乔治·温特：当然。

弗兰西斯夫人：你知道的，乔治搜集各种跟拿破仑有关的东西。

佩里戈尔：啊，这位金融界的拿破仑……听说弗兰克卧病在床，我深表难过。

弗兰西斯夫人：哦，他今天感觉好多了。我们只是失陪个五分钟。

　　　　[她和乔治·温特走出屋子。

佩里戈尔：你母亲做得多自然啊！差点就把我给骗了。

凯瑟琳：[严肃地] 你是专门来找我的？

佩里戈尔：我已经忙得不可开交！不可能下午找得出时间漫无目的地闲聊。

凯瑟琳：我想也是。

佩里戈尔：但看到你丈夫出现在这里，我怀疑你的理智已经让我的这趟差事变得毫无必要了。

凯瑟琳：你不是早就听说了我俩是怎么过日子的吗？

佩里戈尔：像你丈夫这样定期为党派基金慷慨解囊的人，任何有关他的负面传闻，我都决不会相信的。

凯瑟琳：也就是说，你现在也开始跟我对着干了？

佩里戈尔：我亲爱的孩子，我是看着你长大的。你母亲是我的大表妹。我们最大的渴望莫过于你能得到幸福。

凯瑟琳：乔治今天早上收到了离婚起诉书。

佩里戈尔：啊！……据说你丈夫的两位最主要的支持者今天下午会从米德普尔赶来，为了听你亲口否认在选区里流传的这个不实消息。

凯瑟琳：我可以向你保证，他们听不到我的否认。

佩里戈尔：但愿我能够说服你三思而后行，以免造成不可挽回的后果。

凯瑟琳：可你为什么要关心这件事？

佩里戈尔：我们已经连续执政六年了。议会即将解散，我不知道我们是否还能再次当选。这次双方咬得很紧。如果这两个席位拿不稳，我们就完了……

凯瑟琳：两个？

佩里戈尔：内阁秘书长告诉我说你丈夫想要提起反诉。

凯瑟琳：要不是这件事本身那么恶心，这种想法本来还挺好笑的。我跟你保证……

佩里戈尔：是的是的，当然。无论是你，还是罗伯特·科尔比，本身都无可指责。这一点是再清楚不过的了，可是……这么说吧，据我所知，他似乎已经制造出了"确凿的证据"。此时此刻，我们所有人都挺尴尬的——我真恨不得自己与你亲爱的母亲之间没有如此亲密的关系。出于某种理由，英国人总是对激进党派

在道德上的懈怠给予更严苛的批判。托利党人就有某种特定的
权利，即使道德败坏，也可以一笑而过，这让我们苦不堪言。

凯瑟琳：让我们直话直说吧。你是想说，如果我丈夫把罗伯特·科
尔比拖上离婚法庭，你就会把罗伯特扔下船，即使能够彻头彻
尾地证明他是清白无辜的？

佩里戈尔：我亲爱的，没有人那么清白无辜，所以人们总有机会摇
着头说"知人知面不知心"。我想不会有哪个首相愿意将一个在
离婚诉讼中被告通奸的人招入他的内阁。

凯瑟琳：这完全就是恐吓勒索。乔治对此甚至都懒得掩饰。

佩里戈尔：他冷酷的直白有时候显得相当迷人。

凯瑟琳：哦，你快把我逼疯了。我的全部幸福危在旦夕，你却停下
来对那种可恶的玩世不恭报以微笑……你是看着我和罗伯特长
大的。你难道不相信我们？不站在我们这边？

佩里戈尔：[非常和蔼地] 亲爱的，在这种不利于我的形势下，我不
能冒险……我想你应该知道，我们有一项计划，就是修订义务
兵役制。对于这项计划，我本人说不上喜欢，但它能打击托利
党的气势，因此我们必须做点什么。罗伯特充满热情，对这种
做法有信心。他正是那个能够让这件事在下议院获得通过的人。

凯瑟琳：他已经下定决心要掌管陆军部。

佩里戈尔：[微笑着] 那你正好能拱手献给他。

凯瑟琳：我？他知不知道乔治·温特已经开始对他造成威胁了？

佩里戈尔：我想他还不知道。

凯瑟琳：啊，你交给我的是怎样的责任啊？

佩里戈尔：责任通常与权力并行，此刻你也拥有了权力。

凯瑟琳：[沉吟片刻] 罗伯特和我之间从不相互隐瞒。他不会希望我
没和他商量就擅自做出一个与我俩都关系重大的决定。我要把
整件事都跟他讲清楚，你会反对吗？

佩里戈尔：一点也不！但我现在就可以告诉你他会怎么回答。他会说他爱你，如果他必须在你和令他的生命变得有意义的那一切之间做选择，他会毫不犹豫地选择你。

　　　　[凯瑟琳轻轻叹了一口，夹带着宽慰和欣喜。

佩里戈尔：然而，就在他为了你而背叛全世界的时候，看看他的双眼，也许你会在其中看见——哦，只是一瞬间，你必须仔细观察才能看见的——阴霾，最轻微的遗憾的阴霾……也许十年后，当我碌碌无为的一生走向终点，你会对自己说：要不是我当年牺牲了他，他现在也许能填补软弱无能的佩里戈尔所留下的空位。

凯瑟琳：[声音嘶哑，带有一种她自己并不希望那般明显地表露出来的触动]我才不相信罗伯特有多大野心呢。

佩里戈尔：你得具有敏锐的观察力，才能发现野心和爱国主义之间的差别。

凯瑟琳：我会为爱而牺牲全世界。

佩里戈尔：是的，但你是个女人。你认为男人会吗？

　　　　[凯瑟琳没有回答。当佩里戈尔的话慢慢沉入她心里，她表露出了内心的痛苦。

佩里戈尔：我能否拉一下铃问问我的马车回来了没有？

凯瑟琳：让我来！

　　　　[她拉响了铃。

佩里戈尔：我让科尔比坐马车来接我，这样我们可以一起去下议院。

　　　　[管家进门禀报说罗伯特·科尔比来了，然后退下。

汤姆森：科尔比先生来了。

科尔比：我想我还是上来跟你问候一声比较好。

凯瑟琳：[强颜欢笑地]你要是没上来，我可会气疯的。

佩里戈尔：差点忘了！我要上楼去看望你父亲。

凯瑟琳：他会很高兴的，我带你上去。

佩里戈尔：不不不！这可使不得！我很容易就能找到他。

科尔比：佩里戈尔先生不在的时候，我会尽全力取悦你的。[*佩里戈尔先生离他们而去，科尔比开心地走向她*] 接到他的留言，说让我来这里接他的时候，我开心得跳了起来。

凯瑟琳：[*微笑着*] 你想来随时可以来。

科尔比：我总担心太常来会让你觉得厌烦。我挖空心思找些得体的借口，好来你家门前……发生了什么，凯特？

凯瑟琳：你说我？没事。

科尔比：我觉得你看上去忧心忡忡的。

凯瑟琳：你知道吗，你丝毫没有表露出想吻我的愿望。

科尔比：我？亲爱的，我一直遵守着你严格的命令。

凯瑟琳：如果你真想吻我，才不会在乎什么命令呢！

科尔比：[*朝她走去*] 亲爱的！

凯瑟琳：哦，别，别这样。我不是在乞求…… [*她挣脱他*] 如果你不是心甘情愿的，现在这么做已经太迟了。

科尔比：你到底是怎么了？

凯瑟琳：如果你爱我，为什么有时候不说？

科尔比：天啊，这句话每分每秒就在我的舌尖！我不得不加以克制，不让自己拜倒在你的脚边告诉你我有多在乎你。

凯瑟琳：哦，原谅我！我有时候多么渴望听到情话啊，你要是知道就好了。

科尔比：[*揽她入怀*] 亲爱的！

凯瑟琳：哦，总要克制自己，太难了。我是不是脾气很坏、很可怕？

科尔比：[*温柔地微笑着*] 当然不是。

凯瑟琳：但我想知道你爱我。

科尔比：凯特!

　　　　　[他把她的脸转到他面前，亲吻她的双唇。

凯瑟琳：[把脸埋在他的肩头，开始哭泣] 我在这个世界上就只剩下
　　　　你了。如果失去你，我真不知道该怎么办。

科尔比：再过很短的一阵子，我们就能完全拥有彼此。

凯瑟琳：[抬起头，微微克制住自己，看着他的眼睛] 我想知道你有
　　　　多爱我。

科尔比：用我的整颗心，用我的整个灵魂。

凯瑟琳：你会不会爱我爱到……

　　　　　[她从他怀里挣脱出来，转身从他身边走开。

科尔比：什么?

凯瑟琳：没什么。我只是感情用事了。[微笑着] 让我们恢复理智
　　　　吧，回到平时的样子。

科尔比：我无法理解你，凯特，就今天下午，你好像变了个人。

凯瑟琳：我吓到你了。你从来没有意识到，我是个情绪化的生物。
　　　　把自己的生活和一个几乎可以无事生非的女人联系在一起，你
　　　　确定这样做是明智的吗?

科尔比：如果你有个坏脾气，我想我也会爱上它的。

凯瑟琳：[取笑他] 哦!

科尔比：[伸出双手] 凯特!

凯瑟琳：[兴致勃勃，就好像在开玩笑] 我想给你做一个纯粹的
　　　　假设。假设你必须在我和你的事业之间做出选择——你会怎
　　　　么选?

科尔比：[微笑着] 当然选你。

凯瑟琳：说得多么漫不经心啊!

科尔比：幸运的是，我永远不必做如此可怕的选择。

凯瑟琳：当然不必。

科尔比：可你为什么这么问？

凯瑟琳：因为我感到紧张不安，还很无聊。我想听你说你会毫不犹豫地为了我牺牲全世界。

科尔比：你这个可爱的怪家伙！

    [她满脸微笑，摆出一副媚态。突然间，泪水不受控制地涌入她的双眼，声音也开始变得支离破碎。

凯瑟琳：鲍勃！

    [她伸出双手，他抱住她，热烈地吻她；她从他怀里挣脱开来，气喘吁吁地站着。佩里戈尔先生走进屋子，身后跟着弗兰西斯·艾琴汉姆，后者单脚穿着一只巨大的毛毡拖鞋，手上挂着根拐杖。

佩里戈尔：你父亲坚持要下楼。

艾琴汉姆：那房间我真是再也待不下去了。再说，我现在走得很稳当了。

凯瑟琳：父亲，我记得欧法瑞尔医生说过，你要在楼上一直待到明天。

艾琴汉姆：欧法瑞尔那个傻瓜。

科尔比：[微笑着] 当你开始数落你的医生，就证明你已经好多了。

佩里戈尔：[朝着科尔比] 希望我没让你等太久吧？

科尔比：完全没有！

佩里戈尔：[非常和蔼地] 弗兰西斯夫人给我看了一张老照片。

艾琴汉姆：[重重地坐进扶手椅] 安吉拉的那个小玩笑一点也不好笑。

    [凯瑟琳在他的脚下放了一个脚垫。

佩里戈尔：我不知所措地看着照片，然后她说：你还记得吗？这是谁谁谁。我吓了一大跳。照片里的那位年轻女士，我曾经疯狂地爱过她，还让她嫁给我——那时候她已经结婚了，或者差不

574

多的情形——你相信吗？我以我的灵魂发誓，过了三十年之后，我就好像压根儿从没认识过她似的！从亚当时代起就不认识。

艾琴汉姆：或者从夏娃时代起？

    [凯瑟琳严肃地看着他，看出了他的故事正在影射自己。

科尔比：你应该庆幸。

佩里戈尔：没错，我的朋友们，确实庆幸。我不像你们那样心高气傲，跟堂吉诃德似的。我不介意告诉你们，我十分高兴自己能够当上外交大臣和首相。然而，在当时，要是有人让我在我现任的职位和一趟带着我的梦中情人游遍欧洲的旅行之间做选择，我会毫不犹豫地选择后者。

科尔比：显然上苍护佑你。

    [听到这番话，凯瑟琳微微一惊，然后站了起来，怔怔地盯着他。

佩里戈尔：好了，我们得走了。我们不该让这位迷人的夫人牵扯上太多大英帝国的事务。

凯瑟琳：再见。

佩里戈尔：你得让你母亲给你看看那张照片。三十年前，在我眼里，那小贱人肯定比照片上迷人得多。[转向艾琴汉姆]再见，弗兰克，希望这两天你的腿脚就能好起来。

    [佩里戈尔和科尔比走出屋子。

艾琴汉姆：那个小女人我记得很清楚。了无特色。当时我很奇怪佩里戈尔看上了她哪一点。

凯瑟琳：您现在不需要我陪您吧，父亲？

艾琴汉姆：不需要，亲爱的。你要出去吗？

凯瑟琳：我只是想回房间。我想——我想独自待上一会儿。

艾琴汉姆：怎么？

    [还没等到她解释，管家就进屋票报班奈特来了，她趁此机

会溜走了。

汤姆森：班奈特先生来了。

       [*汤姆森退下。*

艾琴汉姆：啊，班奈特先生，原谅我站不起来。

班奈特：很高兴看到您身体好些了，勋爵。

艾琴汉姆：有什么事吗？

班奈特：[惊讶地] 我还以为是勋爵您希望我过来的呢。您不是打电话给我了吗？

艾琴汉姆：我？

班奈特：也许是老板……

艾琴汉姆：[打断他] 啊，是的，没错。乔治没有提起，我猜他是想让我签支票。我在这里也能签，跟在办公室里没什么差别。我希望温特先生能进来一下。你不介意帮我打一下铃吧？

班奈特：当然可以。

       [*他还没拉铃，乔治·温特就已经进来了。*

乔治·温特：我已经下了命令，在那些人从米德普尔赶来之前，谁都不准上来。

艾琴汉姆：天啊，我已经彻底忘记了。我说，乔治，你犯了个错误，不该让他们来。

乔治·温特：我还告诉弗兰西斯夫人，我们要用这间房间，谁都不准没敲门就进来。

艾琴汉姆：顺便一问，是不是你把班奈特叫来的？

乔治·温特：是的。你这痛风发作得可真是时候。坐下，弗雷德。我们还是先让自己舒坦些吧。艾琴汉姆，你现在感觉舒服吗？

艾琴汉姆：非常舒服，谢谢。

乔治·温特：腿不疼了？

艾琴汉姆：目前没什么感觉。

[在接下来的一幕中，乔治·温特表现得非常活泼友善。他为自己所施加的折磨洋洋得意。他和弗兰西斯·艾琴汉姆兜着圈子，就好像猫和老鼠。

乔治·温特：麦克唐纳关于金矿的报告已经来了，我想你肯定迫不及待地想知道这个消息。

艾琴汉姆：啊，真是个好消息。那我们可以立即开始工作了。

乔治·温特：弗雷德，你把报告带来了吗?

班奈特：带来了，先生。

乔治·温特：我敢肯定，勋爵一定很想看一看。

艾琴汉姆：是的，班奈特，拿过来。真是个激动人心的时刻。我相信我终于要发财了。

乔治·温特：你说得没错，这是个激动人心的时刻。

[班奈特从公文箱里拿出报告，递给艾琴汉姆。

艾琴汉姆：是一份令人印象深刻的文件吧?

[他展开文件，开始阅读。乔治·温特饶有趣味地看着他。

乔治·温特：写得很有技术性，对吧?

艾琴汉姆：[面有愠色] 天啊，我不明白，麦克唐纳为什么就不能用简单直白的英语来写?

乔治·温特：我很感激他没有写得更简单直白。

艾琴汉姆：我必须老老实实地承认，我没看明白他的意思。

乔治·温特：我想你也看不明白。报告的全部内容，两句话就能说清楚。

艾琴汉姆：[稍稍松了口气，放下报告] 啊!

乔治·温特：这个金矿在我们买下它的时候已经被挖尽了，那里面没有值得一提的金子。我们眼睁睁地被坑了，八万英镑打了水漂。

[一阵沉默。艾琴汉姆茫然地看着乔治·温特。班奈特紧张

地来回看着两人。

艾琴汉姆：〔几乎说不出话来，舌头抵着喉咙〕你是在——是在开玩笑！

乔治·温特：你自己看报告。

艾琴汉姆：〔无助地看着报告〕那么……

乔治·温特：你的发财梦成了个笑话，对吧？我的也是。

艾琴汉姆：这是真的吗，班奈特？

班奈特：恐怕是的，勋爵。

艾琴汉姆：上帝啊！现在该怎么办？

乔治·温特：你觉得该怎么办？

艾琴汉姆：我？

乔治·温特：你是这个集资项目的主席。你的意见肯定是最关键的。

艾琴汉姆：〔吞吞吐吐地〕我们只能自掏腰包填补损失。

乔治·温特：嗯！

班奈特：就现状来看，这样的一笔损失是我们所能承受的极限。

艾琴汉姆：萧条期一定很快会结束。

乔治·温特：过去两个月我们一直都这么说。

艾琴汉姆：那我们到底该怎么办？

乔治·温特：那正是我们要问你的。

班奈特：我们还有利维山姆家族可以指望。

乔治·温特：现在对他们而言，正是对我们发起突袭的大好时机。

艾琴汉姆：〔嘶哑地〕乔治，这并不意味着我们已经完蛋了对吗？

乔治·温特：〔拿出怀表〕再过十五分钟，博伊斯就来了。

艾琴汉姆：乔治，别再卖关子了。我把我所有的鸡蛋都放在这个篮子里了。我还以为我终于能发财了。我想要从这整件事情里抽身，我想要平静舒适的生活。

班奈特：你打算怎么办，老板？

乔治·温特：[看着艾琴汉姆] 先把报告压着。

　　　　[班奈特吓了一跳，但没说话。

乔治·温特：继续表现得好像我们还相信这个金矿有利可图。我们是根据政府专家的报告买下的这东西，我们要把这一点写入招股说明书。

艾琴汉姆：但那不是欺诈吗？

乔治·温特：完全正确。

艾琴汉姆：乔治！

乔治·温特：在采矿生意圈里有一条公理，那就是当你手握一件垃圾的时候，正确的做法是把它转移给英国公众。

艾琴汉姆：等到你发放不出分红的时候，公众会发现那里根本没有金子。

乔治·温特：哦，我们会发放一两年分红的。到那时候，我们已经渡过难关，将为英国公众另找一根胡萝卜。

艾琴汉姆：但你自己也说了，这是欺诈。

乔治·温特：你似乎忘了另一件事。

艾琴汉姆：什么？

　　　　[乔治·温特稍作停顿，若有所思地瞄了他一眼。

乔治·温特：我们买下这座矿用的并不是自己的钱。

艾琴汉姆：这是什么意思？

乔治·温特：一个商店男孩从他老板的收银箱里偷了五块钱，赌在一匹马上——我们现在正是这样的情形。如果马跑赢了，他就能把钱拿回来；但是如果没跑赢，他就得蹲上一个月的牢狱……换成我们，会是七年。

艾琴汉姆：你在说什么呢，乔治？

乔治·温特：你是不是已经忘了我俩是米德普尔投资信托公司的董事？

艾琴汉姆：那又如何？

乔治·温特：我们必须在二十四小时内支付八万英镑，否则就会失去金矿。

班奈特：看来确凿无疑。

乔治·温特：眼下我们绝不可能筹集到这样一笔资金。银行为米德普尔投资信托公司发行了十万英镑的记名债券，上次你、我和班奈特签了字之后，他们就已经兑付了。我们是用这笔借款买下了那座一文不值的金矿。

艾琴汉姆：可我从来没签过这种东西。

班奈特：不，勋爵，你签过。没有你的签字，银行是不会发行债券的。

艾琴汉姆：那肯定是有人仿造了我的签名。

乔治·温特：你还记不记得，有一天，在皮姆饭店享用了一顿丰盛的午餐后，你正要去参加婚礼，我让你来办公室签了一些文件？

艾琴汉姆：可那些文件我从来没看过。我不知道……

乔治·温特：[干巴巴地打断他] 啊，那是你的问题。

艾琴汉姆：[愤慨地] 我要报警。

乔治·温特：难道你认为你的故事在他们听来会是合情合理的？这故事听起来荒谬透顶：一个生意人，一个五六家公司的董事会主席，签署文件的时候居然连看都不看。我和班奈特会跟警察发誓，你当时仔细阅读了眼前文件上的所有内容——因为这是你的职责，我亲爱的朋友——并且充分理解了自己的行为所代表的意义。

艾琴汉姆：班奈特先生，你可以证明我一刻也不曾了解自己到底在做什么。你当时告诉我，都是一些常规文件。我看见乔治签了字，就也毫不犹豫地加上了自己的名字。

乔治·温特：如果班奈特先生肯牺牲自己替你洗白，那他真是超越了人的境界。

班奈特：我的勋爵，要是非如此不可，那我只能说实话了。

艾琴汉姆：我正想让你这样。

班奈特：我只能说，当时你同意我们的看法，也认为借债必不可少，而且可以在公司上市后立刻偿还。你在充分了解自己的行为可能带来的后果的前提下，签署了给银行的指令。

乔治·温特："什么是真相。"彼拉多提问时面带讥笑①。

班奈特：勋爵，你现在陷得跟我们一样深了。

艾琴汉姆：哦，我的上帝！

乔治·温特：别一碰到难题就昏了头脑，这样没用。

艾琴汉姆：你骗了我。你是个老骗子。不出一个月，我们都得进监狱。

乔治·温特：听说，如今他们会让你在那儿过得非常舒适。

艾琴汉姆：好吧，我看清了摆在我眼前的职责。过去我不知情，但我现在也已经找不出借口了。我现在就去苏格兰场②，把整件事情都原原本本地说出来。

乔治·温特：你以为这样救得了你？不过就是把七年改成五年吧。

艾琴汉姆：谁都知道我没本事干出这种勾当。

乔治·温特：别跟个傻瓜似的。我们已经紧紧地绑住了你。如果我们完蛋了，你也会跟着完蛋。请你记住，这一点毋庸置疑。

艾琴汉姆：但我必须履行我的职责。

乔治·温特：你的职责是保住你的脑袋，并且尽全力帮我们摆脱这

---

① 根据《圣经》记载，罗马巡抚彼多拉审讯耶稣时，耶稣对他讲："我为此而生，来到人间，特为给真理作见证。"彼拉多面带讥笑，近乎自言自语地问道："什么是真理？"
② 伦敦警察局所在地。

个烂摊子。

艾琴汉姆：我们已经无计可施。金矿一文不值。我们怎样才能筹集到八万英镑？

乔治·温特：我们还有六周的时间赎回债券。只要我们在那之前完成目标，没人会知道这曾经是一笔银行坏账。

艾琴汉姆：六周跟后天没什么区别，一样希望渺茫。

乔治·温特：不，有区别，只要我们能让公司上市。你能做的就是这个。我必须保住我的席位，争取所有的威望。我不能离婚。你必须赶紧去找凯特，告诉她唯一能拯救你免受牢狱之灾的方法，就是告诉那些从米德普尔赶来的人，她没有理由抱怨我。

艾琴汉姆：上帝啊！我忘记了还有凯特。

班奈特：只有坚持下去，才能拯救我们，还有我们投在公司里的钱。

艾琴汉姆：[愤慨地] 要不是你自己他妈的犯傻，根本不会跟凯特闹到这种地步。你为什么就不能离开那些女人？

乔治·温特：[咯咯笑了起来] 我亲爱的朋友，你说得好像这要怪我似的。完全是她们主动对我投怀送抱。我要是不偶尔将她们搂在怀里，会显得非常失礼。

班奈特：勋爵，老板要求您做的并不多。

艾琴汉姆：要我去告诉我女儿，我是个小偷，是个骗子，求她同情我？！

乔治·温特：正是。

艾琴汉姆：你到死也不会得逞！

乔治·温特：还有一个选择，那就是监狱……服劳役可不怎么舒服——对吧，弗雷德？这一点你再清楚不过了，你来告诉他。

班奈特：[倒吸一口气] 老板！

艾琴汉姆：他这是什么意思？

乔治·温特：弗雷德曾经是个事务律师，后来被除名了。他因为贪污客户的钱，蹲过三年监狱。

艾琴汉姆：上帝啊！这是真的吗，班奈特先生？

班奈特：［惭愧地］是的，勋爵。

艾琴汉姆：我从不知道。

乔治·温特：你当然不知道。他不可能到处吹嘘这种事情，对吧？如果这次我们败露了，他会更惨，因为他有过前科。弗雷德，告诉他坐牢是怎么一回事。

班奈特：［极度痛苦］哦，老板，别这样！

乔治·温特：我在他入狱之前就认识他了。他当时名叫福尔特曼。他们放他出来后，我接纳了他，因为我相信，他只要跟紧我就能得到一切，出卖我就会失去一切。

艾琴汉姆：我的上帝！

乔治·温特：他可以告诉你接下来你要面对的是什么，穿着带粗箭头标记的囚服是什么感觉，吃的饭又是怎样的。还有劳动——作息规律，健康生活——在你这个年纪的人里，你还算强壮的。我看不出你有什么理由不和我们一起在采石场碎石头。一个又一个小时的劳动，你会感觉后背就像要裂开了一样，双臂疼痛，但最疼的还是你的心脏。

　　　　［班奈特瘫倒下来，不停地抽泣，难以克制自己。

乔治·温特：你数着日子，一年三百六十五天，你怀疑这日子永远不会到头。你依然在思考，如果你跟身边那些流着汗的没脑子的傻大个一样也就罢了，可你会思考，你无法停止思考。你诅咒自己。你想起外面那些行动自由的人，想起春天和花朵，想起伦敦城里迷人的道路。接着，悔恨一天天地扭曲着你的心灵，你希望——你一千次地希望——自己已经死掉。你睡着了，因为太累了，不睡不行，即便与此同时，饥肠辘辘吞噬着你的生命力，因为你太饿了，一直都太饿了——在睡梦中，你梦见自己又回到了家，幸福而又舒适；可是当你醒来，却发现自己躺在监狱的硬床上，你哭得像个孩子。

班奈特：哦，我的上帝！我的上帝！

乔治·温特：等到你出狱，一切都还没完。你偷偷摸摸地走在街上，感觉这段经历被写在了你的额头上，谁都可以看见。你一遇见警察，心就会怦怦直跳。到了晚上，一切都会回来。你又会看见狱警、服刑的帮派、监狱食物，还有劳动造成的背痛。你在恐惧中尖叫着醒来，尖叫，尖叫！

[一阵沉默。艾琴汉姆直愣愣地望着前方，眼神里充满了恐惧。班奈特痛苦地蜷缩着，四肢都在打颤。这时，门口响起敲门声。咚、咚、咚。连乔治·温特都被吓了一跳，一阵哆嗦流遍他的全身。敲门声又重复了一次。

乔治·温特：[对自己的紧张感到愤怒] 是该死的谁在那儿？进来！

[管家进屋。

乔治·温特：怎么回事？我不是告诉过你别打扰我们？

汤姆森：先生，绅士们来了。

[乔治·温特想了想，飞快地朝艾琴汉姆使了个眼色。

乔治·温特：等我拉铃，你就把他们带上来。

汤姆森：遵命，先生。

[汤姆森退下。

乔治·温特：[粗暴地] 你现在就去找凯特，把我对你说的那些话告诉她，说救你的唯一办法是妥协。

艾琴汉姆：[嘶哑地] 你到死也不会得逞！

乔治·温特：[大吃一惊] 什么？！

艾琴汉姆：[使出全力，鼓起勇气] 我告诉你，我不会说的。你可以下地狱了！

班奈特：勋爵，我不明白你这是想干什么。

乔治·温特：［简直无法相信自己的耳朵］你的意思是你拒绝跟凯特
谈谈？

艾琴汉姆：我要是跟她谈谈，只会告诉她你是个堕落的无赖。她应
该不顾一切地摆脱你。

乔治·温特：这意味着七年的牢狱，你已经很清楚了，对吗？

艾琴汉姆：那是为你和这个肮脏的前科犯准备的。

乔治·温特：你以为告发我们就可以为你自己脱罪——不，你不能，
我们已经把你牢牢地捆绑住了。

艾琴汉姆：你这个可怜的家伙，你以为我想逃脱我应受的惩罚？

乔治·温特：［怒不可遏地］愚蠢。我现在没时间装模作样。那些家
伙等不了一晚上。凯特是唯一能救我们的人，而你……

艾琴汉姆：［反唇相讥道］我告诉你，我不会说的。你把我当成你的
爪牙，想让我对你亦步亦趋。

乔治·温特：［轻蔑地］你过去这样做得还不够多吗？

班奈特：别指望他会同情你，勋爵。他会搞垮你的，这是铁板上钉
钉的事。

艾琴汉姆：我不指望任何同情。你以为你牢牢地绑住了我，可你知
不知道，我随时有办法逃脱，只要我愿意。

乔治·温特：你打算怎样？

艾琴汉姆：不关你的事。

　　　　　［乔治·温特明白了；他长长地吸了一口气。

班奈特：［轻声地］他是什么意思，老板？

乔治·温特：你觉得你有这样的胆子？

班奈特：［恍然大悟］啊！……我试过一次，但办不到。我双手颤
抖。我让他们抓走了我。

乔治·温特：［反思着］我从没想过那种事情。你可以朝自己开上
一枪。

艾琴汉姆：[苦涩地嘲讽道] 感谢您的恩准。

乔治·温特：我们把他逼过头了，弗雷德，把事情搞得一团乱麻。

艾琴汉姆：是的，该死的一团乱麻。

      [他站起身，一瘸一拐地穿过房间，朝门口走去。乔治·温特拦住了他。

乔治·温特：你要去哪里?

艾琴汉姆：[目中无人地] 滚开，你这个该死的无赖。

      [乔治·温特看了他一会儿，然后走到一边。

乔治·温特：[带着冷峻的微笑] 显然你认为从我这里再也得不到什么了。

艾琴汉姆：[挥了挥手] 绅士们，祝你们在波特兰 ① 过得愉快。

乔治·温特：弗雷德，拉铃。

      [艾琴汉姆听到指示，停了下来转身。

班奈特：一听到铃声，管家就会把那些男人带上来的。你忘了你刚才说过⋯⋯

乔治·温特：[打断他] 去他妈的，拉铃!

      [班奈特一声不吭地拉了铃。艾琴汉姆回到房间中央。

艾琴汉姆：你想干什么?

乔治·温特：瞧瞧，我还真以为你要去掏手枪了呢。

艾琴汉姆：你难道不打算见那些人?

班奈特：他们会执意要见温特夫人。

乔治·温特：那我就派人去叫她。

艾琴汉姆：哦，你别以为她会帮你扯那些可恶的谎言。

乔治·温特：[若无其事地] 反正我想你是有兴趣留下来看看的。

艾琴汉姆：[心存怀疑地] 难道你还留了一手?

---

① 指波特兰岛，位于英吉利海峡，以出产波特兰岩的采石场著称。

乔治·温特：我亲爱的朋友，我们男人在对付女人方面有着不可思议的劣势，但好在她们所拥有的一切强烈情感中有一项最为顽固，那就是……自我牺牲。

艾琴汉姆：你指望那个？

乔治·温特：在那方面，你给过凯特如此多的训练，我不免认为这有可能已经变成了习惯。

艾琴汉姆：我不会说任何话来打动她的。

　　　　[他跌坐在一把椅子上。他英勇的决心已经消散了一半。乔治·温特用一种讥讽的眼神，饶有兴趣地看着他。

乔治·温特：就跟所有伟大人物一样，我不会把自己交给运气。

艾琴汉姆：[吓了一跳] 你派了佩里戈尔？

乔治·温特：正是。

班奈特：你觉得我们还有机会吗，老板？

乔治·温特：我们必须冒这个险。这是最后一击。

　　　　[管家把斯维尔克里夫、詹姆斯·福德和博伊斯上校领进房间。斯维尔克里夫先生是一位非圣公会牧师，胡子剃得干干净净，有一张灰黄悲哀的脸。詹姆斯·福德是个有钱人，米德普尔非圣公会教区的顶梁柱，也是当地一位赫赫有名的政治家。他身材魁梧，肥壮，有点老派作风，衣着邋遢，带着一点北方口音，给人一种精明而又坦率的感觉。博伊斯上校是乔治·温特的代理人，又高又瘦，有着古铜色的肌肤、灰色的头发，以及抹了蜡的灰色胡须。他气质机敏，衣冠楚楚。他有一副常常能在巴斯、坦布里奇或切尔滕汉姆看到的退役军人的模样。

汤姆森：斯维尔克里夫先生、詹姆斯·福德先生和博伊斯上校来了。

　　　　[汤姆森退下。

乔治·温特：你们好啊！很高兴见到你们！没有让你们久等吧？

詹姆斯·福德：完全没有！一点没事儿。

乔治·温特：请允许我向你们介绍我的岳父。这位是斯维尔克里夫先生——这位是弗兰西斯·艾琴汉姆勋爵。

    [斯维尔克里夫先生冷冷地鞠了一躬。他能不开口就不开口。

乔治·温特：这位是詹姆斯·福德先生。

詹姆斯·福德：很高兴见到您，弗兰西斯勋爵。

艾琴汉姆：您客气了。

乔治·温特：我跟弗兰西斯勋爵提议，说让你们来这里会更方便，他就把这房子交给我，随便我怎么使用了。你们也知道，我妻子现在就住在这里。我们在波特曼广场上的房子正在装修，她受不了油漆味。

博伊斯：[慌忙想让问题看起来没什么大不了的]这是自然，我自己也不喜欢。

乔治·温特：斯维尔克里夫先生，您太太还好吗？我相信还挺好的吧。

斯维尔克里夫：谢谢。

乔治·温特：孩子们呢？

斯维尔克里夫：也不错，谢谢。

乔治·温特：坐下来吧，别见外。你们喝过茶了吗？

詹姆斯·福德：喝过了，谢谢。

博伊斯：[相当骄傲地]我带他们去了俱乐部。

乔治·温特：你们想喝上一杯吗？我推荐我岳父的威士忌。我知道让您喝酒不太合适，没错吧，斯维尔克里夫先生？

詹姆斯·福德：博伊斯和我在喝茶的时候加了几滴苏格兰威士忌。

乔治·温特：那么就让我们赶紧谈正事儿吧？

斯维尔克里夫：[清了清嗓子]在我们往下谈之前，我先声明几句：我和福德先生深感遗憾，竟为了这种差事跑来伦敦。

詹姆斯·福德：米德普尔到处都是风言风语，所以，嗯，我们认为解决问题的最便捷的方法就是……

博伊斯：在我个人看来，这不是委员会应该关注的问题。这毕竟是私生活，况且……

詹姆斯·福德：本来是不成问题，上校，温特是我的老朋友了，我们一起做了二十年生意，只是……这么说吧，这次影响到了能否赢得选举。五十张选票虽然从来算不上有多重要，但多少还是会带来点影响。

斯维尔克里夫：温特先生，坦白跟你说。眼下流传的各种说法里，只要有任何一点是真实的，我就认为自己有义务对你投反对票，并建议我的教众跟随我的步伐。

乔治·温特：凭良心说，事实再清楚不过了。先生们，我能在我岳父的家里招待你们，就已经是我能给予你们的最好的答案了。我太太现在正在楼上她母亲的闺房里。我以个人名誉向你们担保，你们听到的任何一个音节里都不存在一丝半毫的真相的影子。《先驱者报》诽谤我，我已经发出了书面诉状，而且……

博伊斯：这样大家肯定都该满意了。

詹姆斯·福德：不，我还不满意。

乔治·温特：难道你还想让我岳父亲口告诉你，我说的每一个字都确凿无疑？

斯维尔克里夫：我们不怀疑你说的话，温特先生，只不过我们此行任务特殊。

博伊斯：我得说，我从一开始就对此疑虑重重。

詹姆斯·福德：委员会讨论了很长时间，大部分人认为……

乔治·温特：[站起身] 当然，当然，艾琴汉姆，你能否给这几位绅士下个保证？

艾琴汉姆：[犹豫了一会儿] 我认为那整个儿都是该死的胡说八道。

博伊斯：我正是这么说的。

詹姆斯·福德：[冷静地] 温特，你这样做只是在浪费时间。

斯维尔克里夫：我们已经下定决心，必须听到温特太太的亲口保证。只有那样，我们才能安安心心地回米德普尔。

乔治·温特：[尝试威胁] 你的意思是，你想盘问我太太？

斯维尔克里夫：我只是希望她能够回答博伊斯上校代表委员会写给你的信里提出的那些问题。

乔治·温特：[假装要发脾气] 没有哪个体面的女士能容忍这种事情。我不同意让我太太面对如此有失身份的局面。

詹姆斯·福德：乔治·温特，那将意味着你不能代表米德普尔参加下一届议会选举。

乔治·温特：我宁可失去席位，也不会让一位手无招架之力的女士面对如此羞辱。你们大可把这番话告诉你们的委员会，滚吧!

斯维尔克里夫：但是，温特先生，我们以为可以跟您太太见上一面，才从米德普尔赶来的。

乔治·温特：我太太身体非常虚弱。

詹姆斯·福德：我们不会耽搁她超过五分钟的。你现在应该冷静一点，而不是感情用事，这才是明智的做法。

  [众人沉默了一小会儿。乔治·温特意识到自己无法打消他们的念头：他默默地走上前，拉响了铃铛。

乔治·温特：遵命。

詹姆斯·福德：你知道的，这样才对。

乔治·温特：但我先丑话说在前头，如果我太太拒绝回答，我是不会劝她一个字的。在我看来，这是一桩彻头彻尾的丑事儿。

  [管家进屋。

乔治·温特：去告诉温特太太，如果她能来会客厅待上一会儿，我和弗兰西斯勋爵将非常感激。

汤姆森：遵命，先生。

　　　　[汤姆森退下。]

博伊斯：我希望你明白，对于这整套流程，我都曾经表示过强烈的反对。

詹姆斯·福德：闭嘴，博伊斯。等到我们想让你发表意见的时候，会让你开口的。

　　　　[他们一言不发地等待着，过了一会儿，凯瑟琳进屋。]

乔治·温特：这就是我跟你提起过的几位绅士。绅士们，这是我太太。

詹姆斯·福德：[热情地] 您好，温特太太！很高兴见到您。

凯瑟琳：[微笑着] 您好！

詹姆斯·福德：距离我们上一次有幸在米德普尔恭候您大驾光临已经过去好一阵子了。

凯瑟琳：我最近身体抱恙。

斯维尔克里夫：[朝着乔治·温特] 您能把我们前天信里提到的那几个问题告诉温特太太吗？

乔治·温特：不，先生，如果您不认为问出这种问题令人害臊的话，那么您自己来问。

斯维尔克里夫：温特太太是第一次见我，还不了解我。我需要解释一下。

詹姆斯·福德：没必要遮遮掩掩的，斯维尔克里夫。温特太太，很抱歉让您置身于这般处境，但这就是现状，毫无办法。处处都是好事者，米德普尔尤其如此。关于您和您的丈夫，眼下流传着不少风言风语。如果我们置之不理，会导致他在竞选中落败。

凯瑟琳：您想让我告诉您什么？

詹姆斯·福德：这样说吧，我们希望我们回到米德普尔之后能够告诉那些人，您已经亲口告诉我们，那些传言没一句是真的。

[一阵沉默。艾琴汉姆紧张难耐。班奈特努力克制着焦躁。乔治·温特微笑地望着她。凯瑟琳和詹姆斯·福德直面彼此，她坚定地看着他。

凯瑟琳：您可以这么告诉他们。

[艾琴汉姆抑制不住地舒了一口气，但乔治·温特不动声色。

斯维尔克里夫：您没有跟您丈夫离婚的打算？

凯瑟琳：完全没有。

斯维尔克里夫：您从来没有过这样的打算？

乔治·温特：[不耐烦地] 上帝啊，你还不嫌够吗？

詹姆斯·福德：[和蔼地] 够了，够了，我们不会再打扰您了。谢谢，非常感谢！很高兴您让我们放心了。乔治·温特，来握个手。

乔治·温特：我会跟你握手，但我也忍不住要说，我本指望那些信基督教的人会对我更仁慈、更有信心。

詹姆斯·福德：[不为刁难所动] 随便你怎么说。

斯维尔克里夫：我能理解你的怒火，温特先生，但我们正处于非常艰难的境地。

詹姆斯·福德：无论如何，我们得走了。要是抓紧点，还能赶上 5 点 40 分的车回米德普尔。午安，温特太太。午安，先生们。

乔治·温特：班奈特会送你们出去。再见。再见，博伊斯。过一两天，我就会去米德普尔…… [他们正要出门] 哦，博伊斯，顺便提一句，给你一点消息——罗伯特·科尔比将会入主新内阁的陆军部。

第二幕终

592

第三幕

　　第一场：米德普尔皇官酒店的一间宽敞的会客厅里。房间装潢得富丽堂皇，但又显然缺乏布置这类寓所所需的品味。每件物品都又大又豪华，而且相当生硬。显然这装潢是某家一流企业按合同实施的。他们通过精心计算，希望给进入房间的商务人士留下一种印象：这笔房费花得值！

　　房间左边有一扇大落地窗，窗门往里开，能俯瞰酒店前方的广场。房间后部有一扇门，通往乔治·温特的卧室。左边有两扇门：一扇通往走廊，另一扇是凯瑟琳房间的门。桌上有一部电话。

　　距离上一幕已经过去了几周，此刻是选举日上午10点到11点之间。

　　弗兰西斯·艾琴汉姆勋爵、弗雷德·班奈特、詹姆斯·福德、博伊斯上校和斯维尔克里夫先生在场。斯维尔克里夫先生站在窗边。

　　帷幕拉起时，传来一阵兴奋的交谈声。博伊斯正在打电话。

博伊斯：[在电话上说] 对，我是博伊斯上校，你得确认你没弄错。

斯维尔克里夫：我实在想象不出来他干什么去了，人们会以为他……

艾琴汉姆：[朝着博伊斯] 如果他不在那儿，我们最好去别的地方找找。

詹姆斯·福德：[哭喊着] 看在上帝的分上，我都听不见我自己在说什么了。

[这些人七嘴八舌地说着话，紧接着听到一列火车伴随着一
　声刺耳的长啸通过站台。艾琴汉姆紧张地吓了一跳。

艾琴汉姆：哦，那些该死的火车。

詹姆斯·福德：[不耐烦地] 我还以为你已经适应它们了。

艾琴汉姆：上帝啊，我整整一星期都没有睡好。它们整晚开个不停。

班奈特：昨晚有点让我烦心。我睡着后听见它们在我的梦里呼啸
　　而过。

博伊斯：它们好像不会吵到温特。

艾琴汉姆：如果吵到他，我想他是不会选这家酒店的。

詹姆斯·福德：[朝着乔治·温特的房间门点点头] 他就睡在隔壁，
　　是吗？

博伊斯：他对我说，他昨晚睡得跟只稳稳的陀螺一样熟。

班奈特：[与此同时] 今天早上他看起来就像新刷的油漆一样新鲜。

艾琴汉姆：实际上，他的房间就在铁轨上。

詹姆斯·福德：哦，别胡扯了。

艾琴汉姆：真的。你只要往花园走几步，就会发现离铁轨只有不到
　　二十英尺远了。

詹姆斯·福德：这里是建造酒店的最差选址。他们当年为了建造酒
　　店的事情来找我时，我告诉过他们这一点。但他们只想让我出
　　钱，而不是出主意。

斯维尔克里夫：[打断詹姆斯·福德的话] 照道理，温特先生现在应
　　该已经到这儿了。

詹姆斯·福德：无论你怎么往窗外看，都不会让他来得更快。

博伊斯：每一刻都很宝贵。我们必须立即采取行动。

艾琴汉姆：[打断他的话] 上校，你也不知道他在哪里吗？

博伊斯：他约了10点半与帕克和吉布森斯公司的人会谈。但你知道
　　他是个什么样的人。一下子跑五六个地方。他几乎是我所认识

的人里最难逮着的。

斯维尔克里夫：你派人去帕克和吉布森斯公司找他了吗？

博伊斯：当然派了。我已经派了一打的人去那里通知他立即回酒店。

班奈特：［沉思着］你有没有小心点？你不会……？

博伊斯：在这种事情上你总不会认为我是个新手吧？

班奈特：好吧，我不知道你是如何让他明白到底发生了什么的。

詹姆斯·福德：他还不明白。但温特听说必须立即回到酒店时，就
　　能猜到有事情发生了。

斯维尔克里夫：你肯定他不会去委员会办公室？

博伊斯：如果他去了，他就会得到消息。我们要是在那里开会，会
　　引起很多风言风语。这就是为什么我建议住酒店。

艾琴汉姆：［打断他的话］愿上帝保佑你别这么哭丧着脸，斯维尔克
　　里夫先生。

斯维尔克里夫：你是个商人，福德先生，你认为这篇文章有没有一
　　定的真实性？

詹姆斯·福德：你最好问问弗兰西斯勋爵。他是新公司的主席；我
　　只是个投资者。

班奈特：当然没有。整件事情就是个恶毒的谎言。

詹姆斯·福德：好吧，那就让我们听听温特怎么说。

艾琴汉姆：［与此同时］上帝啊，希望他能回来。

班奈特：［朝着詹姆斯·福德］你不会想说，你也认为这报道里说的
　　是真的吧？

詹姆斯·福德：我申购了一万股。股票发行上市当天的财经报纸上
　　却登了这样一篇文章，说金矿实际上已经被挖尽，温特聘请的
　　专家所撰写的报告上说这个金矿一文不值。你不会认为我对此
　　满心欢喜吧？

博伊斯：米德普尔的每个人，但凡有一点闲钱，都已经申购了股票。

詹姆斯·福德：乔治·温特对我说，这是他搞到过的最大的东西。

班奈特：他过去从没让你失望，现在又为什么要让你失望？

詹姆斯·福德：我没说他让我失望了。但他让我把全部家当都押在这上面，反正……我不想要一万份一文不值的股票。

博伊斯：可恶的是，这事儿发生在选举日当天。

艾琴汉姆：如果人们因为伦敦报纸上的一篇文章就不再投票给他，那也太骇人听闻了。

博伊斯：你知道人们就是这样的。他们没脑子。能否赢得席位总取决于那些摇摇摆摆的人。

詹姆斯·福德：哦，最重要的是赢得席位。

斯维尔克里夫：好了，只有温特先生立刻回来，我们才能决定接下来怎么办，否则什么也做不了。

艾琴汉姆：博伊斯，打电话给委员会办公室，问问有没有听到任何关于他的消息。

博伊斯：好的，我马上就打。

斯维尔克里夫：博伊斯给我看来自伦敦的电话留言时，我这辈子从没这么惊慌过。

艾琴汉姆：福德先生，伦敦的报纸什么时候能到？

詹姆斯·福德：应该在 10 点半前。

博伊斯：[朝着电话说] 请给我接 78 号线。

艾琴汉姆：[与此同时] 该死的为什么还没拿进来？

班奈特：别担心，我已经吩咐过服务员了，报纸一到就拿进来。

博伊斯：[朝着电话说] 我说，是你吗，马斯特斯？温特先生去过你那儿吗？那派罗杰斯过来。来这里。不，是来这里，该死的！皇宫酒店。[放下听筒] 没有，从今天大清早起就没见过他人影。

艾琴汉姆：不知道竞争对手听说了这件事会怎么做。

詹姆斯·福德：哦，这你不用担心，他们已经跟我们一样快地听说了这场攻击。

班奈特：你刚才不该挂电话，应该占着线，阻止他们跟伦敦联系。

博伊斯：上帝啊，人一下子想不到这么多。

艾琴汉姆：在我看来，整件事情的处理真是错得不能再错、丢脸得不能再丢脸了。

博伊斯：如果你搞过选举，就会知道这事儿没那么容易。

艾琴汉姆：我又不是选举代理人，那不关我的事。

詹姆斯·福德：好了好了，先生们，再吵也没用。

　　　　[三人各说各的。

斯维尔克里夫：投票进行得怎样了？

博伊斯：哦，我想我们正在经历前所未有的艰难的投票过程。

詹姆斯·福德：当然现在形势缓和了一些。投票站刚开放的时候，大量工人就去投票了。

博伊斯：等到晚餐时间，人数还会翻倍。

斯维尔克里夫：上校，你知道托利党在干什么吗？

博伊斯：我想我知道。一得到那篇文章，他们就会四处宣扬。

艾琴汉姆：整篇文章？

博伊斯：是整件该死的事儿。

詹姆斯·福德：他们还会把文章张贴在大街小巷。他们都已经安排好了，印刷一千份传单，还有张贴传单的人也已经就绪，就等着出动啦。

艾琴汉姆：真不要脸。

詹姆斯·福德：胡说八道！那就是选举要干的活儿。如果我们有幸在选举日当天上午得到这种可以打败莫里森的大棒，我们也会这么干的。

斯维尔克里夫：令人欣慰的是，他们不了解莫里森，但了解温特。

詹姆斯·福德：那也很危险，他们也可能过分了解他了。

艾琴汉姆：我不知道你们说的到底是什么意思。你们似乎忘了自己正在谈论的是我的女婿。

詹姆斯·福德：哦，我们来这里可不是为了相互吹捧的。

班奈特：再等一两分钟，他本人就会回到这里。到时候，你们想对他说什么都行。

博伊斯：我想不明白他为什么要在这种时候让公司上市。

班奈特：他以为选举还不会这么早举行。

詹姆斯·福德：最近两个月里大家都在讨论大选。

班奈特：你知道，事情是到了最后阶段突然冒出来的。

斯维尔克里夫：他就不能延期发行股票吗？

艾琴汉姆：那时候他已经把一切都安排妥当了。

詹姆斯·福德：[直言不讳地] 他当然可以。他只是倔强罢了。我告诉过他，这不是个发行美洲股票的好时机。

艾琴汉姆：好了，没有人强迫你们认购股票，不是吗？

詹姆斯·福德：接下来告诉我一些我不知道的事情吧？

艾琴汉姆：我会告诉你，留点口德不会有坏处。

詹姆斯·福德：谢谢，不需要你来教我礼数。

班奈特：你们这样乱发脾气没好处。

斯维尔克里夫：温特先生怎么还没来？

博伊斯：我想是因为他的汽车被用来送别人去投票了，他得步行过来。

艾琴汉姆：在我看来，你把你能搞砸的一切都搞砸了。

博伊斯：我不知道你这该死的为什么要怪我。

    [侍者拿着托盘进屋，托盘上放着报纸。

班奈特：报纸终于来了。

    [他们把侍者团团围住，拿取报纸。侍者退下。

艾琴汉姆：谢天谢地，这下我们即将知道最糟糕的是什么了。

博伊斯：《财经新闻报》。

詹姆斯·福德：不，那上面什么也没有。

班奈特：在这里。《标准财经报》。

詹姆斯·福德：给我。

　　[他从班奈特手上拿过报纸，打开它。艾琴汉姆焦虑地看着他。

斯维尔克里夫：真希望我从没考虑过股票和股份的事情。我知道我错了。哦，这是一个多大的惩罚啊！

詹姆斯·福德：[不耐烦地] 我们不可能同时看同一份报纸。

班奈特：把它摊在桌子上，这样最好。

　　[班奈特和福德飞快地浏览文章。

班奈特：太夸张，不是吗？

詹姆斯·福德：如果托利党把这篇文章印刷出来，会给我们造成致命的一击。

艾琴汉姆：整件事儿就是一堆谎言。用这种方式影响选举根本就是厚颜无耻。

詹姆斯·福德：[朝着斯维尔克里夫] 你想看看吗？

斯维尔克里夫：上面说了什么？

班奈特：只说了他们打电话从伦敦得到的消息。

詹姆斯·福德：但这文章写得热火朝天，我从没见过哪篇财经报道是这样的。

艾琴汉姆：你认为这篇报道会影响股票发行吗？

詹姆斯·福德：会带来致命的一击。

艾琴汉姆：就不能想办法找找温特吗？

博伊斯：我们只能等。

斯维尔克里夫：岂有此理，我们不能就这样一直等啊等啊等。你们就没有哪个人能做点什么吗？

詹姆斯·福德：保持冷静，先生，这是目前最好的做法了。

[爱德华·欧唐奈匆匆进来。

欧唐奈：解决了，我找到他了。

斯维尔克里夫：谢天谢地。

欧唐奈：我让他赶紧。他正要去一家工厂和那里的伙计们谈谈。

斯维尔克里夫：他会来吗？

欧唐奈：会的，肯定会来。他说他转眼就过来。

詹姆斯·福德：他问了为什么要他来吗？

欧唐奈：他没时间问。我找到他的时候，他正在跟一大群人说话。

斯维尔克里夫：他知道事情重大吗？

班奈特：别担心。他说他马上来，他就会马上来的。

博伊斯：他来了。

艾琴汉姆：[与此同时] 你终于来了。

[乔治·温特进屋，把他们看了个遍。然后颇具讽刺意味地
笑了笑。

乔治·温特：这么多人。

艾琴汉姆：我们还以为你永远不会来了。

乔治·温特：有什么问题吗？

詹姆斯·福德：[指着报纸] 问题在这儿。

班奈特：《标准财经报》对"黄金区"发起了攻击。

乔治·温特：[冷静地] 就这事儿？

詹姆斯·福德：已经是件大事儿了。

乔治·温特：利维山姆家族已经把《标准财经报》招入麾下。

詹姆斯·福德：你自己看看。

斯维尔克里夫：他们说金矿里没有黄金。

乔治·温特：他们知道个什么？他们又没去过那里，但我的专家去

过了。

詹姆斯·福德：问题就在这儿。他们说你把麦克唐纳的那份报告藏
起来了，凭借买下金矿时矿主给你的报告发行金矿的股票。

乔治·温特：[望着那篇报道] 真奇怪啊，这些报纸居然知道这么
多。[电话响了] 什么事？[他听了一会儿] 伦敦打来的，弗雷
德，最好你去跟他们说。[放下电话] 不，别跟我联系。班奈特
先生会过去的。[班奈特走出屋子] 是我的一位经纪人打来的。
我们接着往下说。在我看来，这不过是恶语相向罢了，所以我
确实没太在意。针对我自己，我可以说出许多更难听的话。

斯维尔克里夫：你好像很冷静。

乔治·温特：在我与利维山姆家族斗争的这十年里，没少背负各种
相当严重的污名。

詹姆斯·福德：文章里有一段关于钱的来路，你们看到了吗？

艾琴汉姆：我没看到。

乔治·温特：我给你念一下怎么样？[开始念报道] "据悉，温特先
生为这座稀有金矿支付了八万英镑。不仅在这样一个大萧条期，
更是在中美洲市场非常艰难的时期，他是如何一次集齐这笔巨
款的，这个问题可能会很有意思。也许温特先生，就好像米达
斯王，能够点石成金。他也许能够把他办公室里的家具都变成
贵金属。这事儿说不准。"很幼稚，不是吗？他们难道认为我会
为了取悦他们而透露一些交易上的小秘密？

詹姆斯·福德：那你到底是从哪里弄来的钱？

　　　　[艾琴汉姆微微吓了一跳，但乔治·温特依然镇定自若。

乔治·温特：我亲爱的朋友，你不会以为是我偷来的吧？那是天生
的金融家才能做到的事情。他赚钱就好像魔术师从丝绸手帕里
变出一只白色兔子。

詹姆斯·福德：[干巴巴地] 一个相当令人满意的回答。

[就在旁人难以察觉的一瞬间，乔治·温特和詹姆斯·福德的目光交汇在一起。

乔治·温特：但那并不是重点，不是吗？

[在接下来的一幕中，詹姆斯·福德反复思考着这件事。他盯着乔治·温特，就好像在努力猜测什么。

博伊斯：必须立刻采取行动。

乔治·温特：托利党人知道这件事了吗？

博伊斯：他们正忙着把那篇报道印刷成海报。

乔治·温特：真麻烦啊，不是吗？

[他停下来思考了一会儿。斯维尔克里夫先生打断了他的思考。

斯维尔克里夫：温特先生，那篇报道里有没有一点说对的地方？

乔治·温特：一点也没有。

斯维尔克里夫：它让我陷入了非常尴尬的境地。

乔治·温特：怎么了？

斯维尔克里夫：我原以为股票在发行前就能产生溢价。

乔治·温特：[微笑着] 就跟圣何塞的有轨电车项目一样，嗯？

斯维尔克里夫：福德先生说这件事会——让股票发行泡汤。

乔治·温特：他真是好心……你有点赌博的意思，不是吗？

斯维尔克里夫：如果是十拿九稳的事，我看不出有什么不好。

乔治·温特：[咯咯笑了起来] 就跟出老千似的？你申购了多少股？

斯维尔克里夫：五百。

乔治·温特：你胆子可真大。

斯维尔克里夫：我自己没这么多钱，这你是知道的。我全部家当加起来也没有五百英镑。我原以为它们能上涨半个克朗，然后就……

乔治·温特：五百股，每股半个克朗，这可是一大笔钱啊，不

602

是吗？

斯维尔克里夫：这对我来说是个教训。我再也不会做这种事了。但我也没机会了，如果我必须支付购买股票的钱……

乔治·温特：泰迪，把我的支票簿拿来。

欧唐奈：遵命，先生。

斯维尔克里夫：你要干什么？

乔治·温特：我不想让任何一个不相信我们的人入伙。开一张五百英镑的支票给斯维尔克里夫先生。

　　［欧唐奈开立支票，其他人继续交谈。

斯维尔克里夫：您真是太慷慨了。

乔治·温特：慷慨？一点也不。你以为我不想再多买五百股？

斯维尔克里夫：你觉得值得买吗？

乔治·温特：六个月后每股价格会涨到十英镑，骗你我不是人。

　　［欧唐奈把支票和钢笔递给他。乔治·温特签上字，撕下支票。

詹姆斯·福德：［在乔治·温特做出此举的同时］看来你对金矿很有信心。

乔治·温特：［把支票递给斯维尔克里夫］给你。［朝着詹姆斯·福德］你希望我把你的股票也买下吗？

詹姆斯·福德：［平静地微笑着］暂时还不需要，谢谢。

斯维尔克里夫：可那篇报道是什么意思？

乔治·温特：这还用问？明摆着的事情。利维山姆家族不惜任何代价想夺走金矿，但他们斗不过我。他们现在要动手抢了。就是这样。

　　［他说得十分肯定，就好像把整件事情都解释清楚了。

斯维尔克里夫：可是，那么……

乔治·温特：钱会打到你的账户，到账后你给我个收据。

斯维尔克里夫：你觉得股票会涨吗？

乔治·温特：毫无疑问。五百个半克朗对你有用，对我也一样有用。只不过我是不会卖的，我想要更多的收益。

斯维尔克里夫：如果对你来说已经够好了，那么对我来说也一样。

乔治·温特：不，你已经收下了我的支票。太迟了。

斯维尔克里夫：支票在这里，你可以拿回去。我想要留下股票。

乔治·温特：[和蔼地] 好吧，我不介意。对我来说没多大差别。但是，无论你在报纸上读到什么，都别把股票给卖了。半克朗的收益算什么？一直等到每股赚上五英镑，这时候你才可以考虑卖掉它们。

斯维尔克里夫：[倒吸一口气] 五英镑？那就变成了两千五百英镑。

乔治·温特：[转向博伊斯上校] 等一下。打电话给"毕肖普与琼斯"。

博伊斯：你是指印刷厂？

乔治·温特：我们必须回应这篇报道。我一直在考虑该怎么说才好。

　　　　[他坐下开始写字，这时博伊斯上校朝着电话走去。]

博伊斯：你知不知道他们的电话号码？

詹姆斯·福德：我记得是 703。

博伊斯：是接线台吗？能不能给我接 703？我要找毕肖普与琼斯印刷厂，没错吧？

乔治·温特：我要用上激烈的言辞。

欧唐奈：我能做点什么吗？

博伊斯：请问是毕肖普与琼斯吗？

乔治·温特：说我们需要立即印刷几千份海报，让他们把一切都准备妥当，你会立马乘车过去。

博伊斯：喂喂？能否请你们立即准备印刷几千份海报？我现在就过去。我是博伊斯上校。是的，就这样。

乔治·温特：[通过博伊斯上校指示印刷厂] 福德，你觉得怎么样？

詹姆斯·福德：让我们看看效果。

乔治·温特：你看，我们的优势在于，他们需要印刷一整篇文章，而我们只需要几行字。

詹姆斯·福德：没错，看起来是的。

艾琴汉姆：再好不过了。

乔治·温特：泰迪，复印一份，赶紧。

博伊斯：我们没有时间可以浪费。

乔治·温特：汽车就在门口。

欧唐奈：我用不了一分钟。

乔治·温特：你能找些人来贴海报吗？

博伊斯：哦，能，这个不用担心。

乔治·温特：拿着，博伊斯，快去。

博伊斯：[拿着一份回击报道的复印件] 包在我身上。

　　　　　[他走出屋子。

乔治·温特：[递给欧唐奈另一份复印件] 泰迪，跳上一辆出租车去报社。让他们把这几句话印在下一期报纸上。用他们最大的字体。接着去委员会办公室，等在那里，我会打电话给你，也可能亲自过去。

欧唐奈：好的。

乔治·温特：快马加鞭，否则给我滚蛋。

　　　　　[欧唐奈走出屋子，与此同时班奈特进屋。

詹姆斯·福德：你处理得比我期待的要好。

乔治·温特：你期待我怎么做？用脑袋撞地板，扯自己的头发？我可受不了。我费了大功夫来保住这些头发。

艾琴汉姆：班奈特来了。

乔治·温特：怎么样？

班奈特：没什么。只不过金融城里的人都有点兴奋。

詹姆斯·福德：没一点动静？

班奈特：没什么值得一说的。

詹姆斯·福德：叫人欣慰。

乔治·温特：万事俱备。没有人会傻到看空我们的股票。

班奈特：我要打电话给麦克拉伦和赫威特。

乔治·温特：好的，我刚要找他们。

詹姆斯·福德：他们是经纪商？

乔治·温特：没错。听着，福德。时间到了，我现在要去畜牧市场发表演讲。我希望你能去那里稳住他们，直到我过来。我十分钟就到。弗雷德，你打通电话了吗？

班奈特：打通了。

詹姆斯·福德：好，没问题。反正这里没什么事要我做了，对吧？

乔治·温特：没什么了，都交给我。你的利益就是我的利益。

詹姆斯·福德：我现在就去。

乔治·温特：很好。

　　　　[詹姆斯·福德离开。

班奈特：老板，我刚才不想在他面前说太多。

乔治·温特：我就是看出了问题才支开他的。

班奈特：情况糟透了。

艾琴汉姆：老天爷。

班奈特：利维山姆家族正冲着我们来了。

乔治·温特：我想他们一看到报道就会来的。

班奈特：你认为是谁泄露了消息？

乔治·温特：我怎么知道？但没关系。目前唯一能做的是面对。

艾琴汉姆：班奈特先生，你的意思是我们的股票会跌？

班奈特：会有很多卖盘。

乔治·温特：希望我们能大量买进。我要给那些看空的人一点教训。

班奈特：要是这样继续下去，会出现恐慌性抛售。

乔治·温特：你必须上伦敦一趟，弗雷德。那里的人没一个是有脑袋的。

班奈特：我也觉得那样最好。我已经查过火车时刻表了。刚好能赶上那班特快。我刚过 1 点就能赶到那里。

乔治·温特：那就赶紧冲出去。我允许你放开手脚，随便怎样。

班奈特：我会全力阻止跌势，只要还有一丝希望。

乔治·温特：这不是有没有希望的问题，而是必须阻止。去发一个安民电报。我们必须拼尽全力守住电话。

班奈特：再见。

乔治·温特：等交易所关门了就回来。我们必须再商量一下。

班奈特：好的，祝你好运。

      ［班奈特走出屋子。

艾琴汉姆：我们是不是玩完了，乔治？

乔治·温特：你这该死的在说什么？

艾琴汉姆：他们已经发现了真相。明摆着那个该死的金矿一文不值。

乔治·温特：他们证明不了什么。

艾琴汉姆：自从得知这件事，我整夜都合不了眼睛。我真希望你一开始告诉我真相的时候，我就一枪毙了自己。

乔治·温特：我亲爱的朋友，比起待在肯萨墓园，还是在这里舒服多了。

艾琴汉姆：最糟糕的是……［他突然崩溃］一开始我被恐惧压倒了，但是后来我一点点适应了恐惧，适应了你就是个小偷和无赖。

乔治·温特：［咯咯笑了起来］你说起话来还真是直来直去啊！

艾琴汉姆：而班奈特曾经是个罪犯。这一切现在看来都非常自然了。我可以跟你说说笑笑，还每天跟你坐一起吃饭。

乔治·温特：没有风险就没有收益。

艾琴汉姆：那些不见了的债券，它们日日夜夜出现在我的脑海里。

乔治·温特：这三个星期里没人会问起这件事，再往后我们都已经获利了，债券会安全地回到暗箱里。

艾琴汉姆：但你还能获利吗？

乔治·温特：当然能。这篇文章不会给我们带来任何伤害。我会赢得席位。那将提振米德普尔人民的信心。

艾琴汉姆：乔治，我觉得福德已经感到不安。我不信任他。万一他发现了债券的事情怎么办？

乔治·温特：那会让我们付出极其高昂的代价。

艾琴汉姆：你永远不该信任他。

乔治·温特：每个人都有一个出卖自己的价格。如果是个傻子，那就吹捧他；如果是个聪明人，那就给他现钞。反正就是价格的不同形式。总有个价格。

艾琴汉姆：乔治，你要小心福德。

乔治·温特：〔微笑着〕我不怕。

艾琴汉姆：你有时候太自信了，让我感到担忧。这种事情是不可能有个好结局的。

乔治·温特：我相信我自己的吉星。我曾经被逼入绝境，但我最后挣脱了出来。我比过去任何时候都更强壮。我比我的任何一个竞争对手都要多出十倍的脑子。球在我脚下，我刚开球。你以为困难对我来说算个什么？在刚过去的几周里，就在我的脖子被套上绳索、每个从我身边经过的警察的口袋里都有可能揣着逮捕证的那段日子里，我的精神状态却再好不过了，如此警觉，如此高涨。不出十年，我就能成为伦敦最富有的人。不出十五年，我会成为贵族。我的上帝，我感觉世界就像是个橘子，而我正要咬上一口，我要把它吸干。

艾琴汉姆：我想知道需要牺牲多少人的性命才能满足你的欲望。你正踏在死尸和破碎的心上。

乔治·温特：胡说八道！我只是给那些贪婪者看镜花水月，是他们自己跟了过来。他们想不劳而获。可惜我比他们聪明。斯维尔克里夫赌上他的五百英镑。他的五百英镑迟早会自己想办法落入我的口袋。这是他自找的。人人为己，落后遭殃。[突然一个激灵] 天啊，我有了个主意……利维山姆家族对我杀敌一千，必定自损八百。我们是同一条船上的人，谁要是摇晃船，我们都得掉下水。

艾琴汉姆：你这是什么意思？

乔治·温特：这么说吧，我们要攻击利维山姆。我得马上联系麦克拉伦。去邮局给班奈特拍个电报。他肯定会去办公室。卖掉利维山姆的股票。他会明白的。天啊，这就是入场券。我以前怎么就没想到呢？我们会让利维山姆后悔挑起这种游戏。

艾琴汉姆：但是如果……？

乔治·温特：天啊，老兄，别如果如果的了，照我说的做。你没发现我们光脚不怕穿鞋的？我知道我的运气来了。我会跟着我的运气走。那是一种天赋。

    [艾琴汉姆叹了口气，耸耸肩，走出去拍电报。乔治·温特开始兴奋地走来走去。

幕布落下

第二场

　　这一场发生在皇宫酒店的会客厅里，现在已是深夜十一点，只亮着一盏阅读灯，灯光倾泻在凯瑟琳和弗兰西斯夫人身上。凯瑟琳正在刺绣。

弗兰西斯夫人：你看得见吗，亲爱的？要不要调亮点光线？

凯瑟琳：[带着充满爱意的微笑] 不用了，我觉得灯光刺眼。

弗兰西斯夫人：亲爱的，你看起来很苍白。

凯瑟琳：我在这里一直都没睡好。我们离火车太近了，好像整夜都有火车驶过。

弗兰西斯夫人：我不知道乔治是如何忍受的。他的房间几乎就在铁轨上。

凯瑟琳：感谢上帝，一切都结束了。再过半个小时，我们就能知道结果，明天就能离开了。

弗兰西斯夫人：接下来你打算怎么办？

凯瑟琳：我还能怎么办？什么都做不了。

弗兰西斯夫人：恐怕你很痛苦，凯特。

凯瑟琳：[微笑着] 别那么想，妈妈。

弗兰西斯夫人：为了我们的利益，你放弃了一切。

凯瑟琳：如果我真能这么想就好了。我放弃离婚，是因为——因为我害怕。罗伯特将来可能会感到后悔，我不想冒这个险。而且我会不停地猜测他是否后悔……人们永远不能忘记，爱情是女人生命的全部，却永远只是男人生命的一部分，永远。

弗兰西斯夫人：你对他说了什么？

凯瑟琳：我写信给他，说我不可能再这样继续下去了。我乞求他别再试图打动我。我告诉他我很痛苦。

弗兰西斯夫人：可怜的孩子。

凯瑟琳：他的回信十分宽容。他尽可能让我好受些。现在一切都结束了。我失去了获得幸福的最后的机会。余生都要和我的丈夫绑在一起了。

弗兰西斯夫人：你还爱罗伯特吗？

凯瑟琳：[*微笑着*] 是的，但我为自己的所作所为感到高兴。我为他将来所要实现的伟大事业而感到骄傲，这是我唯一的抚慰。那里面有我的功劳。是我给他的机会。

　　　　[*安妮进屋。她穿着裙子和外套，还戴着帽子。*

安妮：好啊！你们俩可真奇怪！眼下正在计票，我这辈子从来没有这么兴奋过，你们却能坐在这里缝缝补补！

凯瑟琳：你怎么回来了？

安妮：因为已经临近尾声了。泰迪说结果公布时会乱成一团，我最好别挡在那里。

凯瑟琳：[*微笑着*] 真是个听话的小东西。

安妮：我觉得被差遣是一件很好玩的事情。再说我轻易就能看出来，那里不需要我。泰迪答应我，结果一出来他就会冲回来。我说，我们调亮点光线怎么样？

　　　　[*她打开电灯，房间里顿时亮堂起来。*

弗兰西斯夫人：你把我们的眼睛都弄瞎了。

安妮：我喜欢选举。我这辈子从没见过这种时候。这三周里我每一分钟都很享受。我希望泰迪能加入议会。

弗兰西斯夫人：[*挑了挑眉毛*] 就凭他年收入四百镑？

安妮：哦，乔治会给我们加薪。他说泰迪非常能干。乔治是个好人，不是吗？

凯瑟琳：亲爱的，看到你那么幸福，我也就开心了。

安妮：[飞快地瞥了她一眼，毫不客气地] 凯特，你不会在生我们的气吧？

凯瑟琳：上帝啊，我为什么要生气？

安妮：你知道，要我假装自己脑袋上没长着一双眼睛可是很难的……你为什么不跟乔治重归于好，凯特？

凯瑟琳：我不知道你凭什么认为我和乔治关系不好，需要重归于好。

安妮：哦，亲爱的，这不是我瞎猜的，是泰迪告诉我的。

凯瑟琳：对他而言，更聪明的做法是别多管闲事。

安妮：这样说也太……

凯瑟琳：你已经知道我和乔治之间的问题，却还欣然接受他的帮助，你还指望我说什么呢？我不会要求你拒绝他。我知道，就算我要求了，你也只会拒绝我。我已经通晓人情世故了，我知道在这个世界上，每个人都只为自己的利益考虑。

弗兰西斯夫人：亲爱的，别这样令人痛苦。

安妮：要评判一个人，应该根据自己的亲眼所见；在我眼里，乔治始终充满魅力。如果你能多体谅他一点……

凯瑟琳：[激烈地打断她] 亲爱的，别说了。我没有兴致听那些。让我过自己的生活，别来打扰我。乔治只要能拴住我，就会给你们提供一份薪水，供你们成家。这已经够了，别再向我要求别的了。

安妮：哦，亲爱的，我很抱歉。我并不想说任何让你伤心的话。

凯瑟琳：[振作精神] 你没有。原谅我。我不想闹事，但我是有点心烦意乱。我是一个非常虚弱自私的女人，不及你想象中一半的善良。我很高兴你要和泰迪结婚了。你们爱着彼此，就算没有钱，那又怎么样呢？我肯定你会非常幸福的。

安妮：你是我的好姐姐。

　　　　[弗兰西斯·艾琴汉姆进屋。他穿着无尾晚礼服，系着黑领结。安妮冲动地跳了起来。

安妮：结束了？

艾琴汉姆：还没，我太焦虑了，再也等不下去了。

弗兰西斯夫人：不过看样子乔治胜券在握？

艾琴汉姆：谁知道呢？通常几张选票之差决定了能否取得席位。

安妮：情况看起来怎样？

艾琴汉姆：温特，莫里森，温特，莫里森。这边一票，那边又一票，感觉没完没了。

弗兰西斯夫人：他上次赢了对方七十五张选票。

艾琴汉姆：谁知道所有这些谣言、猜忌和攻击会造成怎样的影响？或许已经改变了结局。哦，真让人发疯。

凯瑟琳：坐下吧，父亲，歇一歇。你看起来筋疲力尽。

艾琴汉姆：连乔治也感到紧张了。他的表情我再了解不过了。他正在努力表现得胸有成竹。

安妮：紧张是忍不住的。

弗兰西斯夫人：[突然吓了一跳] 我好像听见有人在喊叫。

安妮：哦，我要是没回来就好了。

弗兰西斯夫人：我们把窗户打开，也许能听到点什么。

　　　　[弗兰西斯夫人和安妮去窗口打开窗户。

弗兰西斯夫人：什么也没有，是我听错了。

安妮：听，我肯定听见了欢呼声。

　　　　[安妮走到屋外的阳台上。她和弗兰西斯夫人的身影若隐若现，接下来凯瑟琳和艾琴汉姆之间的对话估计她俩没听见。

艾琴汉姆：[压低嗓音对凯瑟琳说] 哦，亲爱的，你会原谅我吗？

凯瑟琳：哦，父亲，可别这么说。在我做决定之前，您什么都没告诉我，您这样做非常高尚。既然我已经知道了所有的真相……

艾琴汉姆：我们唯一的希望是继续下去。如果他获得席位，如果我们能收拾残局，我们也许能走出泥潭。他对此相当乐观。唯一让我牵挂的是你们的感受。如果我立即去找警察——或者自杀，就等于毁掉了你们。

凯瑟琳：也毁掉了所有信任乔治、将全部家当都投给他的那些不幸的人。

艾琴汉姆：所以你认为我做得对，是吗？不只是我自己胆小而已？

凯瑟琳：我希望你是对的。

艾琴汉姆：但如果一切都白费了呢？如果他没能成功地让企业上市，真相随之浮出水面，我就白白牺牲了你。

凯瑟琳：哦，别这么想。

艾琴汉姆：我相信只要他能赢得选举，就有足够的能力发行股票。

凯瑟琳：但如果金矿一文不值呢？

艾琴汉姆：等到中美洲的情况出现好转，我们就会买下所有股票。目前形势已经渐渐明朗。他跟我保证，没人会输掉一分钱。等到一切都完成了，我就会退出。哦，到时候我该有多么感激！

凯瑟琳：哦，我知道，我知道。

艾琴汉姆：这些话我必须找个人说出来，但我又不能告诉你母亲。

凯瑟琳：很高兴你告诉了我。我俩现在都知道了，这样就比较容易忍受了。

安妮：终于！……父亲，父亲。

> [安妮回到房间里，兴高采烈，同时远处传来低沉含混的欢呼声。艾琴汉姆跳了起来。

艾琴汉姆：谢天谢地，悬而未决太让人痛苦了。

弗兰西斯夫人：这次准没错了。

艾琴汉姆：他选上了吗？选上了吗？

安妮：当然选上了。我这辈子从没这么自信过。

艾琴汉姆：如果是真的，我们就安全了。我相信我们要时来运转了。

弗兰西斯夫人：为什么泰迪还没赶过来？

安妮：听那欢呼声，很壮观，不是吗？

> ［传来更多的欢呼声，这次更响了。

艾琴汉姆：我想他们正在宣布票数。

> ［泰迪·欧唐奈衣衫凌乱地冲进房间，帽子落在脑后。

欧唐奈：他选上了！

安妮：太棒了！

> ［弗兰西斯·艾琴汉姆沉沉地坐进椅子里，激动得说不出话
> 来，他拼命让自己镇定下来。凯瑟琳把手放在他的肩膀上表示
> 理解。

弗兰西斯夫人：赢了多少票？

欧唐奈：二十七。

安妮：我说，这真是险胜啊！

欧唐奈：就在最后一刻，我还以为我们要输了。一直都是莫里森，
  莫里森，莫里森，我几乎要尖叫了。

艾琴汉姆：不管怎样，他还是赢了。

安妮：我真高兴。

> ［她情不自禁地抱住欧唐奈的脖子，亲吻他。

欧唐奈：天啊，人活一辈子，能见过一次宣布票数的过程也就值了。

凯瑟琳：他现在在哪儿？

欧唐奈：我走的时候，他正在向人群发表演讲。但一个字也听不清，
  因为所有人都在扯着嗓子大喊大叫。我也只是跟着大叫。

安妮：［充满热情地］你不高兴吗，凯特？

凯瑟琳：［微笑着］高兴，很高兴。

安妮: 可你怎么能这么淡定呢?

弗兰西斯夫人: 他会来这里吗?

欧唐奈: 会的。我忘记替他捎口信了。他说他把他的爱给凯特,还说他很快就会回来。

安妮: 我希望他能赶紧回来。他真是个宝贝,不是吗?

欧唐奈: 他是我所认识的最伟大的人。他是个完美的万人迷。我不知道他身上究竟有什么,但我就是忍不住相信他。今天上午,对于报纸上的那些可恶的谣言,他回击得实在太出色了。其他人都胆战心惊得像只兔子,他却丝毫没有动摇。

安妮: [兴奋地] 有车来了。

欧唐奈: 是的,绝对是的。

安妮: 他这么快就回来了,真让人开心![她跑到门边打开门] 乔治!乔治!

　　[乔治·温特吵吵嚷嚷地走进来,双臂紧紧地搂着安妮。

安妮: 真是太棒了!

乔治·温特: 光荣的胜利,对吧!

　　[乔治身后跟着博伊斯上校、詹姆斯·福德、斯维尔克里夫先生,还有另外两个男人。

艾琴汉姆: 感谢上帝!

乔治·温特: 你没担心吧?我就知道我能选上。我一刻也不曾怀疑。

詹姆斯·福德: [干巴巴地] 你的自信,众人皆知。

乔治·温特: 那当然!如果连你都不相信你自己,那你还能指望别人相信你?来喝酒,先生们!

欧唐奈: 我来拉铃?

乔治·温特: 我在来这里的路上叫了服务生,他们已经来了。[几个服务员拿着香槟酒瓶和酒杯走了进来] 斯维尔克里夫先生,今晚没有什么绝对禁酒主义。上帝啊,我渴死了。倒酒,倒酒。

斯维尔克里夫：温特先生，我从不碰酒。

乔治·温特：可怜啊，那颗从没快活过的心脏。先生们，你们都拿到杯子了吗？来吧，弗兰西斯太太。别往后退，安妮。

安妮：好的，给我斟上。

乔治·温特：这就对了。然后是泰迪。大家都准备好了吗？先生们，向你们介绍我的太太，光荣的胜利属于她。

所有人：温特太太，温特太太，凯瑟琳。

凯瑟琳：[害羞地] 非常感谢。

    [外面传来大声呼叫，是欢呼声：温特，温特，他是一个大好人。

乔治·温特：嘿嘿，他们围住了酒店。

安妮：看看那些人群。

欧唐奈：要我打开窗吗？

乔治·温特：[上前一步] 打开。

    [看到温特出现，人群发出了更热烈的叫喊。欢呼声一阵接着一阵传来。乔治·温特举起双臂，示意大家安静。

乔治·温特：先生们，我们赢得了光荣的胜利。我们在一场谎言、误解和丑闻的运动面前赢得了胜利。真相总能浮出水面。诚实是最好的策略。这是一场光荣的胜利，先生们，是一场关于英国人的诚实、英国人的坦诚交易、英国人的尊严的胜利。先生们，为你们的健康，我干了这一杯！

    [他在人群面前干了一杯香槟。整个发言过程中，欢呼声连绵不断，而且愈发高涨。还有人在呼喊温特太太。

乔治·温特：凯特，他们在叫你。

凯瑟琳：别，请别这样。

乔治·温特：来吧。别故作矜持了。向他们行个礼，伤不了你。

    [他抓起她的手，把她拉到窗边。人群再次爆发出欢呼声。

乔治·温特回到房间里。

乔治·温特：我的天啊，多么美妙的时刻啊！

博伊斯：你肯定累坏了。

乔治·温特：我？就跟雏菊一样新鲜。没什么能把我累坏。

欧唐奈：[拿出手表]天啊，我都没发现已经这么晚了。

博伊斯：我想我得走了。

乔治·温特：哦，别扯了！干吗要走？今晚才刚开始。

博伊斯：我累得跟条狗一样。

斯维尔克里夫：我也要走了。我太太正在等我告诉她整件事情。

乔治·温特：那好吧，如果我说服不了你们，我想我就是说服不了。
　　希望你们离开这里，也能过个同样美妙的夜晚。

斯维尔克里夫：你觉得都还正常吧，关于——关于那件事？

乔治·温特：别让你的脑袋费神了。就跟下雨一样正常。我告诉你，
　　凡是我经手的事情，没一件会失败。

斯维尔克里夫：那么晚安。

乔治·温特：晚安。

　　[博伊斯上校、斯维尔克里夫和另外两个同他们一起来的男
　人走出屋子。

乔治·温特：福德，你还不打算走吧？

詹姆斯·福德：不。如果你不介意，我希望你能给我几分钟，我有
　　话要跟你讲。

乔治·温特：你想讲多久就讲多久。我已经准备好了。

弗兰西斯夫人：如果你们要谈公事，我们最好离开。

詹姆斯·福德：我不着急，夫人。

弗兰西斯夫人：也确实很晚了。

欧唐奈：你们不累吗？还有力气谈公事？

乔治·温特：累？我不知道什么叫累。年轻人，等到将来你为我写

传记的时候，你可以写：在经历了一场艰苦卓绝的竞选战役之后，在群众的欢呼声依然不绝于耳之时，他坐在深夜里，精力充沛，与米德普尔最精明的人谈公事，一直谈到黎明破晓。

詹姆斯·福德：［干巴巴地］更准确地说，是谈了十分钟。

乔治·温特：这样就不够有效果了。

安妮：乔治，我敢肯定你们已经喝了太多香槟。

乔治·温特：［大笑］胡说。我能喝上一加仑，喝完还能像个法官一样清醒。

安妮：好吧，那晚安。

乔治·温特：［亲吻她］晚安，我的小姑娘。这对你来说算不算快乐的一天？

弗兰西斯夫人：晚安。

乔治·温特：［朝着欧唐奈］你还可以写上，我拥抱了我的岳母。

弗兰西斯夫人：［微笑着摆脱他拥抱的企图］祝贺你，这是一次伟大的胜利。

乔治·温特：哦，这仅仅是个开始。我已经把世界踩在脚下。十年后，我会像亚历山大一样哭泣，因为已经没有更多的世界可供我征服。

欧唐奈：你不需要我继续留在这里了吧？

　　　　［弗兰西斯夫人和安妮走出房间。

乔治·温特：不需要了，上床去吧。你还年轻，你想和你的美人睡觉。我想你不会被火车干扰的。你住在哪个房间？

欧唐奈：就在你上面。但我睡得很熟，跟个稳稳的陀螺一样。

乔治·温特：那是个好现象。你会成为和我一样伟大的男人。

欧唐奈：［笑着］晚安。

乔治·温特：［朝着艾琴汉姆］老头，你最好也走吧。你看上去累坏了。

艾琴汉姆：[疲惫不堪地] 今天对我们所有人来说都是令人兴奋的一天。

乔治·温特：今天是让我们没有白活的一天。

艾琴汉姆：晚安。

　　　　[艾琴汉姆走出屋子的同时，凯瑟琳走上前来。

凯瑟琳：我还不能和你说晚安。如果福德先生不会跟你谈很久，那我就在他之后跟你谈。

詹姆斯·福德：温特夫人，我们最多谈十分钟。

乔治·温特：[带着夸张的风度] 我随时听候你的吩咐，亲爱的，直到永远。

　　　　[凯瑟琳朝着詹姆斯·福德微微鞠了一躬，便走出屋子。

乔治·温特：我告诉过你，我有足够的理由相信自己的运气。一切都进展顺利。利维山姆家族和我对抗不了多久了。他们终将不得不接纳我。我们将成为利益共同体，接着我们就能把中美洲牢牢握在手心里。你也会进来的，詹姆斯。你会成为你想象不到的富人。等我和利维山姆家族联手后，我会等待时机。曼尼·利维山姆坚持不了多久了，而他的儿子都是些蠢货。等到他死了，我就能掌控整个生意。我会比那个市场里的任何人都多十倍的头脑。到时候，没有人能和我作对。

詹姆斯·福德：[平静地] 你已经忘了《标准财经报》上的那篇报道了？

乔治·温特：[高兴地] 哦，你就想跟我说这个？我告诉你，今晚剩下的时间里我都不会为此操心。说到这个，我想起来了：这次我赢得选举，你可没出什么力。当时我让你去畜牧市场上发言，可等我到了那里，你连个人影都没有。真他妈太尴尬了。

詹姆斯·福德：碰巧那无关紧要。

乔治·温特：那时候你到底上哪儿去了？

詹姆斯·福德：[看着他] 我上伦敦去了！

乔治·温特：[漫不经心地，竭尽全力掩饰自己的怀疑] 真的？

詹姆斯·福德：[非常平静，几乎是犹豫地] 我被报道中的一段话惊醒了。关于你从哪里弄来钱的那段话。

乔治·温特：[微笑着] 我注意到了，那段话让你有些烦恼。

詹姆斯·福德：当时情况紧急。

乔治·温特：一个像我这样地位的男人总有办法弄到钱。

詹姆斯·福德：那是一笔大数目。

乔治·温特：还行。

> [一阵短暂的沉默。两个男人都很精明难搞，野心勃勃。他俩如同决斗者般直面彼此。

詹姆斯·福德：那段话让我突然想到米德普尔投资信托公司在银行有一大笔债券。

> [他看着乔治·温特，想知道这句话的效果如何。

乔治·温特：[微笑着] 没错，钱还在那里。

詹姆斯·福德：你发誓？

乔治·温特：我发誓。

詹姆斯·福德：我越想越觉得害怕。于是我去了银行。

> [乔治·温特飞快地看了他一眼，但没有露出任何迹象表明他意识到自己的盗窃行为已经败露。

詹姆斯·福德：他们给我看了一张由你、艾琴汉姆和班奈特签过字的债券交割申请单。

乔治·温特：抽支烟，怎么样？

詹姆斯·福德：不……你把那些债券怎么样了？

乔治·温特：只要审计来检查的时候债券还在那里，就没有人会提出质疑。

詹姆斯·福德：[步步紧逼地] 你没权利碰那些债券，就跟我的勤杂工没权利碰办公室备用金一样。

乔治·温特：该死，你到底是什么意思？

詹姆斯·福德：我是米德普尔投资信托公司的董事，我坚持要求债券即刻兑付。

乔治·温特：两周后就能兑付。

詹姆斯·福德：不不不，我的朋友，不能这样。

乔治·温特：[不耐烦地] 别傻了，詹姆斯，你跟我一样清楚，这就是做生意。

詹姆斯·福德：是的，但不包括偷窃。

乔治·温特：[看似勃然大怒] 你怎么敢这么跟我说话！

詹姆斯·福德：吓唬我没用，乔治，我在股东大会上见过你这样，有时候确实收效显著，但这次行不通。

　　　　[一阵沉默。乔治·温特思考了自己的处境，最后决定直面它。

乔治·温特：那好吧……我原以为那个金矿是个好东西。我抵押了债券，买下金矿。股票一旦发行，我就有钱把债券赎回来了。现在你都知道了。

詹姆斯·福德：这完全就是盗窃。

乔治·温特：[自负地] 我以为你想跟我一起干。[他没注意到詹姆斯·福德出自本能的厌恶] 你的股票，我可以免费送给你，这就有一万英镑。如果你一直持有，一年后会变成五万英镑。

詹姆斯·福德：谢谢，但我不会冒险用我一生的诚实劳动去换取这几万英镑。

乔治·温特：那你想要什么？

詹姆斯·福德：什么都不要。

乔治·温特：[微微一笑] 你两次当选米德普尔市长，也为党派做过许多事情。我不禁会想，是时候让政府对你的服务表示一些感谢了。

詹姆斯·福德：你误会了你的手下，乔治·温特。我像个黑奴一样地干了三十年。我从不放过任何一个机会，但也从没做过任何让自己蒙羞的事情。我创建了诚实的生意，留给我的子孙们，还有诚实的名声。我已经太老了，想当个无赖也来不及了。

乔治·温特：[不耐烦地] 你以为你想跟我做买卖。

詹姆斯·福德：对就是对，错就是错。你不能再遮掩了。一想到自己做过不上台面的事，我就一刻也无法安生。我并非自吹自擂，这就是我做事的方式。

乔治·温特：[跟小孩说话似的] 好啦，詹姆斯，我们都已经是二十年的朋友啦。

詹姆斯·福德：[压低嗓音] 今天下午，当我发现你的所作所为时，我都快哭出来了。

　　[他的语气中确实包含着极大的痛苦，这让乔治·温特吓了一跳。他才感觉到问题的严重性。他开始害怕起来。

乔治·温特：[急迫而又嘶哑地] 你不是认真的吧……

詹姆斯·福德：[绝望地] 我怎么才能让你明白？你好像还没意识到，我已经知道了你干的好事，我的内心充斥着恐惧和憎恶。如果连这种事你也干得出来，天知道你还会干出别的什么事。我不想刁难你，但我必须履行我的职责。我是公司董事。我把我所有的朋友都带了进来。我把我妹妹也带了进来。关于这座金矿，报纸上说的是真的吗？据我所知，那也是一桩诈骗生意。

乔治·温特：[突然紧张起来] 你是打算在我爬到树顶的时候把我推下去吗？我已经把世界踩在脚下。你只要给我一个月，我就能让一切恢复正常。

詹姆斯·福德：就在五分钟前，你还说只要两个星期。我不相信你。事情都乱套了。当一个人跨过了诚实与不诚实的界线，他就再也不会回来了。

乔治·温特：如果你现在出卖我，会造成极大的破坏。唯一的补救办法是继续下去。钱已经没有了。就算你把我交给警察，钱也拿不回来了。

詹姆斯·福德：我必须抓住机会。毕竟，如果我不说，就会变成共犯。有证据表明我今天去过银行。

乔治·温特：你现在说的话我懂了。如果我坦白告诉你，我能让一切回到正轨，只要你给我一点时间……

詹姆斯·福德：我说了我不能。我有老婆要考虑，还有我的儿子们。这是偷窃，你拿走的是孤儿寡母的钱，我只有一条路可走。

乔治·温特：你打算干什么？

詹姆斯·福德：[结结巴巴地] 上帝啊，我还能干什么？我曾经像信任儿子一样地信任你。

乔治·温特：直话直说！

詹姆斯·福德：我必须——我必须问问警长。

乔治·温特：你不会那么做吧？你不会真的说你要去警察局吧？你疯了。这太不明智了。这是愚蠢。

詹姆斯·福德：我会永远看不起我自己，如果我……这是一个介于我的良知和我自身之间的问题……哦，乔治，你为什么要让我陷入这种境地？

乔治·温特：听着，老头，我做错了，我承认。我做了以往从来不曾有人做过的事情，但还没有出问题。当时我以为萧条只会持续几天，一周内我就可以换回债券。这是我唯一犯下的错误。别对我太严厉…… [他停顿了一下] 对我仁慈些，就好像你自己也希望被仁慈对待。别因为这一个错误就毁掉我。我在你面前已经丧失了尊严，希望你能看在这个分上……这不是犯罪，只是有欠考虑。再给我一次机会吧。

　　[詹姆斯·福德双手捂住脸，反复考虑。他被乔治·温特的

辩解深深打动了。他热切地看着他，心想自己快要屈服了。

乔治·温特：我们曾经同甘共苦。我一直是你的好伙伴。在此之前，
我从没做过任何让你指责的事情。

詹姆斯·福德：[结结巴巴地] 我不能再拿那些可怜人的钱冒险了。

乔治·温特：如果我放弃米德普尔信托公司的董事职位，你会满意
吗？给六个月的时间让我挽回面子，之后我会辞职。

　　　[詹姆斯·福德抬头看着他，心想自己究竟还能不能信任乔
治·温特。乔治心惊肉跳地等待着他的决定。他害怕得几乎要
晕倒了。

詹姆斯·福德：我来告诉你接下来我要做什么。只要债券能在明天
4点前回到银行，我就什么都不说。

乔治·温特：[怔怔地] 明天？办不到。这不可能办到。

詹姆斯·福德：我只能为你做这些了。

乔治·温特：[几乎不知道自己在说什么] 可是没人办得到。你知道
这不可能。即便你给我一个星期，我也办不到。我不能，不能，
不能。在经受了今天的打击后，我们——我们现在是跟跟跄跄。
这跟要我们撑到经济复苏没什么区别。那不是给我机会。不是
机会。明天！简直荒谬！

詹姆斯·福德：我要说的都已经说完了。

乔治·温特：你不如现在就报警。哦，我的上帝！这不可能办到！

詹姆斯·福德：如果钱没能在银行关门前到位，我就申请搜查令。

乔治·温特：你知道那意味着什么吗？那意味着审判，以及——以
及坐牢。

詹姆斯·福德：除此以外，我做不了别的了。

　　　[这话里的斩钉截铁，以及福特语气里所包含的深深的愧疚与
坚定，就好像一记重拳打在乔治·温特脸上。他吓了一跳，抛弃
他的谦恭，陷入不可自拔的激动。他暴跳如雷，朝着詹姆斯·福

德轻蔑地谩骂，最后的那番话几乎是带着满腔怒火的尖叫。

乔治·温特：哦，这太不要脸了。这是该死的伪善。你不在乎我有没有拿走钱。你担心的是你自己的身家。你嫉妒我。这是嫉妒。我知道你从来都嫉妒我。你以为你骗得了我？你在米德普尔本来是个自以为是的地头蛇，直到我来到这里。你从来没有像个男人似的跟我对决。你只会从旁边偷袭我，等待时机将我绊倒。你以为等我走了你就能霸占这块地盘了。你为什么没跟我一样加入议会呢？这是卑鄙。是卑鄙。你和你该死的基督教，你鹦鹉学舌般地大声嚷嚷着诚实。去你妈的！去你妈的！去你妈的！

詹姆斯·福德：[平静地] 瞧，你已经失去了理智。我永远都无法让你明白了。你不会意识到做人应该诚实，就算会带来损失，只因为有些人做不到不诚实，因为有些人天生诚实，就好比有些人天生狡诈。

乔治·温特：幼稚！

詹姆斯·福德：你发现十个男人里有九个是无赖，你以此征服了世界。但你忘了你最终必定会遇到那第十个人。

　　[听到这番话，乔治·温特吓了一跳，他用恐惧的眼神直愣愣地看着詹姆斯·福德。他用手捂住额头，努力回想。

乔治·温特：[几乎是自言自语] 这话以前好像谁对我说过？

　　[一阵沉默。

詹姆斯·福德：再见，乔治，我说到做到。

乔治·温特：[苦涩地] 但对我没好处。我就像个困在陷阱里的老鼠。看着我扭来扭去，你可开心了。

　　[詹姆斯·福德看了他一会儿，然后一言不发地走出屋子。乔治·温特被恐惧攫住了，不停抽搐着。他就好像疟疾患者一样地发抖。他很快就发现自己已经无计可施；跟他对抗的是个跟他一样强壮的人物，他就好像撞上了一堵白墙。过了一会儿，

凯瑟琳走进屋子。

乔治·温特：你到底想要什么？

凯瑟琳：我听见福德先生出去了。我现在可以和你谈谈了吗？

　　[乔治·温特努力保持镇定。

乔治·温特：你想谈什么？

凯瑟琳：既然选举结束了，我对你也不再有用了。我已经谨慎地履行了我的那部分义务。

乔治·温特：[茫然地把一只手放在脑袋上]我不知道你在说什么。

凯瑟琳：我意识到，我已经宽恕了你对我所有的冒犯，我什么都做不了了。所以，你不必害怕我再以任何方式妨碍你了。[他转过头看着她，终于明白了她说的是什么]但是，让我继续面对我无法忍受的羞辱，也是没有道理的。我来是想告诉你，我已经做了你要求我做的一切，现在我要离开你了，这是个恰当的时机。我明天一早就和我的朋友芭芭拉·赫伯特前往欧洲大陆，我再也不会回来了。你可以根据自己的需要，为此编造任何理由，而且确信我不会反驳。我会在你起床前出发。你会在我的房间里找到所有你买给我的小玩意儿。我不想带着任何从你那里得来的东西上路。

乔治·温特：[紧咬着牙齿]你要留下你的衣服？

凯瑟琳：[耸了耸肩]话就说到这里。再见。我相信你会平静地让我离开。我发誓不会做任何给你添麻烦的事情。

　　[她等了一会儿，看看他还有什么话要说，但他始终保持沉默。于是她朝着房门走去。就在她要走出屋子的时候，他爆发出了一阵响亮的笑声。她吃惊地停下脚步，看着他。他越笑越大声，笑声变得狂野、尖厉、歇斯底里。他在笑声中怒吼。凯瑟琳一半害怕，一半不解，朝着房间退了一两步。

凯瑟琳：你怎么了？乔治，乔治！

[他依然笑着，接着突然开始呜咽。他彻底失去了控制，情不自禁地泪流满面。

凯瑟琳：[走向他] 乔治，你怎么了？

乔治·温特：看在上帝的分上，给我一杯酒。

[她急忙跑向桌上的半瓶香槟，倒了一杯给他。他一口气干掉。

乔治·温特：[恢复神志] 味道很醇，是的，很醇。

[他再次爆发出笑声。

凯瑟琳：乔治，你怎么了？你不是因为我要走吧？

乔治·温特：你要走我真的一点也不在乎。我眼看着已经完蛋了。那些搞鬼的骗子，利维山姆家族，最终还是逮住了我。那篇报道奏效了，而我被彻底打败了。你可以走你自己的路去了，凯特，毕竟你的处境比我强多了。

凯瑟琳：我不明白。

乔治·温特：詹姆斯·福德已经发现债券不见了。他要去苏格兰场。

凯瑟琳：哦！那父亲呢？

乔治·温特：哦，我已经顾不上你父亲了。他得自己想办法。我连自己都保不住了。

凯瑟琳：我能做点什么吗？

乔治·温特：他让我在明天之前把债券还回去，但我办不到。这不可能。他知道我办不到。该死的伪君子！如果是堂堂正正地被打败，我不会抱怨；但这太幼稚了。还就在我刚把一切都弄到手的时候。他不赞成撒谎。这是幼稚。我一直不信任他。一个道貌岸然、自命清高的家伙！他嫉妒我。他想把我踢下去，这样他就可以取代我了。我了解他。我了解他的心思。他会说到做到的。[愤怒地讥讽] 这是他的职责。

凯瑟琳：我们不能卖掉点什么吗？我还有珠宝。

乔治·温特：简直是沧海一粟。我怎么可能在一个熊市里搞到八万英镑。

凯瑟琳：[害怕地] 你是说他们会逮捕你？

乔治·温特：[低沉地怒吼，就好像受困的野兽] 不能让他们这么干！你认为我会忍受那种东西吗？审判，还有——还有接下来的一切？

凯瑟琳：[绞着双手] 你没有机会逃脱了吗？

乔治·温特：班奈特为了保住他自己的性命，一定会出卖我的。我了解他。没有一个人能信任。唯一的办法是一了百了。我必须趁我还有机会的时候摆脱这一切。

凯瑟琳：你认为你还有希望逃脱？

乔治·温特：是的，我有我自己的办法。

凯瑟琳：[明白过来] 哦，乔治，你不能那样做。

乔治·温特：你还指望我怎么做？难道指望我逃去美国，六个月后被两个警察送回来？不可能。

凯瑟琳：留下来面对会不会更好些？如果是你做错了，能不能接受惩罚？你还年轻。

詹姆斯·福德：他们不会可怜我的。这将意味着十年，等我被释放后，会是隐姓埋名，打点零工，就像班奈特，为那些懦夫干肮脏的活儿。难道你认为我看得上那样的生活？我想要权力、名声，还有刺激。我想让人们在街上认出我。我的目标太高了，除了站上巅峰，已经没有什么可以满足我了。

凯瑟琳：哦，这太可怕了。

乔治·温特：好了，凯特——老实说——如果你爱过我，你是不会希望我落入这样的结局的，对吗？

凯瑟琳：[久久地看着他] 哦，你别问我。

乔治·温特：你能为我做点什么吗？这将是我对你最后的请求。

凯瑟琳：我会做任何我力所能及的事。

乔治·温特：我需要半小时时间，不管任何人有任何理由，你都不能放他们上来。

凯瑟琳：[害怕地大叫起来] 你不会现在就打算动手吧？

乔治·温特：我不信任詹姆斯·福德。他可能已经去了苏格兰场。也许警察正在赶往这里的路上。

凯瑟琳：你自己亲口说过他是个可以信任的人。

乔治·温特：哦，我很害怕。再说那有什么关系呢？我已经完蛋了。也许明天我就没有这个胆量了。

凯瑟琳：哦，太可怕了。

乔治·温特：[笑着说] 干吗这么说呢？你自由了。

　　　　[他走向桌子，给自己倒了一杯白兰地。]

乔治·温特：我喝混酒，是个坏习惯，对吗？你穿黑色能让人神魂颠倒。黑色总是很配你。

　　　　[凯瑟琳含混不清地呜咽着。乔治·温特耸了耸肩，朝门口走去。]

乔治·温特：你能保证不让任何人来打扰我吗？

凯瑟琳：能。

乔治·温特：半小时后你就可以去睡觉了……希望你能睡得跟我一样熟。

　　　　[他走出房间，锁上身后的门。凯瑟琳把脸埋在双手里，害怕地哭泣。过了一会儿，欧唐奈走了进来。凯瑟琳听见他的声音，吓了一跳。]

凯瑟琳：我还以为你已经上床睡觉去了。

欧唐奈：我感觉自己清醒得可怕。我来这里想找本书看看。

凯瑟琳：[指着桌子] 那里有一些。

欧唐奈：你看起来累坏了。你为什么不回房？

[这时候，楼下广场传来一阵叫喊声、欢呼声，大叫着温特。

凯瑟琳：[害怕地] 那是什么声音？

欧唐奈：[走向窗户] 哦，酒馆要打烊了，激情洋溢的政治家们被赶了出来。

[窗外大叫着"温特、温特"。

凯瑟琳：哦，快赶他们走，我受不了了。

欧唐奈：[打开窗户往外喊] 温特先生已经睡下了，先生们，我强烈建议你们以他为榜样。

[他在欢闹的笑声和欢呼声中关上窗户。他们唱着歌离开了。凯瑟琳紧握双手，以防自己尖叫。

欧唐奈：[笑着说] 场面真壮观，对吧？

凯瑟琳：你也必须上床了。

欧唐奈：[从桌子上拿起一本书] 好吧。我想我们明天会非常忙碌……我真觉得这是我生命中最快乐的一天。生活是幸福的，对吗？

凯瑟琳：[用奇怪的眼神看着他] 对。

欧唐奈：晚安。

凯瑟琳：[突然吓了一跳] 哦！

欧唐奈：怎么了？

凯瑟琳：我想我听见了什么声音。

欧唐奈：我没听见。这酒店跟死一样寂静。希望火车今晚不会打扰您。

凯瑟琳：晚安。

[他走出屋子。凯瑟琳转身看了看乔治·温特的房门，并朝那里走了一步。

凯瑟琳：乔治！

[她侧耳倾听，但没有应答。她惊恐万分地转身离开。这

时，弗雷德·班奈特突然进屋。

班奈特：抱歉，我以为这里已经没人了。老板在哪儿？

凯瑟琳：我不知道。

班奈特：我要立即见他。

凯瑟琳：他今晚不会见任何人了。

班奈特：他会见我的。

凯瑟琳：他留下指示说任何人都不准打扰他。

班奈特：事关生死。

凯瑟琳：[害怕得哆嗦了一下] 我告诉你，你见不到他了。

班奈特：他不在房间里吗？

凯瑟琳：不在。

班奈特：[朝着房门走去] 你确定？

凯瑟琳：[挡住他的路] 他累坏了。你就不能让他休息一下吗？

班奈特：哦，你不知道发生了什么。金矿的问题解决了。看在上帝的分上，让我去见他。

凯瑟琳：[赶紧说道] 你这是什么意思？

班奈特：[他慌不择言，一口气说了一大堆] 那边的经理人骗了麦克唐纳，没给他看他们刚刚潜下去的一座矿井平台，那里面全是黄金。那只是利维山姆家族行使的一整套诡计。我按老板吩咐的做了。我在市场上大量抛售他们的股票，收市的时候利维山姆家族派人来找我。我就知道这里头有蹊跷。我比他聪明太多了。他主动提出让老板入伙。他明天会以市场价格大笔买入我们的股票，付的还是现钱。我们安全了，我们安全了，我们安全了。

凯瑟琳：你是说……

班奈特：[打断她] 这就是老板奋斗了十年想要得到的。他最终做到了。一个月后股票就能涨到任何你想要的价格。这将意味着财富、安稳和一切。

凯瑟琳：那么乔治将……

班奈特：他将爬上枝头。那就是他应该站的地方。十年后，他将进入上议院。你想亲口告诉他吗？

　　[凯瑟琳犹豫了一会儿。她看着自己获得自由的希望再次从手中溜走。她自我挣扎了一会儿。她的整个人生，过去和将来，瞬间摆在她眼前。

凯瑟琳：我不知道他在哪里。

班奈特：你不知道？

凯瑟琳：他去楼下吸烟室了。

班奈特：我必须找到他。

　　[他朝门口跑去，但还没等到他走出屋子，凯瑟琳感到一阵惊恐。她哭喊了起来。

凯瑟琳：不，等等，他在他的卧室里。哦，快！快！

　　[班奈特停下脚步，惊讶地看着她。她跑到卧室门口，用手敲着门。

凯瑟琳：乔治，乔治，乔治！快开门！乔治，乔治！

班奈特：怎么回事？你这是在干什么？

凯瑟琳：乔治！问题解决了。开门，看在上帝的分上。[朝着班奈特] 哦，你能把门打开吗？

班奈特：上帝啊，他在做什么？

凯瑟琳：乔治，乔治！

　　[班奈特用肩膀顶着门，想把门撞开。但门纹丝不动。

欧唐奈：老板，是我。

凯瑟琳：他把门反锁了。砸窗。

　　[她拿起手边的青铜摆设递给他。他朝着门锁上方的一块玻璃砸去。玻璃破碎了。他把手伸进去，转动门锁，然后打开门，冲了进去。

欧唐奈：他不在那里。

凯瑟琳：他肯定在的，肯定在的。

欧唐奈：窗户开得很大，他肯定出去了。

凯瑟琳：他无处可逃。花园只有两码宽，再往外就是铁轨了。大声
　　　　叫叫看。

欧唐奈：也许他就在花园里。

　　　　[班奈特跑出乔治卧室的门。就在这时，艾琴汉姆从左手边
　　　　进来，穿着睡衣，披着晨袍。

艾琴汉姆：我说，你们到底在吵吵嚷嚷什么呢？火车整晚撞击着我
　　　　的窗户已经够糟了。真要命！

凯瑟琳：乔治去哪儿了？父亲，父亲！

艾琴汉姆：该死的，我怎么会知道？

　　　　[班奈特回来了。

班奈特：花园里找遍了也没找到他。

凯瑟琳：哦，我害怕极了！

艾琴汉姆：你到底是怎么了，凯特？

凯瑟琳：哦，我的上帝，我的上帝！

班奈特：老板不见了。

艾琴汉姆：也许他出去散步了。

凯瑟琳：沿着铁轨？

　　　　[泰迪·欧唐奈跑进来。他已经脱掉了外套和背心。

欧唐奈：天啊，我刚才目睹了一场惨烈的车祸。有个人在铁轨上被
　　　　火车轧死了。

　　　　[凯瑟琳发出一声恐怖的尖叫，跪下捂住脸。

　　　　　　　　　　　　　　　　　　　　全剧终

634